완벽한 그녀의 마지막 여름

LAST DAY
Copyright © 2020 by Luanne Rice
All rights reserved.

Korean translation copyright © 2021 by Daewon C.I. Inc.
This edition is made possible under a license arrangement originating with
Amazon Publishing, www.apub.com, in collaboration with Eric Yang Agency

루앤 라이스 장편소설
이미정 옮김

완벽한 그녀의 마지막 여름

코네티컷
살인
사건의
비밀

하빌리스

추천사

이 책에 보내는 찬사

"사랑스럽고 서정적이고 치명적이다. 자신의 재능을 새로운 방향으로 발굴해 완벽하게 성공했다."

- 리 차일드(Lee Child), 〈뉴욕 타임스〉 베스트셀러 작가

"아름다운 정원과 완벽한 가족을 갖춘 사랑 가득한 집의 닫힌 문 뒤에서 일어나는 진실을 능숙하게 그려 냈다. 놀랍고 강렬한, 책장이 술술 넘어가는 책이다."

- 리사 스코톨린(Lisa Scottoline), 베스트셀러 《누군가는 안다(Someone Knows)》 작가

"루앤 라이스는 한 가족의 감정적인 풍경을 그려 내는 특별한 재능을 또 한번 발휘했다. 긴장감을 더해서 의심의 그림자가 사랑과 살인을 동반자로 만든다는 사실을 증명해 보여 주었다."

- 테스 제릿선(Tess Gerritsen), 베스트셀러 《밤의 모양(The Shape of Night)》 작가

"네 명의 친구들, 그들의 가족과 사랑, 그리고 충격적인 살인을 중심으로 돌아가는 놀라운 구조로 빛난다. 결점 없이 빠르게 전개되고, 등장인물들은 내가 함께 커피를 마시는 여자들 같다. 그들의 욕망과

폭력, 배신이 더없이 충격적이다."

– 낸시 세이어(Nancy Thayer), 베스트셀러《바닷가 자매들(Surfside Sisters)》작가

"문제 많은 결혼 생활. 복잡하게 얽힌 인간관계. 루앤 라이스는 비밀을 감추고 있는 등장인물들의 그늘진 구석을 파고들면서 진정성 있는 공감 가는 글을 쓴다. 인간과 진실만큼이나 매혹적인 요소, 우리 인간을 움직이는 요소를 그려낸 가혹한 초상화 내면의 비틀린 미스터리를 파헤치는 눈을 뗄 수 없는 이야기다."

– 리사 웅거(Lisa Unger), 베스트셀러《내면의 낯선자(The Stranger Inside)》작가

"잔혹한 살인, 실패한 결혼, 비밀스러운 연인, 차고 넘치는 용의자들이 방 안을 가득 메운다. 배반과 사랑 사이 어딘가에 진실이 잠들어 있다. 마지막 장을 읽을 때까지 내려놓을 수도, 실마리를 풀어 낼 수도 없는 매혹적인 미스터리다."

– 로버트 두고니(Robert Dugoni), 〈뉴욕타임스〉와 아마존 베스트셀러 작가

"우아한 스타일과 가족 관계에 대한 깊은 이해를 갖춘 루앤 라이스를 오랫동안 좋아했다. 내가 마음속 깊이 품은 등장인물들이 등장하는 이 책은 끝이 다가오는 줄도 모른 채 책장을 술술 넘기게 되는 작품이다."

– 조실린 잭슨(Joshilyn Jackson), 베스트셀러《내가 결코 갖지 못하는 것(Never Have I Ever)》작가

오드리 로지아와 조 구초네에게
이 책을 바친다.

목차

추천사	4
1부	10
2부	160
3부	430
감사의 말	519

1부

1

7월 11일

베스 라스롭은 창문으로 쏟아져 들어오는 밝은 아침 햇살을 막으려는 듯 옆으로 누워 한 팔을 눈 위에 걸쳐 놓고 있었다. 옅은 파란색 무명 이불은 임신으로 볼록 불러 온 배를 덮고 왼쪽 엉덩이 너머로 흘러내렸다. 때는 7월 중순이었고, 배 속 아이의 출산 예정일은 10월 4일. 백색소음만 가득해서 평화롭기 그지없는 방 안은 나머지 집 안과는 완전히 동떨어진 별세계 같았다. 웅웅거리며 돌아가는 에어컨 소리, 소름 끼치게 검붉은 귀 뒤쪽의 보석을 맴돌며 나지막하게 윙윙거리는 파리 소리, 문 하나를 사이에 두고 있어 뭉개져 들리는 개 짖는 소리가 전부였다.

창밖에는 소금기 섞인 산들바람이 언덕 아래로 아늑하게 자리한 만을 쓸고 지나갔다. 블랙홀의 7월은 습지와 간석지에서 습한 열기가 파도처럼 밀려들어 습도가 높았다. 하지만 28도가 넘는 날씨에도 공기는 상쾌했다. 베스가 겨우내 고대하고 고대했던, 너무나 좋아하는 반짝거리는 여름날이었다.

창문이 열려 있었더라면, 하얀 커튼을 주름을 잡아 올려놓았더라면 롱아일랜드 사운드에서 습지를 가로질러 불어오는 산들바람이 교차하며 집 안 전체를 서늘하게 식혀 주었을 것이었다. 하지만 집 안 전체는 꽉 막혀 있었다. 침실 문도 단단히 닫혀 있었다. 창문형 에어컨이 빵빵 돌아가고 있었는데 어찌나 세게 틀었는지 더운 날씨에도 얇은 성에가 공기 배출구와 창턱에 끼어 있었다. 베스의 황금빛 붉은 머리카락은 느슨하게 풀어져서 맨살이 드러난 어깨 위로 구불거리며 쏟아져 내렸다.

침대 옆 협탁 위, 베스의 아이폰이 반짝거렸다. 케이트의 전화였다. 하지만 방해 금지 모드로 설정되어 있어 벨도, 진동도 울리지 않았다. 전화가 끊어지자 아이폰 화면에 '최근 부재중 전화 21건'이라는 알림 메시지가 떴다. 그와 거의 동시에 유선 전화기가 울리기 시작했다. 아래층 주방에서 들리는 전화벨이었다. 닫힌 침실 문과 계단, 여러 개의 방에 가로막혀 그 소리가 흐릿하게 들렸다.

팝콘은 침실 문을 긁어 대다가 포기했는지 계단 맨 꼭대기에 드러누워서 낑낑대고 있었다. 이 노란색 래브라도는 아침에 해변가를 달리는 걸 좋아했다. 벌써 오전 7시 35분. 원래는 6시쯤 아침밥을 먹고 산책을 나간다. 그런데 피트는 항해 여행을 떠났고, 베스는 임신 합병증 때문에 언니 케이트의 말대로 좀 더 늦잠을 잤다. 열여섯 살인 딸 샘은 캠프에 가고 없었다. 팝콘은 마냥 기다려야 했다. 계속 침실 문만 흘깃거렸다. 고개를 들고 낑낑거리다가 발에 턱을 괴고 늘어진다.

그때 꽉 닫힌 침실 문과 시끄럽게 웅웅거리는 에어컨 소리 너머로 초인종 소리가 겨우 들렸다. 초인종은 세 번 울렸다. 팝콘이 멍! 하고 짖으며 계단을 달려 내려가 현관 앞 복도를 왔다 갔다 했다. 그때 주먹 쥔 손으로 다급하게 현관문을 두드리는 소리가 들렸다. 곧 이어 놋쇠 문손잡이가 날카롭게 철컥거렸고, 팝콘이 사납게 짖어 댔다.

그러자 현관문에서 들리던 소리가 멈췄다. 대신 집 옆쪽을 따라 벽돌 산책로를 걸어오는 발자국 소리가 들렸다. 하얀 울타리 문이 끼익 하고 열리면서 웅성거리는 사람들 목소리도 흘러 들어왔다. 팝콘은 주방으로 뛰어 들어가 뒷문에 바싹 다가선 여자 두 명과 남자 한 명을 향해 짖어 댔다. 방금 뒷마당으로 들어온 사람들이었다. 세 사람은 햇살을 가리려고 양손을 오목하게 모아 눈 위에 올리고는 집 안을 들여다보았다.

팝콘은 흥분해서 꼬리로 바닥을 탕탕 치면서 펄쩍펄쩍 뛰었다. 세 사람 중 한 명은 팝콘이 잘 아는 사람이었다. 베스의 언니, 케이트 우드워드였다. 팝콘은 앞발을 번쩍 들어 올려서 유리창을 탁탁 두드렸다. 케이트는 야외용 가스 그릴로 다가가 뚜껑을 열어 보았다. 베스는 보통 그릴 안에 비상 열쇠를 숨겨 두었다. 사실 케이트는 경찰에 신고하기 전에, 즉 경찰 순찰차가 도착하기 전에 이미 그릴 안을 살펴보았다. 그런데도 진짜로 열쇠가 없는지 한 번 더 확인했다.

다른 두 명은 제복 차림의 블랙홀 경찰 페기 매케이브와 짐 홀리였다. 페기가 문을 세게 두드렸다. 손가락 관절이 날카롭게 부딪치며 딱, 딱, 딱 짧게 끊어지는 소리가 났다.

"블랙홀 경찰입니다. 베스, 집에 계세요? 안에 누구 있어요?" 페기가 소리쳤다.

"저 개 사납지 않아요?" 짐이 경계심 가득한 어조로 물었다.

"팝콘은 아주 착한 녀석이니까 걱정 마세요. 그냥 문을 부숴요,

네? 제발요." 케이트가 말했다.

짐은 쪼그리고 앉아서 유리창 너머로 개와 시선을 맞췄다. "어이, 팝콘, 착하지. 넌 우릴 물지 않을 거야, 그렇지?" 짐이 말했다. 팝콘이 꼬리를 살랑살랑 흔들면서 코를 유리창에 문질러 댔다.

"열쇠를 다른 곳에 숨겨 두지 않았을까요?" 페기가 물었다.

"그건 아닐 거예요. 아니, 잘 모르겠어요. 비상 열쇠는 항상 그릴 속에 있었어요. 베스와 이렇게 오랫동안 연락이 안 된 적이 없었어요. 제발 안으로 들어가요, 네? 그냥 제가 직접 문을 부수고 들어갈 걸 그랬네요. 뭔가 잘못된 게 분명해요!"

"동생과 싸웠나요?" 페기가 물었다.

"아뇨!" 케이트가 소리쳤다.

페기는 먼저 수색영장을 받아야 했지만 겁에 질린 케이트의 모습에 마음이 흔들렸다. 베스 라스롭은 임신 6개월째였고 3일 동안 연락이 되지 않았다. 베스의 은색 메르세데스는 진입로에 주차되어 있었고, 적어도 이틀은 방치된 듯한 개 배설물이 유리창 너머로 보였다. 케이트의 다급한 태도에다 그런 정황까지 더하면 나중에 법정에서 문제가 생겨도 긴급 상황이었다고 주장할 수 있었다.

"경보기 있어요? 꺼져 있나요?" 페기가 물었다.

"네, 하나 있는데 꺼져 있지는 않아요. 사이렌이 울려요. 하지만 비밀번호를 알고 있어서 해제할 수 있어요." 케이트가 말했다.

"물러서요." 페기가 말했다. 페기는 라텍스 장갑을 끼고, 검은색 가죽 벨트에서 경찰봉을 꺼내 문을 세게 내리쳤다. 유리창이 1,000여 개의 자잘한 조각들로 갈라졌지만 그 자리에 그대로 있었다. 페기가 뭉툭한 경찰봉 끝부분으로 다시 한번 세게 내리치자 유리조각들이 파란색 타일 바닥 위로 비처럼 와르르 쏟아져 내렸다. 페기는 손을 안으로 넣어 잠금 장치를 풀었다.
 경보기는 울리지 않았다. 켜져 있지 않았던 모양이었다.
 경찰관들이 주방으로 들어가는데 케이트가 그들을 밀치고 앞질러 갔다.
 "베스!" 케이트가 소리쳤다.
 "잠깐만." 페기가 케이트의 팔을 붙잡았다. "들어오라고 할 때까지 밖에서 기다려요."
 "이거 놔요!" 케이트는 경찰관의 손을 뿌리치고 주방으로 사라졌다.
 페기는 엉덩이의 권총집에 한 손을 올린 채 케이트를 따라갔다. 짐은 개를 다독거려서 울타리 쳐진 마당으로 내보내고, 계단을 올라가는 두 사람을 뒤따라갔다.
 "베스!" 케이트가 소리쳤다. 케이트는 한 번에 두 계단씩 오르고 있었고, 페기가 그 뒤를 바짝 쫓았다. 계단 맨 꼭대기에 다다른 페기는 닫힌 문 안쪽에서 윙윙거리는 에어컨 소리를 들었다. 케이트가 문손잡이를 움켜쥐려 했지만 페기가 케이트의 손목을 잡아 저지했다. 케이트의 손이 떨리고 있었다.
 "케이트, 여기서 기다려요." 페기가 말했다.
 케이트는 순순히 따르기로 했는지 짐이 지나갈 수 있게 한 발 뒤로 물러섰다.
 페기가 놋쇠 문손잡이를 돌렸다. 장갑을 끼고 있었는데도 금속이 얼음처럼 차갑게 느껴졌다.
 방 안은 얼어붙을 것처럼 추웠다. 에어컨이 세게 돌아가고 있었다. 속이 울렁거릴 정도로 시큼달콤한 썩은 냄새가 방 안에 가득했다. 베스는 문을 등진 채 오른쪽 옆으로 누워서 창문을 마주 보고 있었다. 파리들이 서늘한 공기 중에서 윙윙거리며 베스의 머리 주변을 천천히 맴돌았다. 케이트는 경찰관들을 지나쳐 동생에게 달려갔다.

"베스." 케이트가 동생의 얼굴을 보려고 웅크려 앉으면서 말했다. 순간 케이트의 날카로운 비명이 터져 나왔다. 격한 감정과 슬픔에 휩싸인 외침이었다. "안 돼, 베스. 이렇게 가면 안 돼. 이럴 순 없어."

"만지지 마요." 페기가 경고했다.

"맙소사, 베스." 케이트가 처절하게 내뱉었다.

짐과 페기가 침대로 다가갔다.

베스의 두 눈은 반쯤 떠진 상태였고, 벌어진 입술 사이로 튀어나온 혀는 퍼렇게 퉁퉁 부어 있었다. 목 주변에는 레이스 문양의 보라색 자국이 남아 있었다. 얼굴 왼쪽은 시퍼렇게 멍들었고, 귀 뒤쪽의 두개골이 갈라져 머리카락은 말라붙은 피로 뒤범벅이었다. 파란색 침대 시트는 흐트러져 있고 얼룩덜룩했다. 맨 위 이불이 베스의 불룩한 배를 간신히 덮고 있었다. 검은색 비키니 팬티는 고무 밴드가 늘어나고 찢어진 채로 바닥에 떨어져 있고, 검은색 레이스 브래지어는 옆이 뜯어지고 끈이 찢어져 침대 옆에 매달려 있었다.

케이트는 주먹 쥔 손으로 가슴을 꾹 누른 채 가만히 서서 흐느꼈다. 페기는 케이트를 데리고 나가려고 어깨에 팔을 둘러 침실 문 쪽으로 이끌었다. 케이트는 저항하지 않았다. 케이트의 온몸은 뻣뻣했고, 가슴이 흐느낌으로 들썩거렸다.

"누구한테 연락할까요? 데리러 올 사람 있어요?" 페기가 물었다.

"전 아무데도 안 가요." 케이트가 대답했다.

"이 방에 있으면 안 돼요."

페기는 케이트가 지금 상황을 제대로 파악하고 있는지 확인하기 위해 케이트의 눈물 젖은 초록색 눈동자를 들여다보았다. 케이트는 고개를 가로젓고 몇 차례 왔다 갔다 하더니 복도로 나가 계단 맨 꼭대기에 털썩 주저앉았다.

페기는 계단도 범죄 현장이라 거기 있으면 안 된다고 말하려다가 그냥 케이트의 팔을 툭툭 치며 이렇게 말했다.

"아무것도 건드리지 말아요. 벽도, 난간도, 아무것도 안 돼요. 알겠죠?"

케이트는 대답 없이 그냥 울기만 했다.

페기는 침실로 돌아가 등 뒤로 문을 닫았다.

"끔찍하군." 짐이 말했다. 페기는 짐을 힐끗 쳐다보고는 고개를 끄덕였다. 살인 현장이 처음이니 그럴 만했다. 그녀도 마찬가지였으니까. 블랙홀은 코네티컷 해안가에서 가장 조용하고 부유한 동네였다. 이런 일은 이제껏 한 번도 일어난 적이 없었다.

"직접 연락하실래요? 아니면 제가 해야 하나요?" 짐이 물었다.

페기는 벨트에서 무전기를 풀어 배치 담당자 마르니에게 연락했다.

"처치 가 45번지에서 살인 사건 발생." 페기가 보고했다.

"라스롭 네 집에요?" 마르니가 날카롭게 숨을 들이쉬며 물었다. 작은 동네라 척하면 척이었다. "이게 무슨 날벼락이래. 베스 라스롭이에요? 아니면 남편? 여자애는 아니겠죠? 아이고, 그 애 이름이 뭐더라? 캐리보다 두 살 더 많은데 이름이……."

"강력반에 연락해 줘, 마르니." 페기는 마르니의 질문을 일부러 무시한 채 살인과 납치, 은행 강도 사건을 전담하는 코네티컷 주립 경찰 강력반을 부르라고 했다.

"알겠어요. 지금 바로 연락할게요." 마르니가 대답했다.

페기는 교신을 끊었다.

페기가 침대 옆의 아이폰을 힐끗 내려다보고 장갑 낀 엄지손가락으로 홈 버튼을 누르자 아이폰 화면이 밝아졌다. 베스가 주변 사람들을 신뢰한 건지 비밀번호는 설정되어 있지 않았다. "여기 통화 기록과 문자 메시지 기록 좀 봐. 이틀이나 사흘 분량인 것 같지?" 케이트의 문자 메시지와 부재중 전화가 많았지만 가장 최근 기록 세 개의 발신자는 '피트'였다.

"문 옆의 배설물로 봐서는 개가 한동안 밖에 나가지 못했어요."

"맞아." 페기가 말했다.

"강간도 당했을까요?" 짐이 찢어진 팬티와 브래지어를 가리키며 물었다.

"가능성은 있지." 페기는 이렇게 답하고 침대 옆에 웅크려 앉았다. 스커트 형 침대 커버의 치렁치렁한 아랫단에 반쯤 가려진 대리석 올빼미 조각상이 보였다. 올빼미 조각의 머리에는 적갈색 핏자국이 말라붙어 있었다.

"살해 도구였을까요?" 짐이 베스의 귀 뒤쪽 상처를 가리키며 말했다.

페기는 베스의 머리에서 시선을 떼지 않은 채 일어섰다. 상처 주변으로 피가 말라붙어 있었는데 햇살 아래에서 기이할 정도로 밝은 적색을 띠었다. 베스의 목 주변에는 움푹 들어간 멍 자국이 있었다. "아니면 교살 당했거나." 페기가 말했다.

"이렇게 해서라도 탐낼 만큼 근사한 집이죠. 전부 다 값비싼 물건이잖아요. 진입로에는 메르세데스가 떡 하니 있고요." 짐이 말했다.

"그래, 알아." 페기는 방 안을 둘러보며 말했다. 라스롭 집안 사람들은 질서정연한 것을 좋아하는 게 분명했다. 속옷만 빼면 흩어져 있는 옷가지가 없었다. 책들은 침실 테이블에 가지런히 놓여 있었다. 가구들은 고풍스러웠고, 세월에 닳아 윤이 났다. 블랙홀 지역의 풍경이 담긴 풍경화들이 박물관에서나 볼 수 있는 금박 액자에 싸여 방 안에 걸려 있었다. 그중 오른쪽 모퉁이 아래쪽에 걸린 그림이 페기의 시선을 끌었다. '차일드 하삼'이라고 서명된 그림이었다. 페기는 블랙홀 토박이라서 블랙홀에서 가장 유명한 그 예술가의 이름을 알아보았다. 지금 이 방 벽에 걸린 것들 중에서도 한 재산 나가는 물건이었다. 그림 없이 캔버스 천 조각만 너덜너덜하게 매달려 있는 액자도 있었다.

"저기 봐. 저기에 뭐가 있었지? 누가 그림만 잘라 내서 가져간 것 같은데?"

"그러게요. 피해자 남편이 라스롭 갤러리 소유주죠?" 짐이 물었다.

"성차별이 좀 심한 거 같지 않아? 남자가 전부 다 가져가고?"

"남편이 다 가진 건 아니지 않아요?"

"예전에는 하크니스-우드워드 갤러리였어. 항상 베스의 가문에서 운영했지." 페기가 설명했다. 블랙홀 중앙에 자리한 고급 미술관인 라스롭 갤러리는 베스의 방 벽에 걸려 있는 것과 같은 종류의 그림들을 전문적으로 취급했다. 페기는 아버지가 돌아가신 후 아이들의 관심을 다른 데로 돌리려는 엄마의 손에 이끌려 토요일마다 그곳에 들렀다.

페기는 케이트의 성을 듣자마자 모든 기억이 되살아났다. 라스롭 갤러리는 케이트와 베스의 외할머니 소유였다. 페기가 어렸을 때 라스롭 집안에 큰 사건이 있었다. 강도 사건과 사망 사건이었다. 그림이 도난 당했고, 엄마와 두 딸이 붙잡혀 묶여 있었던 사건. 그 사건은 동네 사람들 입에 끊임없이 오르내렸다. 더없이 완벽한 여름날의 해변에서도 사기와 탐욕, 살인에 관해 수군거리는 소리가 그치지 않았다. 가끔씩 페기는 어린 날 자신의 의식을 파고들었던 그 범죄 사건 때문에 지금 자신이 경찰이 된 건 아닐까 생각했다. 베스를 내려다보고 있는 지금 한 가지 의문이 떠올랐다. 베스와 케이트가 그때 그 지하실에 갇혔던 여자아이들이었을까?

페기는 사라진 그림이 베스의 살인 사건과 연관이 있을지 궁금했다. 찢어진 속옷을 보고 있자니 속이 메스꺼웠다. 살인범이 베스에게 무슨 짓을 했을까? "윽, 너무 추워서 얼어붙을 것 같아." 페기가 뼈를 에는 듯한 싸늘한 공기에 온몸을 부르르 떨었다.

"저걸 꺼야겠어요." 짐이 에어컨을 올려다보면서 말했다. 에어컨 압축기가 빙글빙글 돌면서 세차게 바람을 뿜어냈다. 금방이라도 퍼져 버릴 것 같았다.

"안 돼. 강력반이 도착할 때까지 그대로 둬."

페기는 짐보다 2년 먼저 경찰서 근무를 시작했다. 경찰서라고 해 봐야 워낙 작아서 옆 동네 경찰서와 합쳐질지도 모르는 상태였다. 페기는 근무 조건이 훨씬 나쁜 노리치에 살고 있었지만 조용한 블랙홀에서 근무하게 돼 운이 좋다고 생각했다. 엽서에 찍혀 나오는 롱아일랜드 사운드의 아름다운 동네, 여름 해변 휴양지, 1800년대 후반 이후로 예술가들이 앞다투어 찾는 곳, 예일 대학교와 코네티컷 대학교, 해양경찰학교 교수들과 일렉트릭 보트 경영진의 주택지가 바로 블랙홀이었다. 여태까지 페기가 신고 받은 최악의 사건은 가정폭력이나 심각한 교통사고 정도였다.

페기는 베스에게 가까이 다가가 상처를 살펴보았다. 팬티 가장자리의 레이스 무늬가 짙은 보라색으로 멍든 목 주변에 둥글게 찍혀 있었다. 페기는 그 광경에 이맛살이 찌푸려졌지만 시선을 돌릴 수는 없었다. 갈라진 두개골만큼이나 잔혹한 흔적인 데다 성폭력을 암시하는 것이라 더욱 충격적이었다.

"이런 경우 항상 남편이 살인범이죠. 하지만 이번에는 아닌가 봐요. 언니라는 여자가 뭐라고 했더라? 제부가 대서양 어딘가에서 배를 타고 있다고 했잖아요. 그것도 그렇고 남편이 이런 짓을 하겠어요?" 짐이 말했다.

페기는 대답하지 않았다. 가정 범죄를 다루면서 일찌감치 배웠지만 사람 좋아 보이는 얼굴을 한 사람도 끔찍한 짓을 저지를 수 있었다.

"남편에게 알려야겠죠? 근사한 항해를 즐기다가 이런 소식을 들으면 기분이 아주 엿 같겠는데요. 연락이나 될지 모르겠지만요. 아마 휴대전화도 안 터질 걸요. 블록 섬 뒤쪽 협곡으로 낚시 여행을 갔었는데 거기서는 휴대전화가 터지지 않더라고요." 짐이 말했다.

"무전기가 있을 거야."

"아, 그걸 깜박했네요. 하지만 휴가를 즐기는 남자들이 무전을 듣겠어요?"

"그건 강력반이 알아서 하겠지." 페기가 말했다. 케이트는 피트가 여름마다 항상 같은 무리들과 함께 항해를 떠난다고 했다. 이번 항해는 아이가 태어나기 전에 즐길 수 있는 마지막 여행이었을 것이다.

이런 생각을 하자 시선이 절로 베스의 복부로 쏠렸다.

배 속의 아이도 살아남지 못했다.

2

코너 레이드 형사는 처치 가 45번지 앞에 주차했다. 강력반 밴은 거기서 멀지 않은 뒤쪽에 있었다. 코너는 어젯밤 늦게까지 포카턱에서 신용협동조합 강도 사건을 조사하느라 파란색 블레이저와 회색 바지를 갈아입지도 못한 상태였다. 흰색 와이셔츠만 갈아입고 줄무늬 넥타이를 맸다. 코네티컷 주립 경찰치고는 좀 길다 싶은 갈색 머리카락은 한 시간 동안 낚시를 즐기고 온 터라 소금기에 절어 있었다. 새벽에 사건 현장에서 나와 집으로 바로 가지 않고 원투 낚시를 즐기러 찰스타운 브리치웨이로 향했다. 7월 둘째 주였고, 나체족들이 몰려들기 시작할 무렵이었다. 처리할 사건이 워낙 많아서 낚시든 이발이든 일 외에는 다른 걸 할 시간이 충분하지 않았다.

낚시를 하던 중에 호출을 받았다. 블랙홀의 그 집 주소를 듣는 순간 심장에 총을 맞은 것만 같았다. 그가 자주 찾아가 밖을 서성거렸던 그 집의 주소였다. 예전에 일어났던 그 집안에 얽힌 범죄 사건이 머릿속에서 번뜩였다. 코너는 곧장 낚싯대와 낚시 도구를 자동차 트렁크에 던져 넣고 95번 고속도로에 올라타 블랙홀을 향해 남쪽으로 내달렸다. 그 사건은 반드시 자신이 맡아야 했다.

차에서 내린 코너는 주변을 둘러보았다. 블랙홀의 부유한 주택지에서 흔히 볼 수 있는 전형적인 새하얀 대저택이 눈앞에 있었다. 집 주변을 둘러싼 회양목 울타리. 잔디밭에 그늘을 드리운 다 자란 참나무와 너도밤나무. 이끼 낀 돌 벽을 따라 활짝 피어난 파란색 수국. 코너는 벽 아래쪽에서 분홍색 원예용 장갑과 가위, 시들어서 잘라낸 꽃이 가득한 평평한 바구니를 발견했다. 하얀색 햇볕 차단 캔버스 모자도 땅바닥에 놓여 있었다. 벽에 걸린 초록색 호스의 스프레이 노즐에서는 물이 똑똑 떨어졌다. 그렇게 흘러내린 가는 물줄기는 언덕 아래 야생 목초지로 이어졌다. 누군가 정원에서 일을 하다가 방해라도 받은 모양이었다.

코너는 모자에 가까이 가 쪼그리고 앉았다. 밤새도록, 아니면 그보다 더 오랫동안 잔디 위에 놓여 있었는지 모자의 천이 아침 이슬을 맞아 반짝거렸다. 감식반 요원들은 이미 도착해 있었다. 코너는 모자와 원예 도구를 가리키며 감식반 요원들에게 사진을 촬영해 두고 범죄 현장의 일부로 보존하라고 지시했다.

블랙홀 경찰들이 현장에 제일 먼저 도착해 있었다. 코너는 순찰차 옆에 서 있는 경찰관 두 명을 발견하고는 그쪽으로 다가갔다. 고통스러운 표정의 짙은 갈색 머리 여자가 두 명의 경찰관 사이에 서 있었다. 케이트였다. 그녀를 보자마자 코너는 등이 뻣뻣하게 굳어 버렸다. 케이트는 예전과 많이 달라졌지만 또 어떤 면에서는 예전과 똑같아 보였다.

여자 경찰관이 코너를 발견하고는 무리에서 나와 다가왔다.

"안녕하세요? 전 코너 레이드라고 합니다." 코너가 손을 내밀었다.

"전 페기 매케이브예요. 이쪽은 제 파트너 짐 홀리고요. 피해자는 베스 라스롭이에요." 페기가 말했다. 페기는 짐과 함께 서 있는 여자를 고갯짓으로 가리켰다. "저분은 피해자의 언니 케이트 우드워드요."

코너는 케이트를 보면서 케이트가 자신을 알아보려나 생각했다. 코너는 거칠어지는 숨을 고르려고 애썼다.

"누가 신고해서 왔나요?" 코너가 페기에게 물었다.

"케이트요. 먼저 말씀드릴 게 있어요. 사실 저희가 문을 부수고 들어갔어요. 시체는 위층에서 발견했고요. 수색영장을 받아야 할지 말지에 대해서도 논의하긴 했어요."

"네." 코너가 말했다. 코너는 개인적인 감정은 제쳐 둔 채 그 문제를 물고 늘어질 피고 측 변호사도 있겠다 싶었다.

"케이트는 사흘 동안 베스에게 연락을 했대요. 하지만 통화가 되지 않아 아주 흥분한 상태였죠. 두 사람은 아주 가까운 사이였어요. 매일 이야기를 나누고, 하루에도 수차례씩 대화를 하기도 했다고 해요. 베스는 임신한 상태였는데 그게 또 순조로운 상태도 아니었대요. 케이트는 베스가 전화를 안 받자 불안해진 것 같아요. 물론 처음에는 베스가 가족 사업으로 바쁘다고 생각했죠." 페기가 설명했다.

"갤러리 말이군요." 코너가 말했다.

"네, 아니면 개를 데리고 해변이나 정원, 아니면 뭐 다른 데로 산책을 나갔을 거라고 생각했죠. 베스는 휴대전화를 많이 사용하지 않았고요. 그래서 종종 집에 두고 나가기도 했다네요."

"부재중 전화 기록이 남아 있었나요?"

"아, 엄청 많았죠. 피해자 언니가 시외에서 전화를 계속 했어요. 피해자의 남편 전화와 다른 부재중 전화 기록도 있었고요. 케이트는 오늘 아침에야 무슨 일이 있는지 확인하러 올 수 있었어요. 여행 일정까지 줄이고, 제일 먼저 여기로 왔죠."

"무슨 여행이요?" 코너는 다 알면서 물어보자니 남을 속이는 것만 같았다.

페기가 멍한 표정을 짓더니 얼굴을 붉혔다. "죄송합니다. 물어보지 않았어요."

"아, 신경 쓰지 마세요." 코너가 말했다. 코너는 페기 경관 너머로 케이트 우드워드를 쳐다보았다. 케이트한테서 시선을 뗄 수가 없었다.

"피해자의 남편은 항해 중이랍니다. 매년 친구들과 며칠씩 항해를 한다네요. 또 한 번 죄송하지만 어디로 갔는지는 물어보지 못했어요."

"그건 우리가 알아낼 테니 걱정 마요." 코너는 페기를 안심시키려고 고개를 끄덕였다. 뉴런던에서 경찰 근무를 시작한 코너는 그 이후에 주립 경찰관으로 2년 동안 일하다가 강력반 형사가 됐다. 범죄 사건 조사는 지방 경찰의 임무가 아니었다. 코너가 해야 할 일이었다. 코너는 우드워드 자매와 복잡 미묘한 관계가 있어서 눈앞의 경찰관에게 말해 줄 수 있는 것보다 훨씬 많은 사실을 알고 있었다.

"피해자는 여기를 공격 당했어요." 페기가 자기 머리의 왼쪽 귀 뒤쪽을 가리키면서 말했다. "목도 졸린 상태였고요."

코너는 평정심을 잃지 않으려고 애쓰면서 고개를 끄덕였다.

"또 다른 건요?"

"피 묻은 대리석 올빼미 조각상이 침대 아래에 있었어요. 범인이 사용한 살해 도구가 분명해 보였죠." 페기는 잠시 말을 멈췄다. "한 가지 이상한 게 있었는데…… 침실 벽에 빈 액자가 있었어요. 그림이 뜯겨 나간 것처럼 실 몇 가닥이 액자의 나무 틀에 붙어 있었거든요."

"그림이요?" 순간 코너는 등줄기가 오싹해져서 이렇게 되물었다. 그리고 생각했다. 똑같은 그림일 리는 없어.

"제가 보기에는 그랬어요."

"알겠어요. 감사합니다."

코너는 케이트 우드워드를 향해 걸어갔다. 이제 베스 라스롭을 만나러 집 안으로 들어가고 싶었다. 코너는 항상 살인 피해자와의 첫 만남은 사람 대 사람으로 만나는 것이라고 생각했다. 산 사람과의 만남과 마찬가지로 죽은 사람과의 만남도 모두 중요했다. 죽은 사람과의 대화는 산 사람과의 대화 못지않게, 아니 어쩌면 그보다 훨씬 더 많은 것을 말해 준다. 하지만 이번 사건의 피해자는 코너가 만나 봤던 그 어떤 피해자와도 달랐다. 코너가 이미 알고 있는 피해자였고, 어제까지만 해도 그녀의 인생에서 가장 끔찍했을 과거 그 사건에서 코너가 구출했던 피해자였다.

코너는 짐에게 인사를 건넸다. 짐은 코너가 베스의 언니와 단둘이 있고 싶어 한다는 걸 재빨리 눈치채고는 자리를 피해 주었다. 코너는 숨을 깊이 들이쉬고 케이트의 두 눈을 바라봤다. 케이트는 코너를 알아보지 못했다. 코너는 23년 전의 그날 그 갤러리에서 그랬던 것처럼 케이트의 손을 꼭 잡아 주고 싶었다. 당시 케이트는 열여섯 살이었고, 베스는 한 살 어렸다. 심장이 어찌나 세차게 뛰는지 목의 혈관이 펄떡펄떡 뛰는 게 베스의 눈에도 보일 것만 같았다.

"케이트 우드워드 씨, 전 코너 레이드 형사입니다. 동생 분께 이런 일이 일어나다니 정말 애석합니다."

"이럴 줄 알았어. 이럴 줄 알았다고." 케이트가 손바닥의 도톰한 부위로 두 눈을 꾹꾹 누르며 말했다. "베스가 전화를 받지 않았을 때 바로 와 봤어야 했어. 느낌이 이상했는데."

"어떤 느낌이 들었나요?"

"뭔가 잘못됐다는 느낌이요."

"베스는 항상 전화를 바로 받았나요? 매번?" 코너는 페기한테서 들었던 이야기를 떠올리며 물었다.

"항상은 아니었어요. 그전에는 그렇지 않았죠. 하지만 이번 주에는 제부도, 저도 멀리 떠나 있었어요. 베스는 힘든 시기를 보내고 있었고요. 그래서 베스한테 항상 휴대전화를 가지고 다니면서 제가 전화하면 바로 받으라고 했죠. 그래도 베스가 전화를 받지 않았을 때는 그냥 옛날 버릇을 못 버렸나 보다 하고 넘어가려고 했어요."

"베스가 뭣 때문에 힘들어했나요?"

"그게, 임신 초기에 석 달 동안 입덧을 심하게 했고, 혈당 수치가 높았어요. 샘을 가졌을 때도 임신성 당뇨가 있었거든요. 샘을 낳고 나서는 사라졌죠. 그렇다고 이번에 임신성 당뇨가 생기지 않는다고 장담할 수는 없다고 의사가 말했어요."

"아이가 또 있나요?" 코너가 물었다.

"아뇨, 샘뿐이에요. 그리고 매튜도 있었는데."

"매튜요?"

"태어날 아기 이름이었죠." 케이트의 목소리가 갈라졌다. "배 속의 아기요. 그 아기도…… 죽었겠죠? 그렇죠? 그 아이가 죽었나요?"

"검시관이 알려 줄 겁니다." 코너는 경찰관들의 보고를 받아 이미 그 답을 알고 있었지만 그렇게 말했다. 사실 베스의 사생활에 관해 많은 것을 세세하게 알았으나 둘째 아이를 왜 그렇게 늦게 가졌는지는 구체적으로 몰랐다.

"이런 때 제부가 항해를 떠났다니." 케이트의 두 눈에 어렸던 비통함이 분노로 바뀌었다. "아내의 몸 상태가 좋지 않은 걸 알면서도 일주일 동안 아내 곁을 비우는 남편이 어디 있어요? 저도 멀리 가고 없는데요."

"당신은 어디에 갔었죠?"

"그로턴에서 로스앤젤레스까지 전세기를 몰았어요."

코너는 케이트가 자세히 설명해 줄 때까지 기다렸다. 케이트의 경력을 이미 알고 있다는 티가 나지 않게 조심해야 했다.

"전 인트레피드 항공사의 조종사예요. 개인용 제트기를 몰죠."

"오늘 아침에 돌아왔나요?"

"네, 원래는 다른 비행기에 편승해서 돌아올 예정이었는데 고객들이 돌아가고 싶어 했어요. 영화사 중역 고객들인데 와치힐에 별장을 갖고 있었거든요. 그래서 하루 반나절 전에는 집에 도착할 거라고 생각했죠. 그런데 고객들을 기다려야 했어요. 그러지 말고 고객들을 로스앤젤레스에 두고 떠났어야 했어요. 그냥 부조종사한테 조종간을 맡기고, 전 상업 비행기를 타고 돌아왔으면 됐을 텐데 말이죠."

"베스의 남편은 어디로 항해를 갔나요?"

케이트가 이맛살을 찌푸렸다. 두 눈은 꼭 감고 있었다. 잠시 동안 혼자만의 생각에 빠져 늦게 돌아온 자신을 탓하고 있는 것 같았다. 그러다 다시 말을 이었다. "잘 모르겠어요. 항해는 난터켓에서 배를 타고 시작해요. 매년 7월에 제부는 친구들과 함께 베네토를 빌려서 일주일 동안 항해를 떠나죠."

"베네토요?"

"요트예요. 길이가 15미터가 넘죠. 근사한 배예요. 뭐, 비싸기도 하고요."

"그렇군요." 코너가 말했다. 배에 관해서는 코너의 형 톰이 잘 알고 있었다. 톰은 해안경비대 중령이라 선박에 관해서는 모르는 게 없었다. 덕분에 코너가 지방 사건을 조사할 때 톰이 코너의 비밀병기가 되는 경우가 있었다. 특히 지난번 우드워드 자매 사건이 그랬다. '형 없이는 해낼 수 없었어.'라는 말이 식상하게 들릴지 몰라도 코너에게는 톰이 그런 존재였다.

케이트는 말없이 입술을 앙다물고 있었다. 피트에 관해 뭔가 더 말하고 싶어 하는 것 같았다. 왜 피트에게 연락하라고 하지 않았을까?

"제부는 무슨 일을 하나요?" 코너가 물었다.

"라스롭 갤러리 사장님이죠." 케이트의 어조에서 의심의 여지없는 조롱기가 묻어 나왔다.

"조롱하는 것처럼 들리는데요?"

"뭐든 자기가 다 하는 것처럼 구니까요."

"저도 그 갤러리를 잘 압니다. 원래는 당신 외할머니 소유였죠."

케이트의 표정은 달라지지 않았다. 코너가 그 사실을 알고 있어서 놀란 것 같지 않았다. 어쩌면 그 갤러리가 예술 중심 도시 블랙홀의 중앙부로, 예술계에서 잘 알려져 있기 때문에 그런지도 몰랐다. 그런데 케이트는 코너를 기억하고 있을까?

"대대로 저희 가문 소유였죠. 결국 저와 베스가 물려받았어요."

케이트의 어머니가 죽고 아버지가 유죄 선고를 받은 후의 일이었다. 코너는 케이트를 보면서 그녀를 구출했던 그날 자신이 어떤 역할을 했는지 말해 줘야 할지 고민했다. 케이트는 베스의 죽음이 아버지가 과거에 저질렀던 범죄와 연관이 있을지도 모른다는 사실을 짐작이나 할 수 있을까? 코너는 누군가가 과거의 그 범죄를 모방했을지도 모른다는 생각을 하기 시작했다.

"갤러리 이름이 달라졌던데요. 이제는 제부 소유인가요?"

케이트가 고개를 가로저었다. "아뇨. 베스와 제 소유예요. 전 갤러리에 관한 대부분의 결정을 동생에게 맡겼고, 동생이 제부에게 직함을 줬죠. 사장 직함이요."

"그냥 직함만요?"

"그런 셈이죠. 제부가 그냥 가만히 앉아서 생각하는 거라고는…… 자기 생각뿐이에요. 또 하고 싶은 일이 뭐 있지 하는 생각이요."

과거 케이트의 아버지를 두고 사람들이 하던 소리도 그와 같았다.

"왜 제부에게 사장 직함을 줬을까요?"

"제부는 열등감 덩어리에 오만한 얼간이예요. 자기보다 더 잘난 사람이 없는 것처럼 굴죠. 베스보다 자기가 낫다고 생각해요. 하지만 누가 흘겨보기만 해도 상처 받는 인간이죠. 그래서 베스는 제부가 원하는 건 줘 버리는 게 속 편하다고 생각했어요. 싸우기 좋아하는 성격이 아니거든요."

"하지만 제부는 그렇지 않고요?"

"자기 멋대로 하는 성격이죠." 케이트가 조용히 말했다. 코너는 또다시 케이트의 아버지 생각이 났다. 베스와 피트, 두 사람의 관계는 서로가 모르는 비밀을 간직했던 위 세대의 관계와 아주 유사했다. 케이트와 베스의 어머니에게는 돈과 갤러리가 있었다. 베스의 어머니는 베스가 피트에게 그랬던 것처럼 남편에게 자기 뜻대로 갤러리를 운영할 수 있는 직함을 주었다.

케이트는 동생의 결혼 생활에 관해 얼마나 자세히 알고 있을까? 두 자매는 과거 지하실 사건으로 정신적 충격을 받았다. 코너는 심리학 학위가 없어도 두 사람이 남은 평생 동안 그 사건의 그늘에서 벗어나기가 얼마나 힘들지 짐작할 수 있었다. 지금까지 꽤 오랫동안 코너는 베스가 예전의 그 경험 때문에 지금의 남편 같은 포식자에게 잡히기 쉬운 먹잇감이 되었다고 생각했다.

코너는 케이트의 차갑고 작은 손을 잡았던 그 감촉이 사라지지 않아서 몇 날 며칠 밤을 잠들지 못한 채 뜬눈으로 보냈다. 동물의 울부짖음 같은 가늘고 높은 베스의 비명이 들렸다. 23년 전, 우드워드 자매와 그들의 어머니는 갤러리 지하실에 갇혀서 밧줄과 박스 테이프로 묶여 있었다. 그리고 위층에서는 강도들이 값을 매길 수 없을 만큼 귀한 19세기 풍경화를 훔치고 있었다. 당시 코너가 제일 먼저 사건 현장에 도착했다.

두 자매의 어머니 헬렌은 입마개 때문에 질식사 했다. 그동안 케이트와 베스는 박스 테이프 안쪽으로 입안을 파고드는 면 재갈에 대고 비명을 지르면서 몸부림을 쳤다. 그런 그들을 코너가 풀어 주었다. 코너는 그때 베스가 엄마의 시신을 붙들고 흐느꼈던 장면이 떠올라 천천히 숨을 내쉬었다. 케이트는 말문을 닫은 상태였다. 완전히 충격에 빠진 채로 뻣뻣하게 굳어서 멍하니 서 있다가 좀비 같은 시선으로 엄마와 동생을 쳐다보며 뒷걸음질쳤다. 그때 코너는 케이트가 눈앞의 끔찍한 광경이 아니라 그에게 시선을 돌릴 수 있게 케이트의 손을 잡아 주었다.

지금 코너의 눈앞에 서 있는 케이트는 오른손을 꽉 움켜쥐고 있었다. 코너는 그 손을 잡아 주고 싶은 마음을 애써 억눌러야 했다. 자신이 그녀의 인생에 개입했었다는 사실을 솔직하게 말하지 못해 마음이 불편했다. 과거의 사건에만 관여한 것이 아니었다. 지하실에서 우드워드 자매를 구출했던 그날, 코너는 그들을 보호하고 주시하겠다고 맹세했다. 누군가를 구해 주면 그 사람의 평생을 책임져야 한다는 옛말을 믿었기 때문이다. 코너는 가능한 한 두 자매한테서 눈을 떼지 않았다. 그런데 그 집 안에서 베스가 죽다니, 뼈저린 실패감에 코너는 지금 당장 죽고 싶은 심정이었다.

◎

 잠시 후, 케이트는 마음을 가라앉혔다. 한숨을 쉬더니 멍한 상태에서 빠져나오려는 것처럼 양 어깨를 가볍게 털었다. 코너는 지금 이 순간 케이트 곁에서 그녀의 이야기를 듣기 위해 숨을 고르고 마음을 단단하게 다잡았다.
 "제부한테서 연락을 받았어요. 동생이 어디 있냐고 묻더라고요."
 좀 전에는 하지 않았던 이야기였다. 코너는 수백만 가지 의문이 떠올랐지만 조용히 입을 닫고 귀를 기울였다.
 "두 번이나요. 한 번은 비행 중에 받아서 반 누이스에 착륙하고 나서야 메시지를 확인했죠. 그때는 그냥 베스한테 무슨 일정이 있는지 물었어요. 좀 이상하다 싶었지만 깊이 생각하지 않았죠. 제부한테 다시 전화를 걸어 보지도 않았어요. 그런데 제부가 다시 전화해서 베스와 연락이 안 된다고 했어요. 베스가 지쳐서 잠을 자고 있는지도 모르겠다고 하더라고요. 저도 분명 그럴 거라고 대답했고요. 그런데 점점 불안해지는 거예요. 베스가 제 전화도 받지 않았고요."
 "동생분이 잘 있는지 봐 달라고 누군가에게 부탁해 보진 않았나요?"
 "친구 스코티 워터슨한테 부탁했죠. 스코티가 그날 아침 일찍 베스와 함께 정원 일을 했거든요. 그리고 집에 돌아갔다가 다시 머핀 같은 걸 챙겨서 베스를 찾아갔대요. 베스와 함께 커피를 마시려고요. 그런데 베스가 UPS 택배기사에게 남겨 둔 쪽지를 현관에서 발견했대요. 오전에 외출하니 물건을 그냥 두고 가라는 쪽지였죠."

"그 쪽지는 어디 있나요?" 코너가 물었다.

"아직 저기 붙어 있어요. 스코티가 그대로 뒀거든요." 케이트가 문틀에 붙어 있는 노란색 종이를 가리켰다.

"베스 글씨가 맞나요?"

"네."

"물건은 어디 있죠?"

"뭐요?"

"UPS 택배기사가 두고 간 거요."

"그런 건 없었어요." 케이트가 인상을 찌푸렸다. "하지만 스코티는 쪽지를 보고 안심했대요. 베스가 방금 나가서 곧 돌아올 거라고 생각했죠. 스코티의 남편은 제부랑 같이 항해를 하고 있어요."

코너는 쪽지를 유심히 살펴보았다. 메모지는 구겨져 있는 것 같았다. 베스가 언제든지 외출할 때 사용하려고 미리 써 둔 쪽지가 분명했다. 블랙홀 같은 동네에서는 이웃을 믿을 수 있다고 생각하기 때문에 많은 사람들이 그렇게 했다. 하지만 문제는 베스만이 아니라 누구라도 그 메모지를 문 앞에 붙여 둘 수 있다는 것이었다. 살인범이 붙여 두었을 수도 있었다.

"피트 라스롭 씨에게 연락해야겠어요. 그분 전화번호를 알 수 있을까요?" 코너가 말했다.

케이트는 휴대전화 연락처를 스크롤해서 피트의 전화번호를 알려주었다. 코너는 그 전화번호를 노트에 적지 않고 바로 전화를 걸 수 있도록 휴대전화에 입력했다.

"요트 이름이 뭐죠?"

"헌트레스요."

"감사합니다."

"제가 동생을 구할 수 있었던 건 아닐까요?" 케이트가 물었다. 초록색 눈동자가 눈물로 반짝거렸고, 얼굴은 절망감으로 얼룩졌다. "베스는 제 동생이에요. 어린 제 동생이요. 우린 아주 가까운 사이였죠. 왜 저는 동생 곁에 있어 주지 못했을까요? 이런 일이 일어나게 내버려 두다니. 벌써 두 번째예요." 케이트가 코너의 손을 꽉 움켜쥐었다. 전율이 그의 팔을 타고 흘러가 그의 심장을 찔렀다.

"갤러리 사건 말씀인가요? 두 분이 어렸을 때 겪었던 그 일이요?"

"아뇨." 코너가 과거의 사건을 언급하자 케이트는 충격을 받은 것처럼 날카롭게 쏘아보았다. 하지만 곧 고개를 가로저었다.

"그럼 왜 두 번째죠?"

"그때도 베스 곁에 있어 주지 못했어요. 끔찍한 일이 벌어졌죠."

"무슨 일이 있었나요?"

케이트는 아무 대답도 하지 않았다. 그냥 이번에도 또다시 잡았던 손을 놓기만 했다. 과거에 지하실에서 케이트는 모든 감정을 박탈당한 것 같았다. 새하얀 백지 같은 상태로 변했었다. 그런데 지금은 분노와 슬픔으로 활활 타올랐다. 그 밖에 다른 차이도 있었다. 일단 신체적으로 열여섯 살 때보다 조금 더 커서 키가 167센티미터 정도였다. 짙은 갈색 머리카락은 오래전 그날처럼 뒤로 묶어 올렸다. 청바지에 소매 없는 셔츠 차림이었고, 운동을 열심히 했는지 양팔은 구릿빛으로 반질거렸다. 다만 지금은 제대로 서 있기도 힘든 것 같았다. 코너는 그녀를 위로해 주고 싶은 충동을 꾹꾹 눌러 넣었다.

"제니퍼 형사에게도 진술을 해 주셔야 합니다." 코너가 자신의 파트너를 가리키며 말했다. 제니퍼는 노트를 활짝 펼쳐 든 채 하얀색 제라늄 화분 옆에 서서 짐 경관과 이야기를 나누고 있었다. "제니퍼 형사를 불러 드릴게요. 진술을 마치고 나서 집으로 돌아갈 수 있게 해 드리겠습니다."

"샘에게 연락을 해야 해요. 다른 데서 이 소식을 듣기 전에요."

"아버지가 하지 않을까요?"

"지금 어디 있는지도 모르잖아요."

"그렇죠."

"제가 제부를 얼마나 미워하는지 모르실 거예요."

"얼마나 미워하는데요?" 코너는 케이트의 손을 바라보면서 기다렸다. 케이트가 피트의 비밀스러운 생활에 대해 얼마나 알고 있는지 듣고 싶었다.

하지만 그녀는 고개를 가로젓고는 돌아섰다. 코너는 제니퍼에게 오라고 몸짓하고는 케이트를 힐끗 돌아보았다. *제가 동생을 구할 수 있었던 건 아닐까요? 이런 일이 일어나게 내버려 두다니.* 좀 전에 그녀가 한 말이었다. 아무 뜻 없이 한 소리였을지도 모른다. 하지만 이런 일이 일어나게 내버려 뒀다는 말은 그녀가 살인을 저지할 수 있었다는 뜻이었다.

코너는 그녀가 왜 그런 생각을 했는지, 두 자매의 관계가 어땠했는지 궁금했다. 갤러리 지하실에 묶여 있었던 그 사건 이후로 두 자매가 더욱 가까워졌을까, 아니면 오히려 멀어졌을까? 삶의 방향을 스스로 통제할 수 있었을까? 아니면 강도가 갤러리에 침입했던 그 순간 이후 정해진 대로 망가진 삶을 살아왔을까?

코너의 인생은 그 사건에 휘둘리고 있었다. 케이트 가까이 서 있는 지금, 두 손이 떨렸다. 코너는 그 모습을 들키기 싫어서 손을 주머니 속에 쑤셔 넣었다. 우드워드 자매의 고통은 코너에게 소설 《모비딕》 속 에이허브 선장의 흰 고래이자 고문이었다.

제가 제부를 얼마나 미워하는지 모르실 거예요. 케이트는 피트에 대해 이렇게 말했다. 사실 코너는 아주 잘 알고 있었다. 우드워드 자매를 주시하면서 그 주변 사람들이 어떻게 지내는지도 지켜봤기 때문이다. 어쩌면 베스의 결혼 생활을 케이트보다 훨씬 더 자세히 알고 있을 수도 있어서 코너는 마음이 약간 불편했다.

"동생 부부의 결혼 생활은 원만했나요?" 코너는 추잡한 진실을 알고 있었지만 애써 담담한 어조로 물었다.

"아뇨." 케이트가 무감각하게 대답했다.

"어느 한쪽에 다른 사람이 생겼나요?"

"제부가…… 그랬죠."

코너는 니콜라라는 이름이 나오기를 기다렸다. 하지만 케이트는 두 손에 얼굴을 파묻은 채 조용히 울기 시작했다.

집 안에서 전화벨 소리가 희미하게 들렸다. 코너는 울고 있는 케이트를 두고 떠나기 싫어서 머뭇거렸다. 하지만 결국 돌아섰다. 케이트와 그 동생에 대한 집착, 과거에 서로의 인생이 교차했다는 사실을 들키지 않으려고. 과거 갤러리 지하실에서 일어났던 일은 코너도 겪은 일이었다. 코너는 현관으로 걸어가면서 케이트가 막지 못했던 첫 번째 끔찍한 사건이 무엇이었을지 생각했다.

이제는 베스를 만나러 갈 시간이었다.

3

 감식반이 현장 조사를 시작하려는 참이었다. 하지만 코너는 자기가 먼저 집 안으로 들어가고 싶었다. 보도에 놓인 상자에서 일회용 장갑을 꺼내 꼈다. 집 안은 며칠 동안 환기를 하지 않은 것처럼 퀴퀴한 냄새가 났다. 계단 꼭대기에 올라간 코너는 침실 문을 열었다. 그 순간 차가운 바람이 터져 나왔고, 시체 썩는 냄새가 코를 찔렀다.
 코너는 물러서서 베스를 바라보았다. 그 자리에서는 뒷모습밖에 보이지 않아 베스가 자고 있다는 착각이 들 정도였다. 베개 위로 흩어진 붉은 기가 도는 금발머리, 엉덩이 곡선, 아침 햇살을 가리려고 나른하게 눈 위에 걸쳐 둔 한쪽 팔이 눈에 들어왔다. 하지만 가까이 다가가자 그 환상이 산산조각 났다.
 코너는 침대 가장자리로 다가가다가 피 묻은 대리석 올빼미 조각상에 걸려 넘어질 뻔하고는 다른 쪽으로 돌아갔다.

베스의 귀 뒤쪽 두개골이 갈라져 있는 게 보였다. 상처가 깊어서 검붉은 피에 잠긴 가는 뼛조각들이 드러났다. 목 주변에는 멍든 끈 자국이 남아 있었다. 레이스 무늬였다. 찢어진 브래지어와 바닥에 떨어진 팬티도 눈에 들어왔다. 코너는 그 흔적들을 보면서 생각에 잠겼다. 성폭행의 증거일까?

부풀어 오른 혀는 앙다문 이 사이로 튀어나왔고, 흐리멍덩한 두 눈의 흰자위는 붉은색과 보라색 점 투성이였다. 교살 당했을 때 나타나는 점상출혈의 흔적이었다. 잘 보이지 않는 건조한 하얀 막이 입술 주변에서 턱 아래까지 덮고 있었다. 거기서 아밀라아제가 풍부한 타액이 나오겠다고 코너는 생각했다. 베스의 두 다리는 멍들어 있었다.

"아직 이렇게 젊은데." 코너가 큰소리로 말했다.

과거에 그가 구출해 주었던 십 대 소녀에게 하는 말이 아니었다. 지금 바로 눈앞에서 침대에 누워 있는 삼십 대의 베스에게 하는 말이었다. 코너는 베스가 자신을 쳐다보고 있기라도 하는 양 베스의 흐릿한 두 눈을 응시했다. 창틀에서 털털거리며 세차게 돌아가는 에어컨 소리가 들렸다.

코너는 케이트의 집만큼 자주는 아니지만 적어도 일주일에 한 번은 베스의 집을 순찰했다. 그때마다 창문은 항상 열려 있었다. 커튼이 미풍에 날렸고, 집 안에서 사람 목소리나 베스의 딸아이 방에서 음악 소리가 흘러나왔다. 아니면 피트의 서재에서 TV 소리가 들렸다. 베스는 신선한 공기를 좋아했다. 케이트도 마찬가지였다. 코너는 두 사람이 거의 24시간 동안 눅눅한 지하실에 갇혀 있었던 사건이 어느 정도는 원인이 되지 않았을까 생각했다.

살인범은 문에다 UPS 택배기사에게 남기는 쪽지를 붙여 두었고 에어컨을 켜 베스가 실제보다 훨씬 더 오래 살아 있었던 것처럼 꾸였다. 코너는 일단 이 지역의 성폭행 전과자들을 조사할 생각이었다. 하지만 강간범이 굳이 사망 시각을 조작할 필요가 있었을까?

이번 사건은 일반적인 강간 사건과 달랐다. 살인범은 알리바이를 만들 수 있는 시간을 벌어야 했다. 친구들과 함께 요트를 타고 수백 킬로미터 떨어진 바다로 나가는 것 같은 알리바이 말이다. 그래야 아내를 살해할 수 있는 가능성이 없어질 테니까.

베스의 얼굴을 들여다보자 온몸이 사정없이 떨려 가만히 있을 수가 없었다. 사실 그는 조사의 기본 원칙을 어기고 있었다. 모든 사실을 검토해 보기도 전에 이미 결정을 내려 버렸으니까. 베스를 사랑했어야 했던 두 남자, 베스의 아버지와 지금의 남편이 베스를 망가뜨렸다. 코너는 저쪽 벽에 걸린 빈 액자를 힐끗 쳐다보았다. 피트가 예전 범죄 사건의 수법을 따라 한 것은 아닌가 하는 생각이 들었다. 코너는 다시 베스를 돌아보았다.

의심만으로는 충분하지 않았다. 확실한 증거가 필요했다. 코너는 베스의 두 손을 살펴보기 시작했다. 손톱은 최근에 매니큐어를 발라 매끈했다. 긁힌 자국이나 구부러진 곳, 혹은 부러진 곳은 없었다. 손톱 밑에 끼어 있는 피부조각이나 핏자국도 없었다. 자기 목을 조르는 사람을 왜 잡아채지 않았을까? 그 손아귀에서 벗어나려고 발버둥치고, 목을 휘감는 끈을 풀어 내리려고 범인을 할퀴고 긁어서 DNA를 뜯어냈어야 하지 않았나? 어쩌면 그랬을지도 모른다. 코너가 보지 못했을 뿐이지. 이 의문에 대한 답은 검시관이 말해 줄 것이다.

침실 바깥의 2층 복도에서는 감식반 요원들이 점점 더 초조해하고 있었다. 그들의 이야기 소리가 들렸다. 감식반이 현장 곳곳을 동영상과 사진으로 촬영한다는 걸 알면서도 코너는 재킷 주머니에서 아이폰을 꺼내 베스와 피 묻은 베갯잇, 올빼미 조각 사진을 찍었다.

코너는 침실 밖으로 나가기 전에 빈 액자가 걸려 있는 벽으로 다가갔다. 금박 액자를 보자 가슴이 철렁 내려앉았다. 과거의 사건이 떠올랐다. 코너는 어디를 가든 그 액자를 알아볼 수 있었다.

책상 위에 활짝 펼쳐진 스케치북에는 요트 한 대와 한 줄로 늘어선 파라솔, 화려한 골동품 열쇠가 그려진 작은 펜화가 있었다. 코너는 아래층에서 쪽지를 봐서 베스의 필체를 알아볼 수 있었다.

피트와 닉, 그리고 그의 친구들까지 남편들은 모두 항해를 떠나고, 베스와 스코티, 케이트, 룰루는 일주일 동안 해변을 즐기다!

코너는 깊고 푸른 바다 어딘가에서 아름다운 요트를 타고 안전하고 만족스러운 항해를 즐기는 피트의 모습을 그려 보았다. 아무것도 하지 않는 바지 사장. 케이트와 베스의 아버지처럼 모든 것을 다 갖고 싶어 하고, 손만 뻗으면 가질 수 있다고 생각하는 또 다른 남편.

코너는 텅 빈 액자와 펜화를 촬영했다. 그러고는 침대 옆에 서서 베스의 머리 상처에서부터 목 주변의 교살 흔적, 바닥의 찢어진 속옷으로 시선을 옮겼다. 먼저 머리를 공격당했을까? 아니면 목이 졸렸을까? 강간살인범이 범인이라면 범행 기념품으로 그림을 훔쳐간 것일까? 낯선 사람의 범행은 아니라는 직감이 또다시 들었다.

그때 아래층에서 전화벨 소리가 들렸다. 코너가 침실 밖으로 나가자 감식반이 안으로 들어갔다. 코너는 서둘러 아래층으로 내려갔지만 주방 문 앞에 다다르는 순간 유선 전화기 벨소리가 끊어졌다. 전화가 음성사서함으로 넘어갔을 게 분명했다. 코너는 아이폰을 꺼내 유선전화기 아래쪽에 인쇄된 집 전화번호를 입력해서 통화 버튼을 눌렀다. 그러자 잠시 후에 베스의 목소리가 들렸다.

안녕하세요, 라스롭 네 집입니다. 팝콘을 산책시키러 나갔을 수도 있으니 메시지를 남겨 주세요. 해변에서 돌아오는 대로 다시 연락 드릴게요!* 그러고는 뻑 하고 전화가 끊어졌다.

코너가 전화를 끊고 나서 몇 초 후, 다시 전화벨이 울렸다. 수화기를 든 코너는 아무 말도 하지 않았다. 그냥 귀에 갖다 대고만 있었다.

"여보세요?" 남자 목소리였다. "베스? 베스! 거기 있어? 왜 대답을 안 해? 여자들끼리 너무 재미있게 노는 거 아냐? 자기 휴대전화로 전화했는데 안 받아서 좀 걱정……."

"누구시죠?" 코너는 누군지 이미 알면서도 이렇게 물었다.

"그러는 당신은 누구죠?"

"코네티컷 주립 경찰서의 코너 레이드 형사입니다. 그쪽은 누구시죠?"

"피트 라스롭입니다. 제가 전화를 잘못 걸었나요? 전 아내한테 전화를 걸었는데요."

"네, 맞습니다."

"아내는 어디 있죠?"

코너는 잠시 말을 멈췄다. "피트 라스롭 씨, 애석하게도 아내 분은 사망하셨습니다."

"뭐라고요, 안 돼!" 피트가 소리쳤다. "거짓말이죠? 말도 안 돼, 거짓말이야. 하아, 베스!" 피트가 전화기를 떨어뜨렸는지 달가닥거리는 소리가 들렸다.

코너는 911 신고 녹음테이프를 배심원단에게 틀어 준 적이 있었다. 가해자들이 자기가 범행을 저질러 놓고 목격자인 것처럼 가장해서 신고한 내용들이었다. 충격에 빠진 목소리가 진짜인지 가짜인지는 거의 항상 구별해 낼 수 있었다. 피트의 반응은 미리 연습해 두기라도 한 것처럼 너무 자동적으로 튀어나왔다.

"지금 어디시죠?" 코너가 물었다.

"마서스 비니어드의 오크 블러프스로 가고 있어요." 다른 사람의 목소리가 들렸다.

"누구시죠?"

"리랜드 애컬리입니다. 피트의 친구죠. 베스의 친구이기도 하고요."

"거기서 가장 가까운 해양경비대 주둔지가 어디죠?" 코너가 물었다.

"메넴샤요."

"그럼 메넴샤로 오세요. 거기서 만나죠." 코너가 말했다.

4

자매는 영원하다. 같은 피와 뼈로 만들어진 존재다. 케이트가 여섯 살이었을 때 다섯 살이던 베스가 엄마의 배를 가리키며 했던 말이 기억났다. "우린 같은 배에서 나왔어!" 그랬다. 베스가 태어나고 오늘까지 케이트는 이 지구상에서 베스의 존재를 느끼지 못했던 때가 한 순간도 없었다. 여름날의 산들바람에서 동생의 숨결을 느낄 수 있고, 동생과 즐겨 듣는 애창곡이 흐르는 라디오에서 동생의 목소리를 들을 수 있었으며, 동생과 주고받았던 비밀스러운 농담이 떠오를 때마다 동생의 웃음소리를 들을 수 있었다.

케이트는 샘에게 알려야 했다. 그 생각 하나로 버티는 중이었다. 샘에게는 그녀가 필요했다. 동생은 언니가 자신의 아이를 돌봐 주기를 바랄 것이다. 하지만 샘에게 알려야 하는 사실, 샘의 엄마가 죽었다는 사실 자체가 말이 되지 않았다. 동생이 죽었을 리는 없으니까. 케이트는 그 사실을 받아들일 수가 없었다. 그게 사실일 리가 없었으니까.

베스가 죽지 않은 것처럼 행동하는 거야. 베스가 지금 여기 있는 것처럼 말을 걸어. 지금 바로 내 곁에 있는 것처럼. 자매는 영원히 함께하잖아! 그렇지, 베스? 지금 내 곁에 있지? 케이트는 속으로 이렇게 속삭였다.

하지만 그때 침대 위에서 봤던 동생의 모습이 떠올랐다. 더 이상 얼굴이라고 할 수 없는 동생의 얼굴에 떠올라 있던 그 표정. 깨진 유리처럼 부숴져 있었던 동생의 두개골. 동생의 머리에 난 구멍 속으로 피에 절어 있었던 하얀 뼛조각들.

샘은 아무것도 모른 채 캠프에 있었다. 이런 소식은 빠르게 퍼지는 법이다. 케이트는 직접 겪어 봐서 잘 알고 있었다. 누구누구의 엄마가 살해 당했다는 작은 동네의 범죄 사건만큼 빠르게 퍼져 나가는 건 없다. 빨리 샘에게 가지 않으면 다른 아이가 페이스북에서 이 소식을 접할 터였다. 그래서 케이트는 캠프에 전화해 샘이 언론 매체를 보지 못하게 해 달라고 했다. 그랬더니 캠프 관리자가 캠프에서는 휴대전화와 노트북, 아이패드를 사용할 수 없어서 케이트가 도착하기 전까지는 샘이 아무 소식도 듣지 못할 거라고 했다.

케이트가 마지막으로 캠프에 있는 샘을 찾아갔던 건 2년 전이었다. 그때는 베스와 함께였고, 샘이 막 캠프에 다니기 시작할 무렵이었다. 지금 샘은 캠프 보조 교사로 활동하고 있다. 당시 두 자매는 케이트의 포르셰를 타고 지붕을 열어 놓은 채 라디오를 틀고 북쪽으로 달렸다. 거의 대부분은 시골길을 달리면서 소나무 숲과 농장, 넓게 펼쳐진 초원을 지나쳤다. 두 사람은 비교적 가까이 살았지만 많은 시간을 함께 보내지는 못했다. 케이트의 비행 일정이 빡빡했고,

베스는 피트와 샘을 돌보고 갤러리를 운영하느라 바빴기 때문이다. 그랬던 그들에게 장거리 자동차 여행은 마침 딱 필요한 것이었다. 끝없는 이야기가 오갔고, 웃음이 끊이지 않았다.

케이트는 지금 당장 베스에게 이야기해 주고 싶었다. 코너 형사에 대해 말해 주고 싶었다. 코너 형사가 티를 안 내려고 나름 애쓰기는 했지만 그 서툰 몸짓에 케이트는 그가 자신들에게 일어났던 일을 세세하게 전부 다 알고 있다는 걸 알아차렸다. 어쩌면 코네티컷의 모든 경찰들이 다 알고 있을지도 몰랐다. 가끔씩 케이트는 자신의 손목과 팔뚝, 가슴, 발목을 칭칭 감았던 밧줄의 감촉이 여전히 남아 있는 것 같았다. 지금도 오른손을 폈다 오므렸다 했다. 엄마의 몸에서 흘러나와 두 사람 주변에 고였던 그 피 냄새가 여전히 코밑을 맴돌았다. 케이트와 베스는 그날 갤러리에서 있었던 일에 대해 이야기하지 않았다. 그때 그 경험은 금고에 넣어 잠가 버렸다. 그래야 제정신으로 앞만 보고 나아갈 수 있었으니까.

오리온 캠프는 메인 주 동부 연안의 로크 블러프스에서 약간 떨어진 섬에 있었다. 케이트는 차를 운전해서 갈까 생각했지만 페리 탑승 시간을 빼도 차로 일곱 시간 넘게 걸렸다. 지금은 당장 샘에게 가야 했다. 동생과 함께 갔던 길을 동생 없이 가려니 가슴이 찢어지는 것 같았다.

케이트는 그로튼-뉴런던 공항으로 차를 몰았다. 히긴슨 부부가 전세 낸 사이테이션 엑스를 아침 일찍 착륙시켰던 곳이었다. 케이트는 제일 친한 소꿉친구 탈룰라 그랜빌과 함께 단발엔진 항공기 파이퍼 사라토가를 공동으로 구매해 그로튼-뉴런던 공항에 보관해 두었다. 탈룰라 그랜빌은 친구들 사이에서 보통 룰루라고 불린다. 델타의 기장이자, 조종사 노조에서 활발하게 활동하고 있다. 케이트는 비행기를 사용하기 전에 보통 룰루에게 비행 계획이 있는지 확인해 보았다. 룰루는 지난주에 애틀랜타에서 새 항공기로 비행 훈련을 하고 있었으나 오늘 비행 일정이 있는지 어떤지는 알 수 없었다. 하지만 아직 샘도 만나지 못했는데 지금 당장 룰루에게 베스 이야기를 해야 한다는 건 너무 괴로워서 생각도 할 수 없는 일이었다.

사라토가는 전체가 금속으로 만들어진 아름다운 고성능 항공기였다. 접어 넣을 수 있는 착륙기어와 날개 끝이 좁아지는 테이퍼형 날개도 갖췄다. 케이트는 항공기 바퀴 고임목을 빼고 조종석에 올라탔다. 비행 전 점검을 하고 나서 헤드폰을 쓰고 관제탑에 이륙 허가를 요청했다.

비행기가 활주로를 달리기 시작하더니 꿈꾸듯 떠올라 롱아일랜드 사운드 위를 날았다. 코네티컷과 로드아일랜드, 뉴욕 주가 한눈에 보이는가 싶더니 비행기는 맑은 파란 하늘로 올라가기 시작했다.

케이트는 로스앤젤레스에서 불어오는 순풍을 탄 덕분에 산 페르난도 골짜기의 뜨거운 반 누이스 공항에서 이륙한 지 채 다섯 시간도 되지 않아 착륙했었다. 반 누이스 공항에서는 2등 조종사가 조종석에 앉았기 때문에 오늘 케이트의 최대 비행 가능 시간은 여덟 시간이 아니라 아홉 시간이었다. 그 정도 시간이면 메인에 갔다가 돌아오기에 충분했다. 하늘에서든 다른 어디에서든 규칙은 언제나 중요했다. 케이트가 할머니한테서 배운 원칙이 그랬다.

케이트는 비행도 할머니한테서 배웠다. 케이트의 할머니 마틸다 하크니스는 82세의 나이에도 케이트가 함께 비행했던 조종사들 중 최고의 조종사였다. 마틸다는 2차 세계 대전 당시 여성항공비행단(WASP)에서 활약했지만 그 능력을 인정받지는 못했다.

"우리 여자들도 남자들 못지않게 일을 잘한단다." 마틸다는 세스

너 전세기로 케이트에게 다섯 번째 훈련을 시키면서 말했다. 그때 케이트는 열일곱 살이었고, 대학에 입학해야 했던 여름이었다. 사실 케이트는 사라 로렌스 대학에 합격했지만 입학을 연기해 둔 상태였다. 갤러리 지하실에서 보냈던 그 끔찍했던 시간들을 떨쳐 버릴 수 없었기 때문이었다. 엄마를 잃고 아빠가 법적 문제에 휘말린 상황에서 대학교에 간다니 그건 케이트가 감당할 수 없는 일이었다. 마틸다는 케이트와 베스에게 집중 치료를 통해 정신적 상처를 치유해야 한다고 고집스럽게 말했다. 마틸다 본인도 전쟁을 겪어 봐서 치료의 필요성을 잘 알기 때문이었다.

"맞아요." 케이트가 시끄러운 단발엔진 소리 너머로 크게 소리쳤다. "할머니는 남자들보다 훨씬 더 일을 잘해요."

"그럼, 당연하지. 우리 여자들도 남자들만큼 힘든 훈련을 받았어. 엘리노어 루스벨트는 우리 여성들이 '사용해 주기를 기다리고 있는 무기'라고 했단다. 그런데도 우릴 한쪽 구석에 처박아 두고 바다로 내보내지 않았지. 다들 우리가 전쟁터에서 집으로 돌아가 남자들과 아이들을 돌보기를 바랐어."

"할머니한테는 아이가 있었잖아요. 엄마요." 케이트가 말했다.

"그랬지. 하지만 난 결혼을 하지 않고 아이를 가졌어. 그 아이가 딸이라서 정말 기뻤단다. 강하고 독립적인 딸아이를 키워서 비행이 '남자들 세계'라는 게 얼마나 어처구니없는 헛소리인지를 증명해 보이고 싶었거든."

"왜 WASP에 들어가셨어요?"

"우리나라를 위해 싸우고 싶었지. 재클린 코크란의 발자취를 따라 가고도 싶었고."

"누구요?"

"내 우상이란다. 재키는 1938년에 벤딕스 레이스에서 남자들을 제치고 우승을 거머쥐었어. 음속을 돌파한 최초의 여성이야. 지금 이 순간까지도 그녀보다 더 높이, 더 빠르게, 더 멀리까지 비행한 사람은 아무도 없단다. 남자들도 포함해서 말이야. 육군항공대에서 여자들도 남자들과 똑같이, 육군의 방식대로 훈련시켜야 한다고도 했어."

"할머니가 저희를 혹독하게 가르치는 것처럼요?"

"여자들은 불굴의 의지를 길러야 해. 남자보다 두 배 더 뛰어나야 하고. 너희 엄마도 그렇게 가르쳤단다. 너희 엄마가 너와 베스도 그렇게 가르쳤고. 나도 여전히 널 그렇게 가르치고 있지."

"베스는 이미 뛰어난 아이예요. 배울 필요도 없죠." 케이트가 이렇게 말했고, 사실이 그랬다. 케이트가 *지하실 시간*이라고 회상하는 그런 일을 겪고도 베스는 명예를 얻었다. 하지만 케이트의 삶은 망가져 버렸다. 케이트가 수치심에 대학교에 다니지도 못한 반면 베스는 학업에 집중했다.

아직 고등학생이었을 때 베스는 블랙홀 근처의 코네티컷 대학교에 들어갈 계획을 세웠다. 그래야 유언 집행자한테서 갤러리를 넘겨받아 가능한 한 빨리 운영할 수 있었기 때문이었다. 그동안에는 가족 소장품과 익숙해지려고 초기 미국 인상파에 대한 논문을 썼다. 그뿐만 아니라 '마시 뷰 양로원'과 무료급식소인 '뉴런던 수프 키친'에서 자원봉사도 했다.

"베스는 제가 아는 사람 중에서 가장 친절하고 너그러운 사람이에요. 그 정도면 뛰어나지 않나요?"

"그래, 뛰어난 아이지. 하지만 이 할미와 함께 비행기를 타는 사람은 누구지?"

"베스는 지상에서 움직이는 부류에 더 가깝죠. 아빠가 항상 그러셨어요. 베스는 땅에 발을 붙이고 있지만 전 뜬구름만 잡고 있다고요."

"그 잡종 같으니라고. 그렇게 간단한 논리로 딸들을 싸잡아 평가하는 인간한테는 신경 꺼. 하지만 상투적인 표현이 좋다면 말이야……."

케이트는 아빠 이야기를 꺼낸 게 죄송스러워서 움찔했다.

"뜬구름을 잡아야 별도 잡을 수 있는 거야. 알겠니, 케이트?"

"네." 케이트가 대답했다. 이때 두 사람은 블록 섬 남단을 향해 날아가고 있었다. 곧이어 그레이트 솔트 폰드 너머로 방향을 틀었다가 공항 쪽으로 하강하기 시작했다.

"평범한 삶을 살 필요는 없단다. 사람들이 해야 한다고 하는 일을 할 필요도 없어. 지금 네가 하고 있는 것처럼 별을 쫓아가는 거야."

그때 케이트가 왼쪽으로 기수를 틀어 블록 섬을 향해 하강하기 시작했다. 23년 전이었다. 지금 케이트는 샘을 태우러 가려고 왼쪽으로 기수를 틀어 바드 아울 공항을 향해 하강하고 있다. 활주로가 짧았지만 사라토가는 충분히 착륙할 수 있었다.

케이트는 평범한 삶은 어떨지 생각해 보았다. 마틸다는 그녀가 얼마나 평범한 삶을 살고 싶어 하는지 결코 몰랐을 것이다. 자기가 원하는 삶을 선택해서 살았으니까. 그녀는 가족의 압력에도, 아이를 가졌음에도 절대 결혼하지 않았다. 대신 루스와 사랑에 빠져서 사쳄 힐의 커다란 집 클라우드랜즈에서 함께 살았다.

케이트는 자신의 비행 경력과 비행 열정에 관해서라면 모르는 게 없었다. 하지만 사생활은 완전히 다른 문제였다. 서른아홉의 나이에도 마틸다처럼 결혼을 하지 않았다. 사람들은 웃고 운전하고 비행하는 케이트의 모습을 보면서 그것이 실체 없는 유령에 불과하다는 사실을 알지 못했다. 겨울날 창문에 달라붙어 레이스 모양 결정으로 변하는 안개나 수증기처럼 유령도 얼어붙을 수 있다는 사실을 아무도 몰랐다. 하지만 케이트의 영혼은 그날 지하실에서 얼어붙어 얼음으로 변해 버렸다. 11월의 그날, 눅눅한 지하실에서 세 사람은 한데 묶여 있었다. 밀착된 서로의 온기에 케이트는 열이 났다. 데인 것처럼 뜨거운데도 온몸이 얼어붙었다. 마침내 얼었던 몸이 녹았을 때는 생명력이, 그녀가 품을 수 있는 모든 열망이 온몸에서 흘러나가 버렸다.

케이트는 블랙홀에 집을 장만하는 일에도, 영국식 시골 정원을 가꾸는 일에도 관심이 없었다. 베스와 함께 블랙홀 인상파 화가들의 많은 그림을 물려받았지만 베스와 달리 그림에 별로 관심이 없었다. 아이를 낳아 좋은 학교, 최고의 캠프에 보내는 일도 전혀 생각하지 않았다. 마음속 깊은 곳에서는 누군가의 손길과 포옹을 바라고, 사랑 받고 싶어 했지만 몸이 거부했다. 유령은 아무것도 느낄 수가 없으니까.

케이트는 베스뿐만 아니라 그들의 절친한 두 친구 룰루와 스코티가 연애하고 데이트하면서 사랑과 열정의 격한 고통에 대해 끝없이 떠들어 대는 모습을 그저 지켜보았다. 자신은 그런 것에 관심 없다고 못 박아 말하기도 했다. 마틸다가 전시와 그 이후에 그랬던 것처럼 자신이 아는 남자 조종사들보다 더 멀리 날아오르려고 바쁘게 달렸다.

반면 베스는 그와는 다른 일들을 해냈다. 갤러리에 온 피트를 만나 미친 듯이 사랑에 빠졌고, 스물두 살에 결혼해 완벽한 딸을 낳았다. 또한 갤러리를 인수받아 케이트가 자유롭게 비행할 수 있게 해 주기도 했다. 부유한 수집가들과 잘 어울렸고, 법 집행인들과 보험 조사관들을 도와 박물관과 다른 갤러리에서 그림을 훔치는 범죄자들의 뒤를 쫓았다. 그러다 보니 상습범이든 그들의 아버지 같은 초범이든 상관없이 모든 예술품 도둑들의 심리를 꿰뚫는 전문가가 되었다.

두 사람의 아버지는 범행을 배후에서 지시했다. 도박에 빠져 돈이 필요했기 때문이다. 베스는 도둑과 사기꾼은 모두 채워도 채울 수 없는 욕구를 갖고 태어났고, 그들의 아버지는 자신과 가족을 위해 은행 계좌를 다시 채워야 한다는 생각에 사로잡혀 있었다고 했다. 하지만 케이트는 다 헛소리로 치부했다. 아버지에게 채울 수 없는 욕구가 있었다면 그건 카지노에서 돈을 날리고 젊은 정부를 먹여 살리는 것이었다. 아내가 죽었다는 사실도, 아내와 딸들이 지옥 같은 일을 겪었다는 사실도 그 자신의 목표를 달성하는 것에 비하면 그다지 중요하지 않았다.

베스는 그런 일을 저질러 평생 동안 갇혀 사는 아버지에게도 친절했다. 모든 것을 좋게 생각했다. 그 모든 일을 겪고도 자원봉사를 그만두지 않았다. 특히 수프 키친과 노숙자 보호소에 계속 나갔다. 베스는 이 지구상에 존재하는 그 누구 못지않게 뛰어났다. 케이트는 동생 생각을 하자 눈물로 눈앞이 흐려지는 것 같았다. 그래서 눈을 아주 가늘게 떠야 위험할 정도로 짧은 활주로를 제대로 볼 수 있었다. 활주로 길이를 가늠한 뒤, 급강하 진입을 결정하고, 속도를 유지하다가 출력을 낮춰서 착륙했다.

마틸다가 봤다면 눈물로 시야가 흐릿해졌는데도 잘 착륙했다고 자랑스러워할 만했다. 할머니 생각을 하자 케이트는 슬퍼졌다. 마틸다 할머니는 베스를 진심으로 자랑스럽게 생각한 적이 한 번도 없었으니까. 물론 베스를 사랑하기는 했다. 마틸다는 루스와 함께 라스롭 네 집에서 휴일을 보냈고, 그녀의 부모님이 설립했던 갤러리에서 열리는 개관식에 종종 참석했다. 게다가 증손녀 샘을 만날 수 있을 정도로 오래 살아서 행복해했다. 하지만 언제나 베스가 모두의 기대에 부응하고자 사회에서 인정하는 여자로서의 길을 걸었다고 생각했다.

물론 마틸다가 그런 생각을 입 밖으로 꺼내지는 않았지만 진심으로 베스가 뛰어난 인물이라고 생각하지 않았음을 케이트는 알고 있었다.

하지만 케이트는 그렇지 않았다. 동생이 다른 사람들이 알고 있는 것보다도 훨씬 더 뛰어난 사람이라고 믿었다. 두 사람은 자매였으니까. 영원히. 지금 이 순간에도. 바로 지금 이 순간에는 더욱더 그러했다. 케이트는 조종석에서 나와 숨을 깊이 들이쉬었다. 이제 조카를 데리러 갈 시간이었다.

5

 주립 경찰 헬리콥터가 마서스 비니어드 공항에 착륙했다. 웨스트 티스베리에서 온 경찰관이 코너 레이드 형사와 제니퍼 미아노를 태우고 메넴샤 해안경비대 주둔지로 차를 몰았다. 항구 저 위쪽 언덕, 붉은 지붕의 커다란 하얀색 미국해안경비대(USCG) 건물 바깥에서 미국 국기가 높다란 깃대에 매달려 흔들렸다.
 선창에 내려선 코너는 길이가 약 14미터쯤 되는 보트가 작은 만으로 들어오는 모습을 지켜보았다. 해안경비대 중령 톰은 22킬로미터쯤 떨어진 비니어드 사운드 건너편 우즈 홀에서 소형 쾌속선 커터를 타고 있었다. 메넴샤 주둔지에서 코너 형제에 대한 예우로 톰을 데려오려고 약 14미터짜리 동력구명정을 보냈고, 동력구명정에 오른 톰이 비니어드 사운드에서 헌트레스를 호송해 메넴샤 항구의 USCG 부두로 들어오고 있었다.

해안경비대 보트가 정박했다. 톰과 선원 한 명이 부두로 뛰어내려 헌트레스의 밧줄을 밧줄걸이에 묶는 걸 도와주었다. 배가 안전하게 고정됐을 때 코너가 톰에게 다가갔다. 자주는 아니었지만 코너가 해안가 동네에서 근무했기 때문에 조사 도중 가끔 해안경비대와 마주쳤다.

"피해자 남편을 데려와 줘서 고마워." 코너가 형의 손을 잡고 흔들면서 말했다.

"남편이야? 용의자 아니고?" 톰이 물었다.

"그건 두고 봐야지."

"베스 우드워드가 죽다니 믿을 수가 없어. 젠장, 기분이 엿 같아."

"그래."

"그 언니와 이야기해 봤어? 이름이 뭐라고 했지?"

"케이트. 이야기해 봤지. 케이트가 시신을 발견했어."

"진짜 젠장이군."

"그 남편은 어때?" 코너가 부두 아래쪽에 있는 피트를 몸짓으로 가리키며 물었다. "첫인상 말이야."

톰이 어깨너머를 흘깃 쳐다보았다. 피트와 그의 친구들이 보트의 뱃고물 옆에 모여서 각자 전화 통화를 하고 있었다. "오만한 인간이야. 그건 확실해. 방금 전에 배를 대는데 다른 사람들에게 지시를 내리더라고. 그 왜 있잖아, 넌 뱃머리 쪽 밧줄을 잡아라, 너는 뱃고물에 있어라, 하는 식으로 명령하는 거. 저 배가 자기 거래?"

"아니."

"하여튼 맘에 안 드는 놈이야."

"그래, 딱 봐도 그런 것 같아. 여기서 기다려 줄 수 있어? 남편을 만나 보고 나서 형이랑 이야기를 좀 더 하고 싶은데."

"그래, 좋아. 주말에는 쉬어서 집으로 가려던 참이었어."

"잘됐네. 헬리콥터로 데려다 줄게. 이번 일 도와줘서 고마워."

"이쯤이야 뭐."

"마음에 걸리는 게 하나 더 있어. 이번에도 그림이 도난 당했어. 누가 액자에서 그림을 잘라 갔어." 코너가 말했다.

"무슨 그림?" 톰이 물었다.

"형도 아는 그림."

톰은 충격을 받은 게 분명한 듯 그 자리에서 꼼짝도 하지 않았다. 우드워드 자매의 아버지와 공모했던 범인들을 잡았을 때 톰도 일조했었다. 가스 우드워드를 법의 심판대에 올리는 일도 도운 셈이었다. 케이트와 베스, 두 사람의 엄마가 묶여 있었던 그날 밤에 도난 당했던 그림들 중 하나가 〈달빛〉이었다. 가장 가치가 높았고, 배심원단의 마음을 사로잡았던 그림이다. 톰은 고개를 절레절레 젓더니 동생의 어깨를 툭 쳤다.

코너는 헌트레스로 다가갔다. 제니퍼 미아노가 늘씬한 뱃고물 옆에 서서 남자들 한 명 한 명과 이야기를 나누며 기록을 하고 있었다. 코너는 제니퍼가 남자들 이름을 노트에 적는 모습을 지켜보았다. 가까이 다가갔을 때 한쪽 옆에 떨어져 꼿꼿이 서 있는, 구릿빛으로 피부를 잘 태운 금발머리 남자가 보였다.

피트가 분명했다. 지난 몇 년 동안 종종 봤던 얼굴인 데다 오늘 오전에 라스롭 네 침실에서 액자 속 사진 몇 장을 살펴봤기 때문에 바로 알아볼 수 있었다. 턱시도 복장으로 검은색 드레스 차림의 베스와 나란히 서 있는 피트의 사진이 다른 값비싸 보이는 오래된 그림들에 둘러싸여 에어컨이 설치된 창 옆에 걸려 있었다. 그 액자에서 코너의 시선을 사로잡은 것은 모노그램 순은 액자 틀이 서리에 뒤덮여 있다는 사실이었다. 에이컨이 그 정도로 낮게 설정되어 돌아가고 있었다.

"피트 라스롭 씨. 전화로 이야기 나눴던 코너 형사입니다."

"절 베스한테 데려가 주실 수 있나요?" 피트가 떨리는 목소리로 말했다. "지금 당장이요. 베스를 봐야겠어요."

"네, 곧 모셔다 드리죠."

"꼭 알아야겠어요. 그들이 베스한테 무슨 짓을 한 거죠?"

"그들이요?"

"아니, 한 명인지 여러 명인지, 누군지는 몰라도 그 사람이요. 아내가 살해 당했다고 하셨잖아요."

"돌아가셨다고만 말씀 드렸는데요."

"아닌데, 전 분명히 그렇게 들었는데…… 어쨌든 그건 됐고요. 지금 당장 갈 수 있나요? 부탁입니다."

피트 라스롭이 아주 큰 실수를 했다고 코너는 생각했다. 법정에서 유용하게 사용할 수 있는 실수였다. 코너는 제니퍼가 방금 전의 대화를 들었기를 바랐다. 캔버스가 잘려 나간 빈 액자로 보아 베스 살인 사건은 미술품 도난 사건에 해당한다고 볼 수 있었다. 과거에 우드워드 자매의 아버지가 저질렀던 미술품 도난 사건과 관련됐을 가능성도 있었다.

하지만 코너는 그보다 훨씬 더 복잡한 사건이라고 생각했다. 피트는 대체로 아내에게 냉담하게 대했다. 불륜을 저지른 주제에 아내를 존중하는 마음도 없었다. 이런 정황으로 봐서 그림이 사라진 건 연출된 장면의 일부일지도 모른다는 생각을 떨쳐 버릴 수가 없었다. 어쩌면 피트는 베스가 겪었던 고통을 다시 불러일으키려고 과거의 사건과 비슷하게 꾸몄는지도 몰랐다.

하지만 찢어진 속옷이 문제였다. 과거의 사건과 다른 점이었으니까. 낯선 사람이 침입해서 베스를 강간하고 살해했다? 아니, 그럴 리 없다고 코너는 단정했다.

검시관의 예비 결과는 이미 들어서 알고 있었다. 시체의 온도와 사후경직 상태로 보아 베스는 피트가 항해를 떠난 다음 날 사망한 것 같았다. 하지만 사망 시각을 정확하게 알아내려면 개 배설물 더미부터 시작해 다른 요소들도 고려해야 했다. 팝콘은 며칠 동안 산책을 나가지 못했다. 뉴런던 신문 〈데이〉 다섯 부도 도로 옆 우편함 안팎에 널려 있었다.

부검이 끝나면 베스의 마지막 식사 시간을 알아낼 수 있다. 그러면 사망 추정 시간 범위를 훨씬 더 좁힐 수 있었다. 두 다리 사이의 멍 자국은 성폭행을 암시해 주는 흔적이었다. 베스가 강간을 당했다면 정액이 남아 있거나 적어도 체액의 흔적이라도 있을 터였다.

뜨거운 여름날인데도 피트는 반바지에 긴소매 셔츠를 입고 있었다.

아니야, 낯선 사람의 짓일 리 없어. 코너는 다시 한번 이렇게 생각했다.

"덥지 않아요?" 코너가 피트의 셔츠를 가리키며 물었다.

"햇빛 차단용입니다. 특수 재질로 된 거죠. 아내가 햇볕에 타지 말라고 사 준 겁니다."

"소매를 걷어서 팔 좀 보여 주시겠어요?"

피트가 움찔했다. "뭐요? 지금 농담해요? 당장 집으로 가야 한다고요."

코너는 피트의 손목에 단단하게 잠겨 있는 커프스 단추에서 시선을 떼지 않았다. 교살 피해자들은 종종 자신의 목을 조르는 끈을 풀어 내리려고 하다가 살인범의 피부를 할퀴곤 했다. 코너는 베스의 두 손이 상처 하나 없이 얼마나 깨끗했는지 떠올렸다. 손톱도 부러지지 않았다. 하지만 자신의 첫 예상이 빗나가서 베스가 살인범에게 생채기를 냈기를 바랐다.

"팔을 보여 주는 데 무슨 문제라도 있나요?" 코너가 물었다.

"네." 피트가 눈알을 부라리며 말했다. "전 여기 이렇게 서서 범죄자 취급 당할 생각 없습니다. 절 이렇게 세워 둔 채 아무나 붙잡고 제가 아내를 얼마나 사랑했는지 물어볼 거라면 꿈 깨시죠."

"좋습니다." 코너가 고개를 끄덕였다. "팔을 보여 주지 않아도 문제될 건 없죠. 그건 그쪽 선택이니까요."

"이제 갈 수 있을까요?" 피트가 물었다.

"네. 주립 경찰 헬리콥터를 타고 코네티컷으로 돌아갈 겁니다."

"감사합니다."

"가면서 이야기 나누죠."

"좋아요. 가는 길에 하나도 빼 놓지 말고 자세히 전부 다 말해 주세요. 전 지금 미칠 것 같아요." 피트가 떨리는 목소리로 말했다.

"한 가지는 지금 당장 말씀해 드리죠."

"뭔가요?"

코너가 피트의 옅은 파란색 눈을 뚫어지게 쳐다보았다. 피트의 얼굴에 긴장이 서려 있었다. 이를 앙다무는 법을 연습이라도 한 것 같은 표정이었다.

"전 당신이 아내를 죽였다고 생각합니다." 코너가 말했다.

6

 헬리콥터가 곧장 위로 날아오르자 톰은 몸이 중력에 이끌려 아래로 내려가는 것 같았다. 코너와 피트 라스롭은 마주 보는 통로 좌석에 앉아 있었다. 코너는 피트를 역방향 좌석에 앉혔다. 톰은 창문 너머로 아래쪽 바다를 내려다보았다. 일행은 노손과 파스케, 나샤웨나 커티헝크를 품고 있는 엘리자베스 제도 위를 날고 있었다.
 "괜찮으세요?" 코너가 피트에게 물었다.
 "아뇨. 전혀 괜찮지 않아요. 어떻게 제가 베스한테 그런 짓을 했다고 생각할 수 있습니까?"
 "그건 차차 알아봐야죠." 코너가 말했다.
 "변호사라도 선임해야 하나요?"
 "당연히 그럴 권리가 있죠."
 "권리라. 웃기는군요. 제 권리를 읽어 주지도 않았잖습니까?"

"당신을 체포한 게 아니니까요. 지금은 그냥 서비스로 모셔다 드리는 겁니다."

"하지만 제가 아내를 살해했다고 했잖아요!"

"아내가 당신 여자친구 때문에 잔소리를 했나요?" 코너가 물었다.

"당신은 베스와 나에 대해 아무것도 몰라요. 우린 서로를 진심으로 사랑했습니다. 서로에게 헌신했고요."

"당신한테 다른 사람이 생겨서 아내가 퍽이나 좋아했겠네요."

톰은 동생의 얼굴에서 이글거리는 맹렬함과 피트의 얼굴에 서리는 서늘한 공포를 지켜봤다.

"제가 불륜을 저질렀다고 체포라도 할 겁니까?"

"불륜이라. 그 말을 니콜라가 듣는다면 기분이 어떨지 궁금하군요. 니콜라는 당신과의 관계가 그보다는 더 큰 의미가 있다고 생각하지 않을까요? 베스도 그렇게 생각하지 않았을까요? 어쨌든 전 당신을 체포하지는 않을 겁니다."

코너의 마지막 말에 피트의 눈동자가 커졌다. 피트는 놀란 것 같았지만 곧 안도의 표정을 지었다. 뭔가를 저질러 놓고도 무사히 빠져나온 것처럼 교활한 미소가 피트의 얼굴에 떠올랐다. 피트의 눈동자는 파란색보다는 회색에 가까운 탁한 색깔이었다. 톰은 코너를 흘낏 쳐다보았다. 동생은 피트를 레이저처럼 날카롭게 노려보고 있었다.

톰은 동생과 같은 사건을 조사할 때가 좋았다. 그런 사건들 중에서 이번 사건을 포함한 두 건이 우드워드 가족과 관련되어 있었다. 23년 전 톰은 미국해안경비대 대위였고, 코너는 1년차 코네티컷 주립 경찰관이었다. 그때 헬렌과 케이트, 베스가 블랙홀에 있는 가족 소유의 근사한 갤러리에서 잔인하게 폭행당한 사건으로 해안가가 들썩였다. 헬렌의 남편이자 두 아이의 아버지였던 사람이 그 범행을 사주해 훨씬 더 끔찍하게 기억되는 사건이었다.

그때 코너는 타운 경찰로 잠시 일하다가 코네티컷 주립 경찰이 된 신참이었다. 그리고 톰은 아카데미에서 4년을 보내고, 6년 동안 승진을 거듭한 비교적 노련한 해안경비대 베테랑이었다. 당시 범죄 현장에는 타운 경찰과 주립 경찰이 바글바글 몰려들었지만 FBI가 아주 재빠르게 끼어들어 사건을 맡았다. 해안경비대가 끼어들 여지는 없었다. 하지만 갤러리 강도 사건이 일어났던 그날 밤, 톰의 배가 상당히 막무가내로 승선 작전을 펼치면서 상황이 달라졌다.

11월 중순의 어느 월요일, 땅거미가 내려앉기 직전이었다. 몬토크 앞바다는 차분하고 깜깜했고, 하늘도 흑진주처럼 까맣게 물들어 있었다. 겨울에 남쪽으로 떠나는 뉴잉글랜드 요트들은 대부분 몇 주 전에 떠나고 없었다. 겨울날의 대서양 북쪽은 신경 쓸 일이 전혀 없었다. 제대로 된 선장이라면 다 아는 사실이었다.

톰은 길이가 82미터쯤 되는 소형 쾌속선 네앤틱을 타고 있었다. 일주일 전 마약 단속 작전에 성공한 터라 아직 승리감에 취해 있었다. 미국해안경비대 헬리콥터를 상공에 띄워 놓은 채 15톤의 코카인을 싣고 있다는 반잠수식 마약 잠수함을 추적한 작전이었다. 네앤틱 호는 전투 배치 상태로 들어갔고, 기습 보트 두 대를 내보내 마약 잠수함에 올라타서 도주하려던 일당들을 적시에 체포했다. 잠수함이 가라앉기 전에 마약 밀수범 여섯 명을 검거했고, 코카인과 무기를 압수했다. 그 사건으로 톰 일행은 카스텔 일망타진의 영웅으로 언론에 보도됐다.

그 후에는 정규 순찰 업무로 돌아갔다. 11월에 자주 찾아오는 태풍이 잠잠하고 밀수범 신고도 없는 상황에서 톰 일행은 편안한 시간을 보내고 있었다. 몬토크 포인트를 유유히 가로지를 때 톰은 앞 갑판에 서서 서쪽을 바라보고 있었다. 하늘이 푸른빛이 도는 회색에서 점점 어두워지면서 밤이 찾아오고 있었다. 그 순간 톰은 얼핏 커다란 요트의 실루엣을 본 것 같았다.

그 즉시 쌍안경을 집어 들었다. 그때 그 형체가 블록 섬을 배경으로 또다시 나타났다. 야간 항해등도 켜지 않아 완전히 캄캄한 어둠에 묻혀 있는 요트였다. 돛대도, 돛도 올라가 있지 않았다. 유심히 살펴보자 길이가 18미터쯤 되는 배였다. 선수에서 선미까지 우아하게 이어지는 곡선과 수려한 흘수선이 눈에 들어왔다. 처음에 톰은 배가 멈춰 있다고 생각했다. 하지만 잠시 지켜보니 배는 천천히 움직이고 있었다.

그런데 얼마 지나지 않아 요트를 시야에서 놓치고 말았다. 요트는 블록 섬을 지나쳐 드넓은 바다로 나갔고, 빛 한 점 남기지 않은 채 어둠 속으로 녹아들듯 사라졌다. 지난 사흘 동안 바다가 잠잠하기는 했지만 강풍이 예보되어 있어서 새벽녘에는 대서양이 요동칠 터였다.

톰은 쌍안경을 눈에 댄 채 함교에 올라가 있는 갑판 감시원 루이스 산티아고에게 무전을 쳤다.

"좌현 이물에서 25도 각도로 불빛 없이 남남동으로 항해하는 요트 발견. 방금 발견했다가 놓쳤어."

"레이더에 포착됐습니다. 밀수범일까요? 아니면 정신 나간 얼간이?" 루이스가 물었다.

"마약 밀수범은 남쪽으로 가지 않아."

"그럼 후자군요. 9월의 이동 시기를 놓친 정신 나간 얼간이요. 세인트 바츠로 가는지 어디로 가는지는 몰라도 기다려야 할 겁니다. 우리가 저 얼간이의 밤 항해를 망쳐 놓을 테니까요."

네앤틱 호는 보이지 않는 배를 향해 속도를 올렸고, 몇 분 뒤 유령

선처럼 보이는 배에 접근했다. 요트가 유리 같은 바다를 미끄러지듯 지나간 새하얀 흔적이 소형 쾌속선의 투광 조명등 불빛 아래에서 물결쳤다. 고물보가 불빛 아래 들어오자 톰이 배 이름과 항구 이름을 읽어 내려갔다. 렘브란트, 로드아일랜드의 뉴포트. 조종실이 비어 있었지만 배가 움직였으니 자동조종 중인 게 분명했다.

"렘브란트 호!" 루이스의 우렁찬 목소리가 스피커에서 울려 퍼졌다. 루이스가 뭔가 다른 말을 덧붙일 새도 없이 배 안쪽 계단에서 사람 머리 두 개가 삐쭉 튀어나오더니 남녀 한 쌍이 갑판 위로 올라왔다.

"안녕하세요? 저희는 괜찮습니다. 아무 이상 없어요." 남자가 소리쳤다.

"항해등 켜세요." 루이스가 말했다.

"아, 이런. 죄송합니다. 너무 빨리 어두워져서 몰랐네요. 샐리, 항해등 좀 켜 줄래?"

곧이어 하얀색 마스트등과 선미등, 적색 좌현등, 녹색 우현등까지 항해등이 모두 켜졌다. 그 정도에서 끝날 일이었다. 항해 규칙을 무시한 것으로도 소환할 수는 있었다. 하지만 11월에 남쪽으로 가는 것이 어리석은 짓일지언정 불법은 아니었다.

그런데 환한 불빛 아래에서 톰이 화기를 발견했다. 그것도 그냥 화기가 아니었다. 항법장치 바로 뒤쪽에 AK-47 돌격용 자동소총 두 자루가 있었다. 일주일 전에 마약 잠수함에서 압수했던 중국제 노린코 56식 소총 같았다. 남자가 톰을 힐끗 쳐다보더니 톰의 시선이 떨어진 곳을 알아차리고는 타륜 쪽으로 조금씩 움직여 총기를 향해 다가갔다. 톰은 총을 꺼내 선장과 샐리를 겨누었다.

"손 들어!" 톰이 소리쳤다.

"실수하시는 겁니다. 저희는 겨울이라 남쪽으로 가는 중인데……."
"손 들어!" 톰이 다시 소리쳤다. 남자와 샐리는 순순히 지시를 따랐다. 네앤틱 호 승무원 전원은 대응태세를 취했다. 몇몇 승무원들은 좌현 난간을 따라 서서 총을 꺼내 렘브란트 호의 두 사람을 겨냥했다. 다른 승무원들은 톰이 서 있는 갑판으로 급히 달려 내려갔다. 본부에 항공과 해상 지원 요청도 이루어졌다. 기습 보트를 준비해서 내렸고, 톰이 기습 보트 승선 팀을 이끌었다.

톰 일행은 렘브란트 호의 탑승자 조슈아 앤더슨과 그의 아내 샐리에게 수갑을 채우고 수색했다. 둘 다 붉은색 플리스 재킷 아래에 감춰 놓은 엉덩이 권총집에 글록 9을 휴대하고 있었다. 두 용의자의 양손은 깊은 상처로 뒤덮여 있었다. 톰은 두 사람의 손을 사진으로 촬영했다. 이미 피가 말라붙어서 딱지가 앉은 상태라 체포 도중에 생긴 상처가 아님을 증명하기 위해서였다.

승선 팀은 무기를 확보했다. 요트는 가장 화려하고 항해하기 좋은 나우터 스완이었다. 톰은 조슈아가 해적들이 어떻고 저떻고, 요즘은 아무리 조심해도 지나치지 않다, 글록과 중국제 AK는 호신용이다, 공해 규칙이 다르다, 보트 침입이 가택 침입 못지않게 자주 일어나고 위험하다고 떠들어 대는 소리를 들었다.

그 사이에 톰은 재빨리 선실로 내려갔다. 렘브란트의 월넛 합판 벽에서 박물관에나 있을 법한 금박 액자 그림들을 처음 봤을 때는 스완 요트 사의 실내 장식인 줄 알았다. 그러다가 월넛 합판 두 개 사이의 가느다란 금속 가장자리를 발견해 자세히 살펴봤다. 혹시 경첩은 아닌가 하는 생각에 두 손으로 벽을 쓸면서 눌러보았다. 그러자 문이 활짝 열렸다. 그렇게 찾아낸 비밀 공간 안에는 금박 액자 그림들이 적어도 열 개는 더 있었고, 액자에서 잘라 낸 것 같은 캔버스 그림들도 몇 점 있었다.

톰은 액자 그림 중 하나를 꺼내 해도대 위에 세워 놓았다. 아름답고 신비로운 밤 풍경을 그려 놓은 그림이었다. 커다란 석조 주택이 옅은 은빛으로 목욕하고 있었다. 짙은 초록빛 나뭇잎들 사이로 반짝거리는 달빛이 마당에서 춤추고 있는 어린 여자아이를 비추었다. 열정과 절박함을 표현한 그림이었다. 왼쪽 아래 구석에는 B. 모리슨이라고 서명되어 있었다. 톰은 그림 뒷면도 살펴보았다. 캔버스 뒷면에는 갈색 종이가 덧대어 있었다. 그 종이에 붙어 있는 노란색 카드에는 그림 제목과 다른 정보가 적혀 있었다. 1906년, 벤저민 모리슨의 〈달빛〉.

1990년 3월, 이른 오전에 보스턴의 이자벨라 스튜어트 가드너 박물관 도난 사건이 발생한 이후로 뉴잉글랜드 법 집행인들과 군대는 10여 개가 넘는 도난 미술품들을 주시하고 있었다. 아일랜드 폭력단이 무기를 사려고 그 그림들을 훔쳤다, 마약 밀매자들이 투옥된 우두머리들을 빼내 올 몸값으로 쓰려고 훔쳤다는 소문들이 무성했다. 그중에서 가장 유력한 설은 바하마 저택에 사는 어느 부자가 밀실에 넣어 놓고 자기만 감상하려고 훔쳤다는 것이었다.

사라진 그림 중에서 가장 유명한 그림은 렘브란트 판 레인의 〈갈릴리 바다의 폭풍〉이었다. 그런데 요트 이름도 렘브란트라니 언어유희인가? 톰은 렘브란트니 피카소니 하는 작품들을 볼 줄 몰랐다. 하지만 〈달빛〉은 딱 봐도 박물관 소유 같아서 부대장에게 보고했다. 그 그림들이 가드너 박물관에서 도난 당한 작품들이라면 FBI가 사건을 맡을 게 분명했다.

하지만 그림들의 출처는 지방이었다. 아직 뉴스에 보도되지는 않았지만 그날 이른 아침에 하크니스-우드워드 갤러리에서 도난 당한 작품들이었다. 게다가 그 사건 현장에 제일 먼저 도착한 사람이 톰의 동생이었다.

헬리콥터에서 건너편을 힐끔거리던 톰은 그 사건을 시작으로 코너의 경력이 승승장구했고, 급기야는 코너가 강력반 형사가 됐음을 알고 있었다. 코너는 오래전 그 사건에 집착했다. 그 사건 이야기는 거의 하지 않았지만 두 자매를 구출하고 난 후로 크게 달라졌다. 특히 술을 지나치게 많이 마시기 시작해서 왜 그러는지 물어보았다. 그때 코너는 잠을 잘 못 자서 수면제보다는 스카치가 나은 것 같아 술을 마신다고 했다. 나중에 술을 많이 줄이기는 했지만 태평스러웠던 예전의 모습을 되찾지는 못했다.

코너는 그날 지하실에서 목격했던 광경을 절대 잊지 못할 것이다. 그 생각을 하자 톰은 피트를 대하는 코너의 판단력이 그 사건 때문에 흐려지는 게 아닐까 싶어 불안했다. 동생의 머릿속에서 빠르게 돌아가는 생각을 읽을 수 있었다. 코너는 피트가 베스의 살인범이기를 바라는 게 분명했다.

이번 사건에는 과거의 사건과 겹쳐지는 점들이 있었다. 그런 탓에 피트가 장인의 범죄를 모방했을 수도 있다고 추정할 만했다. 23년 전에도 한 여자의 남편이 몇 백 킬로미터 떨어진 곳에서 폭력적인 범죄를 꾸며 아내를 죽음으로 몰아넣었다.

가스 우드워드의 아내는 그 도난 사건 도중에 사망했고, 가스는 중죄 모살죄로 기소 당했다. 헬렌의 죽음이 사고가 아니었다고 생각하는 사람들도 있었다. 가스가 헬렌이 죽기를 바라고 앤더슨 부부에게 재갈을 단단히 물려 헬렌을 질식사시키라고 지시했다는 것이었다. 그래야 그림 도난 보험금뿐만 아니라 아내의 사망 보험금도 탈 수 있었으니까.

피트도 같은 걸 노렸을까? 베스의 사망 보험금을 타려고? 톰은 방금 전까지도 동생이 성급하게 판단을 내릴까 봐 걱정해 놓고는 먹이를 노리는 굶주린 표범처럼 용의자를 뚫어지게 노려보는 동생을 가만히 지켜보았다.

톰은 피트 라스롭에게 미소를 지었다.

넌 이제 큰일 났어.

7

아침에 동생의 시신을 발견했다는 사실이 실감나지 않았다. 째각째깍 흘러가는 시간만큼 동생한테서 조금씩 멀어지면서 그 사실이 점점 현실로 다가와 더더욱 끔찍해졌다. 메인까지 날아갔다 오는 내내, 샘에게 무슨 위로의 말을 해야 할지 생각하는 내내 케이트는 슬픔에서 헤어날 수가 없었다.

주전자에서 삐익~ 소리가 났다. 끓는 물을 마틸다의 블루 윌로 찻주전자에 부었다. 베스가 좋아하는 얼 그레이 향이 퍼지자 그 자리에서 쓰러질 것만 같았다. 샘은 이불로 몸을 둘둘 감싼 채 TV를 보고 있었다. 샘에게 뉴스를 끄라고 했지만 샘은 전부 다 보고 싶어 했다. 블랙홀 처치 가 45번지 밖에서 숙연하게 방송을 하는 아나운서의 목소리가 들렸다.

케이트는 뉴런던의 뱅크 가에 있는 1833년형 창고 건물 꼭대기

층에 살고 있었다. 그곳 해안가 동네는 고급스럽게 개조했음에도 여전히 세련되지 못했다. 항상 술집들이 늘어서 있었던 거리에 지금은 카페와 미용실이 들어왔다. 케이트의 집 바로 옆에 도리아 양식 기둥들로 떠받쳐진 탄탄한 화강암 세관 건물은 현재 뉴런던해양협회 박물관으로 개조되어 있었다.

끔찍한 하루가 지고 밤이 찾아왔다. 여름날 늦은 오후의 섬광이 채광창과 높다란 창문 너머로 눈부시게 빛나더니 사방이 어둠에 묻혔다. 템스 강에는 지나다니는 배들이 가득했다. 기차 선로들이 강둑을 따라 달렸다. 오리엔트 포인트를 오가는 페리 두 대가 뉴런던 하버 등대 근처에서 스치며 짤막하게 기적 소리를 주고받았다. 이 모든 것들은 시간이 흘러가고 있다고, 베스 없이도 시간이 계속 흘러가고 있다고 말해 주는 것이었다.

샘에게 베스 소식을 전하는 일은 다시 떠올리기도 싫은 끔찍한 악몽이었다. 샘은 여전히 충격에 휩싸여 있었다. 이제 룰루에게 소식을 전해야 했다. 케이트, 룰루, 베스, 스코티, 이렇게 네 사람은 영원한 절친이었다. 룰루에게는 직접 베스 소식을 전해야 했다. 룰루가 다른 사람한테서 소식을 전해 듣는 일이 없도록 하려 했지만 룰루의 전화기가 계속 음성사서함으로 넘어갔다.

스코티는 케이트가 샘을 데리고 공항에 내렸을 때 이미 나와 기다리고 있었다. 스코티는 눈물과 슬픔에 젖어 케이트 일행을 맞아 준 1인 위로단이었다. 스코티가 샘에게 곧장 다가갔을 때 케이트는 뒤에 서 있었다. 스코티가 샘을 꽉 껴안아 주었다. 베스가 했을 법한 몸짓이었다. 샘은 잠시 동안 스코티의 어깨에 얼굴을 파묻다시피 했다. 스코티의 딸 이자벨은 샘의 절친이었고, 샘에게 스코티는 사실상 또 한 명의 엄마였다.

"룰루한테 이야기했어?" 케이트가 공항에서 만난 스코티에게 물었다.

"연락이 안 돼. 좀 이상해. 룰루가 이런 적이 없었는데. 항상 전화를 받았거든." 스코티가 답했다.

회상에서 빠져나온 케이트는 숨을 제대로 쉴 수가 없었다. 룰루는 남을 걱정시키는 사람이 아니었다. 케이트가 아는 사람들 중 가장 독립적인 여성이었다. 그런데도 케이트는 베스가 그렇게 된 것처럼 최악의 일이 벌어질 수도 있다는 생각에 등골이 오싹해지는 것 같았다. 룰루와 통화를 해서 괜찮다는 이야기를 들어야만 안심할 수 있었다.

케이트는 잠시 주방 조리대에 기대서 마음을 가다듬고 난 뒤 쟁반에 찻주전자와 컵, 오트밀 쿠키 한 접시를 올려놓았다.

"차 좀 마셔." 케이트가 샘 앞쪽의 나지막한 테이블에 쟁반을 올려놓으며 말했다. 팝콘은 샘의 발치 바닥에 드러누워 혀를 쑥 내민 채 다정한 눈빛을 보냈다. 꼬리로는 바닥을 쿵 쳤다.

"저기 봐요. 우리 집이에요." 샘이 TV를 가리키며 말했다. "저기에 네가 나와, 팝콘." TV 화면에 빨간색 목줄을 한 팝콘과 팝콘을 순찰차 뒤쪽으로 데려가는 경찰관이 나왔다. 팝콘은 케이트와 샘이 집으로 데려올 때까지 블랙홀 경찰서에 있었다.

"TV 꺼." 케이트가 말했다.

"우리 사진이 계속 나와요. 저랑 엄마, 아빠요. 주로 엄마 사진이요. 저 사진들은 대체 어디서 구한 거죠?"

"내가 준 건 아냐."

"친구랍시고 나선 썩어 빠진 인간들이 팔아넘겼겠죠. 저기 봐요, 시체 운반용 부대가 나와요. 검시관들이 엄마를 집 밖으로 데리고 나오는 장면이 계속 나와요."

"그걸 왜 보고 있니?"

"엄마한테 무슨 일이 일어났는지 전부 다 알고 싶으니까요."

케이트가 리모컨을 뺏으려 했지만 샘이 멀리 치웠다. 하지만 TV 불륨은 줄였다. 케이트는 찻잔 두 개를 채웠다. 대학 진학을 준비 중인 열여섯 살의 샘은 늘씬한 각선미를 자랑하는 눈부시게 아름다운 학생이었다. 하지만 지금은 소파에 웅크리고 앉아 있어서 작은 소녀 같아 보였다. 샘의 아랫입술이 떨렸지만 울음은 터져 나오지 않았다. 샘은 언제나 감정을 잘 다스렸다. 여섯 살 때 샘은 자전거를 타다가 미끄러져서 팔꿈치를 다쳤다. 하지만 '난 용감해. 괜찮아. 울지 마.'라고 자신을 위로했다. 케이트와 함께 집에 돌아갈 때까지도 아무렇지 않은 듯 굴었지만 베스를 보자마자 그 품에 몸을 던지고 엉엉 울었다. 엄마를 만나고 나서야 감정을 쏟아낼 수 있었던 것이다.

휴대전화 진동이 울려서 액정화면을 힐끗 쳐다봤다. 주립 경찰이 피트를 비니어드에서 코네티컷으로 데려왔고, 피트가 막 시체 안치소로 갔다. 피트는 이제 샘을 데려가고 싶어 했다.

"아빠야." 케이트가 샘에게 메시지를 보여 주며 말했다.

"전 여기 있고 싶어요. 아직은 아빠와 얘기 못하겠어요."

케이트가 조카를 쳐다보았다. 조카가 아빠한테 화를 내는 몇 가지 이유를 추측해 볼 수 있었다. 샘이 아빠와 엄마 사이의 문제에 대해 얼마나 알고 있는지는 확실하지 않았다.

"왜인지 말해 줄 수 있니?"

"너무 힘들어서요."

"그래, 알아. 우리 모두가 슬퍼. 하지만 네 아빠잖니. 너희 두 사람은 서로 만나 봐야지."

"아직은 아니에요."

"샘, 너희 두 사람은 가족이야."

"그만해요!" 샘이 목소리를 높여 소리쳤다.

"내 말 들어 봐, 샘. 너희 두 사람은 서로가 필요해."

"이모가 제 말을 안 듣고 있잖아요. 그 얘기는 더 이상 하기 싫다고요!"

케이트는 샘의 거친 반응에 충격을 받았다.

"알겠어." 케이트는 마음을 가라앉히려고 애쓰며 말했다.

샘도 크게 심호흡을 하고는 케이트를 빠르게 힐끗 쳐다보았다.

"고마워요." 샘이 잠시 케이트와 시선을 맞추며 말했다. 샘은 하고 싶은 말이 더 있는 것처럼 보였지만 그냥 시선을 돌려 버렸다.

"그래도 네가 해야 할 일이 하나 있어. 강력반 형사가 너와 이야기를 나누고 싶대. 전화로 이야기했는데 이쪽으로 온다는구나."

"아무하고도 이야기하고 싶지 않아요."

"그래, 나도 그 기분 알아." 현재 시각은 오후 8시였다. 케이트가 베스를 발견한 지 겨우 열두 시간이 지났다.

"들여보내지 말아요."

"샘, 우린 조사에 응해야 해. 중요한 일이야."

"중요한 일은 이제 아무것도 없어요. 엄마가 없으니까요."

케이트는 눈을 질끈 감았다. 베스 없는 세상이 그들에게 무슨 의미가 있을까?

"제가 막을 수 있었어요." 샘이 속삭였다.

"아냐. 그런 생각하지 마."

케이트는 회색 트위드 소파로 다가가 샘 옆에 앉았다. 미술품 도난 사건으로 엄마가 돌아가셨던 때가 생각났다. 그때 경찰은 그들 두 자매에게 수없이 많은 질문을 했다. 두 사람이 직접 겪었던 일이었지만 세세한 부분들은 흐릿했다. 케이트가 그 사건에 대해 이야기할 때마다 그 모든 일이 점점 더 현실처럼 느껴지지 않았다. 그 모든 경험이 꿈처럼, 지어낸 이야기처럼 느껴지기 시작했다. 어떻게 그런 일이 실제로 일어날 수 있었을까? 엄마와 동생과 한데 묶여서 꼼짝도 할 수 없었다고? 엄마가 숨을 못 쉬어 컥컥 대는 소리를 들으면서도, 엄마의 몸이 축 늘어져 쓰러지는 걸 느끼면서도 꼼짝할 수 없어서 엄마를 구하지 못하고 그렇게 앉아 있어야 했다고?

"넌 아무것도 막을 수 없었어. 네 잘못이 아니야. 네 잘못은 조금도 없어." 케이트가 샘에게 말했다.

"전 그렇지 않은 것 같아요. 제가 캠프에 가지만 않았어도……."

"그럼 너도 다쳤을 거야."

샘이 고개를 뒤로 젖혀 케이트를 올려다보았다. 샘의 눈동자는 아버지를 닮아 옅은 파란색이었다. 머리카락은 케이트처럼 마틸다의 갈색이었다. 하지만 도톰한 입술과 애달픈 미소는 베스를 닮았다.

"죽었을 거라는 말이죠?"

"그래." 케이트가 대답했다.

"제가 뭘 싫어했는지 아세요?" 샘이 말했다.

"뭐가 싫었어?"

"공항에서 스코티 아줌마를 만나는 거요." 샘의 목소리가 떨렸다. "스코티 아줌마는 엄마의 제일 친한 친구예요. 스코티 아줌마가 엄마 없이 어떻게 지내겠어요?"

케이트는 심장이 찢어지는 것 같았다. 샘의 두 눈에서 흘러내리는 눈물을 지켜보고 있을 수밖에 없었다. 조카는 자신의 아픔을 달래려고 울 수는 없는 것 같았다. 다른 누군가가 얼마나 가슴 아파할지 생각하자 눈물이 터져 나왔으니까. 샘의 말 그대로였다. 케이트는 스코티에게 뭔가 마음에 걸리는 게 있다는 걸 알고 있었다. 그런 스코티가 속마음을 털어놓을 수 있는 유일한 사람은 베스였다. 스코티는 체중이 불었을 때 음식을 자제하지 못하는 자신을 계속 질책했다. 가끔씩 이른 아침부터 술 냄새를 풍기기도 했다. 스코티는 무슨 일을 겪든 베스와 함께 나눌 수 있었다.

초인종이 울렸다. 순간 룰루가 왔나 하고 생각했다. 문으로 달려가 인터컴 화면을 확인하자 코너 레이드가 입구에 서 있었다. 케이트는 인터컴 버튼을 눌렀다. "누구세요?"

"안녕하세요? 샘을 만날 수 있을까요?"

케이트는 머뭇거리다가 부스스한 차림새의 조카를 힐끗 쳐다보았다. 샘은 눈물을 훔치고 있었다.

"형사가 왔어. 샘, 정말 미안하지만 형사는 만나 봐야 해." 케이트는 잠시 샘의 반응을 기다렸다.

"엄마를 위해서 할게요." 마침내 샘이 승낙했다.

케이트는 숫자 몇 개를 눌렀다. 예전에 감금당했던 적이 있었기 때문에 구할 수 있는 최상의 생체 보안 시스템을 구매해서 설치했다. 음성 인식 소프트웨어가 케이트의 특정한 음성 패턴을 분석하는 시스템이었다. 이 시스템은 케이트의 폐에서 후두를 가로질러 나오는 공기의 속도를 측정했다. 아무 말이나 해도 상관없었고, 그날 기분에 따라서 다채로운 말을 할 수도 있었다. 오늘은 소파에 앉아 있는 샘을 생각해서 좋아하는 시의 한 구절을 읊었다. 넓어지는 소용돌이를 돌고 돌며 매는 매부리의 소리를 듣지 못한다.

자물쇠 회전판이 돌아가더니 딸깍 소리가 나면서 아래층 문이 열리는 소리가 들렸다.

"방금 뭐라고 했어요?" 샘이 호기심에 이끌려 자기도 모르게 물어보았다.

"윌리엄 버틀러 예이츠의 〈재림〉이라는 시야. 마틸다 할머니한테 배웠지."

샘이 고개를 끄덕였다. 케이트는 잠깐이나마 샘의 주의를 다른 데로 돌린 것이 기뻐서 살짝 미소를 지었다. 샘은 항상 달라지는 이모의 보안 시스템에 반해서 이모가 소프트웨어에 얼굴 인식을 하려고 스크린을 응시하거나 왼쪽 눈을 홍채 인식 카메라에 갖다 대는 모습을 지켜보는 걸 좋아했다.

케이트가 2층 문을 열자 팝콘이 꼬리를 흔들면서 달려와 옆에 섰다. 그렇게 둘은 계단을 올라오는 코너 레이드 형사를 바라보았다. 코너 형사의 파란색 블레이저가 자동차 뒷좌석에 눌려 구겨진 것 같았다. 긴 하루를 보낸 모양이었다.

"안녕하세요?" 코너가 인사했다.

"안녕하세요? 코너 레이드 형사님."

"코너라고 불러 주세요."

케이트가 고개를 끄덕였다. "감사합니다."

"안녕, 팝콘." 코너가 전보다 더 빠르게 꼬리를 흔드는 팝콘을 쓰다듬었다. "저번에 만나서 친구가 됐죠."

"팝콘은 아무하고나 다 친해요." 샘이 말했다.

케이트와 코너 형사가 샘을 돌아보았다. 케이트는 문을 닫고 코너가 2층을 가로질러 샘에게 다가가 손을 내미는 모습을 지켜보았다.

"샘, 엄마 일은 정말 애석하게 생각해." 코너가 말했다.

샘의 입술이 비틀리고 턱이 움찔거렸다. 샘은 TV 화면을 돌아보았다.

"난 이번 사건 조사를 맡고 있어. 누가 네 엄마에게 이런 짓을 했는지 최선을 다해서 알아낼 거야."

"누가 그랬는지는 중요하지 않아요." 샘이 말했다.

"난 그게 아주 중요하다고 생각한단다." 코너는 샘 맞은편의 갈색 가죽 의자에 앉아 무릎 위에 양팔을 포개 놓고 상체를 기울여 샘의 두 눈을 똑바로 들여다보았다.

"엄마는 죽었어요." 샘이 말했다. 눈물이 샘의 두 눈에 가득 고였지만 흘러내리지는 않았다.

"그래, 알아." 코너가 잠시 말을 끊었다가 다시 이어 나갔다. "기분은 좀 어떠니?"

샘은 어깨를 으쓱했다.

"아직 아빠를 안 만나 봤니?"

"네. 아빠가 만나고 싶다고 했지만……."

케이트는 샘이 두 눈을 꽉 감고 몸을 곧추세우는 모습을 지켜보았다. 샘의 말을 주의 깊게 듣고 있는 코너의 모습도 케이트의 시야에 들어왔다.

"저 사람은 누구예요?" 샘이 하던 말을 끝맺는 대신 TV 화면을 가리키며 물었다.

"페기 매케이브 경관이야. 블랙홀 경찰인데 파트너와 함께 현장에 제일 먼저 도착했어. 너희 집 초인종을 눌러도 너희 엄마가 나오지 않는다고 네 이모가 경찰을 불렀거든."

"이모가 엄마를 발견했어요?" 샘이 케이트에게 고개를 홱 돌리면서 물었다.

"그래."

"그건 말 안 했잖아요." 샘이 말했다.

케이트는 샘의 어깨를 가볍게 어루만졌다. 조카를 무척이나 사랑했지만 케이트 자신도 언제 무슨 말을 해야 할지 몰라 혼란스럽고 망설여졌다. 샘이 들을 준비가 됐다는 확신 없이는 물어보지 않는 이야기는 하고 싶지 않았다.

"팝콘이 아무하고나 다 친하다고 했지?" 코너가 물었다.

"네, 겪어 봐서 아실 걸요."

"낯선 사람이 집 앞에 와도 짖지 않니?"

"가끔은 짖어요. 하지만 누군지 궁금해서 짖는 편이죠. 집 지키는 개는 못 돼요."

"너희 이모 집에는 보안 시스템이 잘되어 있구나."

"네, 맞아요." 샘이 케이트를 힐끗 쳐다보았다. "갤러리 것보다 훨씬 좋아요. 그래서 우리가 만날 놀리죠."

"너희 집은 어떠니? 너희 가족은 항상 보안 시스템을 사용하니? 아니면 가끔씩 꺼 두니?"

"누가 드나드는지에 따라 달라요. 보통은 켜 둬요."

"보통은 그렇지만 항상은 아니다?"

샘이 코너를 한참 바라보았다. "밤에는 항상 켜 둬요. 엄마가 혼자 있을 때도 켜 뒀을 걸요."

케이트는 소파 끝 쪽의 샘 옆자리에 앉았다.

"하지만 켜져 있지 않았어. 미닫이문을 부수고 들어갔을 때 경보가 울리지 않았거든." 케이트가 말했다.

"베스가 낯선 사람을 집 안으로 들였을까요?" 코너가 물었다.

"절대 그럴 리 없어요." 케이트와 샘이 동시에 말했다.

"엄마는 불안해했어요. 어렸을 때 겪었던 일 때문에요. 갤러리에서 있었던 일이요." 샘이 말했다.

"엄마한테 그 이야기를 들었니?" 코너가 물었다.

"많이는 아니에요. 하지만 저한테도 조심해야 한다고 하셨어요. 엄마와 케이트 이모, 할머니한테 일어났던 일은 끔찍하고 잔인한 악몽이었죠. 게다가 미술 소장품들은 고가품이에요. 엄마는 그림을 집에 보관해 두는 것도 싫어했어요."

"그게 무슨 말이지?" 코너가 물었다.

"도둑들이 그림을 훔쳐 가고 싶어 하잖아요. 엄마는 그림을 갤러리에 두는 게 더 안전하다고 생각했어요. 범죄자들을 끌어들이는 미술품이 없으면 우리도 더 안전해질 거고요." 샘이 말했다.

"그런데 왜 그림들이 집에 있었지? 너희 엄마는 그림을 집에 두면 안 된다고 생각했다면서?"

"제부의 고집에 지고 말았죠." 케이트는 베스에게 네 뜻대로 하라고 얼마나 타일렀는지 떠올렸다.

"그림 한 점이 잘려 나갔어요. 침실에 있던 그림이요." 코너가 말했다.

"정말요? 어떤 그림이요?" 케이트가 물었다.

"당신이 알려 줄 거라고 생각했는데요?"

"그건 보지 못했어요. 베스만 봤죠."

"당연한 일이죠." 코너가 말했다.

"엄마 말이 맞았네요." 샘이 입술을 비틀면서 말했다. "그림은 갤러리에 두는 게 더 안전했어요."

"그림 한 점이 잘려나가서?" 코너가 물었다.

"이번만 그런 게 아니에요. 작년에도 그림 하나를 도난 당할 뻔했어요." 샘이 잠시 말을 멈추었다. "정확하게 1년 전에요. 제가 여름 캠프에 갔을 무렵이었어요."

케이트는 깜짝 놀랐다. 베스한테서 그런 이야기는 한 마디도 듣지 못했었다. 어떻게 그처럼 중요한 이야기를 하지 않았을까?

"난 그런 이야기 못 들었는데." 케이트는 차분하게 말하려고 애썼다.

"이모는 아마 비행 중이었겠죠. 그런 일은 스코티 아줌마랑 처리했어요."

"그런 일이 뭔데?" 케이트는 방금 자신이 들은 말을 믿을 수가 없어서 이렇게 물었다.

"저도 잘 몰라요. 그냥 집에서 일어나는 일들이요. 이모는 중요한 조종사잖아요. 엄마랑 스코티 아줌마는 해변에서 많은 시간을 함께 보내면서 그런 문제에 대해 이야기했어요. 게다가 그 그림 사건은 별일 아닌 걸로 끝났고요. 별일 아닐 일로 괜히 걱정만 했죠."

케이트는 충격으로 비틀거렸고, 말도 제대로 할 수 없었다.

"샘, 작년에 너희 집에서 그림이 도난 당했다는 신고는 없었어." 코너가 말했다.

"신고하지 않았으니까요." 샘이 말했다.

"왜 안 했어?" 케이트가 물었다.

샘이 인상을 찌푸리고 어깨를 으쓱거렸다. "큰일이 아니었으니까요."

"샘! 그게 어떻게…… 그건 큰일이야. 자세히 말해……."

"진짜로 도난 당한 건 아니라고 했잖아요." 샘이 목소리를 높였다. 얼굴이 붉게 달아올랐다. "아주 이상한 일이었어요. 도둑들이 그림을 남겨 두고 가 버렸더라고요. 겁을 먹었거나 뭐 그래서 그랬나 봐요. 한동안 찾지 못했는데 엄마가 복도 벽장 안에서 장화와 우산 뒤쪽에 박혀 있는 걸 찾아냈어요. 엄마는 그 그림을 다시 침실에 걸어 놓았죠."

케이트는 얼굴과 두 손이 저릿저릿해지는 것 같았다. 그럴 리가 없어.

"어디 벽에?" 코너가 물었다.

"창문 근처, 책장 옆이요."

"화가가 누구였지?" 코너가 물었다.

"벤 모리슨이요."

"그림 이름은?"

케이트는 두 눈을 질끈 감았다. 온몸이 차갑게 식는 것 같았다.

케이트와 베스는 블랙홀의 인상파 화가들 중에서 벤 모리슨의 작품을 가장 좋아했다. 그의 붓끝에서는 자연을 사랑하는 마음이 흘러나왔다. 케이트는 벤 모리슨이 가슴이 찢어지는 아픔과 배신을 겪었기 때문에 사랑을 낭만적이면서도 비극적으로 표현한다고 생각했다. 벤 모리슨의 가장 유명한 작품은 워즈워스 아테네움 미술관에 걸려 있었다. 그건 돌로 된 집 앞에 달빛이 비추는 잔디밭에서 한 젊은 여자가 은밀한 순간에 혼자서 자유분방하게 춤을 추는 그림이었다.

케이트의 가족은 그와 비슷한 모리슨의 작품을 소유하고 있었다. 장면은 똑같지만 크기가 그의 절반이라 작았다. 하지만 그보다 훨씬 더 간절한 마음과 여인의 명명백백한 욕망이 드러난 작품이었다. 많은 미술사가들은 그 작은 캔버스 작품이 아테네움의 작품보다 훨씬 더 뛰어나다고 평가했다. 그건 케이트와 베스의 어머니가 사망했던 그날 밤 조슈아와 샐리 앤더슨이 훔쳐 갔던 작품이기도 했다. 앤더슨 부부가 체포된 후 그 그림은 케이트의 가족에게 돌아왔다. 베스가 피트와 결혼한 이후로는 그들의 침실 동쪽 벽에 홀로 걸려서 환한 조명을 받아 빛났다.

"그림 이름이 뭐지?" 코너가 다시 물었다.

케이트의 심장이 꽉 죄어 들었다. 케이트는 샘이 말하지 않아도 그 답을 알고 있었다.

"〈달빛〉이요." 샘이 말했다.

또 이런 일이 일어났어. 케이트가 사랑하는 누군가가 또 같은 그림 때문에 죽었다.

8

 샘이 피곤해하자 코너는 더 이상 질문을 하고 싶지 않았다. 도와줘서 고맙다고 인사를 하고는 자리에서 일어났다. 케이트가 문까지 코너를 바래다주었다. 케이트는 휴대전화를 확인했다. 코너가 찾아온 이후로 기다리는 전화가 있는 것처럼 몇 번이나 휴대전화를 들여다보았다. 팝콘이 케이트 옆에서 알짱거렸다. 케이트는 빨간색 끈을 팝콘의 목줄에 끼웠다.
 "산책 나가자." 케이트가 말했다.
 코너는 케이트가 보안 시스템을 해제했다가 다시 켜는 과정을 지켜보았다. 계단 꼭대기에서 케이트가 마이크에 대고 조용히 말했다. 코너가 분명히 들은 말은 '가을 차고'뿐이었다.
 "방금 뭐라고 했어요?" 계단을 내려가는 케이트와 팝콘을 따라가면서 코너가 물었다.

"《프래니와 주이》에 나오는 구절이에요." 케이트가 대답했다. 현관문 앞에서 케이트는 자신의 말을 알아들었는지 궁금해서 코너를 돌아보았다.

"무슨 소린지 모르겠어요."

"J. D. 샐린저의 책이에요. 베스가 좋아하는 책이죠. 저도 좋아하고요. 남매 이야기를 다룬 작품이에요."

코너는 케이트의 어조에서 자신이 그녀의 시험을 통과하지 못했음을 깨달았다. 또한 자신이 잘 알고 있다고 생각했던 그녀의 내면은 신비에 휩싸여 있는 게 분명했다. 두 사람은 바깥으로 걸어 나갔다. 기온이 뚝 떨어졌고 안개가 가로등 불 아래서 유령처럼 스멀스멀 기어 다니고 있었다. 항구에서 불어오는 소금기 섞인 공기가 롱아일랜드 사운드와 강물 냄새, 연료 냄새, 바로 옆의 술집에서 나는 맥주 냄새를 싣고 왔다. 케이트는 텅 빈 부두로 이어지는 황량한 골목길을 따라 내려갔다.

"아이로니컬한데요." 코너가 말했다.

케이트는 어리둥절한 눈으로 코너를 쳐다봤다.

"제가 본 것 중 가장 정교한 사설 보안 장치를 설치해 놓은 사람이 위험한 동네에서 살고 있으니까요. 이곳은 범죄가 꽤 많이 일어나는 지역이거든요." 코너가 말했다.

"조치를 취해 둬서 괜찮아요." 케이트가 미소를 살짝 지으며 말했다. "아무도 절 괴롭히지 않아요. 팝콘도 있고요."

"네, 집을 아주 잘 지키는 개죠."

"우리 팝콘을 모욕하지 마요." 한쪽 다리를 들어 쓰레기 더미에 오줌을 갈기는 팝콘을 보면서 케이트가 말했다.

두 사람은 강가에 더욱 가까이 가려고 끊어진 울타리 사이를 통과해 지나갔다. 검은 물결이 강 저편의 화려한 불빛들을 받아 노란 주황빛으로 일렁였다. 제너럴 다이내믹스, 아니 지역 사람들 사이에서는 일렉트릭 보트 혹은 'EB'로 통하는 해군 잠수함 제조 회사가 작은 도시처럼 반짝거렸다. 잠수함 두 대의 시커먼 전망 탑이 부두와 강 표면 위로 높이 솟아올라 있었다.

"저희 형제는 여기가 러시아 스파이들에게 딱 좋은 장소라고 생각하곤 했어요." 코너가 말했다.

"베스랑 저도 그랬어요. 요트 축제 때 부모님을 따라 친구들과 함께 뉴런던에 왔어요. 우린 부둣가를 거닐면서 조개 수프와 로브스터 롤을 먹고, EB를 바라보면서 몽상에 잠기곤 했죠. 커다란 선박 사진을 찍어 대는 많은 관광객들이 사실은 핵잠수함 사진을 촬영하는 스파이들이라고요." 잠시 후 케이트가 물었다. "형제가 있어요?"

"네, 이름은 톰이에요." 코너는 형 이야기를 할 수 있는 기회가 생겨서 기뻤다.

"형이에요? 동생이에요?"

"형이요."

"톰은 저처럼 맏이군요. 형이랑 가까워요?"

"네." 코너는 케이트와 시선을 맞추며 물었다. "베스와 가까웠어요?"

"평생 가깝게 지냈죠. 어린 시절도 아주 행복하게 보냈고요. 그때 그 일로……." 케이트가 말끝을 흐렸다.

"부모님을 잃었죠."

"꼭 그렇다고 할 순 없죠. 물론 엄마는 돌아가셨지만요. 베스는 감옥에 있는 아빠와 계속 연락했어요. 전 그 후로 다시는 아빠를 만나지 않았고요. 전화도 받지 않았어요."

"아실지 모르겠지만 제 형이 그 그림들을 발견했어요." 코너가 말했다.

케이트가 멈춰 서서 코너를 돌아보았다.

코너는 고개를 끄덕였다. "형이 렘브란트 호에 올라탔던 해안경비대였어요. 그때 앤더슨 부부는 항해등을 꺼 놓고 있었죠. 눈에 띄지 않게 빠져나가려고요. 형이 갑판에 있다가 그들을 발견했어요. 그러고는 렘브란트 호에 올라타 비밀 장소에 숨겨진 미술 작품을 찾아냈죠. 형이 제일 먼저 꺼냈던 그림이 〈달빛〉이었어요."

"저 대신 고마웠다고 좀 전해 주세요." 케이트가 목이 메여 잠긴 목소리로 말했다. "그런데 또 이런 일이 일어났네요. 이번에는 제 동생한테요."

두 사람이 조용히 걸어가는 동안 팝콘은 쿵쿵거리면서 황폐한 부두의 기름이 번드르르한 말뚝들을 찾아다녔다. 500미터밖에 되지 않는 골드스타 메모리얼 다리를 통과해 95번 고속도로를 달리는 자동차 소리가 끊이지 않았다. 하지만 코너는 케이트와 가까이 붙어 걷고 있어서 그녀의 휴대전화 진동소리를 들을 수 있었다. 케이트가 휴대전화를 꺼내 액정화면을 확인하고는 다시 집어넣었다.

"기다리는 전화가 있어요?" 코너가 물었다.

"네. 친한 친구 전화요. 베스 소식을 전해 줘야 하거든요."

"방금은 그 친구 아니었어요?"

케이트가 고개를 가로저었다. "오랫동안 연락 없던 사람들이 난데없이 연락을 해요. 소식을 들었는지 메시지도 남기고요. 그런 사람들과는 이야기하고 싶지 않아요."

"이해해요." 코너가 말했다.

"제가 샘을 도울 수 있으면 좋겠어요. 절 도와주셨던 할머니의 반만큼이라도요."

"샘은 당신과 함께 살 건가요?" 코너가 물었다.

케이트가 놀란 표정으로 코너를 힐끗 올려다봤다. "아뇨. 당연히 제부와 같이 살겠죠."

"아, 그렇군요."

"샘이 왜 아빠와 같이 안 살 거라고 생각하죠?" 케이트가 멈춰 서서 물었다.

코너는 아무 말도 하지 않았다. 그냥 케이트의 초록빛 눈을 들여다보면서 그녀의 속마음을 읽으려 했다. 그런데 오히려 케이트가 그의 마음을 읽으려는 것 같았다. 코너는 이미 피트에 관해서 결론을 내려 버렸지만 자신의 그러한 편견에 휘둘리지 않으려고 최대한 노력하고 있었다. 케이트는 샘을 맡길 만큼 피트를 믿고 있는 걸까?

"제부가 한 짓이라고 생각하세요?" 케이트가 물었다.

"오늘 아침에 당신이 이번 일을 막을 수 있었을 거라고 했잖아요. 왜 그런 말을 한 거죠?" 코너가 오히려 질문을 던졌다.

"이제는 제가 용의자인가요? 제가 제부랑 공모했다고요?" 케이트가 물었다. "그런 생각을 하다니 당신도 참 멍청하네요." 케이트는 코너를 외면한 채 앞서 걸어가기 시작했다.

코너는 숨을 깊이 들이쉬었다. 좀 더 신중하게 질문했어야 했다. 코너는 케이트에게 유도 심문을 하고 싶지 않았다. "무슨 뜻으로 그렇게 말한 거예요?" 코너가 다시 물었다.

"전 제부와 뒤에서 속닥거릴 만큼 가까운 사이가 아니에요. 베스와 샘을 위해서가 아니라면 제부와 말도 섞지 않는다고요."

"제부를 싫어한다고 하셨죠. 왜 싫어하나요?"

"당신 형사잖아요. 온갖 더러운 일을 다 파헤쳐 내지 않았나요?"

"조사는 이제 막 시작했어요."

"그럼 니콜라 코를리스부터 조사해 보세요."

"네, 그러죠." 코너는 냉정을 찾으려고 애쓰며 말했다. 자신이 이미 얼마나 많이 알고 있는지, 지금껏 내내 얼마나 많은 것을 알고 있었는지 알리고 싶지 않았다. 케이트의 모든 이야기를 가능한 한 객관적으로 들어야 했다.

"니콜라는 갤러리 직원이에요. 아니 베스가 해고하기 전까지는 그랬죠. 보조 큐레이터였어요. 바드 대학원생이었던 니콜라를 베스와 제가 고용했죠. 니콜라는 차일드 해섬의 깃발 그림들에 관한 석사 논문을 썼어요. 하지만 니콜라가 제일 좋아하는 화가는 짐작하시겠지만 벤저민 모리슨이에요. 그래서 저희는 여러 지원자들 중에서 니콜라를 뽑았죠."

"베스는 왜 그 여자를 해고했나요?"

"모리슨보다 제부를 더 사랑했으니까요. 제부는 그 여자를 사랑했고요. 아니 지금도 사랑하고 있죠. 제 동생은 영리하고 아주 멋진 여자지만 엄마가 저질렀던 거의 모든 실수를 되풀이했어요. 딱 저희 아빠 같은 남자와 결혼했죠. 대학원생과 불륜을 저질러 아내에게 상처를 준 그런 남자요."

"피트는 얼마나 오래 불륜을 저질렀나요?"

"계속 끝낸다고 했죠. 끝냈다고 했는데 끝이 아니었어요. 결국 또 시작했죠. 베스는 그래도 할 수 있는 데까지 남편을 믿으려고 애썼어요. 하지만 베스도 결국에는 지쳤어요."

"피트가 관계를 끊었다 시작했다 할 때 니콜라의 반응은 어땠나요?"

"그건 왜 물어보죠?" 케이트가 우뚝 멈춰 서서 코너를 돌아보았다. "니콜라가 범인일 수도 있다는 말은 아니겠죠?"

"아뇨. 그냥 전체 그림을 살펴보려는 겁니다." 코너는 베스를 강간한 것처럼 꾸며져 있었던 범죄 현장을 떠올려 보면서 말했다. 케이트도 그 현장을 목격했고, 피트가 베스에게 했던 거짓말에 주로 신경을 쓰는 것 같았다. 하지만 니콜라가 범인이라고 의심할 수도 있지 않을까? "피트가 베스와 함께 있겠다고 했을 때 니콜라가 어떤 반응을 보였나요?"

"기분이 좋지는 않았겠죠. 하지만 전 니콜라와 속마음을 털어놓는 사이는 아니었어요."

코너가 고개를 끄덕였다. "베스가 지쳤었다고 했는데 남편을 떠나려고 했나요?"

케이트는 질문에 대답하지 않은 채 그냥 소용돌이치는 검은 바닷물만 들여다보았다. "있잖아요, 제부가 베스에게 상처를 주기는 했지만 베스를 죽이지는 않았어요."

"왜 그렇게 확신하죠?"

"다른 남자들 다섯 명과 함께 대서양에 나가 있었잖아요. 게다가 샘이 〈달빛〉에 관해서 한 이야기도 들으셨잖아요. 작년에 그걸 건드렸던 사람이 이번에 다시 훔쳐 갔을지도 몰라요." 케이트가 코너를 바라보았다. "이번에는 베스가 가진 것을 전부 다 가져갔죠. 베스에게 무슨 짓을 했는지 보셨죠? 목 주변에 레이스 자국이 있던데 봤어요? 베스가 강간 당했나요?"

"아직 확실한 건 몰라요."

"하, 저희 아빠도 앤더슨 부부에게 엄마를 성폭행하라고 사주하지는 않았어요. 엄마와 저희한테 그런 짓을 하라고 하진 않았죠. 하지만 아빠를 생각해 보면 사랑하는 사람들이 얼마나 끔찍한 일을 저지를 수 있는지 알 것 같아요. 하지만 제부가 아무리 꼴도 보기 싫은 인간이라도 누군가를 고용해서 베스에게 그런 짓을 했다고는 상상할 수가 없어요."

두 사람은 잠시 침묵했다. 코너는 정확히 어떻게 말해야 할지 고민했다. 피트가 집을 떠나기 전에 베스를 직접 죽였다고 생각한다고 말할까? 하지만 오늘 오전, 헬리콥터가 착륙한 후에 톰에게 지적당했던 일이 기억났다. 피트가 면담을 거절하고 무엇보다 딸을 먼저 만나 봐야겠다고 했을 때 코너는 톰과 함께 헬기장에 멈춰 서서 멀어져 가는 피트를 지켜보았다.

그때 코너는 톰을 쳐다보고 입을 열려고 했다. '유죄가 확실해'라고 말하려는데 톰이 고개를 가로저었다.

"아직은 아냐. 좀 더 상황을 지켜봐."

"형, 난 저 사람을 알아."

"아니, 넌 몰라. 그 자매들도 잘 모르고. 그냥 안다고 생각할 뿐이지."

"저 인간은 거짓말쟁이에 사기꾼이야. 형이 베스를 봤다면······."

"시작도 하기 전에 이번 사건에서 손 떼고 싶어? 정신 차리고 네 일을 해." 톰이 밥맛 없는 형 노릇을 하며 날카롭게 말했다.

샘은 아직 아빠를 만나지 않았다고 했다. 딸 걱정으로 안절부절못하는 아빠처럼 굴더니. 코너는 해안가를 따라 걸으면서 케이트를 힐끗거렸다.

"피트가 범인이라고 생각하지는 않아요." 코너가 천천히 말했다.

"아하, 저를 범인이라고 생각하니까요?"

"아뇨. 그건 절대 아닙니다."

페리 한 대가 지나가자 검은 물결 위로 불빛이 일렁거렸다.

"베스 집 앞에서 제가 나쁜 일이 일어날 줄 알면서도 그냥 내버려 뒀다고 했던 거 기억나세요?" 케이트가 물었다.

"네."

"그건 니콜라에 관한 일이었어요."

"무슨 일이 있었나요?" 코너가 물었다.

"베스가 니콜라와 피트 문제를 직시하기로 마음먹었죠. 제가 한 가족을 태우고 막 파리로 날아가려는데 베스의 전화를 받았어요. 전 베스에게 제가 집에 갈 때까지 기다리라고 했죠. 같이 가겠다고요. 베스는 갤러리에서 니콜라의 연락처를 찾지 못했어요. 제부가 니콜라의 흔적을 완전히 없애 버렸거든요. 그래서 갤러리 회계사에게 전화해 니콜라의 납세 신고서를 찾아보라고 했어요. 거기에 니콜라의 주소가 적혀 있었는데 그게 저희 할머니 집 주소였어요."

"니콜라가 어디 머물고 있는지 몰랐나요?" 코너는 이미 알고 있었기 때문에 조심스럽게 물었다. 코너는 피트에게 여자가 있다는 사실을 알아내자마자 좀 더 자주 그를 감시했고, 클라우드랜즈까지 미행했다.

"전혀 몰랐죠. 베스도 몰랐고요. 그 집은 베스와 제 소유예요. 가끔씩 그 집을 블랙홀 아트 아카데미에 빌려줬어요. 예전에는 회장 대리가 그곳을 사용하곤 했죠. 아니면 중요한 초빙교수가 가끔 그곳에 머물렀고요. 제부는 베스의 사업 문제를 많이 다뤘어요. 그 집을 임대하는 일도 베스가 제부에게 맡겼죠."

"베스는 남편을 믿었나요?" 코너가 의심스럽다는 투로 물었다.

"그 문제에 있어서는 그랬죠. 그 집 문제는 안심하고 제부에게 맡길 수 있을 것 같았어요. 그 집을 빌려준다면 예술계 인사에게 빌려줄 테니까요. 제부는 아카데미에서 다시 그 집을 빌려 간 것처럼 꾸몄어요. 그런데 알고 보니 니콜라를 그 집에 들인 거였죠. 제부가 베스 몰래 개설해 둔 은행 계좌에서 그 집 임대료를 지불했어요."

"그런데 베스가 알아버렸군요."

"네, 니콜라의 납세 신고서를 보고요. 제가 파리로 가는 동안 베스는 마틸다 할머니 집에 갔다가 침대에 함께 있는 두 사람을 발견했어요. 그리고 그 장면은 베스 머릿속에 꽉 박혀 버렸죠. 그런데 그게 끝이 아니었어요."

이제 나오는군. 코너가 생각했다. 케이트도 알고 있었다. "또 무슨 일이 있었나요?" 코너가 물었다.

"제부의 아기요. 제부와 니콜라의 아기가 두 사람 바로 옆의 아기 침대에서 자고 있었어요. 베스와 제가 아기였을 때 잠들었던 그 침대에요. 매튜가 태어나면 쓰려고 했던 그 침대에 말이에요."

코너는 자신의 감정을 드러내고 싶지 않아서 무표정하게 케이트를 바라보았다. 그 순간 베스의 기분이 어땠을지, 지금 케이트의 기분이 어떨지 생각하자 감정이 북받쳐 올랐다. 피트가 범인이라고 대뜸 의심하기 시작한 이유도 피트와 니콜라의 관계 때문이었다. 하지만 의아한 점도 있었다. 피트가 과연 자기 아들인 매튜도 죽였을까?

"베스는 전혀 몰랐나요?" 코너가 물었다.

"제부와 니콜라 사이에 아이가 있었다는 거요? 몰랐죠. 니콜라가 임신한 것도 몰랐어요. 그냥 한때의 바람이려니 했죠."

코너는 그런 식으로 진실을 알게 돼서 베스의 기분이 어땠을지 상상하며 먼 곳을 쳐다봤다.

"베스가 그런 일을 겪지 않게 보호하고 싶었어요. 그 광경을 직접 보지 않게요. 그 모든 걸요. 그때 제가 베스 곁에 있었어야 했어요." 케이트는 잠시 말을 멈췄다. "그 직후 베스가 임신을 했어요. 아이를 더 가질 계획이 없었는데 아마도…… 베스에게는 매튜가 필요했나 봐요."

"피트와 니콜라에게 아이가 있어서요?"

"동생은 아주 많은 사랑을 품고 있던 아이였어요. 그 사랑을 나눠 줄 누군가가 필요했죠." 케이트가 두 눈에 고인 눈물을 훔쳐 냈다. "제가 제부를 도와서 동생을 죽였다고 생각한다면……."

"케이트, 전 그런 생각 하지 않아요. 당신이 하지 않았다는 거 압니다."

"다행이네요. 고마워요."

코너가 고개를 끄덕였다.

"범인이 누구든지 간에 꼭 잡을 거죠?"

"물론입니다."

"누군지 몰라도 작년에 〈달빛〉을 훔쳤던 사람 짓이 분명해요. 그렇죠? 그 사람이 더 많은 걸 가지러 온 거예요. 그렇지 않을까요?"

코너는 입이 바싹 말랐다. 해서는 안 되는 말인 줄 알면서도 결국에는 입 밖으로 내뱉어 버렸다. "제부가 미술품 절도 사건을 사주했다고 생각한다면 그게 맞아요."

"제부가요? 다른 사람을 고용했나요? 제부의 은행 계좌 확인해 봤어요?"

"피트는 아무도 고용하지 않았어요."

"그럼 어떻게 했대요? 난터켓에서 블랙홀까지 헤엄쳐 왔대요? 제부가 사라졌다면 다른 사람들이 몰랐을 리 없을 텐데요?" 케이트가 물었다.

"떠나기 전에 베스를 살해했어요."

"그럴 리 없어요."

코너의 심장이 쿵쾅거리며 뛰었다. 그랬다. 코너는 처음부터 피트가 범인이라고 생각했다. 피트와 니콜라의 관계를 알았기 때문에 더더욱 그랬다. 거기다가 샘은 아빠를 만나지 않았다고 했다. 이렇게 증거가 보이자 피트가 범인이라는 확신이 더욱 강해졌다.

"피트가 UPS 택배기사에게 쪽지를 남겨 놓은 것 같아요. 베스가 초인종에 답하지 않아도 아무도 의심하지 않게요."

"그건 베스의 필체였어요!"

"맞아요. 베스가 직접 쓴 거니까요. 하지만 예전에 써 놓은 거죠. 언제 써 둔 건지는 모르겠지만 피트가 그 쪽지를 보관해 뒀다가 베스를 살해했을 때 사용한 겁니다. 베스가 실제보다 훨씬 더 오래 살아 있었던 것처럼 꾸미려고요."

"하지만 제부는 며칠 동안 떠나 있었어요. 제부가 살인범이라면 대체 언제 그랬다는 건지. 감식반이 알려 주겠죠? 엄마 일을 겪어 봐서 사망 시각을 알 수 있다는 거 알아요."

"그 방에 가 봤죠? 방 안이 냉장고 같았어요." 코너가 말했다.

"이달 내내 엄청 더웠잖아요. 베스는 임신 때문에 더위에 아주 민감했어요. 신선한 공기와 바닷바람을 좋아하기는 했지만 에어컨을 틀어야 잠을 잘 수 있었어요."

"피트 짓이 분명해요. 피트는 시체 온도를 떨어뜨려서 검시관을 속이려고 모든 창문을 막고 에어컨을 최대한 세게 틀어 놓은 거예요. 아주 신중하게 범행을 계획했죠."

"확신하는 것 같네요. 어떻게 그렇게 확신할 수 있죠? 제부가 범행을 저지르는 걸 직접 봤나요? 제 동생을 죽이는 걸 봤냐고요?"

"그러지 못해서 아쉬울 따름입니다." 코너가 말했다. 코너는 자주 베스의 집 앞을 지나다녔고, 피트를 미행했고, 베스를 주시했다. 그날은 왜 그 현장에 없었을까? 그 생각을 하자 코너는 속이 뒤틀렸다. "그가 어떻게 그런 짓을 했는지 알아내서 증명하는 게 제 일이고, 전 제 일을 할 겁니다."

케이트가 눈을 초롱초롱 빛내며 코너를 바라보았다.

"코너라고 불러 달라고 하셨죠?"

"네." 코너는 케이트의 얼굴에 일렁이는 격한 감정을 지켜보며 말했다.

"코너, 꼭 범인을 잡아 주세요." 케이트가 말했다.

코너는 고개를 끄덕였다. 꼭 잡겠다고 약속했다. 계속 케이트와 함께 걸으며 이야기를 더 나누고 싶었지만 케이트가 갑자기 돌아섰다. 케이트는 이제 그만 샘에게 돌아가야 했다. 코너는 그녀의 집 앞까지 함께 걸어가서 케이트와 팝콘이 집 안으로 들어가고 잠금 장치가 잠기는 소리가 날 때까지 지켜보았다.

실버 베이의 집까지는 차로 10분 거리였다. 참으로 긴 하루였다. 코너는 15년 동안 살고 있는 새하얀 1853년형 주택 진입로에 차를 세웠다. 낚싯대를 내려 뒷문 옆에 기대 세워 놓고 주방으로 들어갔다. 하루 종일 문을 닫아 두어서 집 안이 갑갑하게 느껴졌다. 시원한 바람이 들어오도록 창문 몇 개를 열었다. 그리고 커피 한 잔을 타서 서재로 들어갔다.

코너는 책상 저 위쪽 벽을 올려다보았다. 삶의 목적을 잊지 않으려고 예전 사건 자료들을 꽂아 둔 곳이었다. 해결한 범죄 사건들뿐 아니라 미해결 사건들에 관한 기사들도 있었다. 경찰이었던 코너의 아버지는 늘 이렇게 말하곤 했다. "한눈팔지 마라." 코너에게는 그 말이 피해자를 기억하고 나쁜 놈을 잡으라는 뜻으로 들렸다.

코너는 커피 잔을 손에 든 채 책상 의자에 등을 기댔다. 벽에 붙어 있는 신문기사 헤드라인 중 가장 큼직한 것은 23년 전〈데이〉지에 실린 것이었다. '갤러리 소유주가 아내의 죽음에 연루되다.'

 간략하고도 역겨운 사실만 뽑아낸 헤드라인이었다. 우드워드 자매의 아버지 가스 우드워드는 도박에 빠져 있었다. 폭스우즈에서 룰렛 테이블에 앉아 룰렛을 즐겼다. 예일대 미술사학과에서 박사학위를 받은 젊은 여성 프란체스카 콘티와 사랑에 빠지기도 했다. 가스는 빚도 갚고, 우스터 스퀘어에 마련한 사랑의 보금자리도 유지해야 했다. 그래서 하크니스-우드워드 갤러리 그림 절도 사건을 꾸몄다. 훔친 그림들은 암시장에서 되팔아 수익금을 챙기고, 거액의 보험금도 탈 수 있어 일석이조였기 때문이다.

 가스는 아트 바젤 박람회에서 조슈아와 샐리 앤더슨을 만났다. 그때 두 사람이 해섬의 위조품을 팔려고 한다는 걸 바로 알아차렸다. 범죄자는 범죄자를 알아본다고나 할까. 가스는 그 두 사람을 고용했다.

 코너는 가스가 그날 갤러리에서 두 딸까지 끌어들일 계획은 없었다고 확신했다. 하지만 아내를 목표로 삼은 것은 분명했다. 아내인 헬렌을 묶어 두려고 했는데 케이트와 베스가 11월의 추운 겨울날 오후에 학교에서 집으로 가다가 갤러리에 들른 것이었다. 결국 앤더슨 부부는 두 딸도 같이 처리하기로 했다.

 조슈아가 헬렌과 두 딸을 지하실로 밀어 넣었다. 그러고는 샐리와 함께 나일론 로프로 세 사람을 묶었고, 재갈을 입에 물렸다. 헬렌을 질식시켜 죽이려고 했는지는 논외의 문제였다.

 다음 날 아침 10시에 갤러리 단골 고객인 수집가 웨이드와 폴라 뱅크스가 헬렌과 가스를 만나러 그리니치에서 왔다. 두 사람은 우드워드 부부가 약속을 잊어버릴 사람들이 아니라는 걸 알고 있었다. 헬렌의 차가 갤러리 앞에 주차되어 있었는데 초인종을 눌러도 아무런 답이 없자 걱정이 돼서 경찰에 신고했다.
 신고한 지 5분도 안 돼 코너가 현장에 도착했다. 코너는 갤러리 주변을 돌면서 무성한 철쭉 가지들을 젖히고 창문 안을 들여다보았다. 건물 뒤쪽에 지하 창고 출입문이 있었는데 그 안에서 쿵쿵거리는 소리가 들렸다. 코너는 자물쇠를 부수고 지하실로 들어갔다.
 그곳에서 등을 맞댄 채 묶여 있는 헬렌과 케이트, 베스 세 사람을 발견했다. 케이트가 있는 힘껏 세게 발을 쾅쾅 구르고 있었다. 그 바람에 두 사람의 엄마 몸에서 흘러나와 웅덩이를 이룬 체액이 사방으로 튀었다. 베스는 비명을 지르고 있었지만 입을 막은 천 조각에 가로막혀 웅웅거리는 소리만 새어 나왔다. 헬렌은 축 늘어져 있었다. 재갈과 턱에 피가 시커멓게 말라붙어 있었고, 콘크리트 바닥에 고인 피도 굳어 있었다. 헬렌은 소변을 배출했고 장 기능을 잃어버린 상태였다. 시체경직이 진행된 걸로 보아 사망한 지 몇 시간은 흐른 게 분명했다. 헬렌의 얼굴빛은 잿빛이 도는 푸른색이었고, 눈 색깔은 뿌옇게 흐려져 있었다.
 묶여 있는 세 사람을 풀어 주는 코너의 두 손이 떨렸다. 코너는 베스를 일으켜 세워 주려 했지만 베스가 엄마를 놓으려고 하지 않았다. 케이트는 충격을 받아 새하얗게 질린 얼굴로 입술이 파래져서 뒷걸음질치는 게 마치 벽 속으로 녹아 들어가고 싶어 하는 것 같았다.
 몇 분 후에 가스 우드워드가 도착했다. 표면적으로 가스는 뉴욕에 미술품 구매 여행을 떠났다가 집에 먼저 가지 않고 수집가들을 만나러 갤러리로 곧장 온 것이었다. 가스는 계단을 달려 내려오자마자 소리를 질렀다. 죽은 헬렌을 보고 진짜로 놀랐거나 연기력이 뛰어났거나 둘 중 하나였다. 가스는 머리를 부여잡고 서성거리기 시작했고, 베스는 차갑게 식은 엄마를 끌어안고 있었다. 케이트는 지하실 벽에 등을 딱 붙이고 서서 말 한 마디 없이 멍하니 허공을 응시했다.

그로부터 23년이 흐른 지금도 지하실 벽에 붙어 서 있는 케이트의 모습이 거의 매일 밤마다 코너의 꿈속에 등장했다. 코너는 온갖 범죄 현장에 대처할 수 있게 훈련을 받았다. 95번 고속도로와 시골 도로에서 사망사고를 수차례 목격했고, 가정폭력 신고를 받고 출동해서 눈이 시커멓게 멍들고 뼈가 부러진 피해자들을 돌보기도 했다. 총구에 위협 당한 적도 두 번이나 있었다. 한 번은 가정 폭력 신고를 받고 출동했을 때, 또 한 번은 바닷가 술집에서 싸움을 말리려고 했을 때였다. 첫 번째 사건에서는 남편이 엽총을 떨어뜨렸지만 두 번째 사건에서는 취객이 권총을 꽉 쥐고 있었다. 그 취객에게 총을 발사해 가슴에 구멍을 낸 사람이 코너였다. 하지만 그런 사건도 베스의 찢어지는 비명소리와 케이트의 멍한 눈동자만큼 코너의 마음속에 깊이 각인되지는 않았다.

우드워드 자매에게 일어났던 일을 목격하면서 코너의 삶은 달라졌다. 코너는 그들의 고통을 피부로 느꼈다. 단란한 가정에서 성장한 코너는 부모님과 형을 사랑했다. 엄마가 자신의 옆에서 죽어 가는데도 전혀 도울 수 없다면 어떨까 생각하자 절망과 분노로 가슴이 먹먹해졌다. 우드워드 자매도 아마 그랬을 것이다. 특히 케이트가 그랬다. 꽉 닫혀 열리지 않았던 케이트의 입술. 얼음처럼 차가웠던 케이트의 손. 그 모든 것이 코너의 심장을 찢어 놓았다.

도난 당한 미술품을 되찾은 후, 프란체스카가 주 지방 검사의 심문을 받았다. 프란체스카는 가스에게 불리한 증거를 스스럼없이 제공했다. 비록 가스의 범행 계획은 몰랐지만 프란체스카가 타운 하우스와 가스의 카지노 여행에 대해 증언하면서 가스의 범행 동기가 분명해졌다.

앤더슨 부부는 유죄답변거래로 법정에서 증언을 하고, 각각 25년 형을 선고 받았다. 가스 우드워드는 가석방 없이 무기징역형에 처해졌다. 베스는 결혼해서 샘을 가졌고, 케이트는 하늘로 도피했다.

코너의 도피처는 목공예였다. 사무실 맨 끝에 작업대가 하나 있었다. 좁은 서랍장 안에는 칼과 끌, 까뀌가 가득했다. 버터너트와 참피나무, 사시나무 토막들이 한쪽에 높이 쌓여 있었다. 코너가 좋아하는 작품 몇 개는 작업대 위쪽 선반에 진열되어 있었다. 청둥오리 한 쌍과 아비새, 물총새, 줄무늬농어, 구할 수 있는 나무 중에서 가장 연한 색깔의 미루나무로 조각한 흰 고래.

마지막 작품은 《모비 딕》과 똑같은 고래였다.

코너는 책상에 앉아 커피를 마시며 생각에 잠겼다. 피트에 대한 생각이 틀렸을까? 엉뚱한 사람을 쫓다가 베스를 죽인 진범을 놓치는 건 아닐까? 톰 형 말대로 개인적인 감정 때문에 판단이 흐려진 건 아닐까? 코너는 노란색 노트를 꺼내 세로로 한 줄을 그었다. 그렇게 나뉜 한쪽 칸에는 용의자 이름, 다른 쪽 칸에는 범행 동기를 적기 시작했다.

제일 먼저 '피트'라고 적고 그 아래에 '니콜라'라고 적었다. 그 다음에는 낯선 제삼자였다.

그러고는 니콜라와 낯선 제삼자를 줄을 그어 제외시켰다.

코너는 길게 숨을 내쉬고는 휴대전화를 꺼냈다. 라스롭 네 유선전화로 전화를 걸고 나서 추가해 놓았던 피트의 전화번호를 눌렀다. 피트가 전화를 받지 않을 것 같아 메시지만 남기려 했는데 피트의 목소리가 들려 깜짝 놀랐다.

"여보세요?" 피트였다.

"안녕하세요? 코너 형사입니다."

"아, 네. 그렇지 않아도 전화하려고 했어요."

"그래요? 무슨 일로요?"

"그게 저번에 만났을 때는 제가 좀 정신이 없었어요. 이해해 주시리라 믿습니다. 지금은 언제든 이야기를 나눌 준비가 됐어요. 누가 이런 짓을 했는지 알아내야죠."

코너는 놀란 마음을 숨겼다. 그렇지 않아도 피트를 조사할 참이었다. 그런데 피트가 조사에 순순히 협조하려고 하다니 영리한 짓이었다. "잘됐군요. 저도 그 때문에 전화한 겁니다. 약속을 잡으려고요."

"내일 가능합니다. 내일 오후 어떠신가요? 오전에는 장례식 준비를 해야 하거든요."

"오후 좋습니다. 변호사와 같이 오실 건가요?"

"변호사가 왜 필요하죠? 전 결백한데요."

네가 결백한지 아닌지는 묻지도 않았어. "좋습니다. 내일 뵙죠. 3시 어때요?" 코너는 제일 먼저 조사하기로 했던 알리바이를 입증해 줄 목격자를 떠올리면서 물었다.

"좋아요." 피트가 말했다.

"그건 그렇고 따님은 어떤가요?"

피트가 숨을 길게 내쉬었다. "짐작하시겠지만 좋지 않아요."

코너는 피트에게 동부 강력반 사무실 주소를 알려 주었다. 전화를 끊고 나서는 책상에 앉아 그날 하루 동안 있었던 일을 기록하기 시작했다. 몇 분 후 하던 일을 중단하고는 벽에 꽂혀 누렇게 바래 가는 23년 전의 기사를 올려다보았다.

정확하게 말해 피트는 거짓말을 하지 않았다. 딸을 만났다고 하지는 않았으니까. 하지만 딸을 만나지 못했다고 솔직하게 말하지도 않았다.

9

전화가 걸려 왔을 때는 한밤중이었다. 새벽 2시에 케이트는 침대 옆을 더듬거려 휴대전화를 찾고 발신자 이름을 확인했다.
"여보세요? 룰루?"
하지만 연결 상태가 나빴다. 휴대전화 신호가 잡히지 않는 곳에 있는 것처럼 치지직거리는 소리가 들렸다. "룰루? 룰루? 내 말 들려? 소리가 안 들려. 여보세요?" 그러더니 전화가 끊어졌다. 케이트는 액정화면을 보면서 다시 전화가 걸려 오기를 기다렸다. 하지만 음성사서함 메시지가 도착했다는 알림이 떴다. 케이트는 음성사서함 메시지를 들어 보았다.
눈물에 흠뻑 젖은 룰루의 목소리였다. "이건 아냐. 사실이 아니라고 말해 줘, 케이트. 오늘 하루 종일 휴대전화를 꺼 두었어. 여기는 도쿄야. 여기까지 오는 데 말도 안 되게 오래 걸렸어. 방금 네 문자 메시지를 확인했는데 스코티한테 전화가 와서 소식 들었어. 베스가 그럴 리 없어. 우리 베스는 절대 아냐." 제일 친한 친구의 울음소리를 듣자 케이트도 울음이 터져 나왔다. 휴대전화를 꽉 움켜쥔 채 침대에 누워 있는 케이트의 두 뺨 위로 눈물이 흘러내렸다. 하지만 샘이 듣지 못하게 울음소리를 속으로 삼켰다. 샘이 빨리 잠들었기를 바랐다. 룰루에게 다시 전화를 걸었지만 이번에도 음성사서함으로 연결됐다. 룰루와 통화를 못해서 속상했지만 별수 없이 음성사서함 메시지를 다시 들었다. 결국에는 휴대전화를 베개 위에 떨어뜨리고 어수선한 꿈속으로 빠져들었다.

몇 시간 후, 케이트는 일어나기가 싫었다. 베스가 보지 못하는 화창한 하루를 베스 없이 맞이할 수가 없었다. 심장이 콩, 콩, 콩 뛰었지만 박동이 잘 느껴지지 않았다. 동생은 이제 이 세상에 없었다. 살아 숨 쉬는 동생의 존재를 느낄 수가 없는데 어떻게 살아갈 수 있을까? 케이트는 코너 형사의 말을 되새겨 보았다. 피트가 베스를 죽였다고? 날이 밝고 생각해 봐도 있을 수 없는 일 같았다. 그렇지 않을까?

다행히 룰루의 소식은 들었다.

팝콘은 샘 옆의 바닥에서 잠들어 있었는데 지금은 케이트 옆에서 펄쩍펄쩍 뛰며 발을 매트리스 위에 올려놨다 바닥에 내려놨다 했다. 축축한 혀로는 케이트의 뺨을 후르륵 핥았다.

"알았어. 알았다고. 산책 나가자." 케이트가 말했다.

케이트는 회색 티셔츠에 파란색 불가사리가 그려진 하얀색 면 잠옷 바지를 입고 있었다. 그 차림새 그대로 가운도 걸치지 않은 채 팝콘을 데리고 계단을 내려가 거리로 나갔다. 강 건너편 건물들 위로 태양이 솟아오르고 있었다. 그 아름다운 광경에 가슴이 아려 왔다.

팝콘은 너무 짧은 산책에 실망한 것 같았다. 하지만 케이트는 할 일이 있었다. 팝콘이 2층까지 느릿느릿 계단을 올라갔다. 케이트는 주방에 서서 쿠진아트 커피메이커를 한 번도 본 적 없는 것처럼 쳐다보다가 다가갔다. 그러고는 기계적으로 프렌치 로스트 커피가루를 넣고 물을 적당량 넣었다. 곧이어 주전자 안으로 물 떨어지는 소리에 이어서 커피 냄새까지 새어 나왔다. 하지만 케이트는 커피 한 잔 마시지 않은 채 그냥 가 버렸다.

청바지를 입었다가 이건 아니다 싶어서 짙은 남색 바지와 하얀색 블라우스로 갈아입었다. 아직 자고 있는 조카를 내려다보았다. 오늘은 조카가 온종일 엄마 없이 보내야 하는 첫날이었다.

"샘, 일어나야지." 케이트가 말했다.

"으으으으." 샘이 베개 속으로 파고들었다.

케이트가 어깨를 만지자 샘이 눈을 뜨고는 밝은 불빛에 신음했다. "조금만 더요."

"오늘 아침은 안 돼. 네 엄마를 위해 할 일이 있잖아."

두 사람은 장례식 준비를 해야 했다. 마침내 검시관이 베스의 시신을 인도해 줘서 장례 절차를 밟게 됐다. 샘은 억지로 몸을 일으켜 화장실로 들어갔다. 샤워기 물소리가 케이트의 귓가에 들렸다. 샘이 빨간색 체리가 그려진 원피스 차림으로 주방에 들어왔을 때 케이트가 커피 한 잔을 건네주었다.

"이거 입으면 안 된다고 할 거예요?" 샘이 치마를 만지작거리며 물었다.

"내가 그랬으면 좋겠어?"

"뭐, 아빠라면 그럴 걸요."

"네 아빠 생각이 옳을지도 모르지." 케이트가 말했다.

"제가 캠프에 가기 전에 엄마가 사 준 옷이에요. 올해의 여름 드레스죠."

케이트가 고개를 끄덕였다. 그녀도 아는 옷이었다. 겨우 3주 전에 베스가 와치힐의 한 부티크에서 그 옷을 샀을 때 그 자리에 같이 있었기 때문이었다. 맨발로 나파트리 포인트의 만조선을 따라 거닐다가 올림피아 티룸에서 점심을 먹은 뒤 들른 곳이었다. 케이트와 베스는 언제나 여름마다 엄마한테서 특별한 드레스 선물을 받았고, 베스는 그 전통을 이어 나갔다. 두 사람은 베이 가의 노상 카페 테이블에 앉아 갓 짜낸 레모네이드를 마시면서 엄마를 위해 건배했다.

"우린 이 전통을 이어 나갈 거야. 6월마다 새 드레스를 사자." 케이트가 샘에게 말했다.

"아뇨. 엄마 없이는 다 필요 없어요."

케이트는 내년 여름에는 내가 드레스를 사 주겠다고 말하려고 입을 열었지만 그 말이 목에 걸려 나오지 않았다. 엄마가 항상 해 주었던 일을 이모가 해 주려고 해 봤자 똑같지는 않을 테니까.

"이제 나가야 해. 네 아빠가 10시까지 오랬어."

"아빠를 만나는 게 두려워요."

"왜?"

"이제 아빠와 저만 남았으니까요. 우리는 식구가 너무 적어요. 항상 세 명이었는데 엄마는 이제 더 이상 우리 곁에 없어요."

케이트는 뭔가 할 말을 찾아보았지만 전부 다 식상한 말들뿐인 것 같았다.

샘은 돌아서서 커피 잔을 씻었다. 케이트는 샘이 울고 있는 게 아닌지 확인해 보려 했지만 돌아선 샘의 두 눈에는 물기 한 점 없었다. 샘은 최면에 걸린 것처럼 멍하니 자동차로 걸어갔다. 아빠가 집으로 오라고 하지 않아서, 아직 자신을 만나러 오지 않아서 속이 상했는지도 모른다. 하지만 설령 그렇다 해도 그 감정을 겉으로 드러내지는 않았다.

브라이어 장례식장은 하얀 덧창이 달린 옅은 회색의 빅토리아 풍 주택이었다. 블랙홀을 굽이쳐 흐르는 피쿼트 강의 남쪽 강둑에 자리한 장례식장은 너무나 아름다워서 진짜 같지 않았다. 습지에서 자라는 마시그라스가 가벼운 산들바람에 넘실거렸다. 케이트가 자동차 문을 쾅 닫자 커다란 파란색 왜가리가 볼품없는 날개를 펼치고 날아올라 한 바퀴 돌더니 더욱 짙은 그림자 속으로 날아가 버렸다. 케이트가 마지막으로 이곳에 왔을 때는 엄마의 장례식 날이었다. 그때는 베스와 함께 왔었다.

피트는 이미 도착해 있었다. 케이트는 샘이 나오기를 기다렸지만 샘은 문자 메시지를 주고받느라 바쁜지 식장 안에서 보자고 했다. 케이트는 정문으로 걸어 들어가 티 파티용으로 꾸며 놓은 것 같은 응접실에 도착했다. 적갈색 벨벳 체스터필드 소파들과 나뭇결이 살아 있는 노란색 자작나무 테이블들, 양쪽 끝에 크리스털 촛대가 놓인 자단 사이드보드가 눈에 들어왔다. 벽에는 현재 장례식장 소유주의 할아버지 에드워드 브라이어 1세가 한 세대 전에 갤러리에서 구매했던 소와 정원 그림들이 걸려 있었다.

케이트는 한때 그 그림들을 소유했던 마틸다 할머니 생각을 하며 할머니의 온기를 느껴 보려고 했다. 할머니를 떠올리면 힘이 나고 마음이 안정됐으니까. 하지만 할머니와 접속하기도 전에 어깨에 닿는 손의 감촉이 느껴졌다.

"케이트, 어쩌다 이런 끔찍한 일이 일어났을까요?"

돌아보니 바로 앞에 피트가 서 있었다. 피트는 늘 그랬듯이 뻣뻣하게 케이트를 끌어안았다. 케이트는 '그래, 그래, 알아'라는 식으로 등을 토닥거리는 피트의 손길을 느끼고는 뒤로 물러섰다. 피트의 옅은 눈동자에 슬픔의 빛이 서려 있는지 살펴보았다. 감정을 억누르고 있는 것처럼, 아니면 그런 척하는 것처럼 피트의 입술이 굳어 있었다. 온몸의 피가 세차게 도는 것 같았다. 어젯밤에 코너 형사가 했던 이야기가 떠올랐다. 그 의혹에 찬 이야기를 듣지 않았어도 케이트는 이미 분노로 폭발할 지경이었다.

"샘은 어디 있어요?"

"차 안에요. 곧 들어올 거예요."

"샘한테 가 봐야겠어요." 피트는 문을 바라보며 말했지만 움직이지는 않았다.

"제부한테 뭐라고 말해야 할지 모르겠어요." 케이트가 이를 앙다물고 말했다.

"그게 무슨 말이에요? 우리 둘 다 베스를 잃었어요. 우리 모두가요."

"위선자." 케이트의 목소리가 떨렸다. "거짓말쟁이."

"니콜라 이야기를 하는 거라면 저도 인정합니다. 제가 나쁜 놈이죠. 하지만 그건 저랑 베스 둘만의 문제였어요. 베스는 절 용서했죠. 처형도 들어서 알 거예요. 우린 문제를 해결해 가고 있었어요." 피트의 목소리가 잠겼다. "이제는 그럴 기회도 없어졌죠."

케이트는 거짓 눈물로 젖은 피트의 파란 눈동자를 들여다보았다. 피트가 바람을 피워서 베스에게 어떤 고통을 안겨 주었는지 생각했다.

"내가 왜 그 말을 믿어야 하죠? 제부는 동생한테 거짓말만 했는데."

"그렇지 않아도 기분이 좋지 않은데 그만해요."

"그때 꼭 가야 했어요? 베스 상태가 좋지 않았는데 일주일 동안 집을 비워야 했냐고요?"

"그럼 처형은 왜 떠났어요?"

"전 일이었죠. 여행이 아니라."

"그런 식으로 말하지 마세요. 베스는 내 아내였어요. 난 지금 아내의 죽음을 견뎌 내야 한다고요. 그것도 그렇게 끔찍하게 죽었으니. 아내가 강간 당했을지도 모른다고 생각하면 미칠 것 같다고요."

"이제 자유롭게 니콜라와 함께 지낼 수 있겠네요."

"니콜라는 이 문제와 상관없어요!"

"그렇다니 그런 거겠죠. 누가 그 말을 믿어 줄지는 모르겠지만요." 케이트가 말했다. 코너 형사의 말이 사실이라면 어떡하지? 제부가 베스뿐만 아니라 매튜까지 죽였다고?

"케이트, 피트, 왔군요." 에디 브라이어가 검은색 정장 차림으로 응접실에 들어와 가슴 위로 팔짱을 낀 채 말했다.

케이트는 에디 목소리에 깜짝 놀라 피트에 관한 어두운 생각들을 몰아냈다. 에디는 케이트의 가족과 같은 비치 클럽 소속이었다. 그가 아이들과 함께 수영을 하고, 로브스터의 밤에 조개 까는 법을 아이들에게 가르쳐 주는 모습을 지켜보았다. 케이트에게는 장의사 차림이 아니라 수영복 차림의 에디가 익숙한 모습이었다. 에디의 아버지가 케이트의 엄마 장례식을 맡아 주었다.

"안녕하세요, 에디?" 케이트가 인사했다.

"바브와 제가 얼마나 충격을 받았는지 몰라요. 베스를 정말 좋아했는데. 이런 일이 생기다니 믿을 수가 없어요." 에디가 말했다.

케이트가 에디의 손을 잡았다. 에디의 두 눈에서 눈물이 흘러내렸다. 에디는 큰소리로 훌쩍거렸다. 에디는 단순한 장례지도사가 아니라 케이트 가족의 친구였다.

"같이 슬퍼해 줘서 고마워요. 우리 모두 충격이 커요." 피트가 말했다.

바로 그때 샘이 걸어 들어왔다. 샘이 아빠를 보는 순간 잠시 머뭇거린 게 분명하다고 케이트는 생각했다. 하지만 샘은 곧 아빠에게 다가가 포옹했다. 피트는 샘을 세게 끌어안으면서 샘의 귓가에 뭐라고 속삭였다. 그러더니 울음을 터뜨리기 시작했다. 피트의 흐느낌 소리가 높아졌다 낮아졌다 했다. 샘은 의심스러운 표정을 지으며 뒤로 물러섰다.

"샘, 우리 딸, 네 엄마가 이렇게 되다니. 아빠가 엄마를 얼마나 사랑했는지 넌 모를 거야. 내가, 아니 우리가 네 엄마 없이 어떻게 사니?"

피트는 자기 말에 또다시 울음을 터뜨렸다. 마치 슬픔은 소리로 표현해야 한다고 생각하는 사람처럼 울었다. 하지만 진짜 눈물은 한 방울도 보이지 않았다.

에디가 세 사람을 사무실로 데리고 들어가 자기 책상 맞은편의 고급스러운 빨간색 가죽 의자 세 개로 안내했다. 샘은 가운데 의자에 앉았다.

"이런 결정들은 내리기 힘들다는 거 잘 압니다." 에디가 소책자들을 마호가니 책상 위에 펼치면서 여전히 잠긴 목소리로 말했다. "케이트, 헤론우드 묘지에 당신과 베스, 당신 가족들 자리가 예약되어······."

"예약이요?" 샘이 되물었다. "우리를 땅에 묻을 계획을 이미 세워 놨다고요? 저녁식사 예약하는 것처럼요?"

케이트가 샘의 팔에 한 손을 올렸다. 이런 이야기가 아직 어린 소녀에게는 얼마나 이상하게 들릴지 케이트는 잘 알고 있었다. 케이트와 베스도 그렇게 느꼈으니까. 어려서 마주한 죽음은 한 사람을 집어

삼켜서 완전히 다른 사람으로 바꿔 버린다. "괜찮아, 샘. 너희 엄마와 오래전에 상의했던 일이야. 우리 둘 다 화장을 원했어."

"처형, 그게 사실인지 아닌지 몰라도 이건 제가 할 이야기 같군요." 피트가 날카롭게 말했다.

"당연히 그래야죠." 케이트는 샘을 위해서 숨을 깊이 들이쉬고 마음을 가라앉혔다. 피트에게 베스에 관한 어떠한 결정도 내릴 권리가 없다고 소리치지 않으려고 무진 애를 썼다.

"뭐 어쨌든 그건 처형 말이 맞아요. 베스는 본인의 바람대로 화장할 겁니다. 유해는 베스 어머니와 할머니의 유해와 함께 매장하고요. 에디, 가장 좋은 유골함을 사고 싶어요."

"알겠습니다. 믿고 맡겨 주세요." 에디가 말했다. 에디의 두 눈이 붉게 충혈돼 있었다. 에디는 격해지는 감정을 다스리려고 애쓰는 모양인지 자리에 가만히 앉아 있지 못하고 이리저리 자세를 바꾸었다.

"잘 부탁합니다." 피트가 말했다. 피트는 시계를 확인했다. 케이트의 맥박이 다시 치솟기 시작했다. 만약 피트가 베스를 죽였다면 여기 와서 베스의 유해를 넣을 유골함을 고르고 있다는 게 가당치도 않은 일이었다. 케이트는 피트의 깜박거리는 눈을 보고는 피트가 정신을 딴 데 팔고 있음을 알아차렸다. 그 모습에 너무 화가 났지만 샘에게 감정을 들키기 싫어서 시선을 돌려 버렸다.

"고마워요, 에디. 이만 가도 될까요?" 케이트가 말했다. 케이트가 먼저 사무실을 나섰고, 뒤쪽에서 피트와 에디가 소곤거리는 소리를 들으며 건물을 빠져나왔다.

가벼운 산들바람에 키가 큰 초록색 마시그라스가 출렁였다. 맞은편 강둑을 따라 걷는 왜가리 두 마리가 하얗게 빛났다. 아래쪽을 향하고 있는 기다란 노란색 부리는 은빛 물고기를 노리고 있었다. 케이트는 신선한 공기를 한 모금 들이마시고, 샘을 위해 화를 가라앉히려고 애썼다.

자동차에 탄 케이트는 시동을 걸고 에어컨을 켰다. 휴대전화를 집어 들어 룰루한테 메시지가 왔는지 확인했지만 없었다. 스코티가 보낸 메시지는 하나 있었다. 글은 없고 빨간색 하트 네 개뿐이었다. 케이트는 샘과 피트가 장례식장에서 나오는 모습을 지켜보았다. 두 사람은 서로 가까이 붙어 있었는데 언쟁을 벌이는 게 분명했다. 두 사람이 다가왔을 때 케이트는 자동차 문을 열고 시동도 켜 놓은 상태였다.

"처형, 끔찍한 일이 있던 집으로 돌아가는 건 샘에게 너무 충격일 것 같아요." 피트가 말했다.

"그냥 엄마가 살해된 집이라고 말해." 샘이 말했다.

"요점은 네가 지금 당장은 거기 머물러서는 안 된다는 거야."

"거긴 내 집이야. 내가 사는 곳이라고."

케이트는 하마터면 미소를 지을 뻔했다. 샘의 태도가 너무 모순적이었으니까. 어젯밤만 해도 아빠와 이야기하고 싶지 않다고 했었는데.

"알아. 하지만 당분간은 안 돼. 잠시 동안만이야. 처형 생각은 어때요? 샘이 지금은 처형과 함께 지내는 게 더 낫지 않겠어요?"

케이트는 베스의 집 안에서 났던 냄새가 떠올랐다. 침대에 있던 베스에게 다가가기 전부터 그녀의 두뇌 속 어느 한 부분은 이미 동생의 죽음을 감지하고 있었다. 하루가 지난 지금도 목구멍 뒤쪽에서 시체 썩는 냄새가 올라오는 것 같았다. 그 냄새가 얼마나 오랫동안 집 안에 남아 있을지 몰랐다. 샘을 그런 곳에 두고 싶지는 않았다. 샘이 피트와 함께 지내는 것도 싫었다. 전에는 믿고 싶지 않았지만 거짓 눈물을 흘리는 피트를 보자 피트가 진짜로 베스를 죽였다는 확신이 들었기 때문이었다.

"샘, 나랑 같이 가자. 네가 나와 같이 가 주면 좋겠어." 케이트가 말했다.

"저한테 선택권이 있기는 해요?" 샘이 물었다.

"지금은 없어. 이건 어른들이 결정할 일이야. 이모가 널 잘 돌봐 줄 거야."

"알았어." 샘은 열 살 때 브로콜리를 먹어야 한다거나 이불 속에서 책 그만 읽고 자라던 엄마의 잔소리를 들었을 때처럼 어른 말을 순순히 듣는 게 짜증난다는 투로 말했다.

"너랑 같이 지내게 돼서 정말 기뻐." 케이트가 말했다.

"오후에 이자벨 집에 가고 싶어요. 그냥 같이 놀게요." 샘이 말했다.

"그거 좋은 생각이네. 내가 데려다 줄게." 피트가 말했다.

"됐어. 축구장에서 레베카를 만나기로 했어. 레베카가 데려다 줄 거야." 샘이 문자 메시지를 보내면서 말했다.

"이런 때는 친구들과 가까이 지내는 게 좋지. 나중에 샘이 전화하면 처형이 데리러 갈 수 있어요? 전 할 일이 좀 있어서요."

"그럴게요." '이런 때'라는 피트의 말이 케이트의 귓가에 맴돌았다. 이런 때라니, 엄마가 죽어서 남은 평생 동안 다시는 만날 수 없는 때 말인가? 그 무엇도 예전과 같을 수 없다는 사실을 깨달은 때를 말하는 건가?

"전 갈래요." 샘이 두 팔로 몸을 감싸면서 잠긴 목소리로 말했다. "전 여기가 싫어요. 여기서 나가고 싶어요."

"집에 올 때 문자 보내줘." 케이트가 말했다.

샘이 날카로운 눈초리로 케이트를 힐끗거렸다. "거긴 진짜 집 아니에요. 제가 사는 곳, 엄마와 살았던 곳, 거기가 집이죠."
"그래, 알아." 케이트가 말했다.
샘은 레베카를 만나러 통학로를 따라 내려갔고, 피트는 검은색 메르세데스 S560을 탔다. 피트가 주차장을 빠져나가는 동안 케이트는 뒤에 남아 있었다. 그러고는 자동차 기어를 넣었고, 강둑을 따라 북쪽으로 달리는 피트의 자동차를 400미터쯤 뒤에서 따라가기 시작했다.
피트가 어디로 갈 계획인지는 몰랐지만 미행해서 목적지를 알아낼 생각이었다.

10

샘은 레베카 드와이어의 녹슨 자국이 있는 폭스바겐 비틀 조수석에 구부정하게 앉아 코네티컷에서 가장 신비로운 해변 허버즈 포인트로 향하고 있었다. 허버즈 포인트는 주 도로를 따라 달리면 있는지조차 알 수 없는 해변이었고, 표지판도 없었다. 하지만 철교 아래로 들어가면 모든 것이 달라졌다. 현실 세계가 사라져 버렸다. 경비원이 자동차 창문으로 다가와 레베카와 샘에게 누구를 찾아왔는지 물어보았다.

"워터슨 가족이요." 레베카가 말했다.

"이자벨 워터슨이요!" 샘이 레베카 너머로 얼굴을 들이밀며 말했다. "이자벨의 동생 줄리도요. 작고 귀여운 유니콘 같은 아이죠. 아저씨도 아시죠? 우린 모래성을 만들며 영원히 행복하게 살 거예요."

경비원이 미소를 짓고 어깨를 으쓱하더니 클립보드에 표시를 했다. 경비원이 들어가라고 손을 흔들어 주자 레베카가 좁은 해변도로를 따라 달렸다.

"왜 그랬어?" 레베카가 물었다.

"뭐가?"

"몰라, 그냥 비꼬는 말투 같았어. 좀 무례했다고." 레베카가 말했다.

"미안해." 샘이 목이 꽉 메인 목소리로 말했다. 허버즈 포인트에 가면 자신의 인생에 무슨 일이 일어났든 언제나 행복해졌고 마음이 풀어졌다. 하지만 지금은 태양과 바다의 천국으로 들어가고 있는데도 케이트 이모한테서 엄마 소식을 듣고 난 이후로 내내 그랬듯 마음이 죽어 버린 것만 같아 끔찍했다.

"괜찮아." 레베카가 걱정스러운 눈초리로 샘을 쳐다보며 말했다.

"장례지도사라는 얼간이가 뭐라고 했는지 알아? 자리를 예약해 뒀다는 거야. 엄마가 묻힐 자리 말이야. 무슨 사망자 호텔 예약하는 것처럼."

"윽, 생각만 해도 끔찍하다."

"그러니까." 샘이 눈을 감으면서 말했다. 샘은 세계 밖으로 떨어질 것 같은 기분이었다. 모든 것이 위험하게 느껴졌다. 뼈와 피와 심장이 피부 밖으로 튀어나갈 것 같아 불안했다.

"집에 가고 싶어?" 레베카가 물었다.

샘은 고개를 가로저었다. 허버즈 포인트와 워터슨 가족이 샘에게는 제2의 집이었다. "이자벨한테 대마초가 좀 있으면 진짜, 진짜 좋겠다."

"샘. 네가 지금 힘들어하는 거 알아. 하지만 작년부터 너 좀 이상해졌어. 그니까 네 엄마가……." 레베카가 곤란한 듯 머뭇거렸다.

"아직 살해되지 않았을 때 말이지?" 샘이 말했다. 그랬다. 레베카는 착실한 친구라서 담배도 술도 하지 않았다. 레베카 말대로 샘도 예전에는 그런 걸 하지 않았다. 우등반 수업을 듣기도 했다. 한번은 코네티컷에서 10대 1의 경쟁률을 뚫고 뽑혀 워터포드의 유진 오닐 연극 센터에서 열리는 무대 디자인 특별 토요 세미나에 참석했다. 베스는 그런 딸을 무척 자랑스러워했다. 수십 년 전에 하트포드의 하트 음악 학교 예술 감독이었던 엘리머 나기의 무대 그림은 갤러리에서도 두 번째 전문 분야로 다루는 것이었다. 샘은 어렸을 때부터 〈공주와 방랑자〉처럼 완벽하고 섬세한 엘리머 나기의 그림들을 좋아했다.

하지만 집안 분위기가 빠르게 나빠지면서 샘의 상태도 덩달아 나빠졌다. 걸핏하면 토요일에 배가 아파서 오닐 연극 센터 세미나에 참석하지 못했다. '올A'였던 성적인 'B-'로 떨어졌고, 거기서 더 떨어져서 우등반에서 나가야 했다.

샘의 가족들은 뭐가 잘못됐는지 모르는 척했지만 샘은 부모님이 아무것도 모른다고 생각하지 않았다. 베스는 제일 먼저 샘을 소아과 의사 알론조 박사에게 데려갔다가 나중에는 예일-뉴헤븐 병원의 위장병 전문의를 찾아갔다. 하지만 모든 검사에서 샘이 아주 건강하다는 결과가 나왔다.

샘은 검사를 그만하자고 말하고 싶었다. 부모님은 몇 달 동안이나 진실을 숨기려 했다. 하지만 아주 깊고 어두운 비밀을 십 대 딸한테 숨기려고 해 봤자 다 쓸데없는 시간낭비에 불과했다.

아빠는 갤러리 직원 니콜라와 바람을 피우고 있었다. 그 일이 터지자마자 샘은 집안에 드리워지는 먹구름을 감지했다. 그리고 문간에서 부모님 이야기를 엿듣기 시작했다. 아빠가 컴퓨터를 켜 놓고 나가면 아빠의 이메일을 몰래 읽어 보았다. 진실이 바로 코앞에 있었다. 아빠가 니콜라에게 보내는 감상적인 내용들, 가끔은 엄마 흉을 보는 내용들이 눈앞에 펼쳐졌다. 거짓말쟁이 아빠, 아내와 딸과 함께 살면서 다른 여자와 살고 싶어 하는 아빠의 실체를 알게 되자 샘은 진짜로 속이 안 좋아졌고, 학업에도 집중할 수 없었다. 아니 아무것도 할 수 없었다.

샘은 닫힌 침실 문 너머로 부모님이 조용히 싸우는 소리를 들었다. 모든 사정을 하나도 빼놓지 않고 다 듣고 싶었지만 아무 일도 없는 척했다. 하루는 부모님이 무표정한 얼굴로 문밖으로 나오다가 복도에 서 있는 그녀를 발견했다.

"나도 다 알아." 샘이 말했다.

"뭘 말이니?" 아빠가 물었다.

샘은 엄마를 쳐다보았다. 슬픔에 잠긴 눈빛으로 보아 엄마는 그녀의 말을 이해한 게 분명했다. 엄마는 딸에 관한 일이라면 육감적으로 알아맞혔다.

"왜 그 많은 의사한테 날 데려갔어?"

"배가 아프다고 했잖아. 학교 성적도 떨어지고." 아빠가 말했다.

"진짜 이유를 말해도 돼, 샘." 엄마가 부드럽게 말했다.

샘은 말하고 싶었지만 차마 제 입으로 그 말을 꺼낼 수가 없었다. 결국은 엄마가 진실을 말했다.

"당신 때문이에요." 엄마가 말했다.

"아빠, 나도 니콜라 일을 알아." 샘이 속삭이듯 말했다.

아빠는 그녀를 안아 주거나 엄마에게 사과하지도 않았다. 아니, 아무런 반응도 보이지 않았다. 얼어붙은 것처럼 그냥 그 자리에 가만히 서 있었다. 샘은 아빠가 무슨 말이든 해 주기를 기다렸다. 아빠의 입술이 벌어졌지만 아무 소리도 새어 나오지 않았다. 복도를 감도는 긴장감이 너무나 팽팽해서 더 이상 견딜 수가 없었다. 샘은 그

길로 곧장 집을 뛰쳐나가 한시도 걸음을 멈추지 않고 허버즈 포인트에 도착해서는 모래 깔린 주차장을 가로질러 이자벨의 품속으로 뛰어들었다.

그 후로 부모님은 싸우는 모습을 굳이 숨기려 하지 않았다. 아빠의 아들 타일러가 태어났던 그날 밤이 최악의 날이었다. 그때 샘은 아빠와 함께 HBO 드라마 〈바이스 프린시펄스(Vice Principals)〉를 보고 있었다. 커다란 발 받침대에 발을 올려놓은 채 소파에 앉아서 아이스크림을 먹으며 학교에서 가장 멍청한 얼간이 녀석을 놀려 댔다. 기분이 좋았다. 아직은 진짜 가족, 거의 정상에 가까운 가족인 것 같았다. 하지만 그때 엄마가 아빠 휴대전화를 들고 들어왔다.

"주방에 휴대전화를 놔 뒀더라고요." 엄마가 말했다.

"아, 드라마 보느라. 앉아서 같이 보자." 아빠가 말했다.

"문자 메시지가 왔어요." 엄마가 휴대전화를 아빠에게 건네며 말했다. 샘은 문자 메시지를 읽어 보려고 몸을 앞으로 숙였다.

니콜라의 문자였다. '방금 양수가 터졌어요.'

그게 끝이었다. 아빠는 한마디도 하지 않고, 인사도 없이 그냥 집을 나갔다. 그러고는 이틀 동안 돌아오지 않았다. 마침내 돌아와서도 타일러 이야기는 꺼내지 않았다. 뭐가 어떻게 된 건지 자세히 알아내야 했다. 결국에는 엄마가 이자벨의 엄마와 통화하는 걸 엿들어서 배다른 동생이 생겼다는 사실을 알아냈다.

그런 상황에서는 공부보다 먹고 마시고 노는 게 더 나아 보였다. 이자벨도 그런 쪽으로 빠져들었다. 이자벨에게도 말하기 싫은 가족 문제가 있었기 때문이었다. 엄마들끼리 해변에서 소곤거리는 걸로 봐서 어두운 비밀을 공유하고 있는 게 분명했다.

"다 괜찮아질 거야." 레베카가 말했다.

샘은 레베카의 커다란 갈색 눈을 들여다보았다. 레베카의 금발머리가 어깨까지 구불구불 흘러내렸고, 입술은 금방이라도 울음을 터뜨릴 것처럼 떨리고 있었다.

레베카는 진짜로 샘과 가까워지고 싶었다. 하지만 샘한테 이자벨이 있는 한 그건 불가능한 일이었다. 샘과 이자벨은 태어나기도 전부터 영원한 친구였다. 임신한 엄마들끼리 해변에 함께 앉아 있곤 했던 사이였으니까. 두 예비 엄마와, 엄마와는 거리가 먼 부류인 케이트와 룰루는 돈독한 우정을 나누고 있었다. 심지어 나침반의 네 방향을 가리키는 '장미 나침반 자매'라는 별명을 자기들 무리에게 붙이기도 했다.

"난 그냥 널 돕고 싶어." 레베카가 말했다.

"고마워." 샘이 억지 미소를 지으며 말했다. 하지만 아무도 자신을 도울 수 없다는 사실을 잘 알고 있었다. 가족은 이런 것이라고 생각했는데 알고 보니 완전히 다른 것이었다. 엄마와 아빠 사이가 그렇게 나빠졌는데도 엄마가 임신한 이유에 대해서는 듣지 않아도 알고 있었다. 아빠한테 타일러가 있었듯이 엄마한테도 온전히 엄마의 것인 매튜가 필요했기 때문이었다. 엄마가 그런 생각을 했다는 사실은 떠올리기도 싫었다. 엄마는 복수심에서 아이를 갖기로 결정한 것 같았다.

샘과 레베카는 보트 정박지 옆의 돌 담장 앞에 주차하고, 워터슨네 현관으로 걸어갔다. 이자벨의 부모님은 이례적으로 정상적인 사람들이었다. 야외에서 요리를 해 먹고, 수상스키를 즐겼고, 스크래블과 매드 립스 보드게임을 했다. 그들의 삶은 19세기 미술, 인수와 판매, 미술 작품 내력을 중심으로 돌아가지 않았다. 한쪽이 조수와 놀아나면서 사방에 씨를 뿌리고 다니는데도 행복한 척하는 부부도 아니었다.

스코티 아줌마는 엄마처럼 다정다감했다. 공항에서 스코티 아줌마에게 안겼을 때 샘은 심장이 녹는 것 같았다. 그 순간 엄마가 항상 어떻게 자신을 안아 주었는지가 생생하게 떠올랐다. 스코티 아줌마에게 한 가지 단점이 있다면 가끔씩 살짝 비판적으로 군다는 것이었다. 스코티 아줌마는 뉴스를 볼 때 항상 사람들이 얼마나 어리석은지 모른다느니, 나쁜 행동을 했으니까 마땅히 그 대가를 치러야 한다느니 하는 이야기를 했다. 하지만 자기 사람들에 대해서는 조그만 불평도 하지 않았다.

"우린 당신처럼 완벽해질 수 없어." 한번은 닉 아저씨가 이렇게 말했다. 그때 샘은 스코티 아줌마의 얼굴을 스쳐 지나간 상처 입은 표정에 움찔했다.

스코티 워터슨은 샘이 이 세상에서 엄마 다음으로 좋아하는 사람이었다. 샘은 스코티 아줌마를 찾아 주변을 힐끗거렸다. 스코티 아줌마에게 한 번 더 안기고 싶었다.

이자벨이 현관에서 기다리고 있었다. 두 사람은 서로를 보고 달려가 꼭 껴안았다. 샘에게 이자벨은 영혼의 자매였다. 눈빛만 마주쳐도 서로의 마음을 알 수 있었다.

"샘, 이보다 더 슬픈 일이 있을까. 마음이 너무 아파." 이자벨이 소곤거렸다.

"고마워."

"엄마는 제정신이 아냐." 이자벨이 말했다.

"지금 어디 계셔?" 샘이 물었다.

"해변에. 아빠는 일하러 갔어." 이자벨은 이렇게 말해 놓고 대마초를 입에 무는 시늉을 했다. 그 모습에 샘은 마음이 조금 풀리는 것 같았다. 자신을 진정으로 이해하고, 자신에게 뭐가 도움이 되는지 아는 사람이 곁에 있다는 건 선물이었다. 이자벨이 주머니 속으로 손을 집어넣었다. 샘은 라이터를 켰다.

"하지 마. 그건 나빠." 고리버들 세공 테이블 아래에서 줄리가 말했다.

"네가 거기 있는지 몰랐어." 샘이 몸을 웅크려서 꽃무늬 식탁보를 들어 올려 일곱 살 된 줄리를 쳐다보았다. 금발머리에 창백한 얼굴의 여자아이가 파란 테 안경을 주근깨 가득한 콧잔등 위에 걸치고 있었다. 줄리는 장애를 갖고 있다. 금방 눈에 띄는 장애는 아니었지만 학교 친구들은 그걸 알아차리고 줄리를 괴롭혔다.

처음에 줄리는 샘과 시선을 마주치려 하지 않았다. 하지만 곧이어 샘을 흘낏 훔쳐보고는 눈을 깜박거리다가 다시 시선을 피했다. 샘은 줄리를 태어날 때부터 봐 왔지만 그럼에도 불구하고 대하기가 어려웠다. 줄리는 굉장히 수줍음을 많이 타서 사람들이 보이지 않는 곳을 맴돌았다. 말을 할 때도 뚝뚝 끊어지는 말을 직설적으로 툭툭 던졌다.

"언니 엄마가 죽었어." 줄리가 말했다.

"그래."

"언니는 슬퍼."

"많이 슬퍼."

줄리는 여전히 시선을 피하면서 고개를 끄덕였다.

"나쁜 사람이 이모를 해쳤다고 엄마가 그랬어." 줄리가 말했다.

"그래, 누군가가 그랬지."

"아주 사악하고 나쁜 사람이야." 줄리가 말했다.

"줄리, 이제 그만하자, 응?" 이자벨이 말했다.

"그거 피우지 마." 줄리가 말했다.

"엄마한테 말하면 죽는다!" 이자벨이 말했다.

줄리는 도망갔다. 샘은 잡고 있던 식탁보 끄트머리를 내려놓았다. 그러고는 일어나서 폐가 타 들어갈 때까지 대마초를 들이켰다. 줄리의 머릿속이 어떻게 돌아가고 있는지는 몰라도 줄리가 한 말은 틀림없는 사실이었다. "그래, 사악하고 나쁜 사람 짓이야." 샘은 대마초를 깊이 들이켜면서 큰소리로 말했다.

11

케이트는 들킬 위험이 없는 강가 도로로 달려 피트를 따라갔다. 피트는 장례식장을 나서자마자 도서관을 지나쳐 북쪽으로 달렸다. 케이트는 피트가 어디로 가는지 정확히 알고 있었다. 파울리크 건설회사의 덤프트럭 한 대가 현무암을 싣고 시커먼 배기가스를 내뿜으면서 케이트와 피트의 자동차 사이를 덜거덕거리며 달렸다. 코네티컷 강과 실 만을 굽어 보는 언덕들이 오르락내리락 거리는 시골 풍경은 아름다웠다. 블랙홀 공동체 예술가들이 그렸던 풍경과 똑같았다. 하지만 여기저기에 개발이 진행되고 있어서 나무를 베어 낸 곳이 많았다. 300년 된 나무들이 쓰러졌고, 수십 에이커의 야생동물 서식시가 파괴됐다. 6,000제곱피트에 달하는 그 자리에는 추하기 짝이 없는 집들이 들어섰다.

마틸다 할머니 소유의 클라우드랜즈는 사쳄 힐의 고지대에 자리하고 있었다. 위풍당당한 하얀색 주택은 토마스 루드로우 판사가 1745년에 조석유입구로 이어지는 100에이커 규모의 숲과 초원 한가운데 지은 것이었다. 케이트는 1킬로미터쯤 되는 개인 도로 시작 지점에서 높다란 돌기둥들 사이로 달리는 피트를 발견했다.

케이트는 그쪽으로 가지 않고 왼쪽으로 틀어 사유지에 속하는 방치된 흙길을 따라 만을 돌아갔다. 주택과 진입로가 보이지 않는 길이었다. 수영을 하고, 카누를 타고, 소풍을 즐기러 오는 곳이었다. 케이트는 자갈 깔린 도로가 무성한 마시그라스에 막혀 끊어진 곳에 차를 세웠다.

그때 엔진 소리가 나서 돌아보자 검은색 닷지 차저가 그녀의 자동차 바큇자국을 따라 달려오고 있었다. 검은색 자동차는 포르셰 뒤쪽에 멈춰 섰다. 케이트는 경찰 표시가 없는 코너의 자동차임을 알아보았다.

"여기서 뭐하는 겁니까?" 코너가 차에서 내리면서 물었다.

"여긴 제 소유지예요. 할머니 땅이죠."

"그건 압니다. 지금 여기서 뭐하는 거냐고요? 피트를 쫓아왔어요?"

"그러는 그쪽은 절 쫓아왔나요?"

"아뇨. 피트를 쫓아왔죠. 그런데 당신이 중간에 끼어들었고요. 장례식장에서 당신들을 봤어요."

"네, 거기 갔었죠."

"저 계단들은 뭐죠?" 코너가 화강암 돌출부에 만들어진 가파른 계단들을 가리키며 물었다. 키 큰 소나무 그늘 아래로 무성하게 자란 도금양과 덩굴 옻나무에 반쯤 가려지고 초록색 이끼로 뒤덮인 계단이었다.

"집으로 가는 계단이요." 케이트가 계단을 올려다보며 말했다. "저희는 여기로 내려와서 수영도 하고, 카누도 타고, 소풍도 즐겼죠. 이건 지름길이에요. 서두르면 제부를 앞지를 수 있어요."

케이트가 한번에 두 계단을 올랐다. 더운 날씨에도 재킷에 타이 차림이었지만 코너는 숨을 헐떡이지도 않고 따라왔다. 그래서 케이트는 걸음을 더욱 빨리 했다. 뭔가에 쫓기듯 473개 계단을 달리다시피 올라 집 뒤쪽 공터에 도착했다. 473개라는 계단 숫자는 한때 케이트가 베스와 함께 세어 봐서 알고 있었다.

두 사람은 마틸다의 숲이라고 불렀던 곳의 그림자 속에 몸을 숨겼다. 클레이 테니스 코트는 무성하게 자란 잡초로 뒤덮여 있었고, 돌로 된 깊은 수영장은 말라붙어 있었다. 하지만 정원사 해롤드 맥스웰이 여전히 일주일에 한 번씩 출근했기 때문에 파란색 수국들이 눈부시게 흐드러져 있었다. 블랙아이드 수잔, 하얀색과 분홍색 꽃잔디, 향수박하가 집 주변을 둘러싼 돌 담장을 따라 높이 자라 있었다. 케이트는 중앙의 커다란 굴뚝을 막지 못하게 했었다. 베스와 피트는 다람쥐들이 들어올 수 있다며 굴뚝을 막으려고 했지만 케이트의 고집을 이기지 못했다. 멸종 위기에 처한 칼새 한 가족이 지붕 위 푸른 하늘을 선회했다.

"왜 피트를 따라온 겁니까?" 코너가 물었다.

"당신이 어젯밤에 한 말 때문이죠."

"증거를 찾아서 그를 잡을 생각입니까?"

"전 그냥…… 제부가 혼자 있을 때 어떻게 행동하는지 보면 답을 알 수 있을 것 같았어요." 케이트는 잠시 발을 내려다보았다. "어제 저녁에 그런 이야기를 듣고 나서 오늘 아침에 장례식장에서 제부를 만나니까 제부가 범인이 확실하다는 생각이 들었죠. 하지만 그게 사실이 아니기를 바랐어요. 샘을 위해서요. 제가 제부를 어떻게 생각하든 제부는 샘의 아빠니까요."

"이봐요, 이 일은 나한테 맡겨요. 피트는 나중에 심문 받으러 올 겁니다. 절차가 다 있다고요. 당신은 그만······."

"가라고요? 싫어요."

코너는 케이트를 슬쩍 본 다음 집을 올려다보았다. "여기서 어떻게 피트를 볼 수 있죠?"

케이트는 말없이 코너를 높다란 울타리 뒤쪽의 회양목 미로로 이끌었다. 미로 가장 안쪽 길에 도착하자 비바람에 닳고 닳은 나무 문이 나타났다. 경첩이 끼익 소리를 내면서 문이 열리자 눅눅한 지하실이 보였다.

"당신이 들어가도 괜찮은 거죠?" 케이트가 어깨너머로 코너를 힐끗거리면서 물었다. "영장 없이 들어갔다고 문제가 생기지는 않겠죠?"

"집주인하고 같이 있는데요, 뭐." 코너가 케이트에게 미소를 지었다. 두 사람은 지하실 안으로 몇 발자국을 내디뎠다. 지하실 안이 칠흑같이 깜깜했지만 전등 스위치는 저 안쪽 끝에 있었다. 케이트는 집 안 구석구석을 모조리 알고 있어서 눈을 가리고도 길을 찾을 수 있었다. 하지만 코너는 비틀거리다가 케이트와 부딪히면서 욕이 튀어나왔다. 케이트가 그의 손을 잡아 주었다.

"여기가 어디죠?"

"제부는 절대 모르는 지하실이요."

"왜 모르죠?"

"그게 실제로 사용하는 지하실은 따로 있거든요. 와인 창고 겸 저장고로 쓰는 곳이요. 보일러랑 배수관 같은 일반적인 시설들이 있는 곳이죠. 여기는 독립전쟁 당시에 파 놓은 곳이에요. 영국군과 싸우기 위해 대기하던 곳이죠. 공격에 대비해서 파 놓은 은신처예요."

"멋진 역사네요." 케이트가 손을 슬그머니 뺐을 때 코너가 말했다.

"여기서 포탄도 발견했어요."

두 사람은 어둠 속을 걸었다. 바위벽을 발톱으로 긁는 것 같은 소리가 몇 차례 들렸다.

"괴물들이에요." 케이트가 겁 주듯 말했다.

"들쥐겠죠."

"맞아요. 할머니가 고양이 한 마리를 키웠는데 고 녀석이 거의 매일 밤마다 작은 털북숭이 들쥐를 선물로 가져다줬어요."

통로 맨 끝에 다다른 케이트가 전등 스위치를 누르자 머리 위쪽으로 전선을 늘어뜨린 전구 하나가 켜졌다. 케이트는 조용히 조심스럽게 걸쇠를 풀었다. 문이 끼익 하고 열리자 약간 움찔했다. 두 사람은 좁은 나선형 계단을 올라갔다.

케이트는 어렸을 때 베스와 함께 영국군을 피해 숨어 있는 스파이인 척하면서 놀곤 했다. 계단은 3층의 작은 방으로 이어졌다. 원래는 적군을 피해 숨어 지내는 곳으로 집 안의 비밀 문으로만 들어갈 수 있는 방이었다. 마틸다와 케이트, 베스만 아는 장소이기도 했다. 서재를 들여다볼 수 있는 작은 구멍도 있었다.

케이트와 코너는 아래를 내려다보았다. 피트가 보였다. 피트는 방금 들어온 게 분명했다. 지갑과 자동차 열쇠를 책상에 내려놓고 사라졌다. 곧이어 주방에서 무슨 소리가 들렸다. 잠시 후, 피트가 마틸다의 파란색과 하얀색이 섞인 캔톤 접시에 샌드위치를 담아서 돌아왔다.

그러고는 의자에 앉아서 리모컨으로 TV를 켜고 샌드위치를 게걸스럽게 먹기 시작했다. 그곳은 언제나 소설과 예술, 코네티컷의 역사, 항공 등에 관한 마틸다의 방대한 책들이 들어 있는 장소였다. 피트는 혼자 있는 것 같았다. 집 안에서 다른 소리는 들리지 않았다. 어서 오라고 인사하는 니콜라의 목소리도, 웃거나 우는 아기 소리도 들리지 않았다.

예기치 못한 상황에 케이트는 깜짝 놀랐다. 피트가 베스와 문제를 해결해 가는 중이었다고 했지만 케이트는 그 말을 믿지 못했다. 피트는 항상 자기만 생각하는 인간이었으니까. 피트는 니콜라와 타일러를 이 집에 들였고, 그 과정에서 베스와의 결혼 생활을 망가뜨렸다. 케이트는 오늘 이곳에서 그 세 사람을 보게 될까 두려웠다.

하지만 피트는 혼자였다. 마틸다라면 집 안에 들이기도 전에 절벽 아래로 던져 버렸을 추한 갈색 가죽 리클라이너 의자에 앉아 있었다. 피트가 사서 들여 놓은 의자가 분명했다. 케이트는 피트가 TV 채널을 이리저리 돌리는 모습을 지켜보았다. 사방이 조용해서 옆에 바싹 붙어 팔을 맞대고 있는 코너가 유난히 의식됐다.

"니콜라는 어디 있죠?" 코너가 속삭였다.

"아기는요?" 케이트도 속삭였다.

12

 클라우드랜즈를 떠난 후, 코너는 여행 중에 손상된 헌트레스를 고치려고 정박 중인 선박수리소로 향했다. 닉 워터슨이 헌트레스의 수리 작업을 감독하고 있었다. 그곳에서 만나는 데 동의한 사람은 닉 워터슨이었다. 코너는 피트를 심문하기 전에 항해 중에 일어났던 일을 자세히 알고 싶었다.
 항구는 구름 한 점 없는 파란 하늘 아래서 반짝거렸다. 상쾌한 산들바람이 불었고, 요트들이 계류장에서 흔들거렸다. 코너는 수리가 필요한 요트들로 꽉 들어찬 커다란 작업장을 돌아서 돛대 더미와 형클어진 삭구들을 지나쳐 부두 맞은편에 주차했다. 선창에 묶인 날렵한 요트 갑판에 서 있는 닉 워터슨이 보였다.
 뜨거운 한낮인데도 코너는 정장 재킷을 걸치고 닉을 향해 걸어갔다. 닉은 요트의 갑판을 두른 구명밧줄을 약간 풀어 냈고, 코너가 요트에 올라탔다. 두 사람은 악수를 나누었다.

"정말 끔찍한 일이에요. 이런 일이 일어나다니 도저히 받아들일 수가 없어요. 제 아내는 마음이 산산조각 났어요. 혼이 나간 사람 같아요."

"아내분이 스코티 워터슨인가요?"

닉이 고개를 끄덕였다. "네, 케이트, 베스와 절친한 친구 사이죠. 특히 베스와 어렸을 때부터 친하게 지냈어요. 두 사람은 나이도 비슷해요. 떨어질 수 없는 사이였죠. 저도 베스를 좋아했고요. 저희한테 베스는 사실 가족 같았어요."

"피트도 가족 같았나요?"

"그럼요." 닉이 웃음을 터뜨리며 말했다. "그건 그렇고 여기서 당신을 만난다고 아내한테 말했어요. 지금 아내도 오고 있어요. 제 아내와도 이야기를 나누고 싶어 하시는 것 같아서 이렇게 하는 편이 훨씬 나을 거라고 생각했어요."

"잘됐네요. 제가 피트도 가족 같은지 물었을 때 왜 웃었나요?"

"피트는 좀 거들먹거리는 편이라서 참고 봐 줄 사람이 없거든요."

그 말에 코너의 촉각이 곤두섰다. "그런데도 그런 사람과 함께 일주일 동안 항해를 했죠. 아닌가요?"

"네, 그랬죠. 피트는 리랜드의 친구예요. 리랜드 애컬리요. 피트가 저희 요트 여행에 끼어든 거죠. 저한테 결정권이 있었다면……."

"알겠습니다. 항해에 대해 말씀해 주시겠어요?"

"날씨가 좋았어요. 바람도 좋았고요. 첫날밤에는 난터켓을 돌았어요. 피트는 딴 데 정신이 팔린 것 같았죠. 계속 베스가 걱정된다고 했어요. 임신이 쉽지 않았다면서요. 전 스코티가 가까이 있다고 말했죠. 베스의 다른 친구인 케이트와 룰루는 떠나고 없었지만요. 아내는 베스를 위해서라면 못할 일이 없었어요."

"걱정된다면서 피트가 어떤 행동을 했나요?"

"계속 베스한테 전화를 걸었어요. 베스가 전화를 받지 않는 게 무슨 큰일인 것처럼 떠들어 댔고요. 완전 산만했어요."

"어떤 식으로요?"

"지금 요트가 여기 있는 게 그 증거죠. 피트가 타륜을 잡았는데 산카티 헤드를 돌 때 휴대전화를 확인하느라 정신이 팔려서 부표를 못 보고 데이비스 사우스 쇼얼의 동쪽 끝으로 곧장 가 버렸어요. 거기가 수심이 얕아서 위험하다는 건 항해사라면 다 알고 있는데 말이죠. 그 바람에 용골이 부서졌어요. 고치는 데 몇 천 달러는 들어갈 거예요." 닉이 말을 멈췄다.

"다른 사람들 반응은 어땠나요?"

"화를 냈죠. 하지만 다들 피트가 걱정되기도 했어요. 피트 상태가 아주 안 좋았거든요. 그때부터 다들 '피트, 괜찮아?'라고 묻기 시작했어요. 피트는 관심 받는 걸 좋아했죠. 그제야 자기가 원하는 걸 얻은 것 같았어요."

"피트가 걱정하는 척하면서 일부러 산만하게 행동했다는 건가요?"

"글쎄요. 피트라면 그렇게 하고도 남을 걸요. 머리가 좋은 편이거든요. 게다가 자신에게는 규칙이 다르게 적용된다고 생각하고요. 해도 보는 게 수준 떨어지는 일이라고 생각하는지도 모르죠. 피트는 멘사 회원이거든요. 멘사가 뭔지 아시죠?"

"뭐죠?"

"천재들 모임이요. 피트의 말을 빌리면 아이큐가 엄청 높은 사람들 모임이래요. 피트한테 물어보면 아주 신나게 이야기해 줄 걸요."

"항해 이야기를 좀 더 해 주세요." 코너가 말했다.

"한번은 제가 타륜을 잡았어요. 그때 앞쪽에 고래 한 마리가 수면 위로 올라와서 물을 내뿜더니 또 한 마리가 더 나타났죠. 혹등고래 무리였어요. 정말 아름다운 광경이었죠. 하지만 우린 점심을 먹으러 항구로 돌아가고 싶었어요. 그래서 전 속도를 높였죠. 그런데 피트가 베어 오프(bear off) 하라는 거예요."

"그게 무슨 뜻이죠?"

"바람에서 떨어지라는 소리죠. 너무 빨리 가지 않게요. 피트는 카메라를 꺼내 들고 난간으로 나왔어요. 내내 항해를 즐긴 사람처럼 말이죠. 그러더니 베스가 고래 광이라면서 베스를 위해 사진을 찍고 싶다고 했어요."

"그게 뭐가 이상했나요?"

닉이 콧방귀를 뀌었다. "피트는 베스를 위해 사진을 찍을 생각은 평생 하지도 않았던 사람이었거든요. 고래 사진이요? 좋죠. 그런데 돛대 세 개짜리 요트인 스쿠너를 찍겠다고 완전히 다른 방향으로 가자는 거예요. 거기다 갈매기 사진에 줄무늬농어를 잡는 남자 사진까지 찍었죠. 자기가 베스를 위해서 얼마나 많은 걸 해 주고 싶어 하는지를 과시하려는 것 같았어요."

"항해 중에 피트가 뭘 입고 있었나요?"

"청바지에 긴소매 셔츠요. 뒈지게 더웠는데 말이죠."

코너가 고개를 끄덕였다. 듣고 싶은 말이었다.

"피트가 셔츠, 아니 티셔츠? 뭐든 간에 웃옷을 벗는 걸 봤나요?"

"아뇨. 뭘 입든 자기 마음이겠지만 선실에서 밤새도록 선풍기 옆에서 자야 한다고 투덜거렸어요. 더워 죽으려고 했죠. 피트다운 짓이었어요. 어떤 상황에서든 관심을 독차지하려고 했죠."

"항해 중에 찍은 사진은 없나요?"

"없어요. 메넴샤에 정박하자마자 제니퍼 형사가 물어보더라고요. 하지만 제가 휴가 중에 제일 하기 싫은 일이 휴대전화를 꺼내는 거예요."

"알겠습니다."

"전 베스가 피트 전화를 안 받아도 뭐라고 할 수 없겠다고 생각했어요. 갤러리 직원에 관한 일은 거의 모두가 다 알고 있거든요. 니콜라 문제요. 형사님도 아시죠?"

"네. 심각한 사이였나요?"

"피트는 그 문제에 관해서는 입도 벙긋 하지 않았어요."

타이어가 자갈길을 구르는 소리가 들리자 코너는 주차장을 힐끗 쳐다봤다. 파란색 볼보 왜건이 코너의 세단 옆에 멈춰 서더니 분홍색 선드레스 차림의 금발머리 여자가 내렸다. 여자는 체크무늬 천으로 덮인 고풍스러운 소풍 바구니를 들고 있었다.

"안녕하세요?" 여자가 소리쳤다. 여자는 파란색 보석 같은 크리스털로 장식된 플립플롭을 신고 있었다. 배에 올라탄 여자는 닉에게 바구니를 건네고 키스했다.

"코너 형사님, 이쪽은 제 아내 스코티입니다." 닉이 아내를 소개했다.

"처음 뵙네요. 반가워요, 형사님." 스코티가 한 손을 내밀어 코너와 악수를 하다가 나중에는 양손으로 코너의 손을 잡고 흔들었다. 그러더니 스코티의 두 눈이 순식간에 눈물로 젖어 들었다. "이 사건을 꼭 해결해 주세요. 누가 베스를 죽였는지 밝혀 주세요."

"네, 그러겠습니다, 워터슨 부인."

"스코티라고 불러 주세요." 스코티가 말했다.

코너가 고개를 끄덕였다. "방금 니콜라 이야기를 하고 있었습니다."

"아주 사랑스러운 여자죠." 스코티가 얼굴을 찡그리면서 말했다.

"니콜라를 아시나요?"

"우리 모두 다 알고 있죠. 니콜라는 상큼하고 젊은 갤러리 보조 직원이었어요. 베스가 고용했죠! 뭐, 케이트도 같이 결정했고요. 우린 니콜라가 사랑스럽고 영리하고 아주 쓸모 있는 인재라고 생각했어요. 피트를 뺏어 가기 전까지는요."

"피트가 니콜라 때문에 베스를 떠나려고 했나요?"

"한때는 그랬죠. 베스는 충격에서 헤어 나오지 못했어요. 하지만 베스가 임신하고 나서 피트는 틀어진 결혼 생활을 진심으로 바로잡고 싶어 했어요."

"베스도 같은 생각이었나요?"

스코티는 바로 대답하지 않았다. 목에서부터 피부가 붉게 달아올랐고, 두 눈에는 다시 눈물이 차올랐다. "베스도 그러고 싶어 했지만 너무 힘들었죠. 피트 때문에 너무 큰 상처를 받았거든요. 그런 일이 있었는데 어떻게 피트를 믿을 수 있겠어요? 부부 사이에는 신뢰가 전부예요." 스코티의 시선이 남편에게 향했다. 코너는 워터슨 부부에게도 불륜 문제가 있었던 게 아닌지 의심스러웠다.

"베스가 주저하니까 피트는 어땠나요?"

"당연히 싫어했죠. 피트는 모든 사람을 자기 뜻대로 조종할 수 있다고 생각하는 사람이에요. 최면술사 스벵갈리 같은 성격의 소유자죠. 통제광이라서 모두가 자기 뜻을 따라 주기를 바랐어요. 처음 몇 년 동안은 베스도 그 뜻을 따라 주었죠. 피트를 행복하게 해 주고 싶어 했거든요. 하지만 피트가 니콜라를 만나 아들을 낳고 나서는 베스도 마침내 깨달았어요. 자기주장이 좀 더 강해졌죠. 피트는 그런 변화를 달가워하지 않았고요."

"그걸 어떻게 알았죠?"

"아, 아주 냉소적으로 변했거든요. 불만을 대놓고 드러내지는 못하고 베스가 할머니처럼 변해 간다고 했죠. 마틸다는 아주 독립적인 여자였고 남자가 전혀 필요 없다고 생각했어요."

"피트가 베스에게 폭력을 휘둘렀나요?"

스코티가 입술을 앙다물고 시선을 돌렸다. 말을 꺼내려다가 고개를 가로젓고는 한숨을 쉬었다. "그건 모르겠어요. 의심은 가지만 베스가 확실히 말하지는 않았어요."

"어떤 점이 의심스러웠나요?"

스코티는 고개를 세차게 흔들더니 입술을 단단히 다문 채 시선을 피했다. "제가 베스 곁에 계속 있었어야 했는데."

"언제요?" 코너가 물었다.

"그날 아침에요. 그날 아침 일찍 베스 집에 들렀거든요. 베스 전화를 받고요. 베스는 피트와 무슨 일이 있었는지 기분이 좋지 않았어요. 그래서 베스 곁에 있어 주려고 갔죠. 베스는 마당에 나와 있었어요. 마당에는 봉선화 묘목이 있었죠. 베스는 언제나 정원에서 일하면 기분이 나아졌어요. 전 베스를 도와서 나무를 심었죠. 태양이 너무 높이 떠오르기 전까지요. 베스는 더위를 많이 탔거든요."

"우리가 떠났던 날?" 닉이 물었다.

"네. 내가 나간 거 몰랐어요?" 스코티가 쯧쯧 하고 혀를 차면서 놀리듯 말했다.

"내가 달리기하러 나갔을 때였던 것 같은데?"

"맞아요." 스코티가 대답했다. 그러고는 코너에게 토라진 목소리로 덧붙였다. "저이는 매일 달리기를 해요. 그게 저 늘씬한 소년 같은 체형을 유지하는 비결이죠."

"그러니까 베스가 나무 심는 걸 도와주셨군요. 그때 베스가 무슨 이야기를 하고 싶어 했나요?" 코너가 물었다.

"베스는 니콜라 일로 화가 나 있었어요. 피트가 니콜라와 전화 통화를 했거든요."

"그날 아침에요?"

"네. 피트는 항상 베스한테 숨기려고 했지만 베스는 피트가 서재에서 이야기하는 걸 들을 수 있었어요. 어쩜 그렇게 생각이 없는지. 임신한 아내를 두고 떠나려고 하지 않나, 아내와 함께 있어 줘야 할 시간에 애인과 전화 통화를 하지 않나, 참 잔인했어요."

"두 사람이 싸웠나요?"

"그날은 어땠는지 모르겠어요. 하지만 싸운 것 같기는 했죠. 베스는 확실히 기분이 저조했으니까요."

"정원 일을 하고 나서는 어땠나요?"

"베스는 피곤해서 안으로 들어가고 싶어 했어요. 피트와 담판을 짓고 싶었던 것 같아요. 전 닉이 떠나는 걸 보려고 집으로 서둘러 돌아갔죠. 한 시간 후에 피트와 리랜드가 닉을 데리러 왔어요."

"그 후에 베스에게 다시 가봤죠? UPS 택배기사에게 남겨 놓은 쪽지를 당신이 봤다고 들었습니다."

"네, 맞아요. 11시쯤에 베스의 기운을 북돋아 주려고 블루베리 머핀을 들고 갔죠. 베스 기분이 무척 안 좋았거든요. 피트의 불륜에다 아기 때문에……."

"타일러요?" 코너가 물었다.

"아뇨. 매튜요. 아이 아빠와의 관계 때문에 슬퍼했어요."

"피트를 떠나려고 했기 때문인가요?" 코너가 물었다.

스코티가 고개를 끄덕였다. "베스의 가정은 파탄이 나 버렸어요. 피트가 니콜라를 만나기 시작했을 때 진짜 지옥의 문을 연 거죠."

코너가 고개를 끄덕였다. "제가 좀 전에 피트가 베스에게 폭력을 휘둘렀냐고 했던 질문에 뭔가 할 말이 있어 보였는데 말씀해 주시겠어요?"

이번에도 스코티는 입술을 더욱 단단하게 다물고 시선을 피했다. 순간 코너는 스코티가 또다시 대답을 회피하려고 화제를 바꿀 거라고 생각했다. 하지만 스코티는 한숨을 쉬더니 코너의 눈을 똑바로 쳐다봤다.

"한번은 베스의 양쪽 팔뚝에 멍이 들어 있었어요. 누군가가 베스를 잡고 흔든 것 같았죠. 또 한번은 커피를 함께 마시려고 들렀는데 베스가 화장을 하고 있었어요. 전혀 베스답지 않았죠. 베스는 밤 외출을 하려는 것처럼 립스틱을 바르고 아이라이너를 그렸더라고요. 그전까지만 해도 파운데이션은 건드리지도 않던 고지식한 뉴잉글랜드 여자였거든요. 제가 뭘 가리려고 화장을 했는지 물었죠." 스코티는 시선을 내리고 잠시 동안 입을 다물었다.

"그러니까 뭐라고 하던가요?" 코너가 물었다.

"베스의 말을 그대로 옮기면 이랬어요. '어떤 일은 그냥 묻어 두는 게 좋아.'" 스코티가 잠긴 목소리로 말했다. 스코티는 뺨으로 흘러내리는 눈물을 닦았다. "저한테도 말할 수가 없었던 거죠. 베스는 피트를 보호했어요. 자기만 알고 있으려고 했죠. 하지만 전 알아요. 피트가 베스를 때린 게 분명해요."

"그런 이야기는 안 했잖아." 닉이 말했다.

"여자들끼리 하는 얘기예요. 우린 서로의 비밀을 지켜줬어요." 스코티는 소풍 바구니에서 빨간색과 하얀색 체크무늬 냅킨을 걷어내더니 화이트와인 한 병을 꺼냈다.

"너무 이른 거 아냐?" 닉이 물었다.

"해가 저만치 넘어갔어요. 제 친한 친구가 살해됐고요. 이런 날 술 좀 마신다고 누가 뭐라고 하겠어요? 코너 형사님도 한잔 하실래요?" 스코티가 코너에게 유리잔을 내밀었다.

"전 괜찮습니다."

"저기, 코너 형사님. 리랜드를 꼭 만나 보셔야 합니다. 누구보다 피트와 가까운 사람이 리랜드거든요." 닉이 말했다.

"걱정 마세요." 코너가 말했다. 사실 다음에 리랜드를 만날 예정이었다.

"리랜드는 진짜 멋진 친구예요. 놀라운 악기들을 만들죠."

코너가 고개를 끄덕였다. 제니퍼와 함께 피트의 항해 동료들에 관한 초기 조사를 하면서 알아낸 사실이었다.

"예술 작품들이에요." 스코티가 와인을 양껏 들이켜면서 말했다.

닉이 스코티를 노려보았다.

"피트 말고 베스가 살아 있는 걸 마지막으로 본 사람이 리랜드일지도 몰라요." 스코티가 말했다.

"언제요?"

"우리가 항해를 떠났던 날이요. 리랜드가 피트를 데리러 갔거든요. 그러고는 두 사람이 같이 우리 집으로 왔죠. 우리 집 주방에서 피트가 베스한테 전화를 걸었고요. 여보, 내 말 맞지?" 닉이 말했다.

"으, 으응." 스코티가 와인을 더 많이 마시면서 웅얼거렸다.

"우리도 그 자리에 있었어요. 피트가 베스와 통화하는 걸 들었죠. 제가 그 친구를 좋아하지는 않지만 피트가 범인이 아니라고 생각하는 게 그 때문입니다. 그때 피트는 우리와 함께 있었거든요. 다들 듣고 있을 때 우리 집 주방에서 베스와 통화를 했죠. 피트가 베스에게 사랑한다고 말하는 걸 들었어요. 그러고 나서 우리는 차를 타고 요트로 갔고, 그 이후로 피트가 우리 시야에서 사라진 적이 없었죠."

"한 번도요?"

"한 번도요. 일단 항해를 시작하면 절대 육지에 오르지 않거든요. 늘 난터켓으로 나가는 게 저희 계획이었죠. 피트가 이곳으로 돌아와 베스를 죽이고 우리 몰래 다시 요트에 탈 수는 없었어요."

섬을 오가는 항공기가 있다고 코너는 생각했다. 가능한 일이었다. 아니면 피트의 친구들이 베스가 오랫동안 그랬던 것처럼 피트를 보호하려는 건지도 몰랐다. 하지만 코너의 가설에는 허점이 있었다. 모두가 거짓말을 하는 게 아니라면 피트는 리랜드와 함께 떠난 이후에 베스와 단둘이 있을 기회가 없었다.

"베스를 해칠 만한 다른 사람이 있나요?" 코너가 물었다.

"아뇨. 베스는 사랑스러운 여자였어요. 베스를 아는 사람은 모두 그녀를 좋아했죠." 닉이 말했다.

"낯선 사람 짓이에요." 스코티가 쉰 목소리로 말했다. "누군가가 베스의 집에 침입한 거죠. 그게 분명해요. 우리가 아는 사람 중에는 그런 짓을 할 사람이 없어요." 스코티가 잠시 말을 멈췄다. "그런 식으로 말이죠."

"그런 식이라면?" 코너가 물었다. 성폭행 가능성이 있다는 정보가 새어 나갔을까? 케이트가 말했나?

스코티는 얼굴이 창백해지더니 울음을 터뜨리기 시작했다. "그렇게 잔인한 짓을 하다니. 베스는 임신 중이었다고요! 아, 매튜!"

닉이 스코티의 어깨에 한 팔을 둘렀다.

"범인을 찾고 있는 거죠? 제발 다시는 그런 짓을 못하게 해 주세요." 스코티가 울먹이면서 말했다.

"모든 단서를 다 조사하고 있습니다." 코너가 이렇게 말하고는 두 사람에게 시간을 내 주어 고맙다고 인사했다.

차를 몰고 떠나면서 코너는 워터슨 부부에 대해 생각했다. 두 사람은 오래된 부부처럼 서로를 편하게 대하는 것 같았다. 스코티는 친절하고 모성애가 강해 보였고, 베스의 죽음으로 크게 충격 받은 게 분명했다. 아니면 뭔가 다른 일 때문에 감정이 폭발한 것일까? 코너는 천국에도 문제는 있음을 직감했다. 스코티는 부부 사이의 신뢰가 중요하다고 하면서 닉이 매일 달리기를 한다고 빈정거렸다. 닉이 뭔가를 숨기고 있을까? 그래서 스코티가 그렇게 일찍부터 술을 마셨을까?

한 가족의 닫힌 문 안에서 무슨 일이 일어나는지는 아무도 모른다. 아름답고 부유하고 그림처럼 완벽해 보이는 동네 블랙홀에서도 추한 진실을 숨길 수 있었다. 다음 증인을 만나러 레스토랑으로 향하면서 코너는 스코티가 했던 말을 곱씹어 보았다. "우린 서로의 비밀을 지켜줬어요."

베스는 또 어떤 비밀을 숨기고 있었을까?

13

 리랜드 애컬리를 만나러 가면서 코너는 어제 톰을 만난 이후로 줄곧 마음에 걸렸던 문제에 대해 생각했다. 자신이 피트 라스롭에게 악감정을 갖고 있다는 것에 대해서. 톰이 자신의 객관성에 의문을 제기해도 할 말은 없었다. 케이트와 베스 자매를 걱정하고 주시하면서 피트가 어떤 사람인지, 베스를 어떻게 대하는지에 관해 너무 많은 정보를 얻었기 때문이다.
 구체적으로 나오기 시작한 시간별 동선을 보면 피트에게는 범행을 저지를 기회가 없었던 게 분명했다. 코너는 자신의 가설을 재고해야 했다. 사건에 감정적으로 얽혀서는 안 되지만 가슴에 깊은 구멍이 파인 것 같은 느낌을 떨쳐 낼 수 없었다. 피트가 아니라면 누굴까? 검시관의 이야기를 들어봐야 했다. 베스가 강간 당했는지도 알아내야 했다. 어쩌면 진짜 낯선 외부인의 짓일지도 몰랐다.

피트를 용의선상에서 제외해야 했다. 피트의 항해 동료들 중 가장 관심 가는 인물은 리랜드 애컬리였다. 다른 남자들은 피트와 얼굴만 아는 사이였다. 하지만 메넴샤의 부두에서 리랜드의 진술을 처음 받았던 제니퍼한테 들은 바로는 리랜드가 피트와 가장 오래 알고 지냈고, 실제로 학교도 같이 다녔다.

뉴욕과 보스턴 중간에 있는 블랙홀 레스토랑 비앤시슬에서 리랜드를 만나기로 했다. 리랜드는 보스턴 심포니 오케스트라에서 만날 사람이 있어 트라이베카의 자기 스튜디오에서 보스턴으로 가는 길이었다. 10분 일찍 도착한 코너는 커다란 참나무 그늘 아래로 굽어 들어가는 진입로에 차를 세우고 리랜드의 이름을 검색해 보았다.

리랜드 애컬리는 고급 현악기를 제작하는 작은 기업을 소유하고 있었다. 스코티 워터슨이 말했던 대로 그 악기들은 그 자체가 예술 작품이었다. 리랜드의 악기를 찾는 사람들이 많아 대기자 명단이 향후 7년까지 꽉 차 있었다. 리랜드는 제임스 타일러와 메리 차핀 카펜터에게는 어쿠스틱 기타를, 블루그래스 예술가들에게는 만돌린을, 요요마에게는 첼로를, 런던필하모니 독주자에게는 바이올린을 공급했다. 리랜드 본인은 기타를 연주했고, 가끔 악기를 주문한 고객들과 함께 연주하기도 했다.

리랜드는 뛰어난 음악가인 동시에 훌륭한 사업가인 게 분명했다. 코너는 몇몇 기사를 읽고 나서 리랜드는 피트가 갖지 못한 두 가지, 진지함과 성공을 모두 거머쥔 사람이라고 판단했다.

리랜드는 제 시간에 도착했다. 코너는 그가 검은색 빈티지 자동차 재규어 E타입을 주차하고 내리는 모습을 지켜보았다. 큰 키에 검은 머리카락을 뒤로 넘겨서 올려 묶은 모습이었다. 리랜드는 검은색 레이밴 선글라스를 쓰고 있다가 레스토랑으로 걸어 들어가면서 벗었다. 코너가 그 뒤를 따라 들어갔다.

"와 주셔서 감사합니다." 코너가 바에서 리랜드에게 다가가 인사했다. 두 사람은 악수를 나누고 창가 옆 테이블에 앉았다.

"제가 할 수 있는 일이라면 돕고 싶습니다. 베스는 좋은 친구였어요." 리랜드가 말했다.

"베스를 오랫동안 알고 지냈나요?"

"네, 피트를 통해서요. 두 사람 결혼식에도 갔었죠."

종업원이 다가와서 두 사람은 아이스티를 주문했다.

"피트와 학교도 같이 다녔어요?" 코너가 물었다.

"로드아일랜드에 있는 기숙학교에 다녔죠. 세인트 조지 학교요."

"항상 피트와 가까이 지냈나요?"

리랜드는 잠시 말을 멈추었다가 다시 이었다. "네."

하지만 그다지 설득력 있게 들리지 않았다. 코너는 가만히 기다렸다.

"가깝다고 말할 수는 없겠네요. 우리는 많이 다르거든요. 하지만 학창 시절 이후로 계속 연락하고 지낸 편이죠."

"피트가 당신 덕분에 항해 여행에 초대받았다고 들었는데요?"

"네, 맞아요." 리랜드가 잠시 창밖을 내다보았다. "이런 말하기 좀 그렇지만 피트는 참 가여운 친구예요. 아니 그렇게 생각했죠······ 최근까지는요."

"왜죠?"

"학창 시절에 피트는 아주 간절하게 무리에 끼고 싶어 했어요. 진짜 열심히 노력했지만 피트가 노력하면 할수록 피트의 약점을 잡고 늘어지는 녀석들이 있었죠. 그 녀석들은 피트가 프로비던스의 교구 학교를 부끄러워한다는 걸 알고서 컬리지잇 스쿨의 저학년부 이야기를 꺼냈어요. 피트가 체육관에서 바닥 청소를 할 거라는 걸 알면서, 방학 때 칠레로 스키 타러 갈 거라든가 안티구아에서 항해를 즐길 거라는 이야기도 했죠."

"당신도 그런 아이들 중 한 명이었나요? 피트를 못살게 구는?"

리랜드가 고개를 가로저었다. "전 그런 상황을 버텨 내는 피트가 마음에 들었어요. 피트는 포기하지 않았죠. 피트가 첫 번째 추수감사절을 보내고 나서 학교로 돌아오지 않을 거라고 장담하던 아이들이 있었어요. 하지만 피트는 돌아왔죠. 그런 점에서 전 피트가 존경스러웠어요. 피트는 뭐든지 시작했다 하면 아주 열심히 해요. 한번은 겨울 방학 때 피트를 저희 가족의 항해 여행에 초대했어요. 다들 피트를 좋아했죠. 피트는 알고 보니 아주 뛰어난 항해사였어요."

"그 후로 줄곧 피트를 항해 여행에 초대했나요?"

"네. 친구들 몇 명이서 매년 여름마다 바다로 나가는데 항상 피트를 초대했죠."

"이번 항해 여행 때 피트를 데리러 집으로 갔었나요?"

리랜드가 고개를 끄덕였다. "일찍 출발해 피트의 집으로 곧장 갔죠. 그리고는 피트와 함께 나왔고요."

"베스를 봤나요?"

리랜드는 인상을 찌푸리면서 테이블을 내려다보았다. 종업원이 아이스티를 가져왔다. 아이스티를 한 모금 길게 마시고 난 리랜드는 유리잔에 든 얼음을 잠시 동안 휘휘 젓더니 코너를 쳐다보았다.

"아뇨. 못 봤어요."

"알겠습니다."

"하지만 위층에서 베스가 인사하는 소리는 들었어요."

"그 후에 피트가 위층으로 올라갔나요?" 코너는 피트가 베스의 머리를 내리치고 팬티로 목을 조르는 데 시간이 얼마나 걸렸을지 생각했다. 〈달빛〉도 액자에서 잘라 낼 수 있었을까? 리랜드가 기다리다 못해 짜증을 낼 때까지 얼마나 걸렸을까? 리랜드가 몸싸움하는 소리를 듣지는 않았을까? 너무 억지스러운 가설처럼 들렸다.

"아뇨, 올라가지 않았어요. 이미 인사를 하고 내려와서 그냥 출발해도 된다고 했어요."

"알겠습니다. 피트가 시야에서 벗어난 적이 있나요? 단 몇 분이라도?"

"한 번도 없었어요."

"위층에서 베스가 소리를 쳤다고 했죠? 그때 뭐라고 했나요?"

리랜드는 다시 창밖을 내다보더니 아이스티를 마저 다 마셨다. 종업원이 와서 빈 잔을 다시 채워 주었다. 코너는 아이스티를 건드리지도 않았다. 그냥 자리에 앉아서 내적 갈등에 휩싸인 것 같은 리랜드를 쳐다보기만 했다. 코너는 리랜드가 입을 열기를 기다렸다.

"전 피트를 위해 거짓말하지 않을 겁니다." 리랜드가 말했다.

그 말에 아드레날린이 솟구쳤다. 코너는 리랜드가 숟가락을 만지작거리는 모습을 지켜보았다. "피트가 거짓말을 해 달라고 했나요?"

"지금 여기 앉아서 돌이켜보니까 그때 베스의 목소리를 들은 것 같아요. 하지만…… 그게 바로 기억나지는 않았어요. 베스가 죽었다는 걸 알고 난 후에 말이에요. 그날 우리는 서둘러 집을 나서고 있었죠. 피트는 빨리 가고 싶어서 안달했고요. 전, 그때 그게 마지막일 줄은 생각도 못했죠. 그래서 그 일이 기억에 남지는 않았어요."

"알겠습니다." 코너가 고개를 끄덕이며 말했다. "그럴 수 있죠. 급히 나가는 길이었으니까요."

"네, 정말 그랬어요."

"그럼 베스의 목소리를 들었다는 게 곧장 기억나지 않았는데 어떻게 그 기억이 되살아났나요?" 코너가 목소리를 차분하게 깔면서 말했다.

"베스가 계단 위에서 소리를 쳤다고 피트가 계속 말해 줬거든요."

"계속 말해 줬다고요?" 이제는 심장이 바깥으로 튀어나올 것처럼 거세게 뛰었다. "그럼 실제로는 그런 일이 일어나지 않았을 수도 있다는 건가요? 피트가 당신의 기억을 바꾸려 했다는 거예요?"

"그런 뜻으로 한 말은 아닙니다."

"그런데 베스는 왜 아래층으로 내려오지 않았나요?"

"베스는 침대에 있었어요. 다리에 부종이 있어서요."

"임신 합병증이군요."

"네, 맞아요. 그래서 베스가 우리를 배웅하러 내려오지 않아도 이상할 게 없었죠. 피트는 베스가 다시 정원으로 나가고 싶어 한다고 했어요. 아침 일찍 정원에 나갔다가 더위를 먹었댔어요. 그날은 무척 덥고 후텁지근했거든요."

스코티의 진술과 일치하는 말이었다.

"그래서 피트가 베스를 설득해서 못 나가게 했어요. 피트는 베스가 열사병에 걸릴까 봐 걱정했죠. 그래서 베스는 침대에 있었고, 아래층으로 우리를 배웅하러 내려오지 않았어요."

"베스가 뭐라고 했나요?" 코너가 다시 물었다.

"'여행 잘 다녀와요, 리랜드! 사랑해요, 피트!'라고요."

"그 말을 진짜로 들었나요?"

"그런 것 같아요."

"알겠습니다. 요트에서는 어땠나요?"

"피트는 베스 걱정을 했어요. 우린 모두 그 심정을 이해했죠. 그게 이상하거나 평소와 달라 보이지는 않았어요. 피트는 남을 잘 보살피는 친구거든요. 피트가 결혼 생활을 망쳐 놓기는 했지만 바로잡으려고 노력하고 있었어요."

"피트의 옷차림은 어땠나요?"

"옷차림이요?"

"요트에서 뭘 입고 있었나요?"

리랜드는 기억을 떠올리려는 것처럼 창밖의 커다란 참나무 나뭇가지를 지그시 바라보았다. "기억이 잘 안 나요."

"긴소매 차림이었나요? 아니면 반소매?"

"모르겠어요." 리랜드가 말했다. 그러다가 "아, 잠깐만요."라고 하면서 주머니에서 휴대전화를 꺼내 액정화면을 스크롤하기 시작했다.

"뭐가 있나요?"

"다른 형사님이 우리 사진을 보고 싶다고 하셨거든요. 하지만 저한테는 피트 사진이 한 장도 없었어요. 어젯밤 늦게 받은 사진이 있어요. 난터켓에서 만난 남자가 보낸 거예요. 그 남자의 밴드가 치킨 박스 레스토랑에서 연주를 할 예정이었어요. 제가 그 사람 기타를 만들어 줬는데 제가 그 기타를 연주하는 모습을 찍고 싶다더라고요."

리랜드가 코너에게 휴대전화를 건네주었다. 코너는 휴대전화 사진을 살펴보았다. 남자들이 페리 갑판 위에 줄지어 서 있었다. 리랜드 애컬리는 기타를 들었고 모두 미소를 짓고 있었다. 눈부신 햇살이 물 위에 반사되어 반짝거렸다. 피트를 제외한 모두가 짧은 소매 티셔츠 차림이었다. 피트는 코너가 메넴샤에서 만났을 때와 똑같은 햇볕 차단용 긴소매 셔츠를 입고 있었다.

"피트가 추웠나 본데요." 코너가 조심스럽게 말했다.

"뭐, 산들바람이 불었어요. 서늘할 수도 있죠. 특히 햇볕을 너무 많이 쬐고 난 후라면요."

"왜 피트만 그랬는지 궁금한데요."

"그건 저도 모르겠어요."

"피트의 양팔에 상처가 있었나요? 아니면 손등에? 피트가 수영을 할 때 셔츠를 벗었나요? 목에 상처가 있었나요?"

"아뇨. 전부 다 아니에요." 리랜드가 잠시 말을 멈췄다. "지금 형사님이 뭘 알고 싶어 하는지 압니다. 하지만 상처는 보지 못했어요. 피트는 결백해요. 왜 그림을 훔친 사람을 찾아보지 않죠? 그 달 그림이요. 그 사람을 쫓아야죠."

"모든 단서를 다 쫓고 있는 겁니다."

"설마 베스가 어렸을 때 겪었던 일을 모르시나요? 그 그림에 관한 모든 일이요."

"그건 우리도 알고 있어요." 코너가 잠시 말을 멈추었다. "피트와 베스 사이에 문제가 있다는 걸 알고 있었나요?"

"물론이죠. 피트한테 들었어요."

"처음에 제가 피트와 가까운 사이였는지 물었을 때 말입니다. 피트가 참 가여웠다고 하시고는 최근까지는 그랬다고 덧붙였죠. 최근에 무슨 일이 있었나요?"

"제가 말을 잘못 한 것 같네요. 그게 아니라 예전보다 피트가 더 가여워 보인다고 말했어야 했는데 말이죠. 피트는 베스와의 관계를 망쳐 놨어요."

코너는 리랜드가 말을 계속 이어나가기를 기다렸다.

"니콜라와 불륜을 저지르고, 아이까지 가졌죠. 에휴."

"피트가 힘들어했다는 건가요?"

"당연하죠. 피트는 사랑에 빠졌어요. 대학원생과 사랑에 빠진 중

년의 멍청이가 돼 버렸죠. 피트는 자기 결혼 생활을 망쳐 놨어요."
리랜드가 고개를 가로저었다. "자기 방식을 버리지 못하고 계속 실수를 거듭했죠."

코너는 리랜드가 피트의 실수에 대해 더 자세히 말해 주기를 바랐지만 리랜드는 의자를 뒤로 밀치고 일어섰다. 그러고는 이야기가 끝났다는 듯 주머니에서 선글라스를 꺼내 썼다.

"전 이만 가 봐야 합니다. 범인을 꼭 잡기 바랍니다."

코너는 계산을 하고 밖으로 나가 리랜드를 따라잡았다. 리랜드는 재규어 문을 열고 있었다.

"피트는 베스와 샘에게 상처를 주고, 결혼을 파탄 내서 정말 미안해했어요. 하지만 그게 다 피트의 잘못만은 아니었어요." 리랜드가 말했다.

"왜죠?" 코너가 물었다.

"전 베스를 좋아했어요. 하지만 베스는 피트를 인정해 주지 않았죠. 피트가 예술계에서 성장한 사람은 아니었지만 이해력이 빨랐어요. 멘사 회원이니까요. 아시죠?"

"네, 들었습니다." 코너는 못 들어 주겠다는 듯 눈을 굴리지 않으려고 애쓰며 말했다.

"어쨌든 피트는 그 갤러리를 진짜 사업처럼 운영할 수 있었어요. 솔직히 까 놓고 말해서 그전까지는 한 가족의 취미 수준이었죠. 베스에게는 갤러리 운영이 그냥 취미생활이었어요. 가족의 소장품을 전시하는 수준이요. 베스는 예술가들을 싸고돌기만 했지 돈 벌 생각은 하지 않았거든요. 수익은 한 푼도 올리지 못했죠."

"베스가 예술가들을 어떻게 싸고돌았나요?"

"아시겠지만 예술가들은 다들 아주 예민하잖아요. 살짝 미친 것 같죠. 예술의 고뇌라고 아시죠? 피트는 베스가 예술가들에게 자기 속을 다 드러내놓고 그림의 실제 가격보다 훨씬 많은 돈을 지불하는 모습을 지켜봤어요. 그렇게 이용당하는 모습을요. 베스는 예술가들이 아프면 의사에게 보냈죠. 적어도 한 번은 치료 비용도 대 주고요. 심지어는 한 조각가의 치아 신경 치료 비용도 대신 지불해 줬어요. 베스는 예술가들의 삶에 너무 깊이 개입했어요."

"피트한테 들은 이야기인가요?"

"네." 리랜드가 이맛살을 찌푸리며 말했다. "하지만 베스를 아는 사람이라면 다 알 걸요. 베스는 남편보다 예술가들을 더 감쌌죠. 불쌍한 피트."

코너는 리랜드의 일그러진 표정을 바라보았다. 피트가 살인범인지 아닌지는 몰라도 사람을 조종하는 데는 선수였다. 그런 사람들은 세상이 자신을 불쌍하게 여겨 주기를 바란다.

"시간 내 주셔서 감사합니다." 코너가 명함을 건네면서 말했다. "뭔가 생각이 나면 주저 말고 연락 주세요. 그 사진도 보내 주시고요."

"네." 리랜드가 대답하고는 자동차 시동을 걸었다. 엔진 소리가 으르렁거리더니 리랜드의 차가 주차장을 빠져나갔다. 20초도 지나지 않아 코너의 휴대전화 진동이 울렸다. 리랜드가 사진을 보낸 것이었다.

코너는 95번 고속도로로 진입해 코네티컷 남동부 고속도로의 일상적인 여름날 교통 흐름 속에 합류했다. 최대한 빠르게 시속 128킬로미터까지 속도를 올려서 피트를 만나러 사무실을 향해 달렸다. 메넴샤의 부두에서 피트를 처음 만났을 때보다 더욱 많은 사실을 알아냈다. 그 사실들을 조합했을 때 뭐가 나올지는 확실하지 않았다. 하지만 그 사실들을 알고 나자 피트가 이번에는 무슨 이야기를 할지 더욱 궁금해졌다.

14

 "거짓말 탐지기 검사를 받고 싶어요." 코너가 왈보로의 강력반 사무실 로비로 들어서자마자 피트가 말했다. 피트는 깔끔하게 다림질한 카키색 바지에 언제나처럼 긴소매 셔츠를 입고 있었다. 영원히 선탠과 바람을 즐기는 사람처럼 보였다.
 "진심입니까?" 코너가 깜짝 놀라 물었다.
 "네, 저에 대한 의혹을 없애야 진짜로 베스를 살해한 사람을 찾기 시작할 테니까요."
 "들어가서 이야기할까요?" 코너가 피트에게 넓은 복도를 따라 조사실로 들어가라고 몸짓하며 말했다.
 피트가 조사실 테이블에 앉았다. 코너는 기다려 달라고 하고는 옆문을 통해 통제실로 들어가 카메라와 마이크가 켜져 있는지 확인했다. 그리고는 자신의 사무실로 들어가 사건 기록들을 보관해 둔 아코디언 파일을 꺼냈다. 제니퍼의 사무실을 힐끗 쳐다봤는데 제니퍼가 자리에 없어서 문자 메시지를 보냈다.

- 피트가 조사실에 왔어. 지금 올 수 있나?
- 아직 검시실에 있어요. 나중에 얘기해요.
- 알겠어.

제니퍼는 부검을 빨리 하라고, 특히 DNA 검사 결과를 빨리 내놓으라고 검시관 움베르토 박사를 재촉해야겠다며 메리던에 있는 검시소에 들렀다 온다고 했었다.

코너는 노트 하나와 물병 두 개를 집어 들었다. 조사실로 돌아갔을 때 피트는 거의 미동도 없이 앉아 있었다. 코너가 떠났을 때와 완전히 똑같은 자세 같았다. 코너는 항상 심문을 하기 전에 용의자들을 잠시 동안 혼자 두었다. 그러면 용의자들은 거의 언제나 불안해했기 때문에 다시 돌아가 보면 식은땀을 흘리고 있거나 조사실을 왔다 갔다 하거나, 혹은 화장실에 가도 되는지 물어보는 경우가 흔했다. 하지만 피트는 뒷마당 테라스에 앉아서 여름날의 산들바람을 즐기는 사람처럼 아주 편안해 보였다.

"피트, 시작하기 전에 당신이 자발적으로 여기 왔고, 체포된 게 아니라는 점을 확실히 하고 싶어요. 언제든지 원하면 가도 됩니다." 코너가 피트 맞은편에 앉아서 말했다.

"감사합니다."

코너는 피트에게 물 한 병을 건네주었다. 피트는 물병을 따지 않은 채 테이블 위에 올려 두었다.

"그럼 시작하죠. 당신은 체포된 게 아니지만 그래도 권리를 읽어

드리겠습니다. 당신은 묵비권을 행사할 수 있고, 당신이 하는 말은 법정에서 불리하게 사용될 수 있습니다. 변호인을 선임할 권리가 있으며, 변호인을 선임할 여력이 안 되는 경우에는 국선 변호사를 선임해 드립니다. 이 점을 염두에 두고 조사에 응하시겠습니까?"

"네."

"좋아요. 불편한 점은 없나요? 물 말고 다른 걸 갖다드릴까요? 콜라?"

"지금은 아주 친절하시네요. '당신이 아내를 죽였어요.'라고 말했던 사람은 어디 갔죠?"

"아내를 죽였나요?"

"아뇨. 절대 아닙니다. 지금 당장 진심으로 거짓말 탐지기 검사를 받고 싶습니다. 그래야 제대로 된 수사를 진행할 수 있을 테니까요."

코너는 '절대', '진심으로'라는 두 단어를 노트에 기록했다. 유죄로 입증된 용의자들은 부사를 자주 사용하는 경향이 있었다. 그래야 자신의 말이 더욱 설득력을 얻는다고 생각하기 때문이다. 코너는 또한 '제대로 된 수사'라고 강조하는 부분도 유념해서 들었다. 자신이 이 방에서 가장 영리하고 똑똑한 천재라고 영역 표시를 하는 것 같은 말투였다. 코너는 그 표현을 자신에게 유리하게 이용할 수 있었다.

"시간이 좀 오래 걸릴 수도 있습니다."

"같은 질문에 두 번 답해서 아까운 시간을 버리고 싶지는 않군요." 피트는 물병을 열었지만 마시지는 않았다.

"이야기를 많이 해 주실수록 더 큰 도움이 될 겁니다." 코너는 노트를 테이블 위에 올려놓고 주머니에서 펜을 꺼냈다. "간단한 질문부터 해 볼까요? 베스를 마지막으로 본 게 언제였나요?"

피트는 한숨을 쉬었다. "그 순간은 제 기억에 확실하게 남아 있어요. 제가 친구들과 항해를 떠났던 날 아침이었어요. 베스는 몸이 좋지 않아서 침대로 갔죠. 그때 전 여행을 취소해야 하는 게 아닌지 진지하게 고민했어요."

"그때가 몇 시였나요?"

"8시쯤이었어요."

코너는 그 시간을 기록했다. "베스는 그전에 정원에 나갔다 들어오지 않았나요?" 코너가 스코티 워터슨의 증언을 떠올리며 물었다.

피트는 인상을 찌푸렸다. "아마도요. 그랬던 것 같아요. 베스는 햇볕이 너무 강해지기 전에 정원에 나가기를 좋아했거든요."

"하지만 기억이 안 나신다고요?"

"네."

"그건 좀 이상하네요. 아내를 마지막으로 봤던 아침이었는데 아내가 집을 예쁘게 꾸미려고 꽃을 심으러 정원에 나갔는지가 기억 안 난다고요?" 스코티가 와 있었는데? 피트가 진짜로 그걸 몰랐을까?

피트가 코너를 쳐다봤다. "기억 안 나는 걸 지어내서라도 말하라는 건가요?"

네가 리랜드를 조종하려고 했던 것처럼? 코너는 이렇게 생각했지만 입 밖으로 꺼내지는 않았다.

"왜 항해를 취소하지 않기로 했나요?" 대신 이렇게 물었다.

"베스 때문에요. 베스가 가라고 고집스럽게 말했어요. 매년 친구들과 함께하는 연례행사였는데 베스는 제가 그 여행을 좋아하는 걸 알았거든요."

"하지만 가지 않을 수도 있었죠."

"전 아내를 사랑했어요. 하지만 솔직히 말씀 드리면 휴식이 필요했어요. 거기에 대해서는 서로 이야기를 나누었죠."

코너는 객관적으로 판단하려고 했다. 하지만 '솔직히 말씀 드리면'이라는 말은 부사인 데다 죄의식을 느끼고 있음을 말해 주는 표현이었다.

"서로 이야기를 나누었다는 게 무슨 뜻이죠?"

피트는 눈을 가늘게 떴다. "니콜라와 타일러를 알고 계실 텐데요."

코너가 천천히 고개를 끄덕였다. 용의자들은 종종 한 가지 사실을 던져 놓고는 뭔가 곤란하거나 당혹스러운 문제에 대해 기꺼이 이야기하려는 것처럼 보이기도 했다. 하지만 실상은 경찰이 뭘 알고 있는지 알아내려고 조사를 받으러 오는 경우가 더 흔했다.

"더 자세히 알고 싶어서요."

"그럼 니콜라를 만나서 이야기해 보세요. 니콜라도 기꺼이 조사에 응할 겁니다. 저랑 똑같은 이야기를 할 거예요. 우리는 서로 잘 지냈어요. 베스는 물론 처음에 싫어했죠. 완전. 제가 그 문제를 좀 더 잘 처리했어야 했는데. 하지만 베스는 성인이었어요. 누구나 실수를 한다는 걸 알죠."

"그럼 니콜라와의 관계가 실수였나요?"

"제 말을 곡해하시는군요." 피트가 손가락 하나를 세워 흔들면서 냉소적인 미소를 지었다.

"제가 그랬나요? 흠."

"제가 말하는 사실을 있는 그대로 받아들이고 진심으로 제 말을 들어 준다면 이 사건을 더 잘 처리할 수 있을 겁니다. 절 용의자선상에서 제외하고 다른 곳을 찾아볼 수 있을 테니 훨씬 더 빠르게 사건을 해결할 수 있겠죠." 피트가 물병을 들고 물을 마셨다.

코너는 아무 말 없이 피트의 신체적 반응이 어떻게 달라지는지 주시했다. 손가락을 흔들어 대고, 자세를 곧추세우고, 물을 길게 들이 마시는 동작까지 전부 다. 심문이 체스 게임과 같다면 피트는 자신이 이기고 있다고 생각하는 것 같았다.

"베스를 마지막으로 봤던 때로 돌아가 보죠." 코너는 기록한 내용을 살펴보는 척했다. "오전 8시경이라…… 그때 베스는 뭘 하고 있었나요?"

"말씀 드렸잖아요. 침대에 있었다고요."

"아침식사는 했나요?"

"네, 같이 먹었어요." 피트가 말했다.

"뭘 먹었나요?"

"스크럼블드 에그요. 칸탈루프 멜론과 블루베리도 먹었고요."

"그럼 베스는 8시에 침대로 돌아갔군요. 당신은요? 그때 뭘 하고 있었나요?"

"전 떠날 준비를……."

"짐을 쌌나요?"

"짐은 이미 싸 놓았어요. 전 침대 가장자리에 앉아서 몸이 더 나빠지거나 뭔가 일이 생기면 꼭 전화하라고 했어요. 그러고는 사랑한다고 말하고 작별 키스를 했죠."

"베스가 정원 일을 했는지는 왜 기억 못하죠?" 코너가 정곡을 찌르는 질문을 던졌다.

피트는 인상을 찌푸린 채 손가락으로 테이블을 두드리면서 다음할 말을 고르고 있는 것 같았다.

"니콜라와 스카이프로 통화하고 있었어요. 됐나요?"

코너는 베스의 심정이 어땠을지 상상이 갔다. 베스가 밖으로 나가고 싶어 할 만했다. 마음을 달래 줄 친구 스코티가 필요한 상황이었다.

"그 때문에 베스와 싸웠나요?"

"절대 아닙니다."

"몸싸움도 없었고요?"

"전혀요."

"소매를 올려서 팔 좀 보여 주시겠어요?"

"뭐요!"

"안 됩니까?"

"그건 사생활 침해입니다. 정말 모욕적이군요. 이미 말씀 드렸잖아요. 다툼은 없었다고요."

"그럼 왜 한여름에 긴소매를 입고 있나요? 요트 항해 중에도 그랬고, 제가 볼 때마다 긴소매 차림이던데요."

"햇볕 차단 셔츠라고 말씀 드린 걸로 기억하는데요. 베스가 사 준 옷이라고요. 작년에 피부암으로 암세포 몇 개를 제거했어요. 그래서 베스는 제가 또다시 피부암에 걸리지 않게 조심하기를 바랐죠."

"그럼 팔을 보여 줘도 상관없지 않나요? 의혹을 제거해서 조사를 진척시키고 싶다고 했잖아요. 팔을 보여 주는 게 의혹을 없애는 가장 확실한 방법이죠. 칼라를 내려서 목과 가슴도 보여 주시면 좋고요."

"절 이런 식으로 다루다니 정말 기분 나쁘군요. 범죄자처럼 대하다니요. 전 이제 막 아내를 잃은 사람입니다."

"보여 줄 건가요? 말 건가요?"

피트가 한숨을 내쉬는가 싶더니 끙끙거리는 신음소리를 냈다. 얼굴이 벌겋게 달아올랐고, 잿빛이 도는 파란 두 눈이 가늘어졌다. 피트는 재빠르게 일어서서 왼쪽 커프스 단추를 풀었다. 오른쪽 단추도 떼어 낼 것처럼 세게 풀었다. 감정을 통제하는 것 같더니 몇 초 사이에 분노로 일그러지는 피트의 표정을 코너는 그대로 지켜보았다. 그 모습에서 많은 것을 알 수 있었다.

피트는 마음을 가라앉히고 양쪽 소매를 팔꿈치까지 걷어 올려 양팔을 보여 주었다. 코너는 피트의 양쪽 손등과 양팔을 눈으로만 확인했다. 상처는 없었다.

"반대쪽도 보여 주세요."

피트가 양팔을 돌려서 손목과 팔 안쪽의 옅은 피부를 보여 주었다. 왼쪽 팔의 손목에서 팔꿈치 안쪽까지 거의 다 나아가는 상처 두 개가 길게 나 있었다. 코너는 좀 더 가까이에서 살펴보았다.

"가시에 찔려서 난 상처예요. 6월에 베스가 장미 덤불 다듬는 걸 도와줬거든요." 코너가 묻지도 않았는데 피트가 설명했다.

상처는 분홍색이었고, 딱지가 앉은 것처럼 보였다. 한 달 전 6월에 생긴 상처가 저런 상태일 수 있을까? 코너는 나중에 사진을 찍을 생각이었다.

"셔츠를 벗어 주겠어요?"

피트는 순순히 응했다. 파란색 햇볕 차단용 셔츠 아래에는 빨간색으로 '하버드'라고 적힌 회색 러닝셔츠를 입고 있었다. 코너가 알기로 피트는 하버드에 다니지 않았다. 하지만 그 질문은 나중으로 미뤄 두었다. 코너는 피트의 양쪽 팔뚝 안팎을 검사했다. 싸운 흔적은 없었다.

"그 하버드 셔츠도 벗을 수 있을까요?"

"궁금해하실까 봐 말씀드리는데 세미나가 있어서 케임브리지에 갔었습니다."

코너는 피트가 A 학점을 받았다는 이야기도 할 것 같다고 생각했다. 전형적인 지연 수법이었다. 피트는 하버드 셔츠를 벗을 생각이 없는지 가만히 서 있었다. 코너의 맥이 빠르게 뛰기 시작했다. 코너는 피트가 보여 주고 싶지 않은 뭔가가 그 아래에 있다고 생각했다. 피트는 난감한 상황에 처했다. 겉옷 상의를 순순히 벗었는데 속옷 상의를 벗지 않는다면 뭔가 감추는 게 있는 것처럼 보일 테니까.

"피트 라스롭 씨?" 코너가 재촉했다.

또다시 피트의 얼굴이 붉어졌고, 으르렁대는 신음이 새어 나왔다. 피트는 빠르게 속옷 상의를 벗었다. 그러고는 코너를 마주 본 채 씩씩거리며 거칠게 숨을 몰아쉬었다. 왼쪽 쇄골 위쪽에 2.5센티미터쯤 되는 거의 다 나은 상처 자국이 길게 나 있었다.

코너가 상처를 살펴보았다. "장미 덤불 때문에 생긴 겁니다." 피트가 말했다.

그 상처를 제외하면 가슴 앞쪽은 깨끗했다.

코너가 피트의 뒤로 돌아갔다. 피트의 등은 앞쪽과 완전 딴판이었다.

왼쪽 어깨뼈 위에 깊은 상처 네 개가 있었다. 피가 말라붙었고 딱지가 앉은 상처였다. 상처 사이 간격으로 보아 손톱자국인 것 같았다. 오른쪽 팔 뒤쪽의 어깨세모근에는 물린 자국이 있었다. 상처가 심각해 보였다. 말라붙은 노란색 고름 방울들이 맺혀 있는 검붉은 타원형 상처에는 윗니와 아랫니 자국이 선명하게 찍혀 있었다.

"상처가 심하게 곪고 있는 것 같은데요."

"별거 아닙니다."

"의사한테 가 봤어요?"

"그럴 필요 없어요."

"어쩌다 이런 상처가 생겼죠?" 코너는 '장미 덤불 때문에?'라고 묻고 싶은 걸 꾹 참았다.

"몰라서 물어요?" 피트가 되물었다. "섹스하다 생긴 거죠."

그럴 수도 있었다. 하지만 코너의 눈에는 방어흔처럼 보였다. 코너는 피트 뒤쪽의 캐비닛을 열고 카메라를 꺼냈다. 심장이 방망이질하듯 빠르게 뛰었다. 침대에 벌거벗은 채 누워 있던 베스의 모습이 떠올랐다. 베스의 목 주변에 난 멍 자국과 뼛조각이 보일 정도로 깊은 머리의 상처가 떠올랐다. 코너는 카메라를 들어 배터리와 날짜 표시 설정을 확인했다.

"괜찮다면 지금 상처 사진을 찍겠습니다."

피트가 아무 대꾸도 하지 않아서 코너는 사진 촬영을 했다.

"DNA 샘플도 제공하실 건가요?"

"물론입니다."

"기술팀을 부를게요. DNA 샘플을 채취하고 나면 가셔도 좋습니다."

"거짓말 탐지기 검사도 잊지 마세요."

"검사 일정을 잡아 드리죠."

하지만 한 시간 후, 피트가 건물을 떠나고 코너가 거짓말 탐지 검사관의 전화를 받기 전이었다. 뉴헤븐의 유명한 피고 측 변호인 매켄지 그린이 지금부터 자신이 피트 라스롭을 대변할 것이며, 향후 코네티컷 주립 경찰의 모든 심문은 자기 사무실에서 진행해야 한다고 알려 왔다.

피트가 거짓말 탐지기 검사를 받지 않을 거라는 소식도 함께.

2부

15

7월 22일

베스의 장례식이 끝나고 엿새가 흘렀다. 뜨거운 날씨는 계속 이어졌고, 공기는 묵직했다. 오후에 폭풍이 불어닥쳐 대지를 시원하게 식혀 줄 거라는 예보만 계속되었다. 하지만 하늘은 무너져 내릴 기미가 보이지 않았다. 가득 머금은 습기를 데워서 증기로 방출시킬 뿐이었다. 비 한 방울 떨어지지 않는 하늘에서는 흰 구름들이 생겼다 없어졌다 했다.

니콜라 코를리스는 코네티컷 주 그로턴의 미키 주점 뒤쪽에 자리한 두 가족이 거주하는 2층 주택의 1층에서 자랐다. 니콜라의 어머니 진은 아직도 그곳에 살고 있었고, 니콜라는 한시적으로 엄마 집에 들어와 있었다. 아들이 휴대용 아기 침대에서 자는 동안 니콜라는 소파 한쪽 끝에, 엄마는 다른 쪽 끝에 앉아 있었다. 창문형 에어컨이 방 안을 서늘하게 식혀 주지 못한 채 털털털 소리를 냈지만 니콜라는 온몸이 오싹했다. 앞으로 창문형 에어컨을 볼 때마다 베스를 떠올리지 않을 수 있을까 싶었다.

TV에서는 왕족에 관한 다큐드라마가 방영되고 있었다. 니콜라는 엄마를 힐끗 쳐다보았다. 엄마는 해리가 메건 마클에게 프러포즈하는 재연 장면에 푹 빠져 있었다. 엄마는 영국 악센트가 나오는 프로그램을 좋아했다.

니콜라가 어렸을 때 엄마는 눈 오는 날에 제비꽃을 팔아서 딸을 옥스퍼드에 보낸 엄마 이야기를 해 주었다. 그 엄마의 딸은 자라서 옥스퍼드 보들리언 도서관에서 공부했고, 모들린 컬리지 기숙사에서 생활했으며, 14세기 풍의 올드 키친 바에서 식사를 했다.

니콜라는 처음부터 그 이야기의 핵심을 알아차렸다. 교육을 받아야 자신이 사는 동네에서 벗어날 수 있다는 것이었다. 엄마는 눈 내리는 날에 제비꽃을 팔지는 않았다. 하지만 배관 설치 기술자 교육을 받아 일렉트릭 보트에서 근무했다. 미해군 잠수함을 제조하면서 3교대로 일해 니콜라를 등하교시킬 수 있었다.

두 사람은 가톨릭 신자였고, 일요일마다 미사를 보러 갔다. 같은 교구의 아이들은 대부분 유치원에서 고등학교까지 쭉 세인트 메리를 다녔다. 하지만 진은 니콜라를 강 건너 뉴런던에 있는 사립학교 윌리엄스 스쿨에 보냈다. 학비가 엄청나게 비쌌지만 진은 그만 한 가치가 있다고 했다. 니콜라가 라이먼 앨린 박물관을 드나들고 캠퍼스에 다니자 진은 그보다 더 기쁠 수가 없었다.

어떤 부모들은 자식이 사업과 공학, 과학처럼 돈을 많이 버는 분야에 진출하기를 바란다. 하지만 진은 그렇지 않았다. 진은 언제나 예술과 인문학을 추구해야 잘살 수 있다고 생각했다. 마음과 정신이 풍요로운 사람들을 만나는 것, 그것이 딸에게 바라는 바였다. 자신을 위한 것이기도 했다.

진은 니콜라가 지원한 예일 대학교와 다른 모든 대학교에 합격할 만한 성적을 올릴 수 있도록 채찍질했다. 예일 대학교에서 4년을 보내고, 바드 큐레이터학 연구센터의 대학원을 졸업한 니콜라는 날아오를 준비를 끝냈다. 추진력과 학구열, 호기심이 있는 니콜라의 눈앞에는 매력적인 길들이 펼쳐져 있었다.

하지만 큰 꿈을 품었던 두 여자는 쓰레기 같은 TV 프로그램을 시청하면서 여름날을 보내고 있었다. 타일러가 니콜라 바로 옆의 아기 침대에서 한숨을 쉬더니 엄마 쪽으로 돌아누웠다. 그렇게 하면 엄마의 숨소리를 들을 수 있는 것처럼. 단꿈에 젖은 타일러가 작은 주먹을 꽉 말아 쥔 채 권투하듯 공중에 주먹을 내질렀다. 그 사랑스러운 모습에 니콜라는 녹아 내릴 것만 같았다.

"배가 고픈가?" 엄마가 물었다.

"아뇨. 그냥 자는 거예요."

"해변에 데려갈까?"

"너무 더워요." 니콜라가 창문을 힐끗 쳐다보았다. 엄마는 보통 얇은 하얀색 커튼을 열어 두었지만 오늘 아침에 니콜라가 닫아 버렸다. 어제 코너 형사가 찾아왔다. 코너 형사와 대화를 나누었을 때 니콜라는 묻어 버리고 싶었던 일들이 다시 떠올랐다. 지금도 그 일들을 떨칠 수가 없었다.

어제 코너 형사는 니콜라의 집 문을 두드리고 니콜라와 이야기를 나눌 수 있는지 물었다.

"변호사가 필요한가요?" 엄마가 물었다.

"아니요. 변호사를 원치 않는다면 상관없습니다. 그건 본인이 결정할 수 있죠." 코너 형사가 말했다.

"변호사는 필요 없어요, 엄마." 니콜라는 결백했기 때문에 이렇게 말했다. 그런데 아이로니컬하게도 코너 형사의 조사를 받았다는 피트의 전화를 받았을 때는 피트에게 변호사를 구하라고 했다. 조사를 받기 전에 변호사를 구했어야 했다고 말했다. 다행히 피트는 코네티컷의 전설적인 변호사 매켄지 그린을 고용할 수 있었다.

니콜라가 코너 형사를 돌아보았다. "뭐든지 물어보세요."

두 사람은 거실에 자리를 잡고 앉았다. 엄마는 니콜라가 예일 대학교에서 공부했던 티베트 예술에 등장하는 수호신 드랄라 전사처럼 니콜라 옆의 발 받침대에 걸터앉았다.

"베스 라스롭을 마지막으로 본 게 언제였나요?" 코너가 물었다.

"잘 모르겠어요. 정확하게 기억이 안 나요." 니콜라는 거짓말을 잘 못해서 아무런 표정도 드러내지 않으려고 애썼다.

"대략 언제인지도 모르겠나요? 올여름?"

"아마 봄일 거예요."

"아기가 태어나기 전에요?"

"기억하기가 어렵네요. 기억이 흐릿해요. 갓난아기를 키우다 보니 그런 걸까요?" 니콜라는 피트가 더 이상 질문을 하지 못하도록 횡설수설 대답했다.

"알겠습니다."

"아이가 있나요?" 엄마가 물었다.

"아니요." 코너가 대답했다.

"그럼 아이를 키우는 게 어떤지 상상도 못하겠군요. 특히 갓난아기를 혼자 키우는 거요. 분유와 기저귀 말고 다른 건 기억하기가 어렵답니다." 엄마가 살짝 미소 지으며 말했다.

"그렇군요." 코너는 미소로 화답하고 다시 니콜라에게 시선을 돌렸다. "아이 아빠가 많이 도와주시겠죠. 그건 그렇고 베스의 할머니 집에 들어가 산다고 들었는데요."

"'들어가 사는' 건 아니에요. 가끔 거기 머무르는 거죠."

"그런데 지금은 여기 계시네요. 지금 아이 아빠와 함께 지내지 않는 이유가 있나요?"

"그건 형사님이 상관할 문제가 아닌 것 같은데요."

"그냥 말해, 니콜라." 엄마가 말했다.

니콜라는 사납게 엄마를 노려보았다. '입 다물어요. 그 얘긴 꺼내지 마요. 아무 말도 하지 마요.' 니콜라는 속으로 이렇게 외쳤다.

"무슨 일이 있었나요?" 코너 형사가 물었다.

"쟨 지금 겁에 질려 있어요." 엄마가 말했다.

"왜요? 피트에게 위협 당했나요? 아니면 폭행 당했나요?" 코너 형사가 물었다.

"뭐라고요!" 니콜라가 자리에서 벌떡 일어나며 소리쳤다. "피트에 관해서 나쁜 이야기는 하지 않을 거예요. 그런 얘기라면 전 할 말 없어요! 피트는 지금 완전히 절망에 빠져 있어요. 아내가 살해 당했다고요. 전 그 소식을 듣자마자 그 집에서 나왔고요. 그게 옳은 일 같았어요. 피트가 샘과 함께 슬픔을 나눌 수 있는 시간을 주려고요. 그게 옳지 않겠어요? 저도 시간이 필요하고요." 니콜라는 베스를 생각하자 목이 메였다. "전 베스를 좋아했어요."

"오, 애야." 엄마가 일어서서 그녀를 안아 주었다. 니콜라는 엄마의 어깨에 기대 흐느꼈다. 형사가 의자에서 일어나는 소리가 들렸다. 곁눈질을 하자 형사가 명함을 앞쪽 테이블에 올려놓는 모습이 보였다.

"언제든 연락 주세요." 코너 형사는 이렇게 말하고 떠났다.

니콜라는 코너 형사가 떠난 후에도 울음을 그칠 수가 없었다. 너무나 많은 감정들이 속에서 들끓었다. 슬픔과 혼란, 죄의식, 과거로 돌아가 모든 것을 바로잡고 싶은 끔찍할 정도로 간절한 열망이 뒤섞였다. 니콜라는 소파에 누워서 10분 동안 눈을 감고 있었지만 긴장을 풀 수가 없었다. 옆으로 돌아누워 앞쪽 창문을 쳐다보면서 밖을 내다볼까 생각했다.

"피트가 돌아오기를 바라는 것 같구나." 엄마가 말했다.

"엄마, 그만해요." 니콜라는 오늘 아침 일찍 피트가 창밖에 있었다는 걸 알고 있었다. 피트는 그녀가 나와서 자신을 맞아 주기를, 자신에게 돌아오기를 바랐다. 코너 형사에게는 피트에게 샘과 지낼 시간을 주려고 마틸다의 집을 나왔다고 말했지만 니콜라 자신도 인정하기 두려운 또 다른 복잡한 이유들이 있었다.

진은 창가로 가서 커튼을 젖혔다. 니콜라는 딱딱하게 굳는 엄마의 어깨를 보고 피트의 자동차가 건너편에 있다는 걸 알아차렸다. 진이 아래를 내려다보았다.

"엄마, 보지 마."

"보면 안 될 게 뭐 있어." 진이 팔짱을 끼고 길 건너편을 노려보면서 말했다. "피트는 형사가 왔다가는 걸 지켜봤을 거야. 그래야 언제 네 앞에 나타나는 게 좋을지 알 수 있을 테니까."

니콜라는 엄마가 피트에게 화를 퍼붓고 싶어 한다는 걸 알았다. 진은 불쾌한 자신의 심정을 드러내고 싶어 했다. 아니, 피트를 불쾌하게 여기는 정도가 아니라 혐오했다. 처음에 진은 니콜라가 명망 높은 라스롭 갤러리에서 일한다고 자랑스러워했다. 하지만 그러한 자부심은 오래가지 못했다. 진은 딸을 꼬여서 임신시키고, 딸의 전도유망한 미래를 망쳐 놓고, 뛰어난 인재가 될 수 있는 기회를 훔쳐 갔다고 피트를 비난했다. 니콜라는 피트가 소개해 주지 않아서 그의 어머니를 만나 보지도 못했다. 자신의 엄마가 그러듯이 피트의 어머니도 그녀가 아들의 인생을 망쳐 놓았다고 남의 자식을 탓하고 있기 때문이라고 그 이유를 짐작했다.

니콜라는 여전히 뼛속까지 가톨릭 신자였고, 간통이 죄악이라는 사실을 잘 알았다. 타일러는 그 무엇과도 바꿀 수 없었다. 하지만 자신이 저지른 많은 일에 죄책감을 느꼈다. 어떻게든 자신이 저지른 잘못의 대가를 치러야 한다고 생각했다.

"피트는 이 문제를 해결하고 싶어 해요." 니콜라가 말했다.

"근데 넌 아닌 것 같은데."

"그래서 그이가 여기 온 거죠."

엄마는 돌아보지 않았다. 수치심과 실망감에 물든 엄마의 눈빛을 보고 싶지 않았던 니콜라는 엄마를 마주 보지 않아도 되어 기뻤다. 그녀는 유부남과 사랑에 빠져 아이를 가졌다. 엄마 눈에 니콜라는 베스와 베스의 가족뿐만 아니라 자신의 인생까지 망친 여자였다.

진은 전혀 이해하지 못했다. 생경한 세상에서 니콜라가 소속감을 느낄 수 있게 피트가 얼마나 도와주었는지, 그의 날개 아래로 그녀를 얼마나 따뜻하게 보듬어 주었는지, 미술품을 구매하는 부유한 사람들 못지않게 뛰어난 인재라고 말하며 그녀를 얼마나 다독여 주었는지 몰랐다. 피트도 니콜라처럼 노동자 계층 출신이었다. 아마도 그래서 그녀의 모든 불안감을 감지해 낸 것 같았다. 피트는 니콜라 자신도 알아차리기 전에 그녀에게 필요한 것, 다름 아닌 인정과 이해를 선물했다. 그는 니콜라의 마음을 읽을 수 있는 마술사였다. 니콜라에게 사랑받고 있다는 느낌을 선사해 주었다.

"그이는 타일러의 아빠예요." 니콜라가 말했다.

"예전에도 여자들은 혼자서 아이를 키웠어." 엄마가 자기 가슴을 두드리며 말했다. "여기 그 장본인이 있잖니."

"알아요. 저한테는 다행히도 엄마가 있죠. 하지만 아빠는 떠나 버렸잖아요. 엄마한테 선택의 여지도 주지 않았죠. 피트는 지금 여기 있어요. 우린 이 문제를 해결해야 해요. 앞으로 더 나아질 거예요."

"이런 일을 겪고도?" 니콜라의 엄마가 마침내 창가에서 돌아서며 말했다. "자기 아내가 살해됐는데도? 그 사람이 용의자라는 거 아니? 너도 용의자인 거 아냐고!"

"전 아니에요!"

"넌 멍청하지 않아. 내가 잘 알지. 하지만 지금은 아주 멍청이처럼 굴고 있어. 그 형사 얼굴에 다 쓰여 있더라. 피트가 널 위해서 아내를 죽였다고 생각한다고. 너와 같이 살고 싶어서 말이야. 그 형사는 너희 둘이 짜고 이 일을 벌였다고 생각할지도 몰라."

"말도 안 돼요! 전 절대 그런 짓 안 해요! 피트도 마찬가지고요! 피트는 절대 아니에요! 엄마, 엄마는 미술 시장이 어떤지 모르잖아요. 도난 당한 그 그림은 엄청 비싼 거예요. 값을 매길 수도 없다고요. 그게 바로 살해 동기예요. 미술품 도둑이 〈달빛〉을 훔치려고 베스를 죽였다고요. 그 그림이 도난 당한 건, 아니 죽음을 불러온 건 이번이 처음도 아니고요." 니콜라는 확신하는 투로, 정확히 말하면 진짜 그렇다고 믿는 것처럼 말했다.

"너도 참 순진하구나. 진실은 보지 않고 이 모든 게 다 저주받은 그림 때문이라고 믿으려 하다니. 네 남자친구가 아내를 죽였어."

"엄마가 지금 무슨 말을 하고 있는 건지 알아요? 피트는 지금 힘들어하고 있어요. 아내를 이런 식으로 잃었으니까요. 어찌할 바를 모르고 있다고요." 타일러가 잠에서 깨어나 아기 침대에서 꼼지락거렸다. 니콜라는 타일러를 안아서 아이의 머리에 코를 대고 문질렀다.

"피트만 그럴까? 베스 그 여자도 참 안 됐지. 그 딸도, 죽은 아기도, 그 언니도 말이야."

"엄마, 나도 알아요. 저도 가슴이 찢어져요. 피트도 그렇고요!"

니콜라의 엄마는 키가 크고 건장했다. 두 손은 거칠어져서 굳은살이 박여 있었다. 날카롭게 솟구친 광대뼈에 오뚝한 코는 프랑스계 캐나다인 아버지와 영국인 어머니한테서 물려받았다. 긴 검은머리 왼쪽 편에는 언제부터 있었는지 기억도 안 나는 굵고 새하얀 머리카락이 하나 있었다. 엄마는 겉은 딱딱하지만 속은 더없이 말랑말랑한 디저트 크렘브륄레 같은 여자였다.

"피트를 참 가엾게 여기는 것처럼 말하네."

"당연하죠."

"그런데 넌 여기서 뭘 하고 있는 건데?" 엄마가 메마른 어조로 물었다.

"전…… 우리는……."

"너희가 싸운 거 알아. 스트레스 받았겠지. 하지만 엄마 집으로 도망치지 않고 그런 문제를 잘 해결하는 여자들도 있어. 넌 지금 겁을 먹었어. 죽도록 겁먹었지. 피트가 너한테 무슨 짓을 했는지는 몰라도 널 겁에 질리게 만든 건 분명해. 너 때렸니? 널 때린 거야?"

"아니에요, 엄마. 피트는 절대 그러지 않아요. 맹세해요."

"너한테 자기가 한 짓을 말했니?"

"아니라고 했잖아요!"

"니콜라, 내 딸은 내가 알아. 네가 거짓말하고 있는 거 안다. 겁먹은 것도 알아. 넌 피트가 범인이라는 걸 아는 거야. 피트가 너한테 사실대로 말했거나 아니면 네가 직감적으로 아는 거겠지."

"그런 거 아니라니까요." 니콜라는 엄마 말에 화난 척하려고 애썼다. 자신이 사랑하는 남자는 절대 사람을 죽이지 않는다고 되뇌었다. 하지만 잠이 들면 피트가 두 손으로 베스의 목을 조르는 꿈을 꿨기 때문에 매일 밤마다 잠자지 않으려고 버틸 수 있을 때까지 버텼다.

니콜라는 꿈은 아무 의미도 없는 거라고 계속 되뇌었다. 타일러가 태어난 직후 무섭게 화를 냈던 피트 때문에 그런 꿈을 꾸는지도 몰랐다. 그때 피트는 여전히 공식적으로는 베스와 샘과 함께 살고 있었다. 하지만 가능하면 니콜라와 타일러와 함께 시간을 보내려고 했다. 니콜라가 베스를 버리라고 끝없이 잔소리하지만 않았다면 피트는 그녀와 아들을 사랑한다고 말하며 사과했을 것이다. 피트가 생각할 시간을 가질 수 있게 아들을 조용히 시킬 수만 있었다면 말이다. 피트는 아주 뛰어난 사람이었고, 그런 사람에게 기저귀 갈기는 수준 떨어지는 일이었다.

니콜라는 피트를 행복하게 해 주고 싶어서 타일러가 아직 어릴 때 진짜 가족이 되어 셋이서 함께 살고 싶다는 소망을 접으려고 안간힘을 썼다. 아이를 돌보는 일은 즐거웠다. 피트도 자신만큼 아이를 사랑해 주기를 바랐다. 피트가 아이의 탄생을 기뻐하지 않았을 때는 죽고 싶은 심정이었다. 아이에게 분유를 먹여 달라거나 옷을 입혀 달라거나 잠들 때까지 아이를 안고 걸어 다녀 달라고 하면 피트는 분을 참지 못하는 것 같았다. 그래서 니콜라는 더 이상 그런 일을 시키지 않았다.

바드 대학원을 졸업했던 그 여자가 어떻게 된 걸까? 강인하고 영리하고 섹시하고 유쾌하고 자신감 넘쳤던 니콜라라는 여자는 어디로 가 버린 걸까? 그렇게 활달했던 여자가 어쩌다 이렇게 겁쟁이 생쥐로 변해 버린 걸까? 예전의 자신을 만난다면 두려워서 움츠러들게 분명했다.

하지만 피트가 두렵지는 않았다. 니콜라는 자기 암시를 걸듯 그렇게 되뇌고 또 되뇌었다. 피트는 경찰 조사 때문에 압박감에 시달리고 있었다. 경찰이 자신한테 에너지를 낭비하지 말고 자신의 집에 침입해서 베스를 살해한 진범을 쫓기를 바랐기 때문이다. 숨길 게 있어서 그런 게 아니었다.

아니, 숨길 게 거의 없다는 게 맞겠다. 니콜라는 피트가 클라우드 랜즈의 주방 위쪽 2층 복도에 판자로 막아 놓은 소형 화물 승강기에 숨겨 놓은 물건을 생각했다. 살인범은 범행 기념품을 수집하지 않나? 피트도 그런 짓을 한 걸까? 니콜라는 그런 생각을 머릿속에서 밀어 내려고 입술을 세게 깨물었다.

하지만 그래 봤자 아무 소용 없었다.

피트의 그 행동을 목격했던 니콜라는 이루 말할 수 없는 충격에 빠졌고, 그래서 피트 곁을 떠난 것이었다. 니콜라는 곧장 엄마 집으로 왔다. 하지만 인정할 건 인정해야 했다. 베스가 살해되기 전에도 피트가 자신과 타일러를 해칠지도 모른다고 의심하기 시작했었다.

'내가 지금 정신이 나간 거야. 피트는 자기 아내와 태어나지도 않은 아기를 죽이지 않았어. 범행 기념품을 수집한 게 아니야. 경찰 조사가 터무니없이 잘못 진행되고 있는데도 자기가 어떻게 할 수가 없어서 요즘 기분이 그런 거라고.' 니콜라는 속으로 이렇게 되뇌었다. 니콜라가 피트를 필요로 하는 것만큼 피트에게도 니콜라가 필요했다. 피트는 언제나 니콜라가 그의 삶에 빛을 가져다주었다고 말했다. 니콜라가 지금 느끼는 두려움은 터무니없는 것이었다.

니콜라는 한숨을 쉬고 자리에서 일어섰다.

"뭐 하려고?" 엄마가 물었다.

"피트랑 집에 가야죠."

"제발 그러지 마. 네 직감을 믿어. 난 널 알아. 넌 무서워서 여기 왔잖아."

"그렇지 않아요. 전 그냥……."

"그냥 뭐?"

"장례 치를 시간을 주려고 그랬어요. 베스의 화장이요. 이제 장례식이 끝났으니까 집으로 가야죠."

니콜라는 자신의 옛날 침실로 들어가 타일러의 기저귀 가방과 올 때 가져왔던 소지품 몇 개가 든 자신의 백팩을 챙겼다. 그러고는 엄마에게 작별인사를 했지만 엄마는 한 마디도 하지 않았다. 니콜라는 타일러를 안고서 현관문으로 걸어 나갔다.

피트가 와이퍼 너머로 싱긋 웃었다. 피트의 금발머리는 헝클어져 있었고, 잿빛이 도는 옅은 파란 눈동자는 기대와 행복감으로 반짝거렸다. 피트가 자동차 밖으로 나와 뒷문을 열어 주고, 타일러를 안아 들고 카시트에 앉혀 안전벨트를 채웠다. 그러고는 니콜라를 돌아보더니 인도 한가운데서 두 팔로 감싸 안고 살살 흔들며 달래 주었다. 니콜라는 엄마가 지켜보고 있다는 걸 알았다.

"다 좋아질 거야. 약속해. 사랑해, 니콜라." 피트가 니콜라의 귀에 속삭였다.

"나도 사랑해요." 니콜라가 두 눈을 감으며 소곤거렸다. 그런데 눈을 감기 직전에 길가에 주차된 커다란 검은색 자동차를 발견했다. 코너 형사가 지켜보고 있었을까? 피트와 같이 체포되는 걸까? 아니면 그냥 근처에 사는 누군가를 태워 주려고 기다리고 있는 자동차였을까? 니콜라는 더 이상 아무 생각도 할 수 없었다. 눈을 너무 세게 감아서 눈앞에 별이 번쩍거렸다.

16

사이테이션 엑스가 뉴욕 상공에서 난기류를 만났을 때 케이트는 조종간을 단단히 잡고 짙푸른 하늘을 가로질렀다. 비행기 아래로 솟구쳐 오른 적란운이 곧 뇌우를 퍼부을 듯 위협적으로 보였다. 항공기가 흔들렸다. 부조종사 찰리 맥두걸은 손마디가 새하얘지도록 조종간을 꽉 움켜잡고 있었다. 입 밖으로 꺼낸 적은 많지 않지만 케이트는 거친 날씨를 좋아했다. 승객들을 위해 난기류 위나 옆으로 피해 가려고 최선을 다했지만 피할 수 없을 때는 난기류를 뚫고 지나갔다. 그 순간 끓어오르는 희열은 이루 말할 수 없을 정도였다. 강풍과 거친 바다를 뚫고 최고 실력을 발휘할 수 있는 기회를 엿보는 오션 레이싱 항해사들도 그렇지 않을까?

케이트가 하강하기 시작하자 맑은 파란 하늘이 짙은 잿빛으로 변했다. 항공기 주변으로 구름들이 끓어올랐지만 케이트는 적란운을 뒤로한 채 페어필드 카운티 위로 날았다. 코네티컷 동쪽은 번개는 치지 않고 비만 내렸다. 첫 번째 돌풍이 불어닥쳤다. 쿵 하는 소리에 심장이 철렁 내려앉나 싶었는데 케이트가 항공기를 그로튼-뉴런던에 착륙시켰다.

"대단했어요." 찰리가 말했다.

케이트가 웃었다. 케이트는 활주로에서 공항 터미널까지 항공기를 몰면서 철망 울타리 바깥에 주차된 코너의 차를 보고 깜짝 놀랐다. 자동차 와이퍼가 왔다 갔다 하고 있었다. 두 사람은 만날 약속을 하지 않았다. 지상 승무원이 좌현으로 계단을 굴렸고, 항공 승무원 제니가 항공기 문을 열었다. 케이트는 유니폼 재킷을 가다듬고, 소라머리 스타일에서 삐쳐 나온 머리카락을 정리한 후 조종석을 빠져나갔다.

제러미와 페이턴 프랫은 단골이었다. 제러미는 할리우드 제작자였고, 페이턴은 다큐멘터리 감독이었다. 두 사람은 와치힐과 로드아일랜드, 브렌트우드, 캘리포니아에 집을 소유하고 있었고, 적어도 한 달에 두 번은 항공기를 전세 내서 케이트에게 기장을 맡아 달라고 했다.

"항공기가 흔들려서 죄송합니다." 케이트가 객실에서 두 사람에게 인사하며 말했다. 크림색 가죽 시트와 반들반들한 이국적 나무로 장식된 객실은 인트레피드 항공사를 이용하는 부유한 고객들의 안식처였다.

"날씨는 어떻게 할 수 없죠." 제러미가 말했다.

"케이트, 잠시 시간 괜찮아요?" 페이턴이 말했다.

"네, 무슨 일인가요?"

"케이트, 우리 아주 오래 알고 지냈잖아요. 동생을 잃고 지금 당신

심정이 어떨지 상상이 가요. 바로 본론을 말할게요. 전 당신 사건을 다큐멘터리로 만들고 싶어요."

케이트는 깜짝 놀라서 멈칫했다. "고맙지만 그건 싫어요. 이런 일을 재현할 필요는 없어요."

"이해해요. 이번 일로 어렸을 때 겪었던 충격적인 사건이 다시 한 번 되살아날 테니까요." 페이턴이 잠시 말을 멈추고는 케이트의 반응을 살폈다. "밤새 묶여 있던 일이요. 어머니의 죽음도 겪었고요."

케이트는 딱딱하게 굳은 얼굴로 페이턴을 노려보았다.

"그 끔찍한 일을 겪고도 살아남았던 베스가 이처럼 잔인하게 살해되다니. 제가 얼마나 충격 받았는지 말로 다 표현할 수가 없어요. 흥미 위주로 화제성에 치중한 다큐멘터리나 이 주의 범죄 사건 보도 같은 프로그램은 만들지 않을 거예요."

"케이트, 페이턴은 자기가 무슨 일을 하는지 잘 알아요. 당신 가족에게 득이 되는 점을 염두에 두고 작업할 겁니다." 제러미가 말했다.

"베스 심층 탐구 프로그램이 될 거예요. 베스의 인생을 정의하게 된 순간, 그러니까 지하실에서 그 충격적인 사건이 일어났던 순간을 조명하고, 베스가 그 사건이 일어났던 갤러리를 운영했다는 사실에 초점을 두려고 해요."

"베스의 인생을 정의했던 순간이요?" 케이트는 베스의 인생에서 아름답게 반짝거렸던 모든 순간들을 떠올리며 되물었다. 베스의 인생을 한마디로 정의하자면 그건 비극이 아니라 사랑이었다.

"카메라 촬영 인터뷰 일정을 잡을 수 있을까요?" 페이턴이 물었다.

"아뇨." 케이트가 말했다. 그 이상은 한마디도 할 수 없었다. 두 사람한테서 등을 돌린 케이트는 거짓 미소조차 지을 수 없었다. 두 사람이 소지품을 챙기면서 투덜거리는 소리를 들었다. 케이트는 토하기 직전에 간신히 화장실에 도착했다.

지하실에서 묶여 있었던 그 시간 동안 일어났던 모든 일들은 케이트의 몸에 각인되어 있었다. 화장실 변기에 토악질을 하는 내내, 케이트는 아직도 자신의 손목이 베스와 엄마의 손목과 함께 묶여서 살갗이 벗겨져 있는 것만 같았다. 엄마의 몸이 풀썩 쓰러져 묵직하게 자신을 눌렀던 그 느낌, 밧줄이 세게 당겨졌던 그 압박감. 뻣뻣하게 굳어서 주체할 수 없이 덜덜 떨며 가장 위안이 되는 것을 찾아 자신에게 몸을 기댔던 베스.

베스는 면 재갈 사이로 횡설수설 말을 뱉어 냈다.

"베스, 내가 여기 있어." 케이트는 이렇게 말하려고 했지만 박스테이프 아래로 입안에 쑤셔 넣어진 천 조각에 막혀 말이 제대로 새어 나가지 않았다. 그때 케이트는 밧줄을 풀어 내리려고 미친 여자처럼 몸부림쳤다. 하지만 몸부림치면 칠수록 밧줄이 더욱 세게 조여 오는 것 같았다. 엄마가 의식을 잃었다는 건 알고 있었다. 그런데 시간이 흐르면서 엄마의 몸이 점점 차가워지자 상상도 못했던 사실을 깨달았다. 엄마가 죽은 것이었다. 케이트는 거칠게 엄마를 자기 쪽으로 끌어당겼고, 베스와 함께 엄마의 시신 아래 갇히고 말았다. 베스는 재갈 너머로 미친 듯이 비명을 질렀다. 케이트는 엄지로 베스의 손목을 쓰다듬으며 동생을 진정시키려고 했다. 동생이 그만 몸부림치기를 바랐다. 케이트는 베스도 질식할까 봐 두려웠다.

"케이트."

활주로 위의 항공기 안에서 코너의 목소리가 들렸다. 코너는 트랩을 올라와 객실에 서 있었다. 케이트는 입술을 씻어 내고 세면대에 침을 뱉고는 입술을 닦았다. 거울을 들여다보니 가장자리가 붉어지고 눈물로 젖은 두 눈이 보였다. 자신도 모르게 울었던 모양이었다.

객실로 들어가자 자신을 지켜보며 서 있는 코너가 보였다.

"괜찮아요?" 코너가 물었다.

케이트는 고개를 끄덕였다가 마음을 바꿔 가로저었다. 코너는 케이트에게 한 팔을 둘러 오른쪽 칸막이 벽을 따라 늘어선 널찍한 가죽 소파에 앉히고 자신도 그 옆에 나란히 앉았다.

"방금 내린 승객들 봤어요? 그 여자가 제 '동생 사건'을 다큐멘터리로 만들고 싶대요. 당신도 제 동생을 그렇게 보나요? '사건'이라고?"

"아뇨, 그녀는 그냥 베스죠."

케이트는 숨을 깊이 들이쉬었다. 코너의 그 말에 마음이 약간 풀어지는 것 같았다. 자신의 어깨를 단단히 감싼 코너의 팔도 위안이 되었다.

"이런 일이 생기면 그런 사람들이 난데없이 툭툭 튀어나와요. 다들 자기가 제일 먼저 독점 기사를 따내고 싶어 하죠."

"당신도 그런 전화 받았어요?"

"그럼요. 대답은 항상 '노코멘트'죠."

"고마워요."

"전 모든 살인 사건 피해자들을 중요하게 생각합니다. 하지만 베스는 제게 훨씬 더 중요한 사람이에요."

"왜요?"

코너는 말을 멈추고 얼굴을 붉혔다. 케이트는 코너가 할 말을 찾고 있다고 생각했다.

"제 일처럼 느껴지거든요."

케이트는 코너가 더 자세히 이야기해 주기를 바랐다. 베스를 보면 다른 누군가가 떠올라서 그런 걸까? 아내 아니면 여동생? 코너의 두 눈을 들여다보고 있자 아주 작은 기억의 일부가 거미줄처럼 뻗어 나와 얼기설기 얽히면서 차차 형태를 갖춰 나갔다. 자신의 손목을 감싸고 살갗을 긁어 대는 밧줄이 느껴지는 것 같았다. 누군가가 그녀를 풀어 주었다.

"당신이었군요. 그렇죠?" 케이트가 나지막한 목소리로 말했다.

"네?"

"지하실에서 우리를 찾아냈던 사람이요. 저랑 베스를 구해 줬던 사람이요."

코너가 고개를 끄덕였다.

케이트는 마음이 반으로 갈라지는 것 같았다. 마음 한쪽에서는 코너를 붙잡고 그에게 있는 힘껏 기대고 싶었다. 하지만 또 다른 쪽에서는 돌아서서 코너의 시선을 피하고 싶었다. 그날 그가 자신을 어떻게 바라보았는지를 기억하고 싶지 않았다.

케이트가 목청을 가다듬었다. "어떻게 감사해야 할지 모르겠는데……." 케이트가 말을 꺼내기 시작했다.

"그러지 말아요, 케이트. 그럴 필요 없어요."

"아니에요, 정말 감사해요."

"그냥 당신이 괜찮아지면 좋겠어요. 이번 일이 얼마나 견디기 힘든지 잘 압니다. 또 이런 식으로 사랑하는 사람을 잃었으니까요. 사실 당신한테 강요하고 싶지는 않아요."

"뭘요?"

"저와 함께 갤러리에 갈 수 있는지 물어보려고 왔거든요."

케이트는 한 차례 몸을 떨고는 눈을 감았다가 다시 떴다. "왜요?"

"그냥 단서를 찾아보려고요. 수사에 도움이 될 만한 게 있는지 찾아봐야죠. 당신 허락을 받아야 하는데 그냥 당신과 함께 가는 게 낫겠다 싶어서요. 뭔가가 사라졌거나 평소와 다른 점이 있다면 당신이 말해 줄 수도 있으니까요. 하지만 너무 부담스럽다면…….”
 케이트는 마음을 가라앉혔다. “같이 갈게요. 이따가 거기서 만나요.”
 “고마워요, 케이트.”
 두 사람은 항공기에서 걸어 나와 각자 자신의 차를 타고 떠났다. 케이트는 집으로 곧장 가서 팝콘에게 밥을 챙겨 주었다. 팝콘은 밥을 다 먹고 잔뜩 기대에 찬 눈빛으로 케이트를 올려다보았다. 케이트는 팝콘이 배가 고픈 게 아니란 걸 알았다. 팝콘은 베스가 돌아오기를 기다리고 있었다. 케이트는 한참 동안 팝콘을 안아 주었다. 그러고는 유니폼을 벗은 후, 청바지에 빳빳한 하얀색 티셔츠로 갈아입고, 스웨이드 앵클부츠를 신고 블랙홀로 향했다.
 갤러리는 많은 인상파 화가들이 그렸던 크리스토퍼 렌의 영감이 깃든 새하얀 교회와 소방서 사이, 메인 가 중간에 있었다. 케이트는 코너에게 갤러리 진입로를 가리키며 주차하라고 했다. 빅토리아 풍의 그 주택은 한때 마을 도서관을 건립했던 후원자 리디아 스튜어트 스미스의 소유였고, 마틸다의 유산으로 완벽하게 복원되었다.
 갤러리로 변모한 주택은 엄마 인생에서 거의 마법에 걸린 성역과 같았다. 케이트가 베스와 함께 비 오는 날에 피신처로 삼았고, 그림들에 얽힌 이야기에 푹 빠져 지냈던 곳이기도 했다. 어렸을 때는 그곳을 좋아했지만 지금은 무덤처럼 느껴졌다. 이제는 견딜 수 없는 상실감과 범죄를 상기시켜 주는 곳이었다.
 케이트가 정문을 열었다. 내부 공간은 할머니가 살아 있던 시절의 모습 그대로였다. 넓은 소나무 판자 바닥에 가로세로 8칸짜리 격자창, 커다란 금박 액자에 감싸인 19세기 그림 한두 점만 드문드문 걸려 있는 하얀색 벽들이 보였다. 하얀 대리석 장식장이 감싸고 있는 벽난로는 최근 몇 년 동안 사용하지 않았다.

위층은 두 번째 갤러리 공간이었다. 그곳에는 작은 그림들과 소묘들, 동판화들이 바닥에서 천장까지 벽을 가득 메우고 있었다. 거트루드 스타인의 집 플뢰뤼스 가 27번지에 미술 작품들을 전시했던 살롱 스타일이었다. 마틸다가 전쟁 직후에 파리의 거트루드 스타인 집을 방문했다가 거기서 영감을 얻은 것이었다.

베스와 피트는 뒷벽에 맞닿은 1875년 마호가니 파트너 책상을 같이 썼다. 베스의 스웨터 하나가 의자 등받이에 걸쳐져 있었다. 케이트는 손가락으로 스웨터의 부드러운 파란색 울을 쓸어 보았다. 동생이 얼마나 최근까지 거기 앉아 있었는지 생각하자 눈앞이 어지러워지는 것 같았다. 동생 자리에는 책과 논문이 잔뜩 쌓여 있었다.

무늬가 새겨진 책상의 초록색 가죽 표면 저편, 피트의 자리에는 송장과 편지가 널려 있었다. 피트의 의자는 깔끔하게 책상 아래로 들어가 있었다. 자신을 배신한 남편 맞은편에 앉아 하루하루 보내는 베스의 마음은 어땠을까?

"여기서 뭘 찾으려는 거예요?" 케이트가 물었다.

"사라진 그림이 주된 목표죠. 〈달빛〉이요."

"그럼 아직 제부가 범인이라고 생각하는 건가요?"

"가장 유력한 용의자예요."

"그림을 갤러리에 숨겼다고요? 그건 좀 너무 빤하지 않나요?"

"피트는 자기가 똑똑하다고 생각해요. 그렇죠?"

"그건 확실하죠."

"그래서 잘 보이는 곳에 숨겼을 거라고 생각하는 거예요. 다른 그림들과 같이 돌돌 말아 두었거나 벽이나 다른 곳에 걸어 뒀을지도 몰라요. 그래 놓고는 그걸 못 찾는 사람들을 비웃는 거죠."

케이트가 고개를 끄덕였다. 두 사람은 각자 양쪽 끝에서부터 방을 뒤지기 시작했다. 모든 액자를 들춰서 그림 뒤쪽을 찾아봤다. 코너는 고풍스러운 양탄자를 들어 올리고, 우산꽂이를 확인하고, 3층 창고의 수직 칸막이 수납장을 조사했다. 그림은 시간을 들여 천천히 꼼꼼하게 살펴보았다.

"원본 그림에 덧칠을 해서 숨겨 둘 수도 있나요?"

"펜티멘토(pentimento). 이론적으로는 가능하죠. 하지만 제부가 그 귀한 그림에다 그런 짓을 했을 거라고는 상상이 안 되는데요."

"해 보기는 했고요?" 코너가 깜짝 놀라서 물었다.

"제부는 화가가 아니에요. 하려면 누군가를 고용해야 했을 거예요."

"음, 아는 화가들이 많겠죠. 니콜라는 어때요?"

"니콜라는 미술사가예요. 화가가 아니라. 그런 일은 못할 거예요."

"그럼 또 누가 할 수 있죠?"

"베스가 살해됐다는 소식을 듣고 나서도 〈달빛〉을 훼손하고 그 사실을 자백하지 않는다고요? 그런 사람이 있을까요?"

"사람들이 무슨 짓을 할 수 있는지 알면 놀랄 겁니다."

케이트는 그 말에 반박할 수가 없었다. 자신의 아버지도 그랬으니까. 케이트의 시선이 지하실 문으로 쏠렸다. 저 계단 아래에서 일어났던 일이 꿈속에 나올 때마다 엄마와 아빠는 녹아 사라졌다. 기억으로 변해 버렸다.

케이트는 코너한테서 떨어져 파트너 책상으로 돌아가 동생 의자에 앉았다. 베스가 없다는 사실이 그 의자만큼이나 흔들림 없는 현실로 다가왔다. 진짜 형체가 있는 실물처럼. 동생은 피와 살이 있는 친절하고 유쾌한 사람이었다. 하지만 이제는 가고 없었다. 이제 베스도 기억이 되어 버렸다.

케이트는 높다란 책 더미 맨 위에 있는 책을 주시했다. 차일드 해섬의 깃발 그림에 관한 책이었다. 베스는 깔끔한 글씨로 메모해 놓은 포스트잇을 많이 붙여 놓았다. 그 내용은 이랬다. '해섬은 1차 세계 대전 당시에 국내 전경을 그린 유일한 미국 인상파 화가였다. 1916년에서 1919년까지 깃발 시리즈를 그렸는데 깃발이 펄럭이는 5번가 그림이 서른 점이 넘었다. 미국 성조기/영국 연방 깃발/프랑스 삼색기-연합국 축하 행사, 휴전, 전시회-다음 7월 4일? 마틸다에게 바치는 행사? 케이트와 의논해 봐야겠음.'

케이트는 어깨를 움츠리면서 가늘게 신음을 흘렸다. 동생의 글씨체로 적힌 자신의 이름을 보자 이루 말할 수 없이 고통스러웠다. 마틸다는 차일드 해섬과 그의 1차 세계 대전 그림을 가장 좋아했다. 차일드의 애국심, 차일드가 대담하게 사용한 원색과 짧게 끊어지는 붓놀림이 마틸다의 마음을 사로잡았다. 마틸다 할머니를 기리는 갤러리 행사를 생각하자 더할 나위 없이 가슴이 아파 왔다.

베스가 전시회에 대해 의논하고 싶어 했는데 그럴 수 없었다고 생각하니 가슴이 찢어질 듯 슬펐다. 그리고 마틸다 할머니가 계시지 않는 게 얼마나 다행인지 모르겠다고 생각했다. 마틸다 할머니는 베스에게 일어난 일을 절대 견뎌 낼 수 없었을 테니까.

케이트는 서랍을 열어보기 시작했다. 베스에게 주었던 선물이 서랍마다 하나씩 들어 있는 것 같았다. 케이트는 여행을 다녀올 때마다 항상 기념품을 챙겨 와서 동생에게 주었다. 값싼 것일수록 더욱 좋았다. 라스베이거스에서는 슬롯머신 열쇠고리, 마이애미에서는 밀짚모자를 쓴 테디 베어, 파리에서는 에펠탑 모양의 펜, 뮌헨에서는 맥주잔 모양의 연필꽂이를 찾아냈다. 케이트는 작년 4월에 런던의 리버티에서 샀던 작은 상자를 꺼냈다. 윌리엄 모리스 패턴의 면직물로 감싼 짙은 빨간색의 작은 상자는 별 특징 없는 실용적인 선물이었다. 재미있기만 한 게 아니라 베스가 진짜 사용할 수 있을 거라고 생각해서 산 물건이었다.

상자 뚜껑을 열어 안을 들여다보았다. 비어 있는 것 같았다. 케이트와 베스는 항상 비밀 장소가 있는 상자와 가방을 좋아했다. 할머니한테서 물려받은 기질이었다. 케이트는 실크로 뒤덮인 직사각형의 가짜 바닥을 들어 올렸다. 그 상자를 처음 봤을 때도 가짜 바닥에 홀려서 사지 않을 수가 없었다. 비밀 공간을 들여다본 케이트는 뼛속까지 충격에 사로잡혔다.

그 안에는 열쇠 하나와 전화번호가 적힌 쪽지 한 장, 목탄으로 그린 작은 누드 드로잉 한 장이 들어 있었다. 그림 속의 여자는 남의 시선을 전혀 신경 쓰지 않은 채 어깨와 가슴 위로 머리카락을 늘어뜨리고 창밖을 쳐다보고 있었다. 화가의 서명이 있었다. *JH*.

그림 속 여자는 베스였다. 케이트는 숨을 제대로 쉴 수가 없었다. 화가는 동생의 아름다움과 부드러움, 영혼을 포착해 냈다. 친밀함이 느껴지는 그림이었다. 누가 그렸을까? 누가 베스에게 포즈를 취해 달라고 했을까?

케이트는 맞은편을 힐끗 쳐다보았다. 코너는 높다란 책장 옆에 서서 커피테이블 크기만 한 미술책들을 살펴보고 있었다. 그 미술책들의 책장 사이에서 〈달빛〉이 떨어져 나오기를 기다리는 것 같았다. 케이트는 코너에게 상자 속 내용물을 보여 줘야 한다는 걸 알았지만 그럴 수가 없었다. 그전에 동생의 비밀에 대해서 더 자세히 알아내야 했다. 케이트는 코너 몰래 그림과 열쇠, 종이를 재킷 주머니에 넣고는 동생 자리를 살펴보는 척했다.

17

샘의 휴대전화가 울렸다. 샘은 액정화면을 쳐다봤다. 아빠였다. 아빠 이름을 보자 속이 뒤집혔다. 샘은 아빠 전화를 무시하고 싶었지만 결국 받았다.

"여보세요?" 샘은 일부러 냉담하게 말했다.

"샘, 잘 있지?"

입을 열면 비명을 질러 버릴 것 같아 아무 대꾸도 하지 않았다.

"기분이 별로 안 좋니? 아빠도 그래. 그냥 믿을 수가 없어. 정말, 네 엄마를 잃다니. 네 엄마가 보고 싶어. 넌 케이트 이모 집에서 잘 지내는 거지?"

"응."

"화난 것 같네."

"왜 그런 것 같은데?"

"나한테 화났니?" 피트가 물었다.

터지기 직전의 화산 용암처럼 피가 끊임없이 잔잔하게 부글부글 끓었다. 곧 터져 나오려는 것을 간신히 억누르고 있었다.

"그렇게 말한 적 없어." 샘이 말했다.

"아빠는 그렇게 들리는데. 아빠도 너처럼 힘들어. 엄마가 그립고……."

"엄마가 그립다고?" 잔잔하게 부글거리던 피가 진짜로 솟구치기 시작하는 것 같았다. "엄마가 살아 있었을 땐 그래 보이지 않았는데."

"샘! 아빠한테 그런 식으로 말하지 마. 아빠도 네 엄마 일로 충격 받았어. 아니 완전히 망가져 버렸어. 넌 상상도 못할 거야. 우린 모든 일을 바로잡으려고 했어. 태어날 아기까지 우리 모두 함께 지내려고 했다고."

"하지만 아직 그 여자랑 같이 있잖아. 내 말 맞지? 지금 그 두 사람과 같이 있잖아. 니콜라와 타일러와 함께 있는 거 아냐?"

침묵이 흘렀다. 샘은 아빠의 숨소리를 들을 수 있었다. 잠깐, 지금 아빠가 울고 있는 건가? "아빠?" 샘이 아빠를 불렀다.

"네 엄마는 떠났어. 난 네 아빠야, 샘. 난 네 곁에 있을 거야. 지금 당장은 그게 제일 중요해." 그 후로 아빠는 횡설수설하기 시작했다. '이제 눈물 한 방울 흘리지 않고 우는 소리만 내겠군.'

샘은 아빠의 거짓 울음소리를 듣기 싫어서 휴대전화를 귀에서 멀찍이 떼어 놓았다. 계속 듣고 있다가는 소리를 지를 것 같았다.

"아빠, 제발 그만해." 샘이 떨리는 목소리로 말했다.

"아빠도 그럴 수 있다면 좋겠어. 너한테 이런 모습 보여서 미안해." 아빠가 울음을 삼키려고 애쓰는 소리를 들었다. 정말로 더는 참을 수가 없었다.

"알겠어."

"데리러 갈게." 아빠가 말했다.

"지금은 운전 못 할 것 같은데. 나중에 데리러 와도 돼."

"샘, 이해해 줘서 정말 고마워. 지금은 모든 게 너무 힘들어. 차차 나아질 거야."

'젠장, 어떻게 나아진다는 거야?' 샘은 이렇게 묻고 싶었다. 하지만 그냥 휴대전화에 대고 작별키스를 날리고는 전화를 끊었다.

그리고 나서 눈을 감았다. 항상 동정심을 얻으려는 아빠가 싫었다. 가끔 아빠가 가짜로 우는 척한다고 생각하는 자신도 싫었다. 엄마는 항상 아빠가 힘든 삶을 살았다고 했다. 가난한 집에서 태어나 언제나 부자가 되기를 바랐고, 할아버지가 일찍 돌아가셔서 할머니가 일해서 먹고살았다고. 샘은 그런 생활이 얼마나 끔찍한지 절대 이해할 수 없었다.

그런데 지금은 그녀도 일찍 엄마를 잃었다. 이제는 이해할 수 있게 됐다.

18

'나아질 거라고?' 방금 샘에게 그렇게 말했다고? 아이 엄마가 살해 됐는데?

피트는 변호사의 전화를 기다리고 있었다. 다들 매켄지 그린이 코네티컷에서 가장 뛰어난 피고 측 변호사라고 했지만 피트에게는 지독하게 짜증나는 사람이었다. 부재중 전화에 재깍 답하는 예의도 모르는 사람이었다. 니콜라가 변호사를 구하라고 종용하지만 않았어도, 리랜드 애퀼리가 이리저리 알아보다가 매켄지를 추천하지만 않았어도 피트는 기꺼이 지금 상황을 혼자서 해결했을 것이다.

피트가 싫어하는 게 하나 있다면 뭘 어떻게 하라고 지시 받는 일이었다. 매켄지는 예일대 출신의 고지식한 백발 노인장이라서 의뢰인들에게 자신의 규칙을 강요했다. 그중 하나는 무슨 일이 있어도 거짓말 탐지기 검사를 받지 않는 것이었다. 피트는 휴대전화를 노려보

앉다. 휴대전화가 울리지 않아 화가 치밀어 올랐다. 피트는 매켄지의 전화가 걸려 오기만 하면 자신의 규칙을 말해 줄 생각이었다. 그에게도 몇 가지 규칙이 있었다.

화가 난 베스와 화해하지도 못했는데 그녀가 죽어 버렸다. 베스가 화를 내고도 남을 상황이었다. 피트는 매켄지의 전화를 기다리는 동안 생각할 시간이 너무 많아서 후회가 계속 밀려들었다. 니콜라를 베스의 할머니 집에 들인 일부터 시작해 다르게 행동했더라면 좋았을 모든 일들이 떠올랐다. 정말 끔찍하고도 무례한 짓이었다. 엄마가 그 사실을 알았다면 훨씬 더 창피하게 여겼을 것이다. 적어도 베스는 시어머니에게 전화해 니콜라 문제를 이야기하면서도 자세한 상황까지는 말하지 않았다. 베스가 시어머니에게 곧장 달려간 이유는 피트가 무엇보다 엄마의 질책에 상처받는다는 걸 알기 때문이었다.

피트는 그런 대접을 받고도 남을 인간이었다. 베스에게 무슨 짓을 했는지 돌이켜보기도 무서웠다. 니콜라에게도. 니콜라는 처음에 클라우드랜즈에서 지내는 걸 좋아했지만 마음이 바뀌었다. 니콜라가 진짜로 타일러를 데리고 엄마 집으로 갔다는 사실을 믿을 수가 없었다. 뺨을 한 대 얻어맞은 것만 같았다. 자신은 전혀 중요하지 않은 사람이라는 느낌이 들었다. 니콜라가 돌아오기는 했지만 그렇게 쉽게 떠날 수 있었다는 사실에 혼란스러웠다. 그 일을 잊지 못할 것 같았다.

최근 니콜라는 다시 깨끗하게 처음으로 돌아가고 싶다는 이야기를 계속 했다. 유부남과 관계를 맺어서 임신을 하고 아이까지 낳았는데 이제는 경건한 가톨릭 신자였던 시절로 돌아가고 싶은 모양이었다. 니콜라는 하나님과 교단에 복종하며 사는 삶이 도덕적 모호성에 시달리는 삶보다 훨씬 쉬웠고, 그렇게 살면 착한 소녀가 된 것 같다고 느꼈다. 자신은 비록 신앙심을 잃은 가톨릭 신자였지만 니콜라가 처음부터 죄의식에 시달린다는 사실을 알아차렸다.

니콜라의 많은 부분을 이해할 수 있었다. 두 사람은 배경이 비슷했기 때문이었다. 니콜라가 갤러리에서 처음 일을 시작했을 때 불안해한다는 사실을 알았다. 니콜라는 아름답고 뛰어난 여성이었지만 부자 가문 사람들 사이에서 주눅이 들어 있었다. 피트는 자신도 그랬기 때문에 그 기분을 잘 알았다. 엄마는 뼈 빠지게 일해서 자신을 사립학교에 보냈다. 그런데 고급 종파인 감독파 학교 세인트 조지의 학생들은 그에게 그쪽 삶은 어떤지 물었다. 빈민가의 삶이 어떤지 묻는 것이었다. 그 아이들이 자신을 어떻게 대했는지 엄마가 알았더라면 분을 참지 못했을 것이었다.

피트는 연민의 빛을 보여 주면 니콜라가 감동할 거란 걸 알았다. 여자가 무엇을 원하는지, 무엇을 필요로 하는지 알아내는 천부적인 재능을 타고난 덕분이었다. 그 작전이 통했는지 니콜라는 갤러리에서 어떻게든 그에게 가까이 다가오려고 애썼다. 처음에 니콜라는 그냥 학구적이고 예쁘장한 여자였다. 그런데 나중에는 학구적이고 섹시한 여성으로 변모했다. 니콜라가 스타일을 바꾼 건 아니었다. 니콜라는 통이 좁은 바지에 하얀색 실크 블라우스의 깔끔한 유니폼을 입었고, 가끔 검은색 블레이저를 걸쳤다. 스타일이 아니라 태도가 달라졌던 것이다. 두 사람은 자연스럽게 서로에게 끌렸다.

베스는 절대 믿지 않겠지만 니콜라에게 넘어가기 전에 피트는 자신의 욕망을 억누르려고 무진 애를 썼다. 여자들의 유혹과 자신을 원하는 시선을 즐기기는 했다. 언제나 자신에게 반한 여자가 있는지 무척이나 알고 싶었다. 하지만 자신의 열정을 행동으로 옮기는 것은 다른 문제였다.

피트는 좋은 남편이었다. 물론 다른 여자를 만날 기회는 많았다.

이혼한 동네 여자들부터 여름에 별장을 찾아온 여자들, 그림을 감상하는 척하지만 실은 너무 외로워서 사랑할 상대를 찾는 여자들에 이르기까지 많은 여자들이 갤러리를 드나들었다.

그런 여자들은 가끔 그림을 살까 고민하는 척을 했다. 간혹 실제로 그림을 구매하기도 했다. 개막식 때 와인이 나오면 피트 가까이 붙어 서서 팔짱을 끼고는 갤러리를 누비며 이 해섬 그림의 의미는 뭔지, 저 모리슨 그림은 어떻게 그려진 건지 물어보았다.

니콜라와의 관계는 가장 낭만적이지 않은 장소에서 시작됐다. 지하수와 최근 내린 비 때문에 눅눅하고, 비극적인 우드워드 가족사의 그늘이 드리워진 갤러리 지하실에서였다. 그때 피트는 별로 알려지지 않은 블랙홀 화가 말콤 그랜트의 주옥 같은 그림을 넣을 액자를 만들고 있었다. 새벽녘에 얼어붙은 개울이 새벽빛에 반짝거리는 작은 유화였다.

작업대 앞에 선 피트는 나무토막 길이를 쟀다. 눈이 아플 정도로 밝은 천장의 전등 아래로 공중에 떠다니는 톱밥 가루들이 반짝거렸다. 그때 니콜라가 다가왔다. 피트는 마치 지금 눈앞에 펼쳐지는 것처럼 그때 그 상황을 선명하게 그릴 수 있었다. 눈을 찌르던 톱밥 가루도 느낄 수 있었다. 하지만 그때 니콜라가 했던 말은 기억나지 않았다. 갑작스레 두 사람의 입술이 맞닿았고, 니콜라의 두 팔이 그의 목을 휘감았다. 피트는 모든 액자 재료들을 쓸어내 버리고, 그 귀중한 그림도 옆으로 치워 버린 채 니콜라를 작업대 위로 안아 올렸다. 두 사람의 뺨이 서로 부딪혔다.

그로부터 6개월 후, 열정에 휩쓸려 지냈던 6개월 후, 두 사람은 다시 지하실에서 만났다.

"저……." 니콜라가 말을 꺼냈다.

"무슨 일 있어?"

"아이를 가졌어요. 사랑해요."

"나도 당신을 죽도록 사랑해." 피트는 이미 살짝 둥글게 부풀어 오르기 시작한 니콜라의 배에 손을 얹으며 말했다. 그 상황에서는 당황해야 하는 게 옳았다. 두 사람은 임신을 계획하지도 않았고, 베스가 그 사실을 알게 된다면 모두에게 지옥이 열릴 테니까. 하지만 피트는 그때처럼 순수하고 진실한 사랑을 느꼈던 적이 없었다.

"당신과 영원히 함께 있고 싶어요." 니콜라가 말했다.

니콜라의 그 말에 감정이 넘쳐 흘렀다. "나도 그래." 피트가 속삭였다.

"한 가지 문제가 있지만요. 당신이 다른 사람과 결혼했다는 거."

피트는 니콜라가 그렇게 말하는 게 싫었다. 냉담한 여자처럼 보였기 때문이다. 그녀는 원래 그런 여자가 아니다. 니콜라는 베스에게 마음을 썼고, 그런 탓에 두 사람은 매우 고통스러웠다. 두 사람 모두 베스가 마음에 걸렸지만 욕망이 너무 거세게 일어 양심을 집어삼켜 버렸다. 결혼이라는 제도는 편리하고 익숙한 것이 되기 쉽다. 피트와 베스는 자신들의 결혼을 그렇게 만들어 버렸다. 가능한 한 원만하게 그 결혼에서 몸을 빼야 했다. 그 후에도 베스와 샘은 소중히 돌봐 줄 것이다. 니콜라와 결혼하면 다시는 익숙하고 일상적인 결혼 생활로 빠져들지 않을 생각이었다. 똑같은 실수를 다시는 하지 않겠다고 다짐했다.

"게다가 우리한테는 선택의 여지가 없어요." 니콜라가 말했다. 피트가 손을 치웠지만 니콜라는 다시 그 손을 잡아 자신의 배에 올렸다. 아기의 존재를 잊지 말아야 한다는 것처럼. 피트는 니콜라를 만질 때마다 감정이 뭉클 끓어 오르는 것 같았다.

"나도 정말 간절히 원하고 있어." 피트가 말했다.

"그래요. 그렇게 말해 줘요."

"당신과 함께하는 삶을 원해."

"네, 저도요." 니콜라가 더없이 감미롭고 따뜻한 목소리로 말했다. "우리가 함께하면 아주 좋을 거예요. 당신을 행복하게 해 줄게요, 피트."

"난 이미 행복해."

"매일 당신 옆에서 깨어나고 싶어요. 한 가족처럼 살고 싶어요. 이런 요구를 하면 안 된다는 거 알지만 저도 어쩔 수가 없어요. 당신이 준비가 되면 말해 줘요. 알겠죠?"

피트는 대답 대신 니콜라와 사랑을 나누었다. 갤러리 지하실 작업대 위에서.

하지만 시간이 흐르면서 니콜라는 점점 더 미래를 걱정하며 불안해하는 것 같았다. 임신 사실을 처음 알았을 때는 니콜라도 그가 아내를 떠나기를 바라지 않았다. 베스와 샘이 그의 가족이라는 사실을 이해했고, 자신은 아기와 함께 괜찮을 거라고 생각했다. 니콜라는 독립적인 성인 여성이었다. 어떤 상황인지 뻔히 알면서도 그런 관계에 뛰어든 여자였다.

니콜라는 혼자 설 수 있는 놀랍고도 뛰어난 여자였다. 학술상 여러 개를 거머쥔 승자이자 벤저민 모리슨에 관해 널리 알려진 중요한 논문을 쓴 저자였다. 피트가 자랑스러워할 만한 사람이었다.

하지만 임신으로 모든 것이 달라졌다. 니콜라는 끊임없이 애정을 요구했고, 심지어는 잔소리도 하기 시작했다. '매일 당신 곁에서 깨어나고 싶어요.'라고 속삭였던 여자가 시도 때도 없이 '언제, 언제요?'라고 다그치며 울고 징징거렸다.

아기가 태어났을 무렵에는 자부심마저 다 빠져나가 버리고 없었다. 눈부시게 매력적이었던 여자가 임신 후 불어난 살을 절대 뺄 수 없는 여자가 되어 버렸다. 타일러의 토사물 냄새를 풍기는 여자, 큐레이션의 유행을 따라잡고 예술품 관리위원으로서의 경력 향상에 매진하기보다는 육아 잡지를 읽는 여자로 변해 버렸다.

니콜라의 유혹은 사랑스러웠지만 그 이후의 압박감은 그의 인생을 망쳐 놓고 있었다. 피트는 자신의 성공을 위해 뒷바라지해 주었던 엄마의 희생에 보답하고 싶었다. 사람들이, 특히 엄마가 자랑스럽게 생각하는 사람이 되고 싶었다. 그런 그에게 베스는 많은 것을 선사했다. 그가 추구했던 안정과 명성, 삶을 다 가진 사람이 베스였다. 두 사람은 훌륭한 딸을 낳았고, 예술계에서 널리 이름을 알렸고 존중을 받았다.

그런데 니콜라와 사랑에 빠지자마자 그의 눈에는 니콜라밖에 보이지 않았다. 니콜라를 만나기 전에는 사랑이 무엇인지 진정으로 이해하기 힘들었다. 사랑은 모든 것을 집어삼키는 감정이라기보다 야망, 책임감에 훨씬 더 가까운 것 같았다. 사랑스럽고 재주 많은 아내가 생각지도 못한 한 수를 내놓기 전까지만 해도 피트는 아내를 떠나려고 했다. 타일러가 태어난 직후, 아내가 청천벽력 같은 소식을 전했다.

자신도 아이를 가졌다고.

베스의 임신은 원투펀치 같은 소식이었다.

그런데 아이로니컬하게도 아내가 더 이상 자신을 원하지 않아 씁쓸했다. 아내는 임신을 했는데도 헤어지자고 했다. 그런 아내는 지금껏 본 적이 없었다. 죽기 전 몇 달간의 아내의 모습은 낯설기 그지없었다. 아내는 뻔뻔하다 싶을 정도로 자기 뜻대로 했다. 그에게 해가 되더라도 개의치 않았다. 시어머니에게 전화해서 모든 사실을 다 털어놓기까지 했다.

베스를 처음 만났을 때 피트는 베스의 연약한 일면을 알아차렸다. 그때 베스는 스물두 살밖에 안 된 나이에 대학교를 갓 졸업하고 가문의 갤러리를 운영하면서 엄마를 잃은 끔찍했던 악몽을 떨쳐 내려고 애쓰고 있었다. 그녀에게는 자신의 전부가 되어 줄 남자가 필요했다. 그녀의 고통을 치유해 주고, 그녀의 가족이 되어 주고, 아버지가 했던 짓을 보상해 줄 남자가. 베스에 대한 그의 직감, 여자들에 대한 직감은 아주 정확하게 들어맞았다.

그 점에 있어서는 자신의 엄마에게 감사해야 했다.

피트의 엄마는 성인군자였다. 그 외에는 달리 표현할 말이 없다. 자정이 넘어서까지 주방 불을 켜 놓고 포마이카 테이블에서 공부했던 엄마. 그는 그런 엄마의 삶을 훨씬 편하게 만들어 줄 방법을 찾아야 했다.

엄마는 새 컴퓨터를 살 여력이 없었다. 초등 8학년 때 피트는 방과 후에 시내 체육관 청소를 해서 엄마의 컴퓨터를 사는 데 보탰다. 형제자매들은 관심도 없었다. 엄마는 그의 그런 노력에 보답해 주었다. "우리 집 복덩이 오는구나." 한밤에 우유 한잔을 가지러 주방으로 들어가면 엄마는 항상 이렇게 반겨 주었다. 엄마가 학교 과제를 하면서 키보드를 두드리는 소리보다 더 기분 좋은 소리가 없었다.

이제 베스 덕분에 피트의 엄마도 니콜라와 타일러에 대해 알게 됐다. 본래 피트는 이혼은 물론이고 간통을 저지르는 사람도 경멸하는 독실한 가톨릭 신자인 엄마를 실망시키고 싶지 않았다. 그의 엄마는 아들의 성공을 위해 한창때를 바친 사람이었으니까.

총체적 난국이었다. 니콜라는 온 가족이 함께하는 미래를 원했다.

베스는 그를 지켜워했다. 그런 감정을 숨기지도 않았다. 피트도 그들의 삶이 순조롭게 흘러가는 척할 수가 없었다. 바깥 사람들이 보기에 그들은 우아한 갤러리를 운영하고, 큰 저택에서 눈부시게 사랑스러운 딸과 함께 사는 블랙홀의 완벽한 부부였다. 하지만 피트는 그들의 내밀한 부부 생활까지 그런 외적인 모습과 다를 바 없는 척할 수가 없었다.

그가 모든 것을 다 망쳐 버렸다. 이제는 돌아가서 바로잡을 수도 없었다. 너무 늦었다.

베스와의 마지막 순간이 계속 떠올랐다. 베스를 안아 주고 키스하며 얼마나 사랑하는지 모른다고 말했다. 당신 건강이 걱정돼서 항해를 떠나도 될지 모르겠다고도 했다. 휴식을 취하라고, 뜨거운 햇살을 피하라고, 정원 걱정은 하지 말라고 했다. 가능한 한 침대에 누워서 발을 높이 올려 두라고 당부했다. 이 모든 생각들이 계속 떠오르고 또 떠올라 마치 그 모든 일이 다시 일어나고 있는 것 같았다. 껴안고 키스하고, 사랑한다고 걱정된다고 속삭이고. 당신은 쉬어야 해. 베스, 발을 위로 올려놓고 침대에 누워서······.

"아, 베스." 아내의 이름을 큰소리로 불렀다. 아내가 아직 그 소리를 들을 수 있는 것처럼.

베스의 죽음으로 모든 일이 훨씬 더 쉬워져서 더 깊은 죄의식을 느꼈다. 니콜라에 대한 사랑이 식어 갔지만 적어도 요구가 많은 여자를 둘이나 챙겨야 하는 일은 없어졌다.

그런 여자는 한 명으로 충분했다.

가끔씩 엉뚱한 여자가 죽은 게 아닌가 하는 생각을 했다.

마침내 휴대전화가 울렸다. '매켄지, 매켄지, 월코트 변호사'라고 액정화면에 떴다.

"매켄지! 이제야 통화가 되네요." 피트가 더없이 쾌활한 목소리로 말했다.

"미안해요, 피트. 아침 내내 법정에 있었어요. 무슨 일이에요?"

"거짓말 탐지기 검사 일정을 언제로 잡아 줄 건지 궁금해서요."

침묵이 흘렀다. 잠시 후, 매켄지의 나지막한 목소리가 이어졌다. "그 문제는 이미 얘기했잖아요. 전 강력하게 반대합니다."

"알아요. 당신은 의뢰인이 거짓말 탐지기 검사를 받는 걸 싫어하죠. 하지만 그거 압니까? 다른 의뢰인들은 어떤지 몰라도 전 결백합니다. 전 가능한 한 빨리 그 사실을 증명해 보여서 코너와 다른 형사들이 진짜 살인범을 쫓기를 바랍니다."

"피트." 매켄지가 말을 꺼내기 시작했다.

"전 반드시 해야겠어요. 당신이 더 이상 절 변호하지 않겠다고 해도 괜찮습니다. 저 혼자 해결할 거니까요."

전화를 끊고 난 후, 피트는 거물급 백인특권계층 변호사에게 당당하게 맞섰다는 사실에 흡족했다. 매켄지는 결국 피트의 의견을 받아들여서 검사관 사무실에 갈 때 동행하겠다고 했다. 예상했던 대로였다. 피트 같은 의뢰인을 잃고 싶어 하는 변호사는 없을 테니까. '지금까지 치렀던 모든 시험처럼 거짓말 탐지기 검사도 완벽하게 통과할 거야. 난 멘사 회원이니까.' 매켄지도 이렇게 말할 수 있을지는 심히 의심스러웠다.

눈을 감자 아내와 보냈던 마지막 순간들이 다시 떠올랐다.

껴안고 키스하고, 사랑한다고 걱정된다고 속삭이고. 당신은 쉬어야 해, 베스, 발을 위로 올려놓고 침대에 누워서……

19

"학교 준비물 살 거 없니?" 케이트가 물었다.

샘은 소파에 누워서 문자 메시지를 보내고 있었다. 아침 햇살이 높다란 창문으로 쏟아져 들어와 빨간색 벽돌 벽에 반사되면서 샘의 얼굴을 붉게 물들였다. 샘은 고개를 들지 않았다. "휴대전화를 고치러 가야 해요." 샘이 말했다.

"이상 없어 보이는데. 항상 하고 있는 거 보면."

"떨어뜨려서 액정이 깨졌어요." 샘이 동작을 멈추고 핏방울 몇 개가 묻어 있는 엄지손가락을 보여 주었다.

"왜 깨진 액정을 두드리고 있어?" 케이트가 샘의 다리를 옆으로 밀치고 그 옆에 끼어 앉으면서 말했다.

"저도 몰라요."

"새 걸로 바꾸자."

샘은 고개를 가로저었다. "액정만 갈면 돼요. 휴대전화는 이거 쓸래요. 엄마가 사 준 거예요."

날이 따뜻했지만 샘은 이불로 몸을 둘둘 말고 있었다. 케이트는 샘의 눈을 들여다보지 않은 채 다리를 이불로 더욱 꼼꼼히 덮어 주었다. 샘의 심정은 이해하고도 남았다. 자신의 자동차 뒷좌석에도 7월의 어느 날에 동생이 두고 갔던 플라스틱 물병이 그대로 있었다. 그날 두 사람은 코네티컷 대학교의 수목원에 가서 숲 속을 거닐고 그늘에 앉아 쉬었다. 그때 동생이 마셨던 물병이었다. 텅 빈 물병이 운전석 아래에서 둔탁하게 계속 텅텅 소리를 냈지만 케이트는 그 물병을 던져 버릴 수 없었다.

"액정화면 좀 보여줘 봐." 케이트가 말하자 샘이 휴대전화를 건네줬다. 로즈골드 케이스에 감싸인 휴대전화였다. 동생이 예쁘다고, 샘이 좋아할 거라고 했던 휴대전화였다. 동생은 새 아이폰이 출시되는 첫날에 프로비던스 플레이스의 애플 스토어에 가서 구매했다. 기능이 향상된 망원렌즈 카메라가 내장된 휴대전화였다. 베스는 샘이 그 휴대전화로 사진 촬영을 시작했으면 하고 바랐다. 샘이 예술에 관심을 가질 수 있게 끊임없이 격려했던 베스였다. 베스는 샘이 사진술에서 수채화와 마른 수채화 그리기, 좀 더 학구적으로 다른 예술가들의 작품 연구에 이르기까지 어떤 형태로든 예술에 관심을 갖기를 바랐다.

"아까 물었던 거 말인데요. 전 학교 준비물 같은 거 필요 없어요." 샘이 말했다.

"애들이라면 다 필요한 거잖아."

샘이 다시 고개를 가로저었다. "새 거는 필요 없어요."

"한 개도?"

"엄마가 보지 못한 건 싫어요. 엄마가 만지지 못한 거요. 새 신발을 사면 엄마가 몰라 볼 거예요. 새 재킷도요. 새 옷이 마음에 드는지 아닌지 엄마가 말해 줄 수 없잖아요. 제가 새 옷을 처음 입을 때 단추를 채워 주지도 못하고요. 엄마는 여태까지도 그렇게 해 줬거든요. 참 웃기죠. 저도 이제 다 컸는데. 작년에 새로 산 겨울 코트를 입고 버스를 타러 나가기 전에 엄마가 단추를 모두 채워 줬어요."

"넌 아직 다 크지 않았어. 겨우 열여섯 살이야. 넌 항상 네 엄마의 아이였어. 지금도 그렇고. 네 엄마에게 넌 영원히 어린아이야."

"네, 알아요."

케이트는 가슴이 꽉 죄어 들었다. 적당한 행동, 적당한 말을 하고 싶었다. 케이트는 언제나 방관자 이모였다. 병원에서 갓 태어나 빨간 얼굴에 자그마했던 어린 조카를 베스와 피트 다음으로 안아 들었던 그 순간부터 사랑했다. 하지만 케이트는 조종사 생활을 했기 때문에 지상보다는 하늘이 더 집처럼 느껴졌다. 열여섯 살 이후로 인간관계와 책임을 회피했다. 그런데 지금 어떻게 조카가 필요로 하는 전부가 될 수 있겠는가?

"오늘 뭐할까? 휴대전화 고치는 거 말고." 케이트가 물었다.

"이제 그만 집에 가야 할 것 같아요." 샘이 천천히 말했다.

샘의 말에 케이트는 그만 그 자리에서 얼어붙어 버렸다. 입술을 단단히 다문 채 생각을 정리했다. 아빠가 지금 마틸다 할머니 집에 있다는 걸 알고 있을까? 케이트는 피트와 니콜라를 그곳에서 쫓아내려고 했다. 하지만 샘을 돌보고, 동생의 서랍에서 찾아낸 작은 열쇠가 어디에 맞는 것인지 알아내는 데 정신이 팔려 있었다.

"난 너랑 같이 있고 싶어. 내가 널 싫어하는 것 같니?" 케이트가 물었다.

"이모는 아주 잘해 줬어요." 샘이 한쪽 입꼬리를 올린 채 미소 지으며 말했다. "이모가 룰루 이모와 함께 여러 곳을 비행하고 싶었을 거라는 거 알아요."

"그럴 시간도 있을 거야. 지금은 너한테 신경 쓰고 싶어."

"이모는 마틸다 할머니처럼 레즈비언이죠? 룰루 이모를 좋아하는 게 분명해요. 왜 솔직하게 말하지 않아요?"

"그런 거 아냐." 케이트는 샘의 말에 그다지 놀라지 않았지만 진실을 말해 주기도 어려웠다.

"요즘 같은 세상에 자신을 솔직하게 드러내는 게 그렇게 힘들어요? 이모의 본래 모습대로 살아도 괜찮아요! 제가 이런 이야기를 해야겠어요? 이모도 할머니와 루스를 보고 자랐잖아요?"

"샘." 케이트는 그만하라는 투로 샘의 이름을 불렀다.

"알았어요." 샘이 다시 휴대전화를 움켜쥔 채 상처받은 듯 이맛살을 찌푸렸다. 액정이 깨졌는데도 샘은 액정화면에 온 신경을 쏟고는 엄지로 재빠르게 타이핑을 시작했다.

케이트가 속마음을 털어놓는다면 샘이 좋아할 게 분명했다. 성인 이모가 조카에게 어른 대 어른으로 그 누구한테도 하지 않았던 이야기를 한다면 말이다. 케이트는 조카가 '그래, 난 레즈비언이야.'라는 말을 듣고 싶어 한다고 확신했다. 자신이 아무것도 아니라는 사실을 알고 나면 샘이 놀랄지도 몰랐다. 케이트는 룰루에게 열렬하고 끝없는 사랑을 느꼈다. 베스와 샘, 스코티에게도 마찬가지였다. 하지만 지하실에 갇혔던 그날 이후로 낭만적인 사랑은 조금도 느끼지 못했다. 그날 지하실에 갇혀 있는 동안 마음과 몸의 일부가 닫혀 버렸다.

그전까지만 해도 엄마는 그녀에게 남자에 미쳤다고 했다. 케이트는 사랑을 하는 한 가지 방법밖에 몰랐다. 미친 듯이 사랑하는 것. 그 시작은 초등 1학년 때였다. 해마다 새로운 남자아이에게 반하고 매혹되어 사랑에 빠졌다. 1학년 때는 빌리, 2학년 때는 데니스, 3학년 때는 팔머, 8학년 때는 패트릭을 좋아했고, 고등학교 2학년 때는 마이클에게 빠져들었다.

아주 어렸을 때는 환상에 빠져서 남자아이들이 말만 걸어 와도 얼굴이 빨개졌다. 첫 키스를 빨리 하고 싶었다. 드디어 그 순간이 다가왔다. 패트릭 라일리와 함께 해변 극장에 갔던 열네 살 때였다. 무슨 영화가 상영되든 두 사람은 영화에는 관심이 없었다. 해변 저 끝까지 걸어가서 짙은 물 위로 돌멩이를 던져 물수제비를 떴다. 케이트는 아주 납작해서 물수제비뜨기에 완벽한 돌멩이를 찾아냈다. 케이트가 돌멩이를 건네주자 패트릭이 그녀를 바싹 끌어당겼다. 불같은 키스가 이어졌다. 발바닥이 모래 속으로 녹아 들어가는 것만 같았다.

패트릭과는 고등학교 2학년 때까지 사귀었는데 패트릭의 가족이 뉴햄프셔로 이사 가면서 그 관계가 끊어졌다. 그때 케이트는 한 달을 눈물로 보냈다. 그 후에 마이클이 빙상 요트 경기에 함께 참가하자고 했다. 빙상 요트 경기는 추운 겨울에 얼음을 깨고 달리는 요트 경주였다. 두 사람은 건식 잠수복을 단단히 챙겨 입고 눈이 올 때도 항해를 했다. 둘 다 매우 경쟁심이 강해서 속도를 높이려고 요트 난간을 아래로 기울여 항해하다가 가끔씩 전복되기도 했다.

그럴 때면 구명보트가 두 사람을 구하려고 출동했다. 케이트가 가장 좋아했던 순간은 요트클럽에서 마이클과 함께 불 앞에 앉아 몸을 데웠던 시간이다. 두 사람은 서로의 팔이 닿을 정도로 가까이 붙어 앉아서 핫초콜릿을 마시며 다음 주 일요일 경주에서 어떻게 경쟁자들을 물리칠지 의논했다. 한번은 마이클이 케이트의 손을 잡았다. 그 다음 주에는 케이트가 마이클 옆으로 가까이 붙어 앉아 그의 어깨에 머리를 기댔다. 그 뒤로 두 사람은 요트 경주보다는 키스를 하느라 정신이 팔려서 경기에서 지기 시작했다.

빙상 요트 경기 시즌이 끝나고, 봄 시즌이 다가왔다. 여름 무렵에는 스킨십도 즐기면서 항해 실력도 높이는 방법을 강구해야 했다. 그때 두 사람은 열여섯 살이었다. 케이트는 그 다음을 꿈꾸기 시작했다. 케이트와 마이클은 서로 사랑에 빠져 있었다. 두 사람은 함께 있을 때마다 좀 더 친밀해졌다. 함께 누워서 서로를 껴안았다. 케이트는 실오라기 하나 걸치지 않은 채로 마이클을 안으면 어떨지 상상했다. 그 생각이 점점 더 커져서 나중에는 다른 생각을 할 수 없는 지경이 되었다.

그런데 마침내 더 이상 상상할 필요가 없어졌다. 마이클의 부모님이 일하러 갔을 때 케이트는 그의 침대에서 순결을 잃었다. 그 순간 마이클의 온몸이 뜨거워 열병에 걸린 것만 같았다. 말 그대로 정신을 차릴 수가 없었다. 마이클의 손길이 가슴과 다리 사이에 닿고 마침내 그가 안으로 들어왔을 때 머리가 빙글빙글 돌면서 정신이 혼미해졌다. 케이트는 숨을 쉴 수가 없었고, 자신이 깨어 있는지 꿈을 꾸고 있는지 알 수 없었다. 사람의 몸이 그렇게 하나가 될 수도 있다니 상상도 못한 일이었다.

룰루는 질투심을 드러냈다. 룰루가 자신의 감정을 털어놓은 적은 없었지만 케이트는 눈치채고 있었다. 룰루는 항상 아주 가까이 붙어 앉아서 우연인 척하며 그녀의 손등에 자신의 손등을 대고 문질렀다. 마치 그녀가 자기 것인 것처럼, 아무도 모르는 그녀의 영혼을 자신은 들여다볼 수 있는 것처럼 케이트를 바라보았다.

사실 케이트는 실제로도 그렇다는 사실을 알고 있었고, 자신도 룰루와 똑같이 느꼈다. 그 감정이 너무나 강력해서 가끔씩 불편하기도 했다. 특히 그 때문에 꿈자리가 사나워질 때는 더더욱 그랬다. 그런 꿈을 꾸고 난 다음 날, 케이트는 마이클을 룰루에게 소개했다. 마이클과 함께했던 일들, 함께하고 싶은 일들을 룰루에게 이야기했다. 그 이야기를 듣는 내내 룰루는 미소를 짓지 않았다.

마이클과 케이트는 둘 다 처음이었다. 두 사람은 틈만 나면 침대로 올라갔다. 마이클은 콘돔을 사용했고, 그 후에 케이트는 의사를 찾아가 피임약을 처방받았다. 하지만 피임 효과를 보려면 다음 생리 시작일 때까지 기다렸다가 피임약을 먹어야 했다. 케이트는 아무것도 없이, 그 얇은 보호막도 없이 마이클과 하나가 되는 그날을 손꼽아 기다렸다.

달력을 주시하면서 그날을 준비하고 있었는데 지하실 사건이 터졌다.

그 사건 이후로 처녀막이 다시 생겨나 세상과의 모든 문을 차단해 버리는 것 같았다. 마이클과 하나가 되는 느낌이 어땠는지 기억도 나지 않았다. 그와 사랑을 나누기는 했는지 의심스러워지기 시작했다. 마이클을 그리워하고, 자신의 피부에 닿았던 그의 손길을 그리워하기보다는 아예 그런 일이 없었다는 듯 행동하는 게 훨씬 더 쉬웠다. 그 사건 이후로 케이트의 몸과 마음이 죽어 버려 결코 살아나지 못했다. 더 이상 갈망도, 바람도 느끼지 못했다. 간절하게 바라는 게 아무것도 없었다.

마이클은 계속 사랑한다고 말하며 그녀를 안고 키스하려 했다. 자신이 뭘 잘못했는지 말해 달라고 빌었다. 빙상 요트 경기 시즌이 돌아오려면 아직 몇 달이나 더 남은 8월이었지만 케이트는 단단하게 얼어붙어 있었다. 그의 잘못이 아니라고, 자신이 그 일을 겪은 후로 달라졌다고 마이클에게 말하지 않았다. 대신 더 이상 마이클과 이야기를 하지 않았다. 마이클이 마틸다의 집으로 전화를 걸어 왔을 때도 받지 않았다.

케이트는 9월에 학교로 돌아가지 않았다. 틈만 나면 하루 종일 잠을 잤다. 결국에는 마틸다가 케이트를 침대에서 끌어내 보스턴 남쪽 매사추세츠에 있는 병원으로 데려갔다. 그곳에는 우울증에 시달리는 여자아이들과 정신과 의사들, 심리학자들, 미술 치료사들, 음악 치료사들, 약을 나눠 주는 정신과 간호사들이 있었다. 간호사들은 여자아이들을 낙엽이 떨어지는 10월의 자작나무와 사탕단풍 숲속 오솔길로 데리고 나갔다. 하지만 케이트는 그 어떤 치료를 받아도 생기를 되찾지 못했다.

케이트가 어느 정도 나아져서 블랙홀 고등학교로 돌아갔을 무렵, 마이클은 다른 사람을 만나고 있었다. 한번은 마이클이 이야기를 나누려고 다가왔지만 케이트는 그를 못 본 척했다. 상처 받은 마이클의 얼굴을 보면 그에게 상처를 준 자신이 싫어졌기 때문이었다. 남자들이 데이트 신청을 하면 뉴햄프셔에 남자친구가 있다고 말했다. 그해 내내 룰루와 스코티가 그녀와 베스를 보듬고, 보살펴 주었다.

베스는 살아남아서 차차 나아지기 시작했다.

케이트는 정작 죽어 버렸지만 그 사실이 드러나지 않게 꽁꽁 숨겼다.

이모가 무엇을 느끼는지, 아니 무엇을 느끼지 못하는지 안다면 조카가 움츠러들지 호기심을 보일지 궁금했다. 케이트는 자신이 하크니스-우드워드의 열정적인 여자들과는 다른 돌연변이라는 사실을 잘 알고 있었다.

"진짜 집에 가고 싶어요." 샘이 훨씬 더 빠르게 액정화면을 두드리면서 말했다.

"그래."

"오늘이요. 아빠와 같이 지내야겠어요. 그리고 엄마와요. 엄마가 어딘가에 있다면 집에 있을 거예요. 엄마가 거기 있는 거 알아요. 엄마를 보지 못해도 상관없어요. 엄마는 우리 집에 있을 거예요. 엄마가 시트를 깔아 준 제 방 침대에서 자고 싶어요. 매튜의 방에 들어가서 제가 만든 모빌도 달아 주고요."

"그래, 알겠어."

케이트는 일어서서 팝콘의 목줄을 잡고 거리로 나갔다. 피트한테 전화해서 집으로 돌아가라고 해야 했다. 마틸다의 집에서 보내는 것도 이제 끝이라고 말해야 했다. 피트와 니콜라를 쫓아낼 계획이었다. 피트는 니콜라가 샘 곁에 얼씬도 하지 못하게 해야 할 거다. 반드시 그러는 게 좋을 것이다.

온갖 감정이 온몸을 짓눌러 마음이 무거워졌다. 하지만 샘이 떠나고 나면 적어도 베스의 그림을 조사할 시간이 좀 더 날 거라고, 그 열쇠에 맞는 자물쇠를 찾을 수 있을 거라고 스스로를 위로했다.

20

 룰루 그랜빌이 아시아에서 돌아왔다. 룰루는 사실 이 세상에서 가장 사랑하는 사람들과 멀리 떨어져 있고 싶어서 도쿄에서 출발하는 일련의 여행에 자신을 보내 달라고 요청했다. 그런 차에 이런 일이 일어나 죄책감이 말도 아니었다. 자신이 무엇을 놓쳤는지 생각하자 날카로운 칼날에 베이는 것처럼 고통스러웠다. 베스의 장례식을 놓치다니.
 케이트 곁을 지키는 일이 무엇보다 중요했는데 너무 이기적이었다. 스스로 마음을 가다듬을 시간이 필요했다. 케이트가 꿰뚫어보지 못할 정도로 두꺼운 껍질을 두를 시간이 필요했다. 룰루는 그런 결정을 내렸던 자신이 지독하게 미웠다. 케이트를 만나서 베스 이야기를, 베스의 죽음뿐만 아니라 베스한테 들었던 비밀에 대해 이야기해야 했지만 도무지 그 상황을 감당할 수가 없었다.

수년 동안 룰루는 다른 조종사들과 같은 방을 나눠 쓰며 떠돌이 생활을 했다. 돌아다니면서 세상 구경하기를 좋아했다. 미혼이었기 때문에 원할 때마다 거주지를 바꾸는 사치를 누리며 살았다. 수차례 뉴욕과 보스턴, 로스앤젤레스, 애틀랜타에서 비행기를 타고 떠났다. 5년 전, 그리니치 빌리지에서 보냈던 마지막 동거 생활은 악몽이 따로 없었다. 그래서 애틀랜타로 가서 그랜트 공원의 아늑한 빅토리아풍 단층집을 구입했다. 하지만 룰루에게는 언제나 코네티컷 해안가가 진정한 집이었다. 그래서 자랐던 곳과 가까운 블랙홀 메인 가의 게스트하우스를 빌렸다. 케이트 가까이 있고 싶어서였다. 베스와 스코티와도 가까이 살고 싶었다.

그런데 케이트가 자신을 가장 필요로 할 때 멀리 떨어져 있었다. 이제는 그 모든 일을 충분히 감당할 수 있을 것 같아 코네티컷으로 돌아왔다.

아침에는 머리를 식히려고 허버즈 포인트 해변에서 수영을 했다. 길고 힘차게 양팔을 쭉쭉 뻗어 물살을 가르면서 고무보트까지 헤엄쳐 갔다가 커다란 바위를 돌았다. 등 뒤로 긴 머리카락을 물살에 맡긴 채 헤엄치는 매끈한 빨간색 원피스 수영복 차림이 제트기처럼 유선형으로 느껴졌다. 밧줄이 쳐진 수영 지역을 벗어나서 방파제 저 먼 쪽을 따라 리틀 비치를 향해 헤엄쳤다. 카약을 탄 연인이 인사하며 스쳐 지나갔다. 그레디-화이트 보트에 탄 한 얼간이가 배에 부딪힐 수 있다며 조심하라고 소리쳤다.

케이트와 함께 있었다면 같이 웃었을 것이다. 룰루와 케이트는 안전선 안에 머무는 삶을 산 적이 결코 없었다. 네 친구 중 그 두 사람은 두려움을 모르는 부류였다. 고등학교 시절, 룰루와 케이트, 베스, 스코티 4인조는 자칭 '장미 나침반 자매'였다. 각 멤버가 나침반의 각기 다른 방향을 대표했지만 길을 찾아 나아가려면 서로가 필요하니까 평생 함께하자고 맹세했다.

룰루는 《이 밤과 서쪽으로》의 저자이자 위대한 비행사 베릴 마크햄을 동경했기 때문에 서쪽 장미였다. 스코티는 작은 동네의 안락하고 관습적인 삶을 사랑하는 동부 연안 사람이라서 동쪽 장미였다. 베스는 사우스캐롤라이나에서 불어오는 바닷바람처럼 따뜻한 품성의 소유자라서 남쪽 장미였다. 케이트는 당연히 북쪽 장미였다. 때때로 쌀쌀맞고 냉담하지만 북극의 툰드라를 밝히는 타는 듯한 북극광 오로라처럼 그 누구보다 밝게 빛났다.

케이트는 엄마가 죽은 후로 더 이상 마이클을 만나지 않았다. 자신을 보호하려고 단단한 껍질을 둘러쓰고는 룰루와 베스, 스코티를 제외한 모든 사람을 멀리했다. 고등학교 친구들은 케이트가 차갑다고 했지만 룰루는 그녀가 얼마나 따뜻한 사람인지 잘 알고 있었다. 그랬던 케이트가 그 악몽 이후로 엄마의 고통을 생각하며 마음을 닫아 버렸다. 케이트는 그날 잃어버린 자신의 일부를 결코 되찾지 못했다. 신체적, 감정적 쾌락을 철저히 차단시켜 버렸다.

룰루의 심장이 세차게 뛰었다. 소금물로 눈이 따끔거렸고, 코네티컷에 도착한 이후로 계속 쌓여만 갔던 근육의 긴장이 풀어졌다. 케이트를 만날 생각을 하면 흥분되면서도 불안해서 견딜 수가 없었다. 정확히 말해 장미 나침반 자매는 더 이상 건재하지 않았다. 네 사람 모두 여전히 친구로 지냈지만 세월이 흐르면서 친밀감이 점차 사라졌다. 케이트와 베스도 마찬가지였다. 반면 룰루와 케이트는 나머지 두 사람보다 더 가까워졌다.

룰루는 바위투성이 바다 위로 헤엄쳐 리틀 비치로 올라가다가 따개비에 허벅지를 긁혔다. 짙은 금발을 흔들며 소금물을 털어 내다가 화강암 바위를 뒤덮은 낙서를 발견했다. 그곳은 자연의 성지였다. 룰루와 나머지 장미 나침반 자매들은 어렸을 때 그곳의 아름다움을 사랑했다. 그래서 해변의 쓰레기를 치웠고, 스프레이 페인트로 바위를 훼손시키는 짓은 생각해 본 적도 없다. 그런데 그런 곳에 검정과 빨강의 과녁판, 밝은 파란색과 노란색 꽃 그림, 제트스키 그림을 그려 놓다니. 어떤 얼간이는 '허버즈 포인트는 최고야!'라고 페인트로 글씨를 써 놓기까지 했다. 그 광경에 속이 확 뒤집혔다.

룰루는 허버즈 포인트로 돌아가는 구불구불한 길을 따라 참나무와 검은 호두나무 향이 나는 숲속을 걸으며 허벅지에 흐르는 피를 닦아 냈다. 낙서 때문에 다시는 그곳에 가기 싫어졌다. 허버즈 포인트 사람들이 수십 년 동안 리틀 비치를 드나들었음에도 리틀 비치는 자연 보호 구역이었다. 그런 곳이 훼손되었다. 울타리로 그 길을 막아 버리고 싶었다.

뜨거운 8월의 한낮이었다. 모래사장은 7월만큼은 아니지만 여전히 나지막한 의자들과 줄무늬 파라솔들, 해변 담요들로 뒤덮여 있었다. 스코티가 만조선 아래에 앉아 있었다. 의자를 파도 가까이 놓아서 작은 파도가 스코티의 발가락을 핥고 지나갔다. 스코티가 룰루를 향해 손을 흔들었다. 룰루는 한참 동안 스코티를 안아 주고는 그 옆의 젖은 모래 위에 앉았다.

"정말 끔찍해." 스코티가 말했다.

룰루는 여전히 낙서가 마음에 걸렸지만 현실이 밀려들었다.

"베스······." 룰루가 말했다.

"믿을 수가 없어. 상상도 할 수 없는 일이야. 그 소식을 들었을 때 닉은 피트랑 요트를 타고 있었어. 나도 닉이 전화해 줘서 알았어! 그제야 알았다고. 나도 죽을 것만 같더라. 아직도 충격에서 벗어날 수가 없어. 우리 다 그렇지."

"케이트는 어때?"

"아직 안 만나 봤어?"

"오늘 만날 거야." 이렇게 입 밖으로 내뱉자 심장박동이 빨라지기 시작했다. 룰루는 일어나면서 모래를 털어 내다가 긁힌 허벅지에서 흐르던 피가 거의 멈춘 걸 발견했다. 상처는 깊지 않았지만 쓰라렸다.

"그래, 잘 생각했어, 룰루. 케이트는 강한 아이지만 그래도 네가 필요할 거야."

"그래. 이제 만나러 가야지."

"너희랑 같이 있고 싶지만 뉴런던에 자원봉사를 하러 가야 해. 베스한테 끌려 가서 일주일에 한 번 수프 키친에서 봉사를 하기 시작했는데 오늘이 내가 가는 날이거든. 베스를 위해 했던 일인데 앞으로는 어쩔지 모르겠어. 일단 지금은 계속 할 거야."

"제드도 아직 거기 나와?" 룰루가 물었다.

"베스가 죽고 나서는 못 봤어."

"제드와 이야기 나눈 사람이 아무도 없다고?"

"음, 나는 안 했어." 스코티가 놀랄 정도로 날카로운 목소리로 말했다.

룰루는 스코티에게 무슨 신경 쓰이는 일이라도 있는지 물어보려고 했다. 하지만 그때 스코티가 숨을 헉하고 들이마시며 외쳤다. "맙소사, 저럴 수가! 믿을 수가 없어. 돌아보지 마!"

룰루는 즉시 고개를 돌렸다. 그러자 방파제에서 만조선 쪽으로 뜨거운 모래사장을 걸어 내려오는 피트가 보였다. 니콜라가 옅은 파란색 햇빛 차단용 모자를 쓰고 아기를 안은 채 그 옆에서 걷고 있었다.

"철면피 같은 인간! 어떻게 보란듯이 저 여자와 같이 돌아다닐 수가 있지?" 스코티가 말했다.

"새로울 것도 없는 일이잖아. 언제 그렇게 또 조심했다고."

"그래, 알아. 아무리 그래도 어느 정도 예의를 차려야지. 아내가 살해된 지 얼마나 됐다고."

"이제는 숨길 이유도 없는 거겠지." 룰루가 이렇게 말하며 피트를 바라봤다. 햇볕에 바랜 머리카락에 구릿빛으로 선탠한 피트는 소금물에 색이 옅어진 히비스커스 무늬의 보드 반바지 차림이었다. 피트는 잔뜩 집중해서 인상을 찌푸린 채 알루미늄 파라솔을 모래사장 위에 세우고, 의자를 놓고, 담요를 펼쳐 깔았다. 그 담요를 알아본 룰루는 속이 뒤틀리는 것 같았다. 엘엘빈에서 구매한 허드슨 베이 담요였다. 룰루는 피트가 그 담요를 어디서 찾았는지 알았다.

고등학교 시절에 케이트와 함께 마틸다 할머니의 이불장에서 꺼내 캠핑을 하고 해변에 갈 때 사용하던 것이었다. 한쪽 끝에 검정과 노랑, 빨강, 초록 줄무늬가 있는 하얀색 담요였는데 흰색 바탕은 오랜 세월 야외에서 사용한 터라 누렇게 바래 있었다.

"저 사람들 아직 클라우드랜즈에 있는 거야?" 룰루가 물었다.

"응. 아직 샘이 집에 돌아가기 싫어하거든. 그게 좋은 핑곗거리지."

피트가 아기를 안고 있는 동안 니콜라가 담요 위에 자리를 잡고 앉았다. 그러고는 미소 지으면서 아들을 건네받으려고 손을 뻗었다. 피트는 무표정한 얼굴이었다. 아니 찡그린 표정으로 이마에 주름을 잡고 입술을 꽉 다물고 있는 건가? 니콜라가 고개를 숙여 왼쪽 가슴을 드러내고 아기에게 젖을 먹이기 시작했을 때 피트가 니콜라의 어깨 위로 타월을 덮어 주었다.

"세상에." 스코티가 시선을 돌리며 말했다.

"왜 그래? 진짜 너 무슨 일 있는 거야?"

"그런 거 아냐. 그냥 베스와 매튜가 생각나서 그래."

룰루는 두 눈을 질끈 감았다. 베스의 모습이 눈앞에 아른거리고, 베스의 부드러운 목소리가 들렸다. '비밀 지켜 줄 수 있어?' 눈을 뜨고 손을 내려다보자 작은 상처가 보였다. 그러자 마지막으로 베스를 봤던 순간이 기억났다. 오한이 전신을 쓸고 지나갔다.

"넌 왜 그래?" 스코티가 물었다.

"그냥 너무 슬퍼서." 룰루가 스코티를 안아 주며 말했다. "케이트를 만나러 가야겠다."

"저 둘이 있는 곳에 날 혼자 내버려 두고 가지 마."

"그냥 다른 데 봐." 룰루가 이렇게 말하고는 스코티의 의자 뒤에 서서 의자를 잡아 홱 돌려 놓아 버렸다. 의자 다리의 알루미늄 가로대가 모래를 파고들어 갔다. 이제 의자는 피트와 그의 새 가족을 등지고 있었다.

"고마워." 스코티가 이렇게 말했지만 다시 의자를 원래대로 돌려 놓았다. "피트 좀 봐. 새 가족을 과시하고 있잖아. 다들 피트가 저 여자와 함께 살려고 베스를 죽였다고 말해. 그런 생각은 정말 하기도 싫어."

룰루는 대꾸하지 않았다. 모두 너무 우울한 일뿐이었다. 모래가 깔린 주차장에서 초록색 레인지로버에 올라탄 룰루는 축축한 수영복 위로 하얀색 면 원피스를 걸치고 허버즈 포인트를 벗어났다. 해변에 함께 있었던 피트와 니콜라의 모습이 떠올랐다. 피트는 혐오스러운 인간이었다. 그건 의심할 여지가 없는 사실이었다.

하지만 베스도 성인은 아니었다.

21

 케이트는 클라우드랜즈에서 룰루를 만나기로 했다. 120에이커에 달하는 마틸다의 토지는 코네티컷 리버 밸리 아래쪽의 언덕 두 개에 걸쳐져 있었다. 그곳에서는 에식스와 강어귀는 물론이고, 세이브룩 포인트의 등대 두 개에서 롱아일랜드 사운드를 가로질러 오리엔트 포인트까지 한눈에 다 보였다. 늦은 밤의 등대 불빛이 안개를 황금빛으로 물들였고, 강물은 그 빛을 받아 푸른 신기루처럼 반짝였다.
 마틸다는 장식용 조형물들을 좋아했다. 돌로 만든 작은 비밀 공간 같은 조형물들이 마틸다의 사유지 곳곳에 자리하고 있었다. 그중 케이트가 가장 좋아하는 은신처는 코네티컷 강 위쪽의 질레트 캐슬에 경의를 표하려고 만든 총안이 있는 작은 돌탑이었다. 그곳에 앉은 케이트는 룰루에게 보여 주려고 가져온 묵직한 마닐라 종이 봉투를 열고 베스의 책상 서랍에서 발견했던 작은 열쇠를 꺼냈다. 생각나는 곳에는 다 끼워 넣어 봤지만 열쇠가 흔치 않게 작아서 맞는 곳이 없었다. 그때 탑 안쪽으로 비바람에 닳은 문이 보였다. 허리 높이밖에 안 되는 문이었다. 어렸을 때 그 안을 들여다보았던 기억이 났다. 마틸다가 정원 도구들을 넣어 두었던 곳이었다. 케이트는 베스의 열쇠를 거기 끼워 넣어 봤지만 운이 따라 주지 않았다.

고개를 들자 넓은 잔디밭을 가로질러 오는 룰루가 보였다. 그녀를 발견하고는 손을 흔들며 달려오는 하얀색 원피스 차림의 룰루는 아무 걱정 없던 예전의 열여섯 살 소녀 같았다.

"드디어 만났네." 룰루가 계단을 올라왔을 때 케이트가 말했다.

"미안해." 룰루가 좁은 벤치에 앉아 있는 케이트 옆으로 비집고 들어가 두 팔로 케이트를 감싸 안고는 이마와 양 뺨에 키스했다. "너무 늦어서 변명도 못하겠어."

"그래, 변명의 여지가 없어. 도쿄에 있었어?"

"베이징에도 갔고……."

"베스의 장례식에 맞춰 돌아올 순 없었던 거야?"

"케이트, 나도 나 자신이 미워. 하지만 도저히 참석할 수가 없었어. 너무 두려웠거든."

"뭐가?"

"너?"

케이트는 깜짝 놀랐다. "무슨 말이야?"

"그냥 널 마주 볼 자신이 없었어. 베스를 잃은 널 어떻게 봐야 할지 모르겠더라. 도저히 네 얼굴을 볼 수가 없었어, 케이트. 너무 두려웠어…… 이 순간이."

"하지만 난 네가 필요했어." 케이트가 말했다. 어찌 된 일인지 케이트는 룰루와 함께 있을 때가 아니면 거의 울지 않았다. 타는 듯한 눈물이 터져 나올 것 같아 수차례 눈을 깜박였지만 결국 눈물이 온 얼굴을 적시며 쏟아져 내렸다.

"아, 우리 남쪽 장미가 떠나 버렸어."

"룰루, 내가 직접 봤어. 베스를 처음 발견한 사람이 나야. 베스는 완전히 망가져 있었어. 머리가 깨졌다고. 목은……."

"아, 케이트." 룰루가 케이트를 더욱 세게 끌어안았다.

"내 어린 동생이 그렇게 되다니. 아름다운 두 눈은 너무 흐려져서 아무것도 보지 못하고 있었어. 베스가 마지막으로 본 사람은 살인범이었겠지."

"이래서 널 만나기 두려웠던 거야." 룰루가 케이트의 머리카락을 쓰다듬으며 속삭였다. "네가 겪은 일을 마주할 용기가 나지 않았어. 왜 네가 베스를 찾아낸 거야? 하고 많은 사람들 중 왜 하필 너였을까? 베스의 그 모습은 마음에 담아 두지 마. 살아서 행복했던 베스의 모습만 기억했으면 좋겠어……."

"아니, 내가 동생을 처음 발견해서 기뻤어. 그건 마치…… 그 애의 마지막을 챙겨 주는 것 같았어. 내가 동생 곁에 있었다고. 외면하지 않고. 난 그 애를 마주 봐야 했어, 룰루. 그러지 못했다면 지금보다 백 배는 더 안 좋았을 거야. 마지막에 베스는 너무 외로웠어. 거기 그 차가운 방에 계속 혼자 누워 있었는데 아무도 몰랐던 거야. 그 애를 발견한 사람은 나였어야 했어."

"나도 거기 있었어야 했는데."

케이트는 룰루에게서 몸을 뗀 뒤 눈물을 닦고는 고개를 끄덕였다. "그래, 네가 있었어야 했지. 네 말을 머리로는 이해했지만 가슴으로는 아직도 왜 네가 오지 못했는지 모르겠어, 전혀." 케이트가 룰루의 대답을 기다렸지만 룰루는 고개를 흔들며 자기 발만 내려다보았다.

케이트의 시선이 가는 핏자국이 교차된 룰루의 다리로 향했다.

"어쩌다 그런 거야?" 케이트가 물었다.

"리틀 비치에서 사고가 있었어. 따개비에 긁혔거든." 룰루는 잠시 말을 멈췄다. "최근에 거기 가 봤어?"

"아니."

"애들이 스프레이 페인트로 바위에 낙서를 해 놨더라고." 룰루의 뜬금없는 말이 두 사람 사이의 허공에 어색하게 걸려 있었다.

케이트는 눈을 질끈 감았다. 마지막으로 그곳에 갔을 때는 베스와 함께였다. 두 사람은 이번 6월 해질녘에 월장석을 찾으려고 물가를 따라 리틀 비치로 걸어갔다. 늦은 오후의 황금빛을 받은 자갈이 젖은 모래 위에서 오팔 색으로 반짝거렸다. 마치 하늘에서 떨어진 작은 달들이 길을 밝히는 것 같았다.

"괜찮아?" 룰루가 회상에 젖은 케이트를 현실로 불러냈다.

"피트와 니콜라를 오늘 쫓아낼 거야. 열쇠공을 불렀어."

"피트가 거기 있는 걸 알면 마틸다 할머니가 뭐라고 할지 상상돼? 베스와 샘한테 이런 일을 겪게 해 놓고."

"졸도하셨을 걸. 두 사람이 거기 사는 걸 알았을 때 베스가 바로 쫓아냈어야 했는데."

룰루는 생각에 잠긴 것처럼 시선을 돌렸다. "다른 일로 바빴는지도 몰라."

당연히 베스가 마음 써야 할 일은 한두 가지가 아니었다. 하지만 케이트는 룰루의 말투에서 왠지 모를 불안감을 느꼈다. "그게 무슨 뜻이야?" 케이트가 물었다.

룰루는 대답하지 않았다.

"내 생각에 베스는 자신이 강해졌다고 느낀 것 같아. 힘이 생겼다고 말이야. 언제든지 마음만 먹으면 그들을 쫓아낼 수 있다는 걸 알았을 거야." 케이트가 말했다.

"베스한테 일이 많았지." 룰루가 말했다.

"그래, 임신에 갤러리도 운영해야 했지······."

"기타 등등 말이야."

케이트가 룰루를 날카롭게 흘깃 쳐다보았다. "기타 등등? 나한테 따로 하고 싶은 이야기가 있는 거야?"

"아냐. 그냥 좀 혼란스러워서 그래. 이제 갤러리는 누가 운영해?"

"내가 해야겠지."

"네 일은 어쩌고? 넌 조종사잖아."

"나도 알아. 둘 다 할 수 있을지도 몰라."

룰루가 의심스러운 눈초리로 케이트를 쳐다봤다. "둘 다 시간을 많이 잡아먹는 일이야. 아냐?"

"그 생각은 나중에 할래."

"갤러리를 운영할 사람을 고용할 수도 있지. 갤러리를 팔지 않을 거면. 그래도 갤러리는 네 가족 소유로 돼야 할 거야. 난 아직도 갤러리가 마틸다 할머니 거라고 생각해."

룰루가 마틸다 할머니를 얼마나 끔찍하게 생각하는지에 대해 듣고 있자 케이트는 마음이 따뜻해졌다. 두 사람은 모두 마틸다 할머니의 영향을 받아 조종사가 되었다. 룰루는 케이트와 마틸다와 수차례 비행을 함께했다. 룰루의 말대로 갤러리는 언제나 마틸다의 것이었고, 앞으로도 영원히 그럴 것이다. 갤러리는 마틸다의 스타일과 개성이 묻어 있는 곳이자 블랙홀 예술 공동체의 고향이었다.

"베스가 해섬의 1차 세계 대전 깃발 그림 전시회를 계획하고 있었어. 마틸다 할머니를 기리려고. 할머니가 그 깃발 시리즈를 진짜 좋아하셨거든."

"할머니는 진짜 베테랑에 애국자셨지."

"항상 해섬이 유럽에 가서 전쟁을 기록하고 싶어 했다고 말씀하셨어. 할머니는 블랙홀 화가가 자신의 전쟁을 기록해 주기를 바랐던 것 같아."

마틸다의 전쟁. 마틸다가 비행을 배웠을 때 발발했던 2차 세계 대전. 케이트는 룰루와 함께 열쇠공을 만나러 잔디밭을 가로질러 가면서 하크니스-우드워드 가문의 여자들이 용감한 마틸다 할머니의 영향을 얼마나 많이 받았는지 생각했다. 마틸다는 총알과 폭탄뿐만 아니라 권력을 쥔 남자들의 멸시도 견뎌 냈다. 할머니도 두려웠던 적이 분명히 있었겠지만 케이트한테는 그런 내색을 하지 않았다. 아마 루스한테는 속마음을 털어놓았을 것이다. 케이트는 아무리 강인한 여성이라도 두려움을 느낄 수 있겠다 싶었다. 그러자 베스의 마지막 순간이 어땠을까 하는 생각이 머릿속을 가득 채웠다.

"분명 두려웠을 거야." 케이트가 말했다.

"마틸다 할머니?"

케이트가 고개를 가로저었다. "베스 말이야. 마지막에 살인범이 자기 목을 조를 때, 자신이 곧 죽겠구나 싶었을 때 말이야. 아이도 잃을 거라는 걸 알았겠지. 그 마지막 순간이 닥칠 때까지……." 케이트는 말을 끝낼 수가 없었다. "그때 베스 심정이 어땠을지 생각해 봤니?"

"그럼." 룰루가 허공을 응시하면서 말했다. "계속 생각했지." 뭔가 하고 싶은 말을 참으려는 것처럼 룰루의 입과 턱이 단단하게 굳어졌다.

"왜, 할 말 있어?"

"저기 봐. 열쇠공 온다." 룰루가 말했다.

두 사람이 적갈색 밴으로 다가가자 하얀 자갈을 밟는 소리가 자그락거렸고 조개 깨지는 소리가 들렸다. 금색 자물쇠와 열쇠 그림이 그려진 밴이었다. 홀쭉하고 젊은 열쇠공이 긴 검은머리를 뒤로 묶어 올린 채 빨간색 반다나 스카프를 하고 내렸다. 케이트가 열쇠를 바꾸고 싶은 문으로 열쇠공을 안내했다. 대저택의 1층에만 다 합쳐서 문이 일곱 개였다. 열쇠공이 작업을 끝내고는 비용을 현금으로 달라고 했다. 케이트는 이미 현금인출기에서 현금을 찾아 두었다.

케이트와 룰루는 주방으로 들어가 커다란 검은색 쓰레기 봉투를 집어 들었다. 그러고는 방방마다 돌아다니며 피트와 니콜라의 물건들을 챙겨 넣었다. 타일러의 장난감들과 옷가지는 도저히 건드릴 수 없어 바라보기만 했다.

두 사람은 쓰레기 봉투들을 진입로 옆에 쌓아 두었다. 케이트는 얼 그레이를 끓였다. 마틸다 할머니의 집을 되찾은 의미에서 어렸을 때 좋아했던 리모주 컵에 차를 따랐다. 나비와 작은 장미꽃, 물망초, 무당벌레가 섬세하게 그려진 반투명한 하얀색 자기 컵이었다. 케이트는 커다란 마닐라 봉투를 한쪽 팔 아래에 끼워 넣은 채 쟁반을 들고 옆문으로 나갔다.

두 사람은 저택 옆쪽에 가장 옅은 하늘색으로 천장을 칠한 포치에 앉았다. 장미 나침반 자매는 이 특별한 장소에서 수차례 티 파티를 했었다. 마틸다는 전쟁 중 런던 북쪽에 주둔했다가 영국에서 배웠던 다르질링 묽게 끓이는 법을 네 사람에게 가르쳐 주었다. 케이트는 찻잎이 충분히 잠겼을 때 차를 따랐고, 룰루는 설탕을 좀 더 넣었다.

"보여 주고 싶은 게 있어." 두 사람 모두 차를 한 모금 마셨을 때 케이트가 말했다.

룰루는 케이트가 봉투에 손을 넣다가 잠시 멈추는 모습을 지켜봤다. 케이트는 마음이 둘로 갈라지는 것 같았다. 룰루는 누구 못지않게 베스를 좋아한 가장 친한 친구였지만 그런 친구에게도 동생의 비밀을 털어놓는 게 배신처럼 느껴졌기 때문이었다.

"뭔데 그래?" 룰루가 물었다.

"베스의 책상에 숨겨져 있던 거야. 아무한테도 보여 주기 싫었던 게 분명해. 평소 같았다면 나도 절대 아무에게도 보여 주지 않았을 거야. 너한테도. 하지만 이게 뭔지 알아내려면 도움이 필요해."

케이트가 룰루에게 열쇠를 건네주고, 하얀색 고리버들 테이블 위에 그림을 올려놓았다. 케이트는 'JH'라는 서명을 바라보았다. 그림은 베스의 부드러운 곡선과 어깨 위로 느슨하게 내려온 구불구불한 머리카락, 살짝 묵직하게 떨어지는 가슴, 약간 둥글게 부풀어 오른 배를 아름답게 그려낸 누드화였다.

"임신했을 때네." 룰루가 몸을 좀 더 가까이 숙이면서 말했다. "하지만 임신한 지 오래 됐을 때는 아냐."

"내 생각도 그래." 케이트는 룰루가 전혀 놀라지 않는다는 걸 알아차렸다. 베스가 누드모델을 했다는 게 놀라운 사실은 아니었다. 케이트와 베스는 어렸을 때 예술 마을에 살면서 블랙홀 아트 아카데미의 인물 드로잉 시간에 모델을 서 주고 한 번에 100달러를 벌었다. 명망 높은 대학과 예술계 혈통을 등에 업고 할머니의 허락 하에 했던 일이라 큰일도 아니었다. 하지만 임신한 상태로 보아 작년에 있었던 일이어서 케이트는 깜짝 놀랐다.

"격이 있으면서도 낭만적이네. 사적인 느낌은 들지 않아." 룰루가 말했다.

"JH가 누구야? 그런 이니셜을 가진 사람은 전혀 모르겠어."

룰루는 대답하지 않았다. 그림을 바라보던 시선을 아래로 내려서 거의 네모난 모양의 짤막한 열쇠를 쳐다볼 뿐이었다. 룰루는 열쇠를 집어 들어서 무게를 재 보듯이 던졌다 잡았다 했다.

"살짝 무겁네." 룰루가 말했다.

"문 열쇠치고는 너무 작고, 금고 열쇠라기에는 너무 커."

"미국 주택 열쇠일 수도 있지. 하지만 파리의 문 열쇠와 비슷해 보이는데. 거기 문들이 이렇게 생겼잖아. 기억 안 나?"

그랬다. 기억이 났다. 고등학교 졸업을 축하하려고 마틸다가 케이트와 베스, 룰루, 스코티를 데리고 파리로 갔었다. 밤중에 JFK 공항에서 에어 프랑스를 타고 날아갔다. 마틸다와 루스는 일등석에 앉았고, 장미 나침반 자매는 삼등석 맨 앞쪽의 네 자리를 차지했다. 케이트는 기체가 날아오르고, 커다란 엔진이 요동치고, 대서양 위를 날아 노을 속으로 날아가는 그 느낌이 좋았다.

파리에 도착해서는 파리 7구, 바렌 가에 위치한 벨 에포크 저택에 머물렀다. 마틸다와 루스의 친구인 허버트와 카린 밀레의 집이었다. 밀레 부부는 여름을 보내러 그리스에 가고 없었다. 높다란 돌벽 뒤쪽에 숨겨진 그 집에는 석조 분수가 딸린 실내 정원이 있었고, 르누아르 그림들과 루이 15세 시대의 금박 의자들이 가득했다. 마틸다는 그 모든 의자들이 값을 따질 수 없이 비싼 골동품이라면서 앉지 말라고 했다.

졸업 기념 여행은 루브르, 오르세, 퐁피두센터, 클뤼니, 자크마르 앙드레, 케이트가 가장 좋아하는 우아한 모탕까지 휩쓸어쳐 돌아본 박물관 순회 방문이었다. 마틸다는 자동차 한 대를 빌려 지베르니까지 몰고 가 클로드 모네의 집과 정원들뿐만 아니라 아주 많은 인상파 그림들 속에 등장하는 옹플뢰르 항구도시를 구경시켜 주었다. 예술을 중심으로 한 여행이었다.

노르망디 상륙작전이 펼쳐졌던 해변에도 가서 영국 해협이 내려다보이는 절벽에 올라 해변을 급습할 준비를 마친 수많은 연합군들을 상상해 보았다. 루스는 마틸다의 손을 잡았다. 두 사람은 바다를 내려다보지 않고 8공군 부대 폭격기와 전투기가 디데이(D-Day)에 전략적인 항공 지원을 했던 하늘을 올려다보았다.

대부분은 파리에 머물렀다. 로댕 박물관은 숙소에서 얼마 떨어져 있지 않았다. 그래서 몇 시간 동안 그곳의 대리석 조각들과 질서 정연한 장미 정원들, 물 위 세상이 비치는 연못 사이를 배회했다. 그곳에서 마틸다가 가장 존경하는 예술가 중 하나인 오귀스트 로댕의 모델이자 버려진 연인이었던 카미유 클로델의 유령도 만났다.

룰루 말이 맞았다. 밀레 네 집의 높다란 정문 열쇠가 베스의 서랍장에서 발견한 열쇠와 똑같았다.

"베스가 그 열쇠를 보관하고 있었는지도 몰라." 룰루가 열쇠를 꽉 움켜쥐면서 말했다. "파리 여행 때 마틸다 할머니한테서 받았을 수도 있지."

"하지만 할머니는 그 열쇠를 관리인한테 줬을 걸. 가지고 오지는 않았을 거야."

"그럼 이 열쇠는 어디서 난 거지?" 룰루가 물었다.

"모르겠어." 케이트는 이렇게 말했지만 머릿속으로 말도 안 되는 상상을 했다. 아직 행복하게 살아 있는 베스. 그 그림을 그렸던 화가와 함께 어딘가에 숨어 있는 베스. 피트 때문에 겪었던 그 모든 일에서 벗어날 수 있는 어딘가에 살아 있는 베스가 케이트의 머릿속을 가득 채웠다.

케이트는 룰루한테서 열쇠를 받아 들었다. 룰루의 온기가 남아 있어서 열쇠가 따뜻했다. 베스도 손에 쥐었던 열쇠다. 베스는 누군가가 그려 준 그림과 함께 작은 상자에 숨겨 두었을 정도로 그 열쇠를 소중히 여겼다. 그 두 물건에서는 사랑이 묻어 났다. 베스의 열정이 느껴지는 물건들이었다.

"대체 누굴까?" 케이트가 그림 속 서명을 가리키면서 다시 물었다. "JH?"

룰루는 이번에도 대꾸가 없었다. 그때 멀리서 자동차가 언덕을 올라오면서 기어를 바꾸고 타이어가 자갈길을 구르는 소리가 들렸다. 쭉 늘어선 사이프러스 사이로 돌아 들어오는 피트의 커다란 메르세데스가 보였다.

"저기 온다. 마틸다를 기리며 폭탄을 투하하는 거야." 룰루가 말했다. JH가 누군지 대답하기 싫어 주의를 돌리려고 마틸다의 이름을 꺼낸 걸까?

케이트는 열쇠와 그림을 봉투에 집어넣고 집 앞쪽으로 향했다.

"젠장!" 피트가 쓰레기 봉투를 찢어발기면서 고함을 질렀다.

피트의 반응에 기분이 좋아야 마땅했는데 케이트는 여전히 낯선 감각에 홀려 있었다. 자신의 것이 아니라 동생의 것이 분명한 추상적인 열정이 마음을 가득 채웠다. 그 감정의 강물이 피부를 따라 흘렀다. 케이트는 전율을 느끼며 그 감정이 그 누구의 것도 아닌 자신의 것이기를 바랐다.

어쩌면 그 열쇠는 베스가 이미 가 봤던 곳이 아니라 가려고 했던 곳의 열쇠일지도 모른다. 베스가 사랑을 나눌 수 있는 곳의 열쇠.

하지만 대체 누구와?

22

 사실 니콜라는 해변에서 룰루를 봤다. 거기서는 서로 만나지 않으려고 피했지만 여기 이 집에서는 그게 불가능했다. 룰루와 케이트가 오래된 너도밤나무 그림자 아래에 서서 쓰레기 봉투를 찢어 열어젖히는 피트를 지켜보고 있었다.
 "그래 봤자 다시 짐을 싸야 할 거예요." 케이트가 말했다.
 "이건 심하잖아요." 피트가 화난 목소리로 외쳤다.
 "그렇게 생각하지 않는데요. 여기서 나가 줘요. 여긴 제부 집이 아니에요."
 "베스도 알고 있었어요. 물론 좋아하지는 않았지만……." 피트가 니콜라를 힐끗 쳐다봤다. 니콜라는 타일러를 안고 차에서 내려 한쪽으로 물러서 있었다. 이런 식으로 케이트를 마주 봐야 하다니 니콜라는 너무나 굴욕적이라 얼굴을 들기 힘들었다. "그래도 저 사람들이 여기 살게 내버려 뒀다고요."

'저 사람들이라니. 우리가 아니라.' 니콜라는 속으로 이렇게 생각했다.

"베스는 배려심이 많았어요. 내가 다른 곳을 찾을 때까지 아기가 좋은 환경에서 살기 바랐다고요." 피트가 말했다.

"베스는 자기 아들도 생각해야 했어요." 케이트가 반박했다.

"당신의 다른 아들!" 룰루가 말했다.

"제발 그만해요." 니콜라가 말했다. 매튜 이야기가 나오자 무릎이 후들거렸다. "우리가 떠날게요."

"뭐? 기다려." 피트가 니콜라를 쏘아보면서 소리치다시피 말했다. "내가 해결할 테니까."

니콜라가 움찔했고, 케이트가 그 모습을 지켜봤다. 케이트 앞에서 그런 식으로 말하다니 니콜라는 너무나 창피했다. 케이트가 마치 몽유병 환자처럼 움직이더니 니콜라와 타일러에게 더욱 가까이 다가갔다. 이제 니콜라는 이마에 닿는 케이트의 따뜻한 숨결을 느낄 수 있었다. 케이트는 타일러를 내려다보았다. 니콜라의 두 팔이 타일러를 단단히 감싸고 있었다. 케이트의 눈빛이 타일러에게 저주를 거는 것 같았다. 니콜라는 마녀 말레피센트가 생각나서 온몸이 떨렸다. 하지만 케이트의 표정은 부드러웠다.

"내 동생의 아기는 태어나지 못했어." 케이트가 말했다.

"케이트, 베스가 그렇게 돼서 정말 마음이 아파요." 니콜라가 말했다. 진작 해야 했던 말이 이제야 첫 기회를 잡아 나왔다. 아니 베스의 죽음 이후로 케이트를 만난 것도 이번이 처음이었다.

케이트는 타일러한테서 시선을 떼지 않았다.

"안아 봐도 돼요?" 케이트가 물었다.

니콜라는 그 말에 충격을 받았지만 본능적으로 아이를 케이트에게 건네주려고 손을 뻗었다. 피트가 다가와 두 사람 사이로 들어오더니 케이트를 가로막았다. 하지만 니콜라는 피트를 돌아서 케이트에게 다가갔다. 너도밤나무 잎사귀들 사이로 검붉은빛이 점점이 박혀 있어서 작은 불꽃들이 하늘에 떠 있는 것 같았다. 니콜라가 케이트의 품에 타일러를 안겨 줄 때 피트의 욕설이 들렸다.

케이트는 어색하게 타일러를 안아 들었다. 갓난아기를 안는 일에 익숙하지 않은 여자의 몸짓이었다. 타일러는 잠들어 있었다. 니콜라의 두 팔은 언제든 아들을 되찾아오려는 듯 잔뜩 긴장돼 있었다.

"조카를 안아 볼 수 있었다면 좋았을 텐데." 케이트가 웅얼거렸다.

"정말 애석한 일이에요." 니콜라가 다시 말했다. 케이트가 고개를 들어 한참 동안 니콜라와 시선을 맞췄다. 케이트의 눈가가 붉어지고 격한 감정으로 넘실거렸다. 분노? 아니면 슬픔? 아니, 고통이었다. 니콜라는 케이트의 속마음을 알아차렸다. 자신도 베스를 생각하면 고통스러웠으니까. 케이트가 타일러를 니콜라에게 건네려는데 피트가 가로채 갔다. 그 바람에 타일러가 깜짝 놀라 몸부림치기 시작했다.

"여기서 나가자." 피트가 니콜라를 마주 보며 말했다. "호텔로 갈 거야. 당분간만이야."

"마음을 바꿨어요." 케이트가 말했다. 케이트는 혐오스럽다는 듯 피트를 노려보았다. 그러더니 그에게 가장 가슴 아픈 말을 던져 주고 싶다는 듯 이렇게 말했다. "니콜라와 타일러는 여기 남아도 되지만 제부는 안 돼요."

"우리는 한 가족입니다. 저들이 가는 곳에는 저도 갑니다."

"샘도 제부 가족이에요. 샘은 집에 가야 해요." 케이트가 말했다.

"샘은 처형과 같이 지낸다고 생각했는데요. 처형이 샘 머릿속에 절 나쁜 아빠로 주입시키고 있겠죠." 피트가 말했다.

"그건 베스가 원치 않을 거예요. 전 샘이 제부와 함께 사는 게 정말 싫어요. 하지만 제부는 샘의 아빠죠. 베스는 제부가 샘을 돌봐 주기를 바랄 거예요. 샘도 그걸 원하고요. 그 문제는 이미 끝났어요. 오늘 아침에 샘을 집에 데려다줬거든요. 샘이 아빠를 기다리고 있어요."

두 사람의 대화에 니콜라는 속에서 폭풍이 몰아치는 것 같았다. 베스 생각, 샘 생각, 자신도 한몫 거들었던 이 혼란스러운 사태 생각에 머릿속이 어지러웠다. 이런 일을 겪고 나서도 피트와 타일러와 함께 정상적인 삶을 살아갈 수 있을까?

"케이트 말이 옳아요." 니콜라는 차분하게 말하려고 애썼다. "샘에게는 집과 아빠가 필요해요. 하지만 저와 타일러도 여기 머물러서는 안 될 것 같아요, 케이트."

"진심이에요? 그럼 어디로 가려고요? 샘 근처에는 얼씬도 하지 말아요." 케이트가 말했다.

니콜라는 충격에 빠졌다. 케이트의 말대로 갈 곳이 없었다. 엄마 집으로 돌아갈 수는 없었다. 보나마나 엄마는 피트가 어떻게 베스를 살해했는지 끊임없이 장황하게 떠들어 대며 피트를 비난할 테니까.

"그럼 여기서 지내는 걸로 알고 있을게요." 케이트가 말했다.

피트는 니콜라가 겁먹을 정도로 무서운 표정으로 니콜라를 바라보았다. 순수한 분노와 경고가 담긴 표정이었다.

피트는 니콜라가 자신과 함께 가겠다고, 호텔에 가자고 하기를 바랐지만 니콜라는 뒤로 물러섰다. 케이트의 초대를 받아들여 마틸다의 집에 머물겠다는 뜻이었다.

"고마워요, 케이트. 저도 여기 머물고 싶어요." 니콜라는 너무 유순해 보이지 않으려고 애썼다.
 케이트는 니콜라의 손에 열쇠를 올려놓았다. 니콜라의 손가락이 열쇠를 꽉 움켜쥐었다. 니콜라는 뭔가에 이끌려 피트를 똑바로 쳐다보았다. 증오와 분노로 일그러진 피트의 표정에도 시선을 돌리지 않았다.

23

모두가 떠난 후, 니콜라는 타일러를 재워 놓고 집 안을 돌아다녔다. 집이 너무 커서 베이비 모니터 신호가 이쪽 층에서 다른 층까지 닿지 않았다. 열이 나는 것 같았다. 해변에 나갔다 와서 햇볕에 살짝 탔거나 가슴에 묵직한 납덩이가 하나 얹힌 것 같기 때문인지도 몰랐다.
 집 안에는 에어컨이 없었지만 후텁지근한 날씨에도 에어컨은 필요 없었다. 창문들이 활짝 열려 있어서 롱아일랜드 사운드의 신선한 바람이 강어귀에서 절벽을 타고 올라와 복도와 방을 돌며 시원하게 식혀 주었다. 니콜라는 박물관에서 갤러리 온도와 습도를 조절하기 위해 얼마나 애쓰는지에 대해 생각했다. 마틸다의 소장품들은 벽을 빼곡히 채우고 있었지만 숙달된 예술품 관리위원의 눈으로 봐도 아무 문제가 없어 보였다.
 위층과 아래층 주방을 왔다 갔다 하는 소형 화물 승강기가 생각났다. 니콜라는 그 승강기가 살아 숨 쉬며 자신을 부르는 것만 같았다. 피트가 그 안에 숨겨 놓은 것을 잊지 말라고 외치면서. 니콜라는 그 손잡이를 잡아 열고 싶은 유혹을 떨쳐 버리고 가장 좋아하는 서재로 들어갔다. 장미색과 벽돌색 중간쯤 되는 벽지로 도배된 곳이었다.

장작들이 깔려 있는 대리석 벽난로가 월넛 패널 벽면을 차지하고 있었다. 책으로 넘쳐 나는 가슴 높이의 책장들이 두 개 이상 늘어서 있었고, 네 번째 책장 중앙에는 프렌치 도어가 있었다. 프렌치 도어 위로 늘어뜨려진 값비싸고 두툼한 휘장에는 선홍색과 회록색, 옅은 담황색을 배경으로 장난꾸러기 줄무늬 호랑이가 보이는 클래런스 하우스의 티베트 문양이 있었다. 프렌치 도어 너머로는 회양목 울타리 미로와 18세기 아일랜드 성에서 가져온 거대한 구체들을 비롯한 정원의 돌 장식품들이 보였다. 잔디밭은 저 아래 강으로 향하는 다양한 바위들과 계곡 쪽으로 경사져 있었다. 이국적이면서도 뉴잉글랜드 풍이 느껴지는 풍경이었다. 이것이 상류층 사람들이 살아가는 방식이었다. 그로튼의 보잘것없는 동네 출신이라는 사실이 지금 이 순간보다 더 뼈저리게 느껴진 적이 없었다.

월러드 멧캐프, 마틸다 브라운, 벤저민 모리슨, 윌리엄 메리트 체이스, 헨리 워드 레인저, 윌리엄 채드윅의 작은 그림들이 책장 위쪽 벽을 가득 채웠다. 차일드 해섬의 〈12월의 5번가〉는 벽난로 장식장 위에 걸려 있었다. 눈 내리는 황혼녘의 뉴욕을 그린 그림이었다. 그림 속 거리는 조용했다. 하루 종일 거리를 오가던 자동차 행렬은 사라지고 없었다. 하늘은 묵직해 보였지만 눈보라가 방금 지나간 것처럼 전기를 가득 머금고 있는 것 같았다. 그 전력의 진원지는 그림 속의 모든 건물에서 펄럭거리는 미국 깃발과 프랑스 깃발이었다. 정말 애국적인 광경이었지만 니콜라의 눈에는 기뻐하기엔 이르다는 경고처럼 느껴졌다. 1차 세계 대전은 끝났지만 세상은 여전히 불안했다. 눈보라가 돌아올 수도 있었고, 또 다른 전쟁이 다가오고 있었다.

베이비 모니터에서 치직 소리가 났다. 타일러가 칭얼대는 소리였다. 니콜라는 서재에서 나와 널찍한 중앙 계단을 올라갔다. 그러고는 피트와 함께 잤던 방 안을 들여다보았다. 타일러는 하얀색 침대에서 평화롭게 잠들어 있었다. 조용히 깊은 잠에 빠져 있었다. 꿈을 꾼 게 분명했다.

왜 케이트는 여기에 머물러도 좋다고 했을까? 왜 자신은 그 제안을 받아들였을까? 니콜라는 피트가 케이트의 태도에 분개했다는 걸 알아차렸다. 어쩌면 그 모습에 기뻤는지도 모르겠다. 피트는 니콜라의 마음을 앗아가 놓고는 그 뒤로 어찌해야 하는지 전혀 모르는 것 같았다. 그래서 더욱 화를 냈다.

피트가 사랑에 빠졌던 영리하고 야심찬 여자는 그의 어두운 분위기에 짓눌려 갔다. 니콜라는 변해 가는 자신의 모습이 마음에 들지 않았다. 피트의 화를 잠재우려고 재깍 그의 비위를 맞춰 주는 여자, 자신의 목소리보다는 피트의 목소리에 더 귀를 기울이는 여자가 싫었다. 케이트의 제안을 받아들이고는 기분이 좋았다. 자신이 되고 싶어 했던 여자로 되돌아간 것 같았다. 엄마에 대한 반항심 때문에 그녀 못지않게 강했던 엄마와 선을 그을 수 있었던 그 옛날로 말이다.

니콜라는 코너 형사가 피트를 베스의 살인범으로 생각한다는 사실을 알았다. 니콜라 자신도 그 생각이 들 때마다 그 가능성을 부인하려고 애썼다. 진짜 피트가 살인범이라고 믿는다면 몸이 먼저 알아차릴 거라고, 그와 살을 맞대고 지낼 수 없을 거라고 속으로 자신을 다독거렸다. 그렇다면 왜 엄마가 물었던 것처럼 7월에 엄마 집으로 가서 며칠을 보냈을까? 왜 피트를 따라 또 다른 임시 거처인 호텔로 가지 않고 마틸다의 집에 남기로 했을까?

소형 화물 승강기가 여전히 니콜라의 마음을 잡아 끌고 있었다. 니콜라는 2층 복도 끝으로 가서 작은 주방으로 들어갔다. 지금은 사용하지 않는 그곳은 가사도우미들이 쓰던 게 분명했다. 가스난로 하나, 구식 아이스박스 하나, 지나치게 많은 달걀받침대와 스포드(Spode) 자기 그릇이 가득 들어찬 찬장 하나가 있었다. 하크니스 가족과 누군지는 몰라도 그전에 살았던 가족들은 침대에서 아침식사를 즐겼던 모양이었다.

베스가 살해되고 사흘이 지난 후였다. 니콜라는 캔버스 가방과 커다란 장도리를 들고 방으로 들어오는 피트를 봤다. 벽에서 못 뽑히는 소리가 들렸을 때 그녀는 복도에 조용히 서 있었다. 소형 화물 승강기는 원래 판자로 막혀 있었는데 피트가 합판을 뜯어냈다. 그 입구에는 밧줄과 도르래로 주방과 주방 사이를 오르락내리락 할 수 있는 자그마한 직사각형 나무 상자가 있었다.

피트가 캔버스 가방 속으로 손을 넣었을 때 니콜라의 맥박이 거세게 뛰기 시작했다. 뭐가 나올지 알았기 때문이었다. 〈달빛〉, 액자에서 잘라 내 훔쳐 온 모리슨의 그림, 피트가 베스를 죽였다고 증명해 줄 증거.

하지만 그 가방 속에서 나온 것은 그림이 아니었다. 피트가 하나씩 꺼낸 것은 장난감들이었다. 파란색 토끼 봉제인형, 파란색 테디 베어, 줄무늬 공, 거북이 모양의 플라스틱 고리 치발기가 나왔다. 타일러의 장난감은 아니었다. 피트는 어깨너머로 니콜라를 힐끗거렸다. 텅 빈 눈빛이었다. 피트는 아무런 감정도 내비치지 않았다. 온몸을 감싸 오는 서늘한 기운에 울음이 터져 나올 것 같았다.

피트는 꼬박 1분 동안 니콜라를 쳐다보았다. 그러더니 다시 하던 일을 계속했다. 아이가 태어나길 기다리던 베스가 샀을지도 모르는 매튜의 물건들이 가득 들어찬 상자. 니콜라는 피트가 밧줄을 잡아당겨서 그 상자를 어두운 통로로 내려 보내는 모습을 지켜보았다. 피트가 소형 승강기 입구를 다시 판자로 막고 못질을 하기 시작했다. 망치질 소리가 복도 아래로 울려 퍼질 때 니콜라는 발걸음을 돌렸다. 그때, 아니 그 이후로 두 사람은 그 일을 입에 담지 않았다.

소형 화물 승강기를 막아 놓은 판자가 완전히 새것으로 바뀌어 있었다. 니콜라는 그곳을 지그시 바라봤다. 밝은 은색의 강철 못머리가 최근의 망치질로 닳아서 매끈해져 있는 게 보였다. 마치 관심을 가져 달라는 듯 반짝거렸다. 타일러가 깼는지 주머니 속 베이비 모니터에서 칭얼거리는 소리가 들렸다. 니콜라는 침대에서 아들을 안아 올려 젖을 먹이려고 돌아서서 복도를 따라 방으로 돌아갔다.

24

강력반 코너의 책상은 베스 라스롭의 범죄 현장 사진과 검시관 보고서, 증인 인터뷰 기록을 모아 둔 바인더 서류철로 넘쳐나고 있었다. 코너는 책상을 정리하고, 책상에 팔꿈치를 기댄 채 그 옆에 커피 한 잔을 놓고는 베스와 베스의 아기 매튜의 검시 보고서를 읽었다.

검시관은 베스가 목이 졸려 질식사했다고 판단했다. 베스의 머리에 둔기 외상이 있었고, 두개골 골절의 윤곽은 대리석 올빼미로 맞은 것과 일치했다. 하지만 베스는 누군가가 양쪽 엄지로 후두를 눌러 사망한 것이었다.

보고서 내용 중에서 가장 충격적인 것은 자잘한 세부 사항들이었다. 펄화이트 손톱, 핫핑크 발톱, 무지개 색깔의 왼손 집게손가락 손톱. 그 화려한 색상들은 베스가 직접 칠한 것처럼 약간 울퉁불퉁했다. 베스는 누군가, 아마도 살인범을 기쁘게 해 주려고 섹시한 속옷을 챙겨 입은 모양이었다. 그런데 살인범이 그녀의 브래지어와 팬티를 찢어 벗겼고, 팬티의 레이스 허리밴드를 그녀의 목에 단단히 감아 자색이 도는 적색 자국을 남겼다.

검시관은 베스의 머리카락과 손톱, 신체의 모든 구멍, 피부 표면을 검사했다. 머리카락, 섬유조직, 먼지, 흙 등 미세 증거물은 모두 수집해서 분석했다. 베스의 손톱에서는 DNA가 전혀 나오지 않았다. 머리 외상으로 상태가 얼마나 나빠졌는지는 모르겠지만 몸을 가누기 힘들어서 저항하지 못했을 수도 있었다.

코너는 피트의 등에 깊이 나 있었던 상처를 생각했다. 베스가 낸 상처는 아니었다. 베스의 치아 배열을 본떠서 비교해 봤지만 피트의 어깨에 깊이 박힌 치아 자국과는 일치하지 않았다.

검시 과정에서 정액도 발견되지 않았다.

베스는 살인범에게 머리를 가격당하기 전에 저항하다가 머리와 어깨, 팔뚝 주변에 멍이 든 것 같았다. 다리와 허벅지 사이에도 멍이 들어 있었다.

풀컬러의 검시 사진들에는 베스의 어깨와 가슴에 난 U자 모양의 멍 자국이 선명하게 드러나 있었다. 살인범이 베스 위에 올라타 무릎을 꿇고 목을 조른 자국이었다. 베스의 몸 왼편에는 시반이 형성되어 있었다. 베스는 등을 대고 누운 채로 사망했지만 살인범이 베스를 창문을 마주 보는 쪽으로 돌려놓았다. 베스가 원래 그 자세로 잠들어 있었을 수도 있었다. 살인범은 그 사실을 알고 있었고. 살인범이 재판에 회부된다면 골절된 설골과 눈의 점상출혈 등 교살의 전형적인 증거들을 제시할 수 있었다.

몇몇 가학적인 살인범들은 피해자의 목을 죽기 직전까지 졸랐다가 풀어서 의식을 되살려 삶의 희망을 보여 주는 과정을 몇 차례나

반복한다. 코너는 베스의 살인범이 그런 짓을 했다고 생각하지는 않았다. 베스의 상흔으로 보아 살인범이 베스의 목을 조르기 시작하자마자 끝까지 세게 힘을 가해서 그녀를 죽음으로 몰아넣은 것이 분명했다.

베스가 사망하기까지는 몇 분이 걸렸다. 살인범은 베스의 머리에 치명적인 타격을 가했다. 그러고 나서 두 손으로 목을 졸랐고, 이후에 베스의 목에 끈을 감아 돌렸다. 베스의 아드레날린이 치솟았을 것이다. 검시관은 베스가 머리를 가격 당하고 나서 완전히 의식을 잃었을지 의문을 품었다. 베스는 어느 정도 공포를 느끼고, 본능적으로 투쟁 도피 반응을 보였을지도 모른다. 귀 울림과 현기증, 근육의 극적인 약화를 겪었고, 청색증이 나타났을 것이다. 베스의 코와 눈에서는 피가 흘러내렸다. 눈물의 소금기는 속눈썹에 말라붙어 있었다. 베스는 자기도 모르는 사이에 두 손을 꽉 움켜쥐었을 것이다. 자신의 몸속에서 몸부림치는 태아를 느꼈을지도 모른다.

발작은 한 번이나 두 번 일어났다. 베스의 심장은 몇 분 동안 계속 뛰었을 것이다. 사망 직전이나 사망하는 순간에는 방광과 장 기능이 상실되었다.

코너는 매튜에 관한 기록으로 넘어갔다. 매튜는 산소 부족으로 사망했다. 베스보다 조금 더 오래 살아 있었을 것이다. 매튜의 심장은 엄마의 숨이 멈추고도 1분 넘게 뛰면서 산소가 충만한 혈액을 온몸에 돌렸을 것이다.

6개월 된 태아였던 매튜는 태어났다면 살아남을 수도 있었다. 그렇다면 용의자는 베스를 죽이면서 태아까지 살해하는 이중 살인, 혹은 가중 일급 살인을 저지른 셈이다. 코네티컷의 사형법이 폐지되기 전에 유죄 판결을 받은 살인범은 약물 주사 사형 선고를 받았다.

코너는 매튜의 DNA 정보를 찾으려고 서류를 뒤졌다. 놀랍게도 DNA 정보가 없었다. 주립 검시관 가르시아 박사는 아주 철저한 사람이었다. 코너는 친자 확인 검사 결과를 찾을 수 있을 줄 알았다. 피트가 아이 아버지인지 궁금해서가 아니라 재판이 열린다면 그때 필요한 것들을 모두 처리해 두고 싶었기 때문이다. 매켄지 그린 같은 피고 측 변호인은 그런 세부 사항을 공격거리로 삼을 수 있었다.

코너는 전화기를 들어 검시관 사무실에 전화를 걸었다. 가르시아 박사의 보조 샐리 드리스콜이 전화를 받았다.

"어이, 샐리, 나 코너야."

"별일 없죠?"

"그렇지 뭐. 베스 라스롭의 검시 결과를 보고 있는데 친자 확인 검사 결과가 없어서."

"어, 잠시만요."

코너는 수화기를 귀에 댄 채 기다렸다. 커피가 식어 버렸지만 그냥 마셨다. 수화기 저편에서 음악 소리가 들렸다. 샐리가 책상에 라디오를 켜 둔 것 같았다.

"친자 확인 검사 요청했었나요?" 샐리가 물었다.

그 질문에 배를 얻어맞은 것 같았다. "아니. 하지만 여태껏 그런 건 요청해 본 적이 없어. 항상 하는 의례적인 절차 아냐?"

"가르시아 박사님은 친자 검사 요청이 없어서 따로 안 하셨어요." 샐리가 말했다. 음악 소리가 작아지고 샐리의 어조가 한층 딱딱해졌다. 코너는 움베르토 가르시아가 그 유명한 찌푸린 얼굴로 샐리를 노려보고 있는지도 모르겠다고 생각했다.

"알았어. 고마워, 샐리." 코너는 이렇게 말하고 전화를 끊었다. 매튜의 검시 결과가 기록된 부분을 펜으로 톡톡 두드리면서 생각에 잠졌다. 친자 확인 검사는 형식적인 것이라 있으면 좋지만 꼭 필요한 건 아니었다. 하지만 그거 하나가 부족하다고 생각하자 왠지 모르게 찜찜해졌다. 구체적으로 지시를 내리지 않은 자신의 잘못이었다.

코너는 케이트에게 답을 내 놓고 싶었다. 어젯밤 케이트의 집을 지나치면서 불 켜진 창문을 바라봤다. 어둠 속에서 따스함이 느껴지는 광경이었다. 지난 며칠 동안 그로튼-뉴런던 공항에도 찾아가 이착륙하는 항공기들을 지켜봤다. 케이트가 파이퍼 사라토가를 보관해 둔 공항이었다. 코너는 그저 마음을 정리하고, 사건에 관한 아이디어가 우연찮게 흘러들어 올 수 있게 명상에 젖을 시간이 필요해서 그러는 거라고 자신의 행동을 정당화했다.

책상에 앉아 DNA 부족 문제를 생각하던 코너는 성폭행이 연출된 것이라는 생각이 들었다. *비틀어 생각해 봐.* 속으로 이렇게 말했다. 코너는 여전히 피트가 살인범이기를 바랐다. 하지만 단 한 명의 용의자만 주시하지 않고 그 누구도 용의선상에서 배제하지 않기로 마음먹었다.

침실에는 지문이 가득했다. 베스, 피트, 샘의 지문은 말할 것도 없고, 케이트, 룰루, 스코티, 이자벨의 지문도 있었다. 누군지 모르는 사람의 지문도 여러 개 있었다. 벽난로 옆으로 소파 하나와 의자 두 개가 놓인 곳, 유리문 너머로 저 멀리 떨어진 해변과 바다가 보이는 작은 발코니에 남아 있는 지문들은 대부분 베스의 친구들 것이었다. 베스와 친구들이 그곳에 앉아서 경치를 즐겼을 테니까 이상할 게 없었다. 그래도 코너는 그 지문들을 확인해 볼 생각이었다.

코네티컷 남동부 지역의 성범죄자들까지 살펴보다가 심히 의심스러운 인물도 한 명 찾아냈다.

20년 전 마틴 B. 해리스는 박스베리 전문대학교의 천문학 교수었다. 그때 그 대학교 주변 교외 지역에서 일련의 주거 침입 사건이 발생했다. 폭력적이고 성적인 범죄 사건들이었지만 항상 강간이 병행되지는 않았다. 피해자들은 18세에서 38세 사이의 백인 여성들이었다.

범행은 주로 여름날, 어김없이 이른 아침에 일어났다. 범행 장소는 여자의 집 침대였고, 현장에는 항상 속옷이 널려 있었다. 피해자의 속옷도 있었지만 대부분은 가해자가 가져다 놓은 선정적인 속옷이었다. DNA가 사방에서 발견됐지만 경찰 데이터 베이스에는 일치하는 것이 없었다.

마틴을 체포한 것은 순전히 요행이었다. 한 목격자가 사건 현장에서 빠져나가는 파란색 도요타를 발견했고, 그 자동차 범퍼에 붙은 박스베리 전문대학교 주차 스티커를 알아봤다. 조사관들이 그 대학교 주차장을 샅샅이 뒤져서 엄청나게 많은 파란색 도요타를 찾아냈지만 도요타 소유주들은 모두 무혐의로 풀려났다. 그런데 탐문 수사 도중에 학생 한 명이 가끔씩 천문학 교수님 자동차 옆에 차를 주차했는데 마틴 교수님이 거의 항상 뒷좌석에 프레데릭 할리우드백을 놓고 다니는 걸 봤다고 했다.

경찰은 강의실에서 마틴을 체포했다. 영장을 발급받아 마틴의 집과 사무실, 자동차를 수색한 결과, 마틴이 침입했던 집에서 가져온 수집품들을 찾아냈다. 마틴의 DNA도 현장의 것과 일치했다. 마틴은 검은 레이스 속옷을 광적으로 좋아해서 피해자와 취향이 다를 경우에 대비해 항상 범죄 현장에 가져갔다.

마틴은 스스로 유죄를 인정해 15년 형을 선고받았다. 마틴의 아내는 이혼을 요구하고 아이들을 데려갔다. 대학교에서는 마틴을 해고했다.

코너는 마틴의 가석방 기록을 살펴봤다. 마틴은 2년 전에 풀려나 실버 베이 근처에 있는 오스프레이 하우스라는 숙소에 살고 있었다. 블랙홀과 타운 하나를 사이에 둔 곳이었다. 마틴은 일주일에 한 번 가석방 담당관에게 연락을 했고, 불시 방문을 받았다.

코너는 마틴의 가석방 담당관 로빈 워런에게 전화를 걸어 마틴을 심문하러 오스프레이 하우스에 들르겠다고 알렸다.

"알려 주셔서 감사합니다. 왜 마틴에게 관심을 갖는지 여쭤 봐도 될까요?" 로빈이 물었다.

"베스 라스롭 사건 때문입니다."

"아, 네. 끔찍한 사건이죠."

"자세한 내용을 알고 있군요."

"언론에 공개됐으니 당연하죠."

"마틴 짓 같지 않습니까?"

로빈은 잠시 침묵했다. 코너는 예전에 로빈과 함께 일해 본 적이 있어서 로빈이 심리학 학위를 소지한 신중하고 빈틈없는 성격의 뛰어난 경관임을 알고 있었다. 로빈은 어렸을 때 짐바브웨에 살았고, 억양이 우아하고 정중했다.

"마틴의 과거 범죄 사건과 유사한 점이 있더군요. 하지만 마틴이 그 사건과 관련이 있다고는 생각지 않아요."

"왜죠?"

"마틴은 재범 방지 치료를 자진해서 받고 있어요. 테스토스테론 억제 약 두 알을 복용하고, 일주일에 한 번 치료를 받으러 가죠."

"무슨 치료인가요?" 코너가 피곤한 목소리로 물었다. 성범죄자들을 대상으로 하는 심리 치료는 물론이고 약물 치료도 논란의 여지가 많았다.

"목소리만 들어도 무슨 생각하는지 알겠네요." 로빈이 웃음기 어린 목소리로 말했다. "경찰들은 그런 게 효과가 없다고 생각하죠. 하지만 실제로 효과가 있어요. 마틴의 의사는 심상적 둔감화 치료에 집중하고 있죠."

"알 만합니다. 더러운 그림들을 머릿속에서 제거하는 거겠죠."

"맞아요. 행동 욕구도요."

"실제 사진은 어때요? 마틴이 포르노를 좋아합니까? 빅토리아 시크릿 속옷 없이 지내기 힘들어하진 않나요?"

"그런 물건을 소지하면 가석방 위반이에요. 에인스워스로 돌아가야 하죠."

에인스워스는 마틴이 수감됐던 교도소였다.

로빈은 코너가 마틴을 심문할 때 동석해도 되는지 물었고, 코너는 흔쾌히 수락했다. 그 직후 사무실 문 뒤쪽 고리에서 재킷을 꺼내 들고 사무실을 나왔다. 오스프레이 하우스까지는 중간에 던킨도너츠 드라이브스루에 들러 커피와 꽈배기 도넛을 사는 시간을 포함해 차로 20분 걸렸다. 코너는 뜨거운 커피에 입을 데였고, 오스프레이 하우스에 주차하기 직전에 꽈배기 도넛을 급하게 먹어치웠다.

문어발처럼 뻗어나간 커다란 노란색 빅토리아 풍 건물에는 넓은 포치와 커다랗고 둥근 지붕이 있었다. 100년 전에는 관광호텔이었던 곳이다. 지금은 망가진 인간들의 땅이었다. 운이 다한 사람들, 배우자나 법을 피해 숨으려는 사람들, 마약을 끊으려고 애쓰거나 익명으로 마약을 얻을 수 있는 곳을 찾는 사람들, 운전면허가 취소되고 근처의 값싼 술을 즐기는 사람들, 작은 침대 하나에 전자레인지 하나, 복도에 공용 화장실이 딸린 곳보다 더 좋은 곳은 감당할 여력이 안 되는 사람들의 집합지였다.

"폴!" 코너가 방탄유리 뒤쪽 안내실에 앉아 있는 관리자에게 손을 흔들었다. 두 사람은 자주 만난 사이였다. 법적 문제에 자주 휘말리는 코너의 단골들 중 다수가 오스프레이 하우스에 둥지를 틀었기 때문이다.

"코너, 왔어?" 폴 오로크가 손을 흔들면서 밖으로 나왔다. 폴은 50대 중반의 남자로 백발에 까칠까칠한 코밑수염, 밝은색 눈동자에 항상 미소 띤 얼굴을 하고 있다. 코너는 폴이 호텔 관리뿐만 아니라 문지기, 사회복지 업무도 봐야 하기 때문에 일이 힘들다는 걸 알고 있었다.

"마틴 해리스를 보러 왔어요." 코너가 말했다.

"아." 폴이 벽에 걸린 시계를 힐끗거리며 말했다. "아직 오후 4시가 안 됐으니까 정신이 그다지 맑은 상태는 아닐 건데."

"술을 즐기나요?"

폴이 고개를 끄덕였다.

"공격적이고?"

"몇 잔 마시면 허풍을 좀 떨지. 마틴이 예전에 교수였던 거 알잖아. 누가 못 믿겠다고 하면 싸움을 건다니까. 지금 몰골을 보면 마틴이 교수였다는 걸 아무도 못 믿을 만하지. 그래도 대부분은 조용히 혼자 지내."

"사건은 없었어요? 마틴에 대해 뭐라고 하는 여자가 있었다던가?"

폴이 고개를 가로저었다. "없었어. 마틴은 성범죄자로 등록되어 있긴 하지만 문제를 일으킨 적은 없어." 폴이 계단을 가리켰다. "408호야."

코너는 4층으로 올라갔다. 폴이 성범죄자로 등록된 입주자들을 관리하는 건 놀랄 일이 아니었다. 계단에서는 소독약 냄새가 났다. 퀴퀴한 담배 냄새와 오래된 토사물 냄새를 없애려고 소독을 한 모양이었다. 몇 주에 한 번씩 시체안치소에서 시체를 거둬 가려고 찾아오는 곳이었다. 대부분은 약물 남용 사망자였고, 몇몇은 사고사와 자살로 사망한 사람들이었다. 작은 방 사방의 벽에는 죽을 때까지 외롭게 술을 퍼마시는 사람들의 슬픔이 서려 있는 것 같았다.

꼭대기 층인 4층에 다다른 코너는 어두운 복도를 따라 천천히 걸었다. 닫힌 문들 뒤에서 음악 소리와 라디오 토크쇼 소리가 흘러나왔다. 방 여덟 개에 화장실 두 개가 있었다. 샤워기 소리도 들렸다. 408호는 오른쪽 맨 끝 방이었다. 코너는 그 앞에서 잠시 귀를 기울였다. 아무 소리도 들리지 않았다.

코너는 시끄럽게 문을 두드렸다. 그러자 다른 방들에서 흘러나오던 음악 소리와 라디오 소리가 끊어졌다. 시끄러운 노크 소리가 났다 하면 대부분 경찰이 출동한 것이었다.

"마틴 해리스 씨!" 코너가 다시 노크하면서 외쳤다.

잠시 후 문이 살짝 열렸다. 단신에 통통한 대머리 남자가 밖을 빼꼼 내다봤다. 흐릿한 눈빛에 골진 하얀 러닝셔츠와 색 바랜 헐렁한 파란색 복서 반바지 차림이었다. 마틴은 어젯밤에 마신 보드카 냄새를 풍겼다.

"네? 무슨 일입니까?" 마틴이 물었다.

"코너 레이드 형사입니다. 마틴 해리스 씨입니까?" 코너가 물었다.

"네, 접니다." 마틴이 잠을 쫓으려는 듯 눈을 문지르며 말했다.

그때 계단을 올라오는 발소리가 들려서 돌아보자 복도로 들어서는 로빈 워런이 보였다. 40대쯤 된 로빈은 세련된 미색 정장에 어울리는 하이힐을 신고 있었다. 긴 검은 머리는 정수리에 땋아 올렸다. 코너와 로빈 두 사람은 마주 보며 고개를 끄덕였다.

"로빈, 지금 이게 무슨 일이죠?" 마틴이 물었다.

"베스 라스롭에 관해서 몇 가지 질문을 하고 싶습니다." 코너가 말했다.

마틴은 즉각적으로 아주 격한 반응을 보였다. 숨을 헐떡이고, 한 손으로 입을 막았다.

"그 기사 읽었어요." 마틴이 말했다.

"베스를 알고 있었나요?" 코너가 물었다. 코너는 모든 감각을 발동시켜서 마틴의 얼굴에 드러나는 감정을 읽으려고 했다.

"아뇨. 그냥 그 여자가 참 안 됐다 싶더라고요. 그 여자의 가족도요. 누가 그런 짓을 했대요? 여자와 아기를 죽이다니."

"당신도 피해자를 죽이고 싶었던 적이 있었나요?"

"네? 절대 아닙니다!"

"안으로 들어가도 괜찮을까요? 좀 둘러봐도?"

"물론이죠." 마틴이 로빈을 힐끗 쳐다보면서 말했다. "하지만 수색은 안 됩니다. 맞죠, 로빈?"

"합리적으로 의심 가는 게 있으면 수색할 수 있어요." 로빈 워런이 친절한 목소리로 말했다.

코너는 트윈침대 하나와 책상, 옷장, 조리대 위에 놓인 전자레인지 하나가 겨우 들어가는 방 안에 서 있었다. 사방의 벽은 침대 위쪽에 꽂혀 있는 엽서 몇 장을 제외하고는 텅 비어 있었다. 휴지통은 빈 술병으로 반쯤 차 있었다. 전자레인지 위에는 칠리와 햄버거, 치즈, 참치, 식품 배급소와 수프 키친에서 가져온 식품들이 가득했다.

바닥에는 책이 잔뜩 깔려 있었다. 코너가 힐끗 쳐다보자 칼 세이건의 책들과 별과 행성에 관한 책들이 보였다. 《이제 네 인생을 책임져라(Take Charge of Your Life Now)》와 《과거는 절대 네 친구가 아니다(The

Past Was Never Your Friend》,《현재여 안녕(Say Hello to the Present)》,《네 안의 악마를 천사로 바꿔라!(Turn Those Inner Demons into Angels!)》라는 자기계발서도 있었다. 가장 놀라운 사실은 다니엘 스틸의 소설책 세 권이 있다는 것이었다.

"당신 '내면의 악마'는 뭐죠?" 코너가 물었다.

"일반적인 거죠. 모두가 다 가지고 있는 거요." 마틴이 말했다.

"그렇군요." 코너는 한자리에 서서 빙글빙글 돌면서 육안으로 보이는 것들을 살펴보았다. 서랍장이나 옷장은 열어 보지 않았다.

"좀 당황스럽군요. 전 아무 짓도 하지 않았어요. 로빈한테 물어보세요! '합리적으로 의심 가는 게' 있을 수도 있다니, 로빈, 대체 어떻게 그런 말을 할 수가 있어요?"

코너는 몸을 앞으로 숙여서 마틴의 베개 위쪽에 붙어 있는 엽서들을 살펴보았다. 다섯 개의 엽서는 모두 코네티컷의 관광지 사진이었다. 스토닝턴의 비니어드, 미스틱의 항구들, 해들리머의 연락선, 블랙홀의 메인 가 사진이었다.

블랙홀 사진에는 하얀색 대형 교회와 라스롭 갤러리가 보였다.

"블랙홀을 좋아합니까?" 코너가 번개를 맞은 것처럼 정신이 번쩍 들어서 이렇게 물었다.

"저기 마을들을 다 좋아합니다." 마틴의 목소리가 불안하게 떨리는 것 같았다. "다 아름다운 곳이죠. 밤하늘이 어두워서 별 보기에 딱 좋아요. 가석방에서 풀려나면 제가 살고 싶은 곳입니다. 그때는 좋은 망원경을 사고, 다시 교수 일을 시작하고 싶어요." 마틴은 절대 듣지 못할 질문을 기다리는 것처럼 잠시 말을 멈췄다가 부연 설명을 덧붙였다. "천문학 교수요. 그게 제 직업이죠."

"라스롭 갤러리에 가 본 적 있어요?" 코너가 물었다.

"아뇨. 한 번도 안 가 봤어요."

"베스 라스롭을 아는지 물었는데."

"모른다고 했잖아요!"

"베스의 남편은요? 피트 라스롭도 몰라요?"

"모릅니다!"

코너는 몸을 곧추세웠다. "으흠, 마틴 해리스 씨, 아무래도 이 엽서가 합리적으로 의심이 가는군요. 당신을 경찰서로 모셔 갈 실버베이 경찰관들을 부르겠습니다. 그러고 나서 집도 수색할 거고요."

"로빈." 마틴이 억울하다는 듯 소리쳤다.

"그냥 코너 말대로 해요." 로빈이 단호하게 말했다.

"가기 전에 한잔 마셔야겠어요." 마틴이 곧 울음을 터뜨릴 것 같은 목소리로 말했다.

"그건 나중에 마셔야 할 것입니다." 코너가 라텍스 장갑을 끼면서 말했다. 갤러리 엽서를 쳐다보는 코너의 심장이 훨씬 더 빠르게 뛰었다. 마틴이 서랍장 속에 무엇을 숨겨 두었는지, 그 엽서 뒤쪽에 적어 놓은 것이 무슨 의미인지 곧 알아낼 수 있을 테니까.

25

 여름이 끝날 무렵에는 종종 늦은 오후에 뇌우가 몰아쳤다. 하지만 오늘 날씨는 맑아 보여서 클리블랜드로 비행하기 좋았다. 케이트는 활주로 위에 서서 이사회 참석 차 떠나려는 단골 데이비드 스튜어트를 맞이하고 있었다. 날카로운 파란 눈에 머리가 하얗게 센 노인 데이비드는 아내와 함께 피셔스 아일랜드에서 여름을 보냈다.

 "안녕하세요, 데이비드?" 케이트가 인사했다. 두 사람은 서로 악수를 나누었다.

 "케이트, 동생이 그렇게 돼서 정말 애석하다는 말을 이제서야 하게 되네요. 레이니도 저도 정말 마음이 아파요."

 "감사합니다." 케이트가 말했다.

 "베스는 놀라운 여성이었어요."

 "베스를 아세요?" 케이트가 깜짝 놀라서 물었다.

"네, 베스와 레이니가 뉴런던 수프 키친에서 목요일마다 자원봉사를 했거든요."

"베스는 그 일을 좋아했어요."

"무료 급식소 사람들을 무척 잘 챙겼죠. 레이니가 항상 그렇게 말했답니다. 베스는 그 사람들이 누구인지, 어디서 왔는지는 중요하게 여기지 않았죠. 마약 중독자든 운이 다한 예술가든 상관하지 않고 모두 똑같이 대했어요."

"네, 예술가들을 도와주기로 유명했죠." 케이트가 말했다.

"맞아요. 진정한 자선가였어요. 게다가 베스가 우리 손자들에게 미술을 가르쳐 줄 사람도 추천해 줘서 정말 고마웠어요."

"누구였나요?"

"아주 재능 있는 젊은이였어요. 우리가 예술을 좋아해서 그 사람을 기꺼이 도와줄 걸 알고는 베스가 레이니에게 소개했죠. 그런데 우리가 그 젊은이를 돕기는커녕 그보다 훨씬 많은 도움을 받았지 뭡니까. 사실 오늘도 그 젊은이가 섬으로 가고 있어요. 이번이 세 번째죠. 아이들이 제드를 좋아해요."

"제드요? 전 누군지 모르겠네요······." 케이트가 말했다.

"아, 당신도 알 거라고 생각했는데. 갤러리에서 그 젊은이 전시회를 열까 생각 중이라고 베스가 레이니한테 말했거든요. 제드도 수프 키친에 있었어요."

"자원봉사자예요?"

"아뇨, 손님이요. 제드는 거기서 무료 급식을 먹었죠. 레이니 말로는 제드가 블랙홀 아트 아카데미를 졸업한 우수한 화가래요. 하지만 운이 별로 따라 주지 않나 봐요. 말 그대로 배를 곯는 화가죠. 제드가 라인 드로잉 학위를 땄다고 레이니가 그러더군요. 레이니는 이미 제드를 도와주려고 드로잉 두 점을 샀어요."

드로잉이라. 케이트의 심장이 빠르게 뛰었다. 케이트는 베스의 누드화와 J로 시작했던 서명을 떠올려 보았다.

"데이비드, 혹시 제드의 성이 뭔지 아세요?" 케이트가 물었다.

"힐리어드일 겁니다. 아, 맞아요. 제드 힐리어드(Jed Hilliard)요."

케이트는 전신이 부들부들 떨렸다. 'JH'였다.

데이비드가 좌석에 앉았고, 케이트는 조종석으로 들어갔다. 제니가 데이비드에게 커피를 가져다주는 소리가 들렸다. 제니와 찰리는 비행 전 마지막 점검을 시작했다. 케이트는 마음을 가다듬어야 했다. 베스의 누드화에 얽힌 비밀이 풀린 걸까?

케이트의 두 손이 떨렸다. 도저히 비행을 할 수 없는 상태였다.

"찰리, 오늘 조종간을 잡아 볼래요?"

"좋아요." 찰리가 기쁘게 대답했다. 그동안 케이트는 찰리에게 조종할 기회를 좀처럼 준 적이 없었다.

찰리가 관제탑을 호출했고, 이륙 허가가 떨어졌다. 찰리는 항공기를 조종해 활주로를 미끄러져 달리기 시작했다. 케이트는 찰리가 언제 브레이크를 풀었는지도 알아차리지 못했다. 온갖 생각이 치달아 머리가 어지러웠다. 수프 치킨에 나갔던 베스, 베스의 누드화를 그린 JH. 점점 빨라지는 케이트의 심장박동에 맞춰 비행기도 약 1,500미터 아스팔트를 달리면서 점점 더 속도를 높여 이륙했다. 찰리는 피셔스 아일랜드 사운드 왼쪽으로 비스듬히 날아올라 데이비드에게 섬 광경을 자세히 보여 주고는 서쪽으로 방향을 틀었다.

사이테이션 엑스(Citation X)는 대형 롤스로이스 엔진을 장착한 빠른 제트기로 6초당 1마일을 비행할 수 있었다. 이륙한 지 두 시간도 채 안 돼 클리블랜드에 도착했다. 데이비드가 집으로 돌아갈 때까지 승무원들에게는 네 시간의 자유시간이 있었다. 평소 승무원들은 함께 시간을 보내기도 했지만 케이트는 공항에서 그들과 헤어졌다. 머릿속에는 제드 힐리어드 생각뿐이었다.

케이트는 룰루에게 문자 메시지를 보냈다.

- JH가 누군지 알아냈어. 전화 줘.

스코티에게도 보냈다.

- 베스한테 제드라는 친구가 있는 거 알고 있었어?

케이트는 숄더백에서 봉투를 꺼내 베스의 누드화를 다시 들여다보았다. 훌륭한 작품이었지만 케이트는 그렇든 말든 관심이 없었다. 이제 화가의 이름을 알아냈으니 베스의 상황을 짐작할 만한 흔적을 찾아보려 했다. 두 사람은 서로 사랑하는 사이였을까? 케이트는 베스의 볼록한 배를 뚫어지게 쳐다보았다. 피트가 아기 아빠라고 다들 착각한 걸까? 아니, 그럴 리는 없었다. 베스는 절대 부정을 저지르지 않았을 것이다. 다른 누군가를 마음에 담았다면 자신에게 틀림없이 말했을 테니까.

케이트는 베스 가까이 가야 했다. 그래서 택시를 잡아타고 클리블랜드 미술관으로 향했다. 웨이드 오벌을 장악한 우아하고 인상 깊은 신고전주의 풍의 하얀색 대리석 건물을 보자마자 마음이 가라앉았다. 예전에 데이비드와 여행을 왔을 때도 들렀던 곳이었다. 보통은 진행 중인 전시회를 구경하는 걸 좋아했지만 오늘은 영구 소장품 중에서 오랫동안 좋아했던 작품을 곧바로 보러 갔다.

클로드 모네의 〈수련〉 시리즈가 이스트 윙의 인상파 전시실 벽면 전체를 차지하고 있었다. 케이트는 널찍한 벤치에 앉아서 그 작품을 응시했다. 모네가 말년에 지베르니에서 그린 그림이었다. 그때 모네는 집에 머물면서 좋아하는 백합 연못을 배경으로 엄청나게 많은 삼면화를 그렸다. 모네의 작품을 보고 있자니 파리 여행이 떠올랐다.

베스도 기억났다. 그림을 응시하는 동안 케이트의 숨결이 천천히 가라앉았다.

과거에 갤러리 사건이 터지기 전 10월이었다. 케이트와 베스는 부모님을 따라 뉴욕에 갔다. 그들은 메트로폴리탄 박물관과 센트럴 파크의 맞은편에 있는 스탠호프 호텔에 머물렀다. 부모님이 파크 애비뉴에 수집가를 만나러 갔을 때 케이트와 베스는 센트럴 파크에 갔다. 케이트는 오벨리스크에서 컨서버토리 워터 호수까지 스케이트보드를 타고 내려가 베데스다 분수를 한 바퀴 돌았다. 그동안 내내 베스는 케이트를 따라 달렸다.

"메트로폴리탄 박물관으로 돌아가자." 한 시간 후 베스가 말했다. "나 추워."

케이트는 빨간색 울 모자에 네이비블루 다운재킷을 입고 있었고, 베스는 낙타털 외투 차림이었다. 그럼에도 케이트는 자신의 재킷을 벗어서 동생 어깨에 걸쳐 주었다.

"그럼 언니가 추워지잖아." 베스가 말했다.

"시인의 산책로로 가자. 너 거기 조각상들 좋아하잖아."

"싫어. 박물관으로 가." 베스가 말했다.

"이제 그림은 지겹지 않아? 집에도 있잖아. 우린 지금 뉴욕에 왔다고. 여기서도 또 그림을 보고 싶어?"

베스가 미소 지었다.

주황색과 노란색 나뭇잎들이 바닥에 양탄자처럼 깔려 있었다. 원형 연못의 받침대 위에는 우아한 동상 '물의 천사'가 공원 벤치들과 호수를 내려다보며 우뚝 서 있었다. 케이트는 바깥에서 사람들을 구경하고 따끈따끈한 프레첼을 사 먹고 싶었지만 어린 동생의 뜻을 저버릴 수가 없었다.

30분 후, 두 사람은 르누아르의 〈파란색 드레스 차림의 두 딸과 엄마〉 그림 앞에 서 있었다. 케이트는 입구에 스케이트보드를 맡겨야 했다.

케이트는 르누아르 작품을 보면서 고개를 가로저었다. "인상파 그림은 너무 예뻐. 너무 간단하고. 칸딘스키 작품을 보러 가자."

베스가 창피하다는 듯이 케이트를 쳐다보았다. "마틸다 할머니 말씀 못 들었어? 인상파가 모든 것을 바꿔 놨어. 인상파는 빛을 그려 냈다고. 한 번의 붓놀림으로. 저건 빨간색 모자야. 언니 모자처럼."

"그래, 그래." 케이트가 건성으로 대답했다.

커다란 캔버스 화폭에 담긴 모네의 〈수련〉을 보면서 케이트는 베스가 수련 시리즈를 얼마나 좋아했었는지 생각했다. 솔직히 말해서 케이트 자신도 좋아했던 그림이다. 하지만 엄마의 죽음 이후로 그림에 대한 두 사람의 생각이 달라졌다. 케이트는 거의 즉각적으로 인상파의 온기와 빛, 안락함과 친밀함에 의지했다. 케이트에게는 프랑스 작품이 아닌 미국 작품, 가족이 수집했던 작품이 필요했다. 하지만 베스는 반대로 그 그림 때문에 엄마가 죽었다고 생각해서 다시는 그 그림을 돌아보지 않으려고 했다.

하지만 그런 상태는 오래가지 않았다. 엄마의 죽음 이후 머지않아 두 자매의 길이 달라졌다. 베스는 갤러리 업무에 헌신하기 시작했다. 학문과 그림에 빠져들었다. 한편 케이트에게 그림은 다른 모든 것들처럼 버려야 하는 즐거움이었다.

베스가 아카데미나 뉴런던에서 제드 힐리어드를 만났을까? 제드는 의심의 여지없이 재능이 뛰어난 화가였다. 왜 베스가 제드에 관해서 한 마디도 하지 않았을까? 적어도 자신한테는 말해야 하지 않았을까? 이런 생각에 케이트는 가슴이 찢어질 듯 아파 왔다. 룰루에게는 말했을까? 그래서 베스의 누드화를 보여줬을 때 룰루가 그처럼 이상하게 행동했을까? 케이트는 휴대전화를 확인해 보았다. 룰루도, 스코티도 답장을 보내지 않았다.

케이트는 〈수련〉을 지그시 응시하면서 그 섬세한 색과 음영에 빠져들어 갔다. 데이비드의 회의가 끝날 때까지, 코네티컷의 집으로 돌아갈 수 있을 때까지, 제드 힐리어드가 동생에게 어떤 존재였는지 알아낼 수 있을 때까지.

26

샘은 집이 살아 있다고, 영혼을 갖고 있다고 생각해 본 적이 없었다. 병원에서 태어나 처치가 45번지로 온 이후로 샘은 줄곧 그곳에서 살았다. 그 집에 대해 깊이 생각해 본 적은 없다. 벽과 창문, 바닥, 방, 엄마가 해 놓은 장식들, 아침 햇살을 받아 환하게 밝혀지는 주방, 퇴창 바로 바깥에 있는 새 모이통, 그 모든 것들을 당연시했다. 회반죽과 페인트, 나무, 굴뚝이 있는 집. 집은 그냥 집이었다.

이모 집에서 돌아온 지금에서야 자신의 그런 생각이 완전히 틀렸음을 깨달았다. 집은 살아 있었다. 생기가 넘쳐 흐르는 곳이었다. 노래하고 춤추는 곳, 요리를 하고, 휴일마다 온갖 행사가 가득한 곳이었다. 추수감사절에는 칠면조를 구우면서 타닥타닥거렸고, 크리스마스에는 상록수와 쿠키, 장작불 냄새를 풍겼다. 〈호두까기 인형 모음곡〉 같은 분위기가 나는 곳이었다.

주방에 앉아 있던 샘은 집의 생기가 사라졌음을 깨달았다. 정확히 말해 죽은 것은 아니었다. 여전히 전기가 들어오고, 물이 나왔다. 레인지가 켜졌고, 커피메이커가 돌아갔다. 냉장고도 시원하게 작동했다. 하지만 집은 유령이 되어 버렸다. 더 이상 살아 숨 쉬지 않았고, 가족을 감싸 안아 안전하게 보호해 주지 않았다. 한때 간직했던 모든 것을 잃어버린 채 떠도는 영혼처럼 두둥실 떠다니기만 할 뿐이었다.

팝콘도 생기를 잃은 것처럼 보였다. 놀고 싶어서 신나게 뛰어다니는 게 아니라 햇살이 들어오는 주방 바닥에 드러누워서 슬라이딩 유리문 너머로 찍찍거리며 마당에 도토리를 숨기는 다람쥐를 쳐다보고 있었다. 심지어는 짖지도 않았다.

문간에 있는 뭔가가 햇살을 받아 반짝거렸다. 다가가 보니 작은 유리조각이었다. 유리조각을 집어 손바닥에 올려놓았다. 아무도 자세한 사실을 말해 주지 않았다. 엄마를 찾아냈던 그날의 순간순간을 직접 듣지는 못했지만 가능한 한 모든 각도에서 집 안을 촬영해 방송해 주는 TV 뉴스를 지켜봤다. 이모와 경찰이 유리문을 깨고 안으로 들어왔다는 사실도 알았다. 아빠가 유리창을 갈았겠지만 작은 유리조각 하나가 남아 있었다.

샘은 주방 식탁에 앉아 그 유리조각이 다이아몬드처럼 귀한 것이라도 되는 양 들어 올렸다. 쏟아지는 빛줄기 속에 넣어 이리저리 돌려 보자 무지개 빛깔이 천장에 뿌려졌다. 샘은 유리조각을 한쪽 팔 안쪽에 갖다 댔다. 아, 너무나 유혹적이었다. 자신의 살갗 위에 '엄마가 그리워'라고 쓰고 싶어 유리조각을 집어든 손이 근질근질했다. 검붉은 핏방울이 떨리며 흘러내리는 광경을 보고 싶었다. 예전에는 칼로 긋는 자해 행위가 효과가 있었다. 고통을 없애는 데는 그만 한 것이 없었다.

아침에 아빠가 집을 나선 뒤 샘은 대마초를 피웠다. 약에 취하는 게 좋을 것 같아서였다. 하지만 오히려 엉망이 되어 버렸다. 밖에서 안을 들여다보는 이방인이 된 것 같았다. 머릿속에서는 자기 연민의 생각 덩어리들이 솟아났다 사라졌다 했다. 넌 살해된 엄마의 딸이야. 다시는 엄마를 볼 수 없을걸. 네 아빠는 너보다는 정부와 네 이복동생과 있고 싶어 할 거야.

케이트 이모의 집을 떠나면서 샘은 자기 집으로 돌아와 모빌을 걸어 두려 했다. 6월에 매튜에게 주려고 만든 것이었다. 엄마와 뉴런던의 '고래잡이 도시 보호소(Whaling City Shelter)'에 간 적이 있었다. 그곳에는 여자들과 아이들이 많았다. 샘은 그곳에서 아이들과 함께하는 미술 프로젝트 진행을 맡았다.

엄마의 친구 제드도 미술 프로젝트를 도와주었다. 제드는 본업 없이 떠돌아다녔지만 진짜 대단한 화가였다. 자신의 자유를 지키며 그림을 그리고 창의적인 삶을 살아 나가기 위해 힘든 일도 마다하지 않았다. 식사는 수프 키친 무료 급식소에서 했다. 제드는 샘뿐만 아니라 더 어린 몇몇 아이들에게 수채화로 새 그리기를 가르쳐 주었다. 엄마가 항상 모이통을 채워 주었던 뒷마당의 평범해 보이지만 아주 아름다운 그런 종류의 새 그림이었다.

매튜의 모빌을 만들었던 그날, 샘은 엄마가 보호소에 기부했던 두꺼운 수채화 종이 양쪽 면에 털이 보송보송한 딱따구리와 장박새, 홍관조, 흰가슴동고비를 그렸다. 그러고 나서 새들을 오려내 십자 모양으로 붙인 나무 조각 두 개에 묶어 빙글빙글 돌게 만들었다.

움직이는 조각 모빌의 창시자 알렉산더 칼더를 따라잡을 정도는 아니었지만 샘은 자신의 모빌 작품이 자랑스러웠다.

"남동생이 무척 좋아할 거야." 제드가 모빌을 머리 위로 들어 올려 마치 나는 듯 공중에서 흔들리는 새들을 바라보며 말했다.

"동생이 내가 누군지 알아볼 정도로 컸을 때 난 대학교에 가 있을 걸." 샘이 말했다.

"그렇지 않아. 이미 네가 누군지 알고 있어." 엄마가 말했다. "지금도 네 목소리를 들을 수 있단다. 넌 이미 동생을 가르치고 있어."

"내가 뭘 가르쳐?" 샘이 물었다. 당시에는 샘의 성적이 떨어지고 있었다. 샘이 아빠와 갤러리 여직원 니콜라의 관계뿐만 아니라 절대 알고 싶지 않았던 타일러라는 갓난아기 동생의 존재를 알고 난 후로 줄곧 그랬다.

"새들과 자연에 대해 가르쳐 주고 있지. 힘든 시기를 최선을 다해서 강인하게 견뎌 내는 법도 보여 주고 있고." 엄마가 말했다.

"잘하고 있는 것 같지 않은데."

"엄마가 '최선을 다해서'라고 말했잖아. 그게 중요한 거야. 자기가 아는 걸 다른 사람에게 알려 주는 거야."

그날 차를 타고 집으로 돌아오는 길에 샘은 엄마를 힐끗 쳐다보았다. 두 사람은 깊은 대화를 나누는 모녀 관계는 아니었다. 서로 가까웠지만 문제에 대해서는 이야기하지 않았다. 가끔씩 몇 마디 하는 게 다였다. 집안 문제에 대해서는 대체로 입을 다물었다. 결국 하고 싶은 질문이 계속 쌓여만 갔다. 왠지 모르게 이번에는 무척이나 친절한 제드가 있으니까 질문을 던져도 괜찮을 것 같았다.

"왜 아빠와 계속 같이 살아?" 샘이 물었다. 대부분의 아이들은 부모가 이혼하지 않기를 바란다. 그렇다고 샘도 그랬던 건 아니다. 오히려 엄마가 아빠의 말도 안 되는 소리를 들어 주는 게 더 괴로웠다.

"우린 가족이니까." 엄마가 천천히 말했다.

"하지만 아빠는 엄마를 존중하지 않아. 니콜라와 바람피우고 있다고."

"그 여자는 아무것도 아냐. 사실 엄마는 그 여자가 안 됐다고 생각한단다."

"어떻게 그럴 수 있어?"

"자신이 그런 일을 저질렀으니 상당히 불안할 거야. 다른 누군가의 남편과 사랑에 빠졌으니까."

"엄마도 아기를 가졌는데 불안하지 않아?"

"그게 신경 쓰이니?"

샘은 어깨를 으쓱거렸다.

엄마는 딸이 자신의 이야기를 이해할 수 있을지 가늠해 보는 듯 말이 없었다.

"샘, 우린 이 아이를 아주 많이 사랑할 거야. 엄마한테는 네가 있고, 곧 매튜도 생겨." 베스는 잠시 말을 멈추고 딸을 슬쩍 쳐다봤다가 다시 도로를 주시했다. "엄마가 처음 결혼했을 때는 날 돌봐 줄 사람이 필요하다고 생각했어. 교육 받은 똑똑한 여자에 가족 사업을 운영하는 법도 알았지만 많은 일을 겪었거든. 네 할머니 일도 있었고. 너도 알 거야."

"응."

"그때 네 아빠가 나타났고, 엄마는 필요로 하던 걸 찾았지. 엄마를 이해하고 돌봐 줄 수 있는 사람, 엄마 인생의 커다란 구멍을 메워 줄 사람을 말이야. 네 아빠는 자신이 그렇게 해 줄 수 있다고 엄마를 설득했고, 엄마는 네 아빠를 믿고 싶었어."

"아빠를 사랑하기는 했어?"

"물론이지. 많이 사랑했어. 하지만 상황이 달라졌단다. 엄마가 아빠와 결혼했다고 해서 혼자서 아무것도 못하는 건 아니야. 예전에는 그걸 알려고 하지도 않았어. 니콜라도 그걸 깨달아야 할 거야. 넌 너 자신을 잘 알았으면 좋겠어. 너 혼자서도 완벽하다는 걸 말이야. 너 스스로 완전해져야 해. 그건 다른 누구도 해 줄 수 없는 일이야."
"나도 알아."
"그래."
"하지만 아빠는 모르는 것 같아."
"그래서 문제지."

깨진 유리조각을 들고 혼자 주방에 앉아 있던 샘은 모든 것이 얼마나 많이 달라졌는지 생각했다. 세상이 뒤집혔다. 부모님이 차라리 이혼을 했다면 좋았을 텐데. 그랬다면 엄마는 아직 살아 있을지도 모르니까.

그게 무슨 말이지? 아빠가 이혼 대신 엄마를 죽이려 했다고 믿는다는 말인가? 샘은 그런 자신의 생각에 덜컥 겁이 났다.

"아빠는 엄마를 죽이지 않았어." 샘이 큰소리로 외쳤다.

샘은 그 이유를 하나하나 꼽아 보았다. 엄마는 임신했어. 아빠는 엄마와 날 사랑해. 아빠가 그런 식으로 가족을 해칠 리는 없어. 바람 피우는 것과 실제로 살인을 저지르는 건 완전히 다른 문제야. 절대 있을 수 없는 일이야. 하지만 마음속 깊은 곳에서는 그날 보호소에서 집으로 돌아오는 길에 엄마가 했던 말을 떨쳐 버릴 수가 없었다. 엄마가 강해지는 걸 아빠는 싫어해.

열린 창문으로 가벼운 바람이 불어 들어왔다. 샘은 정원을 내다보았다. 엄마가 없는 정원. 꽃들은 시들어 보였고 잡초가 무성한 것 같았다. 새 모이통은 텅 비어 있었다. 새들이 찾지 않는 모이통을 보자 그 어느 때보다 더 기분이 나빠졌다.

샘은 작은 유리조각을 던지려다가 엄마가 가을에 솔방울을 채워 넣어 두던 오래된 청동 그릇에 넣었다. 그러고는 차고로 들어가 커다란 아연 도금 양동이 뚜껑을 열었다. 해바라기 씨앗이 넘칠 정도로 가득 들어차 있었다. 엄마가 매디슨의 오듀본 가게에서 산 것이었다. 샘은 해바라기 씨앗 양동이를 바깥으로 들고 나갔다가 더 작은 엉겅퀴와 땅콩, 잇꽃 씨앗 양동이를 가지러 다시 차고로 돌아왔다. 소나양의 기름은 겨울까지 기다렸다가 채워 줘도 괜찮다.

기다란 튜브 모양의 새 모이통은 장식적인 연철 기둥에서 뻗어 나온 둥그런 네 팔에 매달려 있었다. 기둥 중간쯤에 설치된 커다란 원통형 차단판은 다람쥐와 미국너구리가 올라오지 못하게 막고 있었다. 마당 저편에는 집 모양의 새 모이통이 커다란 적색 참나무의 나뭇가지에 걸려 있었다. 홍관조처럼 횃대가 필요 없는 새들이 앉을 수 있는 평평한 대가 있는 새 모이통이었다. 샘은 천천히 조심스럽게 모이통 하나하나를 넘치도록 가득 채웠다.

마침내 일을 다 마치고는 돌벽 위에 앉아 새들이 먹이를 찾아 돌아오기를 기다렸다. 가슴이 조금 트이는 것 같았다. 몇 주 동안 가슴이 점점 작아지면서 꽉 죄어든 상태였다. 텅 비어 있는 새 모이통을 보자 가슴이 훨씬 더 갑갑했다. 하지만 이제 피가 좀 돌면서 심장으로 들어가는 것 같았다. 많이는 아니지만 조금씩. 새 모이통을 채우는 일이 생기를 되찾아 주는 것 같았다.

엄마에게, 심지어는 집에도 생기를 불어넣어 줄 수는 없었다. 하지만 적어도 새들을 위해서는 뭔가를 할 수 있었다. 적어도 그 일은 가능했다. 그때 받침이 꽃처럼 생긴 투명한 빨간색 새 모이통이 눈에 들어왔다. 저 벌새들을 어떻게 잊고 있었지? 작은 새들이 공중에서 맴돌다가 먹이를 먹고는 벌보다 더 빠르게 날아가는 모습은 언제나 마법 같았다. 벌새들은 빨간색에 끌려서 몰려들었다. 엄마는 벌새들을 위해서 매발톱꽃과 능소화를 심었고, 모이통도 가득 채워 놓았었다.

샘은 까치발을 하고서 주방 싱크대 위쪽 창문에 붙어 있는 흡착판에서 벌새 모이통을 떼어 냈다. 그러고는 주방으로 돌아가 냉장고를 열었다. 냉장고 안에는 설탕 시럽이 가득 담긴 유리병이 하나 있었다. 엄마가 매주 신선하게 만들어 두는 시럽이었다. 샘은 시럽을 벌새 모이통에 붓다가 유리병 가장자리에 얼어붙은 설탕 덩어리를 발견했다.

만든 지 몇 주나 된 설탕 시럽이었다. 아직 상하지 않았을까? 어쩌면 그녀가 설탕 시럽을 좀 만들 수 있지 않을까? 만드는 방법은 간단할 게 분명했다. 그런데 왜 엄마가 설탕 시럽 만드는 걸 봐 두지 않았을까? 조리법이 있을 게 분명했다. 아니 어쩌면 그냥 설탕과 물을 섞어서 휘젓기만 하면 되지 않을까? 그때 갑자기 한 가지 사실이 번득 떠올랐다. 눈앞에 있는 설탕 시럽은 엄마가 마지막으로 만들어 둔 벌새 시럽이었다.

샘은 유리병을 다시 냉장고에 넣었다. 냉장고 문을 닫고는 빨간색 꽃받침 벌새 모이통을 싱크대에 내려놓았다. 가슴이 다시 쪼그라들었다. 이번에는 아예 단단히 닫혀 버렸다. 유리조각이 떠올랐다. 샘은 청동그릇에서 유리조각을 집어 들고 지하실로 향했다. 등 뒤로 문을 단단히 닫았다.

여름날은 조용했고, 구석에는 커다란 난로가 있었다. 아빠의 작업대에는 연장들이 가득 차 있었다. 샘은 세탁기와 건조기, 나무 건조대 몇 개, 양말만 넣어 두는 고리버들 바구니가 있는 지하실 저 끝으로 걸어갔다. 엄마는 회반죽을 바른 콘크리트 벽을 샘이 초등학교 때 그렸던 그림들과 최근에 촬영한 사진들로 꾸며 놓았다.

샘은 작은 유리조각을 집어 들어 왼쪽 손목 안쪽에 대고 길고 얕게 그었다. 깊게 긋지는 않았지만 꽃 모양의 핏방울이 피어올랐다. 밝은 빨간색의 능소화가 활짝 피었다. 칼로 긋는 자해 행위는 언제나 마음의 안정을 가져다주었다. 샘에게 지금 당장 필요한 것이었다. 억눌린 긴장과 슬픔을 토해 내기 위해서. 하지만 한 번 그어서는 아무 효과가 없었다. 샘은 다시 한번 손목을 그었다. 빨갛게 맺히는 핏방울을 바라보았다. 신기하게도 엄마가 은신처에서 불러낸 벌새들이 모여들었던 빨간색 모이통이 눈앞에 아른거렸다. 엄마가 너무 그리워서 샘은 비명을 지르기 시작했다.

더 크게, 더 크게. 아무도 들을 수 없는 지하실 깊은 곳에서 더 크게 소리를 질렀다. 집이 무너져 내릴 것처럼 비명을 질렀다. 이 세상에서 가장 사랑했던 사람이 죽었으니까, 영원히 떠나 버렸으니까. 다시는 새들에게 모이를 줄 수 없으니까. 다시는 그녀를 안아 줄 수 없으니까. 이 세상이 끝나 버렸으니까. 샘의 비명이 지하실 깊숙한 곳에서 울려 퍼졌다.

27

뉴런던 수프 키친은 뱅크 가의 세인트 이그나티우스 로욜라 교회의 교구 회관에 있다. 거기서 모퉁이만 돌면 고래잡이 도시 보호소였다. 케이트는 지난주에 로스앤젤레스까지 두 번 비행을 했다. 그리고 오늘은 나흘간의 휴가 중 첫날이었다. 교회와 보호소는 케이트의 집에서 걸어서 5분 거리였다. 케이트는 그곳을 수없이 지나치며 따뜻한 식사나 안전한 침대를 얻으려고 줄지어 서 있는 손님들과 거주민들을 보았다. 점심시간 전에 케이트는 그곳으로 발걸음을 옮겼다.

베스가 몇 년 동안 그 두 곳에서 자원봉사를 했지만 케이트는 한 번도 들른 적이 없었다. 가끔씩 베스가 시내에서 일하고 케이트가 비행이 없을 때 두 사람은 뱅크 가의 해안 쪽에 자리한 위치파이어 티하우스에서 만났다. 거기서 함께 다르질링을 마실 수 있었고, 베스는 타로카드 점을 볼 수 있었다.

케이트는 그 찻집도 지나쳤다. 찻집 앞은 보라색으로 칠해져 있었고, 짙은 분홍색 간판에는 검은색 글자가 휘갈겨 쓰여 있었다. 창문에는 태피터 커튼이 쳐져 있었다. 찻집 주인이 타로 점을 믿는 손님들을 위해 신비로운 분위기를 연출하려고 고른 커튼이었다.

"교외 지역에 먹히는 초자연적 분위기를 연출하려는 거네." 지난해 겨울, 어느 눈 오는 날에 케이트는 이렇게 말했다. 그때 케이트와 베스는 허름한 호박색 2인용 벨벳 안락의자에 앉아 있었고, 주름진 실크 갓이 씌워진 빅토리아 풍 램프와 촛불이 가게 안을 밝히고 있었다.

"그건 아냐. 이건 그냥 재미 삼아 하는 거야. 테살리아!" 베스가 카페 주인을 부르며 눈을 맞추려고 애썼다.

"테살리아?" 케이트가 너무 작위적인 이름이 아니냐는 듯 되물었다.

"닐 게이먼의 만화 〈샌드맨(The Sandman)〉에 나오는 1,000살 마녀의 이름이야."

"그렇군. 뭐 좀 아는 사람이네." 케이트가 말했다.

큰 키에 날씬한 테살리아는 은발을 길게 늘어뜨리고 있었다. 젊어 보이는 나이에 어울리지 않는 은발은 가발이 분명했다. 테살리아는 코바늘로 뜬 검정 드레스에 검정 레이스업 부츠, 큼직하고 둥근 검정 테 안경까지 모두 검정 일색이었다.

"여기가 싫으면 앞으로는 다른 데서 만나는 거 어때?" 베스가 물었다. "언니가 그러니까 내가 바보처럼 느껴지잖아."

"무슨 소리야?"

"언니는 너무 과학과 기술만 중시해. 믿음이 없잖아. 도구와 기계가 아닌 건 아무것도 믿지 않고. 난 언니의 그런 점을 존중해. 언니한테 좀 더 영적으로 살아 보라고 하지 않잖아. 그런데 언니는 늘 나보다 낫다는 것처럼 잘난 척해. 내가 바보라고 생각한다고."

"그렇지 않아!"

"아니, 맞아. 내가 테살리아한테 내 카드 점을 봐 달라고 하면 언니는 거기 앉아서 같잖다는 듯 미소를 지을걸. 테살리아라는 이름을 들었을 때처럼 말이야."

케이트는 베스를 보면서 베스의 말이 구구절절 다 옳다는 사실을 알았다. 케이트는 위치파이어의 모든 것이 다 가짜라고 생각했다. 테살리아는 지루해서 뭔가 색다른 것을 찾는 여자들의 마음을 사로잡을 줄 아는 사람이라고 생각했다.

"'교외 지역'이 어떻고 저떻다고 했던 것도 그래. 지난주에 했던 말은 무슨 뜻이었어? 교외 지역 가정주부들이 운수를 점치고 사랑을 찾는다고 그랬잖아."

"널 두고 한 소리가 아니었어!"

"나도 가정주부야."

"미술관을 운영하는 가정주부지!"

"그럼 사랑을 찾아다닌다는 건 무슨 소리였어?"

"나도 몰라. 그냥 농담한 거였어."

"내가 바람피우고 싶어 한다는 소리처럼 들렸어. 사실 사랑을 찾아다니는 게 잘못된 건 아니지 않아?" 베스가 두 눈을 가늘게 뜨고는 도전적으로 케이트를 바라보았다.

"사랑에 관한 조언을 구하러 다닌다고 했던 거 같은데?"

"아니, 절대 아냐. 사랑을 찾아다닌다고 했어."

"기억이 안 나. 미안해."

"집에서 멸시 당하는 것만으로도 충분하다고."

"제부가 널 무시해?" 케이트가 물었다. 케이트는 피트에게 비난을 돌려서 당장의 불편한 분위기를 바꾸고 싶었다.

"이 이야기는 그만하자." 베스가 말했다. 그러고는 날카로운 눈초리로 이렇게 덧붙였다. "사랑을 찾아다녀야 할 사람은 언니야. 그래야 언니도 나 같은 여자들 마음을 이해할 수 있겠지."

테살리아가 다가왔을 때 베스는 찻주전자에 따뜻한 물을 채워 달라고만 할 뿐 타로 점을 봐 달라고 하지는 않았다. 그때가 위치파이어 티하우스에서 베스를 만난 마지막 날이었다. 베스는 다시는 그곳에서 만나자고 하지 않았다. 그 이후로는 적포도주와 버거를 파는 케이트의 취향에 더 가까운 네덜란드식 선술집에서 만나기 시작했다. 위치파이어 티하우스를 지나치면서 이상했던 과거의 대화를 떠올리자 케이트는 그때 베스가 목탄 드로잉으로 그녀의 아름다움과 영혼을 그토록 사랑스럽게 포착해 냈던 남자, 제드에 대해 이야기하고 싶었던 걸까 하는 생각이 들었다.

세인트 이그나티우스의 수프 키친에서는 점심식사가 한창이었다. 두 여자가 기다란 카운터 뒤에 서서 추수감사절 음식처럼 보이는 것을 나눠 주고 있었다. 그레이비를 끼얹은 칠면조에 으깬 감자와 완두콩을 곁들인 음식이었다. 8월의 코네티컷에서 나오는 삶은 옥수수도 있었다.

손님들은 십 대부터 노인까지 연령대가 다양했다. 모두들 쟁반을 들고 줄서서 식사를 받아서는 두 줄로 놓인 접이식 식탁으로 향했다. 식당 한쪽 끝에는 농구 골대가 있었고, 구석에는 이젤 다섯 개가 접혀 있었다. 식당뿐만 아니라 체육관, 미술실로도 사용되는 다용도실인 게 분명했다. 베스와 샘이 사람들과 함께 미술 프로젝트를 했던 곳이기도 할까? 케이트는 주변의 모든 남자들 얼굴을 훑어보면서 누가 JH일까 생각했다.

"케이트!"

뒤를 돌아보니 썰어 놓은 토마토와 바질이 든 쟁반을 들고 주방에서 나오는 스코티가 보였다.

"너도 여기서 일한다는 거 깜박했네." 케이트가 말했다.

"베스 때문에 시작했지."

"그거 기른 거야?" 케이트가 잘 익은 빨간색 토마토를 보면서 물었다.

"응, 바질은 베스 거야. 오는 길에 베스의 정원에 들러서 좀 따 왔어. 베스는 항상 식사에 풍미를 더하려고 그렇게 했거든. 여기 사람들은 베스를 좋아했어. 다들 베스를 그리워해." 스코티가 몸짓으로 다용도실 저쪽 벽의 게시판을 가리켰다. 회색 셔츠에 하얀색 모자를 쓴 베스가 환하게 웃는 두 여자에게 팔을 두르고 있는 사진이 붙어 있었다. 사진 아래에는 '영원히 사랑받다'라는 배너가 있었고, 거기에는 서명이 가득했다.

"여기 오는 모든 사람들에게 서명하라고 권하는데 다들 서명을 해 줘." 스코티가 말했다.

케이트는 서명들을 살펴보려고 가까이 다가갔다. 스코티가 배식대에 쟁반을 내려놓고 케이트를 따라갔다. 케이트는 이름을 하나하나 읽어 보았지만 찾으려던 건 찾지 못했다.

"무슨 일로 왔어?" 스코티가 물었다.

"베스의 친구를 만나고 싶어서. 내가 문자 보냈는데 못 봤어?"

케이트는 뒤쪽에서 초조하게 왔다 갔다 하는 스코티를 돌아봤다. 스코티의 금발 몇 가닥이 모자에서 빠져나와 있었다. 살짝 탄 피부에 눈가에는 희미한 주름이 잡혀 있었다. 두 사람은 오랜 친구 사이였기에 케이트는 그 눈을 잘 알고 있었다. 스코티의 눈에는 자책이 가득했다.

"미안, 답장을 했다고 생각했어."

"제드 힐리어드가 누구야?"

스코티는 얼굴을 붉히며 시선을 피했다.

"너랑 룰루는 알고 있었지?"

"베스가 결국에는 너한테도 얘기했을 거야. 베스는 네가 반대할까 봐 걱정했거든."

"당연히 찬성했을 거야. 베스가 행복해하기만 한다면." 하지만 위치파이어에서 베스와 마지막으로 나누었던 대화가 떠올랐다. 베스의 방어적인 목소리가 머릿속에서 울려 퍼졌다. *내가 바람피우고 싶어 한다고 생각하잖아.*

"그 사람 지금 여기 있어?"

"아니. 베스가 죽은 후로 오지 않았어."

한 대 얻어맞은 것만 같았다. 케이트는 오늘 그를 만나면 베스와 그림에 대해 물어보려고 했다. 그러고 나면 마음의 평화를 찾을 수 있을 것 같았다. 그가 베스를 사랑했고, 베스도 그를 사랑했다고, 그래서 베스의 삶이 더욱 행복해졌다는 이야기를 듣고 싶었다. "둘이 사귀는 사이였어?"

"그런 거 아냐! 그냥 좋은 친구 사이였어." 스코티가 이렇게 말했지만 케이트는 그 말을 믿을 수 없었다.

"매튜의 아빠야?"

"제발, 케이트! 왜 그런 질문을 해?"

"그 사람 어디 사는지 알아?"

"오랫동안 아카데미에서 잡역부로 일했고, 아카데미에서 내 준 다

락방에 살았어. 지금은 여기 뉴런던에 있는데 화가들의 스튜디오를 개조한 스테이트 가 건물에 살아."

"지금도 거기 있을까?"

"그건 몰라. 하지만 거기 있는데도 식사를 받으러 나오지 않을 리는 없을 거야."

"베스와는 아카데미에서 만난 거야? 그 남자가 거기서 일할 때?"

스코티가 입술을 깨물었다. 스코티의 파닥거리는 속눈썹에 케이트는 심장이 철렁 내려앉는 것 같았다. 오랜 친구의 눈빛에 깃든 슬픔을 읽을 수 있었다.

"아니. 베스가 여기 데려오기 전까지는 블랙홀을 전혀 몰랐던 사람이었어."

"그럼 어떻게 만난 거야?"

"감옥에서 만났어. 베스가 아빠를 만나러 갔을 때. 제드도 거기 있었거든."

"거기서 일하는 사람이었어?" 어떤 식으로든 아빠와 연관되어 있다고 생각하자 케이트는 속이 꽉 죄어들었다. "자원봉사자?"

"수감자였어."

케이트는 자신이 무슨 말을 들었는지 이해하려고 애썼다. "무슨 죄를 지었는데?"

"마리화나를 팔다가 잡혔대. 너희 아빠가 제드와 이야기를 나눴다고 베스한테 들었어. 둘 다 미술에 관심이 있었지."

케이트는 말을 할 수가 없었다. 베스는 그동안 내내 아빠와 연락을 하고 지냈다. 베스가 아빠를 만난다는 사실을 어렴풋이 알고는 있었지만 아빠에 관한 소식은 듣고 싶지 않았다. 베스는 그런 언니를 이해해 주었다. 그때 그 지옥 같았던 스물두 시간이 아빠 탓이었다는 사실을 알고 난 이후로 케이트는 아빠를 자신의 인생에서 잘라 내 버렸다. 하지만 베스는 정기적으로 감옥을 찾아갔고, 그곳에서 그 남자를 만났다. 지금은 베스마저도 죽어 버렸다. 속이 메슥거렸다. 동생에게 비밀스러운 삶. 아빠와 또 다른 죄수와 얽힌 삶이 있었다.

피트가 살인범이 아닐지도 몰랐다.

"고마워, 스코티."

"케이트……."

케이트는 오랜 친구를 슬쩍 안아 주고는 밖으로 걸어 나왔다. 베스의 정원에서 나던 매콤하고 톡 쏘는 바질 향이 공기 중에 감돌았다. 밝은 태양 아래 거리로 나가 집까지 돌아가는 내내 그 향이 따라다녔다. 동생이 말해 주지 않았던 그 모든 비밀이 생각나 눈시울이 붉어졌다.

28

나흘 전, 오스프레이 하우스에서 마틴의 방을 수색했을 때는 딱히 흥미로운 것을 찾아내지 못했다. 하지만 복도 끝에 있던 공용 화장실에서 수확이 있었다. 화장실 벽은 200년 된 낡은 숙소만큼 오래된 파란색 타일로 장식되어 있었다. 그중 타일 몇 개가 금이 가서 빠졌고, 그 틈을 막았던 것도 떨어져 나가 있었다. 청소부가 깨끗이 하려고 애쓰는 게 분명했지만 오랜 세월 바닷가 안개와 수천 번의 샤워로 피어오르는 습기를 먹고 자라는 곰팡이를 물리치지는 못했다.

바닥에는 노란색 리놀륨이 깔려 있었다. 코너는 세면대 아래쪽 구석에 동그랗게 말려 있는 것을 발견하고는 가장자리를 잡아당겼다. 그러자 포르노 사진 한 뭉치가 나왔다. 잡지 전체를 넣어 둘 만한 공간은 아닌지라 일부만 찢어 내서 느슨한 바닥 타일 아래에 넣어 둔 것이었다. 코너는 현장을 처리할 팀을 불렀다.

수위가 약한 포르노에서 강한 것까지 다양한 종류의 잡지에서 찢은 사진들이었다. 주류 잡지에서 찢어 낸 도발적인 연예인들과 모델들 사진, '제이질'과 '선댄스' 카탈로그에서 찢어낸 잠옷과 수영복 차림의 모델들 사진, 재갈과 안대를 하고 속옷으로 묶여 있는 나체의 여자들 사진도 있었다.

공용 화장실은 4층에 있는 방 여덟 개의 거주자들이 사용하는 곳이었다. 물론 나머지 층에 사는 사람들도 사용할 수 있었다. 그런 탓에 그 잡지 사진들을 마틴과 곧장 연결 지을 수는 없었다. 주립 경찰 감식반에서 스물두 개의 지문을 찾아냈다. 그 물건의 정체는 여러 사람이 돌려 보는 오스프레이 하우스판 외설 잡지인 셈이었다. 마틴의 지문도 남아 있었다.

마틴은 최고 보안등급 주립 교도소인 에인스워스로 이송되지 않았다. 대신 실버베이와 블랙홀 사이 도로에 위치한 지방 교도소 에이버리에 수감됐다. 주로 경범죄로 재판을 기다리고 있는 죄수들을 수용하는 곳이었다. 코너는 베스가 사망한 날에 마틴이 어디에 있었는지 확인해 봤다. 마틴은 오스프레이 하우스 1층 TV 시청실에서 몇몇 친구들과 술을 마시고 있었다고 주장했다. 마틴의 친구들 세 명이 그 사실을 확인해 주었지만 셋 다 만취해 쓰러졌다고 인정했다. 그런 사람들의 증언이 얼마나 신빙성이 있겠는가?

"좋게 봐 줄 수가 없는 상황인데요." 코너가 마틴과 그의 변호사 리사 루이스턴 맞은편에 앉아서 말했다.

"전 아무 짓도 하지 않았습니다." 마틴이 말했다.

"마틴." 리사가 마틴의 팔에 손을 얹으며 저지했다.

"전 얘기해야겠어요. 그래야 제 입장을 이해해 주겠죠. 말리지 마세요." 마틴이 자신의 변호사를 단호한 눈빛으로 쏘아보았다. 오스프레이 하우스를 떠나 에이버리에 수감된 이후로 마틴은 나흘 동안 술 한 모금 마시지 않아 눈빛이 훨씬 맑았다. 목소리에는 여전히 교수라도 되는 양 권위가 실려 있었다.

"듣고 있어요." 코너가 말했다.

"그 사진들은 제 것이 아닙니다."

"하지만 당신 지문도 찍혀 있었어요."

"알아요." 마틴이 깊은 한숨을 쉬었다. "다른 사람들이 그런 짓을 하는데 제가 어떡하겠습니까? 오스프레이 하우스에는 가석방 상태가 아닌 사람들이 많아요. 그들은 자기들이 원하는 건 뭐든 사서 방에 둘 수 있죠."

"하지만 당신은 안 되죠."

"저도 압니다. 하지만 누구나 다 잡지를 살 수 있는 건 아니라서 서로 돌려 봤어요. 청소부 도리스는 그런 것들이 바닥에 굴러다니는 걸 두고 보지 못했어요. 그래서 자기들이 좋아하는 사진들을 찢어서 화장실에 숨겨 둔 겁니다."

"당신은 그걸 찾아냈고요."

"네. 처음에는 그게 뭔지도 몰랐어요. 리놀륨 타일 아래로 삐죽 튀어나온 걸 보고 잡아당겼죠. 코너 형사님, 저도 그걸 보고 충격 받았다고요."

"어련하실까요."

"진짜라니까요. 전 20년 동안 포르노를 본 적이 없습니다. 체포된 이후로는요. 솔직히 치료를 받고 있어서 그런 것들을 보면 역겨워요."

솔직히라고 또 부사를 사용했다. 코너는 속으로 이렇게 생각하면서도 태연한 척했다.

"일이 그렇게 된 겁니다. 전 그 사진들을 보고 제자리에 돌려놨어요. 딱 한 번이었어요. 로빈에게 보고했어야 했는데……. 아니면 아래층의 폴한테라도 말했어야 했죠. 하지만 전 그 사진과 얽히고 싶지 않았어요. 그 모든 일을 제 머릿속에서 지워 버리고 싶었다고요."

"마틴, 그 사진들 때문에 교도소에 갇혔다고 생각하세요?"

"네." 마틴이 혼란스러운 표정으로 말했다.

"그건 그냥 당신을 교도소에 넣을 핑계에 불과했어요. 진짜 문제는 당신이 블랙홀 갤러리 엽서를 갖고 있었다는 거죠. 베스 라스롭 가문 소유의 그 미술관 사진이 있는 엽서요."

"제가 예쁜 도시를 좋아한다고 말씀드렸을 텐데요."

"네, 그렇게 말씀하셨죠." 코너가 말했다. 코너는 서류가방을 열어서 셀로판 포장지로 싸인 엽서를 꺼냈다. 마틴을 궁지에 몰 자신이 있었지만 한편으로는 불안했다. 마틴의 대답이 점점 유력해지고 있는 가설을 뒷받침해 줄지 산산조각 내 버릴지 알 수 없었다. "그런데 그 엽서 뒤쪽에 베스, 주디, 알리사, 제니퍼, 로즈, 페이스라는 이름은 왜 적어 놓았나요? 엽서 맨 위쪽에는 피트와 마틴이라고 적어 놓았던데 왜죠?"

마틴의 얼굴에서 핏기가 사라졌다. 코너는 엽서를 앞으로 밀어서 테이블 위에 뒤집어 놓았다.

"당신 필체 맞죠?" 코너가 물었다.

"음, 그게……."

"맞습니까?"

"엇, 맞아요." 마틴의 목소리에서 교수다운 권위가 사라졌다.

"왜 베스의 이름을 제일 먼저 적어 놨죠?"

"별다른 이유는 없어요."

"나머지는 당신이 성폭행했던 여자들 이름이죠? 주디스 레인, 알리사 프라텔리, 제니퍼 모르네이……."

"이건 우연의 일치네요."

"베스 라스롭을 제외한 나머지 여자들은 당신이 성폭행했던 사람들이죠?"

마틴이 씁쓸한 표정으로 고개를 끄덕였다.

"이 문제는 잠시 후에 다시 이야기하죠. 엽서 맨 위쪽에는 남자 두 명의 이름을 진하게 적어 놓았더군요. 이름이 선명하게 잘 보이도록 아주 꽉 눌러서 쓴 게 분명해요. 그 이름들을 읽어 주시겠습니까?"

마틴이 헛기침을 하더니 잠시 시선을 돌렸다가 다시 엽서를 쳐다봤다. 그러고는 마침내 입을 열었다. "마틴, 피트."

"마틴, 피트. 마틴은…… 당신을 말하는 거겠죠?"

"네."

"피트는요? 피트는 누구죠?"

"피트 라스롭인 것 같네요."

"같다고요? 아는 사람 아니고요? 이름을 적어 놓은 걸 보면 아는 사람 같은데요."

"네, 피트 라스롭 맞아요."

"하지만 피트를 모른다고 말했던 것 같은데요." 코너는 무엇 하나 놓치지 않겠다는 듯 눈 한번 깜빡이지 않고 마틴을 주시했다.

"그건 맞아요. 전 피트를 몰라요."

"만난 적 없나요?"

마틴이 고개를 끄덕였다.

"그럼 왜 피트 라스롭의 이름을 당신이 성폭행한 여자들 이름과 같이 적어 둔 겁니까?"

"베스는 아닙니다." 마틴이 끼어들었다. "베스는 성폭행하지 않았어요. 그 점은 분명히 해야죠."

"그렇다고 해 두죠. 피트의 이름은 왜 적었습니까?"

마틴 해리스가 변호사를 쳐다보았다. 마틴의 얼굴에 핏기가 살짝 돌아와 둥근 뺨이 분홍빛으로 물들었다. 두 눈에는 불안이 어려 있었다.

"대답하지 마세요." 리사가 말했다.

"하지만 그러면…… 상황이 더 나빠질 건데요." 마틴이 속삭였다.

리사가 어깨를 으쓱했다. "전 조언했어요."

마틴은 결정을 내린 것 같았다. 상체를 좀 더 꼿꼿이 세우고는 앞쪽 테이블에 두 손을 포개 올렸다.

"전 이 사건 해결을 돕고 싶습니다." 마틴이 코너의 눈을 응시하며 말했다.

코너는 믿지 못하겠다는 낯빛을 드러내지 않으려고 애썼다.

"어떻게요?" 코너가 물었다.

"뭐 좋은 경험은 아니지만 경험상 제가 그런 사람들을 좀 잘 알거든요. 왜 그 있잖아요…… 여자들한테 그런 짓을 하는 사람들이요. 베스에게 했던 그런 짓이요."

베스라. 코너는 가빠지려는 숨을 가다듬었다. 이번 사건에 관한 보도는 신중하게 통제했다. 부서에서는 교살로 레이스 자국이 남았다는 사실을 포함해 범죄 현장에 관한 자세한 사항들을 공개하지 않았다.

"베스가 무슨 일을 당했는데요?"

마틴의 분홍빛 뺨이 발갛게 달아올랐다. *열이 오르나보군. 흥분하고 있어.*

"끔찍한 일이요. 강간 같은 거 말이죠."

"구체적으로 어떤?"

"옷이 벗겨지고, 두 손으로 목이 졸리는 거죠. 온몸을 더듬던 두 손이 목을 조르는 겁니다."

코너는 목을 감싸 쥐는 것처럼 무의식적으로 오므라졌다가 풀어졌다 하는 마틴의 두 손을 바라보았다.

"당신이 '강간 같은 짓'을 했나요?" 코너는 마틴의 두 손을 지켜보면서 싸늘하게 물었다.

"베스한테는 아닙니다."

"다른 누군가가 베스한테 그런 짓을 하는 걸 봤습니까?"

마틴은 머뭇거리며 뭔가를 말하려다 마음을 바꾸고는 고개를 가로저었다.

"당신이 한 짓 같은데요."

"진짜로 하지는 않았어요."

"진짜로 하지는 않았다? 그럼?"

마틴이 한숨을 쉬었다. "꿈을 꿨어요. 제가 받는 치료는 효과가 있어요. 진짜로요. 하지만 꿈까지는 어떻게 할 수가 없죠."

진짜로요. 또 부사를 사용했다. "당연히 그렇겠죠. 그래서 무슨 꿈을 꾸었나요?"

"피트가 베스를 해치는 꿈이요. 베스는 침대에 있었죠. 잠옷을 입고 있는 모습이 아주 앙증맞고 아름다워요. 게다가 임신까지 했죠. 그 시기의 여자가 얼마나 사랑스러운지 모릅니다. 빛이 나거든요. 제가 그런 모습을 자주 봤죠. 제 아내도……."

네 아내의 목도 조르고 싶었다고? 코너는 마틴의 이마에 맺히는 땀방울을 보면서 이런 의문을 품었다.

"그러니까 베스의 그 남편이 아주 강하고 진지한 표정으로 아내를 내려다보고 서 있었어요."

아내는 사랑스럽고 앙증맞고, 남편은 강하고 진지하다고 생각하는군.

"피트가 무슨 짓을 했나요?"

"당연히 베스를 때렸죠. 그래서 멍이 든 겁니다. 피트가 한 짓이에요." 마틴이 이번에는 의식적으로 목을 조르는 흉내를 내며 말했다. "그리고는 베스의 팬티를 벗겼죠. 베스를 때리고 난 후였을 겁니다. 이걸 빼먹을 뻔했네요. 그 후에 팬티를 베스의 목에 감았죠. 그 다음은 뭐 상상이 가실 겁니다."

코너는 조용히 마틴을 지켜보았다. 마틴 해리스는 대부분의 성폭행 사건에서 끈을 사용했다. 끈으로 피해자의 목을 조르기 시작하다가 피해자가 기절하기 직전에 멈췄다. 항상 복면을 썼고, 절대 피해자를 목 졸라 죽이지는 않았다. 항상 그 직전에 멈췄다.

"상상이 안 가는데요. 정확하게 말씀해 주셔야 알 것 같습니다."

"음, 피트는 팬티로 베스의 목을 감아서 세게 잡아당겼죠. 결국 베스는 죽었고요."

"그 장면을 직접 봤나요?"

"꿈을 꿨다고요. 진짜 본 게 아니라! 내가 분명히 말하지 않았나요?"

"그렇게 분명히 말하지는 않았는데요. 베스의 팬티는 어떤 거였나요?"

"검은색이요. 가장자리에 레이스가 달렸고요." 마틴은 자기 목을 간질이더니 한 손가락으로 긋는 시늉을 했다. 그러고는 온몸을 부르르 떨면서 새어 나오려는 미소를 참으려고 애썼다. "브래지어와 같은 색이었어요."

코너는 베스의 사건 현장을 지금 그 자리에 서 있는 것처럼 생생하게 떠올려봤다. 베스는 옆으로 누워 있었다. 목 주변에 레이스 자국이 남은 멍든 상처, 바닥에 떨어진 검은색 팬티와 침대 옆에 매달려 있던 브래지어, 조각조각 찢어진 레이스.

그 방에 들어가 보지 않았거나 경찰 보고서를 읽지 않은 사람은 절대 알 수 없는 세부사항이었다. 심장이 거칠게 뛰기 시작했고, 입이 바싹 말라 왔다.

"현장에 있었군요."

"아뇨! 말했잖아요. 그냥 꿈꾼 거라고요!"

코너는 엽서를 집어 들어서 마틴이 자기 이름 옆에 피트의 이름을 어떻게 써 놓았는지 살펴보았다. 마치 홀딱 반한 사람의 이름을 적어 둔 것 같았다. 코너는 그런 범죄자들을 잘 알고 있었다. 특히 성도착 장애가 있는 범죄자들은 서로 연락을 취하고, 자신들의 범죄를 회상하고, 환상을 공유하기 좋아한다.

"왜 피트의 이름을 당신 이름 옆에 적어 놓았는지 정말 궁금하군요. 피트에 관한 꿈을 꿨다고 하지만 그게 전부는 아닌 것 같은데요, 마틴. 당신과 피트가 함께 뭔가를 한 것 같단 말이죠. 아니면 피트가 자신이 한 짓을 당신한테 말해 줬거나."

"네!" 마틴은 마침내 코너가 알아들었다는 듯 의기양양하게 말했다. "바로 그겁니다! 꿈속에서 피트가 저한테 말해 줬어요. 보여 줬다고요! 제가 전부 다 봤어요! 그래서 제가 이 사건을 해결할 수 있게 돕고 싶은 겁니다. 피트와 베스 이름도 그래서 적어 놨고요."

"당신이 성폭행했던 여자들 이름과 함께 말이죠." 코너가 차분한 목소리로 말했다.

"네. 전 더 이상 그런 짓을 하지 않고, 다시 하고 싶은 마음도 없지만 그런 사람들을 이해할 수 있거든요. 그래서 제가 피트 꿈을 꾼 겁니다. 제가 피트를 동경한다고 착각하지 않았으면 좋겠네요. 진짜로 그런 건 아니거든요. 하지만 전 피트를 꿰뚫어볼 수 있어요. 그가 어떻게 아내를 해치고 죽였는지 느낄 수 있죠."

진짜로.

"그럼 그렇게 진술서를 작성하죠."

"그럼 제 이야기를 믿는 건가요?"

코너는 마틴을 빤히 쳐다보았다. 마틴 해리스는 베스를 죽였거나 살인범을 만나서 아주 자세한 이야기를 들은 게 분명했다. 코너는 마틴의 눈빛에 어린 희망을 읽자마자 이때다 하고 짓밟아 주었다.

"문제는 제가 꿈을 믿지 않는다는 겁니다." 코너는 이렇게 말하고 나서 블랙홀 엽서를 손에 든 채 조사실을 나섰다.

29

 휴대전화 진동이 울렸다. 케이트는 액정화면을 흘끗 쳐다보았다. 룰루였다. 케이트가 수프 키친을 떠난 후로 세 번째 걸려 온 전화였다. 스코티가 언질을 준 게 분명했다. 케이트는 이번에도 음성사서함으로 넘어가게 내버려 두었다. 해가 중천에 떴을 때 뉴런던 시내에서 포트 트럼불을 지나 피쿼트 가까지 걸어갔다.
 상실의 노래만큼 인간의 면면을 고스란히 드러내 주는 것은 없었다. 베스의 죽음으로 그녀가 사랑했고 믿었던 사람들의 어두운 면면이 드러났다. 케이트는 룰루에게 그 그림에 대해 말하지 않아 죄책감을 느꼈고, 룰루와 스코티가 베스의 비밀까지 모든 걸 다 알고 있었다는 사실에 엄청난 배신감을 느꼈다. 아니 베스가 자신에게 그 비밀을 숨겼다는 사실에 더더욱 마음이 아팠다.
 케이트는 유진 오닐의 생가였던 '몬테크리스토 오두막'에 다다랐을 때 걸음을 늦췄다. 빅토리아 풍의 그 집은 도로보다 살짝 높은 지대에 자리하고 있었다. 인도 쪽 나지막한 돌담에 올라앉은 케이트는 항구를 마주 보았다. 산들바람도 거의 불지 않았다. 보트 두 척이 하릴없이 돛을 올린 채 바람을 찾아 사운드 쪽으로 향하고 있었다. 그때 뒤쪽에서 무언가가 느껴졌다. 사람이 아니라 오두막이었다. 오닐의 아버지는 배우였고, 그의 집은 그가 맡았던 가장 유명한 역할 몬테크리스토 백작의 이름을 따서 몬테크리스토 오두막이라 불렸다. 오닐의 연극 〈밤으로의 긴 여로〉의 배경이 된 곳이기도 했다.

케이트가 고등학교 졸업반이었을 때 마틸다는 유진 오닐의 훌륭한 연극을 보여 주려고 케이트와 베스를 뉴욕의 플리머스 극장에 데려갔다. 메리와 제임스 티론 역을 맡은 버네사 레드그레이브와 브라이언 데너히 주연에 제이미 역의 필립 시모어 호프먼, 오닐의 자전적 인물인 에드먼드 역의 로버트 숀 레너드가 출연한 연극이었다.

케이트는 그 연극을 보고 큰 충격을 받았다. 서로를 무척이나 사랑하지만 중독과 비밀로 고통 받는 코네티컷 가족에 관한 연극이었기 때문이다. 메리는 모르핀 중독자였고, 제임스는 거짓말쟁이, 제이미는 알코올 중독자였다. 그리고 에드먼드는 폐결핵으로 죽어 가고 있었다. 케이트는 자신의 가족을 떠올렸다. 얼마나 행복한 가족이라고 생각했던가. 몇 가지 점에서 케이트의 가족은 티론 가족과는 완전히 달랐다. 케이트의 가족 중에는 마약이나 알코올 문제로 힘들어하는 사람이 없었다. 치명적인 질병에 걸린 사람도 없었다. 그리고 두 아들이 아닌 두 딸이 있었다.

케이트의 아버지는 술주정뱅이가 아니었지만 거짓말쟁이에 사기꾼이었다. 좋은 남편과 아버지 역할을 맡아 연기했을 뿐, 실제로는 겉과 속이 완전히 다른 사람이었다.

케이트와 베스가 그 연극을 본 건 엄마가 돌아가신 지 채 1년도 되지 않았을 때였다. 엄마가 죽고 아빠가 투옥된 후였다. 베스는 친한 관계를 멀리했고, 케이트는 심장이 얼어붙은 뒤였다. 그제야 케이트는 아빠의 비밀이 온 가족을 얼마나 철저하게 망가뜨렸는지 깨달았다. 아빠한테는 가족들이 모르는 비밀스러운 삶이 있었다.

아빠는 매우 매력적이었다. 케이트도 아빠의 매력에 홀려 있었다. 돌이켜보면 당시에는 그게 사랑이라고 생각했다. 케이트는 아빠를 동경했다. 그녀에게 아빠는 절대 틀리는 법이 없는 사람이었다. 아빠가 여러 날 집에 들어오지 않아서 엄마가 화를 내는 것 같았지만 케이트는 아빠가 그렇게 즐길 자격이 있다고 생각했다. 아빠는 엄마와 할머니 소유인 미술관에서 열심히 일했고, 그 많은 수집가들과 친구가 돼서 갤러리를 훨씬 더 성공적인 사업체로 일구어 놓았다. 모두가 아빠의 호감을 얻으려 했다.

아빠는 도박을 좋아했다. 가족 여행을 갔을 때도 카지노가 있는 곳에 자주 놀러 갔다. 케이트가 열세 살이 되던 여름에는 몬테카를로로 여행을 갔다. 빌프랑슈 쉬르메르에 있는 장 콕토의 벽화를 보고, 니스 위쪽의 중세 마을 생폴드방스에 머물고, 라 콜롱브도르에서 식사를 한다는 평계였다. 그곳에서는 예술가들이 그림으로 식비를 냈다는 이야기가 전해지고 있었다. 사방의 벽에는 마티스, 레제, 피카소, 샤갈의 그림들이 걸려 있었다. 하지만 아빠는 가족들을 숙소에 데려다주고는 '행운을 얻을 수 있다'면서 모두에게 잘 자라고 키스했다. 그러고는 밤새 돌아오지 않았다. 케이트는 아빠가 곧장 카지노로 달려갈 거란 사실을 알고 있었다.

"아빠는 거기 가서 뭐해요?" 케이트가 엄마한테 물었다.

"게임을 하지." 엄마가 대답했다.

"무슨 게임이요?"

그러자 엄마가 웃었다. "아빠한테 한번 물어보렴?"

그래서 케이트는 다음 날 아침 늦게 돌아온 아빠에게 물어보았다. "아빠는 왜 우리랑 호텔에 있지 않고 룰렛을 하러 가요?"

아빠는 껄껄 웃었다. "네가 좀 더 크면 알게 될 거야. 제임스 본드 영화를 보면 알 수 있지." 그러고는 나머지 가족들이 점심식사를 하러 에제로 향할 때 아빠는 잠을 자러 침대로 갔다.

방학 때 어느 늦은 밤이었다. TV에서는 〈닥터 노(Dr. No)〉가 방영되고 있었다. 케이트는 룰루에게 자고 가라고 하고는 같이 〈닥터 노〉를 시청했다. 영화 속에서 제임스는 카지노에서 바카라를 하고 있었다. 야회복 재킷 차림에 잘생긴 제임스는 꼭 아빠처럼 보였다. 케이트는 아빠가 예전에 했던 말이 무슨 뜻이었는지 이해하려고 애썼지만 카지노에서 노는 건 지루하게만 보였다.

코네티컷에 사는 아빠에게는 유혹이 너무 가까이 있었다. 폭스우즈와 모히간 선 카지노가 블랙홀에서 멀지 않은 곳에 있었으니까. 그런데 저녁부터 새벽까지 카지노에서 보내던 아빠가 며칠씩 집에 들어오지 않기 시작했다. 하루는 케이트가 등교하기 직전에 아빠가 집으로 돌아왔다. 케이트는 자신을 안아 주는 아빠한테서 향수 냄새를 맡았다. 당시 겨우 열다섯 살이었지만 아빠가 바람을 피운다는 사실을 즉각 알아차렸다.

베스한테 말하고 싶었지만 언니의 소임을 다해 동생을 보호해야 했다. 케이트는 엄마의 반응을 살폈다. 오랫동안 엄마는 아무렇지 않아 보였다. 하지만 가끔씩 아빠가 나가고 나면 엄마가 유선전화기의 재다이얼 버튼을 누르는 모습을 볼 수 있었다.

케이트는 엄마도 그 향수 냄새를 맡은 게 틀림없다고 생각했다.

피쿼트 가를 따라 내려가 등대까지 가려고 했다. 하지만 몬테크리스토 오두막 돌담에 올라앉았을 때 그곳이 바로 오고 싶던 장소임을 깨달았다. 케이트는 오두막에 가서 유진 오닐의 영혼을 느껴 봐야만 했다. 그때 그 극장에서 베스와 마틸다 할머니와 함께 앉아 있었던 순간, 아빠에 관한 한 조각의 진실이 머릿속에서 딸깍하고 깨어났던 그 순간을 되살려 봐야 했다.

휴대전화가 다시 울렸다. 케이트는 액정화면을 확인하지도 않고 전화를 받았다.

"넌 내 문자 메시지에 답장도 안 했어. 나한테 말할 용기도 없었고." 케이트가 따끔하게 쏘아붙였다.

"내가 얼마나 이야기하고 싶었는지 넌 몰라." 룰루가 말했다.

"베스가 말하지 말라고 했어?"

"아니, 그러지는 않았어. 나도 내가 왜 너한테 말 못했는지 모르겠어. 처음에는, 그래, 베스가 너한테 알리고 싶으면 직접 말할 거라고 생각했지."

"내가 그렇게 끔찍한 인간이야? 그런 일도 이해 못할 고지식한 사람이냐고?"

룰루는 그 질문에 답하지 않으려고 신중하게 말을 돌렸다. "케이트, 우리 만나자. 만나서 얘기해."

케이트는 턱이 딱딱하게 굳어서 한 마디도 할 수 없을 것 같았다.

"제드 힐리어드는 어디 있어?" 마침내 케이트가 물었다.

"나도 몰라."

"짐작 가는 데는 있을 거 아냐."

"케이트, 나도 제드랑 친하지 않았어. 딱 한 번 봤을 뿐이라고. 그것도 우연히."

"어디서?"

"블록 섬으로 가는 페리에서. 지난 늦겨울이었어. 배 안은 거의 비어 있다시피 했지. 난 며칠 휴가를 내서 머리를 식히러 가는 길이었고. 그때 갑판에 베스가 서 있는 걸 봤어. 난 선실에 있었고. 날이 너무 추웠어. 얼음이 얼어 있고 눈이 오려고 했지. 베스를 보고 깜짝 놀랐어. 막 바깥으로 나가려는데 한 남자가 베스한테 다가가 뭔가 따뜻한 걸 건네주더라고. 커피 같았어. 내가 멈칫하는 사이에 베스가 날 본 거야. 그래서 그냥 모른 체 할 수가 없었어. 베스는 화가 친구라면서 그 사람을 소개해 줬어. 모히간 블러프스에 가서 눈 덮인 절벽 사진을 찍을 거라고 했어. 나중에 그걸 보고 그림을 그리려고."

"그냥 둘이 친구 사이였을지도 몰라."

"그 남자가 베스한테 잔을 건네주면서 키스하는 걸 봤어. 진짜 키스였어."

케이트는 바다를 바라보면서 페리에 탄 동생이 낯선 사람과 키스하는 모습을 그려 보았다. 그렇다면 스코티가 잘못 생각한 것이다. 두 사람은 친구 이상의 관계였으니까. 그럼 아기는? 제드의 아이일 수도 있을까? 케이트는 두 눈을 감고 베스의 기분이 어땠을지 상상해 보려고 애썼다. 즐거웠던 게 분명했다. 행복했을 것이다. 케이트는 주머니 속에 든 작고 도톰한 열쇠를 꽉 움켜쥐었다.

"누구 아이였어?" 케이트가 물었다.

"너 지금 어디야?"

"뉴런던."

"집이야?"

"피쿼트 가야."

"거기 있어. 내가 갈게."

30

 케이트는 다음에 뭘 할지 이미 정해 두었다. 룰루가 태우러 왔을 때 케이트는 집에 데려다 달라고 했다. 자신의 차에 타서 직접 운전대를 잡아야 했다. 스스로를 다스릴 힘과 통제력을 되찾아야 했다. "내 차가 필요해." 케이트가 말했다.
 "어디 가려고?"
 "에인스워스."
 "젠장."
 "가고 싶으면 같이 가도 돼."
 룰루는 케이트의 집 뒤쪽에 자신의 레인지로버를 주차해 놓고 케이트의 포르셰에 올라탔다. 케이트는 다시는 아빠를 만나지 않겠다고 맹세했다. 하지만 지금은 아빠의 설명을 들어야 했다. 어떻게 베스에게 동료 수감자를 소개시켜 줄 수 있었는지. 케이트는 9번 국도를 타고 에인스워스 교도소 방향으로 달렸다.

"지금 우리 뭐하고 있는 거야?" 룰루가 물었다. "오션 하우스에서 너한테 마티니 한 잔 사 주고 용서해 달라고, 왜 너한테 다 말하지 않았는지 이해해 달라고 빌어야 하는데."

"그래, 당연히 그래야지. 하지만 그전에 먼저 제드를 찾고 싶어."

"형사한테 말해. 형사가 찾아 줄 거야."

"말할 거야. 하지만 이건 내가 해야 할 일이야. 아빠가 베스한테 살인범을 소개해 준 건지 알고 싶어. 넌 피트가 아니라 제드가 범인이라고 생각해?"

"음, 제드는 베스와 그리 행복하지 않았어."

"그게 무슨 소리야?"

룰루가 거칠게 숨을 내쉬었다. "베스는 결혼했잖아. 제드는 그게 싫었지. 그래서 둘이 싸웠어."

"제드가 아이 아빠야?" 케이트가 물었다.

"그럴 가능성도 분명히 있는 것 같아."

"베스한테 물어봤어?"

"베스가 나한테 모든 걸 다 말하지는 않았어, 케이트."

"나한테는 아무것도 말하지 않았지."

"우리 지금 뭐하는 거야? 이런 일은 형사한테 맡기자. 네가 아빠를 만나러 갈 필요는 없어. 그때 이후로……."

"아빠가 우리를 지하실에 묶어 놓으라고 사주했던 이후로 아빠를 만나지 않았지." 케이트가 룰루 대신 말을 끝맺었다.

룰루의 말은 일리가 있었다. 케이트는 자신을 마비시키는 감정들을 잘 차단해 냈다. 하지만 그런 그녀에게도 까다로운 상대가 있었다. 그녀의 아버지. 아빠. 케이트는 어렸을 때 미친 듯이 아빠를 사랑했다. 뒷마당에서 아빠의 어깨에 올라탄 채 탐험을 즐기곤 했다. 불빛 아래 드리워진 자신들의 그림자를 보고 나누었던 대화.

"머리 두 개 달린 거인이다." 아빠가 말했다.

"무서우니까 그러지 마."

"알았어. 그럼 우린 뭘까?"

"연인과 동반자." 케이트가 대답했다.

"그래, 맞아." 아빠가 그녀를 별까지 던져 올렸다가 받으면서 말했다.

케이트는 오른쪽의 코네티컷 강을 따라 하트포드를 빠르게 지나쳤다. 예전에는 아빠와 함께 워즈워스 아테네움 미술관에 가곤 했다. 아빠를 사랑했던 어릴 적의 마음이 다시 흘러 넘치는 것만 같았다. 과거에는 아빠와 아주 가까웠다. 워즈워스 아테네움에 들를 때는 항상 앤드루 와이어스의 〈앵무조개〉를 감상하러 갔다. 가벼운 천개가 드리워진 침대에 앉아 창밖을 내다보는 소녀 그림이었다. 침대 발치의 혼수함 위에는 걷잡을 수 없을 정도로 강렬하게, 밝게 빛나는 조개껍데기가 있었다.

"왜 저게 혼수함이라고 생각하니?" 한번은 아빠가 이렇게 물었다.

케이트는 자신의 환상을 들킨 것 같아 얼굴을 붉히며 조용히 말했다. "저 여자애가 결혼하고 싶어 하는 것 같아서."

"그게 저 여자애의 가장 큰 소망이야?"

케이트는 하얀색과 밀색, 회색이 어우러진 그림을 쳐다보았다. 침대에 앉아 있는 여자애는 케이트 자신 같았다. 긴 갈색 머리에 가냘픈 몸매, 끝없는 갈망을 품고 있는 여자아이. 케이트는 자신의 갈망을 아빠에게 드러낼 수 없었다. 아니 그 누구에게도. 그림 속 침대에 앉아 있는 여자애를 케이트라고 생각하는 사람은 아무도 없었다.

케이트는 운동을 잘해서 항상 테니스 코트에서 시간을 보내거나 요트 아니면 스키를 즐겼다. 웃음이 나왔다. 자신은 멍하니 감상에 빠지는 아이가 아니었으니까. 적어도 그녀가 세상에 보여 주는 모습은 그랬다.

"케이트?" 아빠가 재촉했다. 아빠는 키가 크고 늘씬했고, 케이트가 아는 사람들 중에서 가장 잘생긴 남자였다. 앨런 콜린스의 네이비와 검정 하운즈투스 체크 재킷에 회색 플란넬 바지, 맨발에 로퍼. 좁은 얼굴에 구부러진 코, 언제든 미소 지을 준비가 된 섬세하고 옅은 갈색 눈동자. 흰머리가 나기 시작한 짧고 풍성한 갈색 머리카락. 금발 사이에 난 은발이지. 아빠는 이렇게 농담을 하곤 했다.

"저 여자애의 가장 큰 소망은 침대 밖으로 나가 달리는 거예요. 뭔가 신나는 일을 하고 싶어 해요." 케이트가 말했다.

"역시 우리 딸이야. 아직도 저게 혼수함이라고 생각하니?"

"저건 이불장이에요. 밤에는 추워지니까요. 겨울에는요."

"아빠도 그렇게 생각한단다."

두 사람은 항상 하트포드 클럽에서 점심식사를 했다. 아테네움에서 프로스펙스 가 건너편에 자리한 벽돌 벽에 아치 창문이 있는 건물이었다. 아빠는 케이트를 자랑스럽게 내보이고 싶어 하는 것 같았다. 드레스 차림의 케이트를 보면서 순혈종 암말처럼 다리가 길지 않느냐고 사람들에게 물어보곤 했으니까. 케이트는 종종 엄마나 베스가 아니라 자신이 아빠와 단둘이 그곳에 가는 행운을 얻었다고 생각했다. 하지만 그와 동시에 죄책감이 들기도 했다.

케이트는 별이 반짝이는 짙푸른 돔을 이고 있는 콜트 총기제작소를 빠르게 스쳐 달렸다. 무기 제작자들의 유령들이 떠도는 곳이었다. 아테네움 박물관과 하트포드 클럽을 잠시라도 눈에 담아 보려 하트

포드의 스카이라인을 힐끗거렸다. 그 옛날 아빠한테 들었던 이야기가 홍수처럼 밀려들었다. 1936년에 댐이 무너지면서 하트포드와 아빠의 부모님 집이 거의 쓸려갈 뻔했다는, 아빠가 한 번도 만나지 못했던 이모가 그때 익사했다는 이야기였다. 아빠는 가족의 유산과 두려움을 안고 성장했고, 모든 것을 빼앗아갔던 그 홍수를 증오했다.

"다 와 가." 케이트가 룰루에게 말했다.

"너 괜찮아?" 룰루가 물었다.

"응."

"괜찮지 않아 보여서 그래. 솔직히 어떻게 괜찮을 수가 있겠니? 네 아빠를 만나는 게 작은 일은 아니잖아."

룰루의 말에 심장이 다시 단단하게 굳어 가는 것 같았다. 사랑했던 사람을 일부러 외면한 채 살아가는 것은 작은 일이 아니었다. 하지만 자기 가족을 망가뜨린 범죄를 사주한 것도 작은 일은 아니었다.

케이트는 매사추세츠 경계에 닿기 전 마지막 출구로 나갔다. 최고 보안 등급 교도소는 주 도로 뒤쪽, 기다란 진입로 아래에 자리하고 있었다. 세 겹 면도기 철사 코일이 달린 철망 울타리가 교도소 주변을 둘러싸고 있었다. 방문자용 주차장은 선명하게 구획이 표시되어 있었고 복잡했다. 건물을 나와 차를 타는 사람들의 행렬이 꾸준히 이어졌다. 방문객들은 대부분 여자들이었다. 케이트는 자신의 아버지처럼 수감된 남편과 남자친구, 아들, 아버지를 찾아온 사람들이 아닐까 생각했다.

"어떻게 해야 하는지 몰라." 케이트가 벽돌 건물을 바라보며 말했다. "방문 절차 말이야. 전화해서 방문 시간을 물어봤어야 했는데."

"정문에 가면 말해 줄 거야. 불안해?" 룰루가 물었다.

케이트가 고개를 끄덕였다.

룰루가 케이트를 꼭 안아 주었다. "난 차에서 기다릴게. 천천히 갔다 와." 룰루가 말했다.
케이트는 인도를 따라 내려가면서 간판 하나를 지나쳤다.

무기 금기
휴대전화 금지
단정한 복장

많은 사람들이 건물을 떠나는데도 쇼핑백을 든 사람들이 다시 모여들어 줄을 섰다. 대부분은 여자들이었다. 방문객들이 한 명씩 금속 탐지기를 통과했다. 교도관들이 들어오는 방문객들을 지켜보면서 이야기를 나누고 있었다.
"누구를 만나러 왔습니까?" 책상 앞의 교도관이 케이트에게 물었다.
"가스 우드워드요."
"성함이 어떻게 되시죠?"
"케이트 우드워드요." 케이트는 컴퓨터 화면을 훑어보는 교도관을 지켜보았다. "그건 왜 묻죠?"
"방문자 명단에 이름이 있어야 하거든요."
"제 이름은 없을 거예요."
"그럼 들어갈 수 없습니다."
케이트는 따지고 싶었지만 그래 봤자 소용없다는 사실을 알았다. 결국 실망감을 끌어안은 채 돌아섰다.
"잠깐만요. 캐서린 우드워드 씨?" 교도관이 불렀다.
"네."

"여기 명단에 있네요." 교도관이 방문증을 건네주고는 아빠의 감방이 있는 쪽을 가리켰다.

케이트는 침을 꿀꺽 삼키고는 금속 탐지기를 통과해 걸어 들어갔다. 23년 동안 아빠를 찾아가지도, 편지를 쓰지도, 전화를 하지도 않았다. 그런데도 방문자 명단에 자신의 이름이 올라가 있다니. 케이트는 다른 여자들과 함께 몇 개의 금속 문을 통과했다. 등 뒤에서 금속 문 하나가 철컹 닫히면 다음 문이 열렸다. 교도관들은 쇼핑백을 검사했다. 한 교도관이 쇼핑백 하나를 거칠게 뒤적거리자 감자칩이 바스락거리다 부서지는 소리가 들렸다.

"이봐요, 부서지잖아요." 쇼핑백 주인이 말했다.

"그럼 어때서요? 어차피 먹을 건데."

여자가 화난 눈빛으로 케이트를 돌아보았다.

"여기서는 존중이란 걸 찾아볼 수가 없어요. 눈곱만큼도요."

"잡담 금지!" 또 다른 간수가 소리쳤다.

교도소 출입구에서 마지막 금속 문까지 가는 데 30분이 걸렸다. 복도 중앙에는 덩치 큰 교도관이 떡 버티고 서 있어서 다들 빙 돌아가야 했다. 보디빌더처럼 목이 굵고, 게으름뱅이처럼 느긋하게 배짱을 부리는 남자였다. 갈색 머리카락은 뒤로 젖혀 넘겼고 안색은 누렇게 떠 있었다. 반쯤 감긴 눈으로 지나가는 여자들을 지켜보는 모양새가 마치 파리 한 마리를 덥석 잡아 삼키려고 때를 기다리고 있는 개구리 같았다. 왼쪽 엄지를 벨트에 끼워 넣고 나머지 손가락들을 바지 앞쪽으로 늘어뜨린 자세였다.

면회실은 꽉 차 있었다. 밝은 노란색 죄수복 차림의 수감자들이 긴 테이블을 사이에 두고 방문객들을 마주 보고 앉아 있었다. 그 광경에 케이트는 수프 키친이 떠올랐다. 많은 남자들이 팔과 목에 문신을 했다. 케이트는 그들이 무슨 짓을 해서 이곳에 수감됐는지 궁금했다. 에인스워스에서 베스의 삶으로 기어 들어갔던 범죄자를 생각하자 속에 납덩이가 들어찬 듯 마음이 무거워졌다.

교도관들은 면회실 주변에 서서 감시를 했다. 문을 지키던 교도관이 여자들을 따라 들어왔다. 케이트는 제대로 숨을 쉴 수가 없었다. 아빠를 알아볼 수나 있을지 모르겠다고 생각하며 모든 사람들의 얼굴을 훑어보았다. 아빠가 감방에서 나오지 않을지도 몰랐다. 하지만 서명하고 들어온 지 30분 만에 교도관들에게 이끌려 들어오는 아빠가 보였다.

아빠는 그녀를 발견하고는 그 자리에 가만히 서 있었다.

케이트는 금방이라도 터져 나가려는 숨을 참았다. 아빠가 많이 늙어 보였다. 키 크고 잘생겼던 아빠가 구부정해졌고 머리는 희끗희끗했다. 피부는 창백했고, 이마에는 하얀 상처가 있었다. 그런데도 아빠는 환하게 빛났다. 더할 나위 없이 기쁘다는 듯 그녀를 보고 미소를 지었다. 아빠에게 가까이 다가갈수록 그 품속으로 뛰어들어 끌어안고 싶은 충동을 억눌러야 했다.

"네가 올 줄은 몰랐구나." 아빠가 말했다.

"저도요." 케이트가 답했다.

두 사람은 잠시 서로를 마주 보고 서 있었다. 교도관이 다가와 테이블을 가운데 두고 떨어져 앉으라고 할 때까지. 케이트는 구겨지려는 인상을 펴려고 애썼지만 뜻대로 되지 않았다. 심장이 산산조각난 어린아이가 된 것 같았다. 케이트는 아빠의 옅은 갈색 눈을 들여다보았다. 항상 자신에게 보여 주었던 사랑과 자부심이 깃든 눈빛이었다. 그 눈빛을 보자 아빠가 앗아가 버린 그 모든 세월이 생각났다.

"제 이름이 방문자 명단에 있었어요."

"그래, 알아. 난 희망을 버리지 않았단다."

"그러지 말았어야 했어요."

"하지만 그러지 않았지."

케이트는 아빠의 두 손을 살펴보았다. 핏줄이 툭툭 불거진 쭈글쭈글한 손이 테이블 위에 펼쳐져 있었다. 그녀의 손을 잡고 싶어서, 어린 딸에게 그랬던 것처럼 그녀를 토닥여 주고 싶어서, 모든 게 다 잘 될 거라고 위로해 주고 싶어서 그대로 쭉 뻗어 나올 것 같은 손이었다. 눈앞의 사람은 그녀에게 최고의 아빠였다. 그날 그 사건이 터지기 전까지는.

"이마는 왜 그래요?"

"싸움이 있었어. 몇 년 전 처음 여기 왔을 때."

"싸웠어요?" 케이트가 사납게 물었다.

"아니. 너와 베스한테 한 짓 때문에 얻어맞았지. 여기 사람들은 아이를 해치는 아빠를 좋아하지 않거든."

케이트는 온몸이 떨려서 정신을 차리려고 애썼다. 자신의 손목을 칭칭 감았던 밧줄이, 자신의 몸을 짓눌러 왔던 엄마의 무게가 떠올랐다.

"베스 소식 들었어요?"

"응." 아빠의 얼굴에서 미소가 완전히 사라졌다. 그 순간 케이트의 마음도 어지러워졌다. 아빠의 눈빛에 깃든 슬픔을 보자 베스의 죽음이 또다시 무섭게 가슴을 후벼 팠다.

"살해됐어요. 엄마처럼요."

"누가 한 짓이니?" 아빠가 물었다. "남편? 그 놈을 죽이고 싶어. 그 놈이 잡혀서 여기 들어온다면 내 손으로 죽여 버릴 거야."

"대뜸 그런 생각부터 하는군요. 대부분의 사람들은 그러지 않죠."

"아빠들은 그래."

케이트는 그 말을 곰곰이 생각하며 아빠의 심정이 어땠을지 그려 보았다. 여기 이곳에 갇혀서 가족과 함께 지낼 수 없고, 가족을 보호해 주지도 못한 채 위험에 노출시켜야 하는 심정이 어땠을까? 케이트는 아빠를 무척 사랑했었다. 아빠는 자신이 두 딸과 아내에게 무슨 짓을 했는지 알면서 지난 23년을 어떻게 살아왔을까?

"그래서 경찰은 피트 짓이라고 생각하니?"

"아직 체포된 사람은 없어요."

"그건 나도 알아. 하지만 너희 둘은 서로 가까웠잖아. 넌 직감이 뛰어나고. 네가 모를 거라고 생각하지 않아. 증명된 사실이건 아니건 넌 감으로 알 거야. 너보다 베스를 더 잘 아는 사람은 없어."

"아빠가 베스를 더 잘 안다고 생각하는데요."

아빠가 의자에 등을 기댔다. 그녀의 말에 충격을 받은 것 같았다. "그렇지 않아."

"우린 더 이상 가깝지 않았어요. 엄마가 돌아가신 후로는요."

"그런 말 하지 마."

"그 일로 모든 게 달라졌죠. 우리는 예전 같지 않았어요." 케이트는 주먹을 날리듯이 차가운 말을 뱉어 냈다. 아빠의 얼굴에 고통이 어리는 게 보였지만 케이트는 전혀 개의치 않고 잔인하게 굴었다.

"베스는 여기 올 때마다 네 얘기를 했어. 네 일이 어떤지, 네가 어떤 유명한 사람들을 태워 주는지, 어떤 곳을 방문하는지 다 얘기해 줬단다. 네가 항상 선물을 가져왔다고 하더구나. 너희 둘이 함께했던 저녁식사가 어땠는지, 네가 샘에게 얼마나 좋은 이모인지 들었어. 너와 룰루는 여전히 제일 친한 친구 사이고. 케이트, 네가 틀렸어. 베스는 여전히 널 동경했단다."

케이트는 시선을 내렸다. 자신과 베스가 서로를 깊이 사랑하지 않았다는 말이 아니었다. 사실 시간이 지날수록 서로에 대한 사랑은 더욱 깊어졌다. 하지만 그날의 폭력이 장벽이 되어 두 사람 사이를 가로막았다. 그날 그때 받았던 충격으로 그 어떤 말도 두 사람 사이의 장벽을 통과하지 못했다. 전하고 싶은 모든 말이 케이트의 어둡고 고독한 내면에 쌓여만 갔다. 감정은 그 장벽을 뚫을 수 있었지만 말은 그러지 못했다.

"제부 짓인지는 잘 모르겠어요." 케이트는 룰루가 했던 말을 생각하면서 말했다.

"그럼 누구 짓이지?"

"제드 힐리어드가 누구예요?"

"제드?" 아빠가 어리둥절한 표정으로 물었다. "여기 있었던 아이?"

"아이요?"

"뭐, 나한테는 애지. 그 녀석을 마지막으로 봤을 때가 서른인가, 서른하나였으니까. 화가였지."

"네, 화가 맞아요."

"그건 왜? 그 녀석이 베스와 무슨 관계가 있어?"

"베스가 여기서 그 사람을 만났죠?"

"그래, 하지만 둘은 잘 모르는 사이였어. 제드는 뛰어난 화가야. 감각이 있어. 그래서 녀석한테 내가 아직 갤러리를 소유하고 있다면 전시회를 열어 줬을 거라고 말했지."

"그래서 두 사람을 소개시켜 줬어요? 베스가 제드의 작품을 전시할 수 있게?"

아빠가 멈칫했다. 눈빛이 날카로워지면서 무섭도록 사나운 표정이 얼굴에 떠올랐다. 케이트는 그제야 아빠가 많이 변했음을 깨달았다. 아빠는 나이만 먹은 것이 아니라 감옥 생활의 어둠에 짙게 물들어 있었다.

"아니, 그건 절대 아냐. 하지만 베스 자랑은 좀 했지. 내가 한때는 거물이었고, 내 딸이 예술계의 스타라고. 제드가 베스를 죽였다는 거야?"

"그건 몰라요. 그 사람 이름도 이번 주에야 알았는걸요. 그 사람 지금 어디 있어요?"

"코네티컷 출신이 아냐. 여기서 마약사범으로 체포됐어. 그래서 에인스워스로 보내졌지. 석방되면 로드아일랜드의 워윅으로 돌아갈 계획이라고 했어. 예전에 거기 살았거든. 가족이 살고 있는 곳이기도 하고. 제드는 거기로 돌아가야 했어. 그게 가석방 조건이었을 거야."

"워윅은 뉴런던에서 멀지 않아요. 어디서 잡혔대요?"

"해안가 어디서." 아빠가 천천히 고개를 끄덕였다. "뉴런던에 있었을 수도 있겠구나. 그랬을 수도 있겠어. 하지만 베스는 블랙홀에 살았잖아. 거기는 마약이나 뒷골목과는 완전히 동떨어진 세계고."

"베스가 뉴런던에서 자원봉사를 했어요. 못 들었어요?"

"들었지. 그래서 베스가 자랑스러웠단다."

"제드는 베스가 일하던 수프 키친에 나타났고, 두 사람은 친구가 됐죠." 케이트가 아빠의 반응을 살피며 말했다.

"베스는 인재를 알아볼 줄 알지. 제드는 재능이 있었고." 아빠가 인상을 살짝 찌푸리며 말했다. "마티스의 감각을 갖고 있었어."

"그 사람 작품을 봤어요."

"그래? 어떻든?"

"그 사람이 문제를 일으킨 것 같아요."

"무슨 문제? 무슨 짓을 했는데?"

"베스에게 너무 가까이 접근했어요. 베스의 인생을 복잡하게 만들었죠."

"제드는 약쟁이는 아니었어. 여기서 지내다 보니 여기 사람들을 좀 알게 됐지. 제드는 여기 인간들과 같은 부류는 아니었어. 베스는 사람 볼 줄 알았고. 베스가 제드를 좋아했다면 제드가 괜찮은 사람이었기 때문일 거야. 베스는 제드의 재능을 알아봤을걸. 나처럼 말이야. 실은……." 아빠가 말을 하다가 멈췄다.

"뭔데요?"

"음, 여기 있을 때 제드는 자연을 그리워했거든. 자연과 단절돼서 무척 괴로워했지. 제드는 항상 강과 언덕, 나무를 스케치했어. 그래서 제드가 출소할 때 레지즈의 정원을 그려 봐야 한다고 말했어."

레지즈는 마틸다의 집에서 북쪽으로 몇 킬로미터 떨어져 있는 코네티컷 강 근처의 버려진 사유지였다. 몇 년 전에 비영리 단체에서 그곳을 복원해 주립 공원으로 개조했다. 그곳에는 라벤더와 고전 장미로 가득한 지대가 낮은 정원이 있었다. 롱아일랜드 사운드로 이어지는 가파른 절벽, 그곳에 툭 튀어나온 바위 옆 원형 극장에서는 콘서트와 연극이 열리곤 했다. 케이트의 가족은 일요일 저녁에 자주 그곳에 가서 피크닉을 즐기고, 연을 날리고, 모차르트나 블루그래스 음악을 듣고, 길버트와 설리번의 연극을 보았다. 한번은 연극 〈헨리 5세〉를 관람하기도 했다. 그런데 비영리단체 이사진 일부에서 재정적 비리가 불거져 레지즈는 또다시 황폐해졌다. 케이트는 레지즈가 지금은 폐허가 됐고, 정원도 잡초와 키 큰 풀로 뒤덮였다는 이야기는 하지 않았다.

"제드는 절대 폭력적인 녀석이 아니었어." 아빠가 애처로운 목소리로 말했다. "폭력과는 거리가 먼 녀석이었어. 그런 녀석이 여기에 잘 적응할 수 있을지 걱정스러웠지. 전혀 거친 녀석이 아니었거든. 그런 녀석이…… 누군가를 해친다는 건 상상이 안 가. 집으로 돌아가야 할 녀석이었는데. 여기에 속하지 않는 그런 부류 말이야. 하지만 맹세컨대 그 녀석이 베스를 해쳤다면……."

"베스가 죽은 건 어떻게 알았어요?"

"스코티 브린한테 들었어." 아빠가 스코티의 처녀 시절 이름을 말했다. "전화를 했더구나. 그날이 내 생애 최악의 날이었어. 아니 두 번째 최악의 날이었지."

"그 두 사건이 연관되어 있어요."

"용서해 달라는 말은 못하겠구나. 그런 건 바라지도 않아. 난 용서받을 자격이 없으니까."

케이트는 지금이 기회임을 알아차렸다. 아빠를 용서한다는 말을 해야 했다. 용서란 잊는 게 아니라고, 용서란 용서받는 자뿐만 아니라 용서하는 자에게도 은혜로운 일이라고 다들 그러니까. 그 말을 한다고 해가 될 건 없었다. 케이트는 맞은편의 나이 지긋한 남자를 바라보았다. 다시는 보지 않을 사람이었다. 용서할 수도 없는 사람이었다.

"괜찮아." 아빠는 케이트가 힘들어하는 모습에 이렇게 말했다.

케이트는 일어서려고 의자를 뒤로 밀었다. 뭐라고 말을 해야 하는데 목구멍에 걸려 나오지 않았다.

"케이트, 와 줘서 고맙구나."

케이트는 고개를 끄덕였다.

"이제는 아빠라고 부르지도 않는구나."

케이트 자신도 잘 아는 사실이었다. 오래전에 자신에게는 이제 아빠가 없다고 되뇌었다. 아빠의 옅은 갈색 눈을 들여다보고 있자니 까마득한 옛날로 돌아가는 것 같았다. 아빠의 어깨에 올라타 오르락내리락 하면서 머리 두 개 달린 거인이 되고 싶었다.

"그럼 우린 뭐니?" 아빠가 물었었다.

"연인과 동반자요." 케이트가 대답했다.

케이트는 나가려고 돌아섰다. 함께 들어왔던 여자들 몇 명은 아직 테이블 앞에 앉아 있었고, 다른 여자들은 문을 향해 걸어가고 있었다. 케이트가 어깨너머를 힐끗 돌아보았다. 아빠가 자신한테서 시선을 떼지 않고 있었다. 교도관이 아빠에게 다가가 감방으로 데려가려고 했다.

"아빠." 케이트가 아빠를 불렀다.

"케이트."

"이제 우린 뭐예요?" 케이트가 물었다.

아빠가 환하게 웃었다. 그녀가 이곳에 처음 걸어 들어왔을 때 그랬던 것처럼, 아득한 옛날 어린 케이트에게 그랬던 것처럼. 케이트는 개구리처럼 눈이 툭 튀어나온 교도관을 재빠르게 지나쳐 면회실을 빠져나왔다. 아빠의 대답은 듣지도 않은 채.

31

 운전대 위에 올려놓은 두 손이 공기로 만들어진 것마냥 가볍게 느껴졌다. 아빠와의 추억을 불러일으키는 모든 이정표를 스치며 남쪽으로 달리는 동안 케이트의 기분은 좀 전과 달라져 있었다. 아빠는 과거의 망령이 아니었다. 실재하는 존재였다. 하트포드를 빠르게 내달리는 동안 과거의 추억들이 그 모습을 바꾸었다. 쓰라린 추억은 아니었다고 생각했다. 하지만 아빠를 만나러 간 것이 잘못이었다. 죄수복 차림의 아빠, 이마에 상처를 달고 감옥에 갇혀 있는 아빠를 만나는 바람에 과거의 추억들이 더욱 흉하게 일그러졌다.
 "아빠는 거기서 나오지 못할 거야." 케이트가 큰소리로 말했다. 감옥에서 몇 킬로미터나 떨어져 나온 지금에서야 겨우 말이 새어 나왔다.
 "어땠어?" 룰루가 물었다.

"강철 문을 지나 10환 지옥으로 걸어 들어가는 것 같았어. 갇혀 있는 남자들에게 간식을 전해 주러 가는 가련한 여자들은 말 한마디 없이 줄 서서 강철 문을 통과했고, 교도관들이 그 모든 걸 지켜봤지. 교도관들은." 케이트는 교도관들의 표정을 떠올렸다. "그들은 뭔가를 원했어. 그게 뭔지는 나도 몰라. 죄수가 반항하기를 기다리는지, 금지품을 들고 들어오는 방문객을 잡고 싶은 건지."

"거기 너무 오래 있었어."

"면회실로 가는 길이 영원처럼 길었어."

"그리고 마침내 아빠를 만났고?"

"응."

"만나 보니…… 어땠어?"

"나이가 드셨더라고. 모든 게 다 미안하대."

"뭐라고 하셨는데?"

케이트는 고개를 가로저었다. 더 이상 아빠 이야기를 하고 싶지 않았다. 아빠를 만났던 기억이 머릿속에서 세세하게 떠올라 요동쳤다. 아빠의 굽은 어깨, 친숙한 미소와 목소리. 케이트는 그 모든 기억들을 혼자만 간직하고 싶었다. 입 밖으로 꺼냈다가는 그 기억들이 스쳐 지나가는 말이 되어 사라져 버릴 것만 같았다. 더 이상 자신에게 속하지 않는 것이 되어 물거품처럼 흩어져 버릴 것 같았다.

룰루는 케이트의 기분을 감지하고는 조수석 유리창으로 시선을 돌렸다. 해안가를 따라서 남쪽으로 도시들을 스쳐 지나 달리고 있었다. 미들타운을 지나자마자 풍경이 바뀌면서 우거진 숲이 나타났다. 긴 하루가 저물고 있었다. 나무들과 바위 절벽이 드리운 그림자가 포장도로 위로 길게 늘어졌다. 더운 하루였지만 여름은 끝을 향해 달리고 있었다. 하늘에 박힌 태양의 자리가 눈에 띄게 바뀌었다. 태양

빛의 기울기가 작아져 추분을 향해 가고 있었다.

"우리가 뭘 해야 하는지 알아?" 코네티컷 강 위쪽 볼드윈 다리에 도착하기 전, 룰루가 물었다. "수영을 해야 해."

케이트는 뉴런던에서 룰루를 자동차 있는 곳에 내려 주고 레지즈로 가서 폐허가 된 정원에 앉아 제드 힐리어드가 나타나기를 기다릴 생각이었다. 어쩌면 제드가 이미 그곳에서 달이 뜨기를 기다리며 잡초와 야생화를 그리고 있을지도 몰랐다. 아니 그보다는 제드가 그곳에 가지도 않았을 가능성이 훨씬 더 컸다. 아마도 아빠는 그냥 스쳐 지나가는 말로 아무 의미 없이 그곳을 언급했을 테니까.

"그래, 맞아. 수영을 해야 해. 하지만 수영복은 어떡하지?"

"어떡할까?"

두 사람은 깔깔 웃어 젖혔다. 케이트는 허버즈 포인트를 향해 달려 내려갔다. 철교 옆 경비원에게는 스코티 워터슨을 만나러 왔다고 했다. 조수가 높았고 모래 깔린 주차장이 질척였다. 굵게 뿌리를 내린 스파르티나 속 여러해살이풀을 뽑아 내고 습지에 조성한 주차장이었다. 자갈과 부서진 조개껍데기가 얇게 깔린 모래 사이로 소금물이 길을 내고 들어와 찰랑거리며 차올랐다.

두 사람은 뒤늦게 해수욕을 즐기는 사람들이 점점이 흩뿌려진 해변을 지나쳐서 서쪽 끝으로 걸어갔다. 그곳에서 가파른 언덕을 올라 리틀 비치라고 알려진 버려진 안식처로 향하는 오솔길로 들어섰다. 초승달 모양의 해변이 소나무와 떡갈나무, 검은 가래나무를 등지고 눈앞에 펼쳐졌다. 그 해안가 숲 뒤편으로는 세븐 마일 강줄기가 흘러드는 그레이트 마시가 있었다.

태양이 나무들 뒤로 막 떨어졌고, 해변은 그림자에 잠겼다. 사람 한 명 보이지 않았다. 롱아일랜드 사운드는 서늘했지만 케이트는 주저하지 않았다. 다른 사람들이 차가운 물에 익숙해지려고 물가에 서성이는 동안 케이트는 곧장 입수해서 그 충격적인 온도 차이를 온몸으로 받아들였다. 그건 그녀의 자부심이었다.

케이트는 눈을 크게 뜬 채 물속으로 곧장 헤엄쳐 들어갔다. 조수가 높아서 바위들이 수면 저 아래에 잠겨 있었다. 모자반속 해조류가 해류를 따라 덩굴손을 나풀거리며 둥둥 떠다녔다. 폐부가 터질 것 같았을 때 케이트는 수면으로 치솟아 올라가 숨을 깊이 들이마셨다. 룰루는 방파제 쪽으로 헤엄쳐 가고 있었다. 케이트는 제자리에서 헤엄치며 해변을 바라보았다.

눈을 깜빡이자 시야가 밝아졌다. 룰루가 말했던 낙서가 눈에 들어왔다. 속담과 이니셜, 각종 무늬들. 자연을 모독한 그 광경에 역겨워져서 시선을 바다로 돌렸다.

롱아일랜드 사운드를 가로지르며 마주 보고 달려오는 페리 두 대가 서로를 스쳐 지나갔다. 노을빛에 하얀색 페리가 분홍빛으로 물들었고, 수면은 라벤더 색으로 반짝거렸다. 리틀 비치에서 알몸으로 수영하는 것은 여름날의 더없는 즐거움이었다. 언제나 그랬다.

케이트와 베스, 룰루, 스코티는 십 대 시절부터 알몸 수영을 시작했다. 금지된 일을 하는 즐거움과 어른이 된 것 같은 기분을 만끽할 수 있어서 알몸 수영은 언제든 규칙 파괴자들의 구미를 당겼다. 전신에 와 닿는 물살에 관능적인 쾌감이 일어나는 것 같지는 않았다. 다른 사람들은 어떨지 궁금했다. 자신이 뭔가를 놓치고 있다는 건 알았지만 케이트는 전혀 개의치 않았다.

케이트에게 알몸 수영의 최대 보상은 자유였다. 케이트는 바다의 일부가 되었다. 비행 중에 느끼는 자유분방함에 가까운 느낌이었다. 팔과 다리를 허우적거리며 둥둥 떠 있자니 감옥에서 느꼈던 밀실 공포, 아빠와의 만남에서 뜻하지 않게 밀려들었던 슬픔이 사라지기 시작하는 것 같았다. 롱아일랜드 사운드의 파도가 해변을 내리치는 소리에 철문 닫히는 소리가 쓸려 나갔다.

"아." 방파제에서 횡영으로 헤엄쳐 오는 룰루가 토해 낸 소리였다.

"아주 좋은 생각이었어." 케이트가 말했다.

"너한테 이게 필요할 줄 알았어. 나도 그렇고."

두 사람은 얕은 해변가로 헤엄쳐 가서 옷을 입었다. 축축한 피부에 옷감이 달라붙었지만 황혼녘의 서늘한 바람에 빠르게 말랐다. 두 사람은 단단하게 다져진 모래 위에 앉았다. 태양이 지고 있었고, 만조선을 따라 흐느적거리는 해조류 덩어리 근처에서 윙윙거리던 파리 떼 소리가 딱 끊어졌다. 케이트는 해변에서 철썩이는 파도 소리에 귀를 기울였다. 저 위쪽 보랏빛 하늘에 별들이 떠오르기 시작했다.

장미 나침반 자매는 이곳에 앉아서 수많은 시간을 보냈다. 알몸으로 수영하고, 피크닉을 즐기고, 월장석과 바다 유리를 찾아다녔다. 베스와 마지막으로 해안가의 축축한 모래사장을 거닐었을 때는 반짝거리는 월장석을 보고 있었다. 두 사람은 어디 한 군데 모난 곳 없이 둥그렇고 작은 장석을 주워 주머니에 가득 채웠다. 케이트는 언제나 그것들로 보석을 만들려고 했지만 장석은 그 자체로도 너무나 아름다워서 결국에는 유리병에 모아두었다. 하지만 집에서는 절대 마법처럼 빛나지 않았다. 모래사장 위에서 파도에 쓸리며 빛을 냈던 그런 모습은 결코 볼 수 없었다. 그 모습에 반해 동생과 함께 주워 왔던 것이건만.

"아직도 나한테 화났어?" 룰루가 물었다.

"뭣 때문에 내가 화를 내?"

"베스와 제드에 대해서 말하지 않은 거."

너무나 평화로운 순간이라 케이트는 그 사실을 거의 잊어버리고 있었다.

"아니. 나한테 더 화가 났어."

"왜?"

"내가 남 일에 이러쿵저러쿵 잔소리나 해 대는 꽉 막힌 년이니까. 그렇지 않았다면 베스가 나한테 직접 말해 줬겠지. 아니면 너나 스코티라도." 케이트는 룰루가 그렇지 않다고 말해 주기를 반쯤 기대하면서 이렇게 말했다.

"아빠가 제드에 대해서 뭐라고 했어?" 룰루가 물었다. 대꾸도 없이 화제를 돌리는 걸 보니 그녀의 말에 수긍하는 모양이었다. 케이트는 가슴이 뚫린 것처럼 아팠다.

"제드와 베스의 관계를 모르고 계셨어. 아빠가 베스한테 제드를 소개해 주기는 했고."

"제드가 어디 있는지 알고 계셔?"

"대강 짐작만 하시더라고. 정확한 건 아니고. 제드가 로드아일랜드 출신이고 재능 있는 화가래. 그건 나도 알고 있던 사실이었어."

그때 흥분에 들떠 시끄럽게 떠들어 대는 소리가 길 쪽에서 들려왔다. 날이 어두워져서 잘 보이지 않았지만 케이트는 아이들 목소리임을 알아보았다. 너무 멀어서 누구인지는 알 수 없었지만 건배를 하는 것처럼 병 부딪치는 소리가 들렸다. 이어서 마라카스를 흔들 때 나는 듯한 소리가 뒤따랐다.

"스프레이 페인트." 룰루가 벌떡 일어섰다. "어이, 거기 서!" 케이트와 함께 아이들에게 다가가면서 룰루가 소리쳤다.

아이들이 흩어지자 케이트가 한 명에게 달려가 팔을 움켜잡았다. 별 빛 아래에서 케이트는 조카와 눈이 마주쳤다.

"샘." 케이트가 샘을 불렀다.

샘은 대답하지 않았다. 시선만 내리깔았다. 샘의 오른손에는 페인트 통이 들려 있었다. 다른 손에는 반쯤 빈 하이네켄 한 병이 있었다. 룰루가 이자벨 워터슨을 붙잡아 케이트와 샘을 향해 다가왔다.

"네가 한 짓이니?" 케이트가 바위를 가리키며 물었다.

대답이 없었다.

"그건 예술 작품이에요. 그냥 바위보다 훨씬 낫잖아요." 이자벨이 느릿하게 말했다.

"그래, 너희, 두말 할 것도 없이 딱 보니까 술을 마시고 있었구나. 가자, 집으로." 케이트가 샘을 힐끗 보면서 말했다. 술에 취한 조카를 어찌해야 할지 몰라 화가 나는 동시에 겁이 났다.

네 사람은 오솔길을 따라 걸었다. 자주 오던 곳이라서 케이트는 어둠 속에서도 문제없이 길을 찾아갈 수 있었다. 하지만 아이들을 위해 휴대전화의 손전등을 켰다. 허버즈 포인트에 돌아가서는 보트 정박지에 있는 오두막으로 향했다.

스코티와 닉, 줄리가 방충망이 처진 포치에 앉아 있었다. 닉은 책을 읽고 있었고, 스코티와 줄리는 스크래블 보드 게임을 하고 있었다. 스코티와 닉이 이자벨을 발견하고 일어섰다. 줄리는 집 안으로 뛰어 들어갔다. 하지만 거실에서 멈춰 서더니 문으로 다시 살그머니 돌아와 밖을 빼꼼히 내다봤다.

"얘들이 바위에 낙서를 했어." 케이트가 샘을 똑바로 쳐다보며 말했다. 케이트는 샘에게 무슨 문제가 있는 건지 걱정스러워 정신을 차릴 수 없었다.

"몇 명은 도망갔지. 참 좋은 친구들이야. 샘과 이자벨을 남겨 두고 도망가다니. 아예 거기 있지도 않았다는 듯이 자취를 감췄다니까. 친구들, 사라지다!" 룰루가 말했다.

"우리도 도망쳤어야 했는데." 이자벨이 길게 트림을 하면서 말했다.

"술은 어디서 났어?" 닉이 물었다. "누가 가져다준 거야? 당장 사실대로 말해, 이자벨."

"여기서 가져갔어!" 줄리가 구석에 숨어서 외쳤다. "차고에 있는 맥주!"

"자매끼리는 고자질하지 않는 거야!" 이자벨이 소리쳤다.

"그건 언제나 케이트와 베스의 규칙이었지." 룰루가 말했다.

줄리가 룰루를 노려봤다. "왜 그렇게 말했어?"

"음, 케이트와 베스도 자매니까." 룰루가 말했다.

"그거 말고, 그전에 말한 거. 친구들, 사라지다. 혼잣말 했잖아. 아무도 없는데. 그건 나빠. 그리고 슬퍼. 샘 엄마가 죽어서……."

"너 때문에 줄리가 얼마나 당황했는지 좀 봐." 스코티가 이자벨을 꾸짖었다. 스코티는 줄리의 어깨에 두 손을 올려놓고 집 안으로 데려가며 등 뒤로 문을 닫았다. 방금 스코티가 줄리의 말을 막으려 한 걸까? 케이트는 문득 이런 생각이 들었다. 다시 나온 스코티는 이자벨을 호되게 나무랐다.

"맙소사, 네가 무슨 짓을 했는지 아니?" 스코티가 다그쳤다.

"스코티, 진정해. 우리가 해결할게." 닉이 말했다.

"나 말리지 마요!" 스코티가 닉의 손을 쳐 내면서 말했다. "쟤 지금 술 취했어요. 우리 가족을 웃음거리로 만들고요. 정말 창피해요."

"엄마, 죄송해요." 이자벨이 말했다.

"당연히 그래야지. 정말 부끄러워서 고개를 못 들겠다." 스코티의 목소리가 떨리고 얼굴이 벌겋게 달아올랐다. 스코티는 케이트를 돌아보고는 그녀와 룰루를 한쪽으로 끌고 가 닉과 아이들한테서 떼어 놓았다. "형사가 베스의 방에서 있었던 티 파티에 관해 물어봤어?"

"뭐?" 케이트가 놀라서 물었다. 케이트는 스코티가 여자아이들을 어떻게 다뤄야 할지 물어볼 거라고 생각했다. 그런데 주제가 바뀌어서 깜짝 놀랐다.

"응, 나한테 물어봤어. 그냥 지문들을 걸러내려고 그러는 거야. 우리 모두의 지문이 베스의 방에서 나왔거든."

"난 기분 나빴어." 스코티가 케이트를 쳐다봤다. "넌 안 그랬어?"

"별 뜻 없이 물어본 걸 거야." 케이트는 여전히 샘과 이자벨 생각에 정신이 팔려 혼란스러웠다.

"우리 모두 친했잖아. 베스의 방은 그 집에서 전망이 제일 좋고. 그래서 거기서 다 같이 가끔 차를 마시곤 했지." 룰루가 말했다.

"특히 겨울에……." 케이트가 추억을 떠올렸다. "베스의 벽난로 옆은 아주 아늑했어. 베스가 거길 참 좋아했지."

"난 정말 모욕적이었다고. 베스가 죽은 후에 우리가 거기 몰래 들어가서 베스의 보석이나 뭐 다른 걸 훔치기라도 했다고 질책 당하는 것 같았다고! 그 형사의 상관한테 뭐라고 한 마디 해야 할까 봐. 베스의 살인범을 찾으라고 말이야. 피트가 범인이 맞다면 피트를 체포하라고 말이야! 경찰은 지금 우리 시간만 낭비하고 있어."

"조사는 원래 시간이 걸리잖아." 룰루가 말했다.

"경찰도 최선을 다하고 있어." 케이트가 말했다.

스코티는 눈물로 붉어진 눈으로 자신이 베스를 진짜로 사랑한 유일한 사람인 양, 베스의 살인범을 재판정에 세우고 싶은 유일한 사람인 양 씩씩거렸다. 그러더니 심호흡을 크게 하고는 케이트를 끌어안았다. "너무 예민하게 굴어서 미안해. 그냥 지쳐서 그래. 이자벨을 집으로 데려와 줘서 고마워. 내일 이야기하자, 괜찮지?"

"그래." 이렇게 대답한 케이트는 '우아, 진짜 좀 과했어'라는 눈빛을 룰루와 주고받았다. 케이트는 닉에게 작별 인사를 하고 이자벨에게도 가벼운 작별 키스를 했다. 사실 아이들의 음주 문제와 바위 훼손 문제에 대해 스코티와 단둘이 이야기를 나누고 싶었다. 스코티라면 한 아이의 엄마로서 조언을 해 줄 수 있을 거라고 생각했다. 하지만 스코티는 그럴 만한 상태가 아닌 게 분명했다.

케이트와 룰루, 샘은 주차장으로 향했다. 샘은 이자벨만큼 술에 취하진 않았는지 차분해 보였다. 세 사람은 피트와 베스의 집에 도착했지만 불이 꺼져 있었다.

"아빠는 어디 갔어?" 케이트가 물었다.

"보기가 세 개 있는데 그중 하나가 '니콜라와 함께 있다'예요. 그걸 골랐다면 정답입니다." 샘이 대답했다.

"마틸다 할머니 집에 갔다고?" 케이트가 물었다. 니콜라에게 크게 선심 쓰며 그 집에 머물게 해 줬더니 피트를 그 집에 들였다고? 케이트는 화가 치밀어 올랐다.

"그럼 나랑 같이 우리 집으로 가자." 케이트가 걷잡을 수 없이 휘몰아치는 감정을 억누르려고 애쓰며 말했다. 뉴런던으로 가는 길에 세 사람은 말 한 마디 하지 않았다. 룰루가 라디오를 90번 채널에 맞추자 스매싱 펌킨스의 노래 '1979'가 흘러나왔다. 95번 고속도로가 혼잡해서 나이앤틱에서 워터포드까지 교통체증에 갇혀 한동안 빠져나오지 못했다.

뱅크 가로 돌아온 룰루는 레인지로버에 타기 전에 잠시 멈췄다. 케이트는 룰루가 샘의 이마에 이마를 갖다 대는 모습을 지켜보았다.

"다시는 그러지 마. 너 자신을 잘 돌보고 강해져야 해. 이모 걱정시키지 말고." 룰루가 말했다.

"죄송해요." 샘이 나지막하게 말했다.

룰루와 케이트는 서로를 껴안았다.

"스코티는 대체 왜 그러는 거야?" 룰루가 속삭였다.

"나도 같은 질문을 하고 싶어." 케이트가 말했다.

"스코티가 전보다 술을 더 많이 마시는 것 같아. 베스 때문인가? 베스를 잃은 아픔을 그렇게 달래려는 걸까?"

"글쎄. 아니면 닉과 무슨 문제가 있나?"

"혹시라도 내가 결혼을 고려하거든 절대 결혼하지 말라고 말해 줘." 룰루가 말했다.

"나한테도 그래 주면 나도 그럴게."

"나중에 말이야."

"그래, 나중에 꼭."

룰루가 레인지로버를 타고 떠났다. 케이트는 경보기를 해제하고, 샘과 함께 계단을 올라갔다.

"샘, 그런 짓을 얼마나 자주 한 거니? 바위에 페인트칠 하는 거 말이야."

"두 번이요." 샘이 말했다.

"너랑 네 친구들은 경이로운 자연을 망쳤어. 그 생각은 못 했니?"

샘이 어깨를 으쓱거렸다. 케이트는 이를 앙다물었다. 샘의 그 모든 행동이 도와달라는 절박한 외침인 걸까? 샘을 어떻게 도와줘야 하는 걸까?

"네 엄마는 리틀 비치를 사랑했어. 네가 한 짓을 알면 엄마 기분이 어떨 것 같니?"

샘은 케이트와 눈을 맞추지 못해 시선을 피하며 침을 꿀꺽 삼켰다.

"아빠한테 전화해서 오늘밤은 우리 집에 있을 거라고 이야기해."

집 안으로 들어섰을 때 케이트가 말했다. 팝콘이 심심하니 데리고 나가 달라는 듯 펄쩍펄쩍 뛰면서 다가왔다.

"그거 지울 수 있어요?" 팝콘의 목줄을 채우는 케이트를 지켜보던 샘이 물었다.

케이트가 샘을 바라보았다.

"페인트요. 그거 바위에서 지울 수 있어요?" 샘이 물었다.

"지울 수 있을지 모르겠네. 화학물질이 바다에 들어가면 안 좋을지도 모르고."

"할 수 있어요?" 샘이 떨리는 목소리로 물었다. "엄마를 위해서?"

케이트는 잠시 가만히 있었다. 샘이 관심을 끌려고 바위를 훼손했다면 그게 도와달라는 외침이었는지도 몰랐다.

"응, 할 수 있어." 케이트는 두 팔로 샘을 감싸 안았다. 샘의 어깨가 떨리고 있었다. "자, 이제 아빠한테 전화해서 네가 어디 있는지 알려 드려."

"아빠는 상관 안 할 거예요." 샘이 말했다.

"그렇지 않아."

"아뇨, 전혀 상관 안 할 거예요. 중요한 일이 아니니까요. 전혀요."

"샘, 그렇지 않아. 이모 말 믿어." 케이트가 말했다.

"엄마가 보고 싶어요." 샘이 말했다. 샘의 목소리가 가늘어지더니 새된 울음으로 변해갔다.

"아, 샘." 케이트는 팝콘의 목줄을 떨어뜨린 채 조카를 가까이 끌어당겼다.

"엄마가 보고 싶어요." 샘이 울부짖었다. 급기야는 자기 머리카락을 잡아당기고 얼굴을 긁어 댔다. 케이트가 샘을 움켜잡고 달래려고 애썼지만 샘은 자해를 멈출 수가 없었다.

32

코너는 진작 형을 만나려고 애썼지만 좀처럼 몸을 뺄 수가 없어서 이제야 겨우 시간을 냈다. 톰을 만난 곳은 지저분한 맥줏집 와이-노트였다. 항해사들과 어부들이 자주 찾는 뉴런던 기차역 근처 해안가에 있는 술집이었다. 두 사람은 빨간색 비닐 커버가 씌워진 높다란 의자에 앉아 아버지가 그랬던 것처럼 제임슨 스카치를 깔끔하게 들이켰다. 코너는 그로튼의 강 건너편에 주둔한 해군에 있다가 형과 함께 자랐던 도시 뉴런던의 경찰이 됐다.

"자, 말해 봐." 톰이 말했다.

"처음부터 다 얘기한 것 같은데." 코너가 말했다.

"그래, 그랬지. 근데 네가 너무 빨리 피트를 목표물로 잡는 것 같아 걱정돼."

"나도 알아. 하지만 확신이 든단 말이야. 모든 게 맞아떨어져. 그냥 다른 여자만 있는 게 아니라 그 여자 사이에 낳은 아이도 있잖아. 피트는 자기가 천재라고 생각하지. 범죄 현장에는 에어컨이 켜져 있었어. 에어컨으로 사망 시각을 조작하는 게 뭐 그렇게 특이한 정보는 아니지만 그래도 조사를 좀 해야 알 수 있는 거거든."

"그래서 증거도 있겠다. 아직도 피트가 범인이라고 생각해?"

"그게 좀 애매해."

톰이 싱긋 웃었다. "다 털어놔 봐."

코너가 술을 한 잔 마셨다. 그러고는 검시 결과와 심문했던 목격자들, 법의학 회계사가 피트와 베스의 재정 상태를 조사한 결과, 가장 최근에 용의자 선상에 오른 마틴 해리스까지 싹 다 이야기했다.

"오스프레이 하우스에 사는 변태라. 딱 들어맞는데." 톰이 말했다.

"그래. 어떻게 된 건지는 몰라도 딱 들어맞아. 마틴의 가석방 담당자는 테스토스테론 차단 약물로 마틴이 달라졌다고 하는데……."

"그런 녀석들은 절대 변하지 않아."

"대부분은 그렇지. 하지만 마틴은 자기 정신과 의사를 만나 봐도 좋다고 했어. 마틴의 정신과 의사는 마틴이 화학적 거세의 성공적 사례라고 하더라. 마틴은 더 이상 나쁜 생각도 안 하고, 여자를 해치고 싶지도 않대. 이제 자기한테는 섹스가 아무것도 아니래. 그런데 피트가 베스를 죽이는 꿈을 꿨다더라고."

"꿈을 꿨다고?"

"응. 꿈에서 그 장면을 봤대."

톰이 껄껄 웃었다. "그놈 미친 거 아냐? 그런 비정상적인 방법으로 사건을 해결할 수 있다는 게 말이 돼?"

"뭐라고 설명하기 어려워. 게다가 엽서도 있었어. 블랙홀의 라스롭 갤러리 엽서. 자기 이름을 피트의 이름과 같이 적어 놨어. 베스의 이름은 자기가 폭행했던 여자들 명단 맨 앞에 적어 놓고…… 무슨 연애편지 같았다니까."

"누구한테 보내는 건데? 피트?"

코너는 스카치를 마셨다. "응. 멀리 떨어지지 않은 곳에 자기랑 같은 생각을 하고, 같은 행동을 하는 인간이 있다는 게 마음에 든 모양이야." 코너가 또다시 술을 들이켰다. "그 인간은 한 발 더 나아가서 피해자를 죽였지."

"성폭행 증거는 없다고 했잖아." 톰이 말했다.

"정액이 없었어. 하지만 다리와 허벅지 사이에 온통 멍이 들어 있었지. 삽입 흔적은 없었고."

"그럼 그건 마틴의 범행 수법과 일치하는 거 아냐?"

"마틴은 속옷에 집착해. 레이스 속옷을 좋아하지. 그래서 피해자가 자기 마음에 드는 걸 갖고 있지 않을까 봐 속옷을 갖고 갔어. 프레드릭스 오브 할리우드랑 빅토리아 시크릿에서 외상 거래를 했고. 프레드릭스에서 돈을 두 배나 많이 쓴 걸 보면 거기 속옷이 마틴의 취향인 것 같아."

"취향 한번 고급스럽군." 톰이 말했다.

"그래, 항상 그랬지. 내가 실수를 한 걸까. 실은 지금도 피트가 범인이다 싶은데 마틴이 베스의 레이스 속옷에 대해 알고 있었어." 코너는 톰을 힐끗 쳐다보았다. 사건의 세부사항은 철저하게 비밀에 부쳤지만 형에게는 전부 다 말했다. 형의 도움이 필요했기 때문이다.

"마틴이 그런 세부사항을 알 수 있는 유일한 방법은……." 톰이 말했다.

"유일한 방법까지는 아니지만 마틴이 현장에 있었을 가능성이 있어. 아니면 누군지 몰라도 베스를 죽인 사람한테서 들었거나. 그것도 아니면 강력반이나 검시소에서 정보가 샜거나."

"정보가 샜다고 생각해?"

코너는 그 문제를 곰곰이 생각해 보았지만 어깨만 으쓱거렸다.

"마틴과 피트의 삶에 접점이 있었던 건 아닐까?" 톰이 물었다.

"거긴 파 봤자 아무것도 안 나와. 마틴은 제대로 된 일을 할 수가 없어. 주정뱅이거든. 가석방 담당관이 계속 일을 찾아 주고는 있지. 정신이 온전할 때는 가끔씩 블랙 웨일이나 러스티 앵커에서 설거지를 하고 돈을 좀 버나 봐."

"웨일은 모르겠지만 러스티 앵커는 확실히 피트 라스롭 같은 부류가 갈 곳이 아니지." 톰이 말했다.

"전혀 아니지." 뉴런던에서 와이-노트 다음으로 지저분한 술집에 사립고 졸업생인 피트가 발을 들인다고 상상하자 절로 웃음이 터져 나왔다.

"그럼 다른 곳은?"

코너가 고개를 가로저었다. "마틴은 미술에 관심이 없어. 먹을 걸 살 여력도 없다고. 교회 지하실이나 무료 식품 배급소에서 얻어먹기나 하겠지. 블랙홀에 갈 일이 없는 인간이야. 물론 교육 받은 인간이기는 하지. 피트처럼. 20년 전에 대학교에서 학생을 가르쳤으니까."

"그럼 그때 피트를 만났을 수도 있는 거 아냐? 같은 학교를 다닌 옛 친구?" 톰이 물었다.

"학교가 달라. 마틴은 브리지포트에서 자라 거기 공립학교에 다녔어. 피트는 사립고로 갔고. 로드아일랜드에 있는 학교야. 피트는 전형적인 셔터맨이지. 여자 하나 잘 잡아서 놀고먹는 인간. 그 인간한테는 베스 라스롭과 결혼한 게 취직한 거야. 적어도 마틴은 진짜 경력이라도 있었지. 대학교 교수였잖아."

"그럼 마틴과 피트는 근본적으로 낮과 밤처럼 다른 인간이네. 네 감은 어때?"

"마틴은 정신이 똑바로 박힌 놈이 아냐. 그러니 자기가 현장에 있었다면 속옷으로 뭘 했을지 상상하는 거야 일도 아니지. 하지만 단순한 상상은 아닌 것 같아."

톰은 스카치를 다 마시고 바텐더에게 두 잔 더 달라고 눈짓했다. 주크박스에서는 스티브 얼의 노래가 흘러나왔고, 바 위쪽의 TV 두 대에서는 야구 경기가 중계되고 있었다. 레드삭스와 메츠의 경기였다. 해안경비대 사관생도들은 다트 게임을 하고 있었다. 술이 나오자 두 형제는 술잔을 마주치며 건배했다.

톰이 깊은 숨을 토해 내고 술잔을 길게 들이마셨다. "피트가 범인이 아니라는 증거는 제대로 살펴봤어?"

"물론이지. 등에 긁힌 상처가 있었어. 어깨 쪽에는 말 그대로 물어뜯긴 자국이 있었고. 베스가 한 건 아니었어. 베스의 손톱 밑에서는 아무것도 안 나왔거든. 치아 자국도 베스의 것과 일치하지 않았고. 피트는 자기가 결백하다면서 거짓말 탐지기 검사를 받겠다고 했어."

"한 집안에서 살인자가 두 명이나 나오다니. 저기 옛날 사건 말이야. 그거 때문에 네가 우드워드 자매한테 과하게 신경 쓰잖아. 그래서 시야가 좁아지는 거 아닐까?"

톰처럼 코너를 자극할 수 있는 사람은 없었다. 두 사람은 서로 가까웠지만 언제나 경쟁적이었다. 아버지의 인정을 받으려고 운동을 할 때도, 심지어는 직장을 선택할 때도 서로 경쟁했다. 톰은 군대에, 코너는 법집행 기관에 들어갔다.

"베스의 살인범이 누구든 간에 두 사건은 서로 연관되어 있어. 같은 마을, 같은 집안에서 일어났지. 형사 사건에 아내가 죽었고. 똑같은 그림이 사라졌어." 코너가 말했다.

"〈달빛〉 말이지. 마틴이 훔쳐 갔을지도 몰라."

코너는 바 뒤쪽의 거울을 응시하면서 술을 마셨다. "웃기는 소리 하지 마. 마틴은 미술에 관심 없어. 하지만 달에는 관심이 있을지도 모르지."

"잠깐 내가 맞혀 볼게. 우주 비행사가 되겠다는 큰 꿈을 꾸고 있는 거지?"

"아니. 아마 대학생들에게 달에 관해 가르쳤을 거야."

"뭐? 뭘 가르쳤다고?"

"천문학. 마틴은 별을 좋아해. 그래서 그런 엽서들을 갖고 있다고 했지. 별이 보일 정도로 어두운 밤하늘을 배경으로 펼쳐진 코네티컷 마을 엽서 말이야."

톰이 코너를 응시했다. "바로 그거야."

"뭐가?"

"피트는 항해사야. 메넴샤에서 헌트레스에 탑승한 피트를 봤잖아. 둘이 바다에 나갔던 거야."

"무슨 소린지 모르겠어."

"별 말이야, 멍청아."

"그래, 바다에 나갔겠지. 다른 곳에도 갔고."

"별을 보고 길을 찾을 수 있어. 구식이긴 하지만 피트 같은 요트족들은 배워서 알고 있을 거야. 값비싼 육분의를 사고, 별과 태양의 고도를 보고 요트 조종하는 법을 배운다고. 숙련된 항해사가 된 기분은 100만 달러짜리 요트만큼 가치가 있지."

마음이 다급해졌다. 코너는 항해사가 아니라서 바다에서 살아 본 형이 없었더라면 육분의가 뭔지도 몰랐을 것이다. 형의 육분의가 들어 있는 묵직한 마호가니 상자가 떠올랐다. 정교한 광학 장치와 반달 모양의 각도기처럼 보이는 부품으로 만들어진 그 아름다운 청동 기구는 지평선과 태양, 지구, 별 사이의 각도를 측정하는 것이었다. 그와 비슷한 물건이 라스롭 갤러리나 라스롭의 집에 있었을까?

"전화 받아." 톰이 몸짓으로 휴대전화를 가리켰다.

코너는 바에서 휴대전화를 집어 들었다. 케이트였다.

"코너 레이드입니다." 코너가 차분하게 대답했다.

"제드 힐리어드라는 사람 알아요?" 케이트가 물었다.

"아뇨." 그런 이름은 들어 본 기억이 없었다. "그건 왜 묻죠?"

"제 동생이 사랑했던 사람이라서요. 제부가 아이 아빠인지도 의심스러워요."

코너는 깜짝 놀랐다. 제드 힐리어드라는 이름은 들어 본 적이 없었다. "바로 갈게요."

코너가 전화를 끊자 톰이 고개를 끄덕였다.

"가야 되는군." 톰이 말했다.

"응."

톰이 코너의 반쯤 빈 잔을 몸짓으로 가리켰다. "내가 낼게. 다음은 네가 한 턱 쏴. 그리고 그 둘의 접점을 생각해 봐."

"하늘의 별 말이지?" 코너가 이렇게 말하고는 술집을 나섰다.

33

 거의 자정이 다 된 시간이었다. 타일러가 감기에 걸렸다. 니콜라는 타일러를 다독이며 재우려고 애썼다. 타일러가 불편해하는 건 참을 수가 없었다. 마틸다의 서재 건너편에서 노려보고 있는 피트는 전혀 도움이 되지 않았다. 피트는 마틸다의 집에 있어서는 안 되는 사람이었다. 케이트가 그 점을 분명히 했었다. 그런데도 피트는 매일 밤 일정 시간 동안 니콜라와 타일러 곁에 머물렀다. 그러면서 니콜라가 자신의 노고에 감사하기를 바랐다. 하지만 니콜라는 피곤하고 불안하기만 했다. 프렌치 도어가 열려 있어 강 쪽에서 서늘한 바람이 불어 들어왔다. 늦여름의 귀뚜라미 소리, 바스락거리는 나뭇잎 소리, 아득히 먼 곳에서 들리는 올빼미 소리가 새어 들어왔다.
 "당신은 여기 있으면 안 돼요." 니콜라가 피트에게 말했다.
 "타일러가 울음을 그치길 기다리고 있어."

"타일러는 지금 기분이 안 좋아서 그래요."

"나도 봐서 알아." 피트가 많이 참았다는 듯이 말했다.

"아기들은 원래 이래요."

"샘은 그러지 않았어. 베스는 언제나 어떻게 해야 하는지 알고 있는 것 같았다고. 항상 샘을 밤새 잘 재웠어."

"전 베스가 아니에요."

"그래, 그렇지."

모든 상황이 극적으로 달라졌다. 니콜라가 갤러리에서 일하면서 피트와 처음 만났을 때 피트는 베스의 잘못들을 늘어놓았다. 베스가 자신을 얼마나 지지해 주지 않는지, 갤러리 업무에 빠져서 샘을 얼마나 소홀히 하는지 모른다고 투덜댔다. 샘의 축구 경기에 참석하느니 다음 전시회 카탈로그를 만들 사람이라고 베스를 비난했다.

그랬던 사람이 이제는 온통 베스 칭찬뿐이었다. 니콜라는 지금 피트가 말하는 사람이 진짜 베스였다고 생각했다. 이전에는 자신의 불륜을 정당화하려고 베스를 깎아내렸던 게 분명했다. 니콜라는 베스를 좋아했다. 그게 솔직한 마음이었다.

피트가 항상 늘어놓았던 불만과 달리 베스는 훌륭한 엄마였다. 훌륭한 엄마 밑에서 자랐으니 당연했다. 게다가 베스는 돈이 있어서 유모를 고용할 수도 있었지만 샘을 위해서 샘에 관한 일은 모두 자신이 직접 했다. 샘에게 최고의 삶을 선사해 주려 했다. 그랬던 베스의 삶에 자신이 끼어들어서 베스와 샘을 망쳐 놓았다는 것이 니콜라의 심장에 가시처럼 박혀 들었다.

"당신이 이럴 거라고는 상상도 못했어." 베스한테서 들었던 말이었다. 마틸다의 집에서 피트와 한 침대에 누워 있다가 아기 침대에 있던 타일러의 존재까지 베스에게 들켰던 그 악몽 같은 날로부터 일주일이 흐른 후였다. 베스가 전화해서 블랙홀 에이앤피 옆의 커피숍에서 만나자고 했다. 그때 잔뜩 겁에 질렸던 니콜라는 생후 3주 된 타일러가 잠든 카시트를 들고 베스가 앉아 있는 곳으로 다가가 맞은편에 앉았다.

"그냥 그렇게 됐어요." 니콜라가 말했다.

"번개를 맞은 것처럼? 허리케인에 휩쓸린 것처럼?"

"그렇게 말하지 마요. 절 조롱하지 마세요. 전 당신에게 상처 주고 싶지 않았어요." 니콜라는 영화에나 나올 법한 감상적인 말이 자신의 입에서 튀어나오는 걸 실제로 듣고 있었다.

"나만 상처받는 게 아니야. 샘도 있어. 샘은 이미 오래전부터 알고 있었던 것 같아. 그래서 성적이 떨어지는 거지. 샘은 아빠가 뭘 하고 있는지 알고 날 보호하려고 해."

"저도 샘이 걱정돼요."

"그런 가식적인 태도로 날 모욕하지 마." 베스가 말했다.

니콜라는 면전에서 한 방 얻어맞은 것만 같았다.

"난 당신이 훌륭한 여성이라고 생각했어. 케이트도 그랬지. 우린 당신을 지원해 주고 싶었어. 당신이 얼마나 힘들게 이 자리에 올랐는지, 그동안 얼마나 뛰어난 실력을 발휘했는지 잘 알고 있었으니까. 난 샘도 그렇게 되기를 바랐어. 당신이 다녔던 그런 학교에 샘을 보내고 싶었다고."

"샘은 지금도 그렇게 할 수 있어요."

"지금은 무대 디자인 워크숍에도 나갈 수가 없어. 속병이 나서 그만둬야 했거든. 샘은 지금 엉망이야. 당신과 피트 때문에."

"정말 죄송해요."

"지금 피트와 함께하는 삶이 진짜라고 생각하지 마."

"진짜예요." 니콜라가 타일러를 힐끔거리면서 부드럽게 말했다.
 종업원이 니콜라의 주문을 받으러 와서 베스의 커피 잔을 채워 주었다. 니콜라는 고개를 저으며 종업원을 돌려보냈다. 테이블에는 적갈색 종이로 된 식탁매트가 놓여 있었다. 베스가 자신의 식탁매트를 니콜라 쪽으로 끌어다 놓았다. 그러고는 소금통과 후추통, 설탕 그릇을 그 위에 올렸다.
 "당신은 그를 몰라. 아니 알지도 모르겠네. 그 사람이 기분이 나쁠 때 모습 못 봤지?"
 니콜라는 아무런 감정도 내비치지 않으려고 애썼다.
 "이게 나야." 베스가 소금통을 가리켰다. "이건 피트고." 이번에는 후추통을 만졌다. 그러고는 양손으로 설탕 그릇을 집어 들고서 "이건 샘이야."라고 말했다. "지금 내가 피트를 어떻게 생각하든 우린 가족이야." 베스가 날카로운 표정으로 니콜라의 시선을 잡아끌었다. 그러고는 커피 숟가락을 툭 건드려 바닥으로 떨어뜨렸다. "저게 당신이지. 당신은 식탁매트 밖에 있어. 우리 가족의 삶 바깥에 있다고."
 "피트의 삶 바깥은 아니에요." 니콜라가 말했다. 종업원이 다가와 떨어진 숟가락을 집어 들고 베스에게 새 숟가락을 건네주었다.
 "그렇지 않아." 종업원이 떠난 후, 베스가 말했다. "그냥 깨닫지 못했을 뿐이지. 피트는 이런 일을 감당할 능력이 없어. 난 샘을 위해서라면 못 할 게 없어. 그건 피트도 마찬가지일 거고." 베스의 눈빛이 사납게 빛났다. 베스는 니콜라를 한 대 치기라도 할 것처럼 한 손을 들어 올렸다.
 "타일러한테도 아빠가 필요해요." 니콜라가 말했다.
 베스의 얼굴에 깊은 고뇌의 빛이 스쳐 지나갔다. 베스의 태도가 완전히 달라졌다. 베스는 종잇장처럼 구겨져 양손에 얼굴을 묻었다. 니콜라는 테이블 건너편으로 손을 뻗어 그녀를 위로해 주고 싶었다. 서서히 뻗어 나간 니콜라의 손이 베스의 뒤통수 위쪽에서 머뭇거렸다. 그 손을 진짜로 내려서 베스의 머리를 쓰다듬었다가는 상황이 더 나빠질 게 분명했다. 결국 니콜라는 손을 내려 잠든 아들을 쓰다듬었다.

마틸다의 아늑한 서재에서 피트와 함께 앉아 있는 지금도 니콜라는 아들의 머리를 쓰다듬었다. 머리가 따뜻했지만 좀 전처럼 뜨겁지는 않았다. 열이 내려 가고 있었다. 울음도 잦아들었다. 곧 잠들 것 같았다. 산들바람이 들이닥쳐 갑자기 공기가 서늘해졌다. 니콜라는 회녹색 캐시미어 숄로 어깨를 감싸고 있었는데 타일러의 감기가 심해질까 봐 숄을 벗어서 타일러에게 덮어 주었다.

"신선한 공기를 쐬는 게 좋아." 피트가 말했다.

"아직 열이 좀 남아 있어요."

"당신은 애를 너무 애지중지 키워."

"말도 안 되는 소리하지 마요."

니콜라는 피트를 쏘아보며 피트의 화가 터져 나오길 기다렸다. 피트는 누가 자기 말에 토 다는 걸 싫어했다. 니콜라는 피트에게 등을 보여 달라고 할까 생각했다. 상처를 씻겨 주고 약을 발라 주고 부드럽게 키스해 주면 화가 풀려서 다시 나긋나긋해질지도 모르니까. 피트가 입을 열어 뭔가 말을 하려고 했을 때 휴대전화가 울렸다. 피트는 니콜라한테서 시선을 떼지 않은 채 전화를 받았지만 사적인 전화인지 프렌치 도어 밖으로 걸어 나갔다. 피트가 다시 돌아왔을 때는 훨씬 더 화가 난 것 같았다.

"괜찮아요?" 니콜라가 물었다.

"아니."

"무슨 일이에요?"

"샘이 처형 집에서 잔대. 왜 그런지 알아?"

니콜라가 고개를 가로저었다.

"내가 여기 있기 때문이야. 내가 속해 있는 내 집에서 내 딸과 있는 게 아니라 당신을 행복하게 해 주려고 여기 와 있으니까."

"그럼 가세요." 니콜라가 말했다.

"지금은 너무 늦었어. 샘은 이미 처형 집에 있어. 처형이 샘과 나 사이를 이간질하려고 한다면 맹세코······."

"아무도 그럴 수 없어요." 니콜라가 진심이 뚝뚝 떨어지는 눈빛으로 피트를 바라보며 말했다. "샘은 당신을 사랑해요. 샘한테 남은 건 당신뿐이에요."

"그래." 피트가 니콜라와 타일러한테서 시선을 돌리며 말했다.

34

 "안녕, 케이트." 코너가 케이트의 집 앞에서 팝콘과 함께 있는 케이트에게 인사를 건넸다. 와이-노트에 톰을 내버려 둔 채 몇 블록 떨어진 뱅크 가로 찾아온 시각은 자정이었다. "제드 힐리어드라."
 "동생이 사랑했던 남자래요." 케이트가 절망스러운 목소리로 말했다. 코너는 약간 취기가 도는 표정으로 케이트의 얼굴을 바라봤다. 이마에 주름이 진 걸 보니 기분이 좋지 않은 모양이었다. "그런데도 나한테 말하지 않은 거예요."
 아, 케이트. 코너는 속으로 탄식했다. 가까운 자매 사이에 비밀이 있었다니. 상처받을 만했다. 가슴이 찢어지는 것 같았을 것이다.
 "제드란 사람은 베스한테 어떤 존재였던 거예요?" 코너가 물었다.
 "동생이 만났던 화가예요. 동생이 보살펴 주고 격려해 줬던 사람이죠. 그러다…… 사랑에 빠졌고요."

"피트도 알고 있나요?" 코너는 또 다른 살해 동기를 찾았다고 생각하며 물었다.

"그건 모르겠어요. 아직은요. 하지만 곧 알아낼 거예요."

"진정해요, 케이트. 그런 일은 제가 할 테니까 일단 자세히 말해 줘요. 베스가 어디서 제드를 만난 거예요?"

"에인스워스요. 아빠를 만나러 갔다가요. 그 후에는 수프 키친에서 또 만났고요."

에인스워스. 마틴 해리스도 그곳에 수감되어 있었다. 코너는 마틴과 제드가 서로 알고 지냈는지 궁금했다. 아니면 마틴이 가스 우드워드와 알고 지냈는지도 의심스러웠다.

"뭔가 생각나는 게 있나 봐요." 케이트가 코너의 손을 잡으며 말했다. "그쵸? 내 말 맞죠?"

코너는 케이트의 손을 더욱 단단히 그러잡았다. 술기운이 확 올라왔다.

"네, 짚이는 게 있어요." 코너가 말했다. 술 냄새가 나지는 않을까? 너무 느슨하게 풀린 것처럼 보이지 않을까? 코너는 케이트의 손을 놓을 수 없을 것만 같았다.

"제발 말해 줘요. 알고 싶어요."

"마틴 해리스라는 이름 들어 봤습니까? 베스나 아빠한테서?"

"못 들어 본 것 같은데요. 그건 왜요?"

"에인스워스에서 베스를 만났을지도 모르는 사람이라서요." 코너가 일부러 모호하게 말했다.

"귀에 익은 이름이 아니에요. 하지만 베스는 사랑에 눈이 멀었었나 봐요. 제드 때문에 제부를 떠나려고 했던 것 같아요. 이젠 매튜가 제부의 아이인지도 의심스러워요. 제드의 아이면 어떡하죠?"

코너는 실수했던 일이 생각났다. 왜 친자 확인 검사를 요청하지 않았단 말인가? 코너는 침을 꿀꺽 삼켰다. 그 이야기를 케이트한테 할 수는 없었다. 케이트도 그 생각은 하지 못한 모양이었다. 동생에게 자기가 모르는 연인이 있었다는 사실 하나도 감당하기 힘들어 보였다.

"좀 엉뚱한 소리로 들릴지도 모르겠는데 혹시 피트가 천문항법에 관심이 있나요?"

케이트는 깜짝 놀라 베스와 제드 생각에서 빠져나왔다.

"그건 왜요? 그게 이번 사건과 무슨 상관이 있나요?" 케이트가 물었다.

"그냥 좀 궁금해서요."

"천문항법에 관심은 있어요. 거기에 완전히 푹 빠진 건 아니지만 항해를 하니까 알아두는 게 좋다고 생각하더라고요."

"피트가 육분의를 갖고 있나요?"

"아뇨, 하지만 저한테는 있어요. 전 비행을 하니까요. 별을 보고 비행하는 게 기계 장치를 이용하는 것만큼이나 중요하다는 걸 할머니한테서 배웠죠. 할머니가 주신 육분의가 있는데 그걸 제부한테 연습하라고 빌려줬어요."

"그게 언제였죠?" 코너의 맥이 빨라졌다.

"정확히 언제였는지는 모르겠어요. 한 1년 전쯤? 그 정도 된 것 같아요."

코너는 고개를 끄덕였다. 피트가 별을 보고 항해하는 법을 배우다가 마틴을 만났을까? 마틴이 선생 노릇을 했을지도 모른다. 마틴은 피트와 이야기를 나누다가 피트의 범죄 행각을 알아차렸을 수도 있었다. 피트는 허세를 떠는 인간이니까 여자들에게 잔혹한 범행을 저질렀던 남자에게는 속마음을 시원스레 털어놨을지도 모른다. 아내를 살해한 방식이 마음에 들어서 그를 숭배할지도 모르는 남자한테는 말이다. 아니면 피트가 마틴을 조종해서 베스를 죽이게 했을까?

코너와 케이트는 뉴런던 한복판의 인도에 서 있었다. 주변의 아파트와 술집, 가로등에서 은은한 불빛이 퍼져 나와 밤하늘을 가득 채우는 바람에 별이 잘 보이지 않았다. 하지만 코너가 고개를 들자 도시의 밝은 빛 무리 사이로 별 몇 개가 보이는 것 같았다. 정확한 형체를 알아볼 수는 없었지만 그곳에 존재하는 것만은 분명했다.

코너는 케이트의 눈을 들여다보았다. 방금 스카치 두 잔을 마시고 왔기 때문일까? 평소라면 엄두도 내지 못했을 텐데 자기도 모르게 손등으로 케이트의 뺨을 부드럽게 쓰다듬었다. 케이트가 손등에 살며시 기대오는 것 같았다. 진짜일까? 아니면 상상일까? 코너는 케이트에게 하고 싶은 말이 너무나 많았다.

코너가 다시 시선을 들어 하늘을 쳐다보았다.

"베스와 저도 그렇게 하늘을 쳐다보곤 했어요. 그리고 소원을 빌었죠." 케이트가 말했다.

"당신도요?" 코너가 물었다.

"네. 모든 소원이 다 이루어지지는 않았지만 몇 개는 이뤄졌어요."

"어디에 소원을 빌었어요?"

"당연히 별이죠."

코너는 고개를 끄덕였다. 한참 동안 케이트의 눈을 들여다보고 있자니 케이트와 베스, 두 자매의 소원, 두 자매의 할머니, 케이트의 육분의, 천문항법에 대한 생각이 머릿속을 헤집었다. 코너는 좀 전에 형이 했던 이야기를 생각했다.

피트와 마틴의 접점은 별이 아닐까?

35

"드라이브 가자." 케이트가 말했다. 샘이 아빠를 만난 지 이틀이 지났을 때였다. 또다시 케이트의 집에서 머물기 시작한 지 이틀 밤이 지났다. 케이트는 코너에게 제드의 이름과 자신이 알고 있는 사실들을 말해 주었다. 살인 사건 조사는 코너의 일이었지만 베스의 비밀스러운 생활을 좀 더 캐 보는 것은 케이트의 일이었다. 어쩌면 그 두 가지 일이 같은 일이 될지도 모르지만 말이다.

"어디로 갈 거예요?" 샘이 물었다.

"레지즈로 갈까 해."

"거기는 한참 동안 가 보지 못했어요."

"나도."

두 사람은 케이트의 포르셰에 올라탔다. 팝콘이 소풍 용품들로 꽉 찬 캔버스 가방이 놓인 뒷좌석을 비집고 들어갔다. 케이트는 자동차 지붕을 열고 언덕과 시골길을 지나 포장도로로 들어섰다. 바람이 케이트와 샘의 머리카락을 흩뜨렸다. 팝콘은 혀를 쭉 빼서 내밀고, 그저 즐겁기만 하다는 듯 귀를 팔랑거렸다. 마틸다의 집 대문을 지나가면서 케이트는 샘을 힐끗거렸다. 샘은 정면을 똑바로 응시하고 있었다.

케이트는 몇 차례 굽이진 도로를 지나 무너질 것 같은 돌기둥 두 개 사이로 들어갔다. 진입로 바닥은 군데군데 갈라지고 얼어붙어서 솟구쳐 있었다. 400미터쯤 들어간 곳에 주차장이 있었다. 자동차가 멈추자마자 팝콘이 뛰어내려 들판 가장자리로 달려갔다.

"어느 쪽으로 가고 싶어?" 케이트가 물었다. 선택지는 절벽 위에 툭 튀어나온 화강암 바위 위쪽의 버려진 저택으로 올라가는 언덕길과 강으로 내려가는 지저분한 오솔길 두 가지였다. 본래 정원은 집 근처에 있었지만 미국부용은 작은 만의 습지대에서 무성하게 자랐다. 아빠는 제드 힐리어드에게 이곳에 와서 꽃을 그려 보라고 권했다.

"강 쪽이요." 샘이 말했다.

두 사람은 은빛으로 물든 들판을 거닐었다. 키 큰 풀들 사이로 사슴이 지나간 흔적들이 여기저기 나 있었다. 잿빛개구리매, 일명 '회색 유령'이 먹이를 찾아 습지 위로 나지막하게 날았다. 절벽 위쪽으로는 원형 극장이 어렴풋이 보였다. 케이트의 가족이 일요일마다 행복한 시간을 보냈던 곳이었는데 지금은 폐허가 되어 버렸다. 곧 무너질 것 같은 돌들이 잡초와 넝쿨에 뒤덮여 있는 그곳은 코네티컷 버전의 오래된 폐허나 다름없었다.

"엄마는 여기 오면 불안해했어요." 샘이 말했다.

"베스가 널 여기 데려왔어?"

"네, 가끔씩요. 하지만 엄마는 항상 사슴진드기와 라임병을 두려워했죠. 풀이 다리에 닿기라도 하면 기겁하면서 펄쩍 뛰었어요."

"뭐 하러 왔어?"

샘은 어깨를 으쓱했다. "주로 그림 그리려고요. 아니면 100년 전에 블랙홀 화가들이 어떻게 여기서 이젤을 세우고 풍경을 그렸는지 얘기해 주셨죠. 예전에는 여성 화가가 많지 않았대요."

"진짜?" 케이트가 물었다.

"네. 마틸다 브라운과 메리 카사트가 유일한 미국 인상파 화가였대요. 플로렌스 양은 화가들을 위한 하숙집을 운영했는데 본인은 화가가 아니었어요. 제가 좋아하는 화가는 윌러드 멧캐프였는데 그 사람은 미술 수업을 들으러 온 여자들을 멸시했대요. 그래서 지금은 윌러드를 어떻게 평가해야 할지 잘 모르겠어요. 윌러드가 여자애들을 풍경화 속에 떨어진 잉크 방울이라고 했다는 거 아세요?"

"나도 들었어." 케이트는 박물관에서 봤던 윌러드의 그림 〈가여운 블로티첼리(Poor Little Bloticelli)〉를 떠올렸다. 밀짚모자를 쓴 하얀 원피스 차림의 열다섯 살 여자아이가 이젤 앞에서 그림을 그리는 그림이었다. 케이트도 샘과 같은 나이였을 때 같은 생각을 했다. 화가들의 삶에 환멸을 느끼면서도 그들의 그림을 여전히 좋아해도 괜찮을까, 라고.

두 사람은 축 늘어진 버드나무들이 있는 곳을 향해 걸었다. 케이트는 캔버스 가방을 내려놓았다. 그러고는 수수한 피크닉용 담요를 털어서 펼치고는 샌드위치를 샘에게 건네주고, 자기 것도 꺼냈다. 두 사람은 강가에 앉아 점심을 먹으면서 에섹스 쪽으로 노를 저어 지나가는 카약들을 지켜보았다. 너비가 16미터쯤 되는 쌍동선이 관광객들을 싣고 남쪽으로 천천히 나아갔다. 케이트는 샘을 힐끗 쳐다보았다. 엄마와 많은 시간을 보냈던 곳에 이모와 함께 와 있으니 그 실망이 얼마나 클까?

"저기 저 섬 보여요?" 샘이 손가락으로 가리키며 물었다.

"응." 케이트가 대답했다. 케이트도 잘 아는 섬이었다. 할머니 집에서 자란 케이트는 그 섬에 얽힌 이야기들을 들어서 잘 알고 있었다. 20세기 초반에는 그 섬의 화강암 채석장에서 돌을 캐서 뉴욕시티의 도로를 포장했다고 했다. 희귀한 남색 벌새가 10년마다 둥지를 튼다고 알려진 섬이기도 했다. 그중에서도 미국에는 전혀 알려지지 않은 거대한 연꽃이 그 섬에서 피어난다는 사실이 가장 마법 같은 일이었다.

마틸다의 한 식물학자 친구가 B.C. 1000년에 이집트의 피라미드에 저장되어 있던 씨앗이 싹터서 그 연꽃이 피어났다는 사실을 밝혀 냈다. 1800년대 초반에 상인들이 피라미드를 도굴해서 리넨 천들을 훔쳐 냈을 때 거기에 씨앗들이 달라붙어 있었다. 상인들은 훔쳐 낸 리넨 천으로 상아를 감싸서 대서양을 건너는 항해 중에 부러지지 않게 했다. 그 상아는 코네티컷 주의 딥 강에 사는 피아노 건반 제작자에게 전해졌다. 리넨 천에서 떨어져 나온 씨앗들이 강 하류로 흘러내려 가 그 섬의 해안가에 뿌리를 내렸다.

"가끔씩 엄마랑 같이 저 섬으로 노를 저어 갔어요."

"카약을 타고?"

"아뇨. 이리 와 봐요." 샘이 음흉한 미소를 지으며 말했다.

두 사람은 물가로 내려갔다. 샘이 골풀과 곳곳에 침투한 갈대를 헤치자 너덜너덜한 캔버스 천에 덮여 있는 3미터짜리 소형 나무 보트가 드러났다. 칠이 벗겨진 좌석 아래쪽에 노가 있었다. 변색된 청동 노걸이가 이미 홀더에 고정되어 있었다.

"누구 보트야?" 케이트가 물었다.

"엄마 친구 거요. 우린 꽃을 찾으러 저 섬으로 갔어요. 그 꽃 아세요?"

"거대한 연꽃?" 꽃과 친구라. 케이트는 뒷목이 따끔거리는 것 같았다.

"네, 그거요. 거대한 연꽃은 1927년에 무시무시한 폭풍에 휩쓸려 사라져 버렸다고 다들 그랬죠. 하지만 엄마는 그렇지 않다고 생각했어요. 몇 개는 살아남아서 다른 식물들 아래나 채석장의 은밀한 구석에 숨어 있을 거라고 확신했죠. 그래서 우린 꽃을 찾아다녔어요. 저긴 우리만의 꽃의 섬이었는데……."

"꽃이라. 엄마랑 둘이서 꽃을 찾아다녔다고?"

"엄마 친구랑 같이요."

"친구 누구?"

"화가요. 이모는 모를 거예요. 수프 키친에 식사하러 가는 아저씨예요."

"거기서 엄마가 그 사람을 만났니?" 케이트는 아무렇지도 않은 척하며 물었다.

"가난하지만 진짜 좋은 사람이에요. 보호소에서 미술 수업을 하는 그 아저씨를 도와드렸죠. 펜화와 목탄화를 진짜 잘 그려요. 엄마는 항상 저한테 그 아저씨한테서 배울 게 있을 거라고 했어요. 많은 훌륭한 화가들처럼 간결하게 그림을 그린다면서요."

"그 사람이 연꽃 찾는 걸 도와줬어?"

"네, 그 아저씨가 외할아버지를 만난 게 분명해요. 외할아버지가 꽃을 그려 봐야 한다고 했대요. 외할아버지가 나쁜 짓을 저지르기는 했지만 미술에 관해서는 외할아버지만큼 잘 아는 사람이 없다고 엄마가 그랬어요."

"엄마 친구라는 그 사람은 지금 어디 있니?" 케이트가 물었다.

"제드요? 가끔씩 섬에서 캠핑을 하는데 지금은 없나 봐요. 아니면 보트가 저쪽 편에 있었겠죠. 이모, 우리 보트 타고 가요. 제드가 뭐라고 하지는 않을 거예요."

두 사람은 나무 보트를 진흙으로 질척거리는 강둑 아래로 밀었다. 샘이 케이트에게 선미에 앉으라고 몸짓했다. 샘은 케이트를 마주 보고 중간 좌석에 앉아 노를 젓기 시작했다. 팝콘은 얕은 물로 뛰어들어 헤엄을 치며 따라왔다. 섬까지 가는 길은 짧아서 물가에서 채 2분도 걸리지 않았다. 케이트는 입을 다물고 있었지만 머릿속에서는 온갖 의문이 떠올랐다.

"엄마가 제드와 가까웠니?" 케이트가 물었다.

"아, 진짜, 또 그런 식으로 말하네요."

"음?"

"그냥 대 놓고 물어보라고요!" 샘이 딱딱거리며 말했다. "저도 이제 열여섯 살이에요. 여섯 살이 아니라. 둘이 무슨 사이였는지는 잘 모르지만 실제로 무슨 사이였다면 또 어때요? 아빠가 니콜라랑 그렇고 그렇게 지내는데. 전 엄마가 제드랑 친하면 좋겠다고 생각했어요. 엄마가 행복했으면 좋겠다고요."

샘은 바위에 둘러싸인 만으로 들어가는 좁은 입구를 통과했다. 두 사람은 뭍에 닿자마자 보트에서 뛰어내렸다. 샘이 보트를 모래사장으로 끌어올리고, 닻을 둑으로 높이 던져 단단히 묶어 놓았다. 그제야 샘의 온몸을 감쌌던 긴장이 풀어졌다.

"샘!" 케이트가 성큼성큼 걸어 나가는 샘을 불렀다.

"연꽃을 찾으러 채석장으로 갈 거예요." 샘이 말했다.

"기다려, 같이 가."

하지만 샘은 케이트에게 화가 나서 냅다 달려가기 시작했다. 팝콘이 그 뒤를 따랐다. 케이트도 그 뒤를 따라 달리다가 멈칫하고 물러섰다. 갑자기 혼자 남으니 오히려 마음이 후련했다. 결국 케이트는 반대 방향으로 발걸음을 옮겨 키 큰 풀 사이로 사슴이 내어 놓은 길을 따라 걸었다. 빙하가 녹은 물이 이 섬과 본 섬을 갈라놓아서 두 섬은 잘라 놓은 피자 조각처럼 아귀가 딱 맞아떨어졌다.

행운이 따라 주어 샘이 연꽃을 찾을 수 있으면 좋겠다 싶었다. 베스는 삶을 장밋빛으로 바라보았다. 그런 베스가 멸종된 희귀식물이 이곳에 있는 게 분명하다고 말했을 때 케이트는 놀라지 않았다. 어린 시절 내내, 특히 엄마가 돌아가신 후로 베스는 상상 속에 살았다. 그에 반해 케이트는 현실을 택했다. 어슬렁거리며 섬을 거닐고 있는 지금, 눈으로 볼 수 있는 실체를 뛰어넘을 수 있는 것은 없다고 케이트는 생각했다. 황금빛 풀과 옅고 짙은 분홍색 미국부용들, 파란 수레국화, 크림색 아미초가 눈앞에 펼쳐진 현실이었다. 우리들만의 꽃의 섬. 샘은 이 섬을 그렇게 불렀다.

언덕 꼭대기에는 참나무와 스트로브잣나무가 자라고 있었다. 케이트는 구불구불한 개울을 따라 올라갔다. 개울이 화강암 바위를 지나 반짝거리는 강으로 흘러 내려가는 모습이 보였다. 물수리 한 쌍이 머리 위쪽의 공기를 가르며 날았다. 케이트는 새가 되는 꿈을 꾸곤 했다. 꿈속에서는 창문을 활짝 열고서 비행기를 타지 않고도 튼튼한 날개를 펄럭해 밤하늘을 날아오를 수 있었다. 절대 추락하지 않았고, 땅으로 내려가고 싶지도 않았다.

땅바닥에는 솔잎이 가득했다. 케이트는 계속 개울을 따라가면서 숲속으로 더욱 깊이 걸어 들어갔다. 숲속은 그늘이 져서 시원했다. 햇살이 머리에 와 닿지 않아서 기뻤다. 한참을 걸어서인지 지쳐서 털썩 주저앉았다가 아예 땅바닥에 등을 대고 드러누워 나뭇가지들 사이로 파란 하늘을 쳐다보았다. 반짝거리는 햇살에 눈을 깜박거렸고, 개울 소리로 마음을 달랬다. 그러다가 선택의 여지가 없었다는 듯, 이미 무엇을 보게 될지 예감했다는 듯 고개를 돌렸다. 9미터쯤 떨어진 곳, 무성한 나무들 사이로 짙은 녹색 텐트가 보였다.

소나무 가지 아래에 잘 숨겨져 있는 텐트였다. 케이트는 그곳으로 걸어갔다. 은색 박스테이프가 나일론 텐트에 덕지덕지 붙어 있었다. 입구의 지퍼가 올라가 있어서 안은 들여다볼 수가 없었다. 순간 온몸의 피가 얼어붙는 것 같았다. 누군가가 안에서 자고 있을지도 몰랐다. 그냥 '누군가'가 아니라 제드가.

"누구 있어요? 안에 누구 있어요?" 케이트가 조용히 말했다.

심장박동이 빨라졌다. 케이트는 오솔길을 내려다보면서 샘이 돌아오지 않기를 바랐다. 그나마 팝콘의 소리를 먼저 들을 수 있을 테니 다행이었다. 텐트 안에서 아무 대답이 없자 케이트는 지퍼를 당겨 내렸다.

텐트 안은 깨끗하게 정리돼 있었다. 돌돌 말려 구석에 놓여 있는 침낭, 반쯤 비어 있는 물통, 깨끗하게 씻어서 쌓아 둔 양철 컵과 접시, 조리도구들. 작고 갑갑한 텐트 안에서 퀴퀴한 땀과 송진 냄새가 났다. 케이트는 텐트에 사는 남자와 베스를 연관 지어 생각하기가 너무 힘들었다. 자신의 안락한 생활과 지역 사회에서의 지위를 안전하게 지키고 싶어 하는 것 같았던 베스가, 블랙홀의 사업가이자 샘의 엄마 역에 어울리게 차려입었던 베스가 이런 남자와 얽혔다니.

아무래도 베스를 과소평가했던 모양이다.

침낭 아래에 플라스틱 서류봉투가 삐쭉 튀어나와 있었다. 케이트는 그 봉투를 꺼내 열어 보았다. 종이들이 들어 있었다. 케이트는 종이들을 뒤적거리기 시작했다. 그림자가 져서 잘 보이지 않았지만 한 장도 빼놓지 않고 들춰 보며 드로잉을 찾았다.

대부분은 신문 기사를 오려 낸 것들이었다. 라스롭 갤러리 인장이 새겨진 비즈니스 편지봉투 크기의 하얀색 양피지 봉투도 하나 있었다. 봉투 겉면에는 베스의 글씨체로 간단하게 '제드'라고만 적혀 있었다. 케이트는 동생이 무슨 내용을 썼든 읽어 볼 요량으로 봉투를 열었다. 하지만 봉투 안에는 작고 흐릿한 흑백 사진 한 장만 달랑 들어 있었다.

순간 케이트는 숨이 멎는 것 같았다. 미동도 없이 앉아 한 손을 가슴에 얹은 채 사진을 바라보기만 했다.

그때 멀리서 사람 목소리가 들렸다. 케이트는 재빨리 서류봉투를 제자리에 돌려놓고 텐트를 빠져나가 지퍼를 잠갔다. 나지막한 언덕 동쪽에서 소리가 점점 가까이 다가왔다. 케이트는 그쪽으로 발걸음을 옮겼다.

하지만 숲속에 모습을 감춘 채 머뭇거리면서 방금 전에 건너왔던 작은 만을 내려다보았다. 샘의 웃음소리와 팝콘이 짖는 소리가 들렸다. "힘내요, 제드! 더 빨리 헤엄쳐요!" 샘이 소리쳤다.

"누가 내 보트를 훔쳐 가지 않았다면 수영할 필요도 없었다고!" 남자가 소리치는 목소리였다.

샘이 다시 웃었다. 샘과 팝콘은 덤불로 뒤덮인 언덕의 경사로 옆에 있는지 잘 보이지 않았다. 하지만 물 위로 미끄러지며 물개의 등처럼 반짝거리는 남자의 머리는 볼 수 있었다. 남자는 주황색 가방을 머리 위에 올려 한 손으로 잡은 채 다른 한 손을 저어서 물살을 가르고 있었다. 얕은 물가에 다다른 남자가 일어서서 붉은 기가 도는 갈색 머리카락을 털자 크리스털 같은 물방울이 후두두 떨어졌다.

남자는 올빼미가 그려진 회색 티셔츠에 딱 달라붙는 무릎 길이의 황갈색 반바지 차림이었다.

샘이 강둑을 올라오는 남자에게 물을 뿌리더니 남자를 껴안았다.
"샘, 잘 지냈니?" 남자가 물었다.
"전부 다 엉망이에요."
"그래, 알아." 남자가 여전히 샘을 껴안은 채 말했다. "그래, 그 심정 알아. 나도 너무 슬퍼."

남자는 큰 키에 호리호리한 체격이었다. 머리카락을 귀 뒤로 쓸어 넘긴 남자는 턱수염을 말리기라도 하려는 듯이 문질러 댔다. 30대 초반 정도 된 듯했다. 케이트는 그 남자가 아카데미에서 잡일을 했던 사람임을 알아보았다. 그때는 이름을 몰랐지만. 케이트는 느슨한 바위들과 뒤엉킨 넝쿨들을 피하면서 언덕을 내려갔다.

"같이 연꽃을 찾으러 가요!" 샘이 제드에게 말했다.

제드는 샘의 말을 무시한 채 발자국 소리에 케이트를 돌아보았다. 친절하고 부드러운 갈색 눈이 케이트의 시선을 사로잡았다. 제드는 놀라다 못해 겁에 질린 것 같았다. 케이트는 제드를 겁 줘서 쫓아내려는 게 아니라고 안심시키고 싶었다. 그래야 알고 싶은 것을 모두 다 알아낼 수 있을 테니까.

"안녕하세요, 제드?" 케이트가 손을 내밀며 인사했다. "전 케이트라고 해요."

"말씀 많이 들었습니다." 제드가 케이트의 손을 잡고 악수를 했다. 수영을 하고 난 후라 제드의 손이 서늘했다.

"아카데미에서 만났었죠?"

"네. 제가 거기서 일할 수 있게 베스가 도와줬어요."

"뉴런던에 사시는 줄 알았는데요."

"아카데미에서 일하기 전에는 그랬죠. 아직도 가끔 뉴런던에 식사를 하러 갑니다. 하지만 직장이랑 훨씬 가까워서 지금은 여기 살고 있어요."

케이트가 고개를 끄덕였다. "그렇군요."

"자, 이제 인사는 끝난 거죠?" 샘이 더 이상 못 기다리겠다는 투로 말했다. "연꽃 찾으러 갈 수 있죠?"

제드가 두려움 가득한 눈빛으로 케이트를 힐끗거렸다. 자신이 빠져야 할지 말지 가늠하려는 것 같았다. 케이트는 텐트에서 가져온 흐릿한 흑백 초음파 사진이 자신의 반바지 뒷주머니에 있는 걸 제드가 안다면 어떻게 생각할지 궁금했다.

"그럼. 어서 가자." 케이트가 말했다.

"저기, 실은 오늘 오후에 약속이 있어서 잠깐만 찾아보다가 가야 해."

"괜찮아요." 샘이 말했다.

세 사람은 한 줄로 서서 오래된 채석장으로 이어지는 길을 따라갔다. 팝콘이 앞장섰고 케이트가 맨 뒤를 맡았다. 케이트는 제드에게 무슨 약속이 있는지 궁금했다. 코너가 조만간 제드를 심문할 게 분명했다. 케이트는 제드의 뒤를 따라 걸어가면서 그의 등을 노려봤다. 한시도 제드한테서 시선을 떼지 않았다.

36

 제드 힐리어드는 차가 없었다. 그래서 코너는 제드를 강력반으로 부르는 대신 블랙홀의 파라다이스 드라이브인에서 3시에 만나기로 했다. 파라다이스 드라이브인은 코네티컷 강 하구가 내려다보이는 습지 옆에 피크닉 테이블 몇 개를 놓은 인기 있는 아이스크림 가판대였다. 코너는 기다리는 동안 민트 초콜릿 칩 아이스크림을 먹었다.
 제드는 몇 분 늦게 나타났다. 덕분에 아이스크림을 다 먹어 치울 수 있었다. 냅킨을 쓰레기통에 던져 넣으면서 다가오는 제드를 바라보았다. 제드는 오른쪽 어깨에 주황색 가방을 둘러메고 있었다.
 옷차림이 흐트러져 있었는데도 시선을 끄는 모습이었다. 아마 예술가라서 그런 모양이었다. 코너는 제드의 절박한 재정 상태를 잘 알고 있었다. 그런데도 제드는 오스프레이 하우스에 눌러 붙어 사는 인간들과 같은 부류로 보기 힘든 사람이었다. 긴 머리카락에 텁수룩

한 턱수염, 큰 키에 성큼성큼 걷는 발걸음, 기민하게 빛나는 지적인 눈이 그랬다. 제드가 힘 있게 악수를 했다. 코너가 뭘 먹겠냐고 물었지만 제드는 괜찮다고 했다.

두 사람은 노란색과 파란색 줄무늬 파라솔 아래 피크닉 테이블에 앉았다. 코너는 태양을 등졌다. 제드는 태양을 정면으로 마주해야 하는 불리한 위치에 앉아서 눈을 찡그리고 코너를 바라보았다. 제드의 얼굴에는 누가 봐도 슬픈 표정이 떠올라 있었다.

"베스에 관한 이야기를 듣고 싶으시겠죠." 제드가 말했다.

"그렇습니다." 코너가 이렇게 말하고는 가만히 기다렸다.

제드는 이어지는 침묵에도 불편하지 않은 것 같았다. 서둘러 침묵을 메우려 하지도 않았고, 초조하게 꼼지락거리지도 않았다.

"베스는 제가 아는 사람들 중에서 가장 훌륭한 사람이었어요." 제드가 마침내 입을 열었다.

"많은 사람들이 그렇게 말하더군요."

"베스는 이 세상을…… 사랑했어요. 사람들의 좋은 점을 보고 모두를 보살펴 주었죠."

"당신도 보살펴 줬나요?"

"아, 네." 제드는 조금도 부끄럽지 않다는 듯 활기차게 대답했다. "베스는 절 믿어 줬어요. 특히 제 그림을요. 하지만 저라는 한 사람도 믿어 줬죠. 전 감옥에 있었어요." 제드는 이렇게 말하며 코너의 눈을 똑바로 쳐다보았다. "거기서 베스를 만났죠."

그 사실을 솔직하게 털어놓다니 존경할 만했다. 아니면 진실과 거짓을 교묘하게 섞어서 남을 속이려는 건지도 몰랐다.

"그건 저도 들었습니다. 그런데 어쩌다가 블랙홀에 정착하게 됐나요? 당신 기록을 살펴보니 로드아일랜드의 워윅 출신이던데요."

코너가 말했다.

"만나는 사람, 사는 장소, 사용하는 물건은 많은 걸 좌우하죠. 알코올 중독자 모임에서 만취했던 기억을 불러일으키는 불안정한 장소와 사람들, 물건들을 피하라고 배웠어요. 그래서 돌아가지 않기로 했죠. 베스의 조언도 있었고요. 베스는 제가 여기에 살면서 아카데미에서 일을 하면 인생을 새롭게 시작할 수 있을 거라고 생각했어요."

"로드아일랜드라." 코너는 제드의 말을 듣지 못한 것처럼 생각에 잠겨 말했다. "베스의 남편도 거기 출신이죠. 그곳에서 피트를 알고 지냈나요?"

제드의 입술이 단단하게 다물렸다. "절대 아닙니다. 그 사람과는 전혀 모르는 사이에요. 알고 싶지도 않고요."

"하지만 두 분 다 로드아일랜드 출신인데요? 오션 스테이트 출신 맞죠?"

"네, 하지만 그 사람은 몰라요." 제드가 이렇게 말하고는 말문을 닫았다. 코너는 제드의 그런 태도를 주시했다. 구구절절 설명을 늘어놓지 않는 사람을 심문하는 일은 흔치 않았다.

"알코올 중독자 모임에 나갔다고요?"

"술을 끊은 지 12개월 됐어요."

"축하할 만한 일이네요."

"감사합니다."

"언제부터 베스와 불륜을 저지르기 시작했나요?" 코너가 물었다. 일부러 신랄하게 말하려고 했는데 효과가 있었던 모양이었다. 제드는 마치 한 방 얻어맞은 사람처럼 굴었다.

"제가 추잡한 일을 저지른 것처럼 말씀하시는군요." 제드가 떨리는 목소리로 말했다. "그런 게 아니었어요."

"유부녀를 꾀어내서 남편을 배신하게 만들었는데요. 그게 추잡한 일이 아닙니까?"

"아뇨. 피트는 니콜라를 만나고 있었어요. 그가 먼저 베스를 버렸죠. 베스는 정말 훌륭한 사람이었어요. 자신에게 상처를 준 남편도 보듬어 안았죠. 하지만 그것도 한계가 있었어요. 애인과 아이까지 가진 남편과 어떻게 계속 살 수 있겠어요? 그건 있을 수 없는 일이었죠. 제가 베스를 만나기 시작했을 때는 베스가 이미 남편을 떠나기로 결심한 후였어요."

"그거 참 이상하네요. 전 베스와 피트가 화해하기로 했다고 들었는데요. 두 사람이 문제를 해결해 나가고 있다고요."

제드가 세차게 고개를 흔들었다. "베스는 절대 그를 받아들이지 않았을 겁니다." 제드가 코너를 도전적인 눈빛으로 날카롭게 쳐다보았다. "우린 서로 사랑했어요."

"아이도 가졌고요?"

제드의 얼굴이 붉어졌다. 하지만 입은 열지 않았다. 코너는 제드가 점점 불편해하는 모습을 지켜보았다. 제드를 궁지에 몰아넣은 게 분명했다.

"제드, 베스는 임신한 상태였어요. 당신과 베스가 사랑에 빠져서 매튜를 가진 건가요? 아니면 베스가 피트와 다시 합치기로 해서 피트의 아이를 가진 건가요? 어느 쪽이 진실이죠?" 코너가 물었다. 하지만 여전히 답이 없었다. 제드는 고개를 수그리고 있었다. 눈물 두 방울이 닳고 닳은 피크닉 테이블 위로 뚝 떨어졌다.

코너는 하염없이 우느라 떨리는 제드의 어깨를 바라보았다. 울음소리는 거의 들리지 않았다. 테이블 위에 냅킨 통이 있었지만 코너는 냅킨을 건네려는 시도조차 하지 않았다. 2분 정도 흘렀을까 드디어 제드가 고개를 들었다. 제드는 냅킨을 한 장 꺼내 코를 풀었다. 그러고는 코너를 쳐다봤다. 그때 제드의 왼손 넷째 손가락에 끼워져 있는 은색 반지가 코너의 눈에 들어왔다.

"제 질문에 답해 주실 건가요?" 코너가 물었다.

"이렇게 말하면 제가 뭔가를 숨기고 있다고 생각하실지도 모르겠네요." 제드가 차분하게 천천히 말을 꺼냈다. "하지만 그 문제는 베스와 제 인생에 관한 것이라 형사님한테 이야기할 수 없습니다."

"음, 진짜 뭔가를 숨기고 있는 것처럼 들리는데요."

제드가 다시 입술을 단단히 깨물었다. 그러고는 아무래도 상관없다는 듯 고개를 반쯤 내저었다.

"그럼 질문을 바꾸죠. 베스를 마지막으로 본 게 언제였습니까?"

"베스가 죽기 일주일 전쯤이요."

"사랑하는 여자와 아주 오랫동안 떨어져 있었던 것 같네요."

"그랬죠."

"그럼 그 주에는 뭘 했나요?"

"전 피셔스 아일랜드에 있었어요. 제 친구 레이니의 손자들에게 미술을 가르치고 있었죠."

"중간에 그 섬을 떠난 적이 있었나요?"

제드가 고개를 가로저었다. "유감스럽지만 아니요."

"유감스럽다고요?"

"네, 그렇게 말했습니다."

제드는 할 말을 다 했으니 이만 가 보겠다는 듯 입술을 꽉 다물었다.

"수프 키친 말인데요." 코너는 주제를 바꾸기로 마음먹었다. "베스가 자원봉사를 했고, 당신이 가끔씩 식사를 하러 갔던 곳 말입니다.

거기에 식품 배급소도 있나요?"

"네."

"그 두 곳에서 마틴 해리스를 만난 적 있습니까?"

제드가 멍한 표정으로 고개를 가로저었다. "아뇨, 그런 사람은 모르겠는데요. 마틴 해리스가 누구죠?"

제드는 진짜로 그 이름을 모르는 것 같았다. 아니면 울고 난 후라 멍해졌던가. "알겠습니다. 피셔스 아일랜드에 사는 레이니라는 친구분 성함과 연락처를 알려 주시면 연락해 보겠습니다."

"레이니는 제가 계속 거기 있었다고 증언해 줄 겁니다."

"미술을 가르치느라고요? 알겠습니다."

제드는 주황색 가방에서 스케치북과 펜을 꺼내 레이니의 이름과 전화번호를 적기 시작했다.

"한 가지만 더요. 좀 전에 피셔스 아일랜드를 떠난 적이 있는지 물었을 때 유감스럽지만 그런 적 없다고 하셨죠. 그게 무슨 뜻인가요?"

"제가 피셔스 아일랜드를 떠났다면 베스를 구할 수 있었을지도 모르니까요." 제드의 눈에 다시 눈물이 차올랐다.

코너는 제드를 바라보다가 무의식중에 냅킨을 건네주었다. 진심이 느껴지는 말이었다.

37

스코티 워터슨은 룰루와 함께 해변에 앉아 있었다. 뜨겁게 내리쬐는 햇볕 아래에서 파라솔도, 햇볕 차단 모자도 없이 자외선 차단지수가 제일 낮은 선크림만 발랐다. 스코티는 여름 내내 햇볕을 조심하면서도 생트로페즈 선탠 크림을 바르고 싶어 했다. 허버즈 포인트는 지켜야 할 규칙이 많은 곳이었다. 해변에서는 음주가 금지되어 있었지만 스코티는 물병에 진과 토닉을 채워 왔다. 룰루는 천천히 술을 홀짝였지만 스코티는 점점 더 취해 갔다. 두 여자는 해변 의자를 물가에 가까이 끌어당겨 놓았다. 파도가 밀려와 거품을 일으키며 두 사람의 발가락을 간질이고는 다시 물러갔다.

"나 너무 힘들어." 스코티가 말했다.

"응." 룰루가 맞장구를 쳤다.

"우리 모두 가슴이 찢어지는 것 같을 거야. 하지만 넌 애가 없잖

아. 내 말은 베스가 우리 친구였듯이 샘은 이자벨의 친구야. 지금 이자벨도 엉망이라고." 스코티는 저 멀리서 혼자 보트를 타고 있는 이자벨을 응시했다.

"끔찍하겠지. 우리가 이자벨 나이만 했을 때 어땠는지 기억나. 케이트와 베스 곁에 있기가 얼마나 힘들었는지 말이야."

스코티가 술을 길게 한 모금 들이켰다. 신선한 라임을 몇 조각 가져 왔더라면 좋았겠다 싶었다. 다음 번에는 꼭 잊지 말아야겠다고 스코티는 생각했다.

"형사가 이자벨을 만나러 오고 있어. 내가 실수로 이자벨과 피트가 냉동고에 시체를 숨긴 살인범에 관한 소름끼치는 책을 읽었다고 형사한테 말해 버렸거든."

"맙소사, 베스 사건과 비슷하잖아." 룰루가 말했다.

"우리 불쌍한 이자벨. 가여워서 어떡해. 형사가 그 애를 심문하러 올 거야."

"조사를 돕는 건 이자벨한테도 좋을 거야."

"샘이 이자벨 전화를 받지도 않아. 리틀 비치의 그 바위 사건 때문에 둘 사이가 나빠졌나 봐."

"낙서 사건?" 룰루의 말투가 너무 사납게 들려 마치 따귀를 철썩 갈기는 것 같았다.

"오해하지 마. 나도 그 일을 좋게 넘기려는 건 아냐."

"그렇다면 다행이네. 그 애들은 정말 나쁜 짓을 한 거야."

"나도 알아. 하지만 케이트가 그 일로 이자벨을 비난하는 것 같아. 너한테는 아무 말 안 해?"

"아니. 그냥 샘이 걱정돼서 그러는 걸 거야."

"그래, 당연히 그렇겠지! 엄마가 살해됐는데 엇나가지 않고 배기겠어?" 스코티는 룰루의 눈빛을 보고는 멈칫했다. 스코티는 술을 마시면 항상 생각 없이 멋대로 행동했다. 가장 최악은 술에 취해 문자 메시지를 보내거나 페이스북이나 트위터에 정치적인 글을 올리는 짓이었다. 그래 놓고는 다음 날 정신을 차리자마자 미친 듯이 모두 다 삭제해 버렸다. 적어도 이번에는 룰루도 술을 마시고 있었기 때문에 자신의 말을 기억하지 못하기를 바랐다.

"이 일로 케이트가 진짜 힘들어하고 있어." 룰루가 말했다.

스코티는 룰루를 힐끗거렸다. 룰루는 언제나 세련돼 보였다. 룰루와 케이트에게는 아이가 없었으니까. 둘은 날씬한 미혼 여성의 태를 갖추고 있었다. 스코티가 허벅지를 가려 줄 프릴 치마와 축 늘어지는 가슴을 보정해 줄 브라컵이 달린 하와이안 꽃무늬 수영복을 입을 때 룰루는 검정 비키니 위로 하얀색 홀터 드레스를 걸쳤다. 그 모습이 선댄스 카탈로그에 나오는 완전 날씬하고, 완전 예쁘고, 완전 멋있는 모델처럼 보였다.

"우리 모두 힘들지." 스코티가 이자벨이 있는 쪽을 바라보면서 말했다. "우리도 베스를 사랑했어. 솔직히 베스는 케이트보다 우리한테 더 많은 비밀을 털어놓았잖아. 그런데 제드와 이야기 나눠 본 사람 있어? 제드도 많이 상심했을 거야."

"케이트가 제드를 만났어. 자세한 내용은 못 들었지만 제드를 찾았다는 문자 메시지를 받았어." 룰루가 말했다.

"내가 케이트에게 제드에 대해 말해 줘야 했다니 믿을 수가 없어. 이런 기분 정말 싫어. 게다가 난 케이트한테 아무 얘기도 못 들었다고. 케이트가 날 비난하고 있는 것 같아. 제드는 지금 어디 있어?"

"어딘가에서 캠핑하고 있겠지." 룰루가 술을 홀짝이면서 말했다. 그러고는 더 이상의 질문은 사양한다는 듯 시선을 피했다. 룰루는 항상 그랬다. 케이트를 혼자 독차지하려 했다. 케이트와 룰루가 그렇게 친밀한 사이였기 때문에 스코티는 항상 소외되는 것 같아 상처를 받았다. 베스도 마찬가지였다. 스코티는 속에서 불길이 활활 솟구치는 것 같았다.

"너희는 가끔 너무 거만해 보여." 스코티가 말했다.

"뭐?"

"너희 말이야. 너랑 케이트. 유능한 조종사들 말이야. 나랑 베스보다 훨씬 나은 사람인 양 굴지. 그래서 속상한 적이 한두 번이 아냐."

"미안해. 그럴 생각은 없었어." 룰루가 진짜 놀란 목소리로 말했다. 룰루의 그런 반응을 보고 스코티는 생각했다. 내가 따분하고 지루하고 뚱뚱한 여자가 된 것 같은 자괴감에 얼마나 시달렸는지 정말 몰랐다고? 그게 말이 돼?

"글쎄, 진짜 그럴까?" 스코티가 말했다. 스코티는 혀가 꼬이는 걸 알면서도 또다시 술을 한 모금 길게 들이켰다. 넋 놓고 울음을 터트리기 일보 직전이었다. 베스를 생각하는 자신이 안쓰러워서. 고통스러워하는 이자벨을 보고도 아무것도 할 수 없어서. 심지어는 제드의 아픔도 어찌해 줄 수 없어서. 베스가 끝내 제드에게 잘해 주지 못하는 걸 보고서도 어찌지 못했으니까.

줄리도 이번 일로 고통 받고 있었다. 조현병을 앓고 있는 아름답고 어린 여자아이. 조현병이라는 이름만 들어도 끔찍하게 무섭지만 현실은 더욱 끔찍했다. 가슴 아픈 일이지만 논문에도 조현병 환자는 '이상하고 기이한 사람'으로 명명되어 있었다. 줄리는 내성적이어서 친한 친구가 없었다. 사람들의 말과 행동을 어떻게 받아들여야 하는지 몰라서 쉽게 상처 받고 혼란스러워했다.

최근에는 살인에 관한 꿈을 꾸기 시작하면서 자다가 비명을 지르기 일쑤였다.

"샘 엄마가 생각나서 많이 아파!" 이렇게 소리치며 우는 줄리를 스코티는 살살 흔들어 달래 주었다.

스코티는 딸이 너무 겁먹지 않고 마음의 안정을 되찾기를 바랐다. 시간이 지나면 줄리의 두려움도 사라질 거라 생각했는데 며칠 밤사이에 극도로 심해졌다.

"줄리, 그냥 꿈이야." 스코티가 줄리를 안아 주며 속삭였다.

"나쁜 사람이야. 진짜 나쁜 사람이야." 줄리가 울면서 소리쳤다.

표현언어상실증, 수용언어상실증, 언어처리장애라는 또 다른 장애까지 안고 있는 줄리는 보통 사람들보다 단순하게 삶을 경험하는 동시에 보다 더 복잡하게 받아들였다. 자신의 생각과 감정을 표현하려고 애쓰다가 절망하기 일쑤였다.

스코티는 줄리의 불안을 어떻게 달래줘야 좋을지 소아과 의사에게 물어보았다. 의사는 치료를 권했다. 스코티는 기꺼이 치료를 시작했지만 지난 며칠 동안은 줄리가 더욱더 말수가 적어지면서 자신만의 안전하고 비밀스러운 세계로 침잠하는 것 같았다.

닉은 전혀 도움이 되지 않았다. 퇴근하고 집에 돌아오면 반바지로 갈아입고 나이키 운동화를 신고 나가서는 몇 시간 동안 달리기만 했다. 가끔은 어두워지고 나서야 집에 들어왔다. 내년 뉴욕시티 마라톤을 목표로 노동절 하프마라톤에 나가려고 연습하는 중이었다. 닉은 마라톤 연습을 하는 직장 동료들이 많다고 했다. 스코티는 닉의 사무실에서 일하는 여자들을 머릿속으로 그려 보았다. 자신만 빼고 전부 다 늘씬했다. 스코티는 술을 한 모금 더 벌컥 들이켰다.

"수영하러 가자." 룰루가 손을 뻗으며 말했다. "그게 좋을 것 같아."

"난 취했어."

"멀리 가지 않아도 돼."

"형사가 이자벨을 만나러 오고 있어. 집에 가서 낮잠을 자야 해. 난 지금 진토닉에 취했다고." 스코티가 잠시 말을 멈추고 룰루를 힐끗거렸다. "누구 짓이라고 생각해?"

"피트가 유력하지."

"내 생각도 그래. 하지만 가끔은 제드 짓이 아닐까 싶어. 어쨌든 제드는 감옥에 있었잖아."

"그렇지."

"게다가 화가니까 〈달빛〉을 가져갈 만도 하지. 제드가 〈달빛〉을 팔 수 있는 판매망을 갖고 있는 게 분명해. 베스가 사랑이 식어서 제드를 자주 만나지 않았는데 제드가 그걸 어떻게 받아들였는지 우리는 모르잖아. 베스는 다 그만두고 싶었던 것 같아."

"베스가 그랬어?" 룰루가 물었다. 스코티는 룰루가 모르는 걸 몇 가지 알고 있다는 사실에 기분이 둥실 떠올랐다.

"베스가 모든 걸 엉망으로 만들었어. 완벽한 베스가 임신을 하더니 두 남자를 자기 인생에 끌어들였지. 그 때문에 베스의 인생이 산산조각 났다고. 베스가 너한테는 그런 얘기 안 했어?"

룰루가 고개를 가로저었다. "난 그런 이야기 못 들었어. 베스보다는 너한테 들은 이야기가 더 많아. 난 베스가 제드와 함께 페리에 타고 있는 걸 딱 한 번 봤을 뿐이야."

스코티가 한숨을 쉬었다. "한동안은 베스도 제드를 만나 행복해했어. 자기만 원하는 사람, 자기만 바라보는 사람이 생겨서 기분이 좋았을 테니까. 니콜라와 놀아나는 피트와 달리 말이야." 스코티는 닉이 떠올랐다. 닉과 함께 일하는 여자들, 하프마라톤 연습을 하는 날씬하고 아름다운 여자들을 머릿속에서 떨쳐 낼 수가 없었다. 스코티는 자기도 모르게 축 늘어진 옆구리 살을 움켜쥐었다. 옆구리 살이 2.5센티미터 이상 손에 잡히면 시리얼을 먹으며 몸매 관리를 해야 한다던 오래된 광고가 떠올랐다. 지금 스코티의 손에 잡히는 옆구리 살은 족히 15센티미터는 될 것 같았다.

"진짜 몸매 관리 좀 해야겠어." 스코티가 말했다.

"지금도 괜찮아."

스코티는 회의적인 눈빛으로 룰루를 쳐다보았다. 스물다섯 살 때의 몸매를 생각하지 말고 지금 그대로의 자신을 받아들이라는 모든 현명한 여자들의 조언은 다 헛소리였다. 룰루야 십 대 소년처럼 배가 납작하니 그런 소리가 쉽게 나오겠지.

"넌 지금도 아름다워." 룰루가 말했다.

스코티는 그 말을 믿지 않았기 때문에 그냥 무시해 버렸다. "이자벨이 형사가 찾아올 거라는 걸 잊지 말아야 할 텐데."

"내가 데려올까?" 룰루가 물었다.

스코티가 고개를 끄덕였다. "그래 주면 고맙고."

"어차피 나도 수영을 해야겠거든." 룰루가 말했다. 룰루는 스코티를 꼭 껴안아 정수리에 입맞춤하고는 바다로 달려가 물속으로 뛰어들었다. 그러고는 보트를 타고 있는 이자벨을 향해 빠르게 헤엄쳐 갔다. 스코티는 수건과 비치백, 의자를 챙겨서 보트 정박장 반대쪽에 있는 집을 향해 뜨거운 모래사장 위를 가능한 한 차분한 발걸음으로 걸었다. 어서 빨리 집에 도착해서 문을 닫고 쉬고 싶었다. 감정이 끓어오르면 술을 찾게 된다. 그런데 요즘에는 온통 감정에 사로잡힐 일밖에 없었다.

스코티는 지금 당장 누워야 했다. 낮잠을 자고 나야 리셋 버튼을 눌러 새롭게 출발할 수 있었다. 앞으로 계속 나아가야 했지만 그게 쉽지 않았다. 살인 사건은 단 한 사람의 삶만 앗아간 것이 아니었다. 그 삶과 닿아 있었던 모든 이들의 근간과 의지, 평안을 앗아갔다. 모든 이들의 옛 삶을 앗아가고, 그 모든 이들을 완전히 새롭고 불확실한 세계에 던져 놓았다.

스코티는 줄리와 이자벨을 위해 정신을 차리고 그들의 곁을 지켜 줘야 했다. 내면 깊숙한 곳으로 숨어 버리는 줄리, 아름답지만 불안한 시기를 보내고 있는 이자벨. 스코티는 술로 고통을 이겨 내는 나쁜 모습을 보여 주고 싶지 않았다. 닉은 바위에 낙서를 하고 돌아왔던 이자벨에게 외출 금지를 명했다.

스코티는 자신에게 지금 당장 외출 금지 명령을 내려야 했다.

38

코너는 피트와 그의 친구들을 조사하면서 피트가 아이큐 높은 인재 집단인 멘사 회원이라는 소리를 연거푸 들었다. 피트가 모두에게 그 사실을 알리겠다고 결심이라도 한 모양이었다. 하지만 코너는 멘사 회원이라고 자랑하는 사람이 생각만큼 그렇게 똑똑한 인간은 아닐지도 모른다고 생각했다.

매켄지 그린이 물러서 피트가 거짓말 탐지기 검사를 받을 수 있게 허락했다. 코너는 질문들을 준비해 두었고, 거짓말 탐지기 검사 이후에 피트를 심문할 계획이었다. 코너는 감식반에서 제니퍼 미아노를 만났다.

"오늘 피트를 체포하실 건가요?" 제니퍼가 물었다.

"그러고 싶지. 하지만 아직은 그렇게 못해."

"제드도 흥미롭던데요."

"그렇지만 알리바이가 있어." 코너가 말했다. 코너는 파라다이스 드라이브인에 제드를 두고 나오자마자 레이니 스튜어트에게 전화해서 확인했다. 레이니는 제드가 자기네 가족과 함께 본가에 머물렀다고 증언했다. 제드의 침실은 레이니의 손자 테리의 방과, 레이니와 데이비드 부부의 침실 사이에 있었다. 제드는 아트 스튜디오로 개조된 게스트하우스의 거실에서 미술 수업을 했고, 식사 시간을 비롯해 내내 레이니의 가족들과 함께 지냈다.

코너는 페리 업체에도 연락해서 제드가 섬을 왔다 갔다 하느라 페리를 두 번 탑승했다는 사실을 확인했다. 제드는 차를 가져가지 않았다. 스튜어트 가족이 블랙홀을 오가는 제드에게 차편을 마련해 주었다. 코너는 어드마이럴 리무진 서비스 사장 윌리엄 넬슨에게도 연락해서 그 사실을 확인했다. 스튜어트 가족은 장기 고객이라서 넬슨은 스튜어트 가족의 의뢰를 받을 때마다 자신이 직접 차를 몰았고, 제드도 데려다 주었다.

"피트도 알리바이가 있어요." 제니퍼가 코너에게 상기시켜 주었다.

"그렇지. 하지만 시간대가 딱 들어맞지는 않아." 코너가 말했다.

"제드는 베스를 사랑했죠."

코너가 고개를 끄덕였다.

"아이도 있고요." 제니퍼가 말했다.

코너는 숨이 빠져나가는 것만 같았다.

"너무 자책하지 마세요. 친자 확인 검사가 필요할 거라고 누가 생각이나 했겠어요? 피트가 바람을 피웠잖아요! 베스가 피트에게 충실하지 않았다고 의심할 여지가 없었죠."

"고마워." 코너는 자신의 기분을 달래 주려는 제니퍼가 고마워서 이렇게 말했다. 모두의 눈에 비치는 베스는 천사였다. 검시관 움베르토 가르시아는 매튜의 DNA를 검사하지 않았고, 베스의 시신을 화장할 수 있게 가족에게 돌려보냈다.

"베스 라스롭은 대체 왜 그런 인간과 어울렸대요?" 제니퍼가 물었다. "전혀 어울리지 않는 조합이에요. 제드는 루저 같은데 말이죠."

"진짜 루저는 아냐. 내 눈이 틀릴 수도 있겠지만 점잖고 줏대 있는 남자 같아."

"그래도 노숙자인데요?"

코너는 리랜드 애컬리가 베스에 대해 했던 말을 떠올렸다. 베스가 재능 있는 화가들을 좋아해서 키워 주었다고 했던가? 제드는 베스가 모든 사람들을 돌봐 주었다고 하지 않았던가?

"하긴 베스가 보란 듯이 피트를 한 방 먹이고 싶었다면 노숙자 사기꾼보다 더 나은 상대는 없었겠죠. 훨씬 젊은 노숙자 사기꾼이요. 블랙홀의 완벽한 삶이라는 게 참 기가 막히네요."

"겉보기에만 완벽한 삶이지."

"제드가 아이 아빠라는 게 밝혀지면 피트에게 살해 동기가 더 생기겠죠? 니콜라와 함께 살려고 베스를 제거하고 싶은 마음에다가 제드에 대한 질투까지요. 게다가 아기도 있고. 누구 아이예요? 아차, 깜박했네. 젠장 맞을 친자 확인 검사."

"그래, 젠장이지." 코너는 가슴이 답답해지는 것 같았다.

피트와 변호사가 도착했다. 매켄지 그린은 백발에 완벽하게 맞춘 가는 세로줄무늬 회색 정장 차림이었다. 오랫동안 코너의 몇몇 용의자들을 대변해 온 사람이라서 코너는 마지못해 그를 존중해 주고 있었다. 매켄지는 많은 피고 측 변호사들이 상투적으로 사용하는 더러운 수작질을 하지 않고도 일을 잘 처리하는 사람이었다.

자신과 제니퍼를 향해 느긋하게 걸어 오는 피트가 코너의 눈에 들어왔다. 피트는 평범한 해수욕 복장 대신 자신의 변호사처럼 정장 차림이었다.
"옷차림이 근사하네요, 피트. 법정에라도 나갈 것 같습니다." 코너가 말했다.
"제가 이 상황을 얼마나 진지하게 생각하는지 보여 드리고 싶어서요."
"무슨 상황이요? 거짓말 탐지기 검사요?" 코너가 물었다.
"제 아내가 살해됐는데 본격적인 조사를 하기는커녕 절 괴롭히는 데 시간을 낭비하는 상황 말입니다."
"괴롭히다니요? 저희가 잘못한 게 있다면 말씀해 주시죠. 하지만 이 검사를 받겠다고 고집한 건 그쪽 아닌가요?" 제니퍼가 말했다.
"피트, 그만 가죠." 매켄지가 날카롭게 말했다. 매켄지는 자신의 의뢰인이 경찰의 화를 돋우는 게 탐탁지 않은 모양이었다.
"진짜 거만하네요." 제니퍼가 멀어져 가는 피트와 매켄지를 쳐다보며 말했다. "뭘 믿고 저렇게 자신만만한 거죠?"
코너는 대답하지 않았다. 신경이 곤두서는 것 같았다. 제니퍼의 말이 옳았다. 피트는 순교자적인 태도를 취하면서 자신만만하게 위대한 정의가 실현될 거라는 듯 굴었다. 코너는 피트의 얼굴에서 그 거만한 표정을 싹 지워 버릴 수 있는 결과가 나오기를 바랐다. 하지만 결과를 속단하기는 이르다는 감이 왔다.
한 시간 후, 검사가 모두 끝났을 때 코너의 감이 틀렸다는 결과가 나왔다. 피트는 거짓말 탐지기 검사를 통과했다. 검사자는 제드와 니콜라, 베스를 만났던 마지막 날에 관한 질문들에 답하는 피트를 유심히 살펴보았다. 그 결과, 의심스러운 점은 전혀 없었다고 코너와 제니퍼에게 말했다. 거짓말이나 기만의 기미가 전혀 없었다고 했다.

"자, 그럼, 이제 더 이상 우릴 물고 늘어질 일이 없겠죠." 매켄지가 피트와 함께 다가와 말했다.

"아직 아닙니다. 몇 가지 더 물어볼 게 있어요." 코너가 말했다.

"제 의뢰인이 오늘 충분히 도와드린 것 같은데요." 매켄지가 말했다.

"네, 그랬죠." 코너가 피트에게 미소 지었다. "오늘 날이 아주 화창해요. 항해 나가십니까?"

"아뇨. 다른 일이 있어서요." 피트가 거만하게 말했다.

"야간 항해도 하시나요? 육지에서 멀리 떨어진 곳에서 하늘의 별을 보고 항해하기도 하나요?"

"왜 그런 걸 묻는 거죠?" 매켄지가 물었다.

"그냥 아무것도 없는 망망대해에서 항해하는 게 멋질 것 같아서요. 저도 그런 항해를 하고 싶거든요." 코너가 말했다.

"저도 야간 항해를 좋아합니다. 특히 뉴포트에서 버뮤다까지 달리는 오션 레이스를 좋아하죠. 멕시코 만류로 나가면 선체에 부딪히며 반짝거리는 생체발광을 볼 수 있어요. 생체발광이 뭔지 아세요?" 피트가 말했다.

"바다 생물이 어둠 속에서 빛을 내는 건가요?" 제니퍼가 말했다.

"맞아요. 아주 잘 아시네요." 피트가 말했다.

"아, 감사합니다." 제니퍼가 으쓱한 표정으로 코너를 바라보았다. "제가 맞혔어요!"

"나보다 한 발 빨랐군." 코너가 이렇게 말하고는 피트를 향해 씨익 웃었다.

"피트, 이만 갑시다." 매켄지가 말했다.

"혹시 그것도 해 봤습니까? 그걸 뭐라고 하더라?" 코너가 단어가 생각 안 난다는 듯이 머리를 톡톡 두드리며 말했다. "왜 그 무슨 도구를 이용해서 하늘을 보고 자기 위치를 알아내는 거요."

"천문항해 말이군요. 천문항해 기구는 육분의라고 합니다. 저도 해 봤어요. 수학적 지식이 필요하죠. 그냥 뭐 각도만 알면 됩니다. 기하학을 알면 별을 보고 항해할 수 있어요."

"별을 보고 항해한다. 그거 마음에 드네요. 천문항해보다는 훨씬 알아듣기 쉬운데요! 그럼 남은 하루 잘 보내세요, 신사 여러분." 코너가 말했다.

매켄지가 두 형사와 악수를 나누었다. 피트는 뒤로 물러서 있다가 등을 돌려서 떠났다.

"피트, 잠깐만요. 깜박하고 말 못했는데 당신 친구 마틴을 만났습니다." 코너가 말했다.

"누구요?" 피트가 물었다.

"마틴 해리스요. 천문학 전문가 말입니다."

"대체 누구를 말씀하시는 건지 도통 모르겠군요." 피트가 말했다. 피트와 매켄지 그린이 건물을 떠났다. 코너는 놀랍다는 표정을 얼굴에서 지워 내고는 눈을 가늘게 뜬 채 건물을 나서는 피트를 바라봤다.

"기발한 작전이었어요. 야간 항해에 관해 물어본 거요. 별을 보고 항해한다라." 제니퍼가 코너의 팔뚝을 툭 쳤다. "피트가 마틴을 모른다고 해서 아쉬웠지만요. 피트의 말이 사실일까요?"

"글쎄."

"게다가 거짓말 탐지기까지 통과했으니."

"거짓말은 안 한 게 분명해."

"나참, 왜 이러실까, 자기 잘난 맛에 사는 인간들이 어떤지 아시면서. 보통 사람들은 감정을 드러내기 마련인데 피트는 그러지 않았어요. 내내 얼음처럼 차가웠죠."

"화도 내지 않았어." 코너가 말했다.

"영장을 받아서 컴퓨터를 수색해 보자고요. 거짓말 탐지기 검사를 통과하는 법을 찾아봤을지도 모르잖아요!"

코너는 여전히 생각에 잠겨 있었다. 피트가 검사자 맞은편에 앉아 거짓말 탐지기 검사를 받던 모습을 떠올렸다. 피트는 정면을 똑바로 바라본 채 그 어떤 질문에도 감정을 드러내지 않았다. 거의 눈도 깜박이지 않았다.

"사망 시각을 알고 있으니까 괜찮잖아요. 시체 온도 외에 다른 모든 증거로 보아 베스는 피트가 떠났던 그날 아침에 사망했어요. 고맙게도 위 속에 든 내용물이 말해 주고 있죠."

"맞아." 코너가 말했다. 검시 결과에서 베스가 마지막으로 먹은 것이 달걀과 멜론, 블루베리였다고 나왔다. 리랜드가 데리러 오기 전에 피트가 아침으로 먹었다고 했던 음식과 정확하게 일치했다.

"거짓말 탐지기 검사 질문이요." 제니퍼가 과장된 몸짓으로 부르르 떨면서 말을 꺼냈다.

"그게 뭐?"

"피트가 베스와의 마지막 만남에 대해 설명했잖아요. 베스를 껴안고 입맞춤을 하고, 사랑한다고 말하고 떠났다고 했죠."

"젠장!" 코너는 갑자기 정신이 번쩍 들었다. "피트는 진짜로 그렇게 했던 거야."

"하지만 베스가 이미 죽어 있었다면……."

"제니퍼, 자네 말이 맞는 것 같아. 피트는 분명 거짓말 탐지기 검사에 대해 조사해 봤어."

"그럼……."

"베스를 죽이고 난 후가 아니라 죽이기 전에. 거짓말 탐지기 검사를 받겠다고 고집을 부렸을 때는 다 계획이 있었던 거야." 코너가 점점 흥분하면서 말을 이어나갔다. "베스의 머리를 때리고 목 졸라 죽이고 나서 계획했던 대로 베스의 시체를 껴안고 입맞춤하고, 사랑한다고 말한 거야. 진짜로 그렇게 했으니까 거짓말 탐지기에 걸리지 않은 거지."

"사실대로 말한 거니까요. 하지만 베스를 죽였냐는 질문에 답할 때는……."

"호흡 조절하는 법을 찾아봤을 거야. 모든 질문에 답하는 내내 호흡을 조절하지는 못했을지도 몰라. 하지만 단 하나의 질문에 답할 때는 제대로 해낸 거지."

돌파구를 찾아냈다는 생각에 코너의 심장이 미친 듯이 뛰기 시작했다.

"피트의 컴퓨터를 수색해야 해요. 집과 갤러리도요." 제니퍼가 말했다.

"니콜라의 집도. 하지만 아무것도 못 찾아낼 수도 있어. 피트가 검색하러 갈 수 있는 도서관, 공공장소도 찾아봐야겠어."

"책도요. 책을 주문한 신용카드 내역도 조사해 봐야죠." 제니퍼가 말했다.

코너가 환하게 미소 지으며 제니퍼에게 잘 가라고 인사했다. 두 사람은 수색 영장을 발부받기 위해 각자의 업무 장소로 흩어졌다. 두 시간 후, 제니퍼가 자신이 신청서 작성을 끝내겠다면서 코너에게 일찍 퇴근하라고 했다. 제니퍼는 휴가를 신청해 둔 상태였다. 대학교 때 축구를 하다가 입은 상처로 무릎 수술을 해야 했기 때문이었다.

제니퍼가 자리를 비우고 나면 코너가 그 사건을 전담해야 했다. 코너는 제니퍼에게 고맙다고 인사하고 나서 자리를 떴다.

집으로 가는 길에 코너는 블랙홀 중심부를 통과해서 우회하는 길을 택했다.

라스롭 갤러리 진입로에 주차한 코너는 그 역사적인 건물을 올려다보았다. 정문 포치의 돌 화분에 심어진 꽃들은 시들어 있었고, 제라늄도 갈색으로 변해 있었다. 갤러리를 돌보던 베스가 없어서 갤러리도 버려진 것 같았다. 갤러리 운영을 케이트가 맡을 건지 궁금했다.

코너는 23년 전에 디뎠던 발자국들을 되짚으며 주변을 한 바퀴 돌았다. 그 옛날에 그랬던 것처럼 진달래가 지하실로 내려가는 바닥 문 근처에 무성하게 자라 있었다. 코너는 과거에 케이트가 발로 지하실 바닥을 꽝꽝 굴렀던 소리, 그 지하실 문을 부수던 소리가 어땠는지 떠올렸다. 비스듬히 솟아오른 바닥 문에 어깨를 기대고 서자 자물쇠를 부수던 힘이 느껴지는 것 같았다.

그날 이후로 며칠, 몇 시간이나 지났는지 헤아려 본다면 그 많은 날들 중 우드워드 자매 생각을 하지 않았던 날이 손에 꼽힐 정도였다. 코너는 저 안에 있는 컴퓨터에 무슨 비밀이 숨겨져 있을까 생각하면서 창문을 노려봤다. 피트가 추적당할 수도 있는 자료를 하드 드라이브에 남겨 놨을 것 같지는 않았다. 하지만 코너는 자신이 수사 방향을 제대로 잡았기를 바랐다.

휴대전화에 케이트의 문자 메시지가 떴다.

- 만날 수 있어요? 보여줄 게 있어요.

코너가 답장을 보냈다.

- 어디서요?
- 우리 집에서요.

코너가 뱅크 가에 도착했을 때 케이트는 자기 집 앞의 계단 꼭대기에 앉아 있었다. 소금과 모래가 묻은 황갈색 다리가 달빛을 받아 은색으로 빛났다. 물가를 거닐다 온 것 같았다. 팝콘은 케이트 뒤쪽에 드러누워 있다가 차에서 내리는 코너를 보고는 펄쩍 뛰어올랐다.
"여기서 이야기해요. 샘이 위층에 있어요." 케이트가 말했다.
"그러죠." 코너가 케이트 옆에 앉았다.
"이런 말 하기 싫지만 제부에 대한 당신 생각이 틀렸을지도 몰라요."
"왜요?"
"제드 힐리어드와 이야기해 봤어요?"
"네."
"저도요. 제드를 좀 더 유심히 살펴보셔야 할 것 같아요."
"조사해 봤습니다. 하지만 제드에게는 알리바이가 있어요."
"제부도 그렇죠. 제부는 320킬로미터나 떨어진 바다에서 요트를 타고 있었잖아요."
"제드는 피셔스 아일랜드에서 아이들에게 미술 개인 교습을 하고 있었어요."
"스튜어트 가족이요?" 케이트가 물었다. "저도 그들을 알아요. 스튜어트 가족을 비행기로 태워다 주거든요. 제드 이야기도 데이비드한테서 처음 들었고요. 하지만 두 분 다 사람이 좋아서 쉽게 속을 수도 있어요. 제드가 몰래 섬을 빠져나갔는지도……."
"베스가 죽기 전에 손님방에서 며칠 밤을 머물렀다고 들었습니다.

베스가 죽은 다음 날까지도 본 섬으로 돌아오지 않았고요. 데이비드와 레이니, 페리 업체, 제드를 태워서 페리와 블랙홀을 오갔던 운전사한테서 진술을 받았어요."

케이트는 말을 멈추고 항구를 쳐다보았다. 오리엔트 포인트로 나가는 대형 페리 케이프 헨로펜이 항구를 빠져나가 템스 강 남쪽으로 선체를 돌렸다.

"보여 줄 게 있어요." 케이트가 주머니에 손을 넣어서 작고 네모난 흑백 초음파 사진을 꺼내 코너에게 건네주었다.

"이건……." 코너는 케이트의 설명을 기다렸다.

"제드 힐리어드의 텐트에서 가져왔어요."

코너가 사진을 응시했다.

"뒤쪽을 보세요." 케이트가 말했다.

코너가 사진을 뒤집자 '사랑하는 B가'라고 적어 놓은 글자가 보였다.

"B는 베스를 가리키는 거예요." 케이트가 말했다.

"그러니까 당신 생각은……." 코너가 말을 꺼냈다.

"네, 제드가 베스의 아이 아빠였어요."

39

샘은 그네의자에 앉아 있었다. 닳고 닳은 바닥을 발가락으로 밀었다 떼자 소금기에 녹슨 사슬이 끽끽거렸다. 이자벨은 샘의 머리카락을 땋아 주었다. 샘이 이자벨과의 친밀감을 만끽하고 있을 때 옆 테이블 아래에서 뭔가를 긁는 소리가 났다. 샘이 기겁하며 펄쩍 뛰어오르자 테이블 아래에서 줄리가 기어 나와 두 사람을 힐끗 쳐다보고는 다시 빛바랜 식탁보 아래로 사라졌다.

"너 다 봤어." 샘이 말했다.

줄리가 깔깔거렸다.

"너 거기 있는 거 다 알아." 이자벨이 동생에게 말했다. "넌 정말 사랑스러운 동생이지. 제일 소중하고. 하지만 그거 아니? 사람들을 몰래 지켜보면서 엿듣는 건 좋지 않은 버릇이야."

"그래도 할 거야." 줄리가 말했다.

"웃기는 소리 하지 마."

"괜찮아, 줄리. 나와서 같이 놀자." 샘이 말했다.

"난 싫어." 이자벨이 말했다. 샘은 바스락거리는 식탁보를 노려보는 이자벨을 바라봤다.

"왜 그래? 괜찮아?" 샘이 물었다.

"솔직히 말할게. 나는 널 이해하고 격려해 주고 싶은데 네가 줄리를 감싸고돌면 어쩌자는 거야. 그럼 나 속상해."

"난 너희 둘 다 좋아해. 이제 됐어?" 샘이 물었다.

"그때가 생각나." 줄리의 목소리가 식탁보 아래에서 뭉개지듯 들렸다.

"어떤 때?" 샘이 물었다.

"죽기 전에, 언니 엄마가 하늘나라로 가기 전에."

"줄리!" 이자벨이 소리쳤다.

"그래, 나도 그때가 생각나." 샘이 말했다.

줄리가 머리를 삐죽 내밀었다. 줄리는 샘과 시선을 맞추고는 고개를 끄덕였다.

줄리와 시선을 맞추는 일은 흔치 않았다. 항상 창백한 줄리의 얼굴은 걱정으로 일그러져 있었고 파랗게 질려 있다시피 했다. 줄리가 진짜 마음 아파하는 것 같아서 샘의 마음도 바늘로 콕콕 찌르는 것처럼 아팠다. 소위 친구라는 애들이 줄리를 괴롭혔다. 인내심이 없는 그 아이들은 줄리를 놀려 댔다.

샘과 이자벨이 줄리와 함께 해변에 있을 때였다. 캐미 알퀴스트가 줄리를 놀리는 소리가 들렸다.

"넌 보기에는 멀쩡하지만 다른 애들이랑 달라, 하하하." 캐미가 이렇게 놀려 댔다. 이자벨은 캐미의 뒷덜미를 잡아채고는 "너처럼 버릇없는 것보다는 다른 게 나아."라고 말했다. 이자벨이 줄리를 감싸는 모습을 보면서 샘은 자기한테도 여동생이 있으면 좋았겠다고 생각했다. 엄마와 케이트 이모처럼 서로의 등을 지켜 줄 자매가 있으면 얼마나 좋을까?

"나쁜 꿈 꿨어." 줄리가 말했다.

"너도?" 샘이 물었다.

"요즘 줄리가 악몽을 꿔. 여기서 나가자." 이자벨이 말했다.

샘은 좀 더 머물면서 줄리의 이야기를 듣고 싶었지만 이자벨은 인내심을 잃고 폭발할 지경이었다.

"폴리스로 갈까?" 샘이 물었다.

"그래."

두 사람은 습지를 따라 구부러지는 길을 걸었다. 해변가 소녀들이라서 맨발이었다. 발바닥에 닿는 도로 포장재 타르가 따뜻하고 부드럽게 느껴졌다.

"줄리는 왜 그래?" 샘이 물었다.

"정확히는 모르겠어. 네 엄마 일로 충격을 받은 게 분명해." 이자벨이 샘을 힐끗거리면서 말했다. "사실 난 그보다는 네 아빠 때문이라고 생각해."

"아빠가 어쨌기에?"

"항해하러 가던 날 네 아빠가 우리 아빠를 데리러 왔잖아. 그때 우린 네 아빠와 이야기도 나눴어. 줄리는 어른들 얘기를 전부 다 엿들어. 그래서 네 아빠가 용의자인 걸 알아." 이자벨이 또다시 샘을 쳐다보았다. "미안해."

"신경 쓰지 마. 나도 아는 사실이니까." 샘은 자신의 목소리가 딱딱해지는 걸 알아차렸다. 아빠가 엄마를 죽였다는 생각을 할 때마다 죽고 싶었다. 그건 불가능한 일이었다. 그렇게 훌륭한 아빠는 아니었지만 그렇다고 그런 짓을 할 리는 없었다. 어찌나 주먹을 꽉 쥐었는지 손톱이 손바닥을 파고들었다.

"줄리는 그냥 겁먹은 거야. 그 같잖은 책 때문에 형사가 날 찾아왔다고. 엄마가 왜 그 얘기를 형사한테 한 건지 진짜 모르겠어. 나도 그 책을 읽었고 아빠도 읽었거든. 아빠가 너희 아빠한테도 빌려줬을거야."

"무슨 책인데?" 샘이 물었다.

"《고기 창고(Meat Locker)》라는 책이야. 레스토랑 주인이 동업자를 죽이고 시신을 냉장고에 숨겨 부패 속도를 늦추려고 했다는 내용이지. 줄거리는 그보다 더 복잡하지만 형사가 알고 싶어 했던 부분은 그거였어."

"우리 집에서 그런 책은 못 봤는데. 그런 얘기는 안 했잖아." 샘이 말했다.

"깜빡했어. 엄마가 경찰한테 전화해서 그 책 이야기를 했다니까." 이자벨이 말했다.

"너희 엄마가?" 샘은 스코티 아줌마가 관련되어 있다는 사실에 충격을 받았다. 스코티 아줌마가 아빠에게 불리한 이야기를 했다니. "어떻게 그럴 수가 있어?"

"엄마는 네가 걱정돼서 그랬나 봐, 샘."

"난 엄마를 잃었어. 그런데 스코티 아줌마는 나한테서 아빠까지 뺏어 가려는 거야?"

"아냐! 엄마는 그냥…… 옳은 일을 하고 싶었나 봐. 모두를 위해서. 네 엄마, 그리고 널 위해서. 진짜로 네 아빠가 그런 짓을 했다면 네가 위험할 수도 있잖아. 샘, 화내지 마!"

샘은 빠르게 걷기 시작했다. 그 후로 두 사람은 말 한 마디 나누지 않았다. 폴리스는 허버즈 포인트 한가운데 있는 평범한 가게였다. 지역 사람들만 드나들거나 아는 곳이었다. 기본적인 식품과 물품들, 해변 놀이용 장난감이 비치되어 있었고, 뒤쪽에는 세상에서 가장 맛있는 레모네이드와 구운 치즈 샌드위치를 파는 스낵바가 있었다. 이자벨과 샘은 오래되어 홈집이 난 참나무 테이블에 앉았다. 나무 테이블에는 아이들이 새겨 넣은 이니셜들이 가득했다. 그렇게 낙서를 해도 되는 곳이었고 하라고 만들어 놓은 곳이었다.

"하, 이것 봐." 이자벨이 'SB'와 'NW'라는 자기 부모님 이니셜을 가리키며 말했다. "위선자들. 이거랑 우리가 바위에 한 낙서랑 뭐가 달라?"

"여기는 낙서해도 되는 곳이야." 샘이 말했다.

"너희 부모님 이니셜은 어디 있어? 나한테 보여 준 적이 한 번도 없잖아."

"우리 부모님은 허버즈 포인트에서 자라지 않았어. 그러니까 여기에 없지."

"너도 부모님 이니셜을 새겨 둬야 할지도 몰라. 그럼 추억할 거리가……"

이자벨의 말 한 마디 한 마디가 지진파처럼 밀려와 샘의 가슴을 때렸다. 사람들은 아빠가 엄마를 죽였다고 생각했다. 나도 그렇게 생각하는 걸까? 샘은 그렇지 않다고 속으로 대답했다. 하지만 지금 당장은 절망감이 몽글몽글 피어오르다 못해 부글부글 끓어 넘쳤다.

"아빠가 다른 여자와 살고 있다는 걸 추억하라고? 그 여자와 아이까지 가졌다는 걸? 엄마한테도 남자친구가 있었던 것 같아."

"뭐?" 이자벨이 경악했다. 샘은 이자벨이 얼마나 충격을 받았는지 알 수 있었다. 다들 엄마가 성인군자나 다름없다고 생각했으니까.

"난 좋게 생각해. 뉴런던에서 알게 된 사람이야. 엄마가 죽기 전에는 눈치채지 못했는데 돌이켜보니 엄마는 그 사람 곁에 있을 때 행복해했어."

"그거 좀 엿 같았겠는데." 이자벨이 말했다.

"아니, 그렇지 않아. 하지만 기분 나빠해야 하는 게 맞겠지? 줄리가 말하는 것처럼 '이상하고 기이한 일'이니까. 그래도 무슨 이유에서인지 기분이 엿 같지는 않아. 그냥 엄마가 행복했다고 생각하니까 기뻐."

"꼭 내 동생을 인용해야 했어?"

"그러지 마. 내가 줄리 좋아하는 거 너도 알잖아. 줄리는 모든 걸 솔직하게 말해 주는 유일한 아이야. 다들 내 신경을 건드리지 않으려고 조심조심 너무 예의바르게 굴어. 내 기분을 상하게 하고 싶지 않아서 말이야. 내가 없는 자리에서는 할 말 못할 말 다 하면서."

"나도 그 예의바른 사람들과 싸잡아 묶는 거야?"

"아냐. 넌 나의 가장 친한 친구야. 그런데 그 책 이야기를 지금에서야 하다니 솔직히 기분 나빴어. 형사를 만났다는 것도 지금 들었고. 형사가 모든 사람들을 다 조사하는 건 알아. 하지만 그래도 기분 나빠."

"내 기분은 어땠을 것 같아?" 이자벨이 물었다. "내 절친의 아빠가 아내를 죽였을지도 모른다는 이야기를 해야 했던 내 기분은 어땠겠어?"

샘은 더 이상 듣고 있을 수가 없어서 이자벨을 남겨 둔 채 폴리스를 뛰쳐나갔다.

40

샘은 노동절 직전에 학교로 돌아갔다. 케이트는 인트레피드 항공사에 휴가를 냈다. 베스가 죽은 지 거의 두 달 만에 갤러리에서 시간을 보내기 시작했다. 갤러리는 블랙홀 하이에서 겨우 400미터쯤 떨어진 곳에 있었기 때문에 뉴런던에서 차를 타고 올 수 있었다.

갤러리에 도착하자 케이트는 베스와 더욱 가까워진 것 같았다. 베스의 책상에 앉은 케이트의 발치에 팝콘이 자리를 잡고 누웠다. 시간은 계속 흘러갔지만 베스의 살인범은 아직 잡히지 않았다. 코너는 제드가 범인이 아니라고 확신하는 것 같았다. 케이트는 여전히 피트의 짓이라고 믿다가도 진짜 미술품 강도 사건이었던 게 아닐까 하고 의심했다. 성폭행의 흔적은 어떻게 생각해야 할까? 케이트는 베스의 침대 아래에 떨어져 있었던 찢어진 속옷을 떠올렸다. 그 속옷이 어떻게 사용되었는지도.

모든 게 상상도 할 수 없는 일이었다. 침대에 누워 있던 베스의 모습을 머릿속에서 지워 내려고 애썼다. 베스의 목 주변에 남아 있던 흔적들, 멍하니 허공을 응시했던 눈동자까지도. 베스가 갤러리에 소장된 모든 그림들을 기록해 놓은 두툼한 검은색 원장을 넘기는 케이트의 손이 바르르 떨렸다. 손가락에 닿는 종이의 감촉에 베스가 언제나 좋아했고 잘해 냈던 모든 일이 생각나 마음이 차분하게 가라앉았다. 몇 분 후에는 베스의 글 속으로 푹 빠져들었다.

케이트는 언제나 중요한 매입과 매출에 관한 보고를 받았다. 몇몇 중요한 그림들이 눈에 띄었다. 베스가 기록해 둔 것이었다. 물음표와 빨간색 화살표, 동그라미를 쳐 놓거나 짙게 줄을 그어 놓은 단어들이 단락 단락을 가득 채웠다. 베스는 늘 단서를 찾으려고 애썼다. 갤러리의 예전 주인들이 줄 수 있었거나 주려고 했던 것들보다 훨씬 더 많은 정보를 얻고 싶었기 때문이다. 미술 작품들은 수수께끼와 같았다. 그 의미와 유래, 진품 여부가 모두 베일에 가려져 있었다. 그 수수께끼를 풀어 내려면 형사에 학자가 되어야 했다.

케이트는 베스의 책상 옆에 놓인 디스플레이 이젤에 전시된 작은 유화를 유심히 살펴보았다. 베스는 그 그림이 서명은 없지만 〈달빛〉을 그렸던 벤저민 모리슨의 작품이라고 판단했다. 베스가 그 그림을 책상 바로 옆에 둔 이유가 따로 있을까?

그 작은 유화는 실 레인에 있는 눈썹지붕 주택의 다락방에서 50여 개가 넘는 그림들과 함께 발견됐다. 은둔 생활을 했던 95세의 여성 에디스 펙은 블랙홀 예술 공동체에서 그림을 그렸던 미국 인상파 화가들의 작품들을 수집했다. 모리슨은 1898년부터 1905년까지 블랙홀 예술 공동체에서 생활했다. 지난 12월 펙이 사망한 후, 뱅고르에 사는 증손자 두 명과 로체스터에 사는 증손녀 한 명이 그 그림들을 소장할 의사가 없다고 했다.

펙의 가족들은 라스롭 갤러리에 위탁해 그 그림들을 팔고 싶어 했다. 하지만 베스는 케이트에게 그 그림들을 사들일 수 있게 동의해 달라고 했다.

결국 베스가 가격을 책정했고, 케이트는 그에 동의했다. 에디스 펙의 가족들도 가격이 적당하다고 생각해 거래가 성사됐다. 하지만 피트는 가격이 너무 높게 책정됐다고 반대했다.

"멧캐프 수준의 작품들이 아냐. 르블랑과 포터, 기딩의 작품 몇 점과 모리슨의 그림으로 추정되는 서명 없는 작품 몇 개가 다잖아. 그건 거의 알려지지 않은 작품들이라고."

모리슨의 작품일 수도 있는 그림 몇 점 이외에 펙이 수집했던 작품들은 피트의 말대로 인기 있는 화가들의 작품이 아니었다. 하지만 수집가들의 열망은 항상 피트의 기대를 벗어났다. 새로운 화가를 발견하는 스릴, 아름다움을 애호하는 마음, 100년 전에 그려졌던 그림을 소장했다는 깊은 만족감, 그림 속의 언덕이나 강둑 너머로 펼쳐진 풍경들이 오늘날에도 존재한다는 경이로움을 피트는 고려하지 않았다.

피트는 명성을 만들어 내는 갤러리의 역할을 전혀 이해하지 못했다. 현재는 라스롭으로 이름이 바뀐 하크니스-우드워드 갤러리가 지원한 대표 화가들은 인기 화가들이 됐다. 라스롭 갤러리의 인가를 받기만 하면 그 작품의 가격이 무섭게 솟구쳤다. 라스롭 갤러리에 모습을 나타냈던 많은 화가들의 작품이 이후에 판스워스의 박물관과 메트로폴리탄 예술 박물관에 팔렸다. 피트가 다른 분야에서는 일을 잘 처리할지 모르나 예술 산업에서는 계산머리보다 영혼이 훨씬 더 필수적인 요소라는 사실을 피트는 결코 이해하지 못했다.

케이트는 눈앞의 그림을 유심히 살폈다. 베스가 모리슨의 작품이라고 단정했던 그림이었다. 캔버스 크기는 20×30센티미터였고, 봄날의 개울을 그린 그림이었다. 지그재그로 급격하게 꺾어지다가 대각선 방향으로 사라지는 물줄기가 시선을 전경에서 원경으로 잡아끌었다. 수면에 반사되어 반짝이는 햇살이 솔잎 사이를 뚫고 들어가 황금빛 초록색과 옅은 파란색 옷을 입었다. 클로드 모네는 이렇게 말했다. "자연은 가만히 있지 않는다."

클로드 모네의 말을 곱씹던 케이트는 갑자기 그림 속의 개울을 알아보았다. 그 섬에 있던 개울이었다. 제드가 텐트를 세워 놓았던 언덕에서 흘러내리던 개울. 저 멀리 떨어진 푸른 강을 향해 흘러내려가는 구불구불한 물줄기와 바위의 윤곽이 눈에 익어 보였다. 케이트가 초음파 사진을 발견했던 그날 목격했던 바로 그 풍경이었다.

그래서 베스가 그 그림을 항상 볼 수 있는 곳에 세워 두었을까? 제드와 그 섬을 떠올려 주는 그림이니까? 그림은 더할 나위 없이 사랑스럽고 낭만적이고 이상적이었다. 개울 옆의 저 소나무 숲이 베스가 매튜를 가졌던 곳일까?

생각에 골몰하던 케이트의 귓가에 사무실 위층에서만 울리는 진중한 벨소리가 들렸다. 갤러리 정문에 누가 찾아왔다는 신호였다. 아무것도 깔리지 않은 나무 바닥을 밟고 오는 발자국 소리가 들렸다. 팝콘이 누군지 알아보려고 아래층으로 달려 내려갔다. 케이트는 갤러리에서 들리는 발자국 소리에 무의식적으로 주먹을 꽉 움켜쥐었다. 그 오랜 세월이 흘렀음에도 발자국 소리 하나에 침입자들이 쳐들어왔던 그날이 떠올랐다. 그때도 갤러리 입구에서 벨이 울렸었다.

"안녕?" 친근한 목소리가 들렸다.

케이트가 아래층으로 내려가자 허리를 숙인 채 팝콘을 토닥거리는 코너가 보였다. 코너가 경찰 제복을 입고 있는 게 눈에 들어왔다. 회색 바지에 하얀색 브로드셔츠, 줄무늬타이, 구겨진 파란색 블레이저 차림이었다. 코너가 눈을 가리는 검은 머리카락을 치우자 따뜻한 빛으로 반짝이는 눈동자가 드러났다.

"지나가다가 당신 차를 봤어요." 코너가 말했다. 그러고는 이렇게 덧붙였다. "당신이 여기 와 있어서 놀랐습니다."

"왜요?" 케이트가 물었다.

"비행 중일 거라고 생각했거든요."

"휴가 냈어요. 갤러리에서 시간을 좀 보내려고요. 베스가 죽은 후로 방치된 상태였거든요."

"여기 다시 오니까 기분이 어때요?"

"복잡해요. 한 가지 추억만 있는 곳이 아니니까요." 케이트가 말을 멈췄다. "사실 저한테 이곳은 집과 마찬가지예요. 오랫동안 이곳을 드나들었죠. 추억이 많은 곳이에요. 유령이 떠돌아다니는 곳이기도 하고요." 케이트는 모리슨의 그림을 생각했다.

"어머니 말이군요."

"베스도요." 케이트가 말했다. 연인과 함께 있는 동생. 케이트는 베스의 모습을 그려 보았다. 베스는 모리슨의 그림 때문에 개울 옆의 그곳에서 제드를 만났던 걸까? 그림이 베스를 그곳으로 이끌었을까?

다른 유령도 떠돌고 있었다. 어린 케이트. 케이트의 시선이 지하실 문에 가서 꽂혔다. 그 계단을 내려갔던 어린 소녀는 스물두 시간 후 다시 올라왔을 때 완전히 다른 사람이 되어 있었다.

"괜찮아요?" 코너가 케이트에게 한 발 더 가까이 다가서며 말했다. 케이트가 고개를 끄덕였다. 약간 어지러운 것 같았다.

"창백해 보여요."

이제 코너는 지척에 다가와 있었다. 가까이 붙은 서로의 몸에서 흘러나오는 에너지가 부딪혀 일렁이는 것 같았다.

케이트는 살갗이 간질거렸다. 코너가 자신에게 끌리고 있다는 사실은 알고 있었다. 어쩌면 코너에게 영웅 콤플렉스가 있어서, 아니면 자신의 머리카락 향기에 끌려서 그런지도 몰랐다. 착각일까? 아니면 진짜로 코너가 자신에게 키스하고 싶어 하는 걸까? 지금까지 몇 주 동안 케이트는 자신의 곁을 맴도는 코너의 존재를 알아차렸다. 심지어 그가 모습을 드러내지 않을 때도 감으로 알 수 있었다.

그런 직감은 케이트에게는 낯선 것이었다. 이제껏 꽁꽁 얼어붙어 있었으니까. 열여섯 살 때 갤러리에서부터 서서히 얼어붙기 시작했다. 지금 코너를 만진다면 어떻게 될까? 케이트는 손가락 하나로 코너의 손등을 쓸어 보았다. 살갗이 타는 것 같았다.

"제가 여기 있는 거 알았죠?" 케이트가 물었다.

"네."

"절 미행했어요?"

케이트는 자신을 바라보는 코너와 눈을 맞췄다. 전율이 온몸을 타고 흘러 당장이라도 무릎이 꺾일 것만 같았다. 힘겹게 쥐고 있던 모든 것을 놓아 버리고 숭고하고 위대한 뭔가에 몸을 의탁하고 싶었다. 욕망에 흠뻑 젖어드는 것 같았다. 베스도 제드와 함께 그 개울가에 갔을 때 이런 기분이었을까?

"네, 당신을 뒤따라왔어요."

"그래도 되는 건가요?" 케이트가 물었다.

"당신이 걱정돼서요."

"뭐가요?"

"피트 때문에요. 피트는 갤러리 관계자들 앞에서 체면을 잃었어요. 당신이 피트의 여자친구와 아들만 당신 집안의 집에 머물러도 좋다고 했으니까요. 피트는 화가 많이 났을지도 모릅니다."

"제 몸은 제가 지킬 수 있어요." 말은 이렇게 했지만 그 말과는 다르게 코너의 손등을 누르는 힘이 더욱 강해졌다. 케이트는 손가락 하나를 코너 레이드에게 살짝 댄 채로 균형을 잡고 자신을 다잡으려 하고 있었다. 온몸의 피가 꽐꽐 흐르는 개울물처럼 귓가로 몰려들어 전신의 얼음을 녹였다.

"제가 다 망쳤어요." 케이트가 큰소리로 말했다.

"아니, 그렇지 않아요."

케이트는 코너한테서 떨어져 방 저편으로 걸어갔다. 지척에서 뒤따라오는 코너의 존재가 느껴졌다. 자신에게 손끝 하나 대지 않은 남자. 하지만 케이트는 그의 전신에서 뿜어져 나오는 열기를 느낄 수 있었다. 어깨에 닿는 코너의 손길이 느껴졌다. 그 손길이 틀어 올린 그녀의 머리에서 빠져나와 흘러내린 머리카락을 옆으로 쓸어 넘겼다. 케이트는 온몸이 마비되는 것 같았다. 코너가 눈치챘을까? 얼음이 진짜로 녹아내리고 있음을? 그녀도 원하고 있다는 걸?

"케이트." 목 뒤쪽에서 코너의 따뜻한 숨결이 느껴졌다. 케이트는 일렁이는 바람, 단순한 공기의 움직임 그 이상을 느꼈다. 코너가 키스를 하려고 했다. 케이트는 코너가 무엇을 원하는지 전부 다 알 수 있었다. 그가 원하는 것이 바로 자신이 원하는 것이라도 되는 양.

케이트는 키스에 응하려고 돌아섰다. 코너의 입술이 케이트의 입술을 스치듯 다가왔다. 하지만 케이트는 고개를 숙여 세차게 가로저었다.

이건 아니야. 이래서는 안 돼. 케이트가 소리 내지 않은 채 속으로 속삭였다.

케이트는 코너한테서 한 발, 또 한 발 물러섰다. 그렇게 거리를 두자 몇 분 전에 자신을 흔들어 놓았던 갈망이 마치 꿈처럼 느껴졌다. 진짜가 아닌 것 같았다. 꽐꽐 쏟아지는 개울물처럼 귓가로 피가 몰리던 소리도 멈췄다.

케이트는 숨을 깊이 들이마셨다. 용기를 내야 했다. 지금 여기서 앞으로 나아가고 싶다면 23년 전에 일어났던 일을 마주해야 했다. 케이트는 과거의 힘에 끌려가듯 지하실 문으로 걸어갔다. 지하실 문손잡이를 돌려 계단을 내려갔다.

1800년대 후반에 지하실 바닥은 흙이었다. 하지만 마틸다가 흙바닥을 콘크리트로 싹 바꿔 놓았다. 그렇게 개조했음에도 뉴잉글랜드 지역의 특성 탓에 지하실은 자주 습해졌다. 케이트가 지하실 문을 열었을 때 서늘한 공기와 퀴퀴한 냄새가 확 덮쳐 왔다.

"케이트, 거기는 왜 내려가는 겁니까? 과거의 기억을 떠올릴 필요는 없어요." 코너가 말했다.

"아뇨, 필요해요." 케이트가 조용히 말했다.

뒤쪽에서 계단을 밟고 내려오는 코너의 발자국 소리가 들렸다. 베스가 팝콘을 잘 교육시켜 두어서 팝콘은 따라 내려오지 않았다. 수많은 악몽을 불러냈던 그곳으로 들어가려 하다니. 자신이 그토록 대담하게 느껴진 적이 없었다. 코를 찌르는 냄새와 끈적거리는 피부의 감촉이 모든 기억을 다시 불러일으켰다. 방금 전 케이트는 진심으로 코너를 원했다. 지금 당장 그 감정을 다시 느끼고 싶었다. 하지만 그 전에 먼저 과거의 저주를 끊어 내야 했다. 그러면 자신을 온전히 되찾을 수 있지 않을까?

그날 코너도 그 현장에 있었다. 코너가 그녀와 베스, 엄마를 발견했다. 베스가 훌쩍이면서 횡설수설하는 소리를 코너가 들었을까? 그 기나긴 밤에 베스가 만들어 냈던 그 언어를 들었을까?

밤나무 판자 계단 발치에서 케이트는 한 바퀴 빙그르 돌았다. 지하실에는 보일러부터 온수기, 전기패널에 이르기까지 모든 시설이 갖춰져 있었다. 한쪽 벽에는 청동 조각과 돌 조각으로 가득한 선반들도 있었다. 6×6센티미터 기둥 세 개가 시멘트 받침대 위에서 천장을 떠받치고 있었다. 1890년도부터 있던 것이었다. 시멘트 받침대 가장자리는 세월과 습기에 좀먹어 살짝 부서졌다.

케이트와 베스, 엄마는 그 기둥 중 하나에 묶여 있었다. 밧줄이 그 기둥을 돌고 돌아 세 사람을 꽁꽁 동여맸다. 세 사람은 자세를 바꾸려고 이리저리 몸을 꼼지락거렸다. 거친 시멘트 가장자리에 밧줄을 대고 쓸어서 끊어 내려고 했다. 최대한 멀리 손을 뻗어서 밧줄을 풀려고 애썼다. 그때 케이트의 왼쪽 옆구리가 쓸려서 까졌다. 거친 콘크리트에 쓸려 엉덩이 위쪽에 실처럼 가늘게 수평으로 난 상처는 아직까지 남아 있었다.

케이트는 그 기둥으로 다가가 기대서서는 바닥을 내려다보았다. 코에서 피를 쏟아내고, 재갈에 숨이 막혀 토악질을 하던 엄마의 모습이 떠올랐다. 케이트와 베스는 밧줄을 풀어 엄마를 구하려고 몸부림을 쳤다. 하지만 몸부림치면 칠수록 밧줄은 세 사람의 손목을 더욱더 깊이 파고들 뿐이었다.

"그날 어땠는지 기억해요?" 케이트가 코너에게 물었다.

"네, 전부 다요. 당신은요?"

"저도요. 어떤 게 진짜이고 꿈인지는 구별하기 어렵지만요. 가끔은 그날 밤에 제가 유령이 되어 버린 것만 같다는 생각이 들어요. 그때 이미 유령이 돼서 이 세상을 떠나 버린 거죠."

"그렇지 않아요." 코너가 케이트의 손을 잡으며 말했다. "당신은 유령이 아니에요. 지금 여기 있어요."

"살아 있는 것 같지 않아요." 케이트가 자신의 손을 꽉 움켜쥔 코너의 손가락을 내려다보며 말했다. "하지만 전 살고 싶어요."

잠시 후, 케이트가 손을 빼고 돌아섰다. 액자 공방이 지하실 동쪽 벽을 차지하고 있었다. 도구들을 걸어 두는 고리가 박힌 타공판이 투박하고 기다란 작업대 위쪽에 걸려 있었다. 바이스, 흙받기, 톱이 작업대 위에 가득했다. 우드워드 가에서는 고풍스러운 액자들을 파는 곳들을 찾아다녔다. 종종 수준 낮은 그림들이 온전하게 보존된 액자들도 있었다. 그림이 별로라면 캔버스 천을 잘라 내서 버리고 액자만 남겨 두었다. 금박으로 화려하게 장식된 커다란 액자 몇 개가 벽에 기대 세워져 있었다.

"한 가지는 참 잘했는데." 케이트가 말했다.

"누구 말입니까?"

"제부요. 액자는 잘 만들었어요."

작업대 옆에 선 케이트는 토마스 네이슨의 판화를 알아보았다. 그 옆에는 검은색으로 칠해서 모서리를 이어 놓은 나무 액자가 있었다. 나지막한 언덕 위에서 소나무와 단풍나무, 자작나무에 둘러싸인 식민지 시대 저택을 새겨 놓은 목판화를 살펴보려고 코너가 허리를 숙였다. 도무지 잊을 수 없는 풍경 같았다. 코너도 그렇게 생각할지 궁금했다.

네이슨이 나무판에 가는 선을 수천 번 그어서 깊이와 그림자를 표현했다고 했던 마틸다 할머니의 설명이 떠올랐다. 네이슨은 그렇게 조각한 판에다 잉크를 얇게 발라서 판화를 찍어냈다. 네이슨의 판화는 더없이 세밀해서 솔잎과 단풍나무 껍질, 주택의 지붕널 질감

뿐만 아니라 창유리에 비치는 꺼져 가는 등불의 반짝거림까지 표현해 냈다.

"피트가 이 그림의 액자를 만들고 있었나 보네요." 코너가 말했다. "이건 마틸다의 집이죠?"

"네. 이 화가는 코네티컷 강 주변의 집과 헛간, 땅을 그렸어요." 벤저민 모리슨이 그 섬과 개울을 그렸던 것처럼.

"네이슨과 당신 할머니가 아는 사이였나요?"

"네. 네이슨이 미국에서 가장 시적인 화가였다고 할머니께서 그러셨죠. 더도 덜도 없이 딱 그 말 그대로였어요. 네이슨은 로버트 프로스트의 책에 삽화를 그려 넣기도 했죠."

"피트가 이 작업을 하면서 시적인 감상에 빠졌을 것 같지는 않은데요." 코너가 말했다.

"장담하건대 제부는 절대 그러지 않았어요. 하지만 베스는……."

"네, 베스라면 달랐겠죠."

케이트가 고개를 끄덕였다. "프로스트는 베스가 가장 좋아하는 시인이었어요. 프로스트의 시를 읽다 보면 저희가 자랐고 사랑했던 뉴잉글랜드가 떠올랐죠."

그때 문득 케이트의 머릿속을 스치고 지나가는 게 있었다. 프로스트의 〈서쪽으로 흐르는 시냇물〉. 베스는 사랑의 상반성을 표현한 그 시에 매료되어 있었다. 시냇물은 대부분 바다를 향해 동쪽으로 흐른다. 서쪽으로 흐르는 시냇물은 흔치 않다. 베스는 항상 그 시를 부모님의 힘겨운 사랑과 연관 지어 생각했다. 부부가 서로에게 어떤 의미를 가지는가, 예정된 삶의 길을 따라가야 하는가,라고 묻는 내용을 읽으며 부모님을 떠올렸다. 케이트는 손을 뻗어 만질 수 있을 만큼 베스의 책상 가까이 붙어 있던 모리슨의 시냇물 그림을 머릿속에 그려 보았다. 제드의 텐트를 지나쳐 흐르는 개울. 제드에 대한 베스의 모순적 사랑. 그 모든 것이 연관되어 있었다.

"여기 내려오길 잘한 것 같네요. 피트의 마음 상태를 짐작할 수 있겠어요." 코너가 말했다.

"어떻게요?"

"피트가 이곳에서 베스를 죽이겠다는 생각을 품은 것 같아요." 코너가 피트의 죄명을 벗겨 주려던 생각을 저 멀리 몰아내면서 말했다. "여기, 당신 어머니가 돌아가셨던 곳에서 액자를 만들었죠. 당신들 세 사람이 고통을 겪었던 이곳에서요. 그러다가 생각이 난 겁니다. 당신 아버지는 헬렌을 죽일 생각은 없었지만 곤란한 상황에서 벗어날 수 있는 계획을 세웠죠. 피트도 그와 비슷한 계획을 세운 겁니다. 다만 피트의 계획은 살인이 목적이었죠."

"이만 올라가요." 케이트가 말했다. 지하실이 온몸을 옥죄어 왔다. 눅눅한 냄새가 목구멍을 꽉 채워서 재갈에 물린 것처럼 질식할 것만 같았다.

재빠르게 돌아서던 케이트는 과거에 묶여 있었던 기둥에 부딪혔다. 그 기둥과 계단 중간쯤에 보일러가 있었다. 케이트는 나무상자에 걸려 비틀거리다가 갤러리 개관식에 사용했던 샤르도네와 피노 누아 몇 병을 발로 차서 넘어뜨렸다. 그중 한 병은 산산조각이 나버렸다. 아래를 내려다보자 유리조각이 반짝거렸다. 빨간 포도주가 바닥에 엎질러져 마치 엄마의 피처럼 보였다.

"케이트? 왜 그래요?" 코너가 케이트의 팔을 잡으며 물었다.

케이트는 대답하지 않았다. 지하실에 물이 찰 경우를 대비해 바닥이 살짝 기울어져 있었다. 포도주가 남쪽 벽을 따라 만들어진 좁은 배수로를 향해 흘러 내려갔다. 케이트는 그 뒤를 쫓아갔다. 순간 그 사건이 일어나기 오래전, 엄마가 돌아가시기 한참 전의 일이 떠올라 케이트는 눈을 세차게 깜박거렸다.

그 시절 케이트는 베스와 단둘이 지하실에 내려왔다. 아홉 살 난 동생의 불만 가득한 눈빛이 떠올랐다.

"언니한테는 비밀 장소가 있잖아. 이건 불공평해. 나도 비밀 장소 갖고 싶어." 어린 베스가 이렇게 말했다.

오랫동안 사용하지 않은 커다란 돌 벽난로와 묵직한 주철 문이 달린 벌집 모양 오븐이 한쪽 벽에 있었다. 그쪽 벽에 금속 격자가 끼워진 곳은 열기가 빠져나가는 통로였다. 케이트는 그 격자를 흔들어 빼서 자신의 보물을 숨겨 둘 수 있었다. 독립전쟁 시대 동전부터 망가진 은 숟가락, 운석이라고 모아둔 얼룩덜룩한 검은색 바위, 마틸다 할머니 집의 장미 정원에서 찾아낸 화살촉 세 개까지 전부 다.

"좋아, 너만의 비밀 장소도 찾아보자." 케이트는 베스의 기분을 풀어 주려고 꼭 안아 주었다.

"언니 거 같은 거." 베스가 말했다.

"그래." 케이트가 대답했다. "여긴 어때?" 케이트가 벌집 모양 오븐으로 걸어가 주철 문을 열려고 했지만 잠겨 있었다. 열쇠구멍은 있는데 열쇠가 없었다.

옛 추억에 잠겨 있던 케이트가 벌집 모양 오븐으로 걸어가 자물쇠를 만졌다. 프로스트의 시, 모리슨의 개울 그림, 녹아내리는 얼음, 옛 추억들의 마법에 걸린 것처럼 케이트는 몽롱해졌다. 주머니에 손을 넣어 베스의 책상 서랍에서 찾아냈던 열쇠를 꺼냈다.

어떻게 이걸 몰랐을까? 묵직하고 네모난 열쇠가 열쇠구멍에 쏙 들어갔다. 케이트는 열쇠를 잡고 돌렸다. 주철 문이 철컥하고 열렸다. 어두컴컴한 내부를 들여다보았지만 처음에는 아무것도 보이지 않았다.

"베스의 비밀 장소예요." 케이트가 말했다.

케이트는 안으로 손을 넣어서 거미줄을 손가락으로 쓸어 치웠다. 얇은 어니언스킨지에 써 놓은 먼지투성이 편지 꾸러미가 손에 잡혔다. 파란색 리본으로 묶인 편지 꾸러미를 손에 든 케이트는 이게 어쩌다 저기 들어갔는지 모르겠다는 듯 바라보았다. 편지 한 장을 힐끗 쳐다보자 'J'라는 서명이 보였다. 베스의 소형 누드화에 적혀 있던 서명과 같은 것이었다. 오븐 안쪽 깊숙한 곳에는 갈색 종이 원통이 있었다.

케이트는 자신에게 와 닿는 코너의 시선을 의식하면서 종이 원통을 꺼냈다. 원통 안을 들여다보자 가장자리가 너덜너덜한 캔버스가 돌돌 말려 있는 게 보였다. 케이트는 두 손가락을 넣어서 말려 있는 작은 그림을 조심스레 꺼냈다. 그림이 어찌나 가벼운지 손에 든 것 같지도 않았다. 케이트는 그림을 작업대로 가져가 편편하게 펼쳐 놓고 가장자리를 매끈하게 쓰다듬었다.

케이트는 눈에 익은 야경화를 지그시 바라보았다. 여름날의 나뭇잎들이 캄캄한 잔디밭에 그늘을 드리웠고, 위에서 떨어지는 가는 빛줄기가 커다란 저택 앞에서 빙글빙글 도는 우아한 소녀를 비추고 있었다.

"이거 〈달빛〉이잖아요." 코너가 말했다.

41

코너의 심장이 빠르게 뛰었다. 미술품 도둑이 그림을 훔친 게 아니었다. 〈달빛〉이 갤러리 안에 있다는 것은 우드워드 집안과 가까운 누군가가 갖다 놓았다는 증거였다. 코너는 제드를 용의선상에서 제외했다. 마틴은 똑똑해서, 아니 적어도 술에 절어 살기 전에는 똑똑했기 때문에 베스를 공격하고 난 후에 그림을 훔칠 수 있었다. 하지만 훔친 그림을 갤러리 지하실에 숨겨 놓을 이유가 있을까? 그 점을 고려하면 피트가 유력했다.

"그 열쇠는 누가 갖고 있었나요?" 코너가 물었다.

케이트는 코너의 말을 듣지 못한 것처럼 행동했다. 그림의 붓놀림 하나하나를 모두 다 조사해 보겠다는 듯 허리를 숙이고 있었는데 얼굴이 그림에 닿다시피 했다.

"베스요." 잠시 후에 케이트가 대답했다. 케이트는 고개도 들지 않은 채 코너에게 열쇠를 건네주려 했다. 하지만 코너는 열쇠를 받지 않았다. 대신 투명한 증거 수집용 비닐봉투를 주머니에서 꺼냈고, 케이트가 그 안에 열쇠를 떨어뜨려 넣었다.

네모난 열쇠의 무게가 느껴졌다. "이걸 얼마나 오랫동안 갖고 있었어요?" 코너가 불만스럽다는 기색을 내비치지 않으려고 애쓰면서 물었다.

"몇 주 됐어요. 베스의 책상에서 찾았죠."

"피트가 거기 숨겨 놨을까요?"

"아뇨. 제부는 열쇠가 거기 있는지도 몰랐어요. 제가 베스한테 준 상자의 가짜 바닥 아래에 열쇠와 그림이 들어 있었거든요. 당신과 함께 갤러리에 왔던 그날에야 저도 그 상자를 발견했어요."

"그럼 어떻게 〈달빛〉이 여기 있는 거죠?"

"베스예요. 베스가 훔친 거예요." 케이트가 건조한 목소리로 말했다. 케이트는 뭐에 홀린 사람마냥 입만 벙긋대는 것 같았다.

베스가 왜 자기 그림을 훔쳤을까? 피트 짓이라면 말이 되지만 베스가 그런 일을 할 이유가 없었다. 자기 그림을 훔쳐서 뭘 하려고 했던 걸까? 몇 주 동안 이어진 수사에서 〈달빛〉을 찾는 것은 중요한 일이었다. 코너는 그 그림을 감식반에 가져가야 했다. 하지만 좀 전에 위층에서 봤던 케이트의 행동이 머릿속을 꽉 채워서 다른 생각을 할 수가 없었다. 그가 케이트에게 키스하려고 했을 때 케이트는 정체성을 잃어버린 듯 해리성 둔주 상태에 빠져서 몽유병 환자처럼 지하실로 내려갔다.

작업대 앞에서 목판화가에 대해 생각하는 동안 케이트는 몽환 상태에서 빠져나왔다. 하지만 포도주 병이 깨지자마자 다시 주술에 걸린 것처럼 곧장 주철 문으로 다가가 문을 열었다. 그림이 거기에 있을 거라는 걸 알았을까? 아니면 백일몽이라도 꾼 것일까?

 방금 전에 케이트는 맥베스 부인이 그랬던 것처럼 죄의식에서 그렇게 행동했던 걸까? 코너는 자신이 그동안 눈이 멀어 있었던 게 아닌가 하는 생각에 케이트를 노려보았다. 사건 발생 첫날, 케이트가 베스의 시신을 발견했던 그날, 케이트는 자신이 용의자인지 물어보았다. 케이트가 동생을 죽이고 그림을 이곳에 숨겨 놓았을까? 피어오르는 의심에 뼛속까지 떨리는 것 같았다.

 "케이트, 베스가 왜 자기 그림을 훔쳤을까요?" 코너가 물었다.

 "저도 모르겠어요."

 "베스가 죽은 후에는 이곳에 그림을 가져다 놓을 수 없었어요."

 "그럼 죽기 전에 여기 숨겨 놨을지도 몰라요. 뭐가 어떻게 된 건지 모르겠어요." 케이트가 돌아서서 양손으로 머리를 부여잡았다. 뒤에 남은 코너는 그림을 뚫어지게 쳐다보았다. 이니셜 조사는 주립 경찰 감식반에서 해야 했다. 어쩌면 예술품 복원 전문가의 도움을 받아야 할 수도 있었다. 그럼에도 코너는 라텍스 장갑을 끼고 그림을 뒤집어보았다.

 캔버스 뒤쪽에는 녹빛 하트가 그려져 있었다. 피로 그려 놓은 것처럼 보였다. 하트 무늬 아래쪽에는 점이나 다름없는 작은 얼룩이 있었다.

 케이트가 어깨너머로 흘깃 돌아보고는 하트 모양에서 시선을 떼지 못했다. 코너 옆으로 다가선 케이트는 아래를 내려다보며 떨리는 손을 내뻗었다. 코너는 케이트가 손가락으로 하트 무늬를 따라 그리고 싶어 하는 것 같다고 생각했지만 케이트는 그러지 않았다.

 코너가 핏자국이 확실하다고 생각한 그것은 한 세기 전 〈달빛〉을 그렸던 화가의 것일 수도 있었다. 하지만 코너는 그렇게 생각하지 않았다. 하트 무늬는 몇 달 전인 7월에 베스 라스롭의 침실 벽에서 텅 빈 액자만 남겨 둔 채 그림을 잘라 내 갔던 누군가의 서명이 분명했다.

42

마틸다의 집으로 차를 몰고 가는 길이었다. 케이트는 머릿속을 정리해야 했다.

개울 그림과 프로스트의 시부터 시작해서 갤러리에서 봤던 이미지들이 빠르게 폭발하듯 떠올랐다. 베스가 곁에서 자신을 이끌어 주는 것만 같았다. 지하실 기둥을 노려보는 자신의 모습이 떠올랐다. 기둥의 나무 표면을 쓰다듬다가 병 깨지는 소리에 붉은 액체를 따라 걸음을 옮겼다. 손 안에 든 묵직한 열쇠의 감촉을 느끼며 벌집 모양 오븐을 열었다. 금속 경첩이 끼익 하며 움직이는 소리가 들렸다.

오븐 안에서 그림을 찾아낸 일은 기억이 나지 않았다. 하지만 코너의 손에 들린 그림을 보았던 기억은 선명하고 명확하게 남아 있었다. 케이트는 피로 그린 하트 무늬를 볼 수 있었다. 그 핏자국을 보자 열다섯 살 때의 추억이 떠올랐다. 그때 케이트와 베스, 룰루, 스코티는 마틸다 할머니의 서재에서 책 한 권을 찾아낸 후, 바늘로 손가락을 찔러서 그 책의 맨 마지막 장에다 피로 표식을 그려 피로 맺은 자매가 되었다.

무슨 사건이 일어난 후에는 언제나 이랬다. 이미지들과 추억들이 가위로 싹둑싹둑 잘라 낸 것처럼 조각조각 나서 머릿속을 가득 채웠다. 분열 상태에 이어서 정신이 흐려지고 속이 메슥거리고 쇼크 상태에 빠졌다. 23년 전에는 우울한 기분이 몇 주는 이어졌다. 하지만 그로부터 20년 이상이 흘렀다. 이제 케이트는 그때보다 훨씬 나아졌다. 갈가리 찢어졌던 영혼을 다시 끌어모았다. 매번 의심스럽기는 했지만 지금의 이 느낌이 하루 안에 사라질 것임을 경험상 잘 알고 있었다.

포르셰가 석조 대문을 통과하면서 타이어가 마틸다의 집 앞에 자갈이 깔린 긴 진입로 위를 구르는 소리가 들렸다. 너도밤나무가 도로 가장자리에 늘어서서 푸르른 그림자를 드리웠다. 여전히 푸르지만 건조한 9월의 나뭇잎들이 머리 위에서 바스락거리며 부딪히는 소리가 들렸다. 마지막 굽이를 돌면서 케이트는 피트의 검은색 차를 볼 수 있길 바랐다. 싸움을 걸고 싶었다. 지하실에서 보냈던 스물두 시간에 너무 가까이 접근했을 때, 그 최악의 시간들을 새까맣게 지워 버려 시간 감각을 잃고 현기증을 느낄 때마다 속에서 차오르는 끔찍하고 역겨운 느낌을 쏟아내고 싶었기 때문이다.

하지만 피트의 차는 보이지 않았다. 아니면 어딘가에 숨겨져 있거나. 케이트는 니콜라를 만날 생각을 하자 속이 쓰려 왔다. 니콜라와 타일러를 마틸다의 집에 머물게 하다니, 실수를 저지른 것만 같았다. 잘못된 판단이 아니었나 싶었다. 팝콘이 컨버터블에서 뛰어내려 도로와 덤불을 조사하려고 달려 나가 시야에서 사라졌다. 케이트는 초인종을 눌렀다. 잠시 후, 니콜라가 응답했다.

"케이트, 안녕하세요? 피트는 여기 없어요." 니콜라가 한 걸음 뒤로 물러서면서 걱정스러운 표정으로 말했다.

"다행이네요. 그치만 제부를 만나러 온 게 아니에요."

"세 들어 살 곳은 찾아보고 있어요. 진짜예요. 이만 나가라는 얘기를 하러 오신 거면 타일러랑 그로튼에 있는 엄마 집으로 갈게요." 니콜라가 말했다.

"여기서 제부랑 같이 있었죠?" 케이트가 물었다.

"그이가 가끔씩 찾아와요."

케이트는 한참 동안 날카롭게 니콜라를 쏘아보았다. "제부에게 떠나 달라고 말할 만한 배짱도 없어요?"

"죄송해요!"

"당연히 그래야죠. 당신 자신과 타일러한테요. 그건 그렇고 타일러는 어디 있어요?"

"자고 있어요." 니콜라가 말했다.

"봐도 돼요?" 케이트는 자기가 물어 놓고 자기가 놀랐다.

니콜라가 고개를 끄덕였다. 니콜라는 베스와 똑같이 키가 162센티미터 정도였다. 니콜라를 따라가면서 그 뒷모습을 보고 있자니 가슴이 찢어질 듯 아팠다. 케이트는 동생을 되찾고 싶었다. 니콜라는 반바지에 하얀색 티셔츠 차림이었고 맨발이었다.

타일러는 널찍한 뒤쪽 포치의 그늘 아래에서 파란색 아기 의자에 잠들어 있었다. 가슴 위로 턱을 쑥 내밀고 두 팔을 양 옆으로 늘어뜨린 자세였다. 노란색 우주복에는 주황색 사자가 그려져 있었다. 케이트는 타일러 옆에 웅크리고 앉았다. 눈을 감고 매튜 생각을 했다. 타일러에게 좀 더 가까이 몸을 기울이자 상큼한 샴푸와 로션, 잠든 아기 냄새가 났다. 다시 눈을 떴을 때는 타일러도 눈을 뜬 채 케이트를 똑바로 쳐다보고 있었다.

"내가 누군지 모르겠죠? 아이를 겁주고 싶지 않아요." 케이트가 뒤로 물러나면서 말했다.

"겁먹지 않았어요. 봐요, 당신을 보고 있어요." 니콜라가 말했다.

타일러의 커다란 갈색 눈동자는 깜박이지도 않은 채 케이트를 향하고 있었다. 타일러가 작은 주먹을 펼쳤다. 아이의 손톱은 완벽한 반달 같았다. 케이트는 베스가 아기 때 어땠는지 떠올려 보았다. 그때 케이트는 두 살밖에 안 된 어린아이였지만 여동생을 사랑하고 보호해 주겠다고 다짐했다. 엄마를 도와 베스를 목욕시키고 기저귀를 갈아 주었다. 케이트가 베스의 활짝 펴진 손에 손가락 하나를 가져다 대면 베스가 꽉 움켜쥐었다. 케이트는 동생이 자신의 손가락을 절대 놓지 않기를 바랐다.

샘에게도 그렇게 했었다. 지금은 타일러에게 자신의 집게손가락을 내주었다. 타일러가 케이트의 손가락을 꽉 움켜쥐었다. 고개를 들어 보니 니콜라가 미소를 짓고 있었다. 니콜라의 눈동자는 갈색, 피트의 눈동자는 옅은 파란색이었다. 케이트는 타일러가 갈색 눈동자를 갖고 있어서 기뻤다.

타일러가 칭얼대기 시작하자 니콜라가 타일러를 안아 들었다. 1,000여 마리의 새들이 나무에서 지저귀자 나뭇잎 바스락거리는 소리가 점점 커졌다. 허리케인이 닥치는 계절이라 가장 최근에는 힐다가 리워드 제도를 비켜 가서 캐롤라이나로 향하는 궤도에 올랐다가 캐롤라이나 북동쪽 해안에 상륙하기 직전에 바다로 빠져나갔다. 그곳에서 멀리 떨어진 코네티컷 해안가도 대기가 불안정해졌다. 케이트는 마틸다 할머니처럼 거친 날씨를 좋아했다. 거친 바람은 거미줄처럼 얼키설키 얽힌 과거의 충격을 날려 버리는 데 도움이 되었다.

"물어볼 게 있어요." 케이트가 말했다.

"네, 뭐든 물어보세요." 니콜라가 무슨 질문이 나올지 무섭다는 듯 불안한 목소리로 말했다.

"당신이 갤러리에서 일할 때 베스가 지하실에 자주 내려갔나요?"

"지하실에요?" 니콜라가 물었다. "전혀요. 베스는 거기 내려가지 않았어요. 거기서 당신과 함께 겪었던 일 때문에요. 제가 일하기 시작했던 첫 달에는 지하실 선반의 모든 조각품들 목록을 만들었는데 저 혼자 다 했어요. 베스는 감독하러도 내려오지 않았죠. 전 베스가 와서 볼 거라고 생각했거든요."

"가끔은 내려갔을 거예요. 당신이 보지 못했을지도 모르죠." 케이트가 말했다.

"아닐 거예요. 저 혼자 지하실에 내려갔어요. 참, 피트도 액자를 만들었고요."

베스가 위층에서 일하는 동안 니콜라와 피트가 지하실에 함께 있었다고 생각하자 케이트는 움찔했다.

니콜라가 아랫입술을 씹었다. 뭔가를 생각하는 모양이었다. 니콜라는 잠시 케이트를 응시했다.

"케이트, 베스가 죽고 나서 피트가 아이 옷을 가져온 걸 봤어요." 마침내 니콜라가 입을 열었다.

"뭐, 당신한테도 아들이 있으니까요."

"타일러의 옷이 아니었어요. 피트는 그 옷을 던져 버렸어요. 아니 숨겨 놓았죠."

"어디에요?"

"소형 화물 승강기에요. 케이트, 그건 매튜 옷인 것 같았어요."

니콜라의 입에서 매튜의 이름이 흘러나오다니. 케이트는 듣고 있기가 힘들었다. "동생이 매튜 옷을 샀어요. 저도 샀고요. 베스는 태어날 아들을 위해 준비를 해 뒀죠. 당신이 타일러를 사랑하는 만큼 베스도 매튜를 사랑했어요."

"제가 그 옷들을 꺼내 놨어요. 위층의 노란 방에 있어요."

"실례할게요." 케이트는 격하게 끓어오르는 감정을 간신히 억누르고 차분하게 말했다. 피트가 매튜의 옷을 숨겼다는 생각에 머리가 핑핑 도는 것 같았다. 베스가 아주 신경 써서 샀던 옷들이었다. 지금쯤이면 베스가 아이를 안고 있었어야 했는데. 베스가 샀던 그 옷들을 매튜가 입고 있어야 했다.

케이트는 가만히 서 있는 니콜라를 내버려 둔 채 집 안으로 걸어갔다. 위층으로 올라간 케이트는 노란 방으로 들어갔다. 베스가 어렸을 때 머물렀던 방이었다. 니콜라가 그 사실을 알았을까? 부드러운 노란 불빛이 케이트를 반갑게 맞아 주었다.

아기 옷은 침대 위에 가지런히 놓여 있었다. 케이트는 그 옆에 앉았다. 한참 동안 만지지 않은 채 쳐다보기만 했다. 각각 다른 밝은 색상의 우주복 세 벌에서 요트가 그려진 햇볕 차단 모자, 부드러운 파란색 테리직물 수건 두 개, 곰돌이 푸가 그려진 턱받이 한 묶음까지 다 있었다. 마지막으로 케이트가 베스에게 선물했던 'ML' 자 모노그램이 인쇄된 파란색 포대기는 두 모자가 죽기 일주일 전에 산 것이었다.

매튜의 물건을 보자 현실이 더욱 실감나게 다가왔다. 케이트는 햇빛 차단 모자와 우주복, 수건, 포대기를 들고 가슴에 끌어안았다. 마치 매튜를 안기라도 하는 것처럼. 매튜를 태우고 비행을 했다면 얼마나 좋았을까? 매튜와 함께 롱아일랜드 사운드 위로 날아올라 공중에서 자신들이 사는 곳을 바라봤더라면. 마틸다 할머니가 그랬던 것처럼 매튜에게 비행하는 법을 가르칠 수 있었을 텐데.

한참 후에 케이트는 숨을 깊이 들이마셨다. 매튜의 옷가지를 침대 위가 아니라 체리우드 서랍장의 위쪽 서랍 두 개에 넣어 두었다. 베스가 자신의 옷을 넣어 두었던 서랍장에 매튜의 옷을 넣어서 기분이 좋았다.

마치 혼자만의 비밀이 생긴 것만 같았다. 매튜의 물건이 베스가 머물렀던 방 서랍장에 있다는 사실은 아무도 몰랐다. 케이트는 언제든 매튜의 옷가지를 찾아낼 수 있다는 사실에 기뻤다. 세상의 빛도 보지 못한 조카가 절대 입지 못하는 아기 옷을 언제든지 찾아볼 수 있었다.

케이트는 아래층으로 내려가 가장 좋아하는 방으로 들어갔다. 서재는 할머니가 살아 있을 때 그랬던 것처럼 따뜻하고 질서정연했다. 기다란 창을 통해 들어온 흐릿한 하얀 빛이 널찍한 소나무 판자 바닥에 깔린 사로크 양탄자 위로 떨어졌다. 벽난로에서는 연기 냄새가 희미하게 나서 마틸다 할머니가 살아 있던 시절의 서늘하고 추운 날 밤에 활활 태웠던 불꽃을 떠올려 주었다.

책장의 책들은 알파벳순이나 크기별이 아니라 색깔별로 완벽하게 정리되어 있었다. 마틸다는 화가가 아니었지만 화가의 팔레트를 높이 평가해서 주황색에서 보라색 순으로 책등 색깔에 따라 책을 정리해 두었다.

케이트는 짙은 초록색 책 쪽으로 다가가서 초판은 아니지만 장미 나침반 자매들이 조심스럽게 다루었던 책 한 권을 꺼냈다. 바사리의 《예술가들의 삶》이라는 책이었다. 케이트는 노랗게 변색된 마지막 장을 펼쳐 보았다.

피로 K, B, L, S라고 적힌 이니셜이 보였다.
 그 이니셜을 둘러싼 하트 무늬도 피로 그린 것이었다. 케이트가 열다섯 살 때였다. 그 사건이 일어나기 1년 전, 케이트와 베스가 인생에서 가장 고통스러운 순간을 경험하기 전, 아직 세상을 믿었던 시절이었다. 손가락 끝을 종이에 꾹 대고 눌러서 하트 모양을 쓱쓱 그리고, 피를 한 방울 더 짜내서 하트 무늬를 완성했던 기억이 났다. 베스와 친구들도 케이트가 그려 놓은 무늬를 똑같이 따라 그렸다.
 "피로 맺은 자매들." 네 사람은 둥글게 모여서 한 명씩 돌아가며 손바닥을 마주 대고 깍지를 끼며 말했다.
 "내 비밀이 너의 비밀이야." 베스가 말했다.
 "우리 사이에는 비밀이 없어." 스코티가 말했다.
 "우리 사이에 비밀이 없기를." 룰루가 말했다.
 "영원히." 케이트가 말했다.
 그러고 나서 절대 깨지지 않는 자매애와 우정, 비밀, 유대, 맹세의 입맞춤을 했다.
 하지만 그 맹세에도 불구하고 거짓말과 상처, 비밀이 생겨났고, 유대와 약속은 깨져 버렸다.
 케이트는 뭉개진 하트 무늬를 바라보았다. 그 무늬를 확인하려고 마틸다의 집에 온 것이었다. 〈달빛〉의 뒷면에 그려진 하트와 똑같아 보였다. 피로 그린 하트는 장미 나침반 자매의 상징이었다. 케이트는 책을 덮었다. 하지만 책을 제자리에 꽂아 두지 않고 기다란 마호가니 테이블로 걸어갔다. 케이트의 가족들은 좀 더 나중에 꽂아 두고 싶은 책들을 마호가니 테이블에 쌓아 두곤 했다. 케이트는 그 책을 쉽게 찾을 수 있게 테이블에 올려 두고 싶었다.
 책을 막 테이블 위에 올려놓으려고 했을 때 책 더미 맨 위에 놓인 책에 시선이 닿았다. 초록색 종이 커버 보드로 감싼 책의 초록색 책등에 제목과 저자 이름이 금색으로 찍혀 있었다.《서쪽으로 흐르는 시냇물》, 로버트 프로스트 지음.

베스가 다시 읽으려고 놔 둔 것이 분명했다.

43

"어이, 코너." 위니프레드 시블리가 코너의 사무실로 들어오며 코너를 불렀다. 키가 크고 호리호리한 체격에 짧은 백발, 밝은 파란색 눈동자의 위니프레드는 코너를 보며 환하게 웃었고, 코너 역시 밝은 미소로 화답했다. 코너는 주립 경리부장이자 코너 가족의 친구인 위니프레드에게 라스롭 가의 재정 상태 조사를 부탁했다.

"안녕하시죠?" 코너가 위니프레드를 안으며 말했다. "와 주셔서 감사해요."

"네 부탁이야 언제든 환영이지. 일을 많이 벌여 놨던데, 꼬맹이." 위니프레드가 검은색 서류가방을 들어 올리며 말했다.

"쓸 만한 걸 좀 찾아 주시면 좋겠는데요."

"뭘 쓸 만한 거라고 생각하는지가 문제지." 위니프레드가 쓴웃음을 지으며 말했다.

"회의실로 가는 게 어때요? 거기가 더 편하실 거예요. 커피 드릴까요?"

"그래, 부탁해."

"말씀만 하세요."

코너는 휴게실로 가서 머그잔 두 개에 커피를 따랐다. 정신없이 바쁘고 절망적인 한 주였다. 캐럴라인 워커 판사가 피트의 전자기기 수색 영장을 발부했고, 경찰서장이 영장을 집행해 피트의 컴퓨터와 휴대전화를 압수했다. 분석가들이 하드 드라이브를 검사해서 검색 기록을 뽑았다. 제니퍼 미아노는 무릎 수술을 받았다. 수술은 성공적이었지만 회복 기간이 오래 걸렸다. 그런 탓에 코너 혼자 보고서를 살펴봐야 했다. 피트가 거짓말 탐지기 검사를 통과하는 방법을 찾아봤다는 증거는 어디에도 없었다.

회의실에 들어간 코너는 위니프레드에게 커피를 건네주고는 기다란 호두나무 테이블 맞은편에 앉았다. 위니프레드는 코너의 아버지뻘이었다. 코너의 아버지와 위니프레드는 둘 다 한창때 경찰 일을 하면서 알게 됐다. 세월이 흘러 코너의 아버지는 뉴런던의 거리를 순찰할 때가 가장 행복하다며 그 일에 안주했고, 위니프레드는 경영학 학위를 백분 발휘해서 주립 경찰로 승진했다.

"형은 어떻게 지내?" 위니프레드가 물었다.

"잘 지내요. 틈 날 때마다 제 성질을 건드리는 것만 빼면 아무 탈 없죠." 코너가 말했다.

"아하, 형제끼리 아옹다옹하는 건 여전한가 보네."

위니프레드가 서류가방을 풀기 시작했다. 고리 세 개짜리 검은색 비닐 바인더 두 개가 테이블 위에 올라왔다. 위니프레드가 고개를 들어 맑고 재기 넘치는 파란 눈으로 코너를 쳐다봤다.

"왜요?" 코너가 물었다.

"이번 사건의 연결고리를 바로 알아봤지. 베스 우드워드. 우드워드 자매가 너한테 얼마나 큰 의미가 있는지 잘 알아. 과거의 그 갤러리 사건은 하나도 빼놓지 않고 다 기억하고 있어. 내가 회계학 석사학위를 막 땄을 때였지. 그때 장부 조사를 맡은 사람이 나였어."

"네, 알아요. 기억나요."

"끔찍한 사건이었어. 네 아버지가 네 걱정을 많이 했지. 그 사건이 널 평생 따라다닐 거라는 걸 알았거든. 지금 이렇게 그때와 같은 가족의 사건을 맡았잖아."

코너는 위니프레드 뒤쪽의 창 너머를 응시했다. 오후의 그림자 속에서 파랗게 빛나는 구불구불한 언덕들이 보였다. 위니프레드는 테이블 너머로 손을 뻗어 코너의 손을 잡아 주고 싶은 모양이었다.

"전 괜찮아요." 코너는 자신을 걱정했던 아버지 생각에, 지금 자신을 쳐다보는 위니프레드의 걱정스러운 눈빛에 흔들리는 마음을 다잡았다.

"그래, 어련히 알아서 할까. 그럼 본론으로 들어가자고." 위니프레드가 말했다.

"라스롭 가의 재정 상태요?" 코너가 말했다.

"그래. 내 일이 네 일보다는 훨씬 쉽단다. 난 숫자만 분석하면 되거든. 숫자는 깔끔해서 좋아. 피도, 죽음도 볼 일이 없지. 살인범이 누구인지에는 관심이 없고. 숫자는 거짓말을 안 해."

"그래서 숫자가 뭐라고 하던가요?"

위니프레드가 검은색 바인더 두 개를 코너 쪽으로 밀어 주었다. "왼쪽 거는 라스롭 갤러리의 대차대조표야. 베스가 피트와 결혼한 해까지의 갤러리 수익과 손실, 월급, 이득, 미술품 구매 및 판매 내역이 담겨 있어. 오른쪽은 베스의 신탁 서류고."

코너가 오른쪽 바인더를 집어 들어 펼쳐 보았다. 위니프레드가 페이지마다 달아 놓은 주석과 밝은 색 포스트잇을 붙여 둔 곳이 보였다.

"복잡한 신탁이야. 원래는 마틸다 하크니스가 작성해 둔 거지." 위니프레드가 말했다.

코너는 첫 장을 훑어보았다. 살펴볼 내용이 한두 가지가 아니었다. "내용을 요약해 주실 수 있어요? 피트가 언제 뭘 받을 수 있는지에 중점을 둬서요. 갤러리 절반을 가질 수 있나요? 아니면 케이트와 나눠야 하나요?"

"둘 다 아냐. 베스의 갤러리 지분은 케이트의 감독 하에 바로 샘에게 넘어가. 부동산, 미술 작품들, 그 밖에 다른 자산, 갤러리 사업 전체가 포함된 거지. 피트는 아무것도 못 받아."

"아무것도요?"

"베스가 자신의 투자 자금에서 상당량의 금액을 빼서 피트에게 남겨 놓았어."

"얼마요?" 코너가 페이지를 넘기면서 물었다.

"150만 달러."

그 말에 코너는 돌처럼 딱딱하게 굳어버렸다. "우아, 그거 살해 동기가 될 만한데요."

"베스의 전 재산이 7,500만 달러에 달한다는 걸 생각하면 그렇지도 않지. 게다가 피트는 그 돈을 한 푼도 건드리지 못한다고. 그 돈은 신탁에 묶여 있거든. 수탁자는 케이트고."

"그럼……."

"그 돈을 언제 얼마나 쓸지는 케이트의 재량에 달려 있어."

"그래도 150만 달러면 큰돈이에요."

"코너, 피트는 베스와 이혼하면 훨씬 많은 걸 얻어. 혼전계약서를 작성하지 않았거든. 두 사람 사이에 열여섯 살 된 딸이 있는 데다 피트가 베스를 도와 사업을 일구었다고 주장하면 승산이 높다고."

"유언장에 뭐라고 쓰여 있는지 피트도 아나요?"

"유언장이 아니라 신탁이야." 위니프레드가 코너의 말을 바로잡았다. "신탁 서류는 갤러리의 베스 컴퓨터에 저장돼 있었어. 변호사가 베스한테 보낸 편지에 첨부돼 있었지."

"피트한테 비밀번호를 알려 줬을지 모르겠네요."

"비밀번호가 설정되어 있지 않았어. 기술팀원들은 베스 사후에 신탁 서류를 열어 본 흔적이 있다고 했고." 위니프레드가 잠시 말을 멈췄다. "베스의 지메일 계정 비밀번호는 알아내기 아주 쉬웠지."

"설마 샘의 생일?"

"그래, 거기다가 팝콘과 베스 이름, 피트와의 결혼기념일을 합친 거였어."

"피트가 신탁에 이의를 제기할 수 있나요?"

"아니. 절대 깰 수 없게 작성된 신탁이야. 피트는 갤러리 사업에서 손을 떼야 해. 수탁자인 케이트가 허락해야만 현재 집에 머물 수 있고. 다소 사치스러운 피트의 씀씀이로 봐서는 지금 갖고 나갈 수 있는 돈으로는 2년도 겨우 버틸걸. 현명한 투자 조언을 받지 않는다면 말이야."

"그러니까 피트의 재정 상태는 더 나아졌을 거다……."

"베스가 살아 있었다면 말이야. 피트에게는 이혼이 훨씬 나았어. 살인이 아니라." 위니프레드가 말했다.

"피트의 재정 상태가 살해 동기가 됐을 수도 있죠." 코너가 말했다.

"미안하지만 네가 듣고 싶은 결과는 나오지 않은 것 같아. 피트의 유죄 입증에 도움이 될 만한 자료가 아냐."

피트의 하드 드라이브 검색 결과도 그랬지. 코너가 생각했다. 에이허브 선장은 결국 흰 고래를 잡다가 죽었다. 그것이 바로 집착의 결과였다. 코너는 시야를 가리는 흐릿한 안개를 걷어내려는 듯 고개를 가로저었다. 위니프레드의 말이 맞았다. 그녀의 일이 훨씬 쉬웠다. 숫자는 거짓말을 하지 않으니까. 누가 범인인지에는 신경 쓰지 않으니까.

"한눈팔지 마라." 코너가 큰소리로 말했다.

"들어 봤던 말이네."

"네, 아버지께서 항상 하시던 말씀이죠."

"넌 할 수 있어. 이 사건을 해결할 거야."

"그렇게 말해 주시니 감사합니다."

"나한테는 피트가 살인범인지 아닌지 알아낼 방법이 없어. 피트가 살인자일 수도 있겠지. 돈 말고도 살해 동기는 많으니까."

"맞아요." 코너는 이렇게 말했지만 속마음은 그렇지 않았다. 더 이상 말하고 싶지 않았다. 충분한 증거도 없이 들끓는 감정에 휘둘려 사건을 조사한 것만 같았다. 한눈팔지 말라는 아버지 말씀의 정반대로 행동한 것이었다. 아버지가 봤다면 자랑스럽게 여기지 않았을 게 분명했다. 코너 자신도 자신이 자랑스럽지 않았다.

코너는 위니프레드를 안아 주고는 정문까지 바래다주었다. 그러고는 사무실로 돌아와 책상을 응시했다.

다시 시작해야 할 때였다.

44

케이트는 팝콘을 데리고 해안가 산책에 나섰다. 샘은 위층에서 숙제를 하고 있었다. 어두컴컴한 바다가 주황색 불빛을 받아 일렁였다. 부식된 격벽과 바위투성이 해안가에는 낡은 타이어와 부서진 말뚝, 침몰한 보트에서 떨어져 나온 유리섬유 조각이 흩어져 있었다. 전부 다 썰물이 빠져나가고 남은 것들이었다. 기차 소리와 뱃고동 소리의 불협화음 속에서 케이트는 마음의 안정을 가져다 주는 백색소음을 찾아냈다. 그럼에도 벌집 모양 오븐에 숨겨져 있었던 〈달빛〉과 20년도 더 전에 피로 그렸던 하트 무늬로 어지러워진 생각은 가라앉을 기미가 없었다.

다시 집으로 돌아가는 길에 집 앞 건너편의 해양 박물관 계단에 앉아 있는 사람이 보였다. 케이트가 가까이 다가가자 남자가 일어섰다. 가로등 불빛 아래에 선 남자는 제드였다. 팝콘이 기쁜 듯이 온

몸을 흔들며 부산스럽게 달려갔다. 제드는 손을 뻗어 팝콘을 토닥여 주었다.

"그래, 그래, 착하지." 제드가 팝콘을 달랬다. 그러고는 케이트를 올려다보며 말했다. "당신을 기다리고 있었어요."

"제가 여기 사는 건 어떻게 알았어요?" 케이트가 물었다.

"베스가 알려 줬어요. 우린 수프 키친에서 일을 끝내고 산책을 했죠. 베스는 항상 절 이리로 이끌었어요. 베스는 당신을 사랑했어요."

동생 이야기가 나오자 케이트는 하늘을 올려다보았다.

"알아요." 케이트가 말했다.

"베스는 당신에게 더 가까이 가고 싶어 했어요. 당신한테 우리 관계를 알려 주고 싶어 했죠. 여기를 지나갈 때마다 당신이 밖으로 나오다가 우릴 발견하기를 바랐어요."

"왜 그냥 집으로 들어오지 않았죠?"

"당신이 어떻게 나올지 걱정했거든요. 우연히 마주치는 게 좋을 거라고 생각했죠. 대놓고 말하면 당신이 충격을 받을까 봐 꺼렸어요."

케이트는 자기 집의 기다란 창문을 힐끗 올려다보았다. 불이 모두 켜져 있는 걸 보니 샘이 아직 깨어 있는 모양이었다.

"여기는 왜 왔어요?" 케이트가 물었다.

"당신은 이 세상에서 나만큼이나 베스를 사랑했던 유일한 사람이에요. 물론 샘도 있지만 샘한테는 이런 이야기를 할 수 없죠. 베스가 너무 그리워서 견딜 수가 없어요, 케이트. 전 그냥 당신과 베스 이야기를 하고 싶어요."

"네, 좋아요." 케이트가 말했다.

"차 한잔 같이 할래요?" 제드가 물었다.

두 사람은 자정까지 영업을 하는 위치파이어 티하우스까지 두 블록을 걸어갔다. 가게 뒤쪽 테이블에 앉은 테살리아가 타로카드를 읽고 있었다. 두 사람이 입구에 걸린 종을 울리며 들어갔을 때도 테살리아는 고개를 들지 않았다. 케이트와 제드가 자리를 잡고 앉았고, 팝콘은 테이블 아래에 들어가 페인트칠 된 나무 바닥에 드러누웠다. 금발머리에 파란색 줄무늬 옷을 입고 코걸이를 한 젊은 여종업원이 주문을 받아 갔다. 커다란 얼 그레이 한 주전자.

"베스가 당신과의 관계를 저한테 알리고 싶어 했다고 했죠? 그게 정확히 무슨 뜻이죠?" 케이트가 물었다.

"우린 함께였어요. 베스는 제 사람이었고, 전 베스의 사람이었죠." 제드가 말했다.

케이트가 제드를 유심히 살펴보았다. 제드는 서른을 훌쩍 넘은 나이 같지 않았다. 베스보다 일고여덟 살 어려 보였다.

"베스가 결혼한 여자라는 사실은 문제가 되지 않았나요?"

"피트는 베스 곁을 지킬 자격이 없었어요. 나쁜 놈이죠. 베스도 할 만큼 했고요. 베스는 샘을 위해서 아무렇지 않은 척했지만 더 이상은 견딜 수 없었어요. 그래서 피트를 떠나려 했죠."

"당신과 함께하려고요?"

"베스와 전 이미 함께였어요."

"하지만 베스는 제부와 같이 살았죠."

"머무는 곳은 그다지 중요하지 않아요. 감정과 의지가 중요하죠."

제드는 왼손을 내밀어 케이트에게 반지를 보여 주었다. 미세한 무늬가 새겨진 백금 아니면 화이트골드 반지였다. "베스가 준 거예요. 저도 베스에게 반지를 선물했죠. 우리가 같이 디자인한 반지예요. 결혼반지로 쓰려고 했는데 그때까지 기다릴 필요가 있을까 싶어서 끼기 시작했어요. 이건 서로에 대한 약속의 증표였어요."

서로에 대한 약속. 몇 시간 전에 케이트가 떠올렸던 피로 맺은 자매 의식에서 나왔던 말이었다. 케이트는 테이블 위로 몸을 기울여 반지의 세심한 세공을 좀 더 자세히 살펴보았다. 하지만 불빛이 어두워서 자세히 보이지 않았다.

"얼 그레이요." 종업원이 파란색과 하얀색 본차이나 주전자와 짝이 안 맞는 이 빠진 자기 컵과 컵받침을 내려놓으면서 말했다. 그러고는 차를 따르고, 백랍 설탕 그릇을 다른 테이블에서 가져와 우유 주전자와 함께 내려놓았다.

"베스는 반지를 끼지 않았어요." 종업원이 자리를 뜨자마자 케이트가 말했다.

"저랑 함께 있을 때만 꼈죠."

"제부가 당신에 대해 알고 있었나요?"

제드는 인상을 찌푸렸다. 곤란한 표정을 지었지만 차에 설탕을 넣어 휘젓기만 할 뿐 아무 말도 하지 않았다.

"제부가 알았어요?" 케이트가 다시 물었다.

"모르겠어요. 베스는 피트한테 말하려고 했어요."

"뭘요?"

"절 사랑한다고요. 이혼하자고요."

케이트는 상체를 더욱 꼿꼿이 세웠다. 코너가 했던 말이 생각났다. 피트가 모든 걸 잃고 울분을 터트렸을 수 있다고 했다.

"언제요?"

"음, 피트가 항해를 떠나기 며칠 전에 만났을 때 조만간 피트한테 말할 거라고 했어요." 제드가 잠시 말을 멈췄다. "하지만 베스가 그 이야기를 했는지는 잘 모르겠어요."

"베스가 이야기 안 해주던가요?"

"그 후로 베스와 만나지 못했어요. 그날 우리는 함께 있었죠. 제 텐트에서요. 그게 이상하다고 생각하지는 마세요. 베스는 제가 아는 사람들 중에서 가장 세련되고 우아한 여성이었지만 제 텐트에서 행복해했어요. 그곳에서는 온갖 헛소리를 다 떨쳐 버리고, 불행한 기억도 모두 내려놓고 그냥 자기 모습 그대로 있을 수 있었거든요. 그날 베스는 텐트를 떠났고, 전 피셔스 아일랜드로 향했죠. 베스는 피트와 이야기하겠다고 했지만 그 후에 어떻게 됐는지 말해 주지 않았어요."

"왜 베스를 만나러 가지 않았어요?"

제드는 차를 휘저으면서 한참 동안 말이 없었다. 호박색 액체 속에서 우유가 휘휘 맴돌았다. 제드는 할 말을 찾고 있는 것 같았다. 할 이야기를 지어내려는 걸까? 케이트는 가만히 기다렸다.

"그러고 싶었죠. 피셔스에서 페리를 타고 나와 베스를 만나러 가고 싶었어요. 하지만 베스가 피트한테 설득당했을까 봐 두려웠어요. 마음을 바꿨을까 봐서요." 마침내 제드가 속마음을 털어놓았다. "저한테 말해 주고 말고는 베스 마음이었는데 베스는 연락하지 않았죠."

"진짜요? 하지만 당신은 아주 확신했잖아요. 서로 반지를 교환했고, 약속을 했다고요."

"네, 그랬죠. 저도 베스를 의심하는 제가 싫어요. 하지만 전 허접한 텐트에 사는 남자잖아요. 베스는 베스 우드워드고요. 우드워드 가문 출신이죠. 어쩌면 베스는 그걸 다 포기하기 싫었는지도 모르죠."

그 돈은 제부가 아니라 베스 거야. 다 포기해야 하는 사람은 제부지. 케이트는 속으로 이렇게 생각했지만 입 밖으로 나온 말은 달랐다. "베스는 한번 한 약속은 꼭 지켜요." 진짜로 그럴까? 피의 맹세를 하고 난 후에도 케이트는 베스와 가까워지지 못했다. "당신이 아이 아빠예요?"

"어떻게 생각하세요?"

"아이 아빠 맞아요?"

"제 텐트에 가 봤잖아요. 초음파 사진도 가져갔고요."

"반지에 아이까지 있는데도 베스와 연락이 되지 않았을 때 베스를 찾아가지 않았군요. 뭐가 잘못됐는지 알아보러 갔어야 하지 않나요? 임신 중인데 무슨 문제가 생겼는지 궁금하지 않았어요? 당신이 아이 아빠라면 더 신경 써야 했을 텐데요."

"베스가 말해 주지 않았어요. 됐어요?"

"매튜 아빠가 누구인지 말 안 해 줬다고요?"

"네. 베스가 임신 사실을 처음 알았을 때는 제가 아이 아빠라고 했어요. 하지만 죽기 한 달 전쯤에 말을 바꿨어요. 피트의 아이일지도 모른다고 했죠."

"베스가 아이 아빠가 누군지 알고 있기는 했나요?" 케이트가 물었다.

"분명히 알았을 거예요. 베스가 절 만나기 시작했을 때는 피트와 부부관계를 갖지 않았어요. 베스는 1년이 넘었다고 했어요. 그래서 전 제가 아이 아빠라고 확신했죠."

제드의 목소리가 슬픔에 잠겨 있는 것 같았다.

"그럼 베스가 죽기 한 달 전에 무슨 일이 있던 거죠? 왜 베스가 확신하지 못했을까요?" 케이트가 물었다.

"저도 몰라요. 어쩌면 피트와 딱 한 번 관계를 가졌을지도 모르죠. 아니면 피트가 강요했거나요. 어느 쪽이 진실이든 전 생각도 하기 싫어요. 베스가 죽기 6개월 전이었어요. 그때가 2월이었죠. 매튜를 임신했을 때였어요. 우린 정말 행복했어요. 베스의 임신 사실을 알기 전에도 우린 함께 하고 싶었죠."

케이트는 생각에 잠겼다. 베스가 의심을 품었다면 왜 제드에게 초음파 사진을 줬을까? 지난여름에 제드를 밀어낼 만한 일이 일어났던 걸까?

"힘들었겠군요." 케이트가 말했다.

"젠장, 네, 힘들었죠. 하지만 마음속으로는 제가 매튜의 아빠라고 확신했어요. 그냥 그렇다는 느낌이 와요, 케이트. 베스는 절 만나기 한참 전부터 피트와 관계를 갖지 않았다고 했어요. 그런데……." 제드가 고통스러운 기억을 떠올리는지 말꼬리를 흐렸다. "임신하고 나서 얼마 후부터 베스가 우울해지기 시작했어요."

"아기 때문에요?"

"모든 게 다 슬펐나 봐요. 많이 울었죠. 전 베스를 어떻게 도와줘야 할지 몰랐어요. 베스는 샘이 우리 사이를 알면 속상해할 거라고 했어요. 그렇지 않아도 타일러 때문에 힘들어하고 있는데 말이죠. 베스는 샘 걱정을 진짜 많이 했어요. 전 샘에게 새아빠가 돼 주겠다고 말했죠. 베스를 돕기 위해서라면 뭐든 할 수 있었어요. 그런데 베스는 저한테서 멀어지려는 것 같았어요."

"베스가 더 자세히 말해 주던가요?"

"자신이 자기 인생을 망쳤다고 했어요. 모든 게 너무 복잡해졌다고 했죠. 전 베스에게 사랑한다고 말했어요. 아기도 사랑한다고 했어요. 절 믿고 의지해 달라고 했죠. 그녀가 인생을 망친 게 아니라고, 우린 잘 살 수 있을 거라고 말했어요."

제드의 목소리에서 열정과 슬픔이 묻어났다. 케이트는 제드가 계속 말하기를 기다렸다. "바로 그때 베스가 '그 누구에게도 의지할 수 없다'고 했어요. 전 충격을 받았죠. 베스가 무슨 말을 하는지도 몰랐어요. 베스는 저와 피트 사이에서 어떻게 해야 할지 모르겠다고 했어요. 다 피트 때문이에요. 그 사람이 베스를 망쳐 놨어요. 그가 베스를 못살게 굴었기 때문이라고요."

"하지만 베스는 아이를 가져서 행복해했어요. 행복하다는 이야기를 직접 들었고, 베스의 눈빛에서도 읽을 수 있었다고요." 케이트가 말했다.

"알아요. 베스는 매튜를 사랑했죠. 그 외의 다른 상황들 때문에 힘들어했어요. 저도 그에 한몫했죠."

"당신이요?"

"베스는 절 사랑했어요. 하지만 부담감을 느끼는 것 같았어요. 전 베스에게 부담을 주고 싶지 않았지만 베스의 마음은 또 그렇지 않은 모양이었어요. 절 계속 기다리게 만들고 싶지 않았지만 피트를 떠나 샘의 인생을 뒤집어 놓을 수 있을지도 자신하지 못했어요." 제드가 고개를 가로저었다. "샘이 캠프에 가고 피트가 항해 여행을 떠나자마자 베스가 상황을 정리할 거라고 생각했죠. 저한테 진실을 말해 줄 거라고요. 제가 아이 아빠라고 말해 줄 거라고요. 베스가 중간에서 갈팡질팡하지는 않을 거라고 믿었어요."

"하지만 당신은 베스를 만나러 가지 않았죠. 왜 그랬어요, 제드? 베스가 진실을 말해 줄 거라고 믿었다면 왜 베스한테 가 보지 않았어요?"

"말했잖아요! 전 피서스 아일랜드에 있었다고요. 베스가 주선해 준 일이었어요. 자기 친구네 집에 머물면서 그 집 손자들에게 드로잉을 가르쳐 달라고 했다고요. 사실 전 거기 가기 싫었어요. 베스가 피트와 이야기를 나누고 나면 베스와 함께 우리의 앞날을 축하하고 싶었죠. 그때 전 우리가 남은 평생 동안 함께할 거라고 생각했어요."

"베스한테 피셔스 아일랜드에 가기 싫다고 말했나요?"

"물론 했죠. 하지만 베스가 절 위해서 만들어 준 자리였고, 저도 돈 벌 수 있는 일을 거절하기 싫었어요. 돈을 벌어서 제 앞가림은 하고 싶었거든요. 베스는 혼자만의 시간이 필요하다고 했고요. 많은 것들이 베스를 짓누르고 있었죠. 모두를 행복하게 해 주고, 샘과 자신이 사랑하는 모두를 위해 옳은 일을 해야 한다는 책임감에 파묻혀 허우적대고 있었어요. 전 저한테 필요한 사람은 당신뿐이라고 말했지만 베스는 아무 대답도 하지 않았어요." 제드는 숨이 막히기라도 하는 것처럼 기침을 해 댔다. 제드의 두 눈에서 눈물이 흘러내렸다.

그런 제드를 지켜보던 케이트는 긴장으로 몸이 뻣뻣해졌다. 제드의 감정이 뜨겁게 달아올라 쏟아져 나왔다. 그 열기가 얼굴에 느껴지자 케이트는 뺨이 데일 것만 같았다.

"전 어떻게 생각해야 할지 몰랐어요." 제드가 금방이라도 폭발할 것 같은 목소리로 말했다. "베스가 마음을 바꿨는지도 모르죠. 죄의식과 부담감이 너무 커서 견딜 수 없었는지도 몰라요. 솔직히 전 화가 났어요. 상처도 받았고요." 제드의 온몸에서 분노가 피어오르는 것 같았다. 제드는 심호흡을 하고 케이트를 힐끗거렸다. "제가 왜 그랬을까요? 베스가 절 필요로 했을 때 전 자괴감에 빠져서 아까운 시간을 낭비했어요."

케이트는 아무 대답도 할 수 없었다. 아니 제드를 쳐다볼 수도 없었다.

"이런 제가 싫죠? 저도 제가 미워요. 제가 좀 더 일찍 베스한테 갔다면 그 일을 막을 수 있었을 텐데."

"네, 그랬다면 좋았겠죠."

"베스한테 그런 일이 일어날 줄은 생각도 못했어요. 그가 베스한테 그런 짓을 할 줄이야." 제드의 목소리가 갈라졌다. "베스를 죽일 줄은 꿈에도 몰랐어요."

"제부도 당신이 아이 아빠라고 생각했어요?" 케이트가 물었다. 피트가 그 사실을 알았다면 베스를 죽였을지도 모른다고 생각하자 속이 메슥거렸다.

"그건 모르겠어요."

"당신은 화가 났다고 했죠? 피셔스 아일랜드에 가지 않겠다고 할 수도 있었잖아요. 베스가 제부한테 다 말하고 나면 자축할 일만 남는다는 걸 알았을 텐데요."

"제가 얼마나 자책하고 있는지 모를 겁니다. 매일 그 생각을 해요. 베스가 피트에게 뭐라고 했을까? 피트는 어떻게 나왔을까? 베스의 마지막 날은 어땠을까? 그 생각을 하면 미칠 것만 같아요. 당신이 뭐라고 하든 상관없어요. 지금 제 기분은 더 나빠질 수 없을 만큼 끔찍하니까요."

"미안해요." 케이트는 목구멍이 꽉 막히는 것 같았다. 자신도 베스의 마지막 날이 어땠을지 얼마나 곱씹어 생각했던가?

제드가 일어나서 나가려고 했다. 그 순간 케이트의 손이 불쑥 튀어나가 제드의 손목을 잡았다.

"가지 마요, 제드. 동생이 사랑받았다는 걸 알게 돼서 기뻐요. 동생이 당신과 함께 있어서 행복했다니 다행이에요. 전 당신이 한 말을 믿어요."

"베스는 행복했어요. 우리 둘 다 행복했죠."

"당신이 그렸던 베스 그림이요. 아름다웠어요. 그냥 보기만 해도 당신이 베스를 얼마나 사랑했는지 알 수 있었죠."

"네, 정말 그랬죠.

"한 가지 더 물어봐도 될까요? 어떻게 거기다가 텐트를 칠 생각을 했어요?"

"베스가 알려 준 곳이에요. 꽃을 그리러 그 섬으로 가자고 했어요. 그때 언덕 위에 있는 그곳을 저한테 보여줬죠. 소나무 아래에 가려진 곳이었어요. 베스는 그곳에서 들리는 개울 소리를 좋아했어요."

개울.

케이트는 여전히 눈물로 얼룩진 제드의 얼굴을 들여다보았다. 제드의 두 눈은 먼 곳을 응시하는 것 같았다. 마치 자신이 마음 쓰는 모든 것들이 저 멀리에 있다는 듯이. 누군가를 흠모하고 누군가에게 사랑받는 건 어떤 느낌일까?

"반지 보여 줄 수 있어요?" 케이트가 물었다.

제드가 손가락에서 반지를 빼 케이트의 손바닥에 올려놓았다. 살갗에 닿는 금속이 따뜻하게 느껴졌다.

"당신이 디자인했다고요?"

"우리 둘이 같이요. 하트는 베스가 디자인했고, 글은 제가 골랐어요. 두 개의 반지에 같은 글귀가 적혀 있어요. 제 아이디어였죠. 베스를 위해 베스에 관한 글귀를 골라 제 피부에 닿는 곳에 두고 싶었어요."

케이트는 벽에 걸린 청동 촛대에서 깜박거리는 에디슨 전구 쪽으로 반지를 들어 올렸다. 글귀가 아주 작게 새겨져 있었지만 알아볼 수 있었다.

"베스가 읽어 줬던 시의 한 구절이에요." 제드가 말했다.

케이트는 눈을 감았다. 아무 말도 할 수가 없었다. 〈서쪽으로 흐르는 시냇물〉에 나오는 구절이었다. 베스와 제드는 서로에게 북쪽이었고, 시냇물은 서쪽으로 흘렀다.

"피트는, 아니 많은 사람들이 베스가 안정적인 생활을 누리고 있다고 생각했어요. 보이는 게 전부라고 생각했죠. 큰 집에 살면서 고가의 미술품을 다루고 부유한 수집가들을 상대하는 여자라고요. 하지만 베스는 절 위해서 그 모든 걸 내려놓고 어디든 자유롭게 다니며 모든 걸 생생하게 느껴 보고 싶어 했어요."

케이트는 사랑의 상반성을 표현한 그 시를 생각하며 침묵했다.

잠시 후에 다시 케이트가 말을 꺼냈다. "베스는 샘을 포기하지 않았을 거예요."

"네, 절대요. 샘을 위해 피트와 싸웠을 겁니다. 우리 둘 다요."

케이트는 반지를 돌려서 다른 무늬를 살펴보았다. 하트 무늬는 베스가 디자인했다고 했다. 각각의 하트 무늬 아래에는 점 세 개가 있었다.

"이 점은 타원이네요? 사랑이 계속 된다는 의미예요?" 케이트가 물었다.

"아뇨. 그건 핏방울이에요."

케이트의 맥이 빨라졌다. 캔버스 뒤쪽과 마틸다 집에 있는 바사리의 책 《예술가들의 삶》 마지막 장에 그려진 하트 무늬가 떠올랐다.

"피의 하트."

"네." 제드가 놀란 듯한 목소리로 말했다. "베스도 그렇게 말했어요."

"〈달빛〉을 본 적 있어요? 그림이요."

"베스한테 들었어요. 당신들이 묶여 있었고 엄마가 돌아가셨던 그 사건이 일어났을 때 도난당한 그림이라고요."

"그 그림 뒷면은 못 봤어요? 그림이 없는 부분이요. 거기에 뭐가 있었는지 못 봤어요?"

"네. 베스는 그 그림을 저한테 보여 주지 않았어요. 그건 왜 묻는 거죠?"

"그냥요." 케이트가 반지의 하트 무늬에서 시선을 떼지 않은 채 물었다. "그냥 궁금해서요. 베스는 반지를 어디에 보관했어요?"

제드가 주머니에 손을 넣어서 반지를 꺼내 테이블 위에 올려놓았다.

제드의 것보다 작고 아름다운 반지였다. 베스가 꼈던 반지. 케이트는 반지를 집어 들었다. 눈을 감고 동생의 열정을 느껴 보았다. 손으로 반지를 이리저리 굴려 보는데 제드가 반지를 낚아챘다. 반지가 케이트의 손가락으로 미끄러져 들어가기 직전이었다.

45

개학 후 첫 번째 토요일이었다. 케이트는 철물점에 가서 바다로 유출되지 않는 친환경 젤을 샀다. 그러고는 가방에 안전고글과 장갑을 챙겨 넣었다. 샘과 함께 리틀 비치에 도착한 케이트는 룰루와 스코티, 이자벨을 만나 바위에 칠해진 페인트 자국을 닦아 냈다. 한참 후, 룰루와 스코티, 케이트는 샘과 이자벨에게 남은 일을 맡겨 놓고는 해변 담요에 앉아 아이들을 감독했다. 줄리는 만조선을 따라 걸으며 바다 유리를 찾고 있었다.
　9월 하늘은 8월보다 훨씬 파랬고, 오가는 보트가 적어진 바다는 훨씬 더 깨끗했다. 선선한 바람이 나지막한 파도의 하얀 머리를 쓸고 지나갔고, 해변의 단단한 모래에서 자라는 잡초들이 바람에 흩날려 이리저리 달음질치다 빙글빙글 돌았다. 케이트는 이맘때를 좋아한다. 휴가철이 끝나고 친구들과 함께 해변을 찾는 시기였기 때문이다. 특히 오솔길 위쪽은 사람들이 찾지 않는 숨겨진 곳이라 아늑하고 은밀해서 훨씬 더 고립된 느낌이었다.

케이트는 물가로 걸어가 조수에 떠밀려 온 유목 하나를 주워 들었다. 소금과 태양에 색이 빠지고 껍질이 벗겨진 은빛 유목은 30센티미터 정도 길이의 가늘고 날카로운 나뭇가지 토막이었다. 담요로 돌아가자 스코티는 닉과 통화 중이었고, 룰루는 등을 대고 누워 태양을 마주 보고 있었다.

스코티의 통화가 끝나기를 기다리며 케이트는 자신의 오른손 집게손가락을 쳐다보았다. 십 대 시절에 마틸다의 서재에서 손가락의 피를 눌러 짜냈던 그날 이후로 거의 1년 동안 미세한 흉터가 남아 있었다. 그 흉터는 오래전에 사라져 이제는 흔적조차 남지 않았다. 스코티가 전화를 끊고는 손으로 햇살을 가린 채 케이트를 쳐다봤다.

케이트는 해변 담요 옆쪽의 모래를 평평하게 펴고는 주워 온 나뭇가지로 K, B, L, S라고 적고, 가장자리에 하트를 그렸다.

"이거 기억해?" 케이트가 물었다.

"피로 맺은 자매들. 그 책에 그렸던 거잖아." 룰루가 말했다.

"오래전 일이지." 스코티가 말했다.

"시간은 중요하지 않아." 케이트가 말했다.

"맞아. 나한테도 그래." 룰루가 손을 뻗어 케이트의 손을 잡으면서 말했다.

"감상적인 기분이 들어서 그래?" 스코티가 물었다.

"혼란스럽다는 게 더 맞겠지." 케이트가 말했다.

"뭣 때문에?" 룰루가 물었다.

"동생의 비밀 때문에." 케이트가 대답했다.

"우리가 그 비밀을 숨겨 줬고." 룰루가 말했다.

"우릴 탓하는 거니?" 스코티가 물었다.

"서로 비밀을 갖지 않기로 약속했잖아." 케이트가 말했다.

"그때 베스와 난 열네 살이었어. 너희는 열다섯 살이었고. 비밀이 뭔지도 모를 때였지. 저 애들을 봐." 스코티가 샘과 이자벨을 향해 고개를 까딱거렸다. "자기들은 다 자랐다고 생각하겠지만 아직 애기야."

"그때도 우린 비밀이 뭔지 정확하게 알았어." 케이트가 천천히 말했다. "우리가 어렸을 때도 말이야. 비밀이 얼마나 강력한지, 얼마나 큰 상처를 줄 수 있는지 알았다고. 오히려 자라면서 그 사실을 잊어버린 것 같아. 베스의 진짜 삶이 어땠는지 전혀 모르겠어."

"제드와의 관계 이야기야?" 룰루가 물었다.

케이트가 고개를 끄덕였다. "베스는 제부를 떠나려고 했어. 제드와 결혼하고 싶어 했고. 그런데도 난 제드란 사람이 존재하는지도 몰랐지."

"케이트, 좀 잔인한 소리처럼 들릴지도 모르겠는데……." 스코티가 말을 꺼냈다.

"무슨 말을 하려고 그래?" 룰루가 냉랭한 목소리로 끼어들었다.

"내 말을 어떻게 받아들일지는 네 맘이야. 여하튼 베스는 사랑에 빠졌어. 미친 듯이 사랑에 빠져서 눈이 멀 정도였지. 그런 감정은 비밀로 해야 더욱 달콤해지는지도 몰라. 하지만 베스의 사랑은 어느 하나로 정의할 수 있는 게 아니었어. 몇 가지 문제들이 얽혀 있어서…… 베스는 자기 마음을 정할 수가 없었어. 게다가 너한테는 좀 예민하게 굴었지."

"왜?" 케이트가 물었다.

"넌 사랑에 관심이 없잖아. 이성 간의 사랑 말이야."

"스코티, 그 물병에 든 거 보드카 아냐?" 룰루가 물었다.

"스코티 말이 맞아." 케이트가 수긍했다.

"넌 베스를 사랑했어. 샘도 사랑하고 우리도 사랑해." 룰루가 케이트를 달랬다.

"이성과 사랑에 빠지는 거랑은 다르지." 스코티가 말했다.

"넌 그 입 좀 다물어 줄래?" 룰루가 스코티에게 짜증난 듯 말했다.

"좋은 뜻에서 하는 말이야. 이 사람이다 싶은 사람을 찾는 게 얼마나 힘든 일인지 알아? 심지어는 그런 사람을 찾고 나서도 모든 게 악몽으로 변해 버릴 수도 있다고. 요즘 닉은 매일 달리기하고 운동하러 나가는 것 같아. 뭔가를 피하려고 하는 게 분명해. 날 피하는 것만 아니면 좋겠는데, 하. 또 헛소리 하고 있네. 내 말에 기분 상했다면 미안해, 케이트."

"괜찮아." 케이트는 자신은 괜찮다고, 기분 상하지 않았다고 친구들을 안심시켜 주려는 듯 환한 미소를 지었다. "그런데 스코티, 베스가 마음을 정할 수 없었다는 게 무슨 말이야?"

스코티가 잠시 인상을 찌푸렸다가 말을 꺼냈다. "음, 그게."

순간 케이트는 스코티가 속이야기를 털어놓으려 한다는 사실을 깨닫고 놀라 정신을 바짝 차렸다. "그냥 말해 줘. 내 기분이 상할까 봐 걱정하지 말고."

"좋아. 그게 임신 때문이었어. 넌 겪어 보지 않아서 상상도 못하겠지만…… 아, 미안. 예비 엄마가 되면 결정을 내리기가 어려워져."

"피트와 함께 살지 말지 결정하는 거?" 룰루가 물었다.

"그런 거." 스코티가 수긍했다.

"베스가 뭐라고 했어?" 케이트가 물었다.

"베스는 엄청난 부담감을 느꼈어. 모두 다 행복하게 해 줘야 한다고 생각했지." 스코티가 말했다.

제드가 했던 말이야. 케이트는 속으로 이렇게 생각했다.

"결국에는 베스 자신의 도덕적 나침반이 망가질 정도가 되어 버렸어." 스코티가 계속 말했다.

"도덕적 나침반?" 룰루가 불신 가득한 목소리로 말했다. "베스는 훌륭한 사람이었어. 속이 깊어 다 헤아릴 수 없는 사람이었지."

"그래, 그랬지. 나도 베스한테서 많은 걸 배웠어. 수프 키친에서도 그랬고. 베스는 거기서 식사만 나눠 준 게 아니었어. 모든 사람들 옆에 앉아서 그들의 이야기를 들어 주고 싶어 했지. 그들의 삶에 관심을 가졌어. 나도 그런 베스를 따라했고. '제가 참 좋은 사람이에요'라고 오만하게 자랑하려고 거기 가는 게 아니야. 난 수프 키친에 가는 날을 좋아하게 됐어. 새로운 친구들을 사귀고 싶어서. 그곳에서 곤경에 처했지만 자신들의 상황을 바꾸려고 애쓰는 사람들을 만나고 싶었지."

"네가 그렇게 그 일에 열심인지는 몰랐어." 케이트가 말했다.

"말했잖아. 베스한테 배웠다고. 베스를 알았던 사람들은 베스를 끔찍하게 그리워하고 있어. 베스 사건이 어떻게 됐는지 듣고 싶어 하지. 나는 최선을 다해서 그들에게 소식을 전해 주고, 그들의 감정을 풀어내 주려고 애쓰고 있어. 그런 감정들이 얼마나 생경한지 넌 절대 모를 거야. 고루한 블랙홀에서 느낄 수 있는 감정과는 완전 달라."

케이트는 스코티에게 미소를 지었다. 스코티의 말에서 베스의 열정을 느낄 수 있었다. 룰루는 담요 위에 사지를 쭉 뻗고 누워 9월의 햇살을 만끽했다. 스코티는 케이트의 손을 꽉 잡고 '사랑해'라고 입만 벙긋거렸다. 그러고는 휴대전화 화면을 내려다보며 페이스북을 검색했다.

사랑. 케이트는 사랑이라는 말을 곱씹어 보았다. 사랑, 사랑해, 사랑, 사랑해. 케이트에게는 너무나 생소한 마음이자 감정이었다. 갤러리에서 키스할 듯 가까이 다가서 있었던 한 남자와 여자의 모습이 머릿속에 떠올랐다. 그때 케이트는 들끓는 욕망을 느꼈다. 너무나 강렬해서 감당하기 힘든 감정을 품고서 다가섰던 코너. 결국에는 그런 코너를 밀어내 버렸던 그녀.

샘과 이자벨은 여전히 화강암 바위 앞에서 반짝거리는 페인트를 닦아 내고 있었다. 바위의 부드러운 갈빛과 회색빛이 다시 드러나면서 펄화이트 석영 줄무늬도 보이기 시작했다. 케이트는 해변가로 내려갔다. 베스가 스코티와 함께 수프 키친에서 일하는 모습을 그려 보았다. 베스는 지금도 스코티를 이끌어 주고 있는 것 같았다.

불쑥 튀어나온 다음 바위에 닿기 직전에 케이트가 멈춰 섰다. 케이트는 만조선에서 해초 더미를 치우고 유목 토막으로 모래에 글씨를 썼다. 웅크리고 앉아서 동생의 이름을 적었다. 자신의 이름도 적었다. 그러고는 하트 두 개를 그리고 핏방울 두 개도 찍어 넣었다. 보름달과 파도 위로 쏟아져 내리는 구불구불한 빛줄기, 지하실로 이어지는 계단도 그렸다. 마지막으로 밧줄에 묶인 채 고개를 숙이고 있는 한 여자와 두 소녀도 막대인간으로 그려 넣었다. 그러고는 그 모든 그림을 감싸 안는 커다란 하트를 그렸다.

46

스코티는 해변가까지 반쯤 내려간 케이트를 바라봤다. 베스가 배 속의 아이에 관해서 극단적인 결정을 내리려고 했다는 걸 알면 케이트가 어떻게 생각할지 궁금했다. 베스는 자기 입으로 직접 말하지는 않았지만 그런 불안감을 내비쳤다. 수프 키친에서도 베스는 몇 주 동안 입덧으로 고생했다. 하루는 스코티가 점식 배식 줄에서 멀리 떨어진 바깥으로 베스를 데리고 나갔다. 닭볶음과 달콤한 감자 냄새가 나지 않은 곳이었다.

"나 어쩌지?" 베스가 말했다. "도저히 감당할 수가 없어."

"그냥 불안해서 그런 거야. 생각을 제대로 못할 만도 해." 스코티가 베스를 달랬다.

"스코티, 너무 걱정돼. 무슨 일이 일어날지, 샘과 우리 가족 전체가 어떻게 될지 몰라서 무서워. 맙소사, 내가 모든 걸 다 망쳤어."

"사랑스러운 아기가 태어날 거잖아. 그게 뭐가 망친 거야?" 스코티가 말했다.

"피트의 아이일까? 아님 제드?"

"그건 중요하지 않아."

"아니, 중요해. 그리고 샘은 어떡해? 안 그래도 우리가 이미 샘을 망쳐 놓은 것 같다고. 샘은 점점 엇나가고 있어. 너도 샘이 이자벨과 함께 있을 때 어떤지 봤지?"

"샘은 잘 견뎌 내고 있어." 스코티는 소스 테이블에서 가져 온 짭짤한 크래커 몇 개의 셀로판 포장지를 찢어 내고 베스에게 하나를 건넸다. 베스는 교회 벽에 기대서 크래커를 조금씩 씹어 먹었다.

"그런 것 같지 않아." 베스가 말했다.

"솔직히 말해서 베스, 네가 왜 이렇게 걱정하는지 모르겠어. 우리 가족을 봐! 우린 완벽한 가족이야. 아니, 완벽하다고 생각해. 닉과 나, 멋진 우리 딸 이자벨. 그리고 줄리까지. 줄리한테는 문제가 있지. 그런 아이를 키우는 게 얼마나 힘든지 넌 상상도 못할 거야. 하지만 난 불평하지 않아. 절대 하지 않을 거야. 물론 어느 정도 희생은 치러야겠지. 하지만 줄리한테 문제가 있다고 우리가 줄리를 덜 사랑하겠어?"

"네가 줄리를 많이 사랑한다는 거 알아."

"두 아이 모두 사랑해. 너도 네 아이들을 모두 사랑할 거야." 스코티가 말했다.

"그래, 알아." 베스가 남은 크래커를 천천히 먹으면서 말했다. "그냥 무서워, 스코티. 내 인생이 이렇게 될 줄은 생각도 못했어."

"그 누구도 자기 인생이 어떻게 될지는 예측 못해." 스코티가 말했다. 베스를 뚫어지게 쳐다보던 스코티는 베스가 무슨 생각을 하고 있는지 궁금했다. 감당할 수 없다는 게 무슨 뜻이었을까? 스코티 자신한테도 많은 문제가 있었지만 베스는 전혀 눈치채지 못했다. 베스에게는 완벽한 집과 돈, 사업, 경력이 있었다. 그런 베스가 망가지는 모습을 보고 있자니 부끄럽지만 이상하게도 짜릿한 기분이 들었다. 모두가 베스를 우상처럼 받들었다. 그런 베스가 자신에게 의지하자 스코티는 더없이 기뻤다. 베스가 자신의 불안감을 드러낼 수 있는 유일한 사람이 스코티였다. 그런 베스를 도와줄 수 있는 사람도 스코티뿐이었다.

수프 키친 손님 두 명이 밖으로 나오고 있었다. 아동가족부에 아이들을 빼앗긴 로잘리와 똑똑한데 잘못된 길로 들어선 마틴이었다.

"안녕하세요?" 베스가 손을 흔들며 인사했다. "다들 잘 지내고 있죠?"

"네, 그럼요. 토요일에 아이들을 만나러 갈 거예요. 아이들과 두 시간을 함께 보내기로 했거든요. 아쿠아리움에 가려고요."

"그거 잘됐네요!" 베스가 환성을 질렀다. 스코티는 그런 베스를 지켜보았다. 베스는 현재 본인이 절망에 빠져 허우적거리면서도 여전히 다른 사람들을 열정적으로 응원해 주고 있었다.

"트레워지 천문관에도 가 보세요. 미스틱 시포트에 있어요." 마틴이 말했다.

"아, 저도 시포트 좋아해요." 스코티가 주변의 분위기에 편승하면서 말했다.

"즐거운 하루 보내세요." 베스가 인사했다. 로잘리와 마틴은 손을 흔들어 주고는 가던 길을 갔다. 스코티는 두 사람이 주류 판매점에 가는 것 같다고 생각했다. 술꾼은 척 보면 알아볼 수 있었다.

"다 잘될 거야." 단둘이 남았을 때 스코티가 베스에게 말했다.

"진짜 그럴까?"

"너 지금 입덧이 심해서 그래. 시도 때도 없이 토할 것 같은데 어떻게 제대로 생각할 수가 있겠어."

"그래, 네 말이 맞아."

"잠깐 걷자. 머리가 맑아질 거야."

"고마워, 스코티." 베스가 스코티를 안아 주며 말했다. "네가 없었으면 어떡해야 할지 몰랐을 거야. 알아차렸을 때는 삶이 이미 걷잡을 수 없이 망가져서 어떻게 할 수 없는 것 같아." 베스가 배를 만졌다.

"무슨 일이 있어도 내가 네 곁에 있을게."

스코티가 셀로판 꾸러미를 내밀자 베스가 크래커 하나를 더 가져갔다.

"천천히 먹어. 너무 빨리 먹으면 속이 메슥거릴 수 있어. 그래, 그렇게."

베스의 그런 모습에, 자신의 말에 귀를 기울이는 모습에 스코티는 가슴이 뭉클해졌다. 베스가 자신의 말대로 하다니. 크래커 하나 먹는 방법에 불과하지만 자신의 조언을 따르다니.

해변에 앉아 있던 스코티는 그때 베스가 자신의 절친한 친구가 아니라 보살펴 줘야 하는 아이나 다름없던 것 같다고 생각했다.

3부

47

11월 16일

룰루는 베스 없이 몇 달이 지났는지 세어 보았다. 여름이 끝났고, 가을이 빠르게 달아났다. 베스의 생일로 시작되는 휴일이 곧 다가오지만 즐겁게 맞이하고 싶어 하는 이는 아무도 없었다. 11월치고는 너무 서늘한 북극 공기가 캐나다에서 밀려 들어왔다. 해질녘 빛이 라벤더 색으로 변했을 때 룰루는 빨간색 플리스 재킷으로 몸을 감싸고 북쪽으로 차를 몰았다. 마틸다의 석조대문을 지나 코네티컷에서 가장 오래된 공동묘지로 향했다.

  도로에 주차한 룰루는 갈색 가죽 가방을 어깨에 걸치고 언덕 꼭대기로 올라갔다. 헤론우드 공동묘지는 독립전쟁 이전에 지어진 벽에 둘러싸여 있었다. 식민지 주민들이 묻혀 있는 이곳 무덤들의 역사는 17세기까지 거슬러 올라간다. 룰루가 이곳을 처음 방문했던 20년 전 5월 후반의 어느 오후에는 베스와 함께 있었다. 베스는 운전허가

증은 갖고 있었지만 아직 운전면허증을 따지 못했고, 케이트는 마틸다와 함께 비행 중이어서 룰루가 베스를 차에 태워 왔다. 그때 베스는 엄마의 무덤에 가 보고 싶어 했다.

두 사람은 너무 오랜 세월 시간과 비바람에 닳고 닳아 문양의 흔적도 남지 않은 묘비와 십자가를 지나쳐 걸었다. 다른 무덤들에는 천사와 해골, 요트 문양이 여전히 새겨져 있었다. 헬렌 우드워드의 묘비는 묘지 북쪽 끝의 독일가문비나무 아래에 있었다. 묘비 위에 자리 잡은 커다란 뿔 달린 올빼미가 한낮의 햇살 아래 잠들어 있었다. 바닥에는 올빼미가 토해 낸 털과 뼈가 가득했다. 베스는 잔디 위에 무릎을 꿇었다. 룰루는 그 옆에 앉았다.

"여기 오니까 기분이 이상해. 뭐라고 해야 할지 모르겠어." 베스가 말했다.

처음에 룰루는 베스가 자신에게 이야기한다고 생각했다. 하지만 베스는 묘비를 바라보고 있었다. 묘비에 새겨진 엄마의 이름과 날짜를 손가락으로 쓸어 보면서 묘비에 가까이 기대 속삭였다.

"사실은 알아. 내가 무슨 말을 하고 싶은지. 엄마가 보고 싶어. 내가 엄마를 얼마나 보고 싶어 하는지 알아? 엄마 진짜 여기 있어? 제발, 여기 내 곁에 있어 줘, 엄마." 베스는 계속 이야기했다.

룰루는 당황스러워 시선을 돌렸다. 자리를 피해 줘야 할까? 하지만 베스는 룰루가 옆에 있는지도 모르는 것 같았다. 룰루는 고개를 들어 가까이 있는 떡갈나무 가지를 바라보았다. 털이 보송보송한 딱따구리가 나무껍질에 패인 홈을 잘 닦인 길인 양 뛰어다녔다.

"아빠는 그런 짓을 하지 않았어." 베스가 묘비를 만지면서 속삭였다. "사람들이 뭐라고 하는지 알지만 난 믿을 수 없어. 아니 안 믿어, 엄마. 아빠는 그럴 사람이 아냐. 그런 일을 할 리가 없어. 우리를 사랑하니까. 다 그 사람들 짓이야. 앤더슨 부부. 조슈아와 샐리가 한 짓이야. 이름은 참 평범해, 그치, 엄마? 그냥 봐도 보통 사람 같아. 언니와 함께 법정에 가서 봤어. 평범한 사람들 같은데 사악했어. 아빠는 나쁜 사람이 아냐, 엄마. 그 사람들과는 달라. 아빠는 엄마한테 그런 일을 하지 않아. 그 사람들이 한 짓이야. 아빠가 아니라 다 그 사람들이 꾸민 일이야. 엄마도 알지?"

"베스." 룰루가 부드럽게 베스를 불렀다.

"언니는 아빠가 그랬다고 믿어. 아빠가 계획했다고. 그건 앤더슨 부부가 한 짓보다 더 끔찍한 일이잖아. 언니는 아빠가 감옥에 들어가서 다행이라고 생각해. 하지만 우린 아빠 가족이잖아. 아빠가 우릴 묶어 놓으라고 했을 리가 없어. 우리가 다치는 걸 두고 볼 사람이 아냐. 엄마가 죽게 내버려 뒀을 리가 없다고. 엄마, 언니는 몰라도 엄마랑 나는 알잖아."

베스가 흐느꼈다. 베스는 쓰러지지 않게 지탱해 주는 지팡이라도 되는 양 묘비에 기대어 있었다. 여전히 무릎을 꿇은 채로 두 팔로 묘비를 끌어안았다. 묘비가 엄마가 묻힌 곳을 표시해 주는 것이 아니라 진짜 엄마라도 되는 것처럼. 룰루는 베스를 묘비에서 떼어 내려 했지만 베스는 어깨를 비틀어 룰루의 손아귀에서 빠져나가더니 엄마의 묘비를 더욱 단단히 끌어안았다.

지금 룰루는 그곳으로 향하고 있었다. 거대한 독일가문비나무는 폭풍에 쓰러졌는지 사라지고 없었다. 23년 전에는 헬렌의 묘비밖에 없던 자리였다. 지금은 마틸다와 루스, 베스의 묘비까지 있었다. 룰루는 화강암에 새롭게 깊이 새겨진 이름을 내려다보았다.

엘리자베스 우드워드 라스롭, 가족의 사랑을 받았다.

"친구들의 사랑도." 룰루가 베스가 그랬던 것처럼 무릎을 꿇고 앉으면서 말했다. 룰루는 날짜를 살펴보았다. 지난 봄날의 어느 토요일, 베스와 함께 이곳에 왔었다. 베스의 아빠와 앤더슨 부부의 재판이 겨울 내내 지속되던 때였다. 룰루가 베스와 함께 헬렌을 찾아왔을 때는 이미 하얀 라일락이 활짝 피었고 나뭇잎이 무성해져 있었다. 밝고 화창한 날이었다.

하지만 그로부터 기나긴 세월이 흐른 지금, 룰루는 혼자 이곳에 왔다. 때는 저녁이었다. 추분점에 가장 가까워진 달이 오늘밤에 꽉 차서 보름달이 될 것이다. 룰루는 베스가 죽은 후, 오늘이 될 때까지 기다렸다가 처음으로 베스를 찾아왔다. 베스를 만나기 딱 좋은 날이자 베스를 꼭 만나야 하는 날이었다.

룰루는 가만히 앉아 있었다. 차가운 공기에 귀뚜라미들도 숨을 죽였다. 처음으로 깨어난 올빼미가 언덕 위 소나무에서 울부짖었다. 룰루는 고개를 돌려 달을 바라보았다. 달이 점점 커져 가면서 주황빛으로 변해 동쪽 하늘을 가득 채웠다. 마치 그림 속의 달처럼 빠르게 나무들 위로 떠오른 것 같았다.

"베스, 우리가 무슨 짓을 저지른 걸까?" 룰루가 큰소리로 말했다. 케이트가 진실을 알면 어떻게 생각할까? 그 생각을 하자 룰루는 가슴이 갈가리 찢어지는 것 같았다.

사랑의 증거야. 베스는 그렇게 이유를 설명했다. *그 반대의 증거이기도 하고.*

사랑에는 그 나름의 논리가 있었다. 사랑이라는 이름으로 저지른 일은 처음에는 말이 되는 것 같다가도 점점 통제를 벗어나 알 수 없는 것으로 변해 갈 수 있다. 복수가 비극이 될 수 있었다. 복수라고 생각하고 그런 일을 벌였던가? 베스는 복수라고 말하지 않았다. 대범하게 도전적으로 피트에게 메시지를 전달하고, 자신의 것을 되찾아 자신의 인생을 되돌려 받고 싶어 했다.

달이 은색 원반처럼 보였다. 달빛이 소나무 가지와 참나무 나뭇잎, 단풍나무 나뭇잎을 물들였다. 룰루는 묘지 너머의 작은 공터를 바라봤다. 유령, 달빛 아래서 춤추는 어린 소녀를 봤다고 룰루는 확신했다.

가죽 가방에 손을 넣은 룰루는 뼈칼집에 든 주머니칼을 꺼냈다. 열두 살 때 항해 수업을 듣기 시작하면서부터 계속 갖고 다녔던 칼이었다. 항해 수업 강사는 모든 항해사들은 항상 칼을 갖고 다녀야 자신의 생명을 구할 수 있다고 말했다. 돛에 거센 바람을 안고 보트가 달릴 때 잘못하면 손목이나 발목이 팽팽하게 당겨진 밧줄에 걸려서 끌려가다가 보트 밖으로 떨어질 수도 있었다. 그럴 때 칼이 있으면 밧줄을 잘라 내 목숨을 구할 수 있었다.

룰루는 지금도 칼을 갖고 다녔다. 갤러리 지하실에 갇혀 있었을 때 케이트도 칼을 갖고 있었다면 얼마나 좋았을까 하는 생각을 종종 했다. 그럼 밧줄을 풀고 나와 베스와 엄마를 구할 수 있었을 텐데. 베스가 죽기 전주, 지난 7월의 어느 뜨거운 날에 베스의 집에 갔을 때도 칼이 아주 유용했다. 그때 두 사람은 침실에 서 있었다.

"왜 해적이 된 것 같을까?" 베스가 룰루의 칼을 잡고서 물었다.

"넌 그레이스 오말리야. 반항적인 해적 여왕이요, 장미 나침반 자매의 일원이자 바보들의 약탈자, 네 일족의 지도자지." 룰루가 말했다.

"내 일족이라." 베스는 임신한 배에 손을 올려놓고 말했다. 그날 룰루는 베스의 배를 만지다가 매튜의 발길질을 느꼈다. "그래, 일족을 위해 약탈하는 거야."

벤 모리슨의 그림 속에서 춤추는 소녀는 누구든지 될 수 있었지만 룰루는 그 소녀를 보면 언제나 케이트가 생각났다. 그 그림 속의 집은 블랙홀에 소속되어 있는 것처럼 보였다. 달빛은 마법을 뿌려 댔다.

그로부터 일주일도 지나지 않아 베스가 죽었다. 룰루는 그날 자신들이 했던 짓이 베스의 살인을 부르는 촉매제 역할을 했음을 알았다. 주머니칼을 꺼내 손가락을 그었다. 작은 핏방울 네 개가 베스의 무덤 위로 떨어졌다. 서리에도 불구하고 땅은 여전히 부드러웠고, 핏방울은 시커먼 흙 속으로 빨려 들어가 사라졌다. 언제 그 자리에 있기라도 했냐는 듯.

룰루는 피가 멈출 때까지 손가락 끝을 꽉 움켜쥐었다. 눈송이 몇 개가 떨어지기 시작했다. 잠시 동안 베스의 묘비를 바라보며 베스의 생일을 주시했다. 11월 21일. 5일 후였다. 베스가 이곳에 없다는 냉혹한 현실이 눈앞에 다가오자 룰루는 그 어느 때보다 더 슬펐다. 올빼미 소리가 들리지 않았다. 올빼미가 한밤의 사냥에 나선 모양이라고 룰루는 생각했다. 나뭇잎을 스치는 바람 소리만 들렸다. 룰루는 칼을 가방에 집어 넣고 자동차를 향해 묘지를 걸어 나갔다.

48

〈달빛〉의 뒷면을 검사한 결과가 나왔다. 코너는 홈 오피스 책상 앞에 앉아 검사 결과를 살펴보았다. 약간 놀랄 만한 내용이 있었다. 그림 뒷면의 핏자국이 피트의 것일 거라고 생각하지는 않았다. 하트를 그려 넣는 낭만적인 행동은 피트의 스타일도 아니었고, 위니프레드를 만나고 나서는 피트를 주시하지 않았다. 그림이 베스와 케이트가 아는 장소에 숨겨져 있었던 만큼 베스의 핏자국일 가능성이 가장 높았다. 하지만 탈룰라 그랜빌, 그러니까 룰루가 끼어들 거라고는 예상하지 못했다. 하트 왼쪽 부분은 베스의 피로, 오른쪽 부분은 룰루의 피로 그린 것이었다.

작은 얼룩도 있었는데 붉은색은 절대 아니었다. 커피 얼룩 같았는데 하트를 그린 핏자국보다 훨씬 오래된 것처럼 보였다. 화가가 처음 그림을 그렸을 때부터 있었던 것이거나, 제3자의 것이 분명한 얼룩의 DNA는 데이터 베이스에 없었지만 여성의 것이었다.

룰루는 여러 항공사에서 일했기 때문에 지문이 등록되어 있었다. 게다가 폭행 사건 용의자로 몰렸던 적이 있어서 DNA도 파일에 들어 있었다. 코너는 책상 위로 허리를 숙여 보고서를 읽었다. 5년 전에 다니엘 마빈이라는 한 여성이 룰루를 가정폭력으로 고소했다. 두 사람은 다른 항공사에서 일하는 조종사로 그리니치 빌리지에서 동거를 했다. 다니엘은 룰루가 어느 날 밤에 자신을 폭행했다고 주장했다. 보고서에는 목 주변에 멍든 자국과 어깨에 물린 자국이 있는 다니엘의 사진이 첨부되어 있었다.

룰루는 처음부터 그 사실을 부인했다. 다니엘의 집착이 심해져서 그 사건이 일어나기 전주에 이미 집을 나왔다고 했다. 사실 룰루는 이미 접근 금지 명령을 신청해서 허가를 받은 상태였다. 코너는 전자 파일을 인쇄한 복사본을 읽어 보았다. 보고서 내용에 따르면 스토킹방지법을 근거로 보호 명령이 떨어졌다. 자세한 이유는 다니엘이 룰루의 랩톱 컴퓨터에 스파이웨어를 설치하고 룰루의 가방에 GPS 추적기를 달았기 때문이었다. 다니엘이 친구들과 동료들에게 룰루와 연인 사이라고 말하고 다녔지만 룰루는 그냥 룸메이트였다고 주장했다. 당시 두 사람은 JFK에서 일했고, 룰루의 말에 따르면 그리니치 빌리지의 아파트는 뉴욕에서 잠시 머무를 때 사용하는 임시 숙소였다고 했다.

다니엘은 접근 금지 명령 때문에 룰루의 일정을 중심으로 자신의 일정을 조정해서 룰루와 같은 시간대에 같은 도시에 머물려고 했다. 두 사람에게는 공동의 친구들이 몇 명 있었지만 사회활동 영역은 겹치지 않았다. 룰루는 다니엘이 종종 우연인 척하면서 자신이 있는 레스토랑에 나타나곤 했다고 말했다.

다니엘 폭행 사건은 설리번 가에 있는 다니엘의 아파트에서 저녁

10시 직후에 일어났다. 다니엘은 헤어지자는 말에 룰루가 화가 나서 근처의 워싱턴 스퀘어 공원을 돌다 온 후 자신을 폭행했다고 고소했다. 오히려 룰루가 자신을 스토킹했다고 주장한 것이다.

한편 룰루는 폭행 사건 당시 보스턴의 순수예술 박물관 큐레이터 리처드 구에린과 함께 있었다고 진술했다. 두 사람은 첫 데이트를 하려고 메트로폴리탄 오페라에서 만나 〈람메무르의 루치아〉를 관람하고 있었다. 코너는 리처드가 하크니스-우드워드 갤러리의 오랜 고객으로 케이트가 룰루에게 소개해 준 사람이라는 사실에 주목했다.

룰루는 자발적으로 DNA를 제공했고, 치아 자국 대조에 협조했다. 리처드는 룰루의 알리바이를 확인해 주었다. 룰루는 혐의를 벗었고, 가해자는 체포되지 않았다. 룰루가 그 사건에 연루되었다면 항공사에서 계속 일하는 게 요원해졌을 것이다.

코너는 의자를 뒤로 밀고 스트레칭을 했다. 고개를 좌우로 돌리며 긴장을 풀어 냈다. 그러면서도 경찰 생활 동안 모아 둔 신문 스크랩 자료에서 눈을 떼지는 않았다. 케이트와 베스, 그들의 엄마와 관련된 범죄 사건에 관한 자료도 있었다. 최근에는 베스의 살인 사건에 관한 신문기사와 잡지기사를 붙여 놓았다. 그 옆에는 베스가 살해되기 몇 달 전 피트의 행적을 조사한 자료도 있었다.

코너 자신도 종종 느꼈지만, 누군가 그 벽을 본다면 그에게 강박증이 있다고 생각할 정도였다. 코너는 항상 자신이 우드워드 자매, 특히 케이트에게 집착하는 이유가 기사도 정신에서 힘한 일을 당한 십 대 여자들의 복수를 해 주고 싶기 때문이라고 정당화했다. 하지만 룰루가 접근 금지 명령을 신청했을 정도로 극단적이었던 다니엘의 행동과 지금 자신의 행동이 다르다고 할 수 있을까?

당연히 달랐다. 밤과 낮처럼 완전히 달랐다. 코너는 그렇다고 확신했다. 다만 밤에는 그런 확신이 흔들렸다. 잠들지 못하는 밤에는 베스의 살인 사건에 관한 세부사항들이 끝없이 머릿속에서 맴돌았고, 갤러리에서 케이트에게 키스할 뻔했던 그때 만약 다르게 행동했더라면 어땠을까 하는 생각들이 머릿속을 휘저었다.

바로 거기가 집착으로 변하는 부분이었다. 예전에는 조사 대상에게 마음을 품은 적이 한 번도 없었다. 요전날 밤에는 케이트의 꿈을 꾸다가 땀에 흠뻑 젖어서 깼다. 아침에는 우습게도 수치심에 시달렸다. 하지만 왜 부끄러워야 해야 하지? 꿈은 누구도 어떻게 할 수 없지 않나? 이렇게 생각하면서도 뱅크 가의 와이-노트로 가서 술을 마시고 싶었다. 코너는 몇 년 동안 위스키나 술에 의지해서 문제를 해결하려고 한 적이 없었다. 하지만 수치심과 좌절감은 그런 행동을 부추기는 강력한 동기가 될 만했다.

코너는 하트 무늬와 구석의 작은 얼룩을 바라봤다.

룰루 그랜빌의 주소를 찾아보고는 피의 하트에 대해 물어보기 위해 출발했다. 어쩌면 룰루가 제3의 여성이 누구인지 말해 줄 수 있을지도 몰랐다. 아니면 그 얼룩은 오래전에 죽은 역사 속 인물이 남긴 것일지도 몰랐다.

룰루는 다니엘을 깨물었다는 혐의를 깨끗하게 벗었다. 하지만 코너는 피트의 등에서 봤던 긁힌 상처와 치아 자국을 떨쳐 낼 수가 없었다. 피트는 섹스 도중에 생긴 상처라고 말했다. 미친 소리처럼 들릴지도 모르지만 룰루가 낸 상처일 수도 있을까? 남편이 자신의 절친한 친구와 바람을 피웠다면 자신의 부하 직원과 바람피우는 것보다 훨씬 끔찍한 일이리라.

코너가 룰루의 집에 도착했을 때 진입로에는 차가 없었고, 초인종에 응답하는 사람도 없었다.

49

베스의 생일이었다. 태양이 아직 뜨기도 전에 전화기가 울려서 케이트는 잠에서 깼다.

"어이, 사랑스런 친구. 비행하러 가자. 블록 섬에서 등산하는 거 어때?" 룰루였다.

블록 섬. 베스가 좋아했던 곳들 중 하나였다. 베스의 생일에 가기 딱 좋은 곳이었다.

"그래." 케이트는 이미 침대에서 내려오면서 대답했다. "가자."

학교 버스를 타고 갈 수 있게 샘을 이자벨의 집에 데려다줘야 했다. 블랙홀로 가는 길에 샘이 엄마 이야기를 했다. 엄마에 관한 놀랄 만한 이야기, 자신이 한 번도 들어 보지 못한 이야기가 있는지 물어보았다.

"네 엄마는 나무 타기 챔피언이었어. 다들 네 엄마가 조용한 학자

타입에 예술에 완전히 파묻혀 산다고 생각했지. 하지만 네 엄마는 얼마나 높이 올라갈 수 있는지 도전해 보는 걸 좋아했어."

"어디서요?" 샘이 물었다.

"마틸다 할머니 집 말고 우리 집 뒤쪽에 독일가문비나무가 하나 있었어. 시내에서 부모님과 함께 살던 집에 있던 나무였지. 아주 큰 나무였어. 우리 집보다 두 배나 세 배는 더 컸을 거야. 나무 몸통이 아주 튼튼했어. 아래쪽에는 나뭇가지가 빽빽하게 자라 있었지만 위로 올라갈수록 나뭇가지가 듬성듬성해졌지. 네 엄마는 매번 더 높이 나무를 타고 올라가……."

"그건 이모가 할 만한 행동 같은데요."

"그렇게 생각할 만해. 하지만 난 너무 무서웠어. 나무를 반 이상도 올라가지 못했지. 나무가 흔들리는 것 같았고, 나뭇가지가 날 지탱해 주지 못할 것 같았거든."

"엄마는 나무에 올라가서 뭘 했어요?"

"올라가는 길에 새들의 둥지를 들여다봤지. 그러고는 저 먼 곳으로 시선을 돌렸어. 롱아일랜드 사운드를 가로질러 플럼 섬을 지나 가디너스 베이까지 이어진 바다가 보인다고 했지. 나무에서 내려왔을 때 베스는 수액 범벅이 되어 있었어. 팔다리에 수액이 잔뜩 묻어 있었지만 베스는 환하게 웃었어. '하늘을 방문'하고 왔다면서."

"왜 전 그걸 몰랐죠? 알았다면 엄마랑 같이 나무를 탔을 텐데."

"음, 어느 순간부터 나무 타기를 그만뒀거든."

"언제요?"

"어, 십 대 시절에."

"외할머니가 돌아가시고 나서요?"

"그래."

샘이 입을 닫았다. 케이트는 괜히 그런 이야기를 한 것만 같았다. 베스가 얼마나 용감하고 활기 넘치는 아이였는지 말해 주는 이야기였다. 그랬던 베스가 그 비극 이후로 달라져 버렸다. 그 비극은 베스의 인생에서 재미와 스릴을 너무 많이 빼앗아 가버렸다.

"샘, 네 엄마는 열정을 쏟아부을 일을 찾았어. 나무 타기는 그만뒀지만······."

"알아요. 예술을 사랑했죠. 갤러리도 사랑했고요."

"그게 아냐. 널 사랑했다고 말하려는 거야. 넌 베스한테 전부였어, 샘. 네가 베스의 하늘이었어."

샘은 아무런 대꾸도 하지 않았다. 하지만 워터슨 네 집 앞에 주차했을 때 샘이 갑작스럽게 케이트를 끌어안았다가 빠르게 몸을 뗐다. "엄마 얘기 해 줘서 고마워요." 샘이 말했다.

"언제든지 말만 해." 케이트는 조카와 한결 더 가까워진 것 같은 그 느낌을 계속 간직하고 싶었다.

케이트는 계단을 올라가는 샘을 바라보았다. 스코티가 문간에서 샘을 맞아 주고 케이트에게 손을 흔들었다. 아직 이른 아침이었다. 샘과 이자벨은 학교 버스를 타러 가기 전까지 좀 더 놀 수 있었다. 케이트는 룰루를 태워 공항으로 향했다. 하늘로 날아오를 생각만 해도 마음이 훨씬 가벼워지고 어깨가 한층 홀가분해졌다. 베스가 곁에 있는 것만 같았다. 그렇게 그들은 함께 하늘을 방문할 것이었다.

파이퍼 사라토가는 활주로 한쪽에 방치되어 있어 외로워 보였다. 마른 나뭇잎들이 바퀴 주변에 흩어져 있었고, 고임목 아래에도 끼어 있었다. 폭풍우가 몰아쳤던 탓에 나뭇잎들이 갈색 종이처럼 날개와 앞 유리창에 달라붙어 있었다. 케이트와 룰루는 부지런히 손을 놀려 나뭇잎들을 쓸어 냈다. 어느 정도 치우고 나면 나머지는 비행 중에

다 떨어져 나갈 것이다.

갈 때는 룰루가 조종하고, 돌아올 때는 케이트가 조종하기로 했다. 두 사람은 남서쪽을 향해 날아올랐다. 발 아래로 롱아일랜드 사운드가 반짝거렸다. 그 위를 한 바퀴 돌자 코네티컷 남동쪽의 빛바랜 가을 색깔이 눈앞에 펼쳐졌다. 떠오르는 태양이 마지막 나뭇잎들을 떨어뜨리는 나무들로 우거진 저 아래의 땅을 비추었다.

나파트리 포인트로 기수를 틀었다. 1,000피트 아래로 길게 뻗은 좁은 모래톱이 블록 섬 사운드로 둥글게 뻗어나가 와치힐의 항구를 아늑하게 만들어 주었다. 하지만 1938년에 불어닥친 허리케인 앞에서는 와치힐 포인트도 속수무책이었다. 시속 157킬로미터가 넘었던 강풍은 뉴런던에서 시속 193킬로미터를 기록했다. 그날 15미터 높이의 폭풍 해일이 나파트리의 주택 40개를 쓸어 버렸고, 웨스털리의 주민 100명이 사망했다. 케이트는 그 모래톱을 내려다보았다. 베스와 여름마다 걸었던 곳이었다. 케이트는 눈을 감았다. 모든 것이 연약해 보였다.

조종사 친구인 톰 프랜시스는 여름에 그레이트 솔트 폰드에 보트를 정박시켜 놓았고, 공항에 보관 중인 낡은 지프차를 친구들에게 빌려 주었다. 케이트는 안내데스크의 마지한테서 열쇠를 받아 230에이커 규모의 원시 녹지인 로드먼스 할로로 출발했다.

케이트와 룰루는 활발하게 움직일 때 가장 생기 넘쳤다. 가끔은 카페나 레스토랑에서 만나기도 했지만 가만히 앉아 있는 걸로는 충분하지 않았다. 그렇다고 안자 보레고 사막을 횡단하거나 콜로라도 강에서 카약을 탈 필요까지는 없었다. 두 사람은 그에 못지않게 주변 지역 탐험도 좋아했다.

그들은 쿠니머스 도로 옆 주차장에 주차를 한 뒤 가방을 움켜쥐고 쌀쌀한 녹지로 이어지는 오솔길을 따라갔다. 황갈색 들판과 해안가 덤불 너머로 밝은 파란색 대서양이 반짝거렸다. 북쪽 수림대에서 남쪽으로 떠나는 도중에 휴식을 취하는 철새들이 덤불 주위를 날아다녔다. 소귀나무의 은빛 나뭇가지 끝에 잠시 내려앉은 노란색 휘파람새는 순금처럼 보였다.

"할 말이 있어." 룰루가 말했다.

"내가 듣고 싶을 것 같아? 가장 최근에 네가 그 말을 했을 때 우린 서로 말도 안 했잖아."

"뭐, 그럼 하지 말지 뭐."

두 사람은 계속 걸었다. 케이트는 앞바다에서 아침 햇살 아래 드러난 하얗고 거대한 풍차 다섯 개를 바라보았다. 붉은꼬리매가 머리 위를 맴돌면서 파란 하늘에 검은 그림자를 드리웠다.

"말해 봐." 케이트가 오솔길 한가운데 우뚝 멈춰 서며 말했다.

"진짜?"

"그냥 해치워 버리려고." 말은 이렇게 했지만 무슨 이야기가 나올지 무서워서 쓰러질 것만 같았다. "뭔지는 모르겠지만 좀 더 일찍 말해 줄 수 없었어?"

"실은 말하고 싶지 않았어. 하지만 오늘은 베스 생일이잖아. 지금이 아니면 절대 말 못할 거야."

룰루가 창백한 표정으로 뒷주머니에서 휴대전화를 꺼냈다. 그러고는 고개를 숙여 사진을 스크롤했다.

"어디 보자." 룰루의 목소리가 살짝 떨렸다. "10월, 9월, 8월, 7월…… 아, 여기 있다." 룰루가 케이트의 눈을 힐끗 쳐다봤다. 머뭇거리다가 휴대전화를 케이트에게 건네주었다.

휴대전화를 받아 든 케이트는 미소 짓고 있는 베스의 사진을 내려다보았다. 예전의 평범한 일상으로 되돌아간 것만 같았다. 베스가 아직 살아 있어서 당장이라도 눈앞에 나타나 함께 생일을 축하할 수 있을 것 같았다. 베스의 눈이 장난스럽게 반짝거렸다. 주황색 선드레스 차림의 베스 사진은 볼록 나온 배의 크기로 보아 그리 오래전에 찍은 건 아니었다.

"넘겨 봐. 사진 여덟 장과 동영상이 하나 있어. 모두 같은 날 오후에 찍은 거야."

다음은 뼈칼집에 든 주머니칼이 침대의 하얀색 여름용 이불 위에 놓여 있는 사진이었다. 이어서 벽에 걸린 〈달빛〉 앞에 서 있는 베스 사진, 침대에 〈달빛〉을 엎어 놓고 칼을 단도처럼 높이 치켜든 베스 사진, 액자에서 잘라 낸 그림 사진, 그림 뒷면에 그려 놓은 옅은 빨간색 하트 사진, 오래돼 누렇게 바래고 가장자리가 풀어진 캔버스 사진, 피 묻은 집게손가락을 치켜든 채 카메라를 향해 웃고 있는 베스와 룰루 사진이 있었다. 그 다음은 5분짜리 흐릿한 동영상이었다.

"사랑의 증거야." 동영상 속에서 베스가 천천히 말하며 룰루에게 손을 뻗었다. 카메라가 돌아가면서 룰루가 칼을 받는 장면이 나왔고, 거기서 동영상이 끝났다.

"무슨 짓을 한 거야?" 룰루의 눈을 들여다보며 묻는 케이트의 온몸이 덜덜 떨렸다.

"딱 보면 모르겠어?" 룰루가 말했다.

"아니."

"베스는 그 남자를 증오했어. 피트 말이야. 피트는 오랫동안 베스에게 거짓말을 했어. 베스는 피트 때문에 본래의 자신을 너무 많이 버려야 했지. 베스는 피트한테 보여 줘야 했어. 그 그림이 자기 것이라는 걸. 텅 빈 액자는 상징이었어. 피트가 가질 수 있는 것은 텅 빈 공간뿐이라는 상징. 베스가 그를 떠날 거라는 상징 말이야. 베스는 자신한테 다른 사람이 있다는 걸 피트에게 보여 주고 싶어 했지. 그 하트는 사랑의 증거였어. 베스 자신과 샘, 아기, 제드, 피로 맺은 우리 자매들에 대한 사랑 말이야."

"알겠어." 케이트가 떨리는 목소리로 말했다. "그러고 나서는?"

"난 칼을 주머니에 넣었지. 그림은 돌돌 말아서 베스의 서류가방 속에 숨겨 뒀고. 그리고 베스는 낮잠을 잤어. 그런데 맙소사, 나 때문이야. 나 때문에 베스가 죽은 거야."

케이트의 마음이 언덕에서 뒤로 굴러떨어지는 자동차처럼 걷잡을 수 없이 추락했다. 룰루의 칼을 머릿속으로 그려보았다. 있을 수 없는 일이었다. 머릿속에서 휘몰아치는 생각들과 이미지들을 감당할 수가 없었다.

"그날 베스가 죽었다는 말이야?" 케이트가 목이 쉬어서 꺽꺽거리는 목소리로 간신히 물었다. 케이트는 룰루에게 좀 더 가까이 다가갔다.

"아냐. 그날은 아냐."

"하지만 베스가 죽었을 때 네가 그 자리에 있었다며?"

"뭐? 지금 농담해?"

"누군지 몰라도 그 그림을 가져간 사람이 베스를 죽였어." 케이트가 말했다.

"그림은 베스가 훔친 거야! 방금 말했잖아. 그건 피트에게 보내는 메시지였다고. 맙소사, 케이트! 피트가 항해를 떠나던 날에 베스를 죽인 거야."

"그걸 어떻게 알아?"

"그럴 수밖에 없잖아. 그 상황에서는 그 방법밖에 없다고. 너도 알잖아."

"너 때문이라고 한 건 무슨 말이었어?"

"내가 액자에서 그림을 잘라 내는 일을 도왔잖아. 베스가 도와달라고 하긴 했지만. 피트는 그림이 사라진 걸 보고 화가 났을 거야. 베스의 메시지를 읽었겠지. 베스가 떠나려고 한다는 걸 알아챈 거야. 피트가 못 알아봤을 리가 없어. 피트는 베스가 우위를 거머쥐고 자신을 조롱하는 걸 참고 볼 수 없었을 거야. 베스는 그림을 훔치면서 웃었어. 자기가 강해진 것 같다고 아주 행복해했지. 내가 베스를 돕지 않았다면, 아니 부추기지 않았다면 베스도 그런 짓을 안 했을지 몰라. 그건 그냥 상징이었어. 우린 이런 결과를 전혀 예상하지 못했다고."

"왜 베스가 나한테 도와달라고 하지 않았을까?" 케이트는 베스와 자신의 거리가 그렇게 멀었던가 생각하자 힘이 쫙 빠지는 것 같았다. 베스가 얼마나 자주 자신을 피했는지가 매일 매일 조금씩 밝혀지는 것 같았다.

"넌 제드가 누군지도 몰랐잖아. 베스가 피트를 떠나려고 한다는 것도." 룰루는 자신이 그 사실을 말해 주지 못한 게 미안한 듯 나지막하게 말했다.

그 말을 듣는 순간 케이트는 가슴에 야구공을 맞은 것 같았다. 자신이 사랑하거나 사랑받는 게 무엇인지 이해하지 못한다고 질책하는 말처럼 들렸다. 그런 관계 자체를 아예 맺지 않으니까 낭만적인 몸짓이나 복수의 감정을 절대 이해하지 못한다고. 동생은 언니가 자신을 이해하지 못할 거라는 사실을 알았다. 케이트는 룰루에게서 떨어져 곧장 바다를 향해 달리기 시작했다. 뒤쪽에서 낙엽을 밟고 쫓아오는 룰루의 발자국 소리가 들렸다.

오솔길 끝에 오래된 돌 벽이 나타났다. 왼쪽으로 확 꺾자 대서양 위쪽의 진흙 절벽 꼭대기를 휘감아 도는 해안도로로 이어졌다. 짙푸른 바다가 보였다. 거대한 하얀색 풍차가 끊임없이 돌아가고 있었다.

매 한 마리가 들판을 달리는 토끼 한 마리를 잡아챘다. 어렸을 때 케이트는 마틸다 할머니 집에서 올빼미들이 밤에 토끼를 사냥하는 소리를 들었다. 그때 토끼들은 죽어 가면서 울부짖었다. 하지만 지금 눈앞에 보이는 토끼는 살아 있었다. 매의 발톱이 등을 파고들어 겁먹은 토끼는 꼼짝도 하지 않았다. 매가 토끼를 잡아챈 채 날개를 퍼덕이며 5피트 상공으로 날아올랐다.

"멈춰!" 케이트가 키 큰 풀을 헤치고 두 팔을 휘저으면서 소리쳤다. 매가 선회하다가 토끼를 놓쳤다. 토끼는 바닥에 떨어졌.

케이트가 천천히 다가가 보니 옆으로 떨어진 토끼는 미동도 없었다. 잿빛 갈색 털로 뒤덮인 척추 양쪽을 따라서 깊게 패인 붉은 발톱 자국이 남아 있었다. 케이트는 토끼가 죽었다고 생각했다. 하지만 허리를 숙여 가까이 보니 윤이 나는 검은색 눈동자가 생기를 내뿜으며 자신을 응시하고 있었다.

"아, 이런." 케이트가 토끼 옆에 무릎을 꿇었다. "아……."

"불쌍해. 붉은꼬리매한테서는 도망칠 수가 없어." 룰루가 말했다.

케이트는 고개를 숙여 솜꼬리토끼의 두 눈을 똑바로 들여다보았다. 토끼의 눈동자도 케이트를 직시했다. 토끼는 충격을 받아 수염 한 가닥도 움직이지 못했다. 매의 발톱이 남긴 상처에서 피가 흘러내렸다. 케이트는 토끼 옆구리에 손바닥을 가져다 댔다. 겁에 질려서 가볍게 떨리는 심장박동이 느껴졌다. 연약한 작은 동물, 그 누구도 구해 줄 수 없는 작은 동물이었다. 이런 생각이 떠오르자 케이트의 두 눈에 눈물이 가득 찼다. 그 순간 케이트의 눈앞에 보이는 것은 베스뿐이었다.

어깨에 닿는 룰루의 손길이 느껴졌다.

"가자, 케이트. 내버려 둬. 그냥 자연의 순리에 맡겨. 토끼가 죽는 모습을 보고 싶지는 않잖아."

"죽지 않을 거야." 케이트가 말했다. 케이트는 자신의 부드러운 플리스 재킷을 벗어 잔디 위에 펼쳐 놓았다. 그러고는 두 손으로 토끼를 감싸 들어 올렸다. 케이트는 손 안에 느껴지는 무게감에 깜짝 놀랐다. 토끼를 재킷 위에 올려놓고는 재킷으로 단단히 감쌌다. 베스가 아기였던 샘을 단단히 싸맸던 것처럼. 토끼가 움직이지 못하게 단단히 싸서 상처가 심해지지 않도록 해야 했다. 케이트는 토끼가 자신의 손길에 몸부림칠 거라고 생각했는데 오히려 케이트의 손 안으로 파고드는 것 같았다.

겁에 질린 게 분명해. 케이트는 이렇게 생각했다. 한번은 앵무새를 기르는 가족을 태우고 웨스털리에서 시카고까지 비행한 적이 있었다. 그 가족은 앵무새를 조용히 시키려고 새장에 덮개를 씌워 두었다. 케이트는 가방을 비워 물병과 휴대전화, 지갑을 룰루에게 건네주었다. 그러고는 토끼를 조심스럽게 가방에 넣고 지퍼를 채웠다.

지프차로 가서 비행기까지 빠르게 차를 모는 내내 토끼는 미동도 하지 않았다. 이번에는 케이트가 조종할 차례였다. 그로튼-뉴런던으로 돌아가는 비행을 고대하고 있었던 케이트였지만 조수석에 자리를 잡고 앉았다.

"미안해, 케이트. 네가 화난 거 알아. 오후에 마틸다 할머니 집에서 다 같이 모이기로 한 거 취소하고 싶대도 이해해."

"취소하지 않을 거야. 오늘은 베스의 생일이니까."

룰루가 코네티컷을 향해 북쪽으로 기수를 틀면서 고개를 끄덕였다. 케이트는 두 눈을 감은 채 푸른 바다가 끝없이 펼쳐지는 장관을 외면했다. 가방을 가슴에 끌어안은 채 가방 천을 뚫고 나와 토끼가 아직 살아 있음을 말해 주는 온기를 느꼈다.

50

 케이트는 룰루를 내려 주고 수의사를 찾아갔다. 블록 섬에서 공항까지, 공항에서 룰루의 오두막까지 가는 내내 두 사람은 샘이 3시 30분에 하교하고 나면 마틸다의 집에서 만나자는 이야기 빼고는 한 마디도 나누지 않았다.
 로리 뱅크스 박사는 마일 크리크 가장자리의 농장 건물에서 진료를 했다. 케이트는 팝콘한테 주사를 맞히려고 베스와 함께 거기 가 본 적이 있었다.
 "전 야생동물 치료 면허가 없어요. 이 토끼는 야생동물 치료센터로 데려가야 해요." 이렇게 말하면서도 수의사는 허리를 숙여 매의 발톱자국을 유심히 살펴보았다. "그런데 상태가 좋아 보이지 않네요. 야생동물 치료사가 안락사 시킬지도 모르겠어요."
 케이트는 토끼의 어두운 눈동자를 들여다보았다. 그 안에서 빛나는 생기를 보고는 그런 일이 일어나게 두지 않겠다고 마음을 다잡았다.

"수컷인지 암컷인지는 알 수 있겠죠?"

뱅크스 박사가 토끼를 조심스럽게 뒤집어서 짤막한 꼬리 아래를 들여다보았다. "암컷이네요."

케이트가 고개를 끄덕였다.

"가장 가까운 야생동물 치료센터 이름이에요." 뱅크스 박사가 종잇조각을 케이트에게 건네주며 말했다.

"감사합니다."

"희망이 없을 수도 있어요. 토끼가 살지 못할 가능성이 커요. 차라리 고통을 끝내 주는 게 나을 수도 있어요. 야생동물 수의사가 결정을 내릴 거예요." 뱅크스 박사가 말했다.

"잘 알겠습니다."

수의사는 이송용 종이 상자를 꺼내 토끼를 안에 넣었다. 케이트는 상자를 자동차로 들고 가 조수석에 올려놓았다. 뱅크스 박사가 알려준 몬트빌의 주소지를 향해 차를 몰기 시작했다. 하지만 도중에 편의점에 들러 과산화수소와 바시트라신을 사서 집으로 방향을 돌렸다.

소파에 앉은 케이트는 솜꼬리토끼를 수건 위에 올려놓았다. 흘러내리던 피는 멈췄다. 케이트는 따뜻한 물로 상처를 부드럽게 씻어 내고 과산화수소로 소독했다. 깊은 상처가 깨끗해졌다. 감염을 막기 위해 항생연고도 조심스럽게 발라 주었다. 토끼의 털이 어찌나 부드러운지 말로 다 표현할 수 없었다.

팝콘이 토끼를 탐색했다. 케이트는 팝콘이 토끼에게 겁을 줄까 봐 걱정했는데 팝콘이 아주 조심스럽게 행동해 괜찮아 보였다. 팝콘의 목에 한 팔을 두른 케이트는 포근한 털에 얼굴을 파묻었다. 팝콘은 베스의 개였다. 베스는 본능적으로 팝콘을 어떻게 돌봐야 하는지, 어떻게 돌보고 싶은지 알았다. 베스에게는 남편과 딸, 연인, 보호소와 수프 키친에서 도와주었던 그 모든 사람들이 있었다. 반면 케이트는 모든 생명체와 가능한 한 멀리 떨어져 혼자 지냈다.

"저 친구 이름을 뭐라고 할까?" 케이트가 팝콘에게 물었다.

팝콘이 빙글빙글 돌다가 케이트의 발치에 누웠다. 자리에 누우면서 한숨을 쉬는 팝콘의 소리가 들렸다. 토끼는 숨만 쉬고 있을 뿐 꼼짝도 하지 않았다. 소파 위에 올려 둔 토끼 옆자리를 손바닥으로 짚자 토끼의 따뜻한 숨결이 느껴졌다. 커피 테이블 위에 작은 오렌지가 가득한 파란색 그릇이 있었다. 오렌지 향이 방 안을 가득 채웠다. 달콤하면서도 톡 쏘는 감귤 나무 냄새 같았다. 오렌지는 베스가 가장 좋아하는 과일이었다. 룰루와 찍었던 사진들 속에서도 베스는 오렌지색 옷을 입고 있었다.

케이트는 토끼 머리 위로 한 손을 들어 올렸다. 그 사이로 에너지가 전해지는 것 같았다. 모든 감각이 곤두섰다. 베스는 여전히 곁에 있었다. 목 뒤쪽에 와 닿는 따뜻한 숨결을 느낄 수 있어서 돌아보기만 하면 그곳에 서 있는 동생을 볼 수 있을 것만 같았다. 동생이 완전히 다른 모습으로 되살아나는 것 같다는 느낌이 갑작스럽게 밀려들었다.

케이트의 시선이 오렌지 그릇에 닿았다. 그때 토끼 이름이 생각났다. "클레멘타인 오렌지. 그래, 네 이름은 이제 클레멘타인이야. 점점 좋아질 거야." 케이트가 말했다.

케이트는 클레멘타인을 창문과 떨어진 어둡고 따뜻한 곳으로 옮겼다. 그리고는 종이 상자에 다시 넣었다. 2시 30분이었다. 친구들을 만나러 가야 할 시간이다. 마틸다 할머니의 정원에서 키 큰 풀을 뜯어서 클레멘타인의 보금자리에 넣어 줘야겠다고 생각했다. 그리고 음식도 주고. 토끼가 뭘 좋아하는지 알아봐야 했다. 초원에서 클로버를 찾아 뛰어노는 토끼들을 본 적이 있다. 11월 말에 클로버를 찾을 수 있을까 하는 생각이 들었다.

"다 괜찮아질 거야." 케이트가 속삭였다. 룰루와 베스, 그림 뒷면에 하트를 그려 넣는 의식이 생각났다. 그 두 사람이 숨겨 왔던 비밀을 생각하자 온몸이 움찔했다.

그녀는 마음이 안전하다고 생각했지만 7월 이후에 훨씬 더 아파 왔다. 쓰러질 것만 같았다. 동생은 떠나 버렸고 다시는 만날 수 없다. 엄마가 죽었을 때 느꼈던 것과 비슷한 감정이 가슴을 가득 채웠다. 사랑하는 누군가를 잔인하게 빼앗겨서 더 이상 살아갈 수 없을 것 같았을 때 느꼈던 그 감정이었다.

클레멘타인 곁에 앉아 있으니 저 가련한 토끼를 꼭 살려 내고 말겠다는 마음이 갑작스레 들었다. 그 순간, 그동안 내내 알고 있었던 사실을 선명하게 깨달았다. 이미 샘과 함께 살아가고 있다는 사실. 입 밖으로 내뱉지 않았을 뿐, 조카의 사람이 되겠다고 결심했다. 엄마보다야 못하겠지만 언제나 소원했던 이모가 아니라 그 이상의 존재가 되겠다고. 그동안 세상과 단절한 채 살아왔다고 생각했지만 그럼에도 내내 다른 누구 못지않게 깊이 온 마음을 다해 사랑하며 살아왔다. 다만 그 마음을 모른 척 외면했을 뿐이었다.

케이트는 바닥에 양반다리를 하고 앉아 종이 상자의 열린 문 안쪽을 들여다보았다. 자신을 바라보는 클레멘타인이 보였다. 열한 살 때 갤러리 뒤쪽에 살았던 야생 고양이를 구해 준 적이 있다. 매기라고 부르며 마지막으로 길렀던 그 반려동물과 함께했던 매 순간이 즐거웠다. 자신에게 기대 오는 매기의 따뜻한 온기가 좋았다.

지하실에서 보냈던 그 시간 이후로 케이트는 동생을 쳐다볼 수도 없었다. 온몸이 마비된 것만 같아서 동생의 손을 단단히 잡아 줄 수도, 함께 힘을 합쳐서 그날 밤의 끔찍했던 공포를 떨쳐 낼 수도 없었다.

동생에 대한 사랑은 사라지지 않았지만 엄마의 죽음 이후로, 그 잔인했던 밧줄에 묶였던 이후로, 케이트는 살아 있는 생명체를 직접 만지고 보살펴 주는 일에 더 이상 마음을 열지 않았다. 언제 그 생명이 스러져 버릴지 알 수 없었으니까.

케이트는 룰루가 했던 말을 곱씹어 보았다. 룰루가 보여 주었던 사진과 동영상이 없었다면 칼을 들고 액자에서 〈달빛〉을 잘라 내는 베스의 모습을 상상하기 어려웠을 것이다. 동생에게 화가 나는 마음은 어찌할 수가 없었다. 베스는 똑같은 그림을 훔쳤던 아빠의 범죄 행각을 모방해 가짜 범죄를 꾸몄다.

"베스." 케이트가 소리쳤다. 그러고는 눈을 감고 귀를 기울였다. 동생의 목소리를 너무나 듣고 싶어 견딜 수가 없었다. 잠시 후에 케이트는 허리를 숙여 토끼의 크고 아름다운 눈을 들여다보았다.

"넌 괜찮아질 거야, 클레멘타인, 다 좋아질 거야." 케이트는 만지지 않고는 참을 수 없어서 상자 안으로 손을 뻗어 상처 입은 솜꼬리토끼의 머리를 부드럽게 쓰다듬으며 말했다. "난 네가 아는 것보다 널 훨씬 더 사랑해." 케이트가 말했다. 케이트 자신도 클레멘타인에게 하는 말인지, 베스에게 하는 말인지 알 수 없었다. 케이트가 일어섰다. 다른 사람들을 만나 베스의 생일을 축하할 시간이었다.

51

스코티 가족은 허버즈 포인트의 보트 정박지가 내려다보이는 난방 설비를 갖춘 해변가 오두막에 살았다. 이맘 때쯤에는 아무리 난방을 해도 따뜻해지지 않는 것 같았다. 11월의 바람이 창문이라는 창문은 모두 두드리며 휘파람소리를 냈다. 때가 때인지라 대부분의 보트들은 뭍에 끌어올려져 있었다. 주방 창밖을 내다보자 아직도 정박지에 묶여 있는 보트 두 대가 보였다. 보트 두 대 사이의 격벽에는 바닷가재 잡는 통발이 쌓여 있었다. 아무리 건장한 어부라도 늦가을과 겨울에는 바닷가재를 잡기 힘들었다.

이자벨과 샘은 학교 버스에서 내린 후 간단하게 간식을 먹고는 방으로 들어가 문을 닫았다. 둘이 무슨 이야기를 나누는지 전혀 알 수가 없었다. 스코티는 샘을 데리고 마틸다의 집으로 가야 했다. 이자벨은 집에 남아서 줄리를 돌봐야 했다. 하지만 절친한 친구 둘을 떼어 놓는 게 일이었다. 스코티와 나머지 장미 나침반 자매들도 샘과 이자벨만 한 나이였을 때는 그랬다.

스코티는 팬트리로 들어가 술병을 뚫어지게 쳐다보았다. 지독하게 술이 마시고 싶었다. 하루 중 이맘때가 되면 종종 작은 것 하나를 마셨다. 원래는 공식적인 칵테일 시간인 6시까지 기다렸다가 마셨지만 최근에는 한두 시간 일찍 마셔도 큰 문제가 되지는 않는다고 스스로를 합리화했다. 만취할 때까지 마시지는 않았으니까. 살짝 기분이 좋아질 정도로만 마셨다.

일주일에 이틀 식품 배급소에 나갈 때가 아니면 대체로 운전할 일이 없었다. 식품 배급소에 나가지 않는 날에도 가서 자원봉사를 하고 싶었다. 누가 들으면 눈살을 찌푸리겠지만 스코티는 가끔 마음 맞는 식품 배급소 손님들 한두 명과 산책을 나가 칵테일을 대접했다. 안 될 게 뭐 있나? 다들 성인이었고, 그 사람들의 고통스러운 삶에 작은 즐거움을 더해 줄 수 있다면 기꺼이 술 한잔 사 줄 수 있었다.

베스라면 약물 남용 문제를 안고 있는 사람들과 술을 함께 마시는 걸 탐탁지 않아 했을 수도 있다. 하지만 베스는 스코티의 거의 모든 문제들을 이해해 주었다.

두 사람은 십 대 딸을 키우는 엄마의 심정이 어떤지, 십 대 딸에게는 엄마가 더 이상 필요 없구나 하는 생각이 들어 얼마나 허탈한지에 대해 이야기를 나누었다. 스코티가 보기에 좀 이른 감이 있었지만 이자벨과 샘은 이미 정신적으로 독립해서 더 이상 엄마가 필요 없다고 생각했다. 두 아이에게는 자신들만의 삶이 있었고, 그 아이들이 가장 원치 않는 것이 주변을 맴도는 엄마였다.

하지만 그 아이들에게는 당연히 어느 때보다 더 엄마가 필요했다. 이때가 중요한 시기였으니까. 스코티의 생각은 그랬다. 대학교에 입학하기 전까지 얼마 안 남은 600여 일 되는 나날들은 무척 중요한 시기였다. 끝없이 펼쳐질 것만 같았던 안락한 시간, 온 가족이 한데 모여 지내고, 큰딸과 친밀한 관계를 만끽할 수 있는 시간은 이제 끝났다.

베스는 자신이 그런 사치를 누리고 있다고 생각했다. 샘이 자라면서 삶이 예전과는 달라졌지만 두 사람은 여전히 함께였다. 샘은 중학교 시절만큼은 아니지만 아직 엄마의 지도와 사랑을 필요로 했다. 베스는 그 아이를 사랑했고, 매튜도 아낌없이 사랑할 준비가 되어 있었다. 그 사랑은 영원히 지속됐어야 했다.

스코티는 끔찍한 상실의 아픔이 떠올라 온몸을 부르르 떨었다. 그들의 인생에서 사라져 버린 베스. 오늘은 베스의 생일이었다. 베스가 떠나고 남은 공허를 견뎌 내기가 너무나 힘들었다. 스코티는 보드카 병을 쳐다봤다. 그러다 갑자기 등을 돌렸다. 강해져야 했다. 오늘만은 맑은 정신으로 있어야 했다.

케이트와 룰루는 샘만 데리고 올 거라고 생각하겠지만 두 명 더 는다고 꺼리지는 않을 게 분명했다. 그 순간 스코티는 베스의 생일에 이자벨을 집에 두고 갈 수는 없겠다고 생각했다. 그럼 줄리도 데리고 가야 했다. 그녀에게 아이들은 전부였으니까.

스코티가 멈칫했다. 베스와 마지막으로 나누었던 너무나 혼란스러웠던 대화가 떠올랐기 때문이다. 사랑스러운 베스. 자기 인생의 남자들에게 상처받았던 베스. 베스는 왜 피트나 제드에게 아이 아빠라고 알려 주지 않았을까? 피트든 제드든 자신이 아이 아빠라는 걸 알았다면 기뻐했을 텐데. 스코티는 피트를 싫어했다. 제드도 그다지 좋게 볼 수 없었다. 제드는 전과자였고, 보나마나 베스의 돈과 미술계 인맥을 노리고 베스에게 접근했을 테니까. 제드는 베스를 꾀어 불

류을 저지르게 만들지 않았더라도 존중해 줄 가치가 없는 남자였다.

돈이 목적인 게 분명했다. 갤러리의 명성도. 베스는 제드가 불순한 동기로 접근했다는 사실을 깨달은 게 분명했다. 그래서 제드에게 매튜의 아빠인지 아닌지를 말해 주지 않았던 게 아닐까. 하지만 제드가 그렇게 훌륭한 사람은 아니었다고 해도 그에게 그 사실을 알려주지 않은 건 너무 불공평한 처사였다. 제드가 아이 아빠라면 당연히 알아야 하는 사실이었으니까. 그걸 말해 주지 않은 베스의 처사는 지독하게 부당했다. 모두가 베스를 사랑했지만 베스에게 얼마나 뿌리 깊은 결함이 있는지 아는 사람은 거의 없었다.

인생에는 지켜야 하는 규칙들이 있다. 제3자가 부모 자식 사이에 불쑥 끼어들어 훼방을 놓을 수는 없었다. 그건 이기적이고 용서받지 못할 행동이었다. 하지만 오늘 가장 중요한 일은 베스의 삶을 찬양하는 것이었다. 나만큼이나 베스를 사랑했던 모든 사람들과 함께 보내야 했다.

"얘들아!" 스코티가 계단 아래에서 아이들을 소리쳐 불렀다. "서둘러. 가야 할 시간이야! 옷 챙겨 입어. 날이 추워!"

52

11월 21일

내 생일이다.

 이런 날에 저기가 아니라 여기에 있다니 낯설기 그지없다. 아니 어느 날이나 낯설기는 다 마찬가지지만.

 선물은 달라고 해서는 안 된다. 누군가가 선뜻 건네주면 고마운 것이지, 선물을 받을 거라고 기대할 수는 없다.

 그런데 내가 선물을 하나 바라도 될까?

 내가 바라는 선물은 저들이 진실을 정확하게 알고, 대가를 치르는 것이다. 저 사람들은 내가 사랑하는 사람들이다. 나의 언니, 나의 딸, 나의 친한 친구들이다. 어쩌면 저들은 내내 알고 있었던 것 같다. 어떻게 그걸 모를 수가 있겠는가?

 아니면 내 경험이 윤색되었거나. 신뢰와 사랑에 목매다가 등을 돌렸을 때 두개골이 짓뭉개졌다. 두개골의 뼈가 갈라지는 소리가 들렸다. 이어서 목을 감싸는 두 손이 느껴졌고, 사납게 빛나는 두 눈이 보였다. 분노에 가득 차 있던 눈동자, 이내 감정이 썰물처럼 빠져나가 유독 꽉 닫혀 있는 유리병 뚜껑을 열려고 애쓰는 사람처럼 무감한 빛이 떠올랐던 눈동자가 내 눈을 들여다보고 있었다. 그 때문에 판단이 흐려졌다. 의문을 품을 여지가 전혀 없다고 믿었다. 안다고 자만해서 단 하나의 관점만 고수하다가 다른 여러 관점들을 공평하게 살펴보지 못한 탓이다.

나는 죽음을 맞이하는 순간에 무정한 모습을 보여 주고 싶었다. 공포와 절망에 빠진 모습을 드러내 살인범을 만족시켜 주고 싶지 않았다. 하지만 난 그렇게 강인하지 않았다. 아니, 절제하지 못했다는 말이 더 나을지도 모르겠다. 결국 차분하게 죽음을 맞이하고 싶다는 마음은 빠르게 사라져 버렸다. 생존 본능이 솟아나 내가 가진 모든 것을 끌어내 싸우고 싶었다. 하지만 생존 본능도 충분하지 않았다. 내가 무척이나 사랑했던 올빼미 조각에 머리를 맞는 순간 나는 죽음의 길로 들어서기 시작했다. 할 수만 있다면 두려움을 억눌렀을 것이다. 그 정도 선물은 받을 수 있다고 믿었다.

내 목을 조이는 손아귀 힘이 너무 세서 비명을 지를 수 없었지만 목구멍에서 꺼억꺼억 하는 끔찍한 소리가 새어 나왔다. 강한 엄지손가락의 압력 아래에 가는 뼈가 부러지는 소리가 내 귓가에 맴돌았다. 가장 인간다웠던 그 순간에 나는 인간답지 않은 소리를 냈다.

내 목을 조르는 두 손을 떼어 내고 싶어 손을 뻗었지만 닿지도 못했다. 근육이 긴장되었다가 부드럽게 풀어지면서 두 팔이 힘없이 떨어져 내렸다. 그런데 나의 나약함이 나에게 견뎌 낼 힘을 주는 것 같았다. 왜 나한테 이런 일이 벌어지고 있는지 궁금해하지도 않았다니 이상하지 않은가? 내 몸의 모든 세포가 다 알고 있었는데 굳이 그럴 의문을 품을 이유가 뭐가 있겠는가? 중요한 사실은 내가 살해 당하는 동안 침대에 누워서 죽음을 경험하는 그 순간에 온정신을 다 쏟아부었다는 것이다.

매튜의 죽음에도 온 신경을 다 쏟아부었다. 내 아들은 몇 주 동안 꼼지락거리고 춤추고 발차기를 했다. 배 속에서 샘이 그랬던 것보다 더 활발하게 움직였다. 많은 것을 말해 주는 태동이었다. 샘을 임신했을 때는 테니스 챔피언이 나올 거라고 확신했다. 배 속에서도 서브 앤 발리 실력이 만만치 않았으니까.

매튜는 태어날 준비를 마친 상태였다. 예정일이었던 10월이 아니라 7월에 태어났더라면 살아남았을 것이다. 넘치는 생명력을 갖고 있었으니까. 나는 이미 매튜를 알고 있는 것 같았다. 매튜가 날 깨웠을 때 매튜의 발이 기분 좋게 내 배를 두드리고 있었다. 매튜가 일찌감치 걸음마를 배워서 팝콘을 따라 아장아장 걸으며 즐겁게 깔깔거리는 모습을 상상할 수 있었다. 커서 무용수가 되어 노래하고 웃는 매튜의 모습이 눈앞에 선했다.

매튜는 대단한 아이였다.

나보다 더 열심히 싸웠다. 내 생명이 꺼져 갈 때도 매튜는 몸부림치고 주먹질을 했다. 작은 손을 동그랗게 말아 쥐고 양수 속에서 천천히 헤엄치며 움직였다. 내 심장이 뛰면서 매튜에게 산소를 보냈다. 내가 들이쉬는 숨이 모두 매튜의 것이었다. 내가 더 이상 숨을 쉬지 못했을 때 매튜의 숨도 끊어졌다. 그 어린 매튜의 죽음이 너무나 가슴 아파서 나 자신의 죽음은 잊을 수 있었다. 이미 살아 숨 쉬는 하나의 생명이었던 내 아들이 삶을 살아 볼 기회도 갖지 못한 채 목숨을 잃었다는 슬픔만이 느껴졌다. 아이 아버지를 생각하자 가슴이 찢어지는 것 같았다. 아빠는 자신의 아름다운 아들이 어떤 아이인지 결코 알지 못할 테니까.

죽음의 순간에 관한 잘못된 생각이 아주 많다. 죽음을 맞이하는 순간에는 자신의 인생 전체가 눈앞을 스쳐 간다고 한다. 후회를 정리하고, 용서하고, 분노를 풀어 내고, 사랑으로 가슴을 채울 시간이 있다고 한다. 왜 사람들이 죽기 직전에 완벽한 평화를 찾을 수 있다고 믿고 싶어 하는지 알겠다. 나한테는 그런 일이 일어나지 않았다. 찬란했던 내 인생은 존재하지도 않았던 것처럼 폭력적인 구타, 절망과 믿을 수 없는 고통에 파괴되어 흔적조차 남지 않았다.

살인범이 순수한 분노에 휩쓸려 일을 저지른 것 같다고 생각했다. 분노가 사라졌을 때, 무슨 일이 일어나고 있는지 깨달았을 때, 내가 죽어 가고 있음을 알았을 때 살인범은 광기에서 벗어나 모든 행동을 그만둘 거라고 생각했다. 하지만 그렇지 않았다. 나를 내려다보던 그 눈동자는 끔찍하게도 차분했으니까.

죽음이 다가오는 긴 시간 동안 나는 한때 너무나 사랑했던 익숙한 그 얼굴에만 집중했다. 끝내 내 숨이 멈추고 마지막 남은 의식을 잃기 직전에 한숨 소리를 들었다. 시야가 흐려졌지만 방을 가로질러 걸어가는 발자국 소리와 에어컨 돌아가는 소리를 듣고, 시원한 공기가 피부에 와 닿는 감촉과 인간의 능력으로는 이해할 수 없는 추위, 얼음장처럼 차가운 죽음의 전조를 느낄 수 있었다.

그 냉랭한 방에서 마지막을 맞이하는 순간에 이르러서야 딸 생각이 났다. 그전까지는 사랑하는 딸에게 집착하지도 않았고, 딸과의 작별을 의식하지도 못했다. 그동안 내내 나와 매튜 생각뿐이었으니까. 우리는 함께 있었고, 나의 죽음이 바로 매튜의 죽음이었으니까.

하지만 마지막 순간에 내 생명력이 깜박거리며 꺼져 갈 때 샘 생각이 났다. 내 딸 생각밖에 나지 않았다. 나의 전부, 내 영혼을 나의 딸 샘에게 주었다. 그것이 나의 딸, 나의 어린 소녀에게 내가 해 줄 수 있는 전부였다. 죽은 자는 산 자를 애도하고, 친밀함과 미래의 상실을 슬퍼한다. 내가 자라면서 배웠던 것을 샘에게 알려 주지 못한다. 샘의 인도를 받을 기회를 잃어버렸다.

어렸을 때 샘은 방과 후에 갤러리에 와서 그림을 그리고 색칠을 했다. 샘에게 영감을 주었던 작품들은 내가 좋아하는 미국 인상파 화가들의 작품과는 완전히 달랐다. 마틸다 할머니는 루스와 함께 인도와 네팔로 여행을 갔다가 15세기 티베트 그림 몇 점과 《티베트 사자의 서(The Tibetan Book of the Dead)》라는 100년 된 영어번역판 서적을 얻었다. 양피지 위에 빨간색과 초록색 음영을 넣은 다채로운 삽화뿐만 아니라 수호자와 분노한 신들, 보살들, 불교의 어머니인 타라 여신의 이미지가 가득한 책이었다. 샘은 그 모든 인물들에게 매혹되었지만 배고픈 유령을 가장 마음에 들어 했다. 샘은 폭력과 빈곤에 시달리다 죽어서 평화를 찾지 못한 채 지상을 떠도는 절망적인 영혼들의 이야기를 그렸다.

내가 배고픈 유령이 되었다는 걸 안다면 샘은 어떻게 생각할까?

엄마가 죽은 뒤, 난 너무 슬퍼서 천국을 꿈꾸는 것 외에는 아무것도 할 수 없었다. 죽은 자에 관한 책을 읽다가 사람이 죽은 후에 환생하기까지 45일 동안 중유 상태에 머문다는 사실을 알아냈다. 중유는 유령의 세계다. 사람이 다시 태어나기 전까지 머무는 시간이다. 엄마가 중유 상태로 한 달 반 정도 보내고 나면 다음 생에서는 평화를 찾을 수 있다고 생각하니 마음이 편해졌다. 나는 엄마를 찾아 사방을 둘러보았다. 야생 고양이한테서, 초원을 누비는 보브캣한테서, 해변가의 갓난아기한테서 엄마를 찾으려 했다.

샘이 티베트 책에서 영감을 받아 그렸던 그림들을 기억할까? 그 그림들을 보면 날 떠올릴 수 있을까?

　내가 살해된 지 45일이 훌쩍 넘었다. 나는 7월에 죽었고 지금은 11월이다. 내 생일이 있는 달이다. 한 생명이 태어났다 죽었다. 부활은 없었고, 방황도 끝나지 않았다. 방황은 절대 끝나지 않을 것이다. 잔인한 죽음을 맞이했기에 정의의 심판을 갈구하는 갈망과 만족할 줄 모르는 허기만 남았다.

　엄마가 되는 것은 내 인생 최고의 기쁨이었다. 하지만 스코티에 비하면 아무것도 아니었다. 임신 초기에 내 마음이 흔들렸을 때, 매튜 때문에 모든 것이 너무 많이 바뀌고 뒤집어질지도 모른다고 걱정했을 때 스코티가 얼마나 당혹스러워하고 두려워했는지 기억난다. 순간의 흔들림이었지만 그것이 스코티의 분노를 자아냈다. 나는 스코티의 기분을 충분히 헤아리지 못했다. 좀 더 세심하게 행동했다면 얼마나 좋았을까?

　모성애. 그래, 스코티는 모성애가 나에게 어떤 의미인지를 누구보다 잘 이해해 주었다. 샘 생각이 난다. 샘이 어떤 상황에 처하게 될까? 그 상황을 어떻게 헤쳐 나갈까? 엄마가 죽었을 때가 기억난다. 앤더슨 부부한테 당했던 고통에서 벗어나는 길은 학문적 성취를 추구하는 것이었다. 하지만 샘을 갖자마자 다른 무엇도 중요하지 않았다. 케이트도 그 기분을 알게 되길 바랐다. 아이와 영원히 연결된 기분, 다른 사람들의 손아귀에서 고통 받던 여자에서 생명을 잉태할 수 있는 강인한 여자가 된 기분을 말이다. 룰루도 그 기분을 맛볼 수 있기를 바랐다. 사랑스러우면서도 그렇게 사랑스럽지는 않은 비밀스러운 친구 룰루도. 가끔씩 나는 스코티와 나만 모성애를 경험했다는 게 너무 불공평하다고 느꼈다. 하지만 솔직히 말해 모두가 모성애를 느낄 자격이 있는 건 아니다. 자식이 없는 사람들은 둘째치고 엄마가 된 여자들이라고 다 모성애를 느낄 수 있는 것은 아니다.

지금 당장 언니가 필요하다. 정의가 실현될 수 있다면 아마 언니가 그렇게 해 줄 것이다. 언니는 내가 아는 그 누구보다 더 지독한 외골수에 사납게 분노할 줄 아는 강인한 여자니까. 언니는 내가 나와 같은 삶, 가족과 아이, 정원이 있는 삶을 살지 않는다는 이유로 자신을 경시한다고 생각한다. 하지만 사실은 그렇지 않다. 언니는 절대 나처럼 인생을 엉망으로 만들지 않을 테니까. 나는 이미 내가 소유하고 있는 그림을 훔쳤다. 내 삶이 존중받을 가치가 있음을 나 자신에게 증명해 보이려고.

제드를 생각하면 마음이 복잡하다. 나는 남편과 연인, 두 사람을 모두 행복하게 해 주려고 애썼다. 나는 제드에게 매튜의 초음파 사진을 주면서 아이 아빠라고 생각하게 만들었다. 누가 아이 아빠인지 확실히 알지도 못하면서 말이다. 누군가의 감정을 갖고 노는 건 작은 일이 아니다. 많은 것이 걸렸을 때는 더더욱 그렇다. 피트에게 선전포고처럼 남겨 주었던 벽에 걸린 텅 빈 액자. 내가 할 수 있을 거라고 생각지도 못했던 거짓말과 속임수. 처음에는 기분이 좋았다. 심지어 생기가 넘치는 것 같았다. 평생 동안 착한 소녀로 살다가 일탈을 시도한 쾌감은 이루 말할 수 없이 짜릿했다. 처음부터 날 지탱해 주었던 예술에 둘러싸여 지내며 내 아이들에게 만족하는 삶, 왜 그런 삶을 살 수 없었을까?

나는 사랑에 빠져 나 자신을 잃어버렸다. 내 인생까지도.

53

베스의 생일, 코너는 톰 형과 점심을 함께하려고 뉴런던으로 향했다. 할 일은 책상에 가득 쌓여 있었지만 날이 날인 만큼 마음이 불안해서 사무실을 떠나고 싶었다. 지금쯤이면 사건을 마무리 지을 수 있을 거라고 확신했는데. 베스를 위해 반드시 그렇게 하고 싶었는데.

코너는 뱅크 가 끝에 있는 세인트 이그나티우스 로욜라 교회 주차장에 주차를 했다. 케이트의 집에서 겨우 몇 블록 떨어진 곳이었다. 코너는 케이트의 집에서 시선을 떼지 않은 채 천천히 블랙 웨일을 향해 걸어갔다. 이번 주에는 톰이 해안경비대 아카데미에서 강의를 하고 있어서 약속 장소를 블랙 웨일로 잡았다. 뉴런던이 만나기 편한 장소이기도 했다. 하지만 코너는 다른 이유도 있다는 사실을 잘 알고 있었다. 2주 넘게 케이트와 이야기를 나누지 못했다. 전할 새로운 소식이 아무것도 없어 고개를 들 수 없었지만 우연이라도 케이트와 마주치고 싶었다.

블랙 웨일은 거리 위쪽의 법원 청사에서 나온 변호사들과 피고들, 배심원들, 경찰들로 북적거렸다. 코너는 그중 절반을 알아보고 인사를 나누며 안으로 들어갔다. 해안경비대 제복을 입고 뒤쪽 칸막이 좌석에 앉아 있는 톰을 발견했다.

"안녕." 코너가 자리에 앉으면서 말했다.

"점심 초대해 줘서 고마워. 네가 만나자고 해서 놀랐어. 너 요즘 한창 바쁘잖아." 톰이 말했다.

"휴식이 필요했어."

종업원이 와서 생선튀김과 감자튀김을 주문했다. 코너는 커피를 달라고 했다.

"어떻게 되고 있어?" 톰이 물었다.

"아무 일도 없어. 그래서 문제야." 코너는 종업원이 내려놓은 커피를 바로 들어서 마시다가 입을 데었다. "으윽!"

톰이 코너를 바라봤다. 코너는 형이 무슨 표정을 짓고 있는지 즉각 알아차렸다. 반은 즐겁다는, 또 반은 흥미롭다는 얼굴이었다.

"이거 받아." 톰이 물컵에서 얼음 몇 개를 건져 내면서 말했다. "화상이 좀 가라앉을 거야. 해안경비대의 오랜 비법이지."

코너는 얼음 조각을 받고 고개를 끄덕였다. 톰은 항상 형 노릇할 기회를 놓치지 않았다. 코너는 자매들은 어떨까, 자매들의 유대는 얼마나 강할까 하는 생각을 했다. 케이트가 어떻게 견뎌 내고 있을지 궁금했다. 그 생각이 얼굴에 다 드러난 게 분명했다.

"무슨 일 있어? 괜찮아?" 톰이 물었다.

"오늘이 베스 생일이야."

"아, 이런." 톰이 몸을 앞으로 숙여 코너를 쳐다봤다.

"케이트와 샘한테는 견디기 힘든 날일 거야."

"너도 그래?"

"약간. 다른 이야기나 하자. 가르치는 일은 어때?"

"오늘 수업은 끝났어. 아카데미에서 일하는 건 항상 좋아. 아이들을 보는 게 즐겁거든."

"다음 세대의 새싹들이 자라나 해안경비대를 더욱 굳건하게 만들어 줄 거니까?" 그때 주문했던 생선튀김과 감자튀김이 나왔지만 코너는 배가 고프지 않았다. 의자에 등을 기댄 채 방금 강의했던 선박 조종술에 대해 설명하는 톰의 이야기에 귀를 기울였다. 그러자 육분의와 천문항해. 오스프레이 하우스의 천문학 교수가 생각났다. 때마침 카운터를 힐끗 쳐다봤는데 그곳에 천문학 교수가 있었다.

"천문학 교수야." 코너가 말했다.

"누구?" 톰이 입안 가득 음식을 넣은 채 물었다.

"마틴 해리스. 내가 전에 말했던 남자 기억나? 베스의 범죄 사건에 관해 너무 자세히 알고 있었다고 했던 남자."

"아하, 피트처럼 별에 관심 있다던 그 남자."

"잠깐만 갔다 올게." 코너는 형을 두고 일어나 카운터로 걸어가서 외여닫이문을 통해 주방으로 들어갔다. 튀김 음식 냄새가 가득하고, 접시 부딪히는 소리와 지글거리는 그리들 소리로 시끄러운 작은 공간이 나왔다.

마틴 해리스는 더러운 접시가 가득한 커다란 직사각형 회색 플라스틱 통을 커다란 스테인리스 스틸 싱크대에 넣고 물을 틀었다. 코너는 요리사 알마에게 손을 흔들었다. 몇 년 동안 자주 점심식사를 해 왔던 곳이라 서로 아는 사이였다. 코너가 묻는 듯이 눈썹을 추어올리며 마틴을 가리켰다. 알마가 괜찮다고 고개를 끄덕였다. 코너는 소리 내지 않고 '고마워'라고 입만 벙긋거렸다.

"마틴 씨." 코너가 마틴을 불렀다.

마틴이 어깨너머로 힐끗 돌아보았다. 두 눈은 언제나처럼 충혈되어 있었다.

"일하는 중입니다." 마틴이 말했다.

"압니다. 잠시만 시간을 내 주시죠. 사장님 걱정은 마세요. 밖으로 나가죠."

마틴이 불 앞에서 한창 바쁘게 일하는 알마를 쳐다봤다. 그러고는 뒷문으로 나가 골목길로 들어섰다. 교회 뒤쪽으로 이어지는 한 블록 길이의 골목길이었다. 교회 회관 바깥에는 사람들이 줄을 서 있었다. 수프 키친에 들어가려고 기다리는 사람들이었다.

"저기는 당신이 가끔 식사하러 가는 곳 맞죠?" 코너가 물었다.

"네, 맞아요."

"그거 참 이상하군요. 일전에 베스 라스롭에 대해 물어봤을 때는 저기서 식사한다는 이야기를 하지 않았잖습니까. 베스도 저기서 일했는데요."

"네, 베스와 그녀의 친구요. 근사한 동네에서 온 멋진 여자들이었죠. 그런 여자들이 우리 같은 사람들에게 음식을 나눠 주다니 누가 상상이나 했겠어요?"

"그럼 베스를 알고 있었군요."

"꼭 그런 건 아니죠. 가끔씩 식사 시간에 베스를 보기는 했어요. 진짜 멋진 여자였어요. 하지만 전 아무 짓도 안 했기 때문에 베스 이야기를 하지 않았어요. 당신이 뭔가 좋지 않은 생각을 한다는 걸 알았거든요."

코너는 감정을 안으로 갈무리한 채 아무 말도 하지 않았다. 마틴이 어떤 범죄를 저질렀는지 알지도 못한 채 베스가 그에게 음식을 나눠 주고 친절을 베풀었다니. 마틴에게 어떤 일을 당할지도 모른 채 무방비하게 자신을 드러냈다니.

"베스와 함께 외출을 하거나 하지는 않았어요." 마틴이 초조한 목소리로 말했다. "베스와는 거의 이야기도 나누지 않았어요. 그냥 음식을 나눠 줘서 고맙다고만 했죠. 베스보다는 그 친구랑 자주 어울렸어요."

"제드 힐리어드?" 코너가 물었다.

"누구요? 아, 그 예술가 친구요?" 마틴이 물었다. "여기서 그 사람을 알게 되긴 했지만 그 사람과는 친구 사이도 뭣도 아닙니다."

"그럼 누구랑 어울렸다는 겁니까?"

"거 있잖아요, 블랙홀에서 온 다른 여자요. 진짜 괜찮은 여자죠. 가끔씩 우리한테 술도 사 주며 같이 어울렸어요." 마틴이 웃었다. "재미있는 여자였죠." 마틴의 얼굴에 심각한 표정이 스쳐 지나갔다. "하지만 속은 완전히 망가져 있었어요."

"뭣 때문에요?"

"당연히 베스 때문이죠. 두 사람은 아주 가까웠어요. 그냥 같이 있는 걸 보기만 해도 알 수 있었죠. 그 여자가 무슨 일이 있었는지 말해 줬는데……." 마틴은 너무 끔찍해서 떠올리기조차 힘들다는 듯 눈을 꼭 감았다.

"무슨 이야기요?" 코너는 등 뒤로 식은땀이 흘러내리는 것 같았다.

"죽음에 관한 이야기요. 베스가 어떤 일을 당했는지 말해 줬죠. 베스의 몸에 난 멍 자국, 피 묻은 뼛조각들과 보석. 레이스가 목 주변을 어떻게 파고들었는지……."

전에 마틴이 했던 이야기였다. 마틴이 피트한테 들었거나 범죄 현장에 있었기 때문에 그렇게 자세히 알고 있다고 의심했었다. 마틴은 지금 거의 침을 질질 흘릴 지경이었다. 환상에 사로잡힌 마틴은 베스와 그토록 가까운 사람한테서 들었던 이야기라는 사실에 더욱 흥분한 것 같았다.

"그렇게 자세한 사실을 어떻게 알았는지 말해 주던가?" 코너가 물었다.

"아뇨. 물어보지도 않았어요. 그 여자는 베스의 가족과 친했잖아요. 베스의 언니나 당신, 아니면 조사와 관련된 누군가한테서 들었겠죠. 전 그냥 그 이야기를 듣기만 해도 행복했어요."

어련하겠어. 코너가 속으로 생각했다.

"시간 내 줘서 감사합니다." 코너는 이제 뭘 해야 하는지 알았다. 마음이 다급해져서 골목길에 마틴을 내버려 둔 채 블랙 웨일로 달려갔다. 형에게 갈 데가 있다고 말해야 했다.

54

 순수하게 서로 연결된 느낌은 케이트에게는 낯선 것이었다. 다른 사람들을 만나러 나가야 했는데 클레멘타인을 두고 나가고 싶지 않았다. 야생동물 구출에 관한 내용을 검색해 봤더니 아무런 방해도 받지 않는 따뜻하고 조용하고 어두운 곳에 야생동물을 두라고 했다. 케이트는 집 안에서 그 조건에 딱 들어맞는 구석진 곳을 찾아냈다. 바닥에 무릎을 꿇고 앉아 옆으로 누워 있는 클레멘타인을 들여다보니까 클레멘타인이 벨벳 빛깔이 도는 갈색 눈동자로 자신을 쳐다보았다. 그 눈빛을 보자 클레멘타인을 데리고 가고 싶었다.
 잠시 후, 케이트는 이렇게 말했다. "넌 나랑 같이 가는 거야." 토끼한테 말을 거는 게 우습게 느껴지지도 않았다.
 케이트는 클레멘타인이 담긴 상자를 조수석 카시트에 올려놓고 히터를 켰다. 팝콘이 뒷좌석으로 뛰어 들어갔다. 케이트는 마틸다의 집으로 곧장 운전해 갔다. 마틸다의 집으로 이어지는 사유 도로가 시작되는 경계 지점의 나무들은 나뭇잎들이 모두 떨어져 앙상했다. 머리 위쪽에서 앙상한 나뭇가지들이 뒤엉켜 하얀 하늘을 가리는 짙은 덮개가 되었다. 눈이 예보되어 있었다. 케이트는 곧 눈이 올 거라고 예감했다. 공기 중에 정전기가 가득했다.

3시 15분이었다. 케이트가 제일 먼저 도착했다. 비탈 쪽 초원 입구에 차를 세운 케이트는 집에서 가져온 바구니를 들고 내렸다. 클레멘타인이 추위에 떨지 않게 시동은 켜 두었다. 팝콘이 들판으로 달려 나갔다. 들리는 소리라고는 건초 사이를 헤집는 11월의 바람 소리와 속삭이는 듯한 파도 소리뿐이었다. 케이트는 키 큰 풀들을 한 움큼 잡아당겼다. 집에 가져가 엮어서 클레멘타인의 침대를 만들어 줄 생각이었다. 웅크리고 앉은 케이트는 클레멘타인에게 주려고 마른 클로버를 찾아 뽑았다.

첫눈이 내렸다. 케이트는 언덕 아래를 힐끗 내려다보면서 눈 속에 깊이 파묻힌 풍경이 어떨지 그려 보았다. 그러자 어린 시절로 빨려 들어가는 것 같았다. 썰매를 탄 아이들이 보였다. 베스는 빨간색, 케이트는 파란색 스키복을 입었다. 두 아이는 언덕을 빠르게 달려 내려가면서 이리저리 부딪혔다. 있는 힘껏 썰매를 조종하며 긴 비탈길이 백합 연못에 못 미쳐 끝나기를 바랐다. 12월 중순쯤에는 대체로 연못이 꽁꽁 얼어붙었지만 케이트는 여전히 얼음이 깨질까 봐 걱정스러웠다.

클레멘타인을 구해 준 일로 케이트는 자신이 동생을 보호하려고 얼마나 애썼는지가 기억났다. 말보다 더 깊은 마음으로 동생을 보살피고, 그 마음을 피부로 느꼈던 자신이 떠올랐다. 두 사람은 썰매를 타고 내려갔다가 다시 언덕을 올라가면서 아주 재미있게 놀았다. 하지만 케이트의 마음은 베스가 얼음처럼 차가운 연못에 빠지면 어떻게 해야 할까 하는 생각으로 부산했다. 물에 더 잘 뜰 수 있게 먼저 부츠와 다운재킷을 벗고 연못으로 뛰어들어야 할지, 그러다 오히려 베스를 구할 수 있는 시간이 줄어드는 건 아닐지 생각했다. 진짜로 그런 일이 일어날까 봐 두려웠던 건 아니다. 그냥 언니로서 얼마나 진지하게 동생을 책임지려고 했는지를 보여 주는 생각에 불과했다.

"준비됐어?" 케이트가 베스에게 말했다. 그때 케이트는 아홉 살이었다. 엄마가 어렸을 때 탔다는 플렉시블 플라이어 썰매에 탄 베스 뒤에 앉은 케이트는 두 팔과 다리로 동생을 감싸 단단히 붙들었다.

"이번에는 너무 빨리 가지 마." 베스가 말했다.

"겁먹지 마."

"떨어지기 싫어."

"꽉 잡아 줄게."

두 사람은 썰매를 밀어서 언덕을 날아갈 듯 내려갔다. 스릴 넘치는 속도감에 비명이 절로 터져 나왔다.

그 후로 베스는 썰매를 아무리 타도 충분하지 않은 것 같았다. 두 사람은 썰매를 점점 더 빨리, 점점 더 잘 타게 됐다. 케이트는 베스가 내면의 도전 정신을 발견한 것 같아 기뻤다.

풀과 클로버로 바구니를 가득 채운 케이트는 시계를 확인했다. 다른 사람들이 속속 도착할 시간이었다. 케이트는 자동차를 진입로 한쪽에 주차해 둔 채 걸어서 언덕을 올라갔다. 정원의 창고 문을 열어 보니 썰매가 아직 그 자리에 있었다. 썰매의 빨간색 활주날과 참나무 판자는 세월에 닳고 닳았고, 글씨는 거의 보이지 않았다. 썰매 안쪽은 바깥쪽보다 훨씬 차가워서 입김이 맺혔다.

아이스 스케이트는 벽에 박힌 못에 걸려 있었다. 마틸다와 루스,

케이트, 베스, 케이트의 부모님 것까지 총 여섯 켤레였다. 눈을 감자 아빠가 연못 옆에서 모닥불을 피우던 모습이 그려졌다. 마틸다 할머니가 보온병에 핫초콜릿을 넣어 와서 스케이트를 타고 난 후에 모두가 초록색 머그컵에 따라 마셨다. 김이 모락모락 나는 핫초콜릿을 호호 불어서 식히는 동안 얼어붙었던 손가락이 따뜻한 컵의 온기에 녹아내렸다.

케이트와 베스는 항상 거친 나무 벤치에 딱 붙어 앉곤 했다. 서로의 재킷 너머로 온기를 나누었고, 팔을 맞대고 앉아 어른들의 이야기에 귀를 기울였다. 당시에 케이트는 베스와 가능한 한 딱 붙어 앉을 때 가장 행복했다.

자갈길을 구르는 타이어 소리가 들려 팝콘을 부르고는 집 앞쪽까지 돌아가는 짧은 거리를 운전해 갔다. 거기서 주차된 피트의 차를 발견했다. 케이트는 피가 끓어오르는 것 같았다. 피트에게 여기 머물지 말라고 하긴 했지만 피트는 원래 자기 뜻대로 행동하는 사람이었다. 케이트는 다시는 마틸다의 집에서 피트를 보고 싶지 않았다. 베스의 생일에는 더더욱 그랬다.

케이트는 클레멘타인의 상자 속으로 손을 넣어 털을 부드럽게 쓰다듬었다. 클레멘타인의 숨결이 느껴지자 마음이 가라앉았다. 룰루가 진입로에 차를 세웠고, 이어서 스코티가 도착했다. 스코티의 차는 꽉 차 있었다. 조수석에는 이자벨이, 뒷좌석에는 샘과 줄리가 타고 있었다.

모두 베스의 생일을 축하하러 왔다. 팝콘이 자동차에서 뛰쳐나갔다.

모두가 우르르 몰려 나와서 서로를 껴안았다. 모두 따뜻한 코트를 입었고, 둥글게 모여 서서 서로를 끌어안은 채 떨어지지 않으려고 했다.

"제부가 올 줄은 몰랐어." 다들 포옹을 풀고 서로 떨어졌을 때 케이트가 피트의 차를 몸짓으로 가리키며 말했다. 케이트는 샘을 흘낏거렸다. 샘의 마음을 아프게 하고 싶지는 않았지만 오늘 같은 날에는 진심을 억누르기가 힘들었다.

"다른 데로 가야 할까?" 룰루가 물었다.

"피트는 샘의 아빠야. 베스의 남편이고." 스코티가 말했다.

"아빠는 엄마 생일을 축하하고 싶지 않다고 했어요. 우리가 떠나는 게 좋겠어요." 샘이 말했다.

"우린 아무 데도 안 가. 제부가 가야지." 케이트가 집을 향해 걷기 시작할 무렵 줄리가 외치는 소리가 들렸다.

"토끼야! 토끼!" 줄리가 케이트의 자동차 조수석 창문에 손바닥을 갖다 댄 채 외쳤다.

"그래, 토끼야." 케이트가 말했다.

"근데 왜 저래? 자는 거야?" 줄리가 물었다.

"다쳤어. 케이트가 구해 줬지." 룰루가 말했다.

"보고 싶어. 가까이 가서 보고 싶어."

"야, 안 돼. 밖은 엄청 추워." 이자벨이 말했다.

케이트도 그렇다고 고개를 끄덕였지만 줄리는 고집을 부렸다. 어쨌든 클레멘타인은 안으로 데리고 들어갈 계획이었다.

"이름은 클레멘타인이야." 케이트가 줄리 옆에 웅크리고 앉아 말했다.

"작은 토끼야." 줄리가 손가락 하나를 뻗었지만 클레멘타인의 찡긋거리는 코를 만지지는 않았다. 그와 동시에 어깨너머를 초조하게 힐끗거리며 말했다. "저기 들어가기 싫어."

"어디?" 케이트가 말했다.

"집 안에. 샘의 엄마가 생각나."

"우리가 사랑했던 사람들을 기억하는 건 좋은 일이야." 케이트가 말했다.

"이상해. 아주. 저기 들어가기 싫어. 난 클레멘타인이랑 여기 있을 거야." 줄리가 말했다.

"맙소사, 줄리! 너 자꾸 귀찮게 굴래? 샘 엄마 때문에 여기 온 거야. 샘 엄마 생일이니까 샘 엄마 이야기를 하려고."

"난 클레멘타인이랑 있을 거야." 줄리가 자동차 안으로 기어 들어가면서 말했다.

"줄리, 당장 나와." 스코티가 말했다.

케이트는 스코티를 제치고 몸을 숙여서 줄리를 마주 보았다. 한 번도 자신의 눈을 똑바로 보지 않았던 아이가 갑자기 시선을 마주쳐 왔다.

"무서운 게 있니?" 케이트가 물었다.

"샘 엄마한테 이야기하는 척하는 거 싫어." 줄리의 시선이 룰루에게 닿았다가 이어서 엄마에게 향했다.

"무슨 일이 있었니? 그래서 이러는 거야?" 케이트가 줄리의 격한 반응에 놀라 물었다.

줄리가 두 손으로 귀를 막았다. "그만해, 그만. 엄마, 아무도 안 들어. 아무도 안 들어. 그냥 혼자 떠드는 거야. 혼잣말이야, 혼잣말." 줄리가 또다시 룰루를 쳐다봤다. 두려워하는 눈빛인지, 자기를 이해해 달라고 간청하는 눈빛인지 알 수 없었다.

"진정해, 애야. 다 괜찮아질 거야." 스코티가 줄리를 껴안으며 말했다.

"어, 샘이 어딨지?" 이자벨이 물었다.
모두가 가만히 서서 주위를 둘러보았다. 샘이 보이지 않았다.

55

피트는 이곳을 집이라고 부를 수 있어서 기뻤다. 그 대단한 마틸다의 소유였던 집에 지금 자신이 서 있었다. 피트는 처치 가에서 가져온 리클라이너 의자에 편안하게 앉았다. 올해 생일에 베스한테 받았던 제일 좋아하는 조지아 땅콩 캔에서 땅콩을 한 줌 가득 집어 먹었다. 오늘은 베스의 생일이었다. 기분이 좋지 않았다. 우울하다는 말로 정의할 수 있는 감정이 아니었다. 마틸다의 집에 있다는 만족감도 제대로 즐길 수 없을 정도였다.

케이트가 여기 오지 말라고 했고, 니콜라도 그다지 반겨 주지 않았다. 하지만 그건 그들의 문제였다. 피트는 눈을 감고 세세한 일들을 되짚어 보았다. 벌써 수백 번째였다. 조각들을 한데 모으면 무슨 일이 일어난 건지 알아낼 수 있다고 확신했다. 피트는 베스가 죽어서 슬펐다. 그렇지 않다고 생각하는 사람들한테는 다 꺼지라고 말해 주고 싶다. 하지만 작년에 베스와 니콜라와 다투었던 모든 사건들 때문에 곤란해질 수 있었다. 그 사건들이 다 밝혀지면 나쁜 인간으로 몰릴 수 있었다. 형사는 아직도 그가 범인이라고 생각하는 게 분명했다.

등의 상처와 치아 자국은 다 아물었다. 그날 니콜라를 그토록 지독하게 겁 줄 생각은 없었다. 베스가 죽기 일주일 전이었다. 피트는 여자라면 신물이 날 정도였다. 여자들 때문에 온몸이 반으로 찢어지는 것 같았다. 7월의 아름다운 날이었다. 타일러는 칭얼거리면서 낮잠을 자지 않으려고 했다. 그래서 타일러를 차에 태우고 니콜라와 함께 드라이브를 했다.

두 사람은 폭포 근처의 국유림에 도착했다. 타일러는 마침내 카시트에서 잠들었다. 두 사람은 앞좌석에 앉아서 창문을 열어 놓고 새소리와 세차게 흐르는 물소리를 들었다.

니콜라가 먼저 말을 꺼냈다. 언제 베스를 떠날 거예요? 우린 언제 함께 살 수 있어요? 그 순간 인내심이 뚝 끊어졌다.

"대체 왜 나랑 같이 살려는 건데?" 피트가 따져 물었다. "만날 내가 못 해 주는 것만 물고 늘어지면서."

"내가 당신한테 해 주고 싶은 게 있어서 속이 탄다는 거 몰라요? 당신과 타일러를 위해 해 주고 싶은 일을 다 할 수가 없어서……."

피트는 고개를 가로저었다. "당신이 나한테 마지막으로 키스해 준 게 언제인지 모르겠어."

니콜라가 미소를 짓더니 계기판 위로 몸을 숙여 피트에게 키스했다. 예전에 그랬던 것처럼, 그를 미치게 만들었던 그때처럼. 곧이어 다리 사이에 닿는 니콜라의 손길이 느껴졌다. 어느새 피트가 벗어던진 셔츠가 땅바닥에 담요 대용으로 깔렸다. 그렇게 두 사람은 누가 오는지도 신경 쓰지 않은 채 탁 트인 곳에서 사랑을 나누었다.
"이제 기분이 좀 나아졌어요?" 니콜라가 미소 지으면서 피트를 올려다보았다.
"그래." 피트가 니콜라한테서 떨어져 나와 니콜라의 얼굴에서 머리카락을 부드럽게 치워 주며 말했다. 니콜라는 너무나 아름답고 젊고 상큼했다. 니콜라를 처음 만났던 그때로 돌아갈 수만 있다면 얼마나 좋을까? "좀 더 기다려 줄 수 있어?"
"노력하고 있어요."
"그런 것 같지 않아." 피트가 말했다. 차갑게 말하려던 것이 아니었는데 니콜라는 뺨이라도 맞은 것처럼 반응했다. 니콜라의 얼굴이 빨갛게 달아오르고 눈에는 눈물이 넘실거렸다. "또야, 또. 또 울잖아. 무슨 말만 하면 울지."
니콜라가 피트를 세게 밀치고 일어서려고 했다. 피트는 니콜라의 손목을 잡아 세게 끌어당겼다. 속에서 분이 치솟아 올랐다. 니콜라는 틈만 나면 그의 성질을 건드렸다.
"내가 당신을 위해서 뭘 포기하려는지 알아?" 피트가 물었다. "나한테는 아내가 있어. 딸도 있고. 베스가 우리 관계를 엄마한테 다 말해 버렸어, 젠장. 이젠 그 문제를 해결해야 한다고. 내가 뭣 때문에 이러겠어? 고작 이 꼴을 보려고? 내가 입만 열면 우는 여자를 위해서?"
니콜라는 이제 서럽게 흐느끼고 있었다. 피트의 셔츠 위에 앉아서 두 손으로 눈을 가린 채. 이만 하면 참을 만큼 참았다고 피트는 생각했다. 지금 당장 걸어서 돌아가는 꼴을 당하고 싶어서 자꾸 날 자극하는 걸까? 그렇다면 소원대로 해 줄 생각이었다. 피트는 벌떡 일어나서 자동차로 빠르게 걸어갔다. 좋아, 지금 당장 나 혼자 떠날 테니 도로까지 걸어와 보라지. 물론 도로에서 니콜라를 기다릴 생각이었다. 하지만 니콜라가 계속 이런 식으로 나오면 자신이 무슨 짓을 할 수 있는지 보여 줄 작정이었다.

"집에서 보자고." 피트가 어깨너머로 말했다.

"피트!" 니콜라가 소리쳤다.

피트는 뒷좌석을 힐끗 쳐다보았다. 타일러는 아직 잠들어 있었다. "타일러는 내가 돌볼게." 피트가 자동차 열쇠를 달랑달랑 흔들면서 말했다. "당신이 어떻게 행동했는지, 어떻게 날 밀어냈는지 잘 생각해 봐. 우리 관계를 망가뜨리고 있는 건 당신이야."

"가지 마요." 니콜라가 소리쳤다.

피트는 서둘러 출발하고 싶어서 자동차 문을 빠르게 열었다.

"내 아들을 데려가지 마!" 니콜라가 악을 쓰듯 소리를 질렀다. 등에 와 닿은 니콜라의 손길이 느껴졌다. 니콜라는 짐승처럼 발톱을 세워 피트를 할퀴고 깨물었다. 피트가 소리를 지르며 니콜라를 떼어 내려고 했지만 니콜라는 거머리처럼 더욱 찰싹 달라붙었다. 온 우주의 감정이란 감정이 모두 몰려와 피트를 휩쓸고, 니콜라를 괴물로 만들고, 토네이도처럼 두 사람을 휘감아 도는 것 같았다.

마침내 피트가 홱 돌아서서 니콜라를 꽉 껴안아 두 팔을 움직이지 못하게 하자 니콜라의 발악이 멈췄고, 피트의 그 행동은 따스한 포옹으로 변했다. 이번에는 피트가 울면서 어떻게 해야 할지 몰랐다고, 당신을 숲에 혼자 두고 갈 생각은 절대 없었다고 말했다. 그러는 사이에도 등은 불이 붙은 듯 화끈거렸다. 니콜라가 어깨의 살점을 한 덩이 뜯어낸 것만 같았다.

니콜라가 피트의 귓가에 대고 속삭였다. "용서해 줘요. 정말 미안해요. 당신을 다치게 하려던 게 아니었어요." 두 사람은 집으로 돌아왔고, 니콜라가 피트의 끔찍한 상처를 치료해 주었다. 과산화수소를 바르고 거즈로 상처를 싸맸다.

이성적으로 생각해. 경찰한테 진실을 말하면 넌 곤경에서 벗어날 수 있어. 코너한테 니콜라와 싸운 이야기를 해 버려. 마틸다의 집에 앉아서 피트는 이런 생각에 빠졌다. 하지만 그 생각대로 했다가는 니콜라가 험한 꼴을 당할 것이다. 피트는 코너가 니콜라를 쫓는 걸 원치 않았다. 니콜라가 폭력적인 여자라고 생각한다면 어떡한단 말인가? 코너는 니콜라를 의심할 수도 있었다. 니콜라가 베스를 죽였을 수도 있다고 생각하며 수사의 칼날을 니콜라에게 겨눌 수도 있었다.

어렸을 때 피트는 체스에 관심이 많았다. 누구도 살고 싶어 하지 않는 프로비던스의 가난한 동네에서 자랐던 피트는 주말이면 거의 대부분 버스를 타고 이스트사이드로 갔다. 그곳 테이어 가의 체스숍 밖에서 자리가 나기를 기다렸다. 자신감이 넘쳐 모든 사람들과 체스 대결을 벌일 작정이었다.

브라운과 리즈디(RISD) 대학교 학생들과 교수들, 은퇴한 물리학자들, 수학 영재들, 보리스 스파스키를 가르쳤던 러시아인 그랜드 마스터와 대결을 펼쳤다. 하지만 피트의 가장 훌륭한 스승은 프로스펙트 테라스 공원에서 잠자던 노숙자 맥스 브랜트였다. 맥스는 자주 모든 사람들을 이겨 사회에서 무시당하는 사람이 소위 엘리트 교육을 받은 사람들도 쉽게 이길 수 있음을 보여 주었다.

피트는 한 수 앞서 나가는 게 기분 좋기도 하지만 상대가 이기고 있다고 자만하게 만들어 다가오는 공격을 보지 못하게 만드는 수법에 견줄 만한 것이 없음을 배웠다. 맥스는 그러한 진리를 피트에게 수차례 보여 주었다.

베스의 죽음은 체스 게임이 아니었다. 베스의 인생에 관여했던 대부분의 사람들에게는 오직 슬픈 일일 뿐이었다. 피트도 베스의 죽음을 슬퍼하기는 마찬가지였다. 하지만 경찰과 친구들, 처형, 샘, 심지어는 니콜라까지 모든 사람들을 대할 때는 신중하게 전략을 짜야 했다. 피트는 자신의 그러한 관점을 다른 누군가가 이해해 주리라고는 기대할 수 없었다. 대부분의 상황에서 그랬듯이 이번에도 피트는 혼자였다.

피트는 평생 동안 우리 아들이 얼마나 똑똑한지 모른다는 말을 엄마한테 듣고 자랐다. 대가족 틈에서 가문의 브레인으로 인정받았고, 많은 친척들이 질투심에 분노했다. 피트는 전국에서 가장 좋은 사립학교에 입학했다. 원하면 아이비리그에도 갈 수 있었지만 그 길은 선택하지 않았다.

피트는 자신의 외모를 과신하지는 않았다. 하지만 평생 동안 잘생기고 똑똑한 나쁜 남자의 관심을 즐기며 사는 내숭 떠는 여자들을 의식하지 않을 수는 없었다. 베스를 만나기 전에도 아내감을 몇 명 만나 보았다. 사모펀드 회사 사장인 여자 상속인, 최고 실적을 자랑하는 유명 제약회사 영업사원. 그중에서도 베스는 가장 유력한 아내감이었다. 그리고 놀랍게도 피트는 실제로 베스를 사랑했다. 막 연애를 시작한 연인들이 어찌 서로를 사랑하지 않을 수 있겠는가? 베스는 거의 그의 엄마만큼이나 그를 믿었다. 그에게 갤러리 열쇠를 건네주고, 예술계와 해안가 코네티컷의 귀족사회를 선사해 주었다.

베스와의 결혼 생활에 문제가 생겼을 무렵, 피트의 눈에 니콜라가 들어왔다. 바드 대학원생이었던 니콜라는 똑똑한 남자들에게만 끌렸고, 피트를 선택했다.

베스는 더 이상 예전처럼 그를 인정해 주지 않았다. 연애 초기에 그를 인정해 주었던 마음이 점차 사라졌다. 베스는 그를 멸시했고, 모든 것이 다 자기 소유라는 사실을 그에게 끊임없이 상기시켜 주었다.

피트는 희망과 꿈이 가득했던 초창기 연애 시절을 떠올려 보았다. 당시에는 라스롭 갤러리에서 도난당한 미술품에 관한 보험 처리를 맡은 보험 회사에서 일하고 있었다. 피트는 그 사건을 철저하게 조사했다. 그때는 라스롭 갤러리가 아니라 하크니스-우드워드 갤러리였다. 피트는 가스 우드워드가 어떻게 앤더슨 부부를 고용해서 〈달빛〉을 훔치고 자신의 가족을 지하실에 묶어 두었는지 파악하자마자 우드워드 자매를 만나 보기로 했다.

피트가 갤러리 개관식에 참석했을 때 케이트와 베스 두 자매도 그 자리에 있었다. 케이트는 그를 아예 쳐다보지도 않았다. 베스는 정반대였다. 따뜻하고 명랑한 태도로 그를 안으로 안내했다. 피트가 어디서 일하는지 말했을 때 충격적인 기억이 떠오를 게 분명했는데도 베스는 피하지 않았다.

그때 베스의 눈에 얼마나 세심한 빛이 깃들어 있었는지 떠올랐다.

"그림이 좋아서 이 일을 하시나요?" 베스가 물었다.

"미술은 제 열정이죠." 피트가 거짓말을 했다.

"당신 회사와 우리 갤러리가 장기간 거래를 맺어 왔다는 거 아세요?"

"네. 이렇게 저희가 필요한 일이 생겨서 정말 애석합니다. 당신과 당신 가족이 겪은 일도요."

"마음 써 주셔서 고마워요." 베스의 눈에 눈물이 맺혔다. 피트는 그 심정을 충분히 이해한다는 위로의 눈빛을 보냈다. 두 사람은 아주 오랫동안 서로를 알고 지낸 사이처럼 만나자마자 바로 유대가 깊어졌다. 피트는 자신만큼 그녀의 고통을 잘 이해해 줄 사람은 없을 거라는 마음을 전하고 싶었다. 베스는 그런 피트의 마음을 쏙쏙 빨아들였다. 피트는 베스에게 필요한 게 무엇인지 알고 아낌없이 채워 주었다. 여자들에게 필요한 것을 즉각 알아채는 완벽한 본능이 그에게 있었기 때문이었다.

피트가 베스와 결혼해 갤러리 사장이 되면서 갤러리에는 훨씬 더 좋은 일들이 생겼다. 피트는 언론홍보담당자로 활동하며 몇몇 미술 잡지와 주요 신문에 갤러리 기사를 실었다. 그 덕분에 라스롭 갤러리는 모든 주요 소셜미디어 플랫폼에서 존재감을 드러내게 됐다. 피트는 하루에 두 번 트위터에 글을 올리고, 인스타그램에 사진을 게시하고, 페이스북 팔로워를 5,000명 이상 끌어들였다. 가족 소유의 작은 갤러리의 팔로워치고는 놀라운 수치였다. 하지만 베스는 그에게 감사할 줄 몰랐다.

베스는 항상 모든 돈이 자신의 가족한테서 나온다는 사실을 그에게 상기시켰다. 하지만 부자로 태어나는 건 순전히 운에 불과하다는 사실을 깨닫지 못했다. 아이큐와는 전혀 상관없는 것이었다. 샘이 태어나기 전에 베스에게 멘사 테스트를 받아 보라고 한 적이 있었다. 그때 베스는 자신은 통과하지 못할 거라면서 웃어넘겼다.

지난 12월, 갤러리에서 크리스마스 장식을 하고 있을 때 피트는 사다리 발치에 서 있었고, 베스는 나무 맨 꼭대기에 별을 매달고 있었다. 그때 피트는 사다리를 세게 흔들고 싶은 충동에 사로잡혔다. 맙소사, 베스가 어떻게 죽었는지 알고 있는 지금 돌이켜 생각해 보니 그런 충동에 사로잡혔던 자신이 너무나 부끄러웠다. 찰나의 순간이었지만 그때 피트는 베스한테 너무 화가 나서 베스가 책장 모서리에 부딪혀 머리가 깨지는 모습을 보고 싶었다.

"지독한 놈, 지독한 개자식." 피트가 큰소리로 자신을 꾸짖었다.

하지만 피트만 그런 마음을 품었던 것이 아니다. 온 가족이 서로를 힘들게 했다. 그 빌어먹을 그림, 〈달빛〉. 작년에 그 그림이 사라졌는데 이번에도 같은 일이 일어났다. 텅 빈 액자를 봤을 때 말 그대로 심장이 멈춰 버렸다. 그 액자를 가리켰을 때 비난 가득한 눈빛으로 쏘아보던 베스가 기억난다. 그림을 훔쳐 간 범인을 바라보는 것 같은 눈빛이었다. 하지만 피트는 뭐라고 변명을 할 수가 없었다. 베스가 죽고 난 지금도 코너에게 아무런 설명을 할 수 없었다. 이 세상보다 더 사랑하는 사람을 배신하지 않고는 말할 수 없는 사실이었으니까.

"아빠?"

샘의 목소리에 피트는 의자에서 일어났다.

"샘, 여기서 뭐하니?"

"다들 밖에 있어." 샘이 앞쪽 창문을 몸짓으로 가리키며 말했다. "엄마 생일을 축하하러 왔어."

"네 이모도 왔어?"

샘이 고개를 끄덕였다. "룰루와 스코티 아줌마, 이자벨, 줄리도."

"넌 괜찮니?" 피트가 물었다.

"엄마 생일이라서……."

"그래, 알아."

샘이 눈을 가리는 긴 머리카락을 쓸어 넘겼다. 샘의 왼쪽 팔 안쪽에 생긴 상처가 피트의 눈에 들어왔다. 새로 생긴 것일까 아니면 몇 달 전에 생겼는데 낫고 있는 것일까? 당신 때문에 샘이 자기 몸에 칼을 대고 있어요. 당신과 니콜라, 당신 아들 때문에요. 아빠를 잃을까 봐 무서워서요. 베스가 이렇게 말했었다.

"아직 자해를 하고 있니?" 피트가 물었다. 처음에는 상처를 가리키다가 샘에게 다가가서는 손목을 부드럽게 잡았다. "제발 아니라고 말해 줘."

"자주는 안 해. 가끔씩만." 샘이 말했다.

피트는 작년에 캠프에 가기 직전에 생겼던 샘의 상처를 쓰다듬었다. 그때 베스는 갤러리에서 새로 구매한 작품 목록을 작성하고 있었다. 피트는 은행에 들렀다가 곧장 일하러 돌아가지 않고 집으로 향했다. 자신에게 화가 나 있던 샘과 둘만의 시간을 갖고 싶었기 때문이다. 캠프에 갈 준비를 하고 있는 샘에게 자신에게 넘버원은 항상 너뿐이었고 앞으로도 영원히 그럴 거라고 말해 주고 싶었다. 샘이 아무리 커도 자신에게는 언제나 사랑스러운 아기라고 안심시켜 주고 싶었다.

피트가 현관으로 들어갔을 때 벽장에서 부스럭거리는 소리가 나더니 샘이 나왔다. 샘은 뭔가 잘못이라도 저지르다가 걸린 아이마냥 펄쩍 뛰었다. 얼굴에는 죄책감이 서려 있었다.

"거기서 뭐하고 있었어?" 피트가 물었다.

"아무것도 안 했어. 그냥 부츠랑 우의를 찾고 있었어. 메인에는 비가 좀 온대서, 하하."

"그래? 손목은 왜 그러니?"

샘이 시선을 내리니 핏자국이 보였다. "어, 못이나 걸이 같은 데 걸렸나 봐."

피트는 나중에야 베스한테서 샘이 자해를 한다는 이야기를 들어서 그날은 전혀 눈치채지 못했다.

"그래서 우의는 찾았어?"

"응, 저 안에 있어. 차 타고 갈 때 가져갈게. 아빠는 여기 웬일이야? 일하러 안 가?"

"너랑 이야기하려고 왔어."

"왜?"

"캠프에 가기 전에 너랑 화해하고 싶어서." 피트는 샘이 태어났던 날을 생각했다. 그날 얼마나 흥분했는지 모른다. 딸에게는 자신이 누리지 못했던 삶이 펼쳐질 거라고 생각했다. 7월의 그날, 피트는 가슴을 짓누르는 책임감에 심장이 터져나갈 것만 같았다. 피트가 다가가 샘을 껴안으려 했지만 샘은 뒤로 물러섰다.

"화해?" 샘이 목구멍을 긁으며 나는 듯한 웃음을 터뜨렸다.

"샘."

"아빠, 그러지 마. 이야기해 봤자 더 나빠져. 난 그만 가야 해. 이자벨한테 만나자고 했어." 그리고 나서 샘은 문밖으로 달려 나갔다.

지금 샘은 베스의 생일에 마틸다의 거실에서 슬픈 눈으로 그를 바라보고 있다.

"그 상처." 피트가 샘의 상처를 가리키며 말했다. "많이 좋아졌구나."

"〈달빛〉의 기억이라고나 할까?"

"그 일은 잊어버려."

"잊어버리라고?" 샘이 물었다. "내가 그런 짓을 했는데 그게 가능할 것 같아?"

"할 수 있을 거야."

"왜 엄마한테 말하지 않았어?"

"널 보호하고 싶었으니까."

"엄마가 알았다면 엄청 화냈을 거야."

"네가 벽에서 그림을 떼어 내 복도 벽장에 넣어 두었지. 그 일로 엄마의 나쁜 기억이 다시 떠오를 거라는 생각 못 했니? 엄마가 예전에 겪었던 고통이 되살아날 거라는 거 몰랐어? 엄마가 마음을 다칠 거 예상 못했니?"

샘이 새하얀 작은 흉터를 쳐다보았다. "그 그림에 피를 흘렸어. 그러려고 했던 게 아냐. 너무 무서웠다고. 아주 귀한 그림이었으니까."

"캔버스 뒤쪽에 작은 얼룩 하나 생겼을 뿐이야. 그리고 그림이 아무리 귀중해도 너만큼은 아냐, 샘. 우리가 사랑하고 중요시하는 사람은 너야. 그림 몇 점이 아니라." 피트가 침을 삼켰다. 샘이 그림에 관한 다른 일을 털어놓으려는 걸까? 피트는 경찰이 갤러리 지하실에 돌돌 말려 있는 그림을 찾아냈다는 사실을 알고 있었다. 캔버스 뒷면에 피로 그린 하트가 있는 그림이었다. "이번에도 네가 그림을 훔쳤니?"

"아냐. 절대 아냐." 샘이 고개를 세차게 흔들며 말했다.

"알았다, 아빤 널 믿어. 그런데 예전에는 왜 그림을 훔쳤니?"

"모든 게 산산조각 나고 있었으니까." 샘이 아빠의 눈을 피한 채 나지막한 목소리로 말했다. "집에 누가 침입한 것처럼 꾸미려고 했어. 그럼 아빠가 우리한테 관심을 보일 거니까. 집에 머물 테니까. 우린 가족이잖아."

샘이 아빠에게 걸어가더니 아빠 품에 털썩 안겨 울음을 터뜨렸다. 피트는 그런 딸을 안고 흔들어 주었다. "미안해, 아빠. 그림을 숨겨서 정말 미안해. 엄마가 돌아오면 좋겠어, 아빠. 엄마랑 아빠랑 함께 있고 싶어. 우리 모두 함께 있고 싶어."

"아빠도 그래." 피트가 속삭였다. 평생 했던 그 어떤 말보다 진심이 담긴 말이었다. 그랬던 탓에 샘이 고개를 젖히고 질문을 던졌을 때 피트는 날카로운 칼에 베인 것만 같았다.

"아빠, 나한테는 말해 줘. 진실을 말하겠다고 약속해 줘. 아빠가 엄마를 죽였어?"

56

하늘이 하얗게 변하더니 눈발이 간간이 흩날렸다. 스코티의 뺨이 추위로 따끔거렸고, 케이트의 뺨은 빨갛게 얼어붙었다. 룰루는 발을 녹이려고 쿵쿵 구르고 있었다. 스코티가 이자벨과 줄리를 가까이 끌어당겼다. 모두가 집을 바라보았다.

"안으로 들어간 게 분명해." 룰루가 말했다.

"아빠와 이야기하려고?" 스코티가 과장되게 몸을 부르르 떨면서 말했다. "샘을 데리고 나가자. 아빠한테서 떼어 놔야지. 어디 따뜻한 데로 가자." 스코티는 바가 있는 곳으로 가면 좋겠다고 생각했다. 주변에 술이 있다면 베스의 생일을 축하하며 건배를 할 수도 있을 테니까 다들 반대하지 않을 것이었다.

"내가 샘을 데려올게." 이자벨이 현관으로 성큼성큼 걸어가며 말했다. 줄리가 그 뒤를 따라갔다.

"애들아!" 스코티가 소리쳤다.

"괜찮을 거야." 룰루가 스코티의 팔을 잡으며 말했다. "피트는 아무 짓도 안 할 거야. 샘은 늙다리 이모들보다는 이자벨을 더 반길 거고."

스코티가 룰루의 손길에 무의식적으로 움찔했다. 룰루의 날카로운 눈빛 때문이었다. 룰루는 마치 스코티의 영혼을 꿰뚫어보면서 퍼즐 조각을 맞추려고 하는 것 같았다. 아니면 스코티가 아는 부분을 지워 버리고 자신만의 역사를 다시 쓰고 싶어 하거나. 스코티는 케이트를 힐끗 쳐다봤다. 케이트는 두 사람의 그런 분위기를 전혀 눈치채지 못하는 것 같았다.

"너 대체 왜 그래?" 스코티가 물었다.

"그건 내가 묻고 싶은 말인데." 룰루가 말했다.

"나한테 계속 이상하게 굴었잖아." 스코티가 말했다.

"그냥 우리가 얼마나 친했는지 생각하고 있었어. 우리 사이에 비밀이 얼마나 많았는지도." 룰루가 대꾸했다.

"제드 일로 더 이상은 서운해하지 않기로 했어. 적어도 그러려고 노력 중이야. 내 마음이야 어떻든 간에 베스가 나한테 그 일을 말하지 않은 이유가 있었을 테니까. 너희 둘도 그렇고." 케이트가 말했다.

케이트가 재킷 주머니에 손을 넣어 접혀 있는 종이 쪽지 하나를 꺼냈다.

"복사한 거야. 베스가 너희한테 보여줬는지는 모르겠지만…… 너희가 모르거나 아직 보지 못한 베스와 나만의 비밀은 이거 하나인 것 같아." 케이트가 접혀 있던 흑백 사진을 쫙 펼쳤다. 스코티는 그게 뭔지 알아차리자마자 무릎이 꺾일 뻔했다.

"초음파 사진이네." 룰루가 말했다.

"매튜 사진이야." 스코티가 손을 뻗으면서 말했다.

"누가 아빠였을까? 제부? 아니면 제드? 누가 아빠였는지 알 수나 있을까?" 케이트가 말했다.

"지금은 그게 그다지 중요하지 않은 것 같아." 룰루가 부드럽게 말했다.

"아니, 중요해." 스코티의 목소리가 생각보다 거칠게 튀어나왔다. 케이트와 룰루 둘 다 스코티를 돌아보았다.

"아이를 가져 보지 못한 사람들이나 그런 소리를 할 수 있는 거야. 내 말 믿어." 스코티가 말했다.

"아이는 이 세상을 떠났어. 그 아이를 키워 줄 사람이 필요 없지. 하지만 우리는 여전히 그 아이를 사랑해." 케이트가 말했다.

"아이 아빠는 매튜가 자기 아들인지 알 자격이 있어." 스코티가 말했다.

"베스는 아이 아빠를 밝히지 않기로 했고." 룰루가 말했다.

"네가 베스를 부추겼어. 그런 식으로 베스의 나쁜 자아를 불러냈지." 스코티가 말했다.

"베스한테 나쁜 자아 같은 건 없었어. 그런 식으로 말하지 마." 케이트가 반박했다.

스코티는 룰루에게 더욱 가까이 다가갔다. "난 베스를 도와주려고 했어. 진짜야. 베스가 그 모든 일을 헤쳐 나가게 도와주고 싶었어."

"무슨 말이야?" 케이트가 물었다.

스코티는 초음파 사진을 쳐다봤다. 그 사진을 보자 이자벨의 초음파 사진을 봤을 때 얼마나 기뻤는지, 닉과 그 순간을 함께해서 얼마나 행복했었는지가 떠올랐다. 닉도 자신만큼이나 흥분했었다. 임신 기간 내내 언제나 닉이 자신의 곁을 지켜줬다.

"왜 달리기를 시작했을까?" 스코티가 말했다.

"뭐?" 케이트가 되물었다.

"닉 말이야. 달리기에 집착하는 바보가 돼 버렸어. 나한테서 달아나려고."

"그만해, 스코티. 닉은 그냥 경주에 나가려고 훈련하는 거야." 룰루가 말했다.

스코티는 마음을 칭칭 휘감는 거미줄을 걷어냈다. "임신은 부부의 인생에서 가장 아름다운 순간이야. 내가 임신했을 때 닉이 날 바라봤던 그 눈빛, 날 안아 주던 몸짓이 생각나. 난 제드도 그 기쁨을 알 수 있기를 바랐어."

"제드가 아이 아빠야?" 케이트가 물었다.

"어, 어." 스코티가 대답했다.

"베스한테 들었어? 언제?" 룰루가 물었다.

"그 마지막 날에. 베스의 정원 일을 도와주러 갔었지. 베스는 기분이 별로 좋지 않았어. 바깥 날씨는 너무 더웠고. 난 베스가 땅을 파고, 잡초를 뽑는 게 싫었어. 더위 먹을까 봐 걱정스러웠거든."

"잠깐만. 마지막 날이라면 베스의 마지막 날? 7월에?" 룰루가 물었다.

스코티가 고개를 끄덕였다. 그때 베스의 얼굴에 맺혔던 땀방울을 얼마나 부드럽게 닦아 주었던가?

"네가 베스를 마지막으로 본 거였어? 피트가 떠나고 나서?" 룰루가 물었다.

"피트가 떠나고 나서라고 누가 그래?" 스코티는 압박감에 짓눌리는 것 같아서 반문했다. "케이트는 알고 있어. 그때는 피트가 떠나기 전이었어."

"맞아. 스코티는 그날 아침 일찍 베스한테 갔었어." 케이트가 룰루한테 말했다.

"베스는 해가 나무 위로 솟아오르기 전에 그늘 아래서 정원 일 하는 걸 좋아했어. 하지만 오전이었는데도 이미 날이 뜨거웠어. 룰루, 넌 항상 서로를 도와야 한다고 말하지. 내가 베스를 돕는 길은 박하와 백리향, 피튜니아, 로벨리아를 심는 거였어. 제드에게 좋은 소식을 전해 주라고, 아이 아빠라는 사실을 알려 주라고 베스를 설득하기도 했지."

"하지만 베스는 알리고 싶어 하지 않았어." 룰루가 말했다. 의심의 여지 없이 스코티를 비난하는 말이었다.

"그래, 그랬지." 스코티가 눈을 가늘게 뜨고 말했다. "그게 잘못된 거였어." 스코티는 자신의 격한 어조에 깜짝 놀랐다.

"피트가 아직 떠나지 않았을 때 베스가 집 안으로 들어가는 거 봤어?" 케이트가 물었다.

스코티는 사건의 정확한 순서를 기억해 내려고 얼굴을 찡그렸다. 그때의 상황을 케이트와 룰루에게 어떻게 전해야 할지 고심했다. 그때 스코티는 숙취에 시달리고 있었다. 전날 밤에 술을 그렇게 많이 마시지 않았다면 상황이 달라졌을지도 몰랐다. 그날 베스의 집에 도착했을 때 스코티는 여전히 술에서 깨지 못한 상태였다. 음주 문제는 정말 어떻게든 해결해야만 했다.

"응, 봤어. 나머지 정원 일은 해가 지고 나서 하라고 베스를 설득했거든. 그때는 훨씬 시원할 테니까. 베스한테 안으로 들어가서 에어컨을 틀어 놓고 누우라고 했어." 스코티는 목이 메었다. 기억하기 싫은 부분이었기 때문이다. 그 부분을 마음속에서 지워 버릴 수 있다면 얼마나 좋을까? "계속 생각이 나. 그냥 내가 베스의 집에 머물렀다면 어땠을까 하고. 베스를 피트한테 맡기지 않았더라면 말이야. 그날 베스 곁에 머물렀어야 했는데. 제드한테 진실을 밝히라고 설득했어야 했어. 내가 제드를 태워 올 수도 있었거든. 그럼 베스가 제드한테 아이 아빠라는 소식을 전하는 행복을 맛볼 수 있었을 텐데. 집 안으로 들어가지 않고……."

"네 잘못이 아냐. 그런 일이 생길 줄 어떻게 알았겠어." 룰루가 말했다.

"베스가 무슨 짓을 당했는지 생각하면." 스코티가 말했다. 베스의 부서진 두개골, 움푹 파인 머리에서 흘러나오던 피가 생각나자 스코티는 속이 메스꺼렸다. 토하지 않으려고 무진 애를 써야 했다. "내가 집에 도착했을 때는 애들이 아직 아침식사도 하기 전이었어. 파인애플과 시원한 수박을 잘라 식탁 위에 놓고 아침식사를 준비했지. 아이들은 일어나 있었어. 이자벨은 할 수만 있다면 하루 종일 침대에서 뒹굴거릴 애야. 하지만 그날은 습해서인지 일어나서 날 기다리고 있더라고. 줄리도 일어나 있었고."

다른 여름날이었다면 방충문 열리는 소리가 들리고, 닉이 조깅 후에 싱크대에서 물을 트는 모습이 보였을지도 모른다. 닉이 길게 물 한 잔을 마시는 모습, 그의 온몸이 땀으로 반짝거리는 모습을 볼 수 있었을 텐데. 지금 그 땀 냄새를 맡을 수 있을 것만 같았다. 눅눅하고 지독한 냄새가 아니라 그녀가 사랑하는 남자의 향기를.

스코티는 닉이 함께 달리기를 하는 여자들 중 한 명과 바람을 피우고 있거나 사귀고 싶어 할지도 모른다는 의심을 머릿속에서 떨쳐냈다. 두 사람은 행복했다. 근사한 결혼 생활을 만끽했다. 스코티는 케이트와 룰루를 번갈아 쳐다보았다. 저 둘은 절대 이해하지 못했지만 베스는 그렇지 않았다.

"불륜이라니." 이제 스코티는 룰루와 케이트 두 사람에게 말했다. "피트와 니콜라 사이를 몰랐을 때는 생각도 못했던 일이야. 두 사람이 그 가능성을 보여줬지. 불륜이라는 끔찍한 가능성 말이야. 베스는 그 가능성을 시험해 보려 했고, 그렇게 제드를 만났어. 난 베스가 더 강인하게 대처할 거라고 기대했는데 말이야."

"스코티!" 룰루가 소리쳤다.

"난 감사하게 생각해, 스코티. 그날 네가 베스를 만났으니까. 덕분에 베스가 마지막 날 아침을 친한 친구와 보낼 수 있었으니까." 케이트가 말했다.

스코티의 두 눈이 눈물에 젖었다. "그래, 맞아. 그건 확실해. 이자벨이 일어났을 때는 아직 이른 아침이었어. 하지만 맙소사, 날이 어찌나 더웠던지 이자벨은 다시 잠들 수가 없었어. 그때 베스한테 전화했어. 내가 베스와 통화하는 동안 이자벨과 줄리가 바로 식탁 앞에 앉아서 듣고 있었어."

"언제 베스의 집에 가서 UPS 메모를 발견했어?" 케이트가 물었다.

"뭐?" 스코티는 진입로를 올라오는 자동차 소리에 정신이 팔려서 되물었다. 언덕 아래를 내려다보았지만 자동차가 아직 모퉁이를 돌지 않아 보이지 않았다.

"아냐. 그건 그렇고 전화 통화 말이야. 베스가 뭐라고 했어?" 케이트가 물었다. 스코티는 동생에 관한 기억을 하나라도 더 간직하고 싶어 하는 케이트의 마음을 이해했다. 그런 케이트에게 원하는 것을 내어 줄 작정이었다.

"이자벨과 줄리가 바로 내 옆에서 아침식사를 하며 전화 통화를 듣고 있었어. 나는 아이들을 바라보면서 우리한테 딸이 있어서 얼마나 다행인지 모른다고 생각했지. 그때 난 이렇게 말했어. '베스, 내가 네 곁에 있어. 우리가 몇 가지 문제로 다투기는 했지만 난 널 사랑해. 샘이 캠프에서 돌아오면 모녀의 날을 갖자.'라고."

"그러니까 베스가 뭐라고 했어?" 케이트는 더 많은 기억을 간직하고 싶어서 물었다.

"빨리 그날이 왔으면 좋겠다고 했어. 함께 와치힐에 가서 올림피아 티룸에서 레모네이드를 마시고, 줄리가 회전목마 타는 걸 보고 싶다고. 그때 큰딸들도……."

"아냐, 그러지 않았어." 줄리가 창고 옆에 웅크리고 앉아 말했다.

"줄리!" 스코티가 줄리의 목소리를 듣고 충격을 받아 소리쳤다. "넌 샘을 데리러 이자벨과 함께 안으로 들어간 줄 알았는데."

"혼잣말이야, 엄마. 엄마는 혼자서 말했어. 아무도 없었어."

스코티는 케이트의 어리둥절한 표정과 룰루의 의심스러운 표정을 보면서 웃으려고 애썼다.

"뭐가 혼잣말이라는 거니, 줄리?" 케이트가 물었다.

"엄마가 이야기했을 때 아무도 없었어. 전화기에 대고 말했는데 아무도 듣지 않았어. 신호만 계속 울렸어."

"무슨 말을 하는 거야, 줄리?" 스코티가 줄리의 팔을 잡아 흔들면서 다그쳤다. "거짓말하지 마! 넌 잘못 알고 있어."

"거짓말 아냐!" 줄리가 소리쳤다.

"그만해. 조용히 하고 네 언니를 찾으러 가."

"하지만 엄마." 줄리가 스코티의 소매를 잡아당겼다. "엄마 방에서 전화기를 집어 들었는데 아무도 없었어. 샘의 엄마가 없었다고. 전화기 저쪽에 아무도 없었어. 그리고 우린 아침을 먹지 않았어. 그땐 이미 점심이었지."

"줄리, 지금 어른들끼리 대화하고 있잖아. 생각의자에 앉고 싶어?"

스코티가 쏘아붙였다.

"아빠는 배 타러 갔어. 기억해? 샘 아빠가 아빠를 데리러 와서 같이 떠났어. 그 후에 점심시간에 엄마가 전화해서 혼자 말했어. 점심시간이었어, 엄마."

"베스가 이야기를 하지 않았다고? 너희 엄마가 베스한테 전화했을 때?" 케이트가 물었다.

줄리가 고개를 끄덕였다.

"제발, 그만해. 엄마는 아침식사 시간에 왔어. 남자들이 떠나기 전에 베스한테 전화해서 대화를 나눴다고. 그때 베스는 무사했어."

"점심이야. 아침 아냐. 엄마 혼자 말했어. 신호만 울렸고. 베스 아줌마는 없었어." 줄리가 말했다.

"아무도 전화를 받지 않았어?" 케이트가 물었다. 스코티는 자신을 타는 듯 노려보는 케이트의 시선을 느꼈다.

"줄리 말 듣지 마." 스코티가 말했다.

"점심시간이었어. 참치 먹었어, 아침 아냐. 그때 엄마가 베스 아줌마 집에서 돌아왔어. 여기에 피가 묻어 있었어." 줄리가 엄마의 목 옆쪽과 턱 아래쪽을 만졌다. "내가 말했잖아, 엄마. 씻으라고. 씻으라고 했잖아."

스코티는 나머지 말을 듣지 않았다. 케이트의 얼굴이 구겨지면서 벌겋게 달아오르는 모습을 지켜봤다. 자기 쪽으로 휘청하며 기울어지는 케이트를 보고 돌아섰다. 스코티는 집을 향해 걷다가 뛰기 시작했다. 닉처럼 원치 않는 것을 피해 달리기 시작했다. 닉은 스코티를 피해 달렸지만 스코티는 케이트의 눈빛을 피해 달렸다. 줄리가 봤다는 피가 베스의 피였고, 스코티가 베스의 머리를 내리쳤고, 스코티가 자기 동생을 죽였다는 사실을 알아차린 케이트의 시선을 피해서.

57

 케이트는 그 자리에서 얼어붙어 스코티가 집 안으로 들어가는 모습을 지켜보기만 했다. 검은색 차가 자갈을 튕겨 내면서 진입로를 빠르게 달려 올라왔다. 스코티. 베스. 새하얀 하늘. 눈. 베스. 스코티를 쫓아 집 안으로 들어가는 룰루. 베스. 스코티, 아냐, 이건 아냐. 스코티. 빠르게 다가오는 차, 검은색 차가 보였다. 케이트는 꼼짝도 할 수 없었다. 아무것도 느낄 수 없었다. 석상이 되어 버렸다. 마틸다의 정원에 있는 조각상. 조각상. 올빼미. 베스. 베스.
 자동차 앞유리창 너머로 코너의 눈을 들여다보았다. 사나운 눈빛. 자신을 응시하는 눈빛. 코너가 자동차에서 뛰어내렸다. 자동차 문을 닫지도 않은 채 그 누구보다 빠르게 달려왔다. 얼음이 수백만 개의 조각으로 깨졌다. 석상이 되었던 케이트가 풀려났다. 케이트는 코너에게 달려가 울면서 있는 힘껏 세게 코너를 움켜잡았다.

"스코티였어요!" 케이트가 소리를 질렀다.

"알아요." 코너가 케이트를 안아 주면서 말했다. "알아요, 케이트. 스코티 지금 어디 있어요?"

"집 안에요. 샘이 안에 있어요." 케이트가 울면서 말했다.

58

현관으로 들어간 코너는 대리석 계단에 앉아 있는 스코티를 발견했다. 룰루가 그 옆에 서 있었다. 이자벨과 줄리는 서로를 껴안은 채 괘종시계에 기대 서 있었다. 모두 아무 말도 하지 않았다. 샘은 보이지 않았다. 뒤쪽에 다가온 케이트가 느껴졌지만 코너는 돌아보지 않았다. 스코티한테서 시선을 떼지 않았다.

스코티는 묵직한 울 코트를 입고 있었다. 더위를 느끼는지 이마에 땀방울이 맺혀 있었다. 스코티는 땀을 닦지 않았다. 스코티가 자신의 뒤쪽을 힐끗거리는 걸 알았지만 케이트를 보지 못하게 막고 싶었다.

"스코티. 제가 왜 여기 왔는지 압니까?" 코너가 말했다.

"오해예요. 제 딸은 장애가 있어요. 자기가 무슨 말을 하는지 몰라요. 제가 다 설명할 수 있어요." 스코티가 말했다.

"엄마, 제발 엄마가 하지 않았다고 말해요." 이자벨이 말했다.

"당연하지. 난 아무 짓도 하지 않았어!" 스코티가 말했다.

코너는 룰루가 스코티의 두 딸에게 다가가 허리를 숙이고 뭐라고 속삭이는 모습을 지켜봤다. 룰루는 아이들의 어깨에 손을 올렸다. 이자벨은 순순히 응하기 싫은지 몸부림을 쳤지만 잠시 후에 룰루가 이자벨과 줄리를 데리고 다른 방으로 들어갔다.

이제 코너는 뒤쪽에서 거친 호흡을 내뱉는 케이트의 숨소리를 들을 수 있었다. 스코티한테서 시선을 떼고 싶지 않았다. 스코티가 무기를 갖고 있지 않고, 다른 누군가를 해칠 수 없다는 사실을 확인해야 했으니까. 그런데도 빠르게 케이트를 흘낏 쳐다봤다. 눈에 불덩이가 일렁이는 유령처럼 새하얗게 질린 케이트가 보였다.

"어떻게 그럴 수 있어, 스코티?" 케이트가 물었다.

"케이트, 난 그러지……." 스코티가 변명하려고 했다.

"내 이름 부르지 마. 그런 짓을 해 놓고 어떻게 내 이름을 불러." 케이트가 말했다.

"코너 형사님. 저 친구는 지금 화가 나서 그래요. 그럴 만하잖아요, 안 그래요? 오늘은 베스의 생일이에요. 우리 모두가 감정적인 상태라고요. 제 딸들을 데리고 집으로 돌아가는 게 좋을 것 같은데……." 스코티가 말했다.

"여기 머무는 게 좋을 것 같습니다." 코너가 말했다.

"진짜 집에 가야 해요. 남편한테요. 남편이 기다리고 있을 거예요." 스코티가 말했다.

코너가 블랙 웨일로 돌아가 톰에게 마틴이 했던 말을 전하고는 스코티 워터슨을 체포하러 허버즈 포인트로 갈 거라고 했을 때 톰은 스코티가 어디 있는지 확인해 보라고 했다. 베스의 생일이라서 친한 친구들이 한데 모였을지도 모른다는 게 톰의 생각이었다. 그래서 코너는 닉에게 전화했고, 스코티가 베스의 생일을 축하하려고 아이들을 데리고 마틸다의 집으로 갔다는 이야기를 들었다. 케이트와 룰루, 샘도 거기 있을 거라고 했다. 닉은 그들이 다 함께 저녁식사를 할 거라고 했다.

"당신 남편과 이야기했습니다. 당신이 여기 있다고 알려 줬죠." 코너가 말했다.

"여기에 머물 만큼 머문 것 같네요. 오늘은 제가 바랐던 대로 흘러가지 않는군요. 이건 베스를 기리는 좋은 방법이 전혀 아니에요." 스코티가 말했다.

"당신 친구 마틴과도 이야기를 나눴습니다." 코너가 말했다.

"그는 제 친구가 아니에요." 스코티의 목소리가 불안하게 떨렸다. "그가 뭐라고 했나요?"

"당신이 술을 사 줬다고 하더군요. 이야기도 나눴고요."

"전 그 사람한테 아무 말도 안 했어요." 스코티의 시선이 케이트에게 떨어졌다. 코너가 케이트를 봤을 때 케이트는 넋을 놓은 것 같았다. 여전히 얼굴이 창백했고, 눈에서는 불덩이가 치솟고 있었다.

"마틴에게 베스 이야기를 했더군요." 코너가 말했다.

"뭐, 그 사람도 베스한테 관심이 있었거든요. 베스는 수프 키친의 모든 사람들에게 중요한 사람이었어요. 다들 사건이 어떻게 진행되고 있는지 알고 싶어 했죠."

"스코티, 마틴은 끔찍하게도 많은 걸 알고 있었어요. 당신이 그런 사실들을 어떻게 알았는지 궁금하네요." 코너가 말했다.

"정말 몰라서 묻나요?" 스코티가 또다시 케이트를 힐끔거렸다. "소문이라는 게 원래 그렇잖아요. 사람들이 퍼뜨리고 다니죠! 우린 모두 이 사건이 해결돼서 앞으로 나아갈 수 있기를 바라고 있어요."

케이트가 목청을 가다듬었다. 케이트는 앞으로 나가 코너 옆에 나란히 섰다.

"내가 뭘 원하는지 알아?" 케이트가 스코티를 똑바로 쳐다보면서 말했다. "네가 베스한테 그런 짓을 했을 때 베스가 널 보고 뭐라고 했는지 알고 싶어."

"제발······."

"진짜로 알고 싶어." 케이트가 나지막하고 차분한 목소리로 말했다. "네가 베스를 때리고 나서, 베스의 목을 조르고 나서 왜 베스의 속옷으로 그런 짓을 했어? 왜 그걸 베스의 목에 감아 놨어?"

코너도 그 이유를 알고 싶었다. 케이트를 저지하고 스코티를 본부로 데려가 심문해야 한다는 걸 알았지만 케이트는 스코티에게 더 가까이 다가가 그녀 바로 옆에 섰다.

"베스의 다리 사이에 있던 멍 자국들." 베스의 목소리가 높아졌다. "그럴 듯하게 꾸미려고 네가 그렇게 했어? 낯선 사람이 침입해 들어와 베스를 폭행한 것처럼 보이게 하려고? 네가 그랬어, 스코티? 베스가 강간 당한 것처럼 꾸밀 때 베스가 아직 살아 있었어?"

"그건 아냐, 맹세해!" 스코티가 말했다. 코너는 벨트에서 수갑을 빼내려고 손을 뒤로 돌렸다.

"네가 그랬어." 케이트는 베스의 절친한 친구 옆에 웅크리고 앉아 울었다. "네가 죽였다고, 스코티. 베스도 알았어. 베스가 네 짓이라는 걸 알았다는 게 제일 끔찍해. 베스가 알았다고."

코너는 스코티가 케이트의 손을 잡으려고 하는 걸 지켜보았다. 케이트는 잠시 동안 가만히 있다가 스코티의 손을 뿌리치고 일어났다.

59

케이트는 서재 의자에 앉아 있었다. 몇 달 전, 피로 그린 하트를 찾아보려고 서재에 왔던 날, 책 더미 위에 놓아 두었던 《서쪽으로 흐르는 시냇물》과 《예술가들의 삶》은 그 자리에 그대로 있었다. 케이트는 창밖을 더 잘 내다보려고 몸을 기울였다. 샘이 팝콘과 함께 들판을 거니는 모습이 보일 게 분명했다.

코너가 스코티에게 수갑을 채워 체포해 웨스트브룩의 주립 경찰 본부로 데려갔다. 닉은 이자벨과 줄리를 데려갔다. 피트도 어딘가에 있겠지만 케이트는 신경 쓰지 않았다.

"왜 그런 짓을 했을까?" 케이트가 룰루에게 물었다.

"스코티는 제정신이 아니었어." 룰루가 말했다.

"아냐. 이유가 있었어. 분명한 이유가 있어야 해."

"케이트, 이건 논리적으로 이해할 수 있는 일이 아냐."

룰루의 말이 옳았다.

"다 꾸민 짓이었어. 베스의 속옷으로 그런 장면을 연출하려고……." 케이트가 말했다.

"다른 사람에게 혐의를 씌우려고?" 룰루가 물었다.

"스코티가 무슨 생각을 했는지 모르겠어. 정신을 놓아 버렸나 봐."

"술을 더 많이 마시고 있었어. 아주 많이. 닉과의 사이도 좋지 않았고. 두 사람의 관계가 틀어지고 있는지도 몰라. 하지만 베스가 뭘 어쨌다고 베스한테 그런 짓을 했을까?"

케이트는 창밖의 샘을 지켜봤다. 샘은 오래된 테니스공을 찾아 팝콘에게 물어오라고 던져 주었다. 팝콘이 공을 물어 샘에게 돌아왔다.

"베스는 아무 짓도 안 했어." 케이트는 잠시 멈췄다가 다시 말을 꺼냈다. "그런 일을 당할 만한 일은 하지 않았어."

"알아. 하지만 스코티는 왜 그랬을까? 대체 무슨 생각을 했을까?" 룰루가 말했다.

케이트는 샘한테서 시선을 떼지 않았다. 이제 샘은 팝콘의 머리를 토닥여 주고 두 팔로 팝콘의 목을 끌어안았다. 샘이 팝콘을 끌어안고 팝콘의 털에 뺨을 비비는 모습에 베스 생각이 났다.

"베스는 두 남자를 사랑했어." 룰루는 자신이 던진 질문에 답하려고 애썼다. "그 때문이었을까? 베스는 바람을 피웠어. 아이 아빠가 누구인지도 말해 주지 않으려 했지. 스코티만 빼면 모두가 죄인이야."

"스코티는…… 우리 친구였어." 케이트는 넘실대는 분노와 증오의 파도와 싸우면서 말했다. "왜 그랬는지는 신경 쓰지 않아. 왜 베스를 죽였는지는 중요하지 않아."

룰루는 케이트를 살짝 밀어서 그 옆자리로 비집고 들어가 앉았다.

케이트는 어깨에 닿는 룰루의 팔에서 온기를 느꼈다.

현관문이 꽝 하고 열리더니 샘이 걸어 들어왔다. 샘 뒤쪽으로 높다란 창문에서 햇볕이 쏟아져 들어와 후광처럼 빛났다. 샘은 토끼를 안고 있는 천사처럼 보였다. 클레멘타인을 케이트의 무릎에 올려놓은 샘이 케이트의 발치에 앉았다.

"스코티 아줌마가 그랬어요?" 샘이 물었다.

케이트는 고개를 끄덕였다. 눈물에 감춰진 샘의 속마음을 감히 짐작할 수가 없었다. 지금 샘의 기분이 어떨까? 가장 친한 친구의 엄마가 자신의 엄마를 죽였다는 사실을 알았으니.

"아빠가 아니었어요." 쏟아지는 눈물에 잠긴 목소리로 샘이 말했다. "적어도 아빠는 아니었어요. 하지만 아, 케이트 이모. 스코티 아줌마는 우리한테 가족과 같았어요." 샘은 잠시 동안 말을 할 수가 없었다. "엄마가 스코티 아줌마라는 걸 알았다고 생각하면 견딜 수가 없어요. 가장 친한 친구가 자신을 죽이고 있는 걸 알았다니."

케이트가 의자에서 몸을 일으켜 샘을 끌어안았다. 조카의 말이 케이트의 마음속을 휘저었다. 그 순간 케이트는 베스가 되었다. 평생 동안 사랑했던 사람의 손에 자신의 인생이 박살나는 느낌이 어땠을지 상상해 보았다.

"형사가 스코티 아줌마를 데려가는 거 봤어요. 수갑을 차고 있었어요. 이자벨은 비명을 질렀고 줄리는 엉엉 울었죠."

케이트는 고개를 끄덕였다. 케이트도 보고 들은 상황이었다.

"엄마는 감옥에 있는 할아버지를 만나러 가야 했어요. 이제는 이자벨이 엄마를 만나러 감옥에 가야 해요. 이자벨과 친구로 지낼 수 있을까요?"

케이트는 뭐라고 답해 줄 수 없어서 샘을 껴안았다. '절친이여, 영원하라'라는 말이 떠올랐다. 하지만 현실은 그렇지 않았다.

바깥에서 자갈길을 구르는 타이어 소리가 났다. 자동차 문이 쾅하고 닫히는 소리도 이어졌다. 클레멘타인이 그 소리에 깜짝 놀라 방 저편으로 재빨리 도망갔다. 샘이 창밖을 내다봤다.

"누구야?" 룰루가 물었다.

"코너 형사님이 돌아왔어요." 샘이 말했다.

클레멘타인은 책상 의자 아래에 숨었다. 케이트는 그 책상으로 다가가 《예술가들의 삶》을 집어 들었다. 마지막 장을 펼치자 하트 무늬와 K, L, S, B라는 이니셜이 보였다.

복도에서 발자국 소리가 울렸다. 케이트는 돌아보지 않았다. 코너에게 인사하는 피트의 목소리가 들렸다. 언젠가 코너는 피트에게 자신이 틀렸었다고 사과할 것이다. 아니 어쩌면 하지 않을지도 모르겠다. 룰루가 떠나야 한다고, 집에 갈 시간이라고 말하는 소리가 들렸다. 샘이 클레멘타인을 구슬려 밖으로 유인하는 소리도 들렸다. 그런데도 케이트는 돌아보지 않았다. 어린 소녀들이 한때 피로 자신들의 이니셜을 써 넣었던 마지막 페이지에서 눈을 뗄 수가 없었다.

그들은 자매이자 절친한 친구였다. 서로에게 맹세를 했었다. 비밀을 만들지 않겠다고. 사랑만 하겠다고.

"가자. 갈 시간이야." 룰루가 부드럽게 말했다.

케이트는 여전히 마지막 페이지를 응시했다. 뒤쪽에서 나지막하게 웅성거리는 목소리들이 들렸다.

케이트는 허리를 숙여 베스의 B자에 입을 맞추었다.

"케이트?" 코너가 문간에서 불렀다.

케이트는 허리를 꼿꼿이 세운 채 코너에게 다가갔다. 코너가 케이트에게 두 팔을 둘렀다. 두 사람은 서로를 위로하듯 흔들어 주며 함께 서 있었다.

"괜찮아요?" 코너가 케이트의 눈을 들여다볼 수 있게 고개를 뒤로 젖히며 물었다.

케이트는 고개를 가로저었지만 마음 깊숙한 곳에서는 살짝 피어나는 미소가 느껴졌다.

코너는 케이트를 가만히 들여다보았다. 그녀의 영혼을 볼 수 있다는 듯, 그녀가 무슨 생각을 하는지 아는 것처럼. 동생은 절대 잃을 수 없는 존재라고 생각한다는 사실을 아는 것처럼. 케이트는 클레멘타인을 안아 올리려고 웅크려 앉았다. 두 팔로 클레멘타인을 부드럽게 잡자 부드러운 털 아래로 가볍게 뛰는 심장이 느껴졌다.

이제 다 함께 바깥세상으로 걸어 나갔다.

60

5월 5일

아, 케이트.

　우리는 손을 잡고 초원을 거닌다. 언덕의 비탈을 올라 꼭대기 근처에 닿을 때까지 할머니 집 위쪽으로 올라간다. 5월의 첫 번째 화요일, 늦은 오후다. 황금빛 햇살이 초록빛 잔디를 씻어 내리고 따뜻한 공기가 흐른다. 11월의 차가운 날들은 오래전에 지나갔고, 이제 땅은 꽃을 피우기 시작한다. 서로 얽혀 있는 내 손가락과 언니의 손가락. 언니의 다른 쪽 손에는 손잡이와 공기 구멍이 있는 작은 상자가 들려 있다.

　내가 언니 곁에 있다는 걸 느낄 수 있어? 언니에게 물어본다.

　응. 언니가 큰소리로 대답한다.

　확신하기는 어렵지만 언니가 내 존재를 느낄 수 있다고 믿는다. 지난해 여름, 내 몸이 죽었을 때 확신은 환영에 불과하다는 흔들림 없는 확신이 들었다. 사실 그건 중요하지 않다. 단단한 형체는 없다. 흑과 백으로 딱 잘라 나눌 수 있는 것도 없다. 사랑은 물처럼 흐르고, 평화도 마찬가지다. 신선한 물은 형태도 가장자리도 없이 강의 초입에서 바다로 흐른다.

케이트는 내가 제일 좋아하는 과일 이름을 토끼에게 붙여 주었다. 룰루와 함께 〈달빛〉을 액자에서 잘라 냈던 날 입었던 옷 색깔, 클레멘타인 오렌지 색깔과 같은 이름이다. 내가 왜 그런 행동을 했는지 절망하기도 했다. 〈달빛〉을 잘라 내지 않았더라면 살았을지도 모른다. 남편에게 상처를 주려고 일부러 그렇게 했다고 스코티에게 말했는데 그것이 스코티에게는 독이 되어 버렸다. 남편을 그토록 사랑하는 스코티 앞에서, 그런 그녀한테서 멀어지려는 남편을 바라보는 스코티 앞에서 어떻게 나는 남편을 존중하지 않을 수 있었을까?

지금 스코티는 우리 아빠처럼 감옥에 있다. 아빠는 복수를 원한다. 스코티가 죽기를 바란다. 스코티한테 무슨 일이 생기든 그건 나와는 상관없는 일이다. 마지막 날, 스코티가 정원에서 위층으로 날 따라왔던 날, 내가 〈달빛〉이 걸려 있었던 텅 빈 액자를 가리켰던 날, 스코티가 네 인생 얘기를 들어 주는 것도 이제는 지긋지긋하다고 했던 날, 나는 이미 스코티를 뒤에 남겨 둔 채 떠났다.

정확히 스코티는 이렇게 말했다. "네 인생에 신물이 나."

그래서 스코티가 내 목숨을 거두어 갔다.

룰루의 말이 옳았다. 스코티를 제외한 모두가 죄인이었다.

나에게는 가야 할 길이 있다. 스코티는 재판을 받고 진실을 말할 것이다. 내가 그녀를 공격했다고. 바람을 피우고 남편이나 나 자신을 존중하지 않고, 심지어는 연인에게도 매튜의 아빠라는 사실을 밝히지 않을 정도로 모질게 굴었다는 그녀의 비난에 내가 뺨을 때렸다고. 케이트와 샘은 그동안 내내 고통을 겪었다. 두 사람은 스코티의 행동에 상처 입은 또 다른 피해자다. 두 사람은 이 일을 잘 헤쳐 나갈 것이다. 나를 위해서.

케이트. 언니 이름을 불러 본다. 케이트.

언니의 이름에는 강한 기운이, 내 이름에는 부드러운 기운이 담겨 있다. 큰소리로 이름을 불러 본다. 베스. 산들바람이 스치는 소리 같다. 케이트. 날카로운 'K' 소리로 시작해서 딱딱한 'T' 소리로 끝난다. 엄마가 돌아가신 후, 케이트라는 이름이 언니에게 완벽하게 잘 어울린다고 생각했다. 언니는 자신을 보호하려고 아무도 뚫을 수 없는 바위로 벽을 쌓은 성에 자신을 가두었다. 그런 언니는 똑같은 일을 겪고도 어떻게 세상과 교류할 수 있는지 모르겠다는 듯 당혹스러운 눈빛으로 날 쳐다보곤 했다.

그렇게 오랫동안 언니는 성에서 나오지 않았다.

지난 몇 달 동안 언니에게 일어난 변화가 내 덕분이라고 말하지는 않겠다. 하지만 나에 대한 사랑과 그리움을 느끼면서 언니는 인생이 얼마나 짧은지, 눈 깜짝할 사이에 끝나 버린다는 사실을 깨달은 모양이다. 언니는 나를 구할 수 없었기 때문에 클레멘타인을 구했다. 털이 부드러운 토끼는 언니의 보살핌 덕분에 완전히 회복되어 살아남았다.

케이트의 사랑 덕분에 나도 죽음을 초래한 나 자신을 용서하기가 한결 수월하다. 내가 했던 선택들. 내가 아프게 했던 사람들. 하지만 지금은 알고 있다. 누구나 후회하고, 우리 자신이 아닌 다른 모든 사람들을 용서하느라 시간을 낭비한다는 사실을. 그중에서도 용서할 게 있다는 사실조차 깨닫지 못하는 것이 가장 끔찍한 일이다. 배고픈 유령들이 중유 상태에 갇혀 지상을 떠놀며 오랫동안 존재했던 구원을 찾아다닌다.

이제는 떠날 시간이다. 언니의 손을 놓은 것이 이 세상에서 행하는 나의 마지막 행동이 될 것이다. 지금까지 했던 그 어떤 일보다 가장 힘든 일이 되리라. 우리는 마침내 서로에게 돌아가는 길을 찾았다. 이제는 평화를 바란다. 내게는 평온이 필요하다. 그것이 자연의 순리니까. 비록 나는 여기 머물고 싶지만, 다시 태어날 수만 있다면, 이 연결고리가 영원히 지속될 수만 있다면 얼마나 좋을까?

이제 언덕 꼭대기에 도착했다. 마틸다 할머니의 집 지붕이 스러지는 햇볕을 받아 은빛으로 빛난다. 코네티컷 강은 금빛으로 물들어 롱아일랜드 사운드에서 남쪽으로 흐른다. 저 멀리 보이는 바닷물은 짙은 청색으로 반짝거리고, 세이브룩 포인트의 등대 두 개가 깜박거린다. 케이트는 등대 불빛을 보고 멈춰 선다.

우리는 함께 서서 노을을 바라본다. 동쪽에서 보름달이 떠오른다. 오늘 밤은 결코 어둡지 않으리라. 달빛이 이 언덕과 강, 바다를 비출 테니까. 케이트가 웅크리고 앉아 종이 상자 안을 들여다본다. 클레멘타인의 짙은 갈색 눈동자가 살짝 경계 어린 눈빛으로 케이트를 바라본다.

"이제 갈 시간이야." 케이트가 말한다.

나도 알아.

"널 보내기 싫어. 널 처음 만났을 때처럼."

사랑해.

"영원히 함께 있고 싶어."

영원히 함께 있고 싶어.

케이트의 손이 내 손에서 빠져나간다. 내가 사라지는 게 느껴진다. 옅게 빛나는 달빛 속으로 녹아 들어간다.

저렇게 아름다운 거 본 적 있어? 이렇게 묻고 싶지만 그럴 수가 없다. 말은 의미를 잃고 감정만 남는다. 언덕을 내려다보니 키 큰 풀을 헤치고 다가오는 검은 머리 남자가 보인다.

"내가 여기로 찾아올게." 언니가 이렇게 말하며 종이 상자 안으로 손을 넣어 클레멘타인의 머리를 쓰다듬고, 매의 발톱에 난 상처를 한 손가락으로 쓸어 본다.

날 찾으러 올 필요 없어. 난 언제나 언니 곁에 있어. 언니 안에 있어. 언제나 그럴 거야. 날 대신해 샘을 사랑해 줘. 룰루를 사랑해 줘. 서로를 사랑해 줘.

케이트가 잔디에 하트를 그린다. 이번에는 피를 내지 않는다. 그럴 필요가 없으니까. 손가락이 누르는 대로 흔적이 남는다. 나는 언니의 정수리에 입을 맞춘다. 언니가 종이 상자 문을 열자 클레멘타인이 살짝 밖으로 나온다. 그러다 저만치 훌쩍 뛰어가더니 케이트를 돌아보는 것 같다. 그러고는 들판을 빠르게 달려 사라진다.

"사랑해." 언니가 말한다. 행복에 젖은 조용한 목소리다. 행복에 잠긴 언니의 목소리, 그 목소리를 선물로 가져간다.

달이 나무들 위로 떠오르고, 나는 달과 함께 떠오른다.

감사의 말

토마스 앤 머서, 남다른 재능의 소유자 리즈 퍼슨스, 훌륭한 편집자 샬럿 허셔에게 감사한다.

사랑하는 친구이자 에이전트 앤드리아 시릴로와 제인 로트로센 에이전시의 모든 사람들에게 영원한 감사를 전한다. 제인 버키와 메그 룰리, 아넬라이즈 로비, 크리스티나 호그레브, 에이미 타넴바움, 레베카 셰어, 케이티 슈나이더, 제시카 에레라, 줄리앤 티나리, 마이클 콘로이, 도널드 W. 클리어리, 엘런 티셀러, 제나 로크, 돈 클리어리에게 감사한다.

내 친구이자 영화 에이전트 론 번스타인에게도 깊은 감사를 전한다.

특별한 소셜미디어 관리자 패트릭 카슨에게 더없이 감사한다.

언제나처럼 윌리엄 트윅 크로포드에게도 무한한 감사를 전한다.

통찰력과 전문지식을 아낌없이 제공해 준 코네티컷 주립 경찰 로버트 데리 경사에게도 감사한다.

완벽한 그녀의 마지막 여름

1판 1쇄 인쇄	2021년 7월 9일
1판 1쇄 발행	2021년 7월 19일
지은이	루앤 라이스
옮긴이	이미정
발행인	황민호
본부장	박정훈
책임편집	한지은
마케팅	조안나 이유진 이나경
국제판권	이주은 한진아
제작	심상운
발행처	대원씨아이㈜
주소	서울특별시 용산구 한강대로15길 9-12
전화	(02)2071-2095
팩스	(02)749-2105
등록	제3-563호
등록일자	1992년 5월 11일
ISBN	979-11-362-7940-8　03840

◦ 이 책은 대원씨아이㈜와 저작권자의 계약에 의해 출판된 것이므로 무단 전재 및 유포, 공유, 복제를 금합니다.
◦ 이 책 내용의 전부 또는 일부를 이용하려면 반드시 저작권자와 대원씨아이㈜의 서면 동의를 받아야 합니다.
◦ 잘못 만들어진 책은 판매처에서 교환해드립니다.